AF286975

FÜR NACHTGESCHREI,

DEREN LIEDER RIAGH AUF SEINE REISE SANDTEN,

WÄHREND DIE EIGENE VIEL ZU SCHNELL ENDETE.

———

Auf verkohlten Feldern
Such ich mit den Krähen Trost
Und in der kalten Asche
Lese ich meines Schicksals Los

(»Ungebrochen« von Nachtgeschrei)

»Hör zu, mein Junge, du musst nur für sieben Jahre zur Legion und die schönsten Mädchen in deinem Dorf werden schon ganz nass zwischen den Schenkeln, wenn sie dich nur von Weitem sehen. Denn genau dafür sind diese Feuermale da: auf die linke Wange, wenn du dich verpflichtest, auf die rechte, wenn du wieder entlassen wirst – und jede sieht bei deiner Rückkehr sofort, dass du zu den mutigsten Männern dieses Landes gehörst. Ganz im Gegensatz zu denen, die nur mit einer Narbe zurückkommen – das sind feige Deserteure, frisch von der Front geflohen, die jeder aufrechte Kerl sofort erschlagen muss! Sag's auch deiner Familie, der abgeschlagene Kopf eines Feiglings ist zumindest noch für ein paar Silbermünzen gut. Und jetzt trink noch einen, der Schnaps geht auf mich, denn große Entscheidungen sind nichts für eine trockene Kehle.«

— *Imperialer Armeewerber in einer Schenke nahe Brongus*

»Wessen Gesicht narbenlos ist, der wurde mit Verstand geboren. Wer nur eine Feuernarbe trägt, der besitzt Verstand genug, um aus Fehlern zu lernen. Wen aber beide Feuermale schmücken, der ist nicht nur dämlich wie ein Sack Nassgerste im Waschzuber, sondern auch noch zu stolz, um es zuzugeben.«

— *Cartharischer Rebell in einer Schenke nahe Salainn*

Annette Juretzki

Von Rache und Regen

Buch 1 ⚕ Regentänzer

Traumtänzer-Verlag

Inhaltswarnungen:

Alkohol, Depression, explizite Beschreibung von Leichen, Gewalt gegen Menschen & Kinder, Krieg, Rassismus & Fremdenfeindlichkeit, Selbstverletzendes Verhalten, Sexismus, Sklaverei, Tod.

ISBN: 978-3-947031-26-9 (Taschenbuch)

ISBN: 978-3-947031-27-6 (E-Book mobi)

ISBN: 978-3-947031-28-3 (E-Book ePub)

Autorin: Annette Juretzki

Lektorat: Sabrina Železný

Covergestaltung: Yvonne Less, Art4Artists

www.art4artists.com.au

Buchsatz: Annette Juretzki

Satzkorrektur: Julia Fränkle

Druck: booksfactory.de

2. Auflage

Weitere Romane der Autorin in unserem Verlag:

Sternenbrand 1: Blind

Sternenbrand 2: Blau

Kapitel 1

Riagh bemerkte das Wesen schon von Weitem, das da zappelnd am Baum hing, abseits des Weges und unfähig, der Schlinge um seinen Hals zu entkommen. Trotzdem wandte er seinen Blick ab, als er näher herantrat. Zwei schnelle Atemzüge Pause, dann zwang er sich, erneut hinzuschauen.

Die Gestalt war einst eine Frau gewesen. Das lange Haar war strohig und stumpf, das Kleid aufgerissen wie das Fleisch des Gesichts und der Beine. Die Haut war fahl und aufgeraut wie die Wolken, die weder Himmel noch Sonne offenbarten. Die Frau trug keine Stiefel; wahrscheinlich waren sie gestohlen worden, noch bevor man sie aufgehängt hatte. Beide Schultergelenke waren ausgekugelt, wodurch ihre Arme zwar beständig zuckten, doch war es ihr unmöglich, sie anzuheben.

Die ersten Insekten nisteten an ihren Augäpfeln. Sie war höchstens seit zwei Tagen tot.

Leichen hatten Riagh noch nie Abscheu bereitet, aber bisher hatte sich auch noch keine gegen ihr zu rasches Ende aufgebäumt. Er versuchte zu schlucken, aber sein Hals war rau und trocken.

Die Gerüchte stimmten also, der Fluch hatte Carthal wahrhaftig erreicht und quälte die Toten in ein zweites

Unleben. Riaghs Atemzüge wurden schwer. Er fühlte sich erstarrt, doch sah er seinen Schatten zittern.

Die Verfluchte zappelte stärker, gab kehlige Laute von sich, schwang auf Riagh zu und konnte an ihrer Situation dennoch nichts ändern. Seine Lunge brannte, drohte zu bersten, aber er widerstand dem Impuls, die angestaute Luft kräftig hinauszustoßen. Stattdessen zwang er sich zu kleinen, kontrollierten Atemzügen, wollte seinen stürmenden Herzschlag bändigen, um sich wieder rühren zu können. Noch immer klebten seine Blicke an dem faulenden Leib.

Die Furcht war Riaghs Feind, nicht die Tote. Diesmal.

Ein Bein vor das andere, mehr stampfend als gehend, näherte sich Riagh dem hängenden Körper. Die Luft wurde stickig, schwere Süße legte sich einem Vorhang gleich vor seine Atemwege und Galle kroch seinen Rachen hinauf. Noch einen quälenden Moment lang wartete er auf seine Disziplin und den steinernen Magen, die er sechs Jahren Front zu verdanken hatte. Doch beide verspäteten sich und dann blieb keine Zeit mehr.

Hastig wich Riagh zwei Schritte zurück, fiel auf die Knie und übergab sich, würgte in kleinen Portionen seinen gesamten Mageninhalt hinaus. In den kurzen Pausen zwischen Speien und Keuchen blickte er auf, suchte das Bild der zerfressenen Augäpfel, erlaubte sich keine Ruhe. Erst als er sich leer fühlte und jämmerlich, mit brennender Kehle und tränenden Augen, gestand er sich zu, sich zu erheben, und nahm einen Schluck aus seiner Feldflasche, um den schlimmsten Geschmack aus dem Mund zu spülen. Die Luft lag klamm um seine Glieder, aber weder Kälte noch Feuchte schreckten ihn.

Riagh schritt erneut auf die Verfluchte zu, ohne den Blick von den dunklen Fliegen zu wenden. Mit dem Gestank kehrte das weiche Gefühl in den Knien zurück und sein Magen schien krampfhaft nach einem kleinen Bissen zu suchen, der sich doch noch herauspressen ließ. Aber Riagh lauschte nur seinem gleichmäßigen Atem, konzentrierte sich auf jeden einzelnen Luftzug und wich nicht mehr zurück.

Die Tote zappelte nach wie vor, impulshaft, aber träge. Er nickte ihr zu: So würden also ab jetzt seine Gegner aussehen.

Riagh setzte sich auf den Boden, nahe ihrem Leib und doch fern genug, um seinen eigenen zu schützen. Er legte das Breitschwert auf seine Schenkel und sah hoch zu ihrem tänzelnden Körper. Sie versuchte ihn zu erreichen, ihn zu treten und gluckste wütend, wenn sie doch wieder nur von ihm fort schwang. Ihre Finger zuckten spielerisch wie die Pfoten junger Katzen.

Riagh nahm sich viel Zeit und beobachtete sie genau, kein Klappern des Kiefers oder Rucken der Knie entging ihm. Er versuchte sich jede Bewegung einzuprägen, jedes planlos scheinende Zappeln zu deuten, bis ihm nichts mehr an ihrem Schwingen noch wirr erschien. Sie wurde ein zerfallendes Pendel, das er zu lesen wusste.

Erst dann wagte er sich an seine schwerste Prüfung: Riagh griff in seinen Brotbeutel und holte einen Rest

Hartkäse hervor. Er erlaubte sich einen winzigen Bissen und mahlte das kleine Stück sehr behutsam zwischen seinen Backenzähnen, der Geschmack von nussigem Erbrochenem war ihm zuwider. Aber er zwängte die aufsteigende Galle wieder hinab und schaffte es schließlich sogar, den Käse zu schlucken, um sich nun ein größeres Stück zuzutrauen. Das kehlige Glucksen der Toten erklang als Beifall.

»Weißt du, jetzt wo wir uns besser kennen, bist du gar nicht so übel. Immerhin willst du mich nicht belehren, ich würde in die falsche Richtung laufen.« Riagh holte einen Kanten Brot aus seinem Beutel. »Ganz im Gegenteil, du würdest mich wahrscheinlich zu meinem alten Dorf führen, wenn du nur könntest. Nur käme ich wohl kaum in einem Stück an, denn ich glaube nicht, dass du deine Finger von mir lassen würdest. Oder deine Zähne.«

Sie fauchte im passenden Moment, als hätte sie seine Worte tatsächlich verstanden. Riagh lachte auf und verstummte doch schnell wieder. Sein eigener Klang erschien ihm fremd, als wäre er ein einstiger Jugendfreund, an dessen Namen sich Riagh nach all den Jahren einfach nicht mehr erinnern konnte.

»Wirklich eine Schande, was man dir hier angetan hat.« Er belegte sein Brot mit kleinen Käsestücken. »Ich schätze, sie haben dich vorher noch geschändet, was? Wären sie noch hier, ich würde dich rächen, darauf kannst du dich verlassen!« Er legte seinen Kopf in den Nacken, um ihrem Fuß auszuweichen, bevor er einen Bissen seines

Brotes nahm. Imperiales Mischbrot, fad und beliebig. Bald konnte er endlich wieder den säuerlichen Geschmack eines Nassgerstenfladens genießen. Das hatte Seele!

»Ich glaube, sie haben nicht gewusst, dass du verflucht warst. Was ich gehört habe, sieht man es den Menschen nicht an. Vermutlich haben sie dich aufgehängt, damit alle glauben, Soldaten vollstrecken die imperialen Gesetze gegen Landflucht. So merkt keiner, dass gewöhnliche Räuber Fliehende überfallen – und niemand sucht nach ihnen. Die müssen sich ganz schön in die Hose gemacht haben, als du plötzlich wieder zu zappeln anfingst.« Riagh lachte erneut, versuchte sich an diesen Klang zu gewöhnen und deutete ihr Gurgeln als Zustimmung. Nach einem weiteren Bissen wurde seine Stimme wieder ernst.

»Du hast dir den Fluch im Westen eingefangen, was? Nachdem dich so ein Biest erwischt hatte, hast du dem Sturmfürsten gedankt, dass dich der Fluch verschonte, dass du kein Monster geworden bist. Und dann hast du schnell deine Sachen gepackt und bist geflohen. ›Nie wieder‹, wirst du dir geschworen haben, ›nie wieder will ich so ein Ungeheuer sehen. Ich lauf nach Garlitha, auch wenn's da nur so von Barbaren wimmelt!‹« Ein weiterer Bissen und zähes Schlucken. »Du hattest wahrscheinlich keine Ahnung, dass der Fluch erst beim Tod ausbricht. Du dachtest einfach, du hattest Glück und kannst davonlaufen … und hast den Fluch damit tiefer ins Land getragen.« Riagh lehnte sich erneut zurück, beinahe zu spät, denn er spürte ihre kalten Zehen rau an seiner Stirn entlangstreifen. Die Tote fauchte auf und die spärlichen Reste ihrer abgenagten Augenlider begannen zu flattern. Das Zucken ihrer Hände wurde wilder und sie schlug um sich, bis sie wie im Tanz immer wieder um die eigene Achse schwang.

Riagh schlang das letzte Stück seines Brotes hinunter und erhob sich. Das Breitschwert hielt er fest mit der Rechten umklammert. Regen kam übers Land nieder und wusch die Luft rein von ihrem Gestank.

Er sah durch das Ungeziefer hindurch in ihre toten Augen.

»Weißt du, meine Verlobte wartet auf mich im Westen, in meinem alten Dorf. Garwad heißt es, vielleicht kennst du's ja. Wahrscheinlich ist Anryn dir gar nicht unähnlich, womöglich trägt sie den Fluch bereits selbst in sich.« Er schwieg einen langen Moment. Das Gesicht der Toten war eingefallen, die Haut schälte sich von ihrem Fleisch und die Zähne klapperten schief aufeinander. Er konnte sich einfach nicht vorstellen, wie sie einst lebend ausgesehen haben mochte.

»Und wenn Anryn Pech hatte«, er stockte, die Worte klebten zäh an seiner Zunge und wollten sich nicht recht mit seinem Atem zu einem Laut vermischen, »dann ist sie jetzt genauso wie du.« Der Regen kühlte seine heißen Wangen.

»Aber es ist egal, was auch immer geschehen ist, ich werde sie finden. Und retten … auf die eine oder andere Art.«

Riagh wartete den Klang seiner letzten Worte nicht ab. Er schwang das Breitschwert in einem schnellen Bogen hoch über seinem Kopf. Sein Blick blieb starr auf die

Augen der Toten gerichtet. Er hörte ihren restlichen Leib auf dem Boden aufkommen, als hätte er einen Sack nasser Wäsche fallen lassen. Menschen sollten nicht solche Geräusche von sich geben. Die Zeit dehnte sich quälend lang, während er versuchte, würdevolle Worte der Trauer für die Fremde zu finden, doch seine Gedanken waren leer wie ihr Blick. Endlich fiel auch ihr Kopf aus der Schlinge. Es war vorbei.

»Ich trinke mit dir in der letzten Nacht.« Dann nickte Riagh und setzte seinen Weg fort. Er musste Anryn retten.

»Du fliehst in die falsche Richtung, mein Freund!« Der Fremde klang freundlich, hob sogar die Hand zum Gruß. Neben ihm lief ein Mädchen, vielleicht sechs Winter alt. Mit grimmigem Blick nuckelte sie an ihrem Daumen. Auf dem schlammigen Pfad versanken ihre kleinen Stiefel bis zum Schaft.

Riagh erwiderte nichts, ging stattdessen einen Schritt seitwärts, damit sich der großgewachsene Rotschopf und sein Kind nicht an ihm vorbeizwängen mussten. Den Blick hielt er gesenkt, als wolle er keinen Regen im Gesicht, doch es half nichts. Der Mann rührte sich nicht. Riagh sah auf und die Augen des Fremden weiteten sich. Schnell wich er rückwärts ins hohe Gras aus, brachte Abstand zwischen Riagh und sich selbst.

Auch Riagh blieb nun stehen und hoffte, ohne Bewegung würde die Bedrohlichkeit von ihm abfallen. Denn er wusste, der Hüne hatte das Brandmal auf der linken Wange erkannt. Das abgetragene Kettenhemd zusammen mit dem roten Filzumhang und das Breitschwert taten ihr Übriges. Das Zeichen der imperialen Legion im Gesicht, die Rüstung eines Soldaten am Leib, die Beutewaffe eines Barbaren am Gürtel – Riagh war ein Heimkehrer von der Front. Doch nicht, weil es nun die Zeit war, sondern weil er es so entschieden hatte. Er war ein Deserteur und wer einen Schwur brach, brach alle, denn er kannte nur seinen eigenen Willen als Gesetz.

Die überladene Kiepe drängte die Knie des Rotschopfs in die Beuge und er formte die breiten Schultern zu einem Buckel. Die Lederriemen waren eng auf den triefenden Filz des Hemdes geschnallt. Dennoch begannen sie langsam über den stämmigen Leib zu rutschen, als der Mann grob den Arm des Mädchens packte, um sie hinter sich zu zerren. Sie sträubte sich, drehte sich um die eigene Achse und entwand sich so dem schützenden Arm ihres Vaters, ohne den Daumen aus ihrem Mund zu nehmen. Der Hüne griff erneut nach ihr, verlor das Gleichgewicht auf dem feuchten Untergrund und die schwere Kiepe riss ihn zu Boden. Erschrocken sprang das Mädchen zurück, rannte jedoch gleich darauf dem kupfernen Teekessel nach, der nun über das Gras rollte.

Riagh ging einen Schritt auf den Mann zu und reichte ihm die Hand zur Hilfe, aber der Kniende starrte nur an Riaghs Augen vorbei, wandte seinen Blick noch immer nicht von der Narbe ab. Verständlich, auch Riagh hatte die

Brandmale einst bestaunt und gefürchtet zugleich. Die eingeriebene Asche der Zigali-Flamme ließ das sich aufbäumende Gewebe kupfern glänzen, als würde es noch immer brennen. Als trüge jeder Soldat ein inneres Feuer in sich, das aus seinen Wunden loderte.

Riagh zog seine Hand zurück, der Fremde hatte sie ohnehin nicht bemerkt. Oder er wollte sich von einem Deserteur nicht helfen lassen. Das Mädchen fing den alten Kessel und hockte sich mit ihrer Beute hinter die Kiepe. Noch immer lutschte sie trotzig an ihrem Daumen. Sie starrte zu Riagh und er starrte zurück.

Zwei Herzschläge lang verharrten ihre Blicke aufeinander, dann erhob sie sich und stapfte tapfer vor ihren Vater. Wie einen Schild hielt sie den Kessel vor ihren Leib. Ihr helles Haar klebte an der Stirn und leitete den Regen in die braunen Augen, doch sie blinzelte nicht.

Als blickte Anryn zu ihm auf.

Beschämt sah Riagh zu Boden, ignorierte auch das Messer, das der Hüne endlich aus der Gürtelscheide freibekommen hatte. Riagh floh, denn hier wurde er nicht gebraucht.

Der Schlamm spritzte bis zu den Oberschenkeln herauf, als er mit festen Schritten seinen Weg fortsetzte. Er musste Anryn retten.

Der Herbst hatte Carthal dieses Jahr früh eingenommen, die Flüsse des Landes genährt und die Ebenen ertränkt. Noch ließ es sich neben der Vindara gut laufen: Der Weg versank zwar im Schlamm, lag aber hoch genug, um noch nicht von der Schwemme des Flusses erfasst worden zu sein. Doch Riagh wusste, dies war nur eine Frage von Wochen. Dann würde die sichere Straße nach Garlitha unpassierbar werden und die Flüchtlinge müssten ihr Glück in den Kernprovinzen suchen – und dort den Tod finden. Denn seit der Fluch über sie gekommen war, wurde Landflucht mit dem Strick bestraft, und zumindest im Inneren scherte man sich noch um die imperialen Gesetze.

»He, Soldat, du läufst in die falsche Richtung!« Ein alter Mann trottete gemächlich neben seinem zotteligen Esel, der stoisch einen überfüllten Karren samt stillender Frau zog und damit die volle Breite des Weges ausfüllte.

»Kann es für mich denn einen richtigen Weg geben?« Riagh wich vorsichtig ins Gras aus, ließ dabei den Streitkolben nicht aus dem Blick, der am Gürtel des Alten schaukelte.

»An der Front kannst du wenigstens nur einmal sterben.« Langsam führte der Flüchtling den Wagen an Riagh vorbei. Seine Stimme klang ruhig, doch seine Gesichtszüge zeigten tiefe Falten der Anspannung.

»Die Front ist überall…«, murmelte Riagh und ließ den Karren vollends passieren. Die Frau sah nicht vom Säugling auf und wirkte dabei unnatürlich starr. Riagh schaute dem Wagen noch eine Weile nach. Das an ihre Brust gepresste Bündel rührte sich nicht.

Carthal starb. Die frühen Herbstregen waren ein verzweifeltes Aufbäumen, ein kläglicher Versuch des Landes, die Seuche einfach auszuspülen. Doch das Gras blieb stumpf und die Menschen flohen. Der Fluch der Ash'Bahar wirkte schleichend, aber stetig.

Riagh hätte hier sein sollen, als die Horde den Fluch in seine Heimat getragen hatte. Doch er war Sivok zur Legion gefolgt und hatte fremde Barbaren im Osten erschlagen, während das Grauen einfiel und das Land schändete. Sie hätten beide hier sein sollen. Bei Anryn.

»Vertrau mir, Fremder, das ist die fal...« Die Frau erschrak beim Anblick seiner Narbe wie er beim Klang ihrer Worte. Er hatte nicht bemerkt, dass eine neue Wanderin seinen Weg kreuzte, hatte sich zu sehr in seinen Gedanken an Schuld und Scham verloren.

Sie wich schnell einige Schritte zurück – in die falsche Richtung, nah an den Abhang in ihrem Rücken, der die Straße von der Vindara trennte. Ihre Stiefel versanken im schlammigen Untergrund, der sich durch die panischen Tritte abzulösen drohte. Riagh machte einen Satz voran, packte die zappelnde Frau an den Armen und presste sie fest an das Kettengeflecht vor seiner Brust. Durch den feuchten Filzstoff ihres Kleides hindurch fühlte sie sich warm an.

Sie schrie, versuchte sich ihm mit geballten Fäusten zu entreißen und stieß ihr spitzes Knie gegen seinen Oberschenkel; ungezielte Angriffe, die kaum bedrohlich waren. Ruhig schleifte Riagh sie zur bewachsenen Seite des Weges und hielt sie nach wie vor an sich gepresst. Denn Panik vergaß zu oft den Schutz des Lebens, das sie doch schützen sollte, und Riagh fürchtete, in ihrer Flucht vor ihm würde die Frau nur wieder zur Vindara rennen. Also hielt er sie bei sich, bis ihre Kraft versagte und ihr heiseres Schreien verstummte. Erst dann löste er seinen Griff und drückte sie langsam, aber bestimmt von sich.

Die Frau war noch jung, vielleicht etwas mehr als zwanzig Winter auf dieser Welt und somit in seinem Alter. Ihr rechter Nasenflügel war leicht gespalten und plusterte sich auf ob ihrer raschen Atmung, die Haut der Unterlippe war rissig und stand in vielen bleichen Zipfeln hervor. Doch ansonsten war sie nicht unattraktiv, wenn auch gewöhnlich. Sie war nicht Anryn.

»Ist ja gut, ich tu dir nichts. Aber du wärst eben fast in den Fluss gestürzt. Wenn du also vor mir weglaufen willst, dann renn über die Wiese.«

Ihr Blick huschte unruhig zwischen seiner Narbe, dem Breitschwert und seinen Augen umher.

Riagh versuchte zu lächeln.

Sie wich einen Schritt zurück.

Ihre Kleidung war alt und zweckmäßig. Sie hielt die lederne Tasche fest an den Leib gepresst, mehr Gepäck führte sie nicht bei sich. Weit würde sie damit nicht kommen, doch selbst wenn ... Die Garlither waren ein raues Volk, sie hätte dort keinen leichten Stand. Vielleicht sollte er sie begleiten, sie beschützen, zumindest bis zum ersten Dorf.

Sie hatte sich warm angefühlt, diesen kurzen Moment in seinen Armen. Der erste Mensch, den er berührt hatte, seit ...

»Jedenfalls, danke für den Hinweis. Aber ich kenne meinen Weg.« Riagh schritt an ihr vorbei, ohne sich noch einmal zu ihr umzudrehen. Er musste Anryn retten.

Es war der perfekte Baum. Die Kastanie stand allein auf diesem Hügel und wirkte doch nicht einsam. Erhaben blickte sie auf das entfernte Fischerdorf hinab, als wäre sie eine mächtige Herrscherin, die über ihre Untertanen wachte. Die Blätter waren ihre herbstfarbenen Banner und ihre Früchte lagen wie kleine Grenzsteine rund um den Stamm und markierten ihr Königreich. Ihr prächtiger Stamm verriet ein hohes Alter und die Äste waren dick und ausladend, als würde sie gen Himmel blicken, um den Sturmfürsten selbst herauszufordern. Mochte Carthal auch kranken und verrotten, diese Kriegerin war bereit, dem Fluch zu trotzen!

Vor allem aber versprachen diese stabilen Äste ein gutes Nachtlager. Sicher, der Boden hätte einen bequemeren Schlafplatz geboten, doch eben auch das Risiko der wandernden Verfluchten – und bisher sprach ihnen kein Gerücht Kletterkünste zu. Und auch die wenigsten Räuber blickten auf ihrer Opfersuche nach oben. Trotzdem wünschte sich Riagh, er hätte sich einen anderen Baum gesucht, als ihn Gekeife und Schreie aus einem traumlosen Schlaf rissen.

Durch die lichte Blätterdecke erspähte er drei Männer und eine Frau, die fackelschwingend um ein Wesen tanzten, das sich mühsam auf dem Boden umherwand, wie es auch die Verfluchte getan hatte. Sie lachten auf, wann immer sie ihm durch ihre Tritte ein kurzes Gurgeln entlocken konnten, und die Knüppel an ihren Gürteln wippten bei jeder Bewegung mit. Sehr wahrscheinlich waren es die hiesigen Fischer, die sich dank des Mutes der Gruppe mit ihrem *besonderen* Fang vergnügten, um sich zumindest für einen Moment in ihrem Zorn überlegen zu fühlen.

Und besonders war dieser Verfluchte auf alle Fälle. Der zerschlissene Rock, den das Wesen trug, war aus blauem Leinenstoff, kräftig gefärbt, weder imperial und schon gar nicht cartharisch. Das Gesicht des Verfluchten war nicht zu erkennen, denn sie hatten ihm einen Sack über den Kopf gestülpt, vermutlich, damit er sie nicht biss. Aber da war noch etwas, das nicht so recht passen wollte und Riagh zwang, auf dieses fremde Wesen am Boden zu starren. Sein Blick wich nicht von den Händen des Fremden, die ein grober Strick auf dem Rücken zusammenhielt: Sie waren zu Fäusten geballt.

Dieser Mensch lebte. Die Dörfler hatten sich einen Fremden gefangen, um ihn zu quälen und an ihrer uralten Wächterin zu erhängen. Ein Tritt gegen das Genick ließ den Fremden prusten und keuchen. Er krümmte sich zusammen, nur um vom nächsten Tritt gegen das Rückgrat wieder in die Gerade getrieben zu werden.

Riagh zwang seine Muskeln, sich zu entspannen. Was immer dort unten geschah, es ging ihn nichts an. Vermutlich hatte der Kerl sich an einem Mädchen im Dorf vergangen und war nicht schnell genug geflohen. Er war selbst schuld an seinem Schicksal.

Ein kurzes Aufbäumen, ein schneller Tritt, ein tiefes Röcheln. Auf dem Leinensack malten sich die ersten Linien in tiefem Rot, während der Leib erschlaffte.

Oder er hatte sich einfach in eine Frau aus der falschen Familie verliebt...

Der kleinste der Männer packte den Fuß des Fremden und riss den trägen Körper herum, sodass er auf dem Bauch zum Liegen kam. Vergnügt quiekte der Dickliche der Gruppe auf und drückte den Leinensack mit seinem Stiefel tief in den Schlamm, wodurch der Gefangene zu neuem Leben fand. Er zappelte, versuchte sich gegen die Schwere seines Angreifers zu stemmen, und kämpfte wild um jeden Atemzug.

»Was meint ihr, wie viel Feuer kann er wohl wirklich vertragen?«, sprach der Einäugige, der Größte der drei Männer. Er zerriss den Leinenrock und schwenkte die Fackel gefährlich nah über den blanken Hintern seines Opfers. Seine Haut war braun, wie es für die imperialen Südprovinzen üblich war. War dies sein *Vergehen*: War der Fremde *zu* fremd für diese Gegend?

Als Riagh seine Heimat verlassen hatte, kümmerten sich nur die wenigsten Cartharer um Abstammungen. Cartharer war, wer in Regen und Sturm nicht schwankte, gleich in welchem Boden seine Wurzeln gewachsen waren. Aber damals waren die Toten auch noch tot geblieben. Und wenn die Imperialen stets über die Fremdländer in ihren

Reihen flüsterten, hatte der Wind diese Worte vielleicht auch auf cartharische Lippen getragen?

Manchmal reichten sechs Jahre, damit ein neues Zeitalter begann.

Der Dickliche ließ vom Sack ab, er wollte seine Beute nicht zu früh ersäufen. Sie waren bereit, den Fremden zu foltern, freuten sich gar darauf wie auf frischen Wildschweinbraten.

Riagh spannte sich wieder an. Es fiel ihm schwer, zu verharren, dem Treiben einfach zuzusehen. Aber die Dörfler würden ihn sofort erkennen und vermutlich verraten, weil sie auf ein Kopfgeld hofften. Das hier waren keine Flüchtlinge, sie mussten sich nicht vor den Soldaten fürchten. Die Legion würde einen Trupp schicken, Riagh jagen, fort von seinem Weg treiben und verhindern, dass er überhaupt in die Nähe von Garwad gelangte ... Riagh saugte die Unterlippe zwischen seine Zähne, bis er Eisen schmeckte. Er konnte Anryn nicht für einen Fremden opfern.

»Na los, direkt in die Mitte!« Die junge Frau feuerte ihre Gefährten an, johlte, als der Einäugige erneut die Fackel nah über das Fleisch zog.

Der Leib am Boden zappelte, schrie heiser fremd klingende Wörter. Riagh war, als rieche er jetzt schon verkohltes Fleisch. Und gebrannten Torf?

Der Einäugige grinste und kniete sich auf das strampelnde Bündel am Boden. Die Fackel in seiner Hand ließ tiefe Schatten gespenstergleich durch die Nacht tanzen. Und dann holte er mit kräftigem Schwung aus.

Anryn ... Verzeih mir.

»He, ihr da!«

Die Gruppe verharrte augenblicklich in ihrem Treiben und sah zu Riagh auf, der sich vorsichtig aus seinem Versteck auf einen niedrigeren Ast gleiten ließ, um von diesem den Sprung auf den Boden zu wagen. Er versuchte nicht einmal, die Narbe zu verbergen.

»Das hier geht dich nichts an, Soldat!«, sagte der Kleine mit durchaus fester Stimme, während er zeitgleich einen Schritt zurücktrat.

»Oder willst du mitmachen?« Der Einäugige grinste noch immer und verpasste seinem Opfer einen Schlag mit der Fackel. Es zischte und der Fremde kreischte.

»Was hat der arme Kerl denn angestellt?« Riagh ignorierte den Wortführer, schritt langsam an den Gefangenen heran, während seine rechte Hand locker auf dem Knauf des Breitschwerts lag. Die Beine des Fremden waren mit Blut und Schlamm verklebt, doch unter dieser Schlacke zeichneten sich feine Muskeln ab, die in Riaghs Gedanken einen sehnigen Körper offenbarten. Ein Soldat, der sich auf dem Weg zur Front verlaufen hatte?

Oder ein Deserteur, der in die falsche Richtung floh?

»Dieser *arme* Kerl hier ist ein Ash'Bahar!« Zornig deutete die Frau auf den Liegenden, der nun erneut in einer fremden Sprache fluchte. Er hatte wohl den Namen seines Volkes verstanden.

Riagh wurde schwindelig, die Schatten schienen ihn zu verspotten und die Hitze der Fackeln trieb ihm den Schweiß auf den Leib. Dies hier war kein Soldat aus den Südprovinzen. Er hatte Anryn für einen Nekromanten verraten.

»Na dann los, hängt ihn auf.« Die Worte kratzten sich durch Riaghs trockene Kehle.

»Keine Sorge, der hängt noch früh genug.« Mit einem Tritt ins Kreuz zwang der Kleine den Ash'Bahar erneut zum Keuchen. »Aber vorher wird er leiden, wie sie uns leiden lassen!«

Der Einäugige kniete sich nun wieder neben den Fremden. Seine kontrollierten Bewegungen verrieten, er würde ihn langsam foltern, damit er ihnen nicht zu schnell starb. Und er würde es genießen.

Riagh versuchte, ruhig zu atmen. Die anderen hatten doch recht, dieser verdammte Ash'Bahar sollte wimmern und betteln, keine Qual wäre genug. Diese Nekromanten hatten den Fluch über Carthal gebracht. Über Anryn.

Riagh ließ den Ash'Bahar nicht aus den Augen. Dumpfes Schluchzen drang durch den Leinenstoff.

Anryn war nie rachsüchtig gewesen.

»Ich sagte: ›*Hängt ihn auf!*‹ Jetzt.«

»Was ist, Soldat? Sind dir im Kampf gegen die Nekromanten die Eier abgefault? Bist du deshalb von der Front geflohen?« Der Dicke spuckte aus.

»Oder hast du deine Vorliebe für faules Fleisch gefunden und hoffst, der hier erschafft dir ein Liebchen, das dich auch als Feigling noch ranlässt?« Ihr schrilles Gelächter verschmolz mit den fliehenden Schatten zu einer bizarren Groteske.

Riagh zitterte. Er durfte nicht, er musste doch Anryn retten ... oder war Anryn tot? Nur noch faulendes Fleisch? Tot wie Sivok, der mit ihm von der Front geflohen war ... Plötzlich war die Nacht so furchtbar kalt.

Riagh starrte dem Kopf des Kleinen hinterher, der schwerfällig den Hügel hinabrollte. Blut perlte von der Klinge des Breitschwertes, das Riagh ausgestreckt vor sich hielt. Er konnte sich einfach nicht erinnern, wie er es gezogen hatte. Die Schatten verharrten. Die ersten Regentropfen fielen als weicher Schleier herab und wuschen seine Waffe von ihren Taten rein.

Hoffentlich waren die Dörfler klug genug, um zu fliehen.

Ein kühler Lufthauch küsste Riaghs rechte Wange. Er wandte sich um, riss das Breitschwert hoch. Dumpf traf der Knüppel seine Klinge, die Vibration erreichte kaum den Unterarm. Riagh musste es der Frau lassen, sie hatte Mut, so schnell diesen Kampf zu suchen. Die Klinge schnitt sich tief in ihren Oberkörper, der dünne Filz leistete keinen Widerstand. Blut schwappte aus der Wunde wie Wasser aus einem übervollen Regenfass und ergoss sich über den Stahl in ihrem Fleisch. Sie starrte Riagh an, mit diesem ungläubigen Blick. Wie sie es immer taten. Wer kämpfte, konnte sterben – sie schienen es stets zu vergessen.

Hoffentlich waren sie jetzt klug genug, um zu fliehen.

Riagh wich einen schnellen Schritt nach rechts und lehnte sich weit zurück. Die Fackel schwang nur knapp an seinem Gesicht vorbei und hinterließ den beißenden Gestank von verbrannten Haaren. Seine Waffe wollte nicht so recht aus dem zusammengefallenen Leib der Frau gleiten. Der Dicke holte erneut mit der Fackel aus, der Feuerschein ließ sein zorniges Gesicht rot glühen. Riagh sprang zur Seite, entkam auch dem zweiten Hieb und landete auf dem leblosen Frauenkörper. Mit einem kräftigen Ruck riss er sein Breitschwert endlich in die Freiheit. Nahende Hitze an seinen Wangen – schon wieder diese verdammte Fackel.

Es war, als bohrte sich seine Klinge von selbst in den Leib des Fischers. Als Riagh seinen Arm wieder spürte, ihn aus dem Sklaventum seiner Reflexe befreien konnte, lag der Mann bereits regungslos neben dem Gefangenen.

Ein dumpfes Klatschen, dann zwei schmatzende Laute. Riagh sah hoch, der Einäugige hatte seinen Knüppel fallen gelassen, war von den Leichnamen seiner Freunde zurückgeschreckt. Riagh sprang nach vorne, rutschte ein weiteres Stück durch den Schlamm. Er schwankte, drohte die Balance zu verlieren, und spannte sich an, um Herr seines Körpers zu bleiben. Kurz vor dem letzten Mann kam er zum Stehen. Er konnte den kalten Schweiß riechen, diese stechende Süße vermischt mit Fischöl und dem Gestank verbrannter Haare. Dem Einäugigen stockte der Atem.

Der Dörfler drehte sich um und floh, wie es Anführer immer taten, sobald sie schutzlos wurden. Er hetzte den Hügel hinab, stolperte über den Kopf seines Freundes, rutschte den Rest der Strecke im Schlamm. Er rannte immer weiter in die Dunkelheit, vermutlich heim ins Dorf, um dort seine schwerste Truhe vor die Tür zu schieben. Kluger Mann.

Riagh schüttelte sich, es war, als würden seine Muskeln von kalten Messern zerschnitten. Der Knauf seines Breitschwertes fühlte sich fremd an, so sonderbar dumpf an seinen Fingerspitzen. Morgen schon würden die Dörfler jemanden zum nächsten Kastell der Legion senden, auf dass ein Trupp kommen solle, die Bestie zu erlegen, die dieses Blutbad angerichtet hatte.

Riagh sah wieder zum Gefangenen. Er hatte Anryn für einen Ash'Bahar geopfert.

Oder hatten sie gelogen?

Riagh packte den gefesselten Leib und riss ihn auf die Knie. Der Fremde war von Schlamm und eigenem Blut überzogen und musste furchtbar frieren. Aber er zitterte nicht. Nicht mehr.

Riagh hockte sich hin, fixierte den Sack, wo er die Augen des anderen vermutete, und starrte. Er verharrte, versuchte auf dem schmutzigen Leinen die Zukunft zu lesen. Sie mussten schon vorher mit ihren Fackeln gedroht haben, denn das Gewebe war versengt, Blut und Schlamm bildeten verkrustete Muster. Riagh schluckte und hielt dieses Stechen im Nacken einfach nicht mehr aus. Diese kriechende Kälte, die sich um seinen Hals legte, die Kehle stetig fester band und sich über seine Schultern ergoss. Das Gefühl, nein, diese verdammte Gewissheit, dass der Nekromant ihn durch den Sack hindurch ebenfalls anstarrte.

Riagh zückte seinen Stiefeldolch, zerschnitt das grobe Leinen, um das Gesicht des Gefangenen freizulegen, und erschrak. Der Blick der fremdartigen Augen war an die seinen gekettet, als hätte der Stoff nie zwischen ihnen gelegen.

Die Gesichtszüge des Ash'Bahars waren nur schwer zu erkennen, viel zu dick lag die Kruste aus altem Blut um seine Haut und wurde von frischen Spuren getränkt. Das schwarze Haar klebte strähnig an seinem Kopf und war nach hinten gebunden, doch die Augen verrieten seine Herkunft: Die azurblaue Iris war von roten Trieben durchzogen. *Man erkennt sie an den Krallenspuren in den Augen und den roten Haarspitzen,* flüsterte man an der Front. Riagh schüttelte den Kopf, ohne den Blick abzuwenden. Wie ein blutender Sommerhimmel. Seine eigene Spiegelung darinnen erschien ihm winzig und schwach, wie hinter dicken Regenwolken verborgen.

Hatte dieser Kerl Anryn auf dem Gewissen? Der Blick des Nekromanten schien Riagh die Gedanken zu verkleben.

Langsam erhob Riagh sich, umfasste den Griff seines Schwertes wieder fester. Er durfte sich nicht von den Verwundungen täuschen lassen: Der Ash'Bahar war ein hungriger Wolf an einer Eisenkette. Er ergab sich nicht, er lauerte.

Ein Nekromant sei mit seiner Magie zehn Soldaten wert, hatte es geheißen. Riagh packte sein Breitschwert mit beiden Händen, bevor er die Klinge neben dem Kopf des Knienden in die Luft hob. Ein Deserteur war also zehn Soldaten wert.

Der Ash'Bahar zeigte keine Regung, schaute nicht zur Klinge. Die Augen bettelten nicht. Noch nicht einmal, als

Riagh das Schwert auf seinen Hals niedersausen ließ. Er wollte immer noch nicht zittern.

Riagh keuchte, der rasende Herzschlag trieb ihm die Hitze in den Körper. Er blickte auf seine Arme, folgte dem schmutzigen Stoff zu den fiebrigen Händen, die sich vergeblich am Griff des Schwertes festklammerten und die breite Klinge in Vibration versetzten. Noch immer perlten feine Blutstropfen herab und verloren sich im Schlamm, der das blaue Leinenhemd des Ash'Bahar verzierte. Riagh sah den winzigen Tropfen nach, wie sie am regungslosen Leib herabflossen, versuchte, sich jede der dunklen Kuhlen einzuprägen, wo sie in der Schlacke versickerten. Um keinen Preis wollte er je wieder aufschauen.

Anryn... Er hatte es wirklich vermasselt.

Riagh schämte sich, als er endlich den Mut fand, erneut in das Gesicht des Ash'Bahars zu blicken. Um ein Haar hätte er einen Wehrlosen abgeschlachtet ... schon wieder ... Wer von ihnen war die wahre Bestie, die an eine Eisenkette gehörte?

Die fremden Augen schienen ungerührt, starrten Riagh noch immer an, warteten. Die Klinge lag dicht am fremden Hals und hatte die Schicht verkrusteten Blutes fein geteilt.

Der Nekromant schenkte Riagh ein dünnes Lächeln, als grüßte er einen flüchtigen Bekannten. Ohne jede Andeutung eines Triumphes.

Aus Fieber wurde Frost. Riagh war verzweifelt, er wollte Zorn in sich beschwören, die Kontrolle verlieren. Der Nekromant sollte ihm einen Grund schenken, um die

Klinge erneut zu erheben. Er hatte dieses Land verflucht! Er ließ die Toten auferstehen, dass sie sich seinem Willen beugten! Er war hier, um alles Leben aus Carthal zu pressen! Riagh suchte nach Hass in diesen blutdurchtriebenen Augen.

Er fand Neugierde.

Das Breitschwert glitt aus Riaghs Händen, als er sich in den Matsch sinken ließ. Der Ash'Bahar lächelte nun aufmunternd. Riagh kämpfte mit den Tränen. Er hatte drei Cartharer für einen Ash'Bahar getötet. Kaum von der Front geflohen, hatte er jeden Sinn für Freund und Feind verloren. Er war so ein verdammter Feigling.

»Du bist doch völlig verrückt ...« Riagh sprach mit dem Nekromanten und wusste doch nicht, wen er meinte. »Ich werde dich umbringen müssen, weißt du? Freilassen geht nicht, dann wirst du dich an diesem Dorf rächen – und danach mit einer Armee aus neugeschaffenen Verfluchten zum nächsten marschieren.« Er hoffte auf ein Nicken, einen traurigen Blick, heftiges Kopfschütteln oder sonst eine Regung. Aber der Nekromant lächelte bloß. »Na toll, du verstehst mich nicht mal.«

Riagh stand auf, ging zwei Schritte nach rechts, verharrte im Schlamm, drei Schritte nach links. Ein kurzer Blick zum Ash'Bahar, keine Regung, Kopfschütteln, jetzt vier nach rechts. Welche Wahl hatte er denn? Zwei Schritte nach links, er wandte sich um, verharrte, fast wäre er über den Leichnam der Frau gestolpert. Hätten sie den Kerl doch einfach aufgehängt.

Riagh schrie und rannte zur Kastanie, deren ausladende Äste mit dem kühlen Morgenwind spielten. Er griff an, wieder und wieder rammte er seine Fäuste in das feste Holz und versuchte den aufkeimenden Schmerz hinfort zu schlagen. Das knarzende Lachen dröhnte in seinem Schädel. Warum konnte er ihn nicht einfach töten … nicht wenigstens einmal das Richtige tun?

Als Riagh sich endlich aus dem Kampf löste und sein Duell gegen die Kriegerin aus Holz und Kastanien verloren gab, hatte die Dämmerung dem Himmel bereits ein sanftes Rot geschenkt. Die Finger trieften vor Blut und schmerzten bei jeder Bewegung, knackten unschön wie trockene Äste. Aber das Schwert würden sie noch halten können.

Riagh seufzte, lehnte seine Stirn an das kühle Holz. Und wenn der Nekromant auch ein Deserteur war, von der eigenen Front weit fort in die falsche Richtung geflohen?

Es half nichts, Riagh musste es tun. Einem Ash'Bahar war nicht zu trauen.

»Es tut mir leid, mein Freu… Fremder.« Riagh griff nach dem Breitschwert an seinem Gürtel. Seine Muskeln krampften, der Puls pochte an Stirn und Handgelenken, als seine schmerzenden Finger immer wieder die leere Schwertscheide abtasteten.

Er war so ein verdammter Idiot!

Panisch drehte Riagh sich um, suchte nach den Spuren des Nekromanten, bereit zum Sprint. So weit konnte er noch nicht gekommen sein.

Der Ash'Bahar lag rücklings im Schlamm, mühsam stemmte sich der Brustkorb für jeden Atemzug empor. Die Augen waren geschlossen, Kälte und Blutverlust hatten den Lippen die Farbe gestohlen. Die Auswirkungen der Nacht hatten seinen Leib übermannt. Die Hände waren noch immer gebunden, das Breitschwert lag greifbar nahe im Schlamm. Die fehlenden Spuren waren eindeutig: Er hatte nicht einmal versucht, sich zu befreien.

Riagh schritt zu seinem Schwert und reinigte die Klinge behutsam am Filz des Dicken. Fassungslos starrte er zum bewusstlosen Ash'Bahar hinüber. Warum war er nicht einfach weggerannt?

Nun konnte er ihm einen schnellen und furchtlosen Tod schenken.

Ein lautes Schnarchen ließ Riagh aufschrecken. Es klang so unwirklich friedlich zwischen all den Leichen.

Einen Moment noch zögerte Riagh, dann schüttelte er resignierend den Kopf und wanderte den Hügel hinab zum Ufer der Vindara. Um diese Wunden zu versorgen, würde er viel Wasser brauchen.

»Als der Sturmfürst betrunken war, da tanzte er. Und als Thigara ihn solcherart nicht im Hause haben wollte, da tobte er. Dann weinte er, als sie trotzdem die Tür nicht öffnete, und stieß mit übervollem Krug auf ihre Güte an, als sie ihn letztendlich dennoch zu sich ließ. Und mit ihm tanzten, tobten, heulten und zitterten die Wolken und schütteten, tröpfelten, gossen und erbrachen ihr Wasser in die Welt, wie er sein Wasser in die Welt entließ; auf solch viele Arten, wie der Sturmfürst zu feiern, zu wüten und zu leiden wusste. Und all diese so verschiedenen Tropfen, aus verschiedenen Gründen geboren und in die Welt geflossen, sollen dennoch nur einen Namen tragen?«

– Cartharische Erzählung, aufgeschnappt nahe der Grenze zu Irvictorem, zeitalter der Ferne

»Laut eigener Aussagen besitzen sie in diesem Land dreiunddreißig verschiedene Namen für Regen. Die wichtigsten habe ich hier notiert, sie sollten den neuen Offizieren mitgeteilt werden, bevor sie herkommen. Schließlich müssen sie sich bei ihrer Marschplanung auf die Aussagen einheimischer Kundschafter verlassen.

Drœghad: Nieselregen

Nivag: Platzregen

Leith: Ein Platzregen, der nicht nass macht (Bedeutung noch nicht ergründet)

Tarhain: Die Sintflut bricht vom Himmel aus über uns herein! (im Herbst und Frühling wöchentlich zu erwarten)

Nechtair: Regenschauer, der ohne Vorwarnung beginnt (mit Neghtair – Fremdländer verwandt?)

Regen: Das Wetter im Allgemeinen«

– Cato Ligarius, zentus der IV. Legion zu Brongus, Auszug aus dem Lagebericht nach Amtsantritt, 109. Jahr des Ewigen

Kapitel 2

»Das bedeutet gar nichts, hörst du?« Riagh zog fester am Strick, der die Hände des Ash'Bahars vor der Brust fesselte. Der Nekromant taumelte einen großen Schritt voran auf dem feuchten Gras, denn die grobe Filzkleidung der toten Dörfler war ihm zu weit und die Augenbinde tat ihr Übriges. Doch er war ein zäher Bursche, das gestand ihm Riagh zu, auch wenn er auf den ersten Blick anders wirkte: sehnig, etwas mager. Fast schon ... *zart*. Vermutlich war er noch keine dreißig Winter auf dieser Welt, aber ganz sicher war Riagh nicht, denn dem fremden Körper fehlte die Härte der cartharischen Jahreszeiten.

Der Blutverlust des Nekromanten musste enorm gewesen sein. Dicke Krusten hatten sein gesamtes Gesicht verklebt gehabt. Seltsamerweise waren darunter kaum Wunden verborgen gewesen, vermutlich hatte er sich heil gezaubert und nur die Blutergüsse zurückgelassen, die sich vielzählig über seinen Körper verstreuten. Trotz der Heilung war der Ash'Bahar fast bis zur Mittagszeit bewusstlos geblieben und Riagh hatte ihn tragen müssen. Denn er hatte nicht warten wollen, bis die Dörfler ihre toten Freunde fanden und diesen zornigen Mut entwickelten, den nur die Sicherheit einer großen Gruppe gebar. Schließlich hatte Riagh den Nekromanten nicht gewaschen und verbunden, damit die Dörfler ihn dann doch wieder durch den Schlamm prügelten. Sondern damit er starb ...

»Ich werde dich auf jeden Fall umbringen, das steht fest. Ich meine ... ihr lasst die Toten auferstehen, um das Imperium zu stürzen – und das Land verrottet dabei!«, rief Riagh seinem Gefangenen zu. Zur Bekräftigung deutete er auf den Boden, ließ seine Hand aber schnell wieder sinken. Noch immer trug der Nekromant die Augenbinde. Trotzig zog Riagh am Seil und setzte den Weg durch die Ebene fort. Auf die Straße konnte er nicht mehr zurückkehren, mit einem Ash'Bahar im Schlepptau war er ein Leuchtfeuer für die Legion und ihre Spitzel.

»Ich nehme dich jetzt nur mit, weil ich sichergehen will, dass du das Dorf auch wirklich in Ruhe lässt. Wer weiß, was du alles zauberst, wenn es erst um dein Leben geht! Reicht ja, wenn schon drei deinetwegen tot sind. Dann musst du nicht auch noch den Rest verfluchen. – Könnt ihr eigentlich anderen den Fluch ansehen?« Riagh wandte sich seinem Gefangenen zu, um dann doch weiterzugehen. »Ja, schon klar, du verstehst mich nicht.«

Der Ash'Bahar trottete widerstandslos hinter Riagh her, als kehrten sie von einem gemütlichen Angelausflug heim. Kein Fluchtversuch, kein Zerren am Strick, kein Schreien oder Flehen, er jammerte noch nicht einmal über seine Schmerzen, die er eindeutig haben musste. Und trotzdem: keine Aufgabe. Rutschte der Nekromant aus, so stand er von alleine wieder auf. Weder tat er dies langsam, um seinen nahen Tod einen weiteren Herzschlag hinauszuzögern, noch schnell, aus Angst, Riagh könnte sich wütend gegen ihn wenden. Er erhob sich, ganz schlicht, als wäre es eine vollkommen unbedeutende Bewegung. Riagh hasste diese Selbstgefälligkeit des Ash'Bahars, an der nichts Selbstgefälliges zu finden war.

»Verhalte dich verdammt nochmal wie ein Nekromant!«

Der Ash'Bahar stolperte und blieb wie erstarrt stehen. Hatte er ihn jetzt doch verstanden?

»Was?«

Riagh zog am Seil, doch sein Gefangener leistete Widerstand, zum ersten Mal. Der Ash'Bahar tastete seine eigene Brust ab, griff sich an den Hals und fand auch dort nicht das Gesuchte.

Riagh wusste, was dem anderen Mann fehlte, doch sagte nichts.

»Sameea?«, fragte der Nekromant. Seine gebundenen Hände ruhten wieder vor ihm, als wäre er harmlos.

»Ist das dein Wort für Kette?« Riaghs Tonfall war kalt. Er hatte dem Nekromanten das Schmuckstück abgenommen, als ihm auffiel, *was* es war. »Ja, ich habe dein ›*Sameea*‹. Aber beim Schwanz des Sturmfürsten – warum trägst du eine Phiole mit Blut um den Hals?!«

»Sa-mee-a?« Er sprach das Wort nun langsamer aus, als würde es sich dadurch von selbst übersetzen.

»Ja, verdammt! Glaub ja nicht, ich geb's dir zurück! Hast du dafür eine Jungfrau aufgeschlitzt? Brauchst du das, um die Toten zurückzuholen?«

Der Nekromant lächelte freundlich und deutete auf seinen Hals. Er sagte etwas ganz und gar Unverständliches – und davon recht viel – und dann wieder: »Sameea?«

»Nein! Nein! Nein! Auf gar keinen Fall! Ich behalte das Blut in meiner Tasche, bevor du damit irgendeinen Zauber-Unfug anstellst.« Riagh drehte sich um und stapfte weiter. Er ruckte kräftig am Seil, doch spürte kaum Widerstand. Der Ash'Bahar hatte von selbst entschieden, ihm wieder zu folgen. Mistkerl.

Die seltsame Phiole des Nekromanten war gläsern. Nicht das neblige Rohglas der Imperialen, sondern dünnes, durchsichtiges Glas – wie immer man so etwas erschaffen konnte. Dazu war die Phiole versiegelt und mit diesem seltsamen Muster gezeichnet: in sich geschwungene Linien, die sich auch blassrot über den Brustkorb des Ash'Bahars wanden – und pochten, als hätten sich die Adern unter seiner Haut verwoben. Riagh schüttelte den Kopf, auch um die nassen Haarspitzen aus den Augen zu bekommen. Warum nur war er in die *falsche* Richtung geflohen?

»Weißt du, ich wäre zu gern an der Südfront gewesen«, sagte er nach einer schweigsamen Weile. »Ja, ich weiß. Die habt ihr völlig überrannt und nun kämpfen die Südprovinzler als Verfluchte an eurer Seite. Aber trotzdem ... Gegen euch, das wäre eine gerechte Sache gewesen. Im Kampf gegen das Böse sterben, das ist viel besser als zu fallen, weil sich irgendein Barbarenstamm weigert, Teil des Imperiums zu werden.« Riagh blickte kurz hinter sich, aber der Nekromant sah nicht aus, als wolle er antworten.

»Ich meine, ihr kommt in unser Land, um alles Leben auszulöschen – das macht die Gefallenen zu Helden! Ein Tod im Kampf gegen euch hat Bedeutung. Die Ostbarbaren hingegen wollen bloß weiter frei bleiben, das ist ... verständlich. Keine Ahnung, warum das Imperium sie unbedingt bekämpfen will. Warum Sivok sie bekämpfen wollte ...« Riagh wandte sich wieder seinem Gefangenen zu, auch wenn ihm kein tröstender Blick begegnen würde. »Du hast natürlich keine Ahnung, wer Sivok ist ... war. Wenigstens ist sein Körper im Osten sicher vor deinen Leuten. Ihn bekommt ihr nicht!«

Riagh schnaubte. Die Bauchschmerzen kehrten zurück, sie suchten ihn immer heim, wenn er an Sivoks Tod dachte.

Es war die eine unbestreitbare Wahrheit, die sich mühselig durch seine Eingeweide kämpfte: Er hatte Sivok sterben lassen.

»Du hast ihn umgebracht!« Riagh schritt auf den Ash'Bahar zu. Er wollte ihn anblicken, ihm das schmutzige Stück Filz von den Augen reißen und die Furcht in den Augen des Nekromanten entdecken, während er schreien und auf ihn einschlagen würde. Doch Riagh widerstand, der Druck in seinem Magen war zu groß, um sich über ihn hinwegzusetzen. Und zu gewaltig, als dass irgendetwas ihm auch nur für einen Moment Frieden schenken könnte. So stand er einfach nur da, sein Gesicht wenige Finger breit entfernt vom Fremden, und starrte.

»Ihr habt Sivok umgebracht ...«, flüsterte er gegen den Regen, »und es war nichts Ehrenhaftes daran. Sein Blut durfte nicht das Land tränken, sich nicht mit dem Regen mischen. Er durfte nicht mit der Waffe in der Hand sterben.« Der Nekromant fragte etwas mit sanfter Stimme. Riagh verstand kein Wort und nickte. »Weil sie ihn aufgehängt haben.« Er sog die Luft tief ein und schmeckte den Regen. Sein Körper fühlte sich taub an, als er in Gedanken diesen einen Satz formte. Sein Magen krampfte, als er die Lippen öffnete. »Weil wir beide desertiert sind.« Der Wind peitschte den Regen kühl über seine glühende Haut. »Und weil ich schon immer der bessere Läufer war.«

Der Sturm nahm zu und stetig zerschellten die Tropfen an Riaghs Wange. Und auch der Nekromant fing immer mehr von Carthals Nässe ein. Seine feuchten Haarsträhnen schienen an ihren roten Enden zu bluten und das Leben tröpfelte aus seiner schmalen Gestalt.

»Ihr habt uns einfach keine Wahl gelassen. Ihr habt die Südgrenze überrannt, seid wie die Sintflut durch die Provinzen getobt und habt den Krieg nach Carthal getragen. Zu unserem Dorf. Zu Anryn ...« Der Blitz ließ das fremde Gesicht vor Riagh aufflackern. »Wir mussten sie retten! Ich muss sie retten ... Wenigstens das kann ich noch für Sivok tun. Deshalb wirst du sterben müssen.« Ein weiterer Blitz und nahendes Donnern. »Ich kann nicht durch das Land ziehen, wenn ich einen Gefangenen hinter mir herschleife, und ich kann dir nicht vertrauen. Du verstehst mich ja nicht mal!«

Erneutes Donnern. Riagh schrak auf, denn es folgte keinen Herzschlag auf den letzten Blitz. Die Lippen des

Ash'Bahars waren leicht geöffnet. Hatte er gerade etwas sagen wollen? Erst jetzt fiel Riagh auf, wie dunkel sich das Land um sie herum gefärbt hatte. Der seichte Regen war zu einem Sturm angewachsen und nahe Blitze zerstachen das finstere Gewölk. Der Sturmfürst hatte sich betrunken und bat zum Tanz. Es herrschte Tarhain – eine gefährliche Zeit für alle Sterblichen.

Riagh blickte sich um: Sie waren allein auf der weiten Grasebene, nur ein ferner Baum überragte noch die beiden Männer.

»Hinsetzen!« Er presste den Nekromanten zu Boden und setzte sich zu ihm, warf seinen Umhang über ihre Köpfe. Wen der Sturmfürst beim Tanz erblickte, der war verloren – so hatte es sein Ziehvater ihnen eingebläut. Carthal war das Land des Regens, seine Bewohner hatten den Sturm im Blut.

Riagh fluchte, denn natürlich wäre es klüger gewesen, getrennt voneinander zu warten, damit sie kleinere Ziele für die Blitze abgaben. Aber unbeobachtet würde der Ash'Bahar fortrennen und sich womöglich an Riagh im Schlaf rächen – oder seinen Zorn zum Dorf tragen, das ihn gefoltert hatte. Also mussten sie gemeinsam ausharren. Glücklicherweise waren cartharische Gewitter wild, aber kurz, schon bald würde der Sturmfürst erschöpft vom Rausch in seinen tiefen Schlaf fallen. Und Sivok hatte doch auch nie während des Gewitters alleinbleiben wollen, sondern sich stets in Riaghs Arm gedrückt, damit sie beisammen dem Regen lauschen konnten. Ein Blitz hatte sie nie getroffen. Damals waren sie noch Kinder gewesen, und all ihre Gesten so wunderbar unschuldig und naiv. Zumindest was Sivok betraf – Anryn hatte nie so einfach vertrauen können.

»Früher, also als Kinder, da war das eine Mutprobe. Sich beim Tarhain aus dem Haus schleichen und aufs Feld setzen. Auge in Auge mit dem Sturmfürsten, ganz allein, das wagten nur die mutigsten Jungen – und Anryn.« Der Donner grollte voller Pathos. Es war unwahrscheinlich, dass der Nekromant Riaghs Stimme verstand, so laut toste es über sie hinweg. Aber Riagh wollte reden, eine Stimme hören, diese verdammte Menschen-Stille verdrängen. Einsamkeit war die eine Sache, Riagh brauchte niemanden, der ihn nur aufhielt; die Stille hingegen war grauenhaft. Dieses Nichts riss jede Aufmerksamkeit an sich und erschuf einen gewaltigen Leerraum, in dem sich Gedanken frei ausbreiten konnten. Gedanken an Anryn. Und Sivok.

Riagh musste weiterreden.

»Anryn war sieben oder acht, da wollte auch sie ihren Mut beweisen. Sie hat sich nie damit zufriedengegeben, ein Mädchen zu sein. Also schlich sie sich beim ersten Frühlingssturm raus und setzte sich ins Feld. Das war völlig verrückt, denn der erste Frühlingssturm ist besonders heimtückisch. Er kann einen Tag lang dauern und weht den ganzen Winterfrost durchs Land, um Platz für Sonaia zu schaffen. Du musst wissen, die jüngste Tochter des Sturmfürsten ist vorsichtig, sie ertastet immer erst mit ein paar Sonnenstrahlen das Land, ob sich Offalagg der Wintergrimme nicht doch noch irgendwo versteckt hält. Ihr Vater hat sie nämlich Offalagg versprochen, wenn er es denn schafft, sie einzufangen. Das hatte irgendwas mit einem Handel zu tun ... aber ich weiß nicht mehr, was.«

Das Donnern ließ den Ash'Bahar zusammenzucken. Riagh legte ihm die Hand auf die Schulter, wie er es immer bei Sivok getan hatte.

»Jedenfalls ist der erste Frühlingssturm sowas wie Sonaias Hund, den sie Carthinn genannt hat. Er fegt die letzten Spione von Offalagg hinfort, damit Sonaia sich zeigen kann. Denn wie jede Frau hat sie keine Lust, sich von einem alten Kerl vögeln zu lassen – und im Gegensatz zu den meisten sieht sie es ja gar nicht ein, trotzdem stillzuhalten und an einen Besseren zu denken. Was verständlich ist. Der Wind kann also verdammt eisig werden beim Carthinn, denn Sonaia meint es bitterernst – und der Regen erst ...« Riagh spürte den Ash'Bahar zittern und fühlte nun auch, wie der Wind den nassen Stoff unter seinem Kettenhemd an die Haut presste. Aber er beherrschte sich – ein wahrer Cartharer fror nicht im Regen.

»Na ja, da war Anryn dann also mitten im Carthinn abgehauen und fehlte schon seit Stunden. Unsere ... Ihre Eltern machten sich natürlich Sorgen, Sivok sowieso, aber es war zu gefährlich, sie zu suchen. Andererseits konnte ich sie da nicht einfach draußen lassen, so ganz allein Carthal ausgeliefert. Ich bin also auch raus und es hat keine drei Herzschläge gebraucht, bis alles an mir nass war. Ich hab bis auf die Knochen gefroren, denn ich war ja noch ein Kind. Und zu allem Überfluss hatte sich Anryn auf eines der fernen Felder gesetzt, um ja nicht gefunden zu werden. Ich brauchte ewig, bis ich sie endlich hatte.« Riagh schwieg für einen Moment. »Als ob jemand sie je haben könnte ...« Anryn war immer schon schwierig gewesen ... Welche Freude hatte Riagh ihrem Vater doch gebracht, als er ihn um ihre Hand bat. Weil Anryn dies so wollte ... Ihre Familie hatte ihn aufgezogen, also war er ihnen diese Ehe schuldig. Außerdem liebte er sie Anryn doch ... irgendwie.

Anryn ... einfach weiterreden.

»Da saß sie dann, auf Phenrachs Feld, die Knie angezogen und bibbernd vor Kälte. Sie schaute so unglaublich trotzig in den Himmel, dass man glauben konnte, sie wollte Carthinn allein mit ihrem Blick vertreiben. Ich bin also hin, wollte sie trösten und nach Hause bringen – da hat sie mich weggeschubst! Und angeschrien, ich solle verschwinden, was mir einfalle ... Sie wollte mir tatsächlich weismachen, sie hätte keine Angst!« Empört gestikulierte Riagh dem Ash'Bahar zu und riss den Umhang von ihren Köpfen fort.

Der Himmel war noch immer finster und die Blitze tollten durchs Land. Schnell griff Riagh nach dem klatschnassen Stück Filz und warf es wieder über sie. Auch wenn der Stoff nicht viel Schutz vor dem Gewitter bot, so regnete es zumindest nicht in ihre Gesichter.

Riagh wischte sich die nassen Strähnen aus den Augen. Was hatte er Carthal vermisst!

»Am Ende hab ich mich fünf Schritte von ihr entfernt ebenfalls ins Feld gesetzt und gewartet. Ich weiß nicht, wie lange wir da saßen, aber wir haben uns die ganze Zeit angestarrt, so gut es eben ging. Obwohl sie eindeutig fror, bewegte sie sich nicht einmal! Sturer als ein Esel auf der Brücke, sag ich dir! Als der Carthinn dann endlich vorbei war, sind wir stumm nach Hause, wo ihr Vater uns natürlich verprügelte. Und zu allem Überfluss wurden wir auch noch beide krank. Aber das wirklich Unfassbare ist, dass sie bis heute nicht einsehen will, dass das alles ihre Schuld war!« Riagh sog hörbar Luft ein. »Zumindest wollte sie es vor sechs Jahren nicht einsehen.« Dann schwieg er wieder eine lange Weile.

Der Nekromant zog die Knie an, um seinen Kopf darauf zu betten, und wippte vor und zurück. Es lag so viel Leichtigkeit in seinen Bewegungen, als wäre das Gewitter eine kleine Spielerei.

Als fühlte er sich sicher ...

Der Druck im Magen kehrte zurück. Der Nekromant würde Riagh selbst dann noch arglos lächelnd anschauen, während er ihn tötete. Dies war seine perfide Art der Bösartigkeit. Wie zum Beweis vertrieb Blitzlicht ihre zweisame Dunkelheit unter dem Umhang und die sonst braune Haut des Ash'Bahars leuchtete warnend auf.

»Warum bist du in Carthal?« Riagh schüttelte den Kopf. »Wie ein Soldat läufst du nicht rum und zaubern habe ich dich auch noch nicht gesehen – was nicht heißt, dass ich dir traue!« Riagh schrie gegen den Sturm an, der sich unerbittlich ins Gespräch mischte. Der Nekromant sollte ihm verdammt noch einmal zuhören! »Bist du einer der Herrscher deines Volkes? Oder zumindest ein Offizier? Dein Rock hatte eine kräftige Farbe, sowas ist ein Pferd wert! Oder doch zumindest einen alten Esel...«

Der Ash'Bahar lächelte im weißen Licht des nahen Blitzes.

»Ja, dachte ich mir. Irgendein Trupp der Legion hatte dich wohl als Trophäe gepackt, aber du bist abgehauen ... Tut mir leid, dass ich dich doch noch erwischt habe.« Was sagte Riagh hier? Dieser Kerl war ein Nekromant, er brachte die Toten zurück, um die Lebenden zu unterwerfen. »Nein. Weißt du was? Es tut mir doch nicht leid!«

Ein Blitz zerschnitt Riaghs Worte, gefolgt von lautem Krachen. Matschklumpen sprangen gegen seinen Rücken, um zäh daran herabzufließen. Der Boden zitterte und ein muffiger Gestank biss scharf durch Riaghs Nase. »Verdammt, der war zu nah!« Der Sturmfürst war völlig von Sinnen und hatte sie nur knapp verfehlt.

Was, wenn er sich nicht betrunken hatte? Wenn er Riagh wegen der drei Cartharer zürnte, die ihr Leben für einen Ash'Bahar hatten lassen müssen?

Riaghs Puls raste. Erhielt er nun endlich seine gerechte Strafe, weil er seine Heimat im Stich gelassen hatte? Denn er hatte lieber Sivok als Carthal beschützt – und letztendlich bei beidem versagt.

Ein neuer Blitz, nahes Grollen – aber kein Gestank. Der Sturmfürst musste sie weit verfehlt haben. War er doch im Rausch? Der Ash'Bahar rückte näher, presste sich unruhig an Riaghs Schulter. Der Filz war eisig, ließ keine Wärme hinausdringen, als Riagh seinen Arm um den frierenden Körper legte. Er musste Sivok bei sich halten.

Das war nicht Sivok.

Riagh riss den Arm zurück, schubste den fremden Mann so fest fort, dass er mit dem Rücken im Schlamm landete. Riagh keuchte, als wäre er stundenlang gerannt. Der Nekromant hingegen blieb ruhig, atmete unnatürlich lange aus, bevor er sich wieder aufrichtete und nach dem schützenden Umhang tastete. Wieder an seinem alten Platz angelangt, fühlbar nah an Riaghs Seite, versenkte der Ash'Bahar seinen Kopf zwischen den gefesselten Armen und rührte sich nicht mehr.

Erneut begann Riaghs Magen zu schmerzen. Der Kerl hatte ihn doch verhext. »Lass den Unsinn. Du hast den Sturmfürsten schon wütend genug gemacht«, sagte Riagh leiser, als er es vorgehabt hatte.

Der Ash'Bahar zitterte.

»Wer keinen Regen verträgt, soll eben nicht nach Carthal kommen.« Riagh murmelte vor sich her, während sich sein Puls wieder auskühlte. Der Nekromant blickte nicht mehr auf, Schlamm verklebte seine langen Haare zu einem dunklen Bündel, das wohl kein Kamm je wieder bändigen könnte. »Tja, die müssen wohl ab«, murmelte Riagh – und hörte dennoch seine Stimme klar und deutlich.

Vorsichtig lugte er unter dem Umhang hervor. Der Sturmfürst schien seinem Rausch entkommen und war friedlich entschlummert, die Wolkenmauer war zerbrochen und der Wind strich sanften Nieselregen über Riaghs Wangen. Keine Rache für die Toten. Diesmal. Das Gewitter hatte sich so plötzlich verzogen, wie es über sie hereingebrochen war – es lebe Carthal!

Riagh stand auf und streckte sich. Seine Gelenke knackten und fühlten sich steif und klamm an. Bald würden sie schmerzen, wenn er sie nicht mit einem schnellen Marsch wärmte. Er schüttelte den nassen Umhang aus und griff nach dem Nekromanten.

»Los, hoch mit dir!«

Der Ash'Bahar richtete sich mühselig auf, seine Zähne schlugen klappernd aufeinander. Das nasse Hemd hing träge von seinem Leib und ließ ihn ganz dürr erscheinen. Selbst die einstmals dunklen Lippen wirkten bleich und violett – der Mann fror erbärmlich. Wie ein Fremder aus dem Süden.

»Das kann man sich ja nicht mitansehen!«

Sie brauchten einen Lagerplatz, ein Feuer zum Wärmen und mussten der feuchten Kleidung entfliehen. Auch wenn Riagh mit dem cartharischen Wetter schon fertig wurde, der Nekromant würde an Carthal zugrunde gehen. Er war jetzt kaum in der Lage zu laufen, und selbst wenn, dann würde ihn Thovarg mit Narben übersäen. Der missratene Sohn des Sturmfürsten schlich sich stets nach dem Regen unter die Sterblichen, um sie mit seinem krummen Dolch zu ritzen. Diese Narben reiften mit der Zeit zu Wassernasen, Schädelfäule, Schüttelfrost und im schlimmsten

Falle zu einer Lungenentzündung. An Männer und Frauen mit wachem Geist und starkem Körper wagte sich dieser Feigling natürlich nicht heran – aber so einer stand jetzt nicht vor Riagh.

Er war doch sowieso schon tot.

Riagh griff nach seinem Breitschwert, presste seine Hand fest um den Griff. Das Leder knarzte unter seinen Fingern. Es wäre gnädig, es jetzt zu Ende zu bringen.

Der Druck ließ Riaghs Finger schmerzen. Er starrte fassungslos auf den Nekromanten, der versuchte, sich stärker in die nasse Kleidung zu kuscheln. Die Schwere in Riaghs Magen schien die Klinge in der Scheide festzukleben. Keuchend ließ er den Griff wieder los. Der Ash'Bahar würde für all das Verderben bezahlen, das er über das Land und die Menschen gebracht hatte. Aber eine ehrlose Tat wie das Abschlachten eines blinden, gefesselten, frierenden und höchstwahrscheinlich bald auch kranken Mannes wäre keine Sühne. Einen Schwachen niederzustrecken war keine Gerechtigkeit, sondern Rache. Und Riagh hatte schon genug gemordet.

»Du musst die nassen Sachen loswerden, aber hier können wir nicht rasten.« Riagh sah sich um, nur die weite Grasebene und ein einsamer Baum, der sich im Weideland verlor. Diesmal war es eine Linde. Die Bäume des östlichen Carthals schienen keinen Wert auf Gesellschaft zu legen. Auch wenn sich in einiger Entfernung die Hügel aus dem Boden wölbten, so gab es doch weit und breit kein sicheres Versteck. Gleich wo sie lagern würden, sie wären sichtbar und, noch viel schlimmer, von allen Seiten angreifbar. Riagh seufzte. »Dann lass uns wenigstens zusammen mit der Linde rasten. Und wenn du Glück hast, ist mein Zunder nicht feucht geworden.«

Er zog am Strick und der blinde Nekromant stolperte ihm nach. Eine wahrhaft fette Krähe flog über ihre Köpfe hinfort und ließ sich auf dem größten Ast nieder. Auf ihrem Gefieder lag ein roter Schimmer, als würde es von den winzigen Sonnenstrahlen zerkratzt. Riagh musste unweigerlich an die Haarspitzen des Ash'Bahars denken.

»Schau mal, ein Freund von dir.« Er deutete auf die Krähe und biss sich auf die Unterlippe. Das war jetzt wirklich dämlich gewesen.

Die Flammen knisterten und qualmten. Der dunkle Rauch brannte in den Augen und dennoch lächelte Riagh: Ihm war direkt nach einem Sturm ein Feuer gelungen. Mochte er auch sechs Jahre fern der Heimat leben – er blieb Cartharer!

Schnell zog er sein kurzes Kettenhemd über den Kopf und streifte auch die durchnässten Schichten aus Filz vom Leib. Er fror, seine Muskeln waren kühl und ließen die Glieder schmerzen, als hätte er sich jedes bisschen feuchte Haut wund gerieben.

Die fette Krähe saß noch immer auf ihrem Ast, schien den am Feuer kauernden Nekromanten zu begutachten, als hielte er unter dem nassen Filz ein ganzes Saatlager verborgen.

»Was ist? Noch nie einen Ash'Bahar gesehen?«, fragte Riagh den Vogel.

Der Nekromant hob den Kopf.

»Nicht du.«

Riagh warf Kleider und Rüstung dicht neben die Krähe über den ausladenden Ast und riss sie damit aus ihren Gedanken. Erschrocken flog sie hoch und umkreiste die Linde, wieder und wieder. Ihr Flug hatte nichts von den eleganten Flügelschlägen der cartharischen Wandervögel, vielmehr schien sie plump in der Luft auf und ab zu hüpfen, immer gefährdet zu Boden zu plumpsen und sich im letzten Moment doch noch hinauf zu retten. Riagh schüttelte lachend den Kopf. »Du hast wohl eine Maus zu viel gehabt … oder fünf.«

Empört beendete die Krähe ihren Ringeltanz, sie hatte genug Zeit mit diesen beiden Menschen vergeudet. Lieber kämpfte sie sich durch den Wind und versuchte ihr Glück anderswo in der Ferne.

»Das hättest du sehen müss…« Riagh wandte sich dem Nekromanten zu und verstummte. Die Lippen des Ash'Bahars waren in ein tiefes Blau gefärbt und bildeten einen starken Kontrast zu dem Rot des Blutes, das ihm aus beiden Nasenlöchern tröpfelte. Sein Mund öffnete und schloss sich im Takt des monotonen Wippens seines Körpers.

»Verdammter …« Riagh kniete sich zu ihm, streifte ihm schnell den klatschnassen Filz bis zu den gefesselten Händen ab. Das seltsame Muster auf der Brust des Ash'Bahars schimmerte bläulich und pulsierte nur noch schwach, beinahe kümmerlich. Riagh griff zu seinem Rucksack und der Nekromant hatte Glück: Die Wolldecke hatte sich gut vor dem Sturm verstecken können und war nur an den Seiten etwas feucht geworden. Ganz weich und warm erinnerte sie Riagh schmerzhaft daran, dass ein wahrer Cartharer vom Regen nicht fror.

Lohnte es sich überhaupt, dem Ash'Bahar zu hel... Ach, warum fragte er sich das überhaupt noch?

Riagh warf dem Nekromanten die Decke über die Schultern, zögerte einen Moment, löste dann doch die Fesseln, um ihn ganz vom nassen Hemd zu befreien, und zog ihm auch die Hose aus. »Aber mach keinen Unfug!« Er wickelte den nackten Mann ein, rieb noch selbst mit den Händen über den zitternden Körper. Der Ash'Bahar fühlte sich härter an, als Riagh es erwartet hatte. Männlicher ...

Riagh ließ den Nekromanten los und schritt zum Feuer, rieb sich selbst über die kalte Haut. Die Flamme war klein, bestand aus zu viel Qualm, als dass sie ihm die Hitze hätte schenken können, nach der er sich sehnte. Der Nekromant hingegen kuschelte sich vollständig in die Decke ein, selbst sein Kopf war nicht mehr zu sehen. Riaghs Decke. Er musste es nun sehr warm haben; aber das brauchte er auch, denn er war schwach und auch ganz allgemein kein Cartharer.

Wie schaffte man es eigentlich, vor Kälte Nasenbluten zu kriegen?

Der Horizont kleidete sich in sanftes Rot und kündete vom baldigen Abend. Riagh wusste, dies bedeutete eine trockene Nacht. Wenn die Wolken es nicht schafften, dem Himmel die Farben zu stehlen, dann hielten sie auch keinen Regen verborgen – keinen cartharischen Regen zumindest. Nur was in dicken Wassertropfen vom Himmel fiel und vom Wind ordentlich in den Stoff gerieben wurde, war im eigentlichen Sinne *Regen*. Alles darunter war einfach *Wetter*, der Normalzustand der Natur. An der Front hatte dies gelegentlich zu Verwirrung geführt. Was die anderen *Sturm* nannten, war ein kleiner Schauer, und ihre Gewitter waren lediglich unruhige Nächte. Die sanfte Nässe hingegen, die schmeichelnd Haut und Haare benetzte, hieß *Drœghad – trockene Luft*. Die anderen hatten sehr schnell aufgehört, Riagh nach dem Wetter zu fragen.

»Lass uns hoffen, dass uns der Qualm an niemanden verraten wird. Ich kämpfe nackt grauenhaft.« Riagh sprach langsam, denn der Nekromant sollte sein Zittern nicht hören. Immer wieder stand er auf und ging wenige Schritte, um doch schnell zurück zum Feuer zu eilen. Die Muskeln mussten warm bleiben, er durfte Thovarg keine Möglichkeiten bieten.

Beim Schwanz des Sturmfürsten, wie erbärmlich war es denn, nackt und zitternd vor einem Flämmchen zu hocken! Riagh pflückte seine feuchte Fellhose vom Ast und hielt sie dicht mit der Lederseite ans Feuer. Der Qualm färbte sie schwarz und es stank verschmort, aber immerhin wurde sie trocken. Und hart. In Riaghs Gedanken schimpfte Anryns Stimme, dass man Leder nicht direkt an der Flamme trocknete. Natürlich musste sie sich wieder aufregen!

Als Riagh sich wieder in die Hose zwängte, schien sie ihm durch die Härte enger geworden zu sein. Aber sie war nun warm und so musste er nicht mehr frieren. Endlich fühlte er sich wieder cartharisch!

Das spröde Leder brach auf und hinterließ einen großen Riss an der Innenseite des Oberschenkels. Er spürte Anryn mit den Augen rollen. Riagh strich mit dem Daumen die Kanten des Risses nach, brach das Leder noch etwas weiter auf und knetete es weich. Es wäre schön, Anryn wirklich noch einmal schimpfen zu hören.

Die Sonne hatte sich schon halb vom Tag verabschiedet und zwinkerte dem Land ein letztes Mal zu. Dabei zog sie die wenigen Schatten grotesk in die Länge, fror sie doch hinterm Horizont und wollte sich mit ihnen bedecken. Riagh tat der Sonnenprinz leid, er war noch ein Kind und trug schon die schwere Verantwortung der Tage. Und wenn die Nacht erst hereingebrochen war ... Riagh wandte sich ruckartig dem Nekromanten zu. Hatte er sich bewegt? Nein, der Ash'Bahar war nach wie vor von der Wolldecke umhüllt und schien zu schlafen. Ein verklebtes Büschel schwarzer Haare lugte hervor. Kein Wunder, dass er müde war, so viel Blut, wie er verloren hatte.

Was sollte Riagh nur mit ihm tun, wenn die Dunkelheit sie erst vollständig in ihrem Griff hielt? Er spürte den geraubten Schlaf der letzten Nacht. So konnte er nicht bis zum Morgen hindurch wachen, aber dem Ash'Bahar auch nicht vertrauen. Wer wusste schon, ob er sich mit seiner Magie nicht befreien konnte? Der Nekromant tat stets so naiv, aber vielleicht wartete er nur auf eine Gelegenheit. Diese Ruhe, mit der er die Gefangenschaft ertrug … Er musste etwas planen! Der Nekromant würde Riagh im Schlaf ermorden, als Verfluchten auferstehen lassen und dann dabei zusehen, wie sein toter Sklave eine blutige Schneise durch Carthal schlug.

Ein Toter würde Anryn nicht retten.

Riagh wusste, was er zu tun hatte. Er griff nach seinem Breitschwert. Ein Ash'Bahar war niemals unschuldig. Und selbst wenn: Anryns Leben war wertvoller als Riaghs Ehre. »Es tut mir leid.«

Die Schatten waren zu schmalen Fetzen gestreckt, die sich langsam mit dem hohen Gras im Wind wogen. Riaghs Hand ruhte auf dem Knauf der Waffe, als er zum schlafenden Nekromanten schritt. Die Klinge war noch immer in der Scheide verborgen und weigerte sich hinauszugleiten. Riagh lauschte dem Abendwind und fand keine Antwort. Der Sonnenprinz floh und sein verlöschendes Licht ließ die Schattenriesen schneller zucken.

Zu schnell.

Riagh wirbelte herum. Kräftige Hände schlugen nach ihm, verfehlten nur knapp seine bloße Brust. Der Angreifer war langsam, aber lautlos. Kein hohles Gurgeln, kein Fauchen und kein Schmatzen – wie auch, wenn der Unterkiefer nur noch lose herabhing? Die rechte Wange war bereits durchgefault und Maden hatten sich die ersten Nester in die Haut gefressen. Ein Angelhaken hing an seinem Hosenbein, die Schnur war abgerissen.

Eine süße Schwere kämpfte sich durch Riaghs Nase ihren Weg zum Magen hinab, um sich dort sogleich die Speiseröhre wieder hinaufzupressen. Er würgte und zwang sich doch zu schlucken. Er durfte den Verfluchten jetzt nicht aus den Augen verlieren – oder die verfluchte Gefährtin des Anglers, die ihm auf wenige Schritte folgte.

»Angriff!« Riagh schrie, auch wenn er nicht wusste, weshalb. Der Nekromant verstand ihn ohnehin nicht; vermutlich hatte er die zwei sogar herbefohlen, um sich aus der Gefangenschaft zu befreien. Und doch schrie Riagh wieder: »Angriff!«, und dann noch zweimal. Rückwärts umkreiste er das Feuer, verschaffte sich Abstand. Die Verfluchten folgten ihm. Ihr Gang war holprig und ihre Bewegungen dumpf, doch Riagh blieb vorsichtig. Sie waren zwar langsam, aber sie mussten diesen Kampf auch nicht gewinnen, nur beißen.

Der Nachtgeist fraß die letzten Sonnenfunken und brachte Finsternis über Carthal. Die Klinge glitt leicht aus der Scheide und warf den Feuerschein der Flammen in einem warmen Lichtspiel an den Baumstamm. Einen halben Atemzug hielten die Verfluchten inne, als würden sie die Nacht begrüßen. Riaghs Herzschlag war ruhig, seine Muskeln angespannt, ohne verhärtet zu sein. Nur dieses kühle Flüstern im Nacken hielt ihn davon ab, nun loszustürmen und es zu beenden. Er wollte kämpfen, aber vertraute aufs Warten.

Mit gefletschten Zähnen preschte der Angler vor. Seine Arme waren ausgebreitet, die abgenagten Fingerknochen wie bleiche Krallen erhoben. Er zielte auf Riaghs Kehle, drohte seine wenigen Zähne darin zu vergraben und verfügte über eine solche Schnelligkeit, dass sie Riagh überraschte.

Zumindest seinen Verstand.

Riaghs Reflexe übermannten seine Gedanken. Er spürte, wie seine Hände die Klinge hochrissen, seine Füße folgten dem Impuls zum Seitenschritt. Er konnte seine Arme beim Ausholen beobachten, seine Augen fixierten wie selbstverständlich den modernden Hals. Der Angler war noch im Sprung, als die Klinge des Breitschwerts den Kopf vom Rumpf trennte, so überraschend schnell, dass es Riagh beinahe unnatürlich schien.

Er atmete aus, wich einen weiteren Schritt zurück und entkam nur knapp dem Mädchen, das ihm nun mit unerbittlichen Angriffen zusetzte – viel zu gewandt für eine Verfluchte. Und viel zu nah dran. Sie war höchstens sechzehn Winter alt gewesen und konnte noch nicht lange tot sein, denn nur die Augen fehlten. Ihr helles Nachthemd war an den Beinen blutig wie ihr Mund; ein Tod im Kindbett. Riagh umrundete das Feuer erneut, verschaffte sich Reichweite. Er konzentrierte sich auf ihre Angriffe, verdrängte die Gedanken an das Schicksal des Neugeborenen. Hatte es überlebt?

Ein weiterer Angriff, sie stürzte sich auf seinen bloßen Oberkörper. Riagh hob die Klinge zur Parade und eine leblose Hand fiel zu Boden. Er blickte ihr nach – hatte sie sich bewegt?

Tödliche Neugierde.

Der Schmerz im rechten Arm war gering im Vergleich zu all den Verletzungen an der Front. Und doch ließ ihn dieses hitzige Ziehen der Haut zurückschrecken, jagte seinen Puls einer brennenden Katze gleich durch die Nacht. Riagh starrte auf die verwesende Hand, deren brüchige Nägel sich in sein Fleisch gegraben hatten. Hellrotes Blut quoll hervor. Er starrte auf den Mädchenkopf mit den dreckigen Haaren, die wie Stroh vom Scheitel fielen. Auf die Madennester in den Augenhöhlen, auf die zerrissenen Lippen, die ihre dunkle Farbe vertrockneten Blutspuren verdankten. Doch vor allem starrte er auf den aufgerissenen Mund, die fauligen Zähne, die ihm seltsam spitz erschienen und sich auf sein Armfleisch niederließen. Er wollte sich zurückfallen lassen, seinen Arm losreißen und gleichzeitig die Verfluchte wegschubsen. Er versuchte, nach ihr zu treten, ihre Haare zu packen, mit seinem Kopf nach ihrem zu schlagen – alles gleichzeitig, sofort, Hauptsache er entkam. Was immer geschah – er wollte nicht so enden. Er hatte diesen verdammten Fluch nicht verdient!

Panik quälte ihn zwei endlose Herzschläge voller Aneinanderreihungen seiner Reflexe, bis endlich sein Verstand die Kontrolle über seinen Körper zurückforderte: Die Verfluchte hatte sich in seinen Arm geschlagen, war zum Biss bereit – und blieb erstarrt, jetzt schon vier Herzschläge lang.

»Was ist los mit dir …«, murmelte Riagh ungläubig und erkannte doch schnell den Grund. Und die Angst kam zurück.

Der Nekromant war aufgestanden, hatte die Decke um seine Lenden gebunden. Die Augenbinde war fort. Sein Blick wechselte konzentriert zwischen der Verfluchten und Riagh hin und her, seine Finger zuckten, als spielten sie ein fremdartiges Instrument. Blut floss in einem feinen Rinnsal aus seiner Nase und das Gewirr aus Adern auf seiner Brust pulsierte, als versuchte es, aus ihm herauszubrechen.

Langsam nahm Riagh das Schwert in die linke Hand und durchtrennte den festgekrallten Arm, der ihn bei der Verfluchten hielt. Er wagte keinen Moment, den Ash'Bahar aus den Augen zu lassen. Das war ein Nekromant – ein echter Nekromant! Alle Gerüchte waren wahr, die Verfluchten folgten ihm, gehorchten seinem Willen. Ein wahrhaftiger Nekromant – in der schlimmsten Bedeutung dieses Wortes! – stand Riagh zum Kampf gegenüber. Und sein Kettenhemd hing an der Linde. Riagh spürte die Hitze in sich aufwallen, als würde er in seinem Schweiß ertrinken. Er wich zwei Schritte zurück, brauchte Platz, Ruhe! – Und stieß mit dem Rücken an etwas Hartes, das sich nicht umwerfen ließ.

Der Baum befand sich auf der anderen Seite des Lagers.

Panisch drehte sich Riagh um, blickte in das zerfurchte Gesicht eines alten Mannes, der kaum noch Zähne in seinem blutigen Maul hatte. Die Arme waren zum Angriff erhoben, die Knie gebeugt – er sprang.

Riagh keuchte, starrte auf den Kopf des Verfluchten, der langsam von den Schultern rutschte und zu Boden fiel wie der restliche Leib mit ihm. Erst die erschlaffenden

Muskeln seines Armes verrieten Riagh, dass es seine Klinge gewesen war. Hatte der Verfluchte sich überhaupt gerührt? Riagh drehte sich schnell wieder zum Ash'Bahar, dessen Blick nur der Verfluchten galt. Sie hatte sich kein Stück bewegt.

»Ich verstehe, du kannst sie ruhig halten. Magst wohl deine neuen Freunde nicht, was?« Riagh schritt seitlich zur Verfluchten, ohne den Nekromanten aus dem Blickfeld zu lassen. »Aber jetzt verrat mir mal, warum du die Verfluchten erst herholst und dann dafür sorgst, dass sie schön brav für mich stillhalten?« Er schlug den Kopf der Toten ab, kümmerte sich nicht weiter um ihren zusammensackenden Körper. Jetzt waren es nur noch der Nekromant und er.

Riagh nahm das Schwert wieder in beide Hände, das weiche Leder des Griffs schenkte ihm Sicherheit. Mit langsamen Seitenschritten näherte er sich seinem wahren Feind. Die roten Striemen in den Augen des Ash'Bahars funkelten bösartig. Riagh atmete durch. Die nächsten fünf Schritte würden den Kampf entscheiden. Drei, wenn er den Weg durchs Feuer nahm – lieber Schmerzen als tot.

Auch der Ash'Bahar atmete schwer. Das blutige Rinnsal hatte den Hals erreicht, doch es war inzwischen versiegt. Er nickte Riagh zu, vorsichtig und viel zu langsam, als dass es einen Kampfbeginn bedeuten könnte. Riagh erwiderte das Nicken knapp. Er hatte keine Ahnung, warum.

Und dann schloss der Nekromant seine Augen. Es war eine unmissverständliche Geste des guten Willens, eine

Absichtserklärung für eine friedliche Lösung. Der Ash'Bahar entwaffnete sich – und Riagh fluchte innerlich, dass er diese Geste auch verstand. Er hätte verdammt nochmal angreifen sollen, als es noch ehrenvoll gewesen war.

»Das hier ist doch nicht dein Ernst!« Riagh ging auf den wehrlosen Mann zu, die Waffe nur noch mit der Rechten umklammert. »Du willst mir doch nicht allen Ernstes weismachen, dass diese drei nicht zu dir gehört haben!« Er stellte sich dem Nekromanten direkt gegenüber, brüllte ihm ins Gesicht. Er konnte das seltsame Aderngebilde pulsieren hören. Es strahlte eine sanfte Wärme aus, die Riaghs Brust streichelte.

»Ich glaube dir nicht! Hörst du?«, schrie er weiter auf den Ash'Bahar ein. »Ich glaube dir nicht, dass du mir nur helfen wolltest! Ich glaube dir nicht, dass du mich nicht umbringen würdest, wenn du nur eine Möglichkeit dazu hättest! Und ich …« Riagh schnaubte, schloss kurz die Augen. Er wollte nicht aussprechen, was er dachte.

Doch andererseits …

Der Nekromant verstand ihn doch ohnehin nicht. »Ich glaube dir verdammt nochmal nicht, dass du nicht eine von diesen Bestien bist, denen nicht einmal der Tod heilig ist.« Er umfasste das Breitschwert fester, um an irgendetwas Halt zu finden. »Aber ich hatte es trotzdem gehofft …«

Das war also der schale Beigeschmack seiner Wut: Enttäuschung. Der Fremde war wahrhaftig ein Nekromant, ein Feind, hergereist, um Carthal zu verderben. Für so einen hatte Riagh gut… einfache Cartharer umgebracht.

Anryn riskiert. Riagh atmete tief durch. Jetzt war nicht die Zeit für Klagen, er hatte eine Pflicht zu erfüllen und dann galt es, Anryn zu retten.

Anryn ... Es hatte sich so gut angefühlt, ihren Namen im Sturm zu raunen. Als käme er tatsächlich heim.

»Ich werde dich jetzt töten. Deine Opfer müssen gerächt werden und die zukünftigen verhindert.« Riagh hielt den Atem an. Sein Herz stürmte einem Rammbock gleich gegen den Brustkorb an. »Und ... danke. Für eben gerade.«

»Gern geschehen. Aber sage, Cartharer, was führt dich zu der Annahme, dass ich eine ›Bestie‹ sei? Du musst verstehen, dass ich meinen Tod ohne Antw...«

Riaghs Faust traf den Ash'Bahar links der flachen Nase und ließ das verödete Rinnsal zu einem stolzen Blutquell wachsen. Der Nekromant stürzte zu Boden, wo er keuchend liegen blieb. Der Kerl konnte sprechen? Hatte er ihn all die Zeit verstanden? Riagh schnaubte. Welches Spiel der Nekromant auch mit ihm trieb, nun war es vorbei.

Riagh bot dem Ash'Bahar keinen Arm zur Hilfe an, sondern wartete, bis der Kerl aus eigener Kraft wieder aufstand und ihn fragend anblickte.

»Augen zu!«

»Ich glaube, wir sollten eine ernste Unterhalt...«

»Augen zu – oder wir finden heraus, wie viel Blut überhaupt noch in dir steckt!«

»Dein Wunsch sei mein Begehr.« Der Nekromant seufzte theatralisch und senkte die Lider.

»Gut. Kannst du jetzt noch zaubern?«

»Welcher Grund sei mein, dir in diesem Moment Ehrlichkeit zu schenken, Cartharer?«

»Ich bin der mit der Waffe.«

»Und ich bin derjenige, der leben möchte. Also sollten wir endlich Worte tauschen. Denn ich glaube, du hast vieles missverstanden und ich möchte es dir erklären.«

»Und welchen Grund hast du, die Wahrheit zu sagen?«

»Nun, mir scheint, als seist du derjenige mit der Waffe.«

Da war es wieder, dieses warme Lächeln der letzten Nacht. Der Ash'Bahar hielt die Augen noch immer geschlossen, das Blut seiner Nase trocknete erneut. Riagh wusste nicht warum, aber er lächelte auch.

Der Nekromant räusperte sich. »Um also unser Missverständnis aus dem We…«

»Warum hast du mich reingelegt, Ash'Bahar? Hast so getan, als würdest du nichts verstehen.«

»Nuzar.«

»Was?«

»Mein Name, Nuzar. In seiner Gänze: Nuzar desh Miha…«

»Was auch immer, das beantwortet nicht meine Frage.«

»…min dev' Arvai. Sohn der Sonne, Kind des Feuers.«

Riagh seufzte. Das konnte doch nicht wahr sein!

»Und wenn auch du das Geheimnis deines Namens mit mir teilst, Cartharer, dann wäre es mir eine Freude, dich nicht länger ›Cartharer‹ zu nennen.«

»Geht dich nichts an.«

»Du warst gesprächiger, als du dich unverstanden glaubtest. Aber dies werde ich dir verzeihen, gräme dich nicht länger darum.« Ein unpassend gütiges Lächeln. »Was deine Frage zu meiner Scharade betrifft, so muss ich eingestehen, dies geschah gleichermaßen aus Furcht und Berechnung. Sieh, ich musste befürchten, dass der Sinn meiner Worte im Grunde bedeutungslos für dich gewesen wäre. Jedes Wort, gleich welchen Klanges, hätte dich von der üblen Absicht der Ash'Bahar überzeugt und in letzter Konsequenz zu meinem Tod geführt. Mein Schweigen schien dich jedoch genug zu verunsichern – oder mit Neugierde zu erfüllen –, um mir mein Leben Atemzug für Atemzug aufs Neue zu schenken. Nun aber ist deine Verunsicherung endgültig gewichen, also reden wir.«

Riagh schüttelte fassungslos den Kopf, versuchte, das Gesagte in Information und Gefasel aufzutrennen. So viele Wörter, nur um zuzugeben, dass der Nekromant eine verdammte Angst vor ihm hatte. Trotzdem lächelte dieser Feigling noch immer unverschämt, auch wenn sein Körper wieder zitterte.

»Das kann man sich ja nicht mitansehen ...« Riagh löste mit der linken Hand den Knoten der um die Hüften geschlungenen Decke und schon bald stand der Ash'Bahar nackt und noch frierender vor ihm. Selbst seine braune Haut schien fahl. Kein Haar umrahmte das Aderngebilde auf der Brust und auch die dunkle Schambehaarung fiel recht spärlich aus.

»Wenn dir mein Leib jetzt schon zusagt, solltest du mich nach einem warmen Bad betrachten. Glaube mir, der Anblick wäre wesentlich betörender. Und imposanter.«

»Ich sagte: Augen zu«, zischte Riagh und legte dem Nekromanten schnell die Decke um die Schultern, drückte auch dessen Arme ganz an den Leib, um ihn in die Wolle zu wickeln und seine Blöße zu bedecken.

»Danke, Cartharer. Ich kann mich nur schwer an die Kälte deines Landes gewöhnen.«

»Hab ich gemerkt. Du musst es dir mit deinen Leuten ziemlich verscherzt haben, dass sie dich hierherschickten.«

»Ich wurde von niemandem gesandt.«

»Tja ...« Riagh trat von einem Fuß auf den anderen. Irgendwie war er nervös. »Dann bist du wirklich in die falsche Richtung gerannt.«

Das Lächeln des Ash'Bahars änderte sich nicht, er hatte wohl den Witz nicht verstanden.

»Jedenfalls ... Warum bist du dann hier?«

»Na, wegen des Regens.« Das Lächeln des Ash'Bahars wurde frecher.

»Du weißt schon, Ash'Bahar ...«

»Nuzar.«

»... ich bin der mit der Waffe, also solltest du mich nicht verarschen.«

Um seinen Worten Ausdruck zu verleihen, drückte Riagh seine Klinge an den Hals des Nekromanten. Nicht stark, er wollte ihn nicht verletzen, nur spüren lassen, dass er sein Schwert noch lange nicht aus der Hand gelegt hatte.

»Nichts läge mir ferner, als dich zu täuschen, Cartharer.« Das Lächeln des Ash'Bahar gefror. »Aber gerade weil ich mir bewusst bin, dass du deine Waffe nur zu gerne an

Menschen nutzt, habe ich nicht vor, dich mit meiner Lebensgeschichte zu langweilen. Sieh, die viel entscheidendere Frage ist doch, weshalb ich nicht versucht habe, vor dir zu fliehen. Denn Gelegenheiten gabst du mir zur Genüge – so zahlreich, ich war schon enttäuscht, wie schnell du mich forthaben wolltest.«

Riagh drückte die Klinge fester an den Hals des Nekromanten. Diesmal wollte er ihn verletzen.

»Verzeih, wenn ich unverschämt klang. Ich dachte lediglich, es wäre deine Intention gewesen, dass ich flöhe.«

»Meine was?« Riagh schüttelte den Kopf. »Worauf willst du hinaus?«

»Ich bin bei dir geblieben, weil ich dir helfen kann und sogar will.«

Riagh starrte den Nekromanten ungläubig an.

»Schau, Cartharer: Du bist desertiert, wirst höchstwahrscheinlich gejagt und suchst dabei deine Anryn – eine Schwester, nehme ich an.«

»Erwähn noch einmal ihren Namen und ich schlag dir den Schädel ab!«

»Was bei einem lebenden Menschen weitaus schwieriger sein dürfte als bei einer faulenden Toten. Aber nein, du musst mir nicht beweisen, dass du dazu in der Lage wärst. Dies glaube ich dir auch ungesehen.«

»Bei diesem fetten Dörfler hab ich's geschafft.« Oder hatte er den Kleinen geköpft?

»Aufgrund des Leinensackes konnte ich leider kein Zeuge deiner Kampfeskunst werden. Aber wie dem auch sei, ich für meinen Teil befinde mich gerade in einer äußerst misslichen Lage. Jedoch lodert noch immer meine magische Flamme in mir und dank ihr wird der Geist der Mijadhîm weich wie Wachs, wenn ich nach ihm greife. Verzeih, ihr nennt sie ›Verfluchte‹. Wobei diese Wortwahl sehr missverständlich ist, schließlich können auch Lebende den Fluch in sich tragen, wodurch sie zwar verflucht sind, aber noch lange nicht mit den Mijadhîm vergleichbar, die uns eben angegriffen haben.«

Riagh nickte dem Blinden zu und kam sich dabei dumm vor. »Du hörst dich gerne reden, was?«

»Ein Laster, welches wir wohl beide teilen.«

Da war es wieder, dieses freche Grinsen, das den Ash'Bahar wie einen furchtbar netten Kerl erscheinen ließ. Als wären sie zwei Freunde im Gespräch. Aber darauf würde Riagh nicht reinfallen. Trotzdem nahm er die Klinge vom Hals des Nekromanten; die Geste brachte nichts, wenn der Ash'Bahar sich nicht fürchtete. »Willst du mir jetzt endlich einen Grund nennen, dich nicht umzubringen?«

»Gewiss: Ich bin nicht bloß nützlich, sondern überragend. Du willst deine Schwester rett...«

»Verlobte.«

»Aber sagtest du nicht, ihr habt dieselben Elt...? Weißt du was? Du hast recht, dies sei nicht von meinem Interesse.«

»Ihre Eltern haben mich aufgezogen, das ist alles!« Riagh schnaubte. »Wir sind nicht blutsverwandt.«

»Dies beruhigt mich ... sehr.« Der Nekromant zögerte. »Aber ich glaube, ich war dabei stehengeblieben, dir mein

Angebot zu unterbreiten. Ich werde dir helfen, deine An...
Verlobte zu finden. Gerade wenn du tiefer in dein Land
dringst, wirst du feststellen, dass du mich brauchst. Ich
kann die Mijadhîm kurzzeitig beherrschen – was äußerst
nützlich ist, wenn die erste Rotte den Angriff wagt. Und
außerdem kann ich dir behilflich sein, deinen Verfolgerinnen zu entkommen. Ich bin vielleicht kein ausgebil-
deter Kämpfer, aber auf magischem Wege wehrhafter als
die meisten Imperialen, die eine Waffe halten. Du natürlich ausgenommen, vor deinem Schwert habe ich wahrhaft Respekt.«

Von welchen Verfolgerinnen sprach der Nekromant?
Hatte Riagh mehr Feinde, als ihm bewusst war? Nein, der
Nekromant wollte nur ablenken. »Ich habe deinen Res-
pekt, weil ich Bauern und Tote abschlachten kann?«

»Weil du schnell und effizient kämpfst, Cartharer. Du
spielst nicht, verletzt nicht. Du tötest und wendest dich
dem nächsten Opfer zu, raubst deinen Gegnerinnen die
Zeit, gegen dich zu planen. Ich bin kein guter Kämpfer,
aber ich weiß sehr wohl einen zu erkennen, auch wenn ich
ihm nur blind lauschen durfte.«

Riagh schwieg, denn er kannte die Worte nicht, die
man in so einer Situation aussprach. Wenn sie denn überhaupt existierten ... Das Knistern des kleinen Feuers lag
über der zähen Stille, die sich zwischen die beiden Männer drängte, bis Riagh die Ruhe nicht mehr ertragen
konnte. »Gut ... dann wäre das wohl geklärt.« Ihm kam
seine eigene Stimme furchtbar laut vor. Er wollte nicht

reden, sondern nachdenken. Über den Ash'Bahar und seinen ... Vorschlag. Im Grunde versuchte der Kerl doch nur, seine Haut zu retten und würde ihn ohnehin im Schlaf umbringen oder verzaubern.

War er etwa schon verzaubert?

»Ich hab gesehen, wie du die Verfluchten kontrollierst. Kannst du das auch mit Lebenden?«

»Theoretisch ja, aber sei unbesorgt. Der Wille von Katzen und Menschen lässt sich nur sehr schwer beherrschen.«

»Menschen und ... Katzen?«

»Katzen und Menschen. In dieser Reihenfolge.«

Wieder schüttelte Riagh den Kopf, am liebsten hätte er sich hingesetzt, zur Ruhe gefunden. Ihre Unterhaltung war dem Nekromanten doch nur einen Witz wert! Riagh musste es beenden, das wäre das Klügste. Sivok rächen und Anryn retten. Deshalb war er doch hier und ein Ash'Bahar blieb immer ein Feind.

»Ist auch egal ... Ich kann dir nicht vertrauen. Wer sagt mir, dass du nicht versuchen wirst, meinen Verstand zu beherrschen, sobald ich zulasse, dass du die Augen öffnest?«

»Ich.« Aus dem Mund des Ash'Bahars klang das Wort wie ein unumstößliches Argument.

Riagh hielt den Atem an. Sein Herzschlag brannte wie die Gedanken. Was tat er hier? – Was konnte er tun? »Es geht nicht. Ich – kann – dir – nicht – vertrauen! Deshalb ... werde ich dich töten müssen.« Er nahm das Breitschwert wieder in beide Hände, wie es sich richtig anfühlte.

»Nimm das Sameea.«

»Deine Blut-Kette? ... Wessen Blut eigentlich?«

»Meines. Und genau deshalb wird es dich vor meiner Magie schützen. Solange du es trägst, ist ein Teil meiner inneren Flamme stets bei dir, und wie Feuer nicht von Feuer verbrannt werden kann, kann dir kein Schaden aus meiner Magie entstehen.« Der Ash'Bahar lächelte nicht mehr. Vielleicht war er gerade zum ersten Mal ehrlich, aber irgendetwas stimmte nicht.

»Warum trägst du eine Kette, die dich vor deiner eigenen Magie schützt? Das ergibt keinen Sinn ... außer vielleicht, du hast einen wirklich unruhigen Schlaf.«

»Mein Sameea hatte einst einen anderen Träger ... Doch er hat sich des Geschenkes für unwürdig herausgestellt, weshalb ich es wieder an mich nahm. Wobei ich zugeben muss, dass diese Entscheidung einen gewissen Leichtsinn barg, denn mit meinem Blut hält das Sameea einen Teil meiner Macht gefangen. Ich hätte es zerstören sollen, um diese Stärke zurückzuerlangen, aber ich habe mich für die Erinnerung entschieden. Eine Entscheidung, von der du nun profitieren kannst.«

Riagh schritt langsam rückwärts, bis er seinen Rucksack erreichte. Mit dem Nekromanten stets im Blickfeld und dem Schwert in der Hand kramte er in seinen Sachen und kehrte schließlich samt Blut-Phiole zu seinem Gefangenen zurück.

»Hier ist dasselbe Zeichen drauf wie auf deiner Brust.«

»Kein Shariem gleicht einem anderen. Du siehst also, dies Sameea ist meines.«

Riagh zögerte etwas und legte schließlich dem Ash'Bahar die Kette um den Hals. Er wartete, während nichts geschah. Es war also keine Falle.

»Ich versuche nicht, dich hereinzulegen, Cartharer. Das Sameea ist, was ich sagte: ein Schutz vor meiner Macht, den ich dir anvertraue. Außerdem war es unklug, mir die Kette anzulegen, denn jetzt habe ich Zugriff auf den eingeschlossenen Teil meiner Macht – was ich jedoch nicht zu nutzen gedenke.«

Schnell nahm Riagh dem Nekromanten die Kette wieder ab und legte sie sich selbst um. Das Glas strich unnatürlich warm über seine Brust, als wäre das Blut darinnen frisch aus den Adern getropft. Wieder wartete er – und wieder geschah nichts. Riagh seufzte.

»Was schützt mich davor, dass du mir nicht im Schlaf die Kehle durchschneidest? Und was sagt mir überhaupt, dass dieses ... Sameea? ... wirklich funktioniert und nicht einfach nur seltsam ist? Schließlich habe ich noch nie davon gehört, und an der Front hat man sich eine Menge über euch erzählt.«

»Bisher verfolgten wir die Strategie, unseren Feindinnen nicht all unsere Geheimnisse anzuvertrauen, und ich muss zugeben, ich bin vom Erfolg dieses Konzeptes sehr überzeugt. Was deine restlichen Bedenken betrifft: Ohne etwas Vertrauen geht es nun einmal nicht. Eine Waffe kann einen Krieg beenden, aber keinen Frieden bringen.«

Feindinnen? Der Ash'Bahar beherrschte das Imperial mühelos, und doch schienen ihm manchmal die richtigen

Wörter für Männer zu entfallen. Aber das war nicht Riaghs Problem, er war nicht hier zum Unterrichten.

Riagh schloss die Augen, atmete tief durch, versuchte, eine Antwort in dem Geräusch seines Herzschlags zu finden. Konnte er dem Nekromanten vertrauen? Vielleicht. Er hatte sein Schwert neben ihm fallen gelassen, ihm den Rücken zugewandt, und der Ash'Bahar hatte diese Möglichkeit nicht genutzt. Doch vor allem hatte er Riagh vor dem Biss bewahrt und somit vor einem Leben als Verfluchter. Vielleicht hatte der Nekromant wirklich etwas Vertrauen verdient.

Aber konnte er auch Anryns Leben darauf verwetten?

»Es ... tut mir aufrichtig leid, Ash'Bahar.«

»Nuzar.«

»Vielleicht wäre ich tatsächlich bereit, dir mein Leben anzuvertrauen. Aber hier geht es nicht um mich.« Es fiel Riagh schwer, den Nekromanten anzuschauen. Selbst durch die geschlossenen Lider hindurch spürte er die Schwere des Blicks. »Ich verspreche dir, ich werde es schnell machen ... Du wirst keine Schmerzen haben.«

»Verzeih, dass mich dieses Versprechen nicht freudig stimmt. Doch vor allem muss ich dir widersprechen, Cartharer: Du wirst mich nicht töten.« Der Nekromant schlug die Augen auf, die roten Striemen glühten in der Dunkelheit.

Riagh stieß zu, mit der Schwertspitze durch Herz und Shariem, das nur von der Wolldecke und den fröstelnden Armen geschützt war. Es sollte schnell gehen. Er wollte sein Versprechen halten.

Doch er stieß ins Nichts, denn der Ash'Bahar verschwand. Die Decke fiel zu Boden, wie es ein lebloser Körper hätte tun sollen. Der Nekromant war schnell gewesen: zu schnell für Riaghs Augen, zu schnell für Riaghs Waffe – zu schnell für Riaghs Reflexe. Er starrte in die Schwärze und konnte sich nicht erinnern, wann ihm ein Gegner je so gewandt entkommen war.

Ein Keuchen von hinten. Riagh wirbelte herum, noch in der Drehung zerschnitt die Klinge die Nachtluft.

Wieder ein Geräusch, Riagh tanzte im Kreis. Da stand der Nekromant endlich, auf der anderen Seite des Feuers, nackt und auf seine Oberschenkel gestützt. Zum Blutstrom der Nase hatte sich ein Rinnsal aus seinem linken Ohr gesellt.

»Passiert das jedes Mal, wenn du zauberst?«

»Macht hat stets ihren Preis.«

Wieder umrundete Riagh mit langsamen Schritten das Feuer. Inzwischen kannte er jede Unebenheit des Bodens und auch die wilde Wurzel der einsamen Linde würde ihn nicht zum Straucheln bringen.

»Starke Schmerzen?«

»Wir wachsen in die Qual hinein.« Der Ash'Bahar richtete sich auf und strich sich das Blut aus dem Gesicht. »Ich werde nicht aufgeben, Cartharer. Ich will leben und ich will dir helfen. Glaube mir, wir sind gar nicht so verschieden. Ich habe keinen Grund, dir zu schaden. Und würde ich entkommen wollen – wie du eben sahst, es würde mir gelingen. Lass dir doch helfen.«

Nur fünf Schritte, drei, wenn Riagh durchs Feuer ...

Und dann?

Er hatte einen Tag Zeit gehabt, diesen Mann zu töten. Einen ganzen Tag, wo er doch bisher nicht einmal einen Herzschlag gebraucht hatte, um seine Feinde niederzustrecken.

Die Wahrheit war schmerzhafter als jede Wunde: Er wollte den Ash'Bahar nicht umbringen. Denn es war schön, nach so vielen einsamen Wochen endlich wieder einen Zuhörer zu haben; jemanden, der auch antworten konnte.

Der die richtigen Worte fand, falls Anryn ...

Riagh seufzte und ließ die Klinge sinken. Er war der Drohungen müde. »Du wirst mir jetzt ganz genau erklären, was du hier machst und warum du mir helfen willst – und wenn es die ganze Nacht dauert! Und dann werden wir weitersehen.«

Der Nekromant nickte und fand sogar sein Lächeln zurück. Riagh erwiderte beides und fing gar nicht erst an, darüber nachzudenken, warum.

»Spricht etwas dagegen, wenn ich mir vorher noch die Decke zurückhole?«

»Nur zu. Jetzt ist sie sowieso schon schlammig und voll mit deinem Blut.«

Die Flammen ließen den Schweiß auf der Haut des Nekromanten rötlich schimmern, während er zur Decke schritt. Bei den imperialen Magiern hatte Zauberei stets so natürlich gewirkt, sie rezitierten ihre Sprüche und das Wunder kam in die Welt, ohne Blut und Anstrengung.

Aber die beherrschten auch keine Verfluchten, und der Ash'Bahar blieb stumm, während er Unnatürliches vollbrachte. Wie man es auch betrachtete: Das Kräftezehrendste in der Welt war die Stille.

»Herrje, würdet ihr euch jetzt bitte endlich umbringen? Ich habe keine Lust, mir das Gequassel die ganze Nacht anzuhören!« Eine fremde Stimme durchbrach das Schweigen und das Feuer knisterte, als würde es kichern.

»Ist der Fluch in deinem Dorf ausgebrochen, hilft zum Schutze ein tägliches Bad im Regenwasser der letzten Vollmondnacht. Hat er schon das Blut deiner Familie erreicht, schützt du dich mit einem Biss in eine Knoblauchzehe jeden Morgen. Holt er einen deines Blutes ins Unleben, so rufe die Namen deiner Vorfahren dreiunddreißig Mal am Tage, damit sie den Unglücklichen von dieser Welt zur letzten Nacht geleiten. Doch hat ein Verfluchter dich erst gebissen, helfen dir nicht einmal mehr die Götter.«

– Reisende Heilerin in einer Schenke nahe Salainn,
zeitaltes der Ferne

»Da hilft, was immer hilft: Kopf ab. Und zwar am besten bei allen: Verfluchten, Nekromanten und wer dabei dumm herumsteht. Sicher ist sicher. Und um Schaulustige ist es nie schade.«

– Cato Ligarius, zentus der IV. Legion zu Brengus,
bei der Einweisung neuer Soldaten,
193. Jahr des Ewigen

Kapitel 3

»Das kommt davon, wenn man auf offenem Feld lagert!«

»Wenn ich mich recht entsinne, erwähltest du den Lagerplatz, Cartharer.«

»Du hättest ja was sagen können!« Riagh schnaubte, blickte vom Nekromanten zur Nekromantin. Unglücklicherweise befand er sich direkt zwischen ihnen. Würden sie sich verbünden, stand ihm ein harter Kampf bevor. Er hätte den Ash'Bahar töten sollen, als er noch einsam und wehrlos gewesen war.

»Euch kann man sich ja nicht mitanhören!« Die Nekromantin sprach mit starkem Akzent, der die Silben hart und kantig klingen ließ. »Ich mache dir ein großzügiges Angebot, Cartharer, für das mich noch deine Enkelinnen ehren werden und das uns allen sehr viel Zeit und Worte spart.«

»Ich bin an beidem sehr interessiert.« Auch wenn ihn das Gefühl beschlich, dass es nicht in der ash'bahrischen Natur lag, Zeit und vor allem Worte zu sparen.

»Übergib mir Nuzar desh Mihamin dev' Arvai und ich lasse dich am Leben. Du kannst ihn auch gern selbst umbringen, falls du bereits einen Zwist mit ihm hast. Dies soll recht schnell geschehen, habe ich mir sagen lassen.« Die Nekromantin stützte ihre linke Hand an die Hüfte und hielt mit der anderen eine sehr schmale und gebogene Klinge. Sie erinnerte Riagh mehr an ein zu lang geratenes Messer als an eine Waffe. Ihre Haut war dunkler als Nuzars, schien fast mit der Nacht zu verschwimmen. Die geflochtenen Haare waren streng nach hinten gebunden, nur zwei Zöpfe umrahmten das junge Gesicht. Die roten Spitzen glichen zwei Blutstropfen, die auf ihr dunkles Wams hinabzufallen drohten.

Riaghs Puls wummerte, doch trieb ihn nicht die Nekromantin an. In der Finsternis hinter ihr lauerte etwas: ein Schemen, der sich starr gegen das tiefe Grau der Nacht abzeichnete. Die Ash'Bahar war nicht allein gekommen. Natürlich nicht, diesem Volk war schließlich nicht zu trauen. Vermutlich würde sie sich auf Riagh stürzen, kaum dass der Nekromant tot war.

»Unschuldig seien deine Gedanken und rein in ihrer Moral, wenn sie tatsächlich zu der Erkenntnis reiften, ich gäbe wehrlos auf.« Nuzars Stimme klang übertrieben charmant. »Dennoch muss ich mich vor Haythems Weitsicht verbeugen, denn dass er mir eine Frau als Jägerin sandte, demonstriert in gleichem Maße seinen Scharfsinn und seine Skrupellosigkeit. Bitte richte ihm doch meine Hochachtung aus, sollte ich in unserem Disput unterliegen.«

Was auch immer ... Riagh verstand nicht, worüber die Ash'Bahar so viel redeten. Aber er spürte den nahenden Kampf, die unausweichliche Konfrontation dieser Nekromanten strahlte heller als sein Lagerfeuer auf weiter

Fläche. Seine Finger kribbelten. Auch wenn er keine Seite wählen wollte – sollten sie sich doch gegenseitig untot hexen –, hatte er die Vorahnung, dass man ihm Neutralität nicht gestatten würde. Entweder entschied er selbst, wer Freund und Feind war, oder die Nekromanten träfen diese Entscheidung für ihn. Wer zur falschen Zeit im Weg stand, blieb auf ewig mittendrin.

»Du hast keine Wahl, Nuzar. Du bist immer noch ein Ash'Bahar, du wirst mir nichts tun – so tief bist du noch nicht gesunken.«

Riaghs Hand verkrampfte sich um den Griff seines Breitschwerts. Wieso wählte diese Nekromantin nicht ihre eigene Sprache für diesen Streit? Es war doch eindeutig, dass ihr das Imperiale schwerfiel.

»Wir haben immer eine Wahl, ash-Shir'hab. Du trafst die deine, mich zu jagen, und ich entscheide mich für den Widerstand und bin bereit, mit den Konsequenzen weiterzuleben. Denn sei dir gewiss: Mein Anstand liegt bereits auf dem tiefsten Grund aller Meere, keine Tat heute Nacht könnte ihn noch weiter hinabreißen.«

Sie wollten beide, dass Riagh sie verstand. Doch warum redeten sie dann nicht so, dass er es auch begriff? Riaghs Blicke sprangen einem gehetzten Tier gleich zwischen den Kontrahenten hin und her. Sie waren beide in Reichweite, es bedürfte nur weniger Schritte, dann könnte er einem den schnellen Tod bringen, hätte dann aber dem anderen seinen schutzlosen Rücken offenbart. Konnte er der Jägerin glauben, dass ihr Angebot nicht ein bloßer Vorwand war, um nur gegen einen statt zwei Gegner zu kämpfen? Konnte er dem Nekromanten vertrauen, dass er dankbar für seine Rettung wäre? Jetzt waren sie schon drei, die eine Wahl zu treffen hatten.

»Dein Verrat war also wahrhaftig deine freie Entscheidung, Nuzar. *Wer einer Dear'waa vertraut ...*«

»*... ist erst verzweifelt und dann verloren.*« Die Stimme des Nekromanten glich einem Singsang. »Verzeih meine Unterbrechung, aber ich wollte sichergehen, dass du richtig übersetzt. Denn der korrekte Gebrauch der Redewendungen trennt die Schülerin von der Meisterin. Und deine falsche Aussprache der Konsonanten ...«

»Genug!« Es reichte Riagh, er wollte keinem fremden Dialog mehr lauschen. Und außerdem wollte er den Kampf endlich hinter sich bringen. »Ich verstehe sowieso nicht, worum es hier geht!«

Die Nekromantin blickte zornig, das Rot glänzte keck gegen die Dunkelheit an. Sein Ash'Bahar hingegen lächelte wieder freundlich und band sich die Decke um die Hüften. Er war also kampfbereit.

Sein Ash'Bahar ...

Er hatte mehr als nur eine Gelegenheit nicht genutzt, Riagh zu verraten. Das war vielleicht nicht genug für eine lebenslange Freundschaft, aber für einen Kampf mochte es reichen.

Riagh seufzte. »Du brauchst gar nicht so zu gucken, Nekromantin, ich werde diesen Ash'Bahar ...«

»Nuzar.«

»... weder selbst umbringen, noch an dich ausliefern. Mir egal, was er ist oder wen er verraten hat – das ist euer Problem, nicht meines.«

Die Gesichtszüge des Nekromanten änderten sich nicht und doch lag nur scheinbar das alte Lächeln um seinen Mund. Feine Fältchen gesellten sich zu seinen Augen. Der Ash'Bahar lächelte... ehrlich.

Die Mimik der Frau hingegen war endgültig erstarrt. »Das ist wirklich traurig, Cartharer, denn ich hatte ernsthaft darüber nachgedacht, dich zu verschonen. Ein Dear'waaru ist es nicht wert, dass irgendwer für ihn stirbt.«

»Lauf, und keiner muss sterben. Das gilt natürlich auch für deinen Freund im Schatten.« Zur Warnung erhob Riagh die Klinge mit beiden Händen, blickte die Nekromantin entschieden an.

Viel zu spät wurde ihm bewusst, wie dämlich es war, einen Zauberer vorzuwarnen.

Riagh schwankte. Seine Füße schienen mit einem Mal den Halt zu verlieren, der feste Boden wurde zu Schlamm und sog ihn ein. Er trat wild auf der Stelle, versuchte sich abzufedern, um wieder auf festen Untergrund zu springen, doch trieb er sich damit immer tiefer ins Erdreich. Die Nekromantin grinste, während ihr die ersten Blutstropfen von der schmalen Unterlippe perlten. Dann verschwand sie viel zu schnell. Sein Blick konnte ihr nicht folgen, der Schemen ihrer Kontur verschwand hinter seinem Rücken und sein Nekromant fluchte etwas Fremdländisches – Hilfe war also nicht zu erwarten.

Hör auf zu treten! Riagh konzentrierte sich auf seine Atmung, zwang die Panik zum Gehorsam. Der Schlamm hielt bereits seine Knie gefangen und jede Bewegung verdammte ihn ein Stück tiefer in die – Hitze? Im Sumpfland hatte der Boden stets mit einem kalten Grab gedroht. *Nicht bewegen!* Die zähe Schlacke stank nach Fäulnis, das Land unter Riagh starb und wollte ihn mit in den Tod reißen. *Ruhig...* Die Nekromantin hatte Carthal verflucht, wie es so viele aus ihrem Volk zuvor schon getan hatten – und endlich war die Zeit der Rache gekommen!

Riagh ließ sich blind nach vorne fallen, griff in den dunklen Grund und riss am ersten Grasbüschel, das seine Hand zu greifen bekam. Es hielt der sicheren Entwurzelung stand. Na also, dieses Miststück von Nekromantin konnte unmöglich allein das ganze Land verderben! Er rammte sein Breitschwert in den Boden und zog sich langsam aus dem Schlamm.

Ein Knurren ließ ihn aufblicken – der Schemen in der Finsternis erwachte. Einst mochte das Kleid der jungen Frau hell gewesen sein, doch nun verzierten es Schmutz und Verwesung mit ihren Mustern. Das verkrustete Blut an den Ärmeln erzählte von Verzweiflung, Ausweglosigkeit und dem selbstgewählten Schicksal. Riagh fluchte und sie stürzte sich auf ihn.

Es war ein vorhersehbarer Angriff. Riagh rollte sich zur Seite, doch sein Leib stockte. Seine Füße waren noch nicht dem Griff des Bodens entkommen, verweigerten sich seinen Reflexen. Riagh riss sein Schwert aus der Erde, schwang es in Richtung der Verfluchten und spürte, wie ihr Bauch aufriss, als sie sich fest auf seine Klinge rammte. Er hustete und würgte gegen den Gestank herausgleitender Innereien an, bis der Schmerz seiner Schulter ihn zurück in den Kampf riss. Ihre zu Krallen abgenagten Finger bohrten sich tief in sein Fleisch, das Blut quoll heiß über seinen bloßen Arm. Riagh schrie, wand sich umher, presste seinen Kopf gegen ihren, damit sie ihre Zähne nicht in die frische Wunde schlug. Er wollte erneut seine Waffe in sie rammen, doch die Klinge blockierte, sie musste sich in ihren Rippen verkeilt haben.

Tote konnten Anryn nicht retten.

Riagh ließ seine Waffe los und packte das Mistvieh an der Kehle, die Haut zerriss unter seinen Fingern wie nasses Pergament. Ihre Krallen gruben sich tiefer in seine Wunde, ihr Kiefer zuckte, die leeren Augenhöhlen fixierten seinen Arm. Der Halsknochen knackte unter Riaghs Griff, doch er konnte ihre Zähne nicht von seinem Fleisch fernhalten. Langsam und doch unaufhaltsam näherte sich ihr Maul. Und der Fluch folgte ihr mit zynischem Grinsen. Verzweifelt krallte sich Riagh tiefer in ihren Hals, verlor den Griff, als er etwas Weiches herausriss. Erneut versuchte er, sie zu packen, doch er wusste, sein Arm war zu langsam. Also schrie er, wütend auf das Schicksal und die Götter, die sich solcherart bei ihm revanchierten. Und seine Lippen formten seinen Schrei zu einem Wort; dem einzigen, das ihm jetzt noch helfen konnte.

»Nuzar!«

Die Luft flirrte, Farben verdichteten sich zur festen Kontur eines nackten Mannes, der den viel zu nahen Kopf der Verfluchten packte, um sie von Riagh fortzureißen. Dann erstarrte das Ungetüm.

»Beeil dich, Cartharer! Ich kann sie nicht allei...« Der Ash'Bahar schrie auf, als die Nekromantin aus dem Nichts neben ihm erschien und das unterarmlange Messer quer über seine Brust zog. Der Anblick des Blutstroms zauberte ihr ein Lächeln auf die dünnen Lippen, karminrot vom eigenen Blut.

»Möge Ash'Ghiam dich richten!« Sie holte ein weiteres Mal aus, mit siegessicherer Fratze, als Riagh ihr Bein packte und sie zu Boden riss. Die Nekromantin fluchte, fing sich jedoch ab und griff diesmal Riagh an, versenkte den Stahl tief in seinem Arm.

Der Schmerz war erwartbar unbedeutend. Das war er bei den meisten Wunden. Riagh griff nach ihrem Arm, riss das Messer dabei tiefer durch sein Fleisch. Er wollte sie entwaffnen, doch bevor er das schlanke Handgelenk zu greifen bekam, löste sich ihre Gestalt wieder auf und entglitt in einem schnellen Farbverlauf seinem Sichtfeld.

Die Armwunde pochte; wie seine Wunden schon so oft gepocht hatten, bevor sie sich brav zu Narben schlossen, die als stille Zeugen alter Kämpfe seinen Leib zierten. Riagh stemmte sich auf beide Hände, um sich endlich aus Carthal zu befreien, und fühlte sein Breitschwert. Es musste im Getümmel aus der Verfluchten herausgerutscht sein. Ein altbekanntes Knurren neben ihm. Riagh packte seine Waffe und stach blind in Richtung des Geräuschs. Es knackte. Sein Kopf konnte dem Schwertarm nicht schnell genug folgen, fast ein halber Herzschlag verging, bevor er die Verfluchte erneut im Blick hatte. Der Nekromant musste die Kontrolle verloren haben. Sie zuckte, versuchte sich wieder auf Riagh zu stürzen, doch die Klinge hatte ihren Schädel vollständig durchstoßen und hielt die Tote auf Abstand.

Riagh zog sich in den Stand, er musste sich beeilen. Mit dem Fuß in ihrem Kreuz hielt er die Verfluchte am Boden, ihr malträtierter Hals war seinem Schwert kein Hindernis mehr. Endlich war Riagh frei, um sich der Ash'Bahar anzunehmen.

Er sah sich um, fand nur eine Mixtur huschender Farbfetzen, die sich in geraden Linien über das Feld jagten. Nur selten mochte sich ein bunter Schatten für einen kurzen Moment zu einem Körper formen, um dann wieder zu einer neuen Position zu fliehen. Und um sie herum loderten im Halbkreis die Flammen, als hätten sie sich selbst in einen Feuerkäfig gesperrt.

Riagh konzentrierte sich, versuchte den nächsten Haltepunkt der Schemen zu erraten, doch diese Geschwindigkeit machte es ihm unmöglich, auch nur an einen Angriff zu denken. Zehn zu eins, deshalb also.

»Kann ich mitspielen oder kommt ihr schon allein zurecht?« Riagh überlegte noch, warum er dies gerade gerufen hatte, anstatt einfach zu verschwinden und die Ash'Bahar sich selbst zu überlassen, da änderten die Farbkleckse tatsächlich ihre Richtung. Er zuckte kurz, als er den Nekromanten hinter sich keuchen hörte. Doch die Zeit fehlte, um sich ihm mehr zu widmen. Verschwommene Konturen hielten direkt auf Riagh zu, denn der Ash'Bahar hatte ihn zu seinem lebenden Schutzschild erkoren. Nur einen Schritt zur Seite und Riaghs Probleme wären fort...

Riagh hob seine Klinge, obwohl er ohnehin nicht parieren konnte. Wie sollte er in diesem Schemen das Messer erkennen? Er spürte den Wind über seine Haut tanzen und schloss die Augen. Die Nekromantin raste auf ihn zu, würde zuschlagen und treffen. Kampf bedeutete Vertrauen, auf die Götter und das Schicksal. Auf den eigenen Geist, der die Erfahrungen einstiger Kämpfe bündelte, um damit neue Siege zu erschaffen. Doch vor allem vertraute Riagh auf seinen Körper, der diese Erfahrungen verinnerlichte, sich jeden Angriff einprägte, bis die Arme von selbst wussten, welche Bewegung einen weiteren Sieg brächte. Und welche den eigenen Tod verhinderte, weil sie fast immer die erste war, die der Feind erzwang.

Riagh öffnete die Augen und blickte auf seine Klinge. In diesem Moment waren sie allein in einer Welt aus Nichts – und plötzlich war es ganz leicht, zu vertrauen.

Metall klirrte, in diesem lauten, schrecklich hohen Ton, der sich noch weit ins Land trug und davon kündete, dass eine Hoffnung gestorben war. Und eine andere hatte sich erfüllt. Riagh blickte durch die gekreuzten Klingen in das erstaunte Gesicht der Nekromantin. Ein Blutstropfen löste sich aus ihrem Auge, als wäre er direkt den roten Striemen entsprungen. Die Ash'Bahar wich einen Schritt zurück, ein herausforderndes Lächeln machte sich auf ihren Lippen breit. Blickte sie zu Riagh oder hinter ihn? Er wagte den kurzen Blick über die Schulter: Der Nekromant lag im Gras, frisches Blut glänzte auf seinem Gesicht. Der Brustkorb hob und senkte sich, und es blieb das einzige Lebenszeichen. Was für ein wunderbarer Moment, um bewusstlos zu werden! Schnell blickte Riagh zurück zu seiner mehr als lebendigen Kontrahentin. Sie grinste noch immer und noch immer stand sie ihm gegenüber, hatte seine kurze Unaufmerksamkeit nicht gegen ihn gewandt. Zumindest in diesen Dingen wusste sie, was Ehre bedeutete. Riagh nickte langsam, denn er wusste es auch. Und so begannen sie ihren Tanz.

Riagh verfluchte ihre Schnelligkeit schon beim ersten Schlag. Die grazile Klinge seiner Gegnerin brauchte weniger Schwung als das klobige Breitschwert, glitt elegant durch die Nachtluft und drängt ihn dabei stetig in die Flammenwand hinein, so er nicht bei der ersten Hitze vom Rück- zum Seitenschritt überging. Ungerüstet blieb ihm nichts als die Defensive, sein Schwungradius war zu groß und die Zeit zwischen den Paraden zu knapp bemessen, als dass ihm ein Konter gelingen könnte. Zwar ließ er all ihre Angriffe abgleiten, jedoch erlaubte sie ihm nicht, sich dabei in eine bessere Position zu manövrieren. Sie war ihm zu nah, um ihre Klinge zu binden; um ihren eigenen Schwung gegen sie zu wenden. Diese verdammte Nekromantin wagte es doch tatsächlich, ihre Waffe zu beherrschen – und Riagh zum Abwarten zu verdammen. Und er hasste es, zu warten.

Also verlor er die Geduld. Als ihre Waffe erneut auf die seine traf, band er die schmale Klinge, überbrückte ihren Abstand und presste mit einem schnellen Seitenschritt seinen gesamten Körper gegen ihren. Sie sollte zu Boden stürzen, dieses Messerchen verlieren, endlich hilflos sein. Der Sturmfürst war sein Zeuge, eine Frau war verdammt nochmal kein Gegner für ihn!

Doch Riagh hatte sich geirrt, wie er überrascht feststellte, während er zu Boden fiel. Sie hatte die Waffe einfach losgelassen, sich damit seinem Ansturm entzogen und zu guter Letzt seine Wucht auch noch gegen ihn gewandt. Natürlich wollte Riagh sofort wieder aufspringen, den Tanz fortsetzen, geduldiger nach ihren Schwächen suchen und siegen – doch sein Rücken schien wie am Untergrund festgeschmort, der Boden war zäh und wollte ihn nicht hergeben. Die Nekromantin grinste auf ihn herab, denn sie hatte gewonnen.

Ruhig hob sie ihre Klinge auf und setzte sich auf Riaghs Brustkorb. »Es ist wirklich schade, Cartharer, dass du dich entschieden hast, zu sterben. So viel Potenzial und du vergeudest es für einen Dear'waaru.« Einen kurzen Moment wirkte die Nekromantin ehrlich traurig. Doch dann hob sie ihre Waffe, und Riagh wusste, sie würde nicht feige sein. Er schloss die Augen und sog tief die Nachtluft in die Lungen.

Sivoks Hände hatten stets nach frischer Erde gerochen. Nach Heimat. Zumindest starb Riagh in Carthal.

»Möge Ash'Ghiam dich in ihrer Glut empfangen … und mir vergeben.«

Eine dünne, so ferne Stimme – und definitiv die falsche! Riagh riss die Augen auf und erblickte seinen Ash'Bahar, der sich zehn Schritte weit in die Nacht gerettet hatte. Die Flammenwand war versiegt, doch sein geschundener Körper glänzte dennoch – im Schein des gewaltigen Balls aus wirbelnden Flammen, der zwischen seinen Handflächen pulsierte.

»Das wagst du ni...« Die Schenkel der Nekromantin verkrampften sich.

Der Ash'Bahar stieß den Feuerball von sich wie ein Kind eine Schale verhassten Gerstenbreis.

Dieser verfluchte Mistkerl! Riagh schrie, ohne sich die Mühe zu machen, noch Worte zu formen. Seine Beine zuckten, wollten aufspringen. Aber die Kämpferin auf ihm war wie zu Marmor erstarrt und verdammte sie beide zum Tod. Riagh spürte die Hitze, die Flammenzungen knisterten gegen seine Schreie an.

Die junge Frau auf ihm zitterte, die Klinge glitt aus ihrer Hand. »Ash'Ghiam ...« Und dann wurde es grell.

Die Hitze umschlang Riaghs Leib, trieb ihm den Schweiß aus den Poren und verkrustete alle Wunden. Der Gestank verbrannten Fleisches ließ sich weder hinforthusten noch hinauswürgen. Das Feuer war mit einem lauten Krachen auf sie beide eingeschlagen, hatte den Körper der Nekromantin so fest auf ihn gepresst, dass sie verschmolzen. Unzählige Lichtkristalle durchstießen die Finsternis, schwemmten seine Sicht auf wie Regentropfen. Riagh zwinkerte hektisch gegen die Dürre in seinen Augen an, doch sein Blick klärte sich nicht. Er wand sich umher, wollte entkommen, fort von hier, auch wenn es längst zu spät war. Er starb. Riagh schloss die nutzlosen Augen, während sein Geist schwand und eins mit dem Regen wurde.

Anryn...

Nein, er durfte sie nicht festhalten! Keine Gedanken an Rache und Reue wagen! Er wollte nicht auf der Donnerspitze enden, dort mit all den anderen Schwächlingen hausen, die es nicht hinbekommen hatten, ihr Leben selbst in die Hand zu nehmen. Nicht dem Donner lauschen und den Blitzen nachschauen, in der Hoffnung, sie mögen die Richtigen treffen und die eigene Vergeltung doch noch erfüllen. Nicht einem Leben nachtrauern, das einfach nicht hatte passieren wollen...

Riagh gehörte nach Cærhed, in die ewige Nacht vor der letzten Schlacht, deren gewaltige Feier keine Grenzen kannte. Er gehörte zu Sivok.

Falls Sivok nicht auf der Donnerspitze kauerte.

Riaghs Herz wummerte, das Blut presste sich hart durch seine Adern. Er hielt die Luft an. Sterbende wurden ruhig, legten sich schlafen. Doch Riaghs Körper kannte nur die Hektik. Er riss die Augen auf, stieß alle Luft aus seinen Lungen, bis sie leer waren und brannten wie er selbst. Die Dunkelheit zerriss und offenbarte verschwommene Umrisse, die sich zu einer Baumkrone verdichteten. Nicht er schwand aus dieser Welt, sondern die Hitze von seiner

Haut. Es war nicht sein verbranntes Fleisch, das ihm würgend die Galle hochtrieb. Die Flammen waren über seinen Leib gerannt, ohne ihn zu verbrennen, warum auch immer. Aber das Feuer des Ash'Bahars war dennoch wirklich gewesen, denn der verkohlte Körper der Nekromantin lag schwer auf seiner Brust. Und trotzdem lebte Riagh.

»Mi… ad…« Die Stimme des Nekromanten war schwach und fern, nur unter schwerem Atmen presste er einige Silben hervor.

»Du verdammter Dreckskerl!«, schrie Riagh keuchend. »Ja, ich habe deine feige Magie tatsächlich überlebt! Und glaub mir, ich werde mir viel Zeit mit dir lassen! Du wirst es bereuen, mich reingelegt zu haben!«

»…jad…«

Riagh stemmte sich mit den Ellenbogen hoch und tatsächlich – was auch immer ihn gebunden hatte, es war nun vertrocknet und sein Rücken frei. Er versuchte, den toten Leib von sich zu schieben, doch die Tote hatte sich in ihrem letzten Atemzug vollends an ihn geklammert und weigerte sich nun beharrlich, hinabzugleiten. Riagh packte ihre Schulter und schlug mit geballter Faust auf ihren Oberarm, wollte ihn brechen, um sich dem Griff zu entwinden. Er brauchte zwei Schläge. Doch dem erwarteten Knacken folgte ein nur zu bekanntes Knurren.

»Mi… Fluch!«

Die Gestalt auf Riaghs Leib zuckte, fand ins Leben zurück und erhob ihren kahlen Kopf. Die Haut verklebte die Gesichtszüge mit rosigem Fleisch, wo sie nicht zu einem spröden Dunkelgrau verkohlt war. Die Verfluchte zögerte, begutachtete neugierig Riaghs Brustkorb, der sich immer schneller hob und wieder senkte. Dann ruckte ihr verschmortes Maul blitzschnell vor.

Glücklicherweise waren Verfluchte vorhersehbar. Riagh ließ sich wieder fallen, schlug mit der Faust nach ihrem Schädel und zwang sie für einen Moment fort von ihrer Beute. Er atmete durch; sie oben, er unten – so konnte das nichts werden! Er zog die Knie an, hielt die Verfluchte mit seinen Schenkeln gefangen und rollte sich auf sie. Es stank noch immer nach verbranntem Fleisch.

Ihr Schädel zuckte hoch, sie wollte nach Riaghs Arm schnappen, doch ein weiterer Faustschlag zwang sie zurück. Er musste es beenden, sie hatte dieses verfluchte Dasein nicht verdient; das hatte niemand. Aber waffenlos war das kaum möglich. Seine Hand presste sich auf ihre Stirn, um den Kopf am Boden zu halten. Ihre Haut war noch immer heiß und klebte an seiner Handfläche. Riagh sah sich um, suchte sein Schwert und fand ihr Messer. Die gebogene Klinge fühlte sich so leicht an, als wäre er unbewaffnet.

»Tut mir leid ...« Wie hatte der Nekromant sie noch genannt? »*Aschirab*, du warst eine verdammt gute Kämpferin. Zwar eine Frau, aber ... du hast gewonnen. Dein Blut wird sich mit dem Regen mischen. Ich trink mit dir in der letzten Nacht.«

Das Messer glitt leicht durch ihren Hals, er brauchte kaum Kraft und die Verfluchte wehrte sich nicht mehr, als würde sie ihre Waffe erkennen. Der Tod durch die eigene

Klinge, das klang groß und ehrenvoll. Riagh schnitt auch durch die verkrustete Haut ihrer Arme, denn der Regen verdiente ihr Blut, auch wenn es vertrocknet war. Dann rammte er die dünne Klinge neben den abgetrennten Kopf in den Boden, stand auf und ging sein vertrautes Breitschwert holen. Das Lagerfeuer spiegelte sich im Stahl, während sich seine Finger um das weiche Leder krampften. Kein frisches Blut auf der Klinge zeugte von Riaghs verlorenem Kampf, nur verfluchtes Gewebe klebte an ihr. Er hatte auf ganzer Linie versagt. Röchelndes Husten erinnerte ihn, dass es noch etwas zu beenden gab.

»Richtig, ich wollte mich ja noch bei dir *bedanken*, dass du mich beinahe abgefackelt hättest. Von wegen helfen, du hast nur auf einen günstigen Moment gewartet, um mich umzubr... Verdammt, siehst du beschissen aus!« Die rote Masse geronnenen Blutes hatte sich zäh über Gesicht und Oberkörper des Ash'Bahars gelegt, glänzte feucht und klebrig. Der Mann atmete schwer gegen sein eigenes Blut an, versuchte sich aufzurichten, doch die Arme versagten ihren Dienst und er blieb hilflos liegen.

»Sam... ea...«

Riagh griff sich an die Brust. Die kleine Phiole baumelte unschuldig um seinen Hals. »Du willst mir doch nicht allen Ernstes sagen, dass diese Kette wirklich funktioniert... hat.« Die Wut verkochte sich zu der peinlichen Gewissheit der eigenen Dummheit.

Der Nekromant grinste, bis ihn das Blut in der Kehle erneut zum Husten zwang. Mistkerl.

»Schön, dann hast du mich eben nicht hintergangen.«
Riagh hockte sich hinab, ohne das Sameea loszulassen.
»Trotzdem, du hattest kein Recht, dich einzumischen! Das
war ein Kampf zwischen mir und ihr!«

»Du hattest … verloren.«

»Sie hat ja auch gezaubert!« Riagh richtete sich wieder
auf, um besser auf den Nekromanten herabschauen zu
können. »In einem gerechten Kampf würde ich ganz sicher
nicht gegen eine Frau verlieren.«

»Wenn jeder mit all seinen … natürlichen … Mitteln
kämpft, worin liegt da … die Ungerechtigkeit? Und jetzt
gib mir endlich … Wasser!«

Riagh öffnete seinen Mund, aber andererseits machte
es nun keinen Sinn mehr, zu diskutieren. Da holte er lieber
den Wasserschlauch aus dem Rucksack, schließlich wusste
der Ash'Bahar ohnehin nicht, was genau er da sagte. »Mach
den Mund auf, ich gieß rein. Sonst schmierst du mir noch
das ganze Mundstück voll Blut.«

Die Hand des Nekromanten griff nach Riaghs Handgelenk. Die kühlen Finger drückten gegen den Puls, bis Riagh
verstand und den Wasserschlauch nur noch locker umfasste. Der Ash'Bahar keuchte viele Atemzüge in die Nachtluft, bis es ihm endlich gelang, sich auf die Ellenbogen zu
stützen. Er wischte sich über die Lippen, bevor er trank.

»Lass mich meinen Atem zurückfinden … dann können
wir unsere vorangegangene Konversation fortsetzen …«

Endlich bekam Riagh Antworten … an einem anderen
Tag. Riaghs Schädel pochte, die Augenlider waren schwer

und die Armwunde brannte. »Ich bin erledigt und du noch mehr. Dein Geschwafel kann ich jetzt nicht gebrauchen. Ich nähe deine Wunde, dann schläfst du, dann schlafe ich. Und morgen reden wir.«

»Sieh, Cartharer, Vertrauen ist ein scheues Tier, es flieht vor jedem Schatten. Du drohtest mir so oft den Tod an ... Was gibt mir Gewissheit, dass du deine Absicht nicht während meines Schlafes vollendest?«

»Mein Wort.« Riagh steckte sein Schwert zurück in die Scheide. »Ohne etwas Vertrauen geht es nun mal nicht. Und nun halt still.«

Der Ash'Bahar schrie auf, als Riagh den Schnaps über die Wunde goss, doch hielt seinen Körper ruhig. Trotz des tiefen Schnittes war das Aderngebilde unverletzt und pulsierte. Vorsichtig fuhr Riagh die dunklen Linien nach, folgte ihrer Spur über die kleinen Erhebungen der Brustmuskeln bis hin zum Herzen; es pochte wild dieselbe Melodie.

»Das Shariem wird durch meine Magie geschützt, nichts kann es durchbrechen, solange ich noch Kraft habe. Es versiegelt mein Leben und hält meine Flamme am Lodern.«

Schnell zog Riagh die Hand zurück, als wäre er beim Diebstahl ertappt worden, und versteckte sie in seinem Rucksack. Er wollte ohnehin die Nadel suchen. Wobei *Nadel* nicht wörtlich zu verstehen war. Das Wort war eher eine Hoffnung, ein Wunschtraum eines zurechtgebogenen Angelhakens, sich eines Tages zu einer echten Nadel zu verwandeln. Sivok hatte das Verbandszeug bei sich getragen. Riagh konnte ohnehin keine gerade Naht nähen.

»Dieser *Haken* kann unmöglich deine wahre Absicht sein!«

»Heb dir dein Gejammer für die Narbe auf.«

Der Nekromant sog tief die Luft ein, um sie nach zwei Herzschlägen scharf hinauszustoßen, immer und immer wieder. Es nervte, aber dafür zuckte er nicht. Schmerzenslaute kamen keine, auch wenn er bei jedem Stich das Gesicht verzog. Dennoch ruhte sein Blick auf der Hand, die ihm das Unheil brachte. Der Ash'Bahar ergab sich seinem Schicksal, ohne darauf zu vertrauen. Klug von ihm.

»Du wirst nicht viel Schlaf haben, Ash'Bahar …«

»Nuzar.«

»… also nutze ihn. Wir reden morgen.«

»Mir scheint, du liebst es zu befehlen, Cartharer.«

»Schon vergessen? Ich bin der Kerl mit der Waffe.«

Der Nekromant lächelte und kuschelte sich in die Decke.

Riagh wusch seine Nadel im letzten Schnaps, um nun selbst seinem Leib zwei schiefe Narben zu schenken. Kaum hatte sich die Eisenspitze ins Fleisch versenkt, zuckte er zusammen: Plötzliches Schnarchen riss jede Konzentration fort. Schnaubend blickte er zum Schlafenden. »Wenn ich jetzt mein Wort breche, würde es niemand erfahren«, murmelte er. Der Nekromant antwortete mit wohligem Schmatzen.

Riagh schüttelte sich, stand auf, ging zwei Schritte, ließ sich fallen. Es brachte nichts: Seine Augenlider waren aus schwerem Eisen gegossen, fielen plump hernieder und brachten Finsternis in seine Welt. Und wenn er doch einen kurzen Moment siegte und die Lider wieder aufstemmte, zerstachen ihm die grellen Flammen die Augen, die er sich ohnehin schon wund gerieben hatte. Selbst beim Trocknen seines Umhangs schlief er mehr, als zu wachen.

»Hoch mit dir!«, knurrte Riagh schließlich und kapitulierte vor der Nacht.

Der Nekromant gähnte, streckte die Arme aus der Decke, um sie schnell wieder zu verbergen. Viel zu langsam bequemte er sich zum Feuer, noch immer eingewickelt. Er zitterte, und dabei regnete es gerade nicht einmal.

»Weck mich, wenn die Sonne gelb wird.«

Riagh legte sein Breitschwert und das ash'bahrische Messerchen neben sich, bevor er sich in seinen Umhang wickelte. Kalte Luft streichelte seinen unbedeckten Ellenbogen. Er konnte Anryns Stimme in sich hören, hatte ihren Blick in Gedanken klar vor Augen. Diese Mischung aus Verwunderung und Tadel. »*Bei den Göttern, Riagh, wie hast du es geschafft, in nassen Filz ein Loch zu brennen?*« Zwar stank das faustgroße Brandloch nach Rauch, aber immerhin war der Umhang jetzt trocken. Riagh legte sich auf den Rücken, schloss die Augen und wartete.

Und wenn der Ash'Bahar sich doch gegen ihn wandte? Er legte seine Hand schützend über das Sameea. Aber eigentlich bräuchte der Nekromant doch nur eine Waffe. Riagh drehte sich auf die Seite. Das Feuer prasselte und knackte. Er wälzte sich wieder auf den Rücken, während der Ash'Bahar laut gähnte. Der Kerl wurde von seinem eigenen Volk gejagt, so jemand hatte weder Moral noch Ehre. Nein, die Seite war doch besser. Dabei konnte er die Hand auf sein Schwert legen, nur zur Sicherheit. Ein Grashalm kitzelte über Riaghs Zeigefinger. Er griff beide Waffen und drehte sich zur anderen Seite. Es ergab einfach keinen Sinn, einem Ash'Bahar zu vertrauen. Und außerdem lag es sich auf dem Rücken doch sowieso bequemer. Wieso wollte der Nekromant ihm überhaupt helfen? Weder Anryns Leben noch Carthal bedeuteten ihm irgendetwas. Riagh hätte ihn einfach umbringen sollen, doch nun war es zu spät. Längst zu spät. Im Grunde war es bereits in dem Moment zu spät gewesen, als er die Fischer für ihn umgebracht hatte. Ein Blatt landete auf Riaghs linkem Nasenflügel, es war kühl und ein wenig feucht. Riagh wischte es vom Gesicht und drehte sich wieder zu seinen Waffen. Man tötete niemanden, der einem das Leben rettete, und schon gar nicht einen Wehrlosen. Andererseits bedeuteten Feuerbälle so ziemlich das Gegenteil von Wehrlosigkeit – und eigentlich schlief Riagh auch immer auf dem Rücken ein.

»Wenn du es wünschst, kann ich versuchen, dich zu ermorden, Cartharer. Dann kannst du mich bezwingen und erhältst die Gewissheit, meiner Arglist überlegen zu sein. Vielleicht findest du so deinen Schlaf.«

»Warum nicht? Dann kann ich dich umbringen und behaupten, ich hab mich nur gewehrt.«

»Einen grundlosen Tod habe ich also nicht mehr zu erwarten?«

Riagh starrte in die Finsternis über sich. In Garlitha war alles voller Sterne gewesen, aber hier wusste der Himmel einfach nicht, wie man die Wolken vertrieb. Seine Mutter, nein, Anryns Mutter hatte erzählt, dass jede Wolke ein Büschel Rohwolle sei, das Lerwa, die Mutter des Sturmfürsten, zum Abtropfen hinausgelegt hatte. Andererseits hatte Lifad beim Erntefest hinausgeschrien, der Sturmfürst würde den Himmel vollwichsen, weil seine Frau Thigara frigide wie eine alte Jungfer bei der Gurkenernte war. Ein passenderes Bild, denn die Wolken schlierten über den Himmel, lang gezogen und milchig; aufgeplustert waren sie höchstens im Sommer. Das Gute an Zuhause war, dass alles beim Bekannten blieb. Riagh sah noch immer in den Himmel. Heimat hieß zu lieben, auch wenn die Sterne fern waren. Dinge sollten sich nicht ändern.

Doch die Ash'Bahar hatten alles verändert und jetzt forderten sie auch Riaghs Prinzipien heraus. Was bliebe noch von ihm, wenn er jede Ehre verlöre?

»Ich bin mir sicher, irgendwem wirst du schon noch einen Grund geben.« Riagh konnte den Nekromanten kurz auflachen hören, aber vielleicht hatte er auch nur laut geschluckt. »Wie hast du das geschafft, so schnell zu schlafen? Du hast doch nicht ernsthaft auf mein Wort vertraut, oder?«

»Ich habe sehr viel Blut verloren – da ist Schlaf keine Frage des Willens.«

»Wie viel davon steckt eigentlich noch in dir drin? Kaum passt man mal nicht auf, bist du schon wieder ganz rot – und diesmal wasch ich dich nicht.«

»Unser Blut ist stets im Fluss, dies hält den Geist am Leben. Es wäre töricht, schon unsere Kinder das Zaubern zu lehren, würden wir so leicht verbluten.« Riagh hörte den Nekromanten kichern. »Und es trifft mich zutiefst, dass du dich nicht mehr meinem nackten Leib widmen möchtest. Aber diese Entbehrung bin ich bereit zu ertragen, wenn du dafür bereit bist, dir helfen zu lassen.«

»Du meinst wohl eher, dich vor deinen Verfolgern zu beschützen.«

»Meine Verfolgerinnen sind mein Problem, ich bin ihnen gewachsen. Auch wenn es sich zu zweit besser fliehen lässt.«

»Nein, tut es nicht.« Wären sie einzeln desertiert, wäre Sivok noch am Leben. »Aber das ist unwichtig. Du willst also wirklich meine Probleme zu deinen machen, Ash'Bahar?«

»Ja. Und mein Name lautet Nuzar. Während des Kampfes kanntest du ihn noch.«

»Gut, dann will ich wissen, was du angestellt hast.« Riagh drehte den Kopf, blickte zum Feuer und dem orangefarbenen Schemen eines fremden Mannes, der diese Nacht an seiner Seite gekämpft hatte. Das hatte schon sehr lange niemand mehr getan.

Der Nekromant schwieg eine lange Weile. Seine Stimme riss Riagh aus dem wohligen Dämmerzustand, der baldige Nachtruhe versprach. Dieser Ash'Bahar brachte ihn wirklich um jeden Schlaf. »Ich habe dem falschen Mann vertraut und ließ ihn leben, obwohl ich wusste, er würde mich verraten.«

Riagh lachte laut auf. »Das meinst du doch nicht ...«

»Es fällt mir schwer, darüber zu sprechen, Cartharer. Bitte verstehe das. Heute starb eine tapfere Qar'thegra meines Volkes, weil mir einst der Mut gefehlt hatte, die richtige Entscheidung zu treffen. Und ich bin mir sicher, dieser namenlosen Kämpferin werden noch weitere folgen. Wir haben stets eine Wahl und müssen mit den Konsequenzen leben.«

»Hieß sie nicht Aschirab?«

»Natürlich, *ihr* Name ist für dich von Belang.« Ein dumpfes Klopfen und dann ein Knistern, der Nekromant musste neues Holz ins Feuer geworfen haben. »Ich nannte sie Ash-Shir'hab – *Wilde Jägerin* –, weil mir ihr Name fremd war.« Er schwieg einen Moment, bevor er mit sanfter Stimme fortfuhr. »Ich weiß, in deinem Geist finden sich mehr Fragen, als Flammen über die Glut tanzen. Doch können wir unsere Unterhaltung morgen fortführen? Ich möchte diese Nacht in aller Stille trauern.«

Riagh legte seine Hand erneut auf den Griff des Schwertes, das Leder war jetzt kühl und fremdelte mit seinen Fingern. »Eine Antwort brauch ich noch: Warum ist sie nicht einfach geflohen, als sie das Feuer sah?«

»Weil ich sie auf dir hielt. Nicht die Flammen trieben mir beinahe mein gesamtes Blut aus dem Leib, sondern ihr Geist. Mein Wille siegte über den ihren, und beinahe brachte es uns beiden den Tod. Katzen und Menschen – diese Reihenfolge hat ihren Grund.«

»Eine Katze hätte dich also umgebracht?«

Der Nekromant antwortete nicht, aber Riagh war, als spürte er ihn lächeln.

Riaghs Hand lag noch immer träge auf der Waffe, die Fingerknöchel froren im Wind. Er seufzte, richtete sich auf und griff sich die ash'bahrische Klinge.

»Hier. Ich glaube, ich kann besser schlafen, wenn ich weiß, dass meine Nachtwache bewaffnet ist.«

Ohne etwas Vertrauen ging es nun einmal nicht.

***

Scharfer Rauch schnitt sich von seiner Nase hinab in die Lungen. Riagh keuchte, wollte den Gestank herauswürgen, packte blind in die Finsternis und zerrte, als er endlich etwas zum Greifen bekam. Die Hitze brannte über seine Haut, er musste hier fort.

»Wach auf, Cartharer! Dein Traum ist Illusion, ich bin wahr!«

Riagh schlug die Augen auf. Der Ash'Bahar hockte vor ihm, sein Gesicht war viel zu nah. Riagh spürte den fremden Atem an seiner Stirn. »Verschwinde!«

»Dein Wunsch sei mein Begehr. Du musst lediglich meinen Arm freigeben.«

Riagh sah auf seine Hände, sie hatten den Arm des Nekromanten fest gepackt. Er ließ augenblicklich los und fiel zurück auf den Rücken. Der Wind spielte mit den wenigen Blättern, die der Herbst den Ästen noch nicht gestohlen hatte. Schwarzer Rauch zog in den Himmel. Es stank bestialisch nach verbrannter Haut.

»Was qualmt hier?«

»Ich übergebe ihren Leib den Flammen, weshalb du dich nun fertigmachen solltest. Der Rauch verrät uns.«

»Du machst was?« Riagh sprang auf und sah auch schon den Scheiterhaufen. Der Wind ließ die Flammenzungen zu mannshohen Schlingpflanzen wachsen. »Warum bei Sonaias Titten hast du sie *noch einmal* angezündet? Bist du völlig wahnsinnig?«

»Ich weiß, es wäre eigentlich nicht nötig. Aber ich trage ihr gegenüber eine Schuld, weshalb …«

»Eben! Sie verdient Cærhed! Sie würde uns in der Schlacht nicht verraten …« Riagh griff sich seinen Umhang und eilte zur Feuerstelle. Aber es war zu spät, diese Flammen konnte er nicht mehr ausschlagen. Die Fremde war verloren. »Sie hätte uns bestimmt nicht verraten …«

»Natürlich nicht, denn sie ist gestern gestorben. Zweimal. Aber der Rauch kann uns verraten.« Die Stimme des Nekromanten war ruhig und er hielt großen Abstand. Zu groß für einen Angriff.

»Ich weiß! Du hältst mich wohl für völlig bescheuert.« Riagh sah wieder zu den Flammen, sein Blick folgte dem Rauch hinauf in den Himmel, wo er sich schon bald mit den Wolken mischen würde. Ausgerechnet jetzt regnete es nicht. »Ich rede von der letzten Nacht vor der großen Schlacht, der großen Feier im Heerlager. Die Zusammenkunft der Tapferen, wo man seine Furcht wegsäuft und sich in den Morgen hurt.«

»Carthharer, sie ist tot.«

»Ja, ich weiß – verdammt nochmal! Und du hast ihr die letzte Gelegenheit genommen, das Leben zu genießen. Du musst sie wirklich hassen.«

»Wage es nicht, solcherart über mein Sinnen zu richten!« Die Stimme klang hitzig wie das Feuer selbst. »Ich habe dieser Qar'thegra die größte aller Ehren erwiesen, indem ich ihr Leben den Flammen übergab – obwohl es um einiges leichter gewesen wäre, es mit Stahl zu beenden, als du sie ablenktest. Und dennoch schenke ich ihrem Leib das Feuer, auch wenn es uns beide verrät. Sie wird ganz gewiss nicht auferstehen zu irgendeiner Feier, denn sie ist nun ein Teil der Weltenglut. Ich mag mich in meinen Zielen gegen mein Volk gewandt haben, aber ich habe nicht vergessen, was ich bin – und was sie war!«

Riagh kniete noch immer vor dem Scheiterhaufen, er hatte den Ash'Bahar nicht angesehen. Es war nicht nötig, denn wütende Menschen sahen alle gleich aus. Zitternde Unterlippe, aufgeplusterte Nasenlöcher, geweitete Augen und außerdem dieses Gefuchtel mit der rechten Hand. Die gleichen Gesten, gleichen Reflexe und gleichen Worte, keiner purzelte aus dem Üblichen heraus. Außer Sivok. Einen wütenden Sivok hatte man am Grinsen erkannt. Je lauter er schrie, desto höher zogen sich die Mundwinkel über die Wangen, umrahmt von diesen tiefen Grübchen, die zwei ebenfalls grinsenden Halbmonden glichen. Sivok hatte er gern in seiner Wut zugesehen, egal worum es ging. Denn erst begann er zu grinsen, brachte Riagh zum Prusten, wurde dadurch noch wütender, nur um endlich selbst loszulachen. Ein Streit mit Sivok hatte mit Zorn begonnen und am Ende war alles gut. Außer bei Sivoks eigenem Ende. Jetzt verrottete er an einem garlithischen Galgen. Wenigstens hatten sie ihn nicht verbrannt.

»Ein starker Kämpfer hat die Ehre verdient, eins mit den Wassern zu werden.« Nun war es Riagh, der ruhig sprach. »Zumindest sollte sich das Blut mit dem Regen mischen, wenn kein Fluss oder das Meer nah ist.«

»Wessen lebloser Körper im Meer versinkt, die ist verdammt, ewiglich durch die Aschewüste zu wandern. Denn ihre innere Flamme kann ihr kein Kompass sein. Nur wer keine Gnade verdient, wird versenkt.«

Riagh lachte; diese Ash'Bahar waren doch völlig verrückt. Quasselten groß von Feuer und Glut, dabei hatten sie bloß Angst, nass zu werden. Er stand auf und schritt auf den Nekromanten zu, ganz nah an ihn heran. Fremder Atem wärmte seine Oberlippe. Auch wenn die Striemen in den ash'bahrischen Augen dünn waren, sie dominierten das Blau grell wie Feuerglut.

»Wenn du auch nur einen Cartharer anzündest, zerschlag ich deinen Körper in dreiunddreißig Stücke. Dann binde ich an jedes davon den größten Stein, den ich finden kann, und werfe sie alle in den Gwelach, der sie ins Meer schwemmt. Verstanden?«

»Jedes Wort, Cartharer.« Der Ash'Bahar zuckte nicht einmal, aber wenigstens lächelte er nicht.

Riagh nickte und ging seine Sachen holen. Der Nekromant hatte recht, der Rauch verriet sie. Die Wolldecke lag ordentlich gerollt neben dem Rucksack, die alte Filzkleidung zusammengefaltet daneben. Riagh schaute auf: In der Tat, der Ash'Bahar trug ja Kleidung! Hemd und Hose aus schwarzem Leinenstoff, zu eng um die Hüften, mit irgendwelchen Krakeleien verziert. Trotz der dunklen Haut wirkte er blass in der kräftigen Farbe, aber vielleicht war das auch nur der Blutverlust. Auch war er rasiert und trug die Haare kürzer, sie fielen fransig bis zum Kinn und vermissten das Rot an den Spitzen. Eine einzelne Strähne lag über dem rechten Auge; der Nekromant strich sie schnell hinters Ohr.

»Wo hast du die Sachen her?« Riagh deute auf den Körper des Ash'Bahar.

»Ich habe ihr Gepäck unweit unseres Lagers gefunden. Es war auch Nahrung darunter, also bleiben wir den heutigen Tag von diesen Schnecken verschont, mit denen du mich gestern füttertest.«

»Wunderbar, jetzt kannst du deine eigene Ausrüstung schleppen. Aber warum hatte eine Frau ein Rasiermesser?«

»Hatte sie und hatte sie nicht. Jede Ash'Bahar trägt eines bei sich.« Nuzar öffnete die Handfläche und wie Flaum züngelten winzige Flämmchen über seine Haut.

»Du kannst dir die Barthaare wegbrennen, ohne die Haut zu erwischen?«

Nuzar grinste. »Ich spiele nicht mit meiner Magie, Cartharer, ich beherrsche sie.«

»Was auch immer.« Ungläubig schüttelte Riagh den Kopf. »Irgendwas dabeigewesen, was verrät, wie sie dich fand?«

»Ich vermute, eine Feuerkrähe führte sie zu mir.«

»Du meinst den fetten Raben? Warum hast du das nicht gleich gesagt?«

»Mir war nicht bewusst, dass du eine Feuerkrähe sahst.«

»Na, die hab ich dir doch gezeigt!« Riagh deutete auf die einsame Linde. Der Ash'Bahar zog die linke Augenbraue hoch, eine Entschuldigung sah anders aus. »Auch egal. Wie kann ein Vogel dich überhaupt finden?«

»Die Feuerkrähen verlieren nie ihre Fährte, doch sind sie zu meinem Glück träge und verzogen. Sie wissen um ihren Wert, weshalb der Preis für ihre Dienste hoch bemessen ist: mehrere Mahlzeiten pro Tag, lange Ruhepausen, warmes und trockenes Wetter.«

»Du willst doch nicht sagen, du bist wirklich wegen des Regens hier?« Riagh schüttelte ungläubig den Kopf.

»Ich log dich gestern nicht an, Cartharer, dazu hatte und habe ich keinen Grund.«

Der Nekromant fand sein freundliches Lächeln zurück und auch das Blau seiner Augen überstrahlte nun das Rot. Er wirkte so ehrlich, wie ein ganz und gar unehrlicher Mensch nur wirken konnte.

»Wenn das so ist, kann ich dir nur raten, beim Filz zu bleiben. Dieses Leinen ist zwar schicker, aber so wirst du selbst bei trockenem Regen nass.«

»Ist Nässe keine grundlegende Eigenschaft von Regen?« Riagh lachte auf. Fremdländer …

»Haben wir denn Regen zu erwarten? Für mich sind die täglichen Wolkenberge deines Himmels wie die Wassertropfen eines Flusses: unmöglich zu unterscheiden.«

Riagh sah auf.

Die graue Wolkenmauer war nur dünn, ließ gelegentlich sogar den Sonnenprinzen das Land erspähen. Auch der Wind hielt sich zurück, wollte der Linde nicht zu schnell ihr Kleid rauben und versprach Carthal einen langen Herbst. Dræghad zur Mittagszeit, mehr war nicht zu erwarten, die großen Tropfen kämen erst zum Abend.

»Wir haben immer Regen zu erwarten, aber heute ist es nur ein bisschen feuchte Luft. Und jetzt komm.« Riagh wartete nicht, sondern schritt voran. Die Flammen des Scheiterhaufens waren zusammengeschrumpft zu kleinen Glutwächtern, die links und rechts vom verkohlten Leib zuckten. Der Gestank war widerlich. Armes Mädchen, das hatte sie wirklich nicht verdient.

Mit großem Schritt stolperte Riagh über eine Wurzel, doch fing sich mit einem schnellen Satz nach vorn. Er blickte zu Boden. Hinter dem Scheiterhaufen waren sie aufgetürmt: Der Angler auf dem Rücken und die Mutter bäuchlings auf seinem Schoß. Der Alte schmiegte sich an ihre Seite, während die Verzweifelte alle Gliedmaßen von sich streckte, mit offenen Armen den Wind empfing. Die Köpfe waren neben ihnen säuberlich aufgereiht. Die Wurzel war der Arm der Jüngsten gewesen.

»Verdammt nochmal ...« Riagh keuchte. »Warum hast du sie nicht gleich mitverbrannt?«

»Sie sehen mir nach Cartharerinnen aus. Ich war mir deiner Gebräuche zu unsicher, um sie ebenfalls dem Feuer zu übergeben. Aber wenn du dies wünschst, kann ich es nachholen.« Es fiel dem Ash'Bahar hörbar schwer, einen selbstgefälligen Tonfall zu unterdrücken, und auch bei seinem Grinsen gab er sich keine Mühe.

»Schon gut.« Riagh schluckte und atmete tief in die Brust. Nur Tote, die tot blieben, alles in Ordnung. »Sie sind bereits ausgeblutet und die Flussnähe ist zu gefährlich für uns. Lass sie so liegen, das Land wird sie holen. Wichtig ist nur das Blut im Boden.« Er beugte sich über die Toten. »Ich trink mit euch in der letzten Nacht. Na ja, zumindest mit einigen von euch.«

»Erlaubst du mir die Frage, wer die Gegnerin dieser großen Schlacht am folgenden Tage sein wird?«

»Keine Ahnung, mit wem sich der Sturmfürst da schon wieder angelegt hat, Götterkram eben.« Riagh stand auf, um endlich diesen verfluchten Rastplatz zu verlassen. Der Morgen war schon viel zu weit fortgeschritten. »Interessiert mich auch nicht. Hauptsache, wir können vorher nochmal ordentlich was trinken!«

Riagh rieb sich über den Oberschenkel, aber es nützte nichts, die Abschürfung juckte und brannte. Das Leder seiner Fellhose war mittlerweile mehrfach an der Innenseite gebrochen und kratzte über seine Haut.

»Wenn dein Wundschmerz überwiegt, können wir gerne dort in dem Erlenwald rasten«, sagte der Nekromant mit zu gütigem Unterton.

»Es ist nichts, die Naht bricht bloß auf.«

»Trocknetest du etwa das Leder über den Flammen?«

»Ach, halt doch die Klappe!«

Noch trugen die Erlen des Waldes die meisten ihrer Blätter bei sich, doch mit jedem Windhauch verloren sie ein weiteres Stück ihres Kleides. Nach und nach warfen sie ihr Blattwerk und somit jeden Schutz von sich, tarnten sich mit dem Tod, um dem Tode zu entfliehen und im Frühling neues Leben zu finden. Aber so wie sie an Tarnung gewannen, verloren sie an Schutz für die Wandernden zwischen ihnen, machten sie auch aus der Ferne sichtbar. Dennoch hoffte Riagh, dass die Legion die cartharischen Wälder meiden würde, und nicht in ihnen nach Rebellen suchte. Und Deserteuren. Er hatte sich einen Moment Sicherheit verdient.

Das hatten sie beide.

Wenn es sie denn überhaupt beieinander geben konnte.

Riagh marschierte mit einem Fremden durch eine ihm fremd gewordene Heimat. Aber wenigstens redete der Nekromant nun, damit sie sich nicht länger hinter ihrer Fremdheit verbargen. Auch wenn es manchmal schwerfiel, seine Ausführungen zu verstehen.

»Ihr lasst euch von Frauen rumkommandieren?« Riagh lachte laut auf.

»Ich begreife nicht, was dich daran belustigt, Cartharer.«

»Ein cartharisches Sprichwort sagt: ›Wer das Schwert führt, hat recht.‹ Eine Frau kann ihre Familie nicht beschützen.«

»Ein Mann reißt die Sterne vom Himmel zu sich herab, eine Frau lernt fliegen.« Der Nekromant lachte nun auch, bis ihm schon wieder diese dunkle Strähne vors rechte Auge fiel. »Versuch dich nicht mit der Fülle ash'bahrischer Weisheiten zu messen.« Er klemmte die Strähne hinters Ohr, wo sie sich bereits nach dem ersten Schritt wieder Richtung Freiheit bog. »Was sagt dies eigentlich über dich als Beschützer von Familien aus, dass du einer *wehrlosen* Frau unterlegen bist?«

Abrupt blieb Riagh stehen und packte knapp am Gesicht des Ash'Bahars vorbei an den Stamm der Erle hinter ihm. Der Ash'Bahar wollte trotzdem nicht zucken, nur die freche Strähne ergriff ihre Gelegenheit.

»Sie hat gezaubert, das hatte gar nichts mit einem echten Kampf zu tun.«

»Und doch wäre das Resultat dein Tod gewesen, hätte ich dir nicht geholfen. Mir scheint, dass ash'bahrische Frauen nicht nur ihre Familien, sondern unser ganzes Volk sehr gut zu verteidigen wissen.« Der Nekromant sprach langsam und erwiderte Riaghs drohende Haltung mit nervtötendem Gleichmut. Nur sein rechtes Auge blinzelte unentwegt, doch die Strähne wollte sich nicht rühren.

»Aber nur, weil sie nichts von Ehre verstehen.«

»Wen kümmert am Ziel schon der Weg?« Er schüttelte seinen Kopf ruckartig, aber die Strähne wich nicht.

»Niemanden ... das ist ja das Problem!« Riagh griff nach diesem sturen Stück Nekromantenhaar und strich die Strähne langsam selbst neben das rechte Auge. Der

Ash'Bahar zuckte kurz, als Riaghs Finger seinen Wangenknochen streifte. So schaffte man das also. »Am Ende zählen beide Seiten ihre Toten und das war's dann. Wer wie wofür gekämpft hat, interessiert niemanden mehr, Hauptsache irgendwie gewonnen.« Er ließ die dunkle Strähne wieder los und sie schwang sanft neben das fremdartige Auge, ohne den Drang, es zu verdecken. »Aber ja, sie konnte gut kämpfen und hat mich besiegt. Ich weiß, Ash'Bahar.«

Der Nekromant schloss die Lider, atmete tief in sich hinein. Als er Riagh wieder anblickte, glühte das Rot, als gebäre es eine neue Flamme. »Es ist dein Recht, mir nicht deinen Namen zu nennen, Cartharer.« Jede Ruhe war aus seiner Stimme gewichen. »Aber genauso ist es mein Recht, auf meinen Namen zu bestehen: Ich heiße Nuzar! Nicht, dass mir die Melodie unangenehm wäre, die dem Worte ›Ash'Bahar‹ innewohnt – aber du speist diesen Namen aus, als würdest du ihn tief aus deinen Eingeweiden würgen. Du spuckst ihn auf diesen rottenden Boden, wünschst dir, ihn noch mit deinen Stiefeln zu zertreten und ekelst dich doch zu sehr davor, etwas davon könnte an dir hängen bleiben. Nenne mich Nuzar, Cartharer!« Er schloss noch einmal die Augen. Als er sie öffnete, versank das Rot wieder im Azur. »Vielleicht hilft es dir, mich weniger zu hassen.«

Riaghs Hand ballte sich zur Faust. Er schnaubte, streckte den Rücken durch, um zumindest ein kleines Stück auf den Ash'Bahar herabschauen zu können. Diese fremden Augen waren ruhig und warteten. Den Zorn hatten sie schnell besiegt und nun waren sie neugierig, ob Riagh dasselbe gelingen würde. »Schön. Wenigstens weiß ich jetzt, warum du wirklich noch hier bist.« Nuzar war zu stolz gewesen zu fliehen.

»Ich glaube, ich kann deinem Gedankengang nicht fo...«

Ein Knacken drang an sie heran, gefolgt von Gurgeln und Knurren. Riagh drückte sich vom Erlenstamm ab, zog sein Breitschwert und eilte dem Geräusch entgegen. Er hörte ein Rascheln, der Wind spielte mit den Blättern, und etwas flatterte. Ein weiteres Knacken hinter ihm, seine Schultern krampften; es war nur Nuzar, der jetzt neben ihm stand und das Messerchen zog. Alles gut.

»Mijadhîm.«

»Wahrscheinlich.«

Die Sonne grellte durch das Blätterdach, jagte Schattenkleckse über die Erlenstämme. Das Rascheln näherte sich von rechts, und leises Knacken folgte. Riagh umgriff das Schwert mit beiden Händen. Ein Haselnussstrauch war zwischen zwei Stämmen gewachsen, die dünnen Zweige bogen sich nach vorn. Ein verwesender Körper drängte sich schwerfällig hindurch, und mit ihm beißende Fäulnis. Viel Menschliches war dem Wesen nicht geblieben, es musste vor Monaten gestorben sein. Selbst die Kleidung war verrottet. Nur der Strick um seinen Hals war noch gut erhalten und reichte weit über den Boden. Zu lang für einen Gehängten.

Der Verfluchte erstarrte und Riagh köpfte ihn. Nur der Wald selbst war noch zu hören.

»Er war allein.« Nuzar teilte seinen Gedanken.

»Irgendwie schade.« Riagh riss ein großes Blatt vom Haselnussstrauch und wischte über seine Klinge, bevor er sie in die Scheide schob. »Der war so langsam, den hättest du nicht festhalten müssen.«

»Verzeih, ich wusste nicht, dass dir der Sinn nach Spielereien stand.« Nuzar stützte sich an einem Stamm ab, auch wenn er diesmal nicht blutete. Die letzte Nacht zerrte dennoch an ihm und die aufmüpfige Strähne nutzte ihre Chance erneut.

Riagh ignorierte den Ash'Bahar und beugte sich über den Leichnam. Er griff nach dem Strick: Das Ende war feucht und zerfasert. »Abgerissen. Also war er angebunden.« Der Wind wurde stärker und stetiges Tröpfeln hoch über ihnen setzte ein. »Fragt sich nur, warum.«

»In Ash'Bahrim dienen die Mijadhîm entlegenen Siedlungen als Wachposten. Sie spüren lebendes Blut unabhängig von Dunkelheit und Witterung.«

»Klingt nach einer schlechten Idee, wenn sowieso jeder die Verfluchten beherrschen kann.«

»Sei dir gewiss, hätten wir die Mijadhîm schon von Beginn an beherrschen können, wärst du in keinen Krieg hineingeboren. Und ich kann nur beherrschen, was ich auch sehe – sie aber spüren dich, lange bevor du sie siehst.«

»Versuchen sie dann nicht, die ganze Zeit ins Dorf zu laufen? Wie soll das irgendwen warnen?«

»Sie werden fern genug der Siedlungen angebunden, sodass ihr Gespür nicht anschlägt. Die Glocken an ihren Ketten warnen vor Fremden.«

»Trotzdem, ein wildes Tier und …«

»Sie spüren menschliches Blut. Nur wenn es warm in deinem Leib pulsiert, weckt es ihr Begehren und sie werden herbeieilen, um sich daran zu laben. Sobald du aber ihren Angriffen erlegen bist, das Blut kalt aus deinen Wunden sickert und du als einer der ihren auferstehst, lassen sie von dir ab und folgen dem nächsten Pulsschlag.«

»Sie fressen also nicht?«

»Nein, Cartharer. Sie vernichten.« Nuzar atmete tief durch. »Auch wenn Neugier das wertvollste Gut eines wachen Geistes ist: Wir leben Jahrzehnte länger mit ihnen in unserer Mitte, als ihr es tut. Also hinterfrage nicht unsere Erfahrungen mit ihnen, solange du dir keine eigenen verdient hast.«

Riagh schnaubte. Erste Tropfen fielen von den wiegenden Baumkronen und benetzten seine Wangen. Die *Erfahrung* der Ash'Bahar war, dass sie lieber diese Bestien erschaffen hatten, als Teil des Imperiums zu werden. Und einer von diesen Bestienmachern war jetzt sein Verbündeter. Riagh seufzte, drückte die ersten Strauchäste zur Seite und fand die Spur des Verfluchten.

»Du glaubst also wirklich, dieser Kerl hat was bewacht?« Er sah zu Nuzar auf.

»Mir will ein anderer Nutzen für diesen Strick nicht in den Sinn kommen. Aber was gibt es in euren Wäldern von solchem Wert, das einer Bewachung bedarf?« Der Dræghad punktete das Hemd des Ash'Bahars mit schwarzen Tupfen.

»Vielleicht hat ein Bauer vor seiner Flucht den Erbschmuck vergraben, damit ihn unterwegs keiner klaut.«

»Oder Flüchtlinge, vielleicht sogar aus deinem Dorf, halten sich hier versteckt, damit sie niemand hängt. Vielleicht wollte eine junge Frau auch ihren Angebeteten beeindrucken und übte an diesem Mijadh ihre Kampfeskunst. Oder eine verzweifelte Witwe konnte sich einfach nicht von der Liebe ihres Lebens trennen. Und ganz vielleicht kam auch eine deiner Göttinnen nach Carthal herab, um zu testen, ob die Menschen dieses Landes noch würdig seien. Wenn sie die Mijadhîm mit euch verwechselt, dann könnte das wahrhaftig tragisch enden.« Der Nekromant lachte, ihm musste selbst aufgefallen sein, wie absurd seine Erklärungsversuche wurden. »Bist du denn gar nicht neugierig, Cartharer?«

Riagh atmete langsam aus und lauschte dem Regen. Der Nekromant war eindeutig verrückt. Aber sie mussten doch ohnehin durch den Wald ... »Ist ja gut, Nuzar. Wir folgen der Spur.«

Kurz blinzelte der Nekromant irritiert, sein Lächeln schien wie vergessen an seinen Lippen festzuhängen. Doch dann strahlte er übers ganze Gesicht wie ein kleiner Junge mit einem geschenkten Honigkuchen.

Der Pfahl mit dem abgerissenen Strick war nicht zu übersehen. Niemand hatte sich ursprünglich die Mühe gemacht, den Verfluchten hier zu verbergen.

»So viel zu versteckten Schätzen.«

Auch wenn eine zu große Menge an Münzen Riaghs Reise nur behindert hätte, enttäuscht war er dennoch.

»Niemand bindet eine Mijadh fest und geht einfach fort. Was immer sie bewachte, es ist noch verborgen.«

»Um den Pflock sind keine Spuren, nur feuchtes Laub. Hier war schon lange keiner mehr. Und so nah, wie die Bäume stehen, glaube ich auch nicht, dass was verbuddelt wurde. Der Boden wird voller Wurzeln sein.«

»Ich bleibe beim Gesagten: Die Mijadh hatte eine Funktion. Vielleicht verbirgt das Laub einen Hinweis.« Nuzar lief auf und ab, doch schien nicht nach Spuren zu suchen. Er rieb sich über das feuchte Hemd, das nun in tiefem Schwarz an seiner Brust klebte. Der Dræghad sammelte sich hoch oben in den Blättern der Baumkronen wie Wein in einem Kelch, um als fette Tropfen gen Boden schmatzen zu können. Riagh hatte Nuzar ja gewarnt, aber der schien gern zu frieren. »Ich würde es sehr begrüßen, wenn du dich eines Kommentars zu dieser *feuchten Luft* enthalten könntest.«

»Wir können auch über dein nasses Leinenhemd reden.« Riagh grinste und kniete sich zum Pfahl. Was sollte schon im Laub sein?

Halbherzig wischte er über den Waldboden und fand in verschiedenen Rottönen gekleckste Blätter – und eine Kuhglocke aus angelaufenem Messing. »Schön, du hattest recht.«

»Mijadhîm können schlecht rufen. Wie ich dir schon sagte, Cartharer, ich kenne die Taktiken.«

Riagh läutete die Glocke und lauschte. Niemand antwortete. »Was ist die Reichweite dieses Blut-Spürens?«

»Dies ist von Mijadh zu Mijadh unterschiedlich, Nuancen alter Fähigkeiten und Gewohnheiten bleiben erhalten. Aber gemeinhin sind wir zwischen zweihundert und dreihundert Schritten sicher.«

Riagh drehte sich zu Nuzar. »Also gehörten der Angler, der Alte und die junge Mutter nicht zur ... Kategra? Das heißt Soldat, nicht wahr?«

»Qar'thegra – *die Kämpfende*, ja. Die anderen waren die gestrigen Mijadhîm? Es erstaunt mich, dass du sie dir so genau einprägtest.«

»Und mich wundert's, dass du sie dir *nicht* gemerkt hast.«

Nuzar schwieg und lehnte sich erschöpft an einen Stamm, um weniger Regentropfen zu fangen. Als ob er nasser werden könnte. »Was nützt uns der gestrige Kampf in diesem Moment?«

»Ich hatte eine ziemlich gute Sicht um unser Lager, da war keine Nekromantin, als die ersten drei angriffen, die schlich sich erst an, als es finster wurde. Aber dreihundert, sagst du ...« Riagh sah sich um, das Unterholz war zu dicht, um ziellos alles in Reichweite abzusuchen. Andererseits durften sie nicht allzu weit vom Waldrand entfernt sein, darauf hatte er geachtet. »Wenn ich etwas am Waldrand verstecke, dann baue ich meinen Alarmposten nicht im Inneren, oder?«

»Es kommt darauf an, was eure Wälder bewohnt, Cartharer. Aber ich stimme dir zu.«

ub

»Gut, dann also in die Richtung, tiefer rein.« Riagh deutete ein ganzes Stück an Nuzar vorbei. »Denn im Osten kommt man bald raus und auf den Weg.«

»Dir ist bewusst, wo wir uns innerhalb dieses Waldes befinden?«

»Sag bloß, du hast dich jetzt schon verlaufen.« Riagh wandte sich grinsend dem westlichen Unterholz zu. Überlegene Magie, aber keinen Sinn für Norden ... Er sah noch einen Haselnussstrauch und zwei andere Gebüsche, an deren Namen er sich nicht mehr erinnern konnte. Die dünnen Zweige streckten sich fast mannshoch vom Boden auf, übersät mit kleinen Blättern, deren Ränder rot anliefen wie ash'bahrische Haarspitzen. Wo sich die Zweige trafen, miteinander fochten und sich verbandelten, da waren einige gebrochen, schon seit längerem abgeknickt, denn die verhärteten Pflanzenfasern ragten bräunlich hervor. »Hier lang.«

»Weshalb?«

Riagh deutete auf die Fährte. »Du willst also meine Erfahrungen in cartharischen Wäldern hinterfragen, bevor du dir eigene verdient hast?« Er grinste, und Nuzar tat es ihm gleich und folgte.

Die Zweige klatschten über Riaghs Gesicht, als er sich durchs Gestrüpp kämpfte. »Rotpeitscher, das ist der Name!« Triumphierend wandte er sich dem Nekromanten zu und provozierte ein unsicheres Lächeln.

»Mir scheint es, Cartharer, als wäre ich der Einzige, der für dich um seinen Namen kämpfen musste.«

»Jetzt hör auf zu jammern … Nuzar. Zufrieden?« Riagh hielt die Zweige gebogen, um dem Ash'Bahar durch die Rotpeitscher zu helfen. Ein feiner Trieb löste sich unter seinen Finger und schwang auf Nuzars Gesicht zu. Der Nekromant verschwamm, nur um sofort wieder auf dem Boden kauernd Gestalt anzunehmen. Er fluchte fremdländisch. Ein feiner Blutstropfen löste sich aus seinem linken Nasenloch und kullerte dem roten Striemen an der Oberlippe entgegen.

»Das war aber auch übertrieben.«

»Dein Wald umgriff meinen Fuß, um mich näher bei sich zu wissen.«

»*Mein* Wald ist eben auch der Meinung, dass das übertrieben war.« Aus einem Reflex heraus bot Riagh dem Nekromanten seine Hand an und erstarrte augenblicklich in der Geste. Sie war zu vertraut und Nuzar zu fremd. Aber was geschehen war, war geschehen, und jeder Rückzug hätte nun Feigheit bedeutet.

Nuzar kniete noch immer und blickte auf die Hand, ohne sie zu ergreifen. Das war doch albern. Gerade als Riagh sein Angebot zurückzog, spürte er den festen Griff um seinen Unterarm. Mit einem Ruck riss er Nuzar hoch und zu nah an sich heran. Die wilden Augen hielten Riaghs Blick gefangen, Nuzars Lippen öffneten sich – und doch wandte er sich stumm ab, lehnte sich gegen einen Stamm, um das Blut fortzuwischen.

»Gern geschehen«, murmelte Riagh erleichtert und enttäuscht zugleich. Und bei beiden wusste er nicht, weshalb.

Die nächsten Schritte tat er schweigend, fand Anzeichen eines alten Pfades. In der Tat bewohnte etwas diesen Wald. Oder hatte ihn bewohnt, vor Tagen oder Wochen. Jemand hatte sich durchs Unterholz geschlagen und seine Spuren hinterlassen. Riagh bahnte sich seinen Weg voran, noch mehr Rotpeitscher, ein erster Striemen für seinen Hals. »Früher haben wir die Zweige immer abgebrochen, weil sie so auf den Armen zwiebelten.« Er lachte. »Dauernd hat Anryn Sivok gejagt, und ich musste hinterher, um ihr das Ding wieder abzunehmen. Verdammt, war sie damals schnell ...«

Nuzar keuchte hinter ihm. Er kämpfte sich nur mühselig durch die Sträucher, die garstig an seinen Kleidern zupfen mussten. Er fluchte und zitterte, ohne Riagh zu antworten.

»Einmal hab ich sie aber doch gefangen, im Sommer der dreiunddreißig Regennächte. Wobei ich natürlich nicht weiß, ob es wirklich dreiunddreißig waren.« Riagh umgriff den nahen Strauch und stemmte sich mit seinem Leib dagegen, um Nuzar das Durchkommen zu erleichtern. »Das sagt man hier eben so: Der Sonnenprinz hat dreiunddreißig Strahlen, auf einen Kopf passen dreiunddreißig Zöpfe, das Jahr bringt dreiunddreißig Wochen Regen – und die restlichen dreiunddreißig gibt's Gewitter. Du verstehst schon.«

Nuzar strauchelte, doch Riagh packte schnell genug nach seinem Arm und konnte ihn auf den Beinen halten. Seine Hand strich über fremde Haut, der Ash'Bahar war eiskalt. Riagh blickte sich nach einer trockenen Stelle um, aber es war vergeblich. Nuzar würde Thovarg nicht kommen sehen, wenn der hinterlistige Gottessohn Krankheit über ihn brachte.

»Diesen Sommer hatte es jedenfalls jede einzelne Nacht geregnet. Also richtiger Regen, Tarhain oder zumindest Nivag, nicht sowas hier. Deshalb waren die Weiden auch zu feucht zum Rennen, aber das hielt uns natürlich nicht ab. Anryn lief wieder vor mir weg, ich hinterher, da rutschte sie aus, machte eine halbe Rolle.« Riagh lachte, während er erneut einen Strauch von Nuzar fortdrückte. Der Nekromant schwankte, schritt von Stamm zu Stamm. »Das sah vielleicht albern aus! Wäre vor Lachen selbst fast gestürzt. Na ja, ich drauf, riss ihr den Rotpeitscher aus der Hand – endlich süße Rache! Dachte ich jedenfalls. Ihr Gesichtchen kauerte unter den Händen, da hab ich doch nicht zuschlagen können. Mädchen prügelt man nun mal nicht, denn die können sich nicht wehren.« Riagh blickte sich um: keine abgeknickten Zweige mehr, kein zerwühltes Laub. Unruhig schritt er umher, doch keine neue Spur wollte sich zeigen. Das Unterholz war nun dicht verwachsen, der Boden von stolzen Wurzeln überzogen. Hier konnte niemand etwas vergraben haben und kein Mensch lagern. Er musste etwas übersehen haben.

»Und dann?« Nuzars Stimme schlich sich hinterrücks heran wie ein kalter Luftzug im Nacken. Richtig, Riagh war ja nicht allein. Der Ash'Bahar hatte die Frechheit besessen, ihm zuzuhören.

»Na, das hab ich ihr dann auch so gesagt.«

»Einfältiger Narr.«

»Hab ich auch gemerkt. Sie trat zu, erst traf sie nur meinen Schenkel. So schwach ein Mädchen eben tritt, da habe ich sie ausgelacht. Der nächste Tritt ging in die Eier, da lachte ich nicht mehr.« Sein Oberschenkel erinnerte sich wieder ans raue Leder und die Haut begann erneut zu brennen. Riagh wischte kühles Regenwasser von den Blättern und verrieb es auf der Wunde. »Danach riss sie mir den Rotpeitscher aus der Hand, stürzte sich auf mich und hat mich mit dem Ding so richtig verdroschen. Bis Sivok sie von mir runterriss und seine Rache bekam. Das ging in Ordnung, war ja seine Schwester. Aber das Größte kommt ja noch: Als ich sie dann fragte, was der Unsinn sollte, da schrie sie nur: ›Du hättest dich ja wehren können!‹ Anryn braucht eben immer jemanden, der auf sie aufpasst.«

»Seltsam, ich hätte der Geschichte eine andere Moral zugeschrieben.«

»Sprach der Kerl, der nicht mal alleine stehen kann.« In der Tat hatte sich Nuzar inzwischen mit dem Rücken an einen Stamm gehockt, atmete schwer und zitterte vor sich hin. Kurz verfinsterte sich die Miene des Ash'Bahars, doch dann schloss er lieber die Augen. Er sah miserabel aus, aber wenigstens jammerte er nicht. Am liebsten hätte ihm Riagh wieder die Decke um die Schultern gelegt, aber hier brachte es nichts. Sie brauchten ein Lager und das war ein ziemlich beschissener Ort dafür.

»Lagern wir hier, Cartharer?«

»Du warst wirklich noch nie in einem Wald.«

»Wir hatten wunderschöne Wälder in Ash'Bahrim. Mit Sandelhölzern, Zedern und Zypressen, dazu wilde Zitronen und Orangen. Der Duft war atemberaubend, wenn der Wind des Sommermeeres durch die Täler tollte. Und der Regen war süß und warm, als würde man Honig vom Leib des Liebsten kosten.«

»*War*?« Riagh hockte sich neben Nuzar. Vielleicht war das hier doch kein so schlechter Lagerplatz, irgendwie gemütlich.

»Meine Heimat ist verrottet, Cartharer. Nichts blieb von ihrer Anmut, nur die Vulkane bergen noch ihre Glut. Das Land, das unsere Poetinnen so vollmundig besangen, ist schon lange nicht mehr. In unseren Wäldern toben keine Kinder, denn die wilden Rotten der Mijadhîm kennen keine Gnade.« Er wandte seinen Kopf, um Riagh anzublicken. »Aber nein, Cartharer, ich war schon in Wäldern: Das hier ist der zweite in Carthal, dazu in zweien in Irvicterem und einem in Lalrat. Aber es ist noch immer ein Mysterium für mich, wie ein Mensch um seinen Platz auf dieser Welt wissen kann, wenn er doch den Himmel nicht sieht. Und wie er laufen kann, wenn der Boden ihn fesselt und immer neue Mauern ihn umwachsen.« Dann schwiegen sie beide und lauschten dem Wind.

Eigentlich wollte Riagh reden, aber ihm fielen keine Worte ein, die im Moment nicht dämlich geklungen hätten. ›*Wird schon wieder*‹ oder ›*So ist das halt*‹ waren eben einfach keine guten Antworten. Und ›*Selbst schuld*‹ war zwar ehrlich, aber wollte sich nicht befriedigend anfühlen. Also musste er warten, bis Nuzar wieder sprach: »Deshalb geht es mir im Moment so schlecht, Cartharer. Mir ist, als wäre ich eingesperrt.«

»Blödsinn, das liegt am Blutverlust.« Ehrlich und befriedigend: eine gute Antwort.

»Ich sagte doch, wir vergessen keine Atemzüge, auch wenn das Leben aus uns tröpfelt.«

»Sonst wärst du gestern auch verblutet. Aber das ändert nichts daran, dass du viel zu viel Blut verloren hast. Du brauchst ein warmes Feuer, Wasser und Schlaf, was zu essen wäre auch nicht schlecht, am besten Fleisch. Dann geht's dir morgen besser.«

»Ab…«

»Kein aber. Ich hab sowas oft genug an der Front gesehen. Dir geht es beschissen und ich will dich nicht tragen. Also gib zu, dass du am Ende bist. Schluck deinen Stolz heute herunter, dann kannst du ihn morgen wieder hochwürgen.«

Nuzar schwieg.

»Gut, dann such ich jetzt Holz, das noch nicht komplett durchweicht ist. Vielleicht bekommen wir hier sogar ein Feuer hin.«

»Meine magische Flamme kann alles entzünden, gleich wie sehr es die Wasser deines Landes begehren.«

»Damit du noch mehr Blut verlierst? Vergiss es, wir machen das auf die cartharische Art. Und danach erzählst du mir, was du beim Ewigen Imperator gemacht hast.«

Nuzar schreckte auf, die Augen funkelten ertappt. »Woher ...«

»Was gibt es denn sonst in Lalrat zu bestaunen außer dem goldenen Palast in Axarat?«

Der Ash'Bahar antwortete nicht, aber das machte auch nichts. So schwach hätte er ja doch nicht mit seinen Antworten davonlaufen können. Riagh schritt wieder zu dem Gewirr aus Sträuchern, welches erbarmungslos seine Spur verschluckte. Da waren Rotpeitscher in Haselnussäste geschwungen, Zwergklattern umgarnten Spinnenliebchen und die Zweige der Garthane durchkreuzten wirr das Braun und Grün, die Dornen stets nach außen gedreht. Das Unterholz war dicht und angriffsbereit. Es war, wie Nuzar sagte: Hier war eine dichte Mauer gewachsen, sie waren eingesperrt.

... Oder?

»Ich bin so ein Idiot!« Riagh schlug sich mit der flachen Hand gegen die Stirn. »Du hattest recht, na ja, fast!« Er wandte sich dem Ash'Bahar zu, der nun wieder unsicher lächelte. »Wir sind nicht eingesperrt – wir sind ausgesperrt!«

Nuzars Lächeln wurde feiner, ein wenig verblüfft, etwas arrogant und gleichzeitig aufmunternd. Vermutlich war es das ehrlichste Lächeln dieses Tages.

Riagh zog sein Schwert und schlug auf die Pflanzenwand ein. Nach nur wenigen Hieben schnalzte ein dünnes Seil durch die Luft und Sträucher sprangen vor zum Angriff, um dann doch wieder zurückzuschwingen und in ihrer natürlichen Position am Boden verwurzelt zu bleiben. Die Garthane-Zweige hingegen lösten sich nur scheinbar, blieben sie doch noch immer in den restlichen Sträuchern verkeilt. Kein einziger von ihnen warf sich vor Riagh in den Staub, um seinem Triumph über die Pflanzenwand zu huldigen.

Vorsichtig drückte Riagh die nun lichten Zweige beiseite und grinste. Das Lager hinter den Büschen war klein – verlassen. Es barg nur eine Kochstelle, drei Decken unter einem wackligen Verschlag, ein halbvolles Regenfass und zwei Truhen ohne Schlösser. Riagh öffnete die erste von ihnen: Drei Kerzenhalter aus Messing waren in ein hübsch besticktes Deckchen gewickelt. Daneben betrachteten sich zwei Handspiegel gegenseitig, wobei der größere so sehr mit seinem polierten Obsidian protzte, dass der kupferne vor lauter Scham nur eine getrübte Verzerrung zurückwarf. Das Besteck hingegen war genauso wild verstreut, wie es zusammengestellt war. Ein silberner Löffel kreuzte das eiserne Messer, während sich die imperiale Messinggabel eine Perlenkette gefangen hatte.

»Ein Räuberversteck.« Riagh schritt zurück zum Gebüsch, um Nuzar hindurch zu helfen. »Hoffen wir, dass sie bald zurück sind.«

Nuzar wirkte enttäuscht und ließ sich unter den Verschlag helfen, bevor Riagh auch die zweite Truhe durchsuchte. Die wenigen Tæghamünzen freuten sich schnell über die Gesellschaft in seinem Rucksack, ansonsten waren nur fünf versiegelte Krüge zu finden. Riagh brach das erste

Wachs und sog den beißenden Geruch von Alkohol tief ein. Er grinste. Das würde ein guter Abend werden.

»Sollten wir nicht lieber hoffen, dass unsere Nacht einsam wird?« Nuzar breitete sich auf den Decken aus und tauschte sein nasses Leinenhemd gegen eine der Wolldecken. Danach folgte die Hose.

»Dann müssten wir hier ja noch eine Nacht verbringen und ich glaube nicht, dass unsere Vorräte für Tage reichen. Zumindest nicht ohne Jagd und ich habe keinen Bogen bei mir.« Sivok hatte ihn getragen.

»Wieso erscheint es dir sinnvoll, auf das Eintreffen dieser Räuberinnen zu warten?«

»Ich muss ein Versprechen einlösen.« Riagh setzte sich neben Nuzar und nahm einen tiefen Schluck, bevor er ihm den Krug reichte.

»Wem versprachst du, *diese* Räuberinnen, die wir zufällig in *diesem* Erlenwald finden, zu töten?«

»Einer jungen Frau. Und glaub mir, bei dem, was sie ihr angetan haben, waren das *Räuber*.«

»Du versprichst schnell, Cartharer.«

Sie schwiegen wieder. Der Dræghad wurde zum Nivag und tröpfelte in einem ungleichmäßigen Takt auf den Verschlag. Es klang nach Ehre und Freiheit.

»Sie töten Unschuldige. Menschen, die alles verloren haben und denen nur die Flucht bleibt. Die ausgerechnet nach Garlitha fliehen, einem eisigen Land voller unfruchtbarer Gebirge, bewohnt von Barbaren in imperialen Uniformen. Ein Mann dort kann so viele Frauen haben, wie er mit seinen Fäusten unterwerfen kann. Sie sind sein Besitz wie Vieh, und genauso seine Töchter und Schwestern. Die Winde zerschneiden dir das Gesicht, die Winter zerfressen dir das Fleisch und die Sommer verbrennen deine Haut. Dieses Land kennt weder Hoffnung noch Ehre, und Freiheit ist dort ein teures Gut. Keine Ahnung, warum wir sie im Imperium haben wollen.«

»Glaubst du, diese *Räuber* stammen aus Garlitha?«

»Nein, darum geht es doch nicht!« Riagh stand wieder auf, er wollte umhergehen. Er hasste es, zu sitzen oder zu stehen. Das war nur eine andere Form des Wartens. »Es ist unehrenhaft, die Flüchtlinge zu überfallen. Sie sind am Ende, kriechen mit letzter Kraft einer falschen Hoffnung entgegen. Wenn einer am Boden liegt, röchelt und aus dreiunddreißig Löchern blutet, dann tritt man nicht nochmal drauf, man gibt ihm höchstens den Gnadenstoß. Diese Räuber vergreifen sich an Cartharern, denen niemand mehr hilft. Das muss aufhören.« Er spuckte aus. »Eigentlich sollte die Legion diese Straßen bewachen. Aber die holen sich lieber neue Barbaren ins Reich und schlachten Fliehende nieder, weil es die Pflicht eines guten Imperialen ist, auf seinem eigenen Land zu sterben.«

»Ist wahrhaftig Gerechtigkeit dein Ansinnen? Oder sehnst du dich nach Rache?«

»Die Opfer verdienen beides.«

»Die Opfer wählten selbst, diesen gefährlichen Weg zu bestreiten. Außerdem nützt ihnen ein Rächer nichts mehr, sie sind tot.«

»Ich verhindere neue Opfer, das reicht mir.« Riagh hockte sich vor den Verschlag und deutete auf den Krug in Nuzars Händen. Es sah nicht danach aus, als hätte der Ash'Bahar getrunken. »Keine Sorge, für drei Räuber brauche ich dich nicht, also musst du auch nicht einverstanden sein. Das hier ist mein Kampf – für Carthal. Erhol dich einfach, damit du uns morgen nicht langsam machst.«

»Ich kann in der Tat nicht ganz verstehen, weshalb du einen vermeidbaren Kampf herbeisehnst.« Der Ash'Bahar lächelte. Die Augenbrauen schmiegten sich schmeichelnd über die großen Augen, die Mundwinkel verzogen sich nicht zu arroganten Höhen. Ein natürliches Lächeln – ein seltener Anblick. »Aber ich wählte deine Begleitung, also kämpfst du nicht mehr allein. Jedoch bin ich in der Tat etwas geschwächt, weshalb ...«, Nuzar zog den Krug näher an sich heran und von Riaghs Händen fort, »... ich darauf bestehen muss, dass du diesen Kampf nüchtern wagen wirst. Ich weiß, eine schwere Zumutung, Cartharer.«

Du kämpfst hier nicht allein ...

Früher hatte Riagh diese Worte oft gesprochen, sie trösteten Sivok vor jeder Schlacht. Sivok war kein Soldat gewesen: keine Disziplin, zu schlau für Heldenmut. Trotzdem war er zu den Werbern gelaufen, hatte unbedingt die Zeichen im Gesicht gewollt. Sivok hatte Ehre gesucht, doch nur die Legion gefunden. Riagh hatte gelogen, in ihrer letzten Nacht hatte jeder für sich allein gekämpft und Sivok war schon immer der Schwächere gewesen. Vernunft bedeutete Vorsicht und wer vorsichtig lief, lief langsam … Der Regen kühlte Riaghs glühende Haut. Er war der Einsamkeit so müde.

»Ich heiße Riagh.« Nun lächelte er auch, denn er wollte lächeln. »Riagh ard Cerwed.«

»Zu der Zeit, als alle Menschen an einem Orte Brüder waren und die Götter als Väter unter ihnen lebten, da gab es nur eine Sprache und jeder kannte jedes Wort. Doch die Götter wurden müde und die Menschen viele, also zogen sie aus in die Welt und wo sie sich niederließen, fanden sie neue Wörter bei neuen Menschen, aber nie eine neue Sprache.«

– Sertius Voloro, Hohepriester des Artiras, Predigt zum Fest der Weltensprache auf dem Marktplatz in Axarat, 218. Jahr vor dem Ewigen

»Bevor die Götter alt wurden und sich in ihre Heimat zurückzogen, lehrten sie die Menschen in Axarat ihre Sprache, die rein war wie sie selbst. Und die Menschen in Axarat lehrten die Sprache den Menschen in Lalrat und die Menschen in Lalrat trugen sie zu ihren Nachbarn und ihre Nachbarn zu ihren Nachbarn und jeder erfand ein neues Wort und vergaß ein altes. Und als die Menschen an den Küsten die Sprache lernten, so lernten sie mit ihr tausend neue Wörter und vergaßen tausend alte, und so beherrschten auch sie die Sprache der Götter, doch nichts an ihr war mehr rein.«

– Lucatus Vaquius, Hohepriester des Artiras, Predigt zum Fest der Weltensprache im Ersten Tempel in Axarat, 199. Jahr des Ewigen

Kapitel 4

»Beide Arme noch dran und in der Mitte ist auch nichts zerschnitten.«

»An der Schulter ist Blut.«

»Jetzt stell dich nicht so an, ich hab ihn eben gut am Hals erwischt.« Riagh schnitt das Lederwams vom leblosen Körper. Der Mann war jung gewesen, höchstens zwanzig Winter alt und nicht sonderlich kräftig. »Das müsste dir passen. Sicher, dass du keine Rüstung willst?«

»Lässt du meinem Willen die Wahl, dann bleibe ich bei der traditionellen Gewandung der Qar'thegradîm.«

»Ich sag doch, du frierst gern.«

»Dies hattest du welchem Baum erzählt?« Nuzar saß unter dem Verschlag und hatte sich gleich zwei Decken um die Brust gebunden, die dritte lag um die Hüfte wie ein weiter Rock. Noch wirkte er etwas blass, aber zitterte nicht mehr.

»Du solltest mir endlich mal zuhören.« Riagh schälte das Leder vom Leichnam und widmete sich dem Filzhemd. Keine Löcher, es war nicht einmal abgetragen: ein gutes, robustes Kleidungsstück in dunklem Braun. »Hier, vielleicht kannst du das Blut rauswaschen. Noch ist es feucht.«

»In Carthal ist alles feucht.«

»Ein Hoch auf unsere Frauen!« Riagh grinste, doch Nuzar löste schnell den Blick und griff sich das Filzhemd. Der Nekromant atmete tief durch, bevor er begann, mit seinem nassen Leinenhemd über das Blut zu rubbeln. Riagh schüttelte den Kopf und zog dem Jungen auch die Wollhose aus, bevor er ihn zu den anderen schleppte. Die beiden großen Kerle lagen übereinander auf zwei zusammengebundenen Planken, die Riagh aus dem Verschlag gelöst hatte. Ihre Köpfe lagen neben ihnen. Wenn Auferstandene über die Welt streiften, war es das falsche Zeitalter, um Toten ihre Würde zu lassen. Der Regen verdünnte die Blutpfütze unter den Leichen. »Ich schleif sie hier raus, damit wir nachts keine Wölfe kriegen. Kümmer du dich um das Feuer.«

»Sagtest du nicht, ich solle heute nicht mehr zaubern?«

»Jetzt machst du also doch, was ich dir sage?« Riagh warf den Jungen zu den anderen, band sie als Bündel toten Fleisches mitsamt den Köpfen zusammen und zog den improvisierten Schlitten hinter sich her. Die Grasmatte, die zwischen zwei Haselnusssträuchern gespannt war, ließ sich wie ein Vorhang zur Seite drücken. Sie verbarg den eigentlichen Eingang ins Lager und hatte den Hinterhalt so einfach gemacht. Zu einfach.

Bei einer umgestürzten Erle legte Riagh die Leichname ab, bäuchlings und mit ausgebreiteten Armen und den Schädeln dicht bei den Hälsen. »Ich trink mit euch in der letzten Nacht. Auch wenn ich hoffe, dass wir uns dann nicht über den Weg laufen.«

Der Jüngste war tot gewesen, noch bevor der Kampf begonnen hatte. Der Tanz der dreiunddreißig Schritte hatte seinen Anfang mit einem sauberen Kehlenschnitt genommen, gefolgt von Schreien im Regen – und dann hatte Stille geherrscht. Das Gemetzel hatte nur wenige Herzschläge gedauert: Wie sollten drei Strauchdiebe Riagh auch gewachsen sein? Trotz seines verwundeten Armes waren sie chancenlos gewesen. Riagh betrachtete den zertrümmerten Oberschenkelknochen des Größten, der sich blutig aus dem Fleisch drückte. »Selbst schuld…«, flüsterte er den Toten zu. Dann stand er auf und überließ ihre Körper Carthal.

Das Feuer knisterte vom Regen, den der Wind hineintrieb, spuckte schwarze Rauchschwaden in die Welt. Nuzar saß noch immer unter dem Verschlag und hielt die Augen geschlossen. Seine Gesichtszüge waren entspannt, der Rücken gerade durchgestreckt, die schwarze Strähne schmiegte sich an seine Wange. Das erhobene Kinn verlieh ihm statuenhaften Stolz. »Es erscheint mir nach wie vor befremdlich, dass du mir zwar mit dem Tode drohst, wenn ich deine Toten den Flammen übergebe, sie aber gleichzeitig zum Verrotten zurücklässt.« Die Stimme war ruhig und zum Glück öffnete der Ash'Bahar seine Augen nicht.

»Es sind nicht *meine* Toten. Die Gefallenen gehören Carthal und das Land holt sie sich zurück. Klar, besser wäre das Meer – aber ich schlepp die drei jetzt nicht zum Fluss.«

»Mir ist nicht bekannt, dass die Vindara ins Meer fließt.«

»Nein, aber dafür in den Gwelach und der treibt alles ins Meer. Worauf willst du hinaus?«

Nuzar öffnete seine Augen und sein schmales Lächeln kehrte zurück. »Ich will dich kennenlernen, Riagh, dich verstehen. Es wird mir leichter fallen, dir zu vertrauen, wenn ich begreife, wer du bist.« Er blickte freundlich auf.

Doch Riagh wich dem Blick aus, er hatte den Nekromanten lang genug betrachtet. »Ich bin Riagh ...«, murmelte er. Noch immer trieb der Regen das Feuer zum Knistern an, es stank nach verkohltem Holz. Um sie herum wurde der Wald finsterer, die Nacht schlich sich heran. »Du hast keine Wahl. Vertrau mir oder geh.« Er sprach absichtlich leise, wollte seine Stimme hinter dem Rascheln der Baumkronen verstecken.

»Dann gestehst du mir doch eine Wahl zu: Ich bleibe.«

Wieder schwiegen sie. Vertrauen fühlte sich anders an. Aber wie sollte Riagh auch Anryns Leben in Nuzars Hände legen, wenn Nuzar nichts außer seinem Lächeln mit ihm teilte?

»So klappt das einfach nicht ...« Riagh packte die erste Truhe der Räuber und stemmte sie zu seinem selbstgeschaffenen Eingang im Unterholz, damit sie den schmalen Durchgang zwischen den Spinnenliebchen blockierte.

»Welcher Sinn leitet dein Handeln, Riagh?«

Er ignorierte Nuzar, räumte den Schnaps aus der zweiten Truhe und hob sie auf die erste, sodass sie ein wenig überstand. Dann schnappte er sich das durchtrennte Seil und spannte es auf Kniehöhe zwischen Haselnussstrauch und Zwergklatter. Die tiefgrünen Nadeln dufteten scharf und moosig. »Das dürfte halten.«

»Welch hübsche Konstruktion, mit einem Nutzen wäre sie vollendet.« Nuzar war aufgestanden und an seine Seite getreten. Mit einem unsicheren Lächeln musterte er Riaghs Werk. »Du schuldest mir eine Erklärung.«

»Ich schulde dir gar nichts.«

Nuzar verschränkte die Arme vor der Brust und schenkte Riagh einen bohrenden Blick, als würde er durch die Augen hindurch nach Riaghs Gedanken forschen. – Und wenn er gerade wirklich seine Gedanken las? »He, raus aus meinem Kopf!«

»Aber deine Gedanken locken wie gewürzter Wein in einer Winternacht.« Das schmale Lächeln verzog sich zu einem selbstherrlichen Grinsen.

Riagh machte einen schnellen Schritt vor und packte Nuzar an der Kehle. »Ich sagte: ›*Raus aus meinem Kopf!*‹«

Die Augen des Nekromanten verengten sich zu feinen Schlitzen, die nur ein grelles Rot als Farbe kannten. Nuzar umgriff Riaghs Unterarm, doch machte keine Anstalten, sich zu befreien. Als ob er dazu die Kraft gehabt hätte! Stattdessen atmete er ruhig, furchtlos. Riagh ließ den Hals des Ash'Bahars wieder frei, denn an diesem Punkt waren sie schon gewesen und es hatte nichts gebracht. Drohungen brauchten Angst für Erfolg.

»Danke für dein Vertrauen, Riagh.« Nuzar rieb sich die Kehle, das Lächeln war verschwunden. Immerhin etwas.

»Du warst nicht wirklich in meinem Kopf, oder?«

»Ich hätte mein Sameea einer schlafenden Katze schenken sollen, sie bedächte es mit mehr Beachtung.«

Riagh griff sich an die Brust, umklammerte die Phiole. Er war so ein Idiot! Die Augen des Ash'Bahars hatten sich wieder dem Blau ergeben, das Rot wirkte ausgebleicht. Es waren schöne Augen, etwas breiter als üblich, mit langen Wimpern und den ersten feinen Fältchen vom vielen Lachen. Wenn ein Mann denn schöne Augen haben konnte.

Sivoks Augen waren braun gewesen.

Riaghs Herzschlag war rastlos. Er wollte Nuzar vertrauen, ruhig neben ihm einschlafen oder ihm doch zumindest arglos den Rücken zuwenden können. Widerwillig schloss er die Lider, erlaubte es sich, den Nekromanten aus dem Blick zu lassen. Die Hitze im Nacken wurde unerträglich, Bedrohung war nah. Riagh riss die Augen wieder auf, Nuzar hatte sich nicht gerührt. Sein Vertrauen war nur drei Atemzüge wert. Die rechte Hand kribbelte, als würde sie noch immer die fremde Haut spüren. Riagh ballte sie zur Faust, presste seine Fingernägel tief ins eigene Fleisch. Es war Zeit, Vertrauen zu erzwingen.

»Hol dir auch einen Krug Schnaps, du wirst ihn brauchen.«

»Wird mir der Alkohol deine Konstruktion erläutern?«

»Ich hab die Grasmatte festgeschnürt, also ist das der einzige Weg ins Lager. Wenn nachts ein Verfluchter vorbeischaut, stolpert er über das Seil und schmeißt dabei die Kisten um, was uns aufweckt. Und jetzt komm.«

»Wir werden also nicht wachen?«

Riagh schnaubte und holte einen weiteren Krug mit Schnaps, bevor er sich unter den Verschlag setzte. »Dafür werden wir zu besoffen sein. Und jetzt setz dich endlich hin und trink!« Er hielt den Krug in Nuzars Richtung.

Zögerlich näherte sich der Nekromant und hielt dabei die Arme vor der Brust verschränkt. »Dein Plan erscheint mir nicht wohl bedacht, Riagh.«

»Egal, trinken wirst du trotzdem.«

»Notfalls unter Zwang?«

»Du musst wohl immer widersprechen, was?«

»Ich kann lediglich keinen Sinn darin sehen, dass wir uns beide unseres Verstandes berauben.« Nuzar war inzwischen am Verschlag angekommen und legte die Unterarme auf das Dach, um seine Stirn zu stützen. Natürlich schien ihm der Regen *jetzt* egal zu sein.

»Betrunkene lügen nicht.«

»Ich hatte nie einen Grund, dich zu belügen.«

»Genau das weiß ich ja nicht!« Riagh nahm einen tiefen Schluck, der Schnaps schmeckte scharf und rauchig. »Deshalb werden wir trinken und dann kommen die Fragen. Meinetwegen hast du für jede Antwort eine Frage frei; ich hab nichts zu verbergen. Wenn du besoffen genug bist, wirst du nicht lügen und auch nicht drum herumreden. Und morgen weiß ich dann endlich, woran ich bin.« Noch ein weiterer Schluck. Er glaubte, eine Prise Salz zu schmecken, wenn auch nur als Unternote. Wahrscheinlich kamen die Krüge aus dem Süden, von der Küste. Vielleicht aus Salainn, der Unbeugsamen. Gleich wie oft das Imperium die Stadt einnahm, die Rebellen holten sie sich stets zurück, und selbst die alten Könige hatten es nie geschafft, die Stadt für sieben Jahre zu halten. Jemand musste viel für diesen Schnaps bezahlt haben, vermutlich sein Leben. Der nächste Schluck war kleiner, Gutes genoss man.

»Und was, wenn deine morgige Erinnerung im Alkohol ertrinkt?« Nuzar schien noch immer nicht überzeugt. Hatte er wirklich so viel zu verbergen?

»Ich hab noch nie einen Kerl getroffen, der versucht, sich vorm Saufen zu drücken. Ihr Ash'Bahar seid entweder ziemlich freudlos oder verdammt feige.« Riagh grinste, während Nuzar die Lippen zu einer dünnen Linie presste.

»Lässt du mir eine Wahl?«

Riagh schnaubte. »Glaubst du wirklich, wenn du nicht freiwillig trinkst, halte ich dir den Mund auf und schütte rein? Das hier ist guter Schnaps, wenn du nicht willst, dann eben nicht. Mehr für mich und wir machen weiter wie bisher.«

Zögerlich sah Nuzar von Riagh zum Schnaps, als sei er Gift. »Fein. Dein Wunsch sei mein Begehr.« Dann setzte er sich und griff zum Krug, atmete tief durch, bevor er ihn vorsichtig an den Mund führte und trank. Er verzog das Gesicht, aber nahm noch zwei weitere Schlucke. »Verhalte ich mich zu deiner Zufriedenheit? Zeige ich genug barbar... cartharische Freude?«

»Ein guter Anfang.« Den nächsten Schluck behielt Riagh im Mund, bis seine Zunge schmerzhaft brannte. »Beginnen wir mit was Leichtem: Dear'waa. Sowas wie ein Dieb?«

»Nein.«

»Nein ist keine Antwort.«

»Es ist eine exakte Antwort.«

»Du hast noch nicht genug getrunken.« Um seiner Aussage Gewicht zu verleihen, vollführte Riagh mit der rechten Hand die universale Geste des Trinkens.

Nuzar stöhnte theatralisch und nahm zwei weitere Schlucke. Noch immer verzog er das Gesicht. Dieser Ash'Bahar hatte einfach keinen Geschmack.

»Na gut, was bedeutet es dann?« Dann ließ sich Riagh eben auf Nuzars pedantisches Spiel ein.

»Dies wäre deine zweite Frage.« Die Mimik des Ash'Bahars blieb ungerührt. Er meinte das ja wirklich ernst!

Riagh stöhnte. Eine lange Nacht erwartete ihn und der Schnaps vermochte kaum über Nuzars Laune hinwegzutrösten. »Jetzt sei nicht so kleinlich!«

»*Du* bestimmtest die Regeln, die mir nun eine Frage erlauben: Woran erkannten dich die Fischerinnen als Deserteur?« Immer noch kein Lächeln.

Eigentlich war das gut, diese aufgesetzte Grimasse hatte Riagh ohnehin gestört. Trotzdem mochte er den erstarrten Mund des Nekromanten nicht. Deshalb verkniff er sich auch, Nuzar zu korrigieren; sollte die Erinnerung den Ash'Bahar doch trügen und aus allen Fischern Frauen machen. So wie für ihn im Allgemeinen die Welt fast nur von Frauen bevölkert schien.

»Sie erkannten das hier.« Riagh strich seine Narbe vom linken Auge zur Wange nach. Das verdickte Fleisch fühlte sich vertraut unter seinen Fingern an, so oft schon waren sie der feinen Linie gefolgt. Es hatte eine Zeit gegeben, da hatte das Ertasten Mut und Halt geschenkt, die Narbe wies Riagh seinen Platz im Leben. Und eigentlich tat sie es noch immer, sein Platz hatte nur die Fronten gewechselt. »Jeder im Imperium wird mich erkennen. Du bist nicht der einzige Grund für unseren Waldspaziergang.« Den nächsten Schluck verschlang er so schnell, dass seine Kehle kratzte. Betäubende Wärme bahnte sich ihren Weg vom Magen die Brust hinauf.

»Ich dachte, Deserteurinnen werden gehängt, nicht gebrandmarkt und verbannt.« Nuzars Lächeln kam zurück, auch wenn es mitleidig wirkte.

Riagh verspannte sich und ballte die Hände zu Fäusten, was nur wenig Befriedigung brachte. Nach einem weiteren Schluck sprach der Nekromant endlich weiter: »In einer fehlerhaften Übersetzung bedeutet Dear'waa ›die Redende‹.«

Das passte ja. »*Die?* Andauernd sprichst du von Frauen, als gäbe es keine Männer um dich herum.«

»Und du sprichst, als existierten kaum Frauen in deinen Gedanken.« Eine Atempause für ein schmales Lächeln. »Wie alle Dinge unserer Welt sind auch die ash'bahrischen Wörter in ihrer ursprünglichen Form weiblich. Erst der Glut des Mutterschoßes beraubt, lassen sie sich willfährig auch ins Männliche verbiegen, verstreuen sich in alle Zeiten und biedern sich den verschiedensten Subjekten an. Denn nur die Gemeinschaft eines Satzes spendet Wärme, einzeln erfrieren sie in Unbedeutsamkeit. Wobei ich glaube, dass cartharische Wörter die Kälte umgarnen. Zumindest deine.«

»Aha …«

Nuzar schwieg kurz, wahrscheinlich um Riaghs Verwirrung auszukosten. »Im Ash'Bahrischen sind alle Wörter weiblich, denn es ist das Weibliche, nach dem wir uns richten sollten. Es steht jeder frei, ein Wort zu verbiegen, so sie nur das Männliche betrachten möchte: die Dear'waa, der Dear'waaru. Aber weshalb sollte dies jemand grundlos tun?« Eine kunstvolle Sprechpause. »Doch um deine eigentliche Frage zu beantworten: Wir Dear'waadîm sind … hm …« Zum ersten Mal schien Nuzar nach einem Wort zu suchen. Er sah an Riagh vorbei, während die Augenlider asynchron blinzelten. »Ich glaube, Unterhändlerinnen trifft es am ehesten. Diplomatinnen. Wortsöldnerinnen. Das chaotische Moment eines feingewobenen Planes. Wir führen Verhandlungen, die als aussichtslos gelten, und ergründen das Verborgene nach unbekannten Wegen.«

»Also Spione?«

»Nein! Vielleicht … Wenn jede um deine Berufung als Spionin weiß, weshalb sollte man dich dennoch um sich dulden? Deiner Sprache fehlt das richtige Wort.«

»Oder du kennst es einfach nicht.«

»Dies bezweifle ich.« Der rechte Mundwinkel zuckte hoch und raubte dem Lächeln endlich das Mitleid. Gut so, lieber arrogant als erbarmungsvoll. Der Ash'Bahar nahm einen weiteren Schluck, doch diesmal verzog er nicht das

Gesicht. »Nun, Riagh, ich habe schon viele gebrandmarkte Soldatinnen gesehen. Weshalb exekutiert ihr eure Deserteurinnen nicht?«

»Ich glaube nicht, dass du auch nur eine Soldatin bei uns gesehen hast. Höchstens Magierinnen. Die Legion nimmt keine Frauen auf.«

»Du hast recht. Ich ging davon aus, dass meine Beobachtungen Zufälle wären und keine Prinzipien. Danke, dass du mich eines Besseren belehrtest, aber dies beantwortet nicht meine Frage.«

Wieder spielte Riagh mit der Fleischwulst an der Wange. Die Erinnerung an den Brandschmerz kehrte zurück und ließ das Lid unkontrolliert zucken, bis das Auge tränte. »Wen sie erwischen, der wird natürlich gehängt.« Ein einsamer Schluck für Sivok. »Wer also außerhalb der Truppen nur eine Narbe hat …«

»… derjenige desertierte. So sind eure Narben aus der hitzigen Furcht des Misstrauens geboren.«

»Dein Volk scheint dir auch nicht gerade aus vollstem Herzen zu vertrauen«, entgegnete Riagh sofort, denn ihm war, als hätte ihm Nuzar eben etwas gestohlen, das nie mehr zurückkehren würde. »Warum jagt man dich?«

Der Ash'Bahar kontrollierte seine Mimik perfekt, doch das Rot in seinen Augen flackerte verräterisch auf. Schnell blickte er hinab zu seinem Krug und die fremde Iris verschwand aus Riaghs Sichtbereich. Der Nekromant wusste, er hatte sich verraten. »Weil ich das Richtige tun werde«, flüsterte er dem Schnaps zu.

»Schön, und was soll das sein?« Riagh rieb sich über das feuchte Auge. Nuzar sah ihn noch immer nicht an, sondern nippte nur an seinem Krug und schwieg. »He, ich rede mit dir!« Doch der Ash'Bahar sprach nicht mit ihm. »Ich dachte nicht, dass du so feige bist.«

»Ich werde den Fluch brechen.« Das Augenrot flackerte noch immer, als Nuzar aufblickte, und seine Stimme war tiefer, die Konsonanten zu scharfkantig betont. Zum ersten Mal verbarg der Ash'Bahar seinen Akzent nicht.

»Den Tot-ist-nicht-gleich-tot-Fluch?«

»Nein, den Die-Luft-duftet-nach-Hortensien-Fluch.« Der Akzent war verschwunden, zurück blieb ein reines Imperial der hellen Vokale und geschwungenen Konsonanten, wie man es sonst nur in den Kernprovinzen zu hören bekam.

Riagh grinste, aber der Ash'Bahar lächelte nicht mehr. Nicht mal über seine eigenen Witze konnte er lachen.

»Du kannst den Fluch wirklich brechen?«

»Ja.«

Riagh sog kühle Nachtluft in die Lunge und diesmal war er es, der lächelte: Es gab Hoffnung für Carthal.

Oder?

Ungläubig schüttelte er wieder den Kopf. Nuzar legte ihn rein, der Fluch war nicht zu brechen. Sonst wäre es den imperialen Magiern doch längst gelungen. »Wenn du das wirklich kannst: Warum hast du es nicht längst getan?«

»Ein Fluch dieser Größe ist keine Kerzenflamme, die durch ein Pusten erlischt. Noch fehlen mir die richtigen Ingredienzien und auch der Ort ist entscheidend.«

»Deshalb bist du also in Carthal.«

Zuerst schien es, als ob Nuzar wieder seinem Blick ausweichen wollte, doch dann nickte er. So viel zum Regen. So viel dazu, dass er keinen Grund hatte, Riagh zu belügen! Der Nekromant sprach nicht, sein Blick schien sich in Riaghs Augen verloren zu haben.

Riaghs Kopf fühlte sich heiß an. Nuzar *musste* einfach lügen. Schon wieder. »Warum hast du das nicht sofort gesagt? Und warum sollte ich dir jetzt überhaupt noch glauben?« Hastig nahm er einen tiefen Schluck, um seine Hände zu beschäftigen.

»Bin nicht ich an der Reihe, eine Frage zu stellen?«

»Ja – und hiermit habe ich sie beantwortet. Also weiter mit meinen Fragen.«

Die Augen des Nekromanten verengten sich, doch dann lächelte er erstaunt, statt Riagh weiterhin niederzustarren. »Bis eben war ich mir uneins, ob ich dir trauen kann. Denn der Fluch ist meine Bürde und nicht dein Interesse. Aber nun frage ich dich, Riagh ard Cerwed: Willst du mir beistehen?«

Selbst der Fluch klang aus Nuzars Mund wie ein Spiel verzogener Kinder. »Carthal stirbt!« Riagh griff nach dem Nekromanten, doch erwischte nur eine Decke. Schnell gab sie ihren Widerstand auf und entblößte einen Teil von Nuzars Oberkörper. Also warf er den Stoff wieder von sich und griff nach seinem Krug. Der Ton kühlte seine Handflächen. Wie konnte es Nuzar wagen, diese Frage zu stellen? Wie konnte er es wagen, diese Entscheidung zu erzwingen … »Anryn stirbt, wenn ich sie nicht rette. *Das* ist mein Interesse!« Denn dies hatte er Sivok geschworen.

Nuzar wirkte erschrocken, schnell fasste er sich jedoch wieder. »Deine Hilfe wird beim Ritual nicht benötigt. Ich frage auch keine Flamme, mir Schnee zu suchen.« Die Glut war neu entfacht und verdrängte das Blau. Nuzar hob sein Kinn, streckte den Rücken wieder gerade durch, während er die Decke um seine Brust band und dabei die grob genähte Wunde verbarg, die sich in sein Shariem fügte.

»Stimmt. Du fragst nach Schutz.«

»Ich brauche keinen Schutz!« Nuzar betonte jedes Wort, als wäre es ein einzelner Satz.

»Das habe ich gemerkt.« Riagh schnaubte.

»Ich bin verwundet, Riagh!«, schrie Nuzar seine Ausrede, als wäre der Regen mit einem Mal lauter geworden.

»Na und? Schlaf zwei Tage und freu dich über die neue Narbe … über deine erste Narbe. War das gestern wirklich dein erster Kampf?«

Nuzar schwieg.

»Natürlich war's dein erster, niemand ist so gut, dass er narbenlos bleibt.« Ein weiterer Schluck. »Ich kann dir wirklich nicht helfen, Anryn ist wichtiger.«

»Wichtiger als Carthal?«

»Ja.« Denn Sivok starb für sie.

Nuzar atmete tief durch und wurde unnatürlich ruhig. »Ich will nicht deinen Schutz, Riagh, ich möchte deine Begleitung. Auf dass wir uns gegenseitig schützen mögen, während wir ein gemeinsames Ziel im Sinn haben. Denn ich werde verfolgt. Haythem, unser General, wird mich nicht vergessen, zu gefährlich ist mein Wissen. Natürlich wähne ich mich auch alleine in der Lage, meinen Jägerinnen zu entfliehen. Schließlich tue ich dies schon eine Weile. Aber ich bin so müde, nachts bei strömendem Regen zu schleichen. Meine kämpferischen Fähigkeiten sind ... ungeübt, doch deine Schnelligkeit mit diesem klobigen Schwert ist unbegreiflich, als wohne deinem Leib seine eigene Magie inne.«

Riagh spannte seine Armmuskeln an. Na also, Nuzar kannte doch seinen Platz. »Warum jagen sie dich überhaupt? Ist doch gut, wenn der Fluch fort ...« Riagh riss den linken Arm hoch, Schnaps schwappte über seine Hand. »Der Krieg! Ohne die Verfluchten werdet ihr verlieren.«

Nuzar schwieg lange, bevor er resignierend sprach: »Der Niedergang des Imperiums ist unser oberstes Begehren. Erst wenn der ewige Imperator stirbt, können wir ruhen.« Dann entspannte sich sein Gesicht, die Mundwinkel verband eine ruhige Linie. Dennoch schien es Riagh, als würde der Ash'Bahar lächeln. »Wir werden uns nie beugen. Lieber sähen wir Ash'Bahrim brennen, als mit den bunten Ketten des Imperiums geschmückt.«

»Und die ganze Welt brennt mit euch. Ich mag das Imperium auch nicht, aber es schützt uns vor euch.«

»Das Imperium schützt Anryn?«

Riagh sprang auf, stieß mit dem Hinterkopf gegen das Holzdach und ließ sich wieder fallen. Der Schmerz pochte nur träge. »Ich schütze Anryn!« Er schnaubte.

Nuzar öffnete den Mund, doch führte nur den Krug zu seinen Lippen. Die Nacht stank nach Qualm und Schnaps und der Boden war eine eiskalte Schlacke aus Schlamm und verrotteten Blättern. Vielleicht hatte sich auch etwas Blut dazu gemischt. Der Ash'Bahar blickte ins Feuer, die schwarze Strähne klebte neben seinem Auge. Er schlang die Arme um die Beine, stützte das Kinn auf die Knie wie unter dem Umhang beim Gewitter. Die Lippen waren wieder blass, aber er zitterte nicht. Wahrscheinlich war er zu betrunken, um die Kälte zu spüren.

Da saß also der Erlöser des untoten Lebens ... die Hoffnung Carthals. Die Götter hatten sich einen schlechten Scherz erlaubt!

Riaghs Herz pochte, sein Kopf war fiebrig und dumpf. Er sah, wie sich seine Hand wieder zur Faust ballte. Was war, wenn Nuzar nicht log? Konnte der Ash'Bahar tatsächlich diesen Fluch brechen? Vielleicht sollte Riagh doch helfen ... Aber er konnte Anryn nicht aufgeben! Er wollte Nuzar schubsen, ihn anschreien. Was fiel ihm ein, so schwach zu sein, es nicht alleine zu schaffen! So kränklich, jämmerlich, widerlich schutzbedürftig! So verdammt stolz, dass er nicht einmal um Hilfe bettelte, selbst wenn er ohne sie verloren war. Vielleicht wäre es ihm ja gelungen, Riagh umzustimmen ... Riagh wollte ihn schütteln, schlagen. Diese Überheblichkeit herausprügeln. Er wollte Nuzar packen, die Arme um ihn schlingen, ihn mit seiner Stärke erdrücken. Ihn wärmen. Etwas Lebendes an sich spüren. Wie er Sivok gespürt hatte ... Riaghs Arme schienen auf einmal selbst kalt und taub. Er verschränkte sie vor der Brust, wo er sie sehen, sie kontrollieren konnte.

Der Schnaps hätte ihm ein wenig Vertrauen zum Ash'Bahar schenken sollen. Stattdessen fühlte sich Riagh zu betrunken, um sich selbst zu vertrauen.

Nuzar wandte den Kopf, blickte trotzig zu Riagh auf. »Ich glaube, du bist dran.«

»Ich verschweige dir die Antwort nicht, Riagh! Mir ist selbst unbekannt, wie die Fischerinnen mich ergreifen konnten. Ich hatte mich in einem Erdloch nahe des Flusses zur Ruhe gelegt, hatte sogar daran gedacht, frisches Gras über mich zu betten – und doch fanden sie mich, erkannten mich augenblicklich und frönten von da an der exotischen Mischung von cartharischer Einsilbigkeit gepaart mit wenig kreativen Flüchen.« Nuzar schüttelte lachend den Kopf, dass die befreiten Strähnen tanzten.

»Verstehe, die haben dich schnarchen gehört.« Riagh erschien seine betrunkene Stimme fern, als würde sein Schatten für ihn antworten.

»Ich schnarche nicht!« Die Augen funkelten passend zu den geröteten Wangen, während der Ash'Bahar sich auf die Knie aufrichtete und dabei die Holzdecke des Unterschlages streifte. Sein Akzent mischte sich wieder ins Gespräch ein.

»Natürlich schnarchst du, bist lauter als ein galoppierender Meldereiter bei Gewitter!« Riagh grinste und duckte sich schwerfällig, als Nuzar seinen Krug nach ihm schwang und dabei genug vom Schnaps vergoss, dass sie beide noch tagelang stinken würden. Träge strich sich Riagh den Schnaps aus dem Gesicht und schüttelte seine Hand in Nuzars Richtung, der Schutz hinter seinem Krug suchte.

Der Nekromant grinste und das Feuer malte feine Schatten in seine Fältchen. »Sei ehrlich, Riagh: Schnarche ich?«

»So wahr der Donnerfürst Hagelkörner scheißt!«

Nuzar schüttelte wieder vergnügt den Kopf und eine weitere Strähne erklomm die Freiheit. »*Qir'h*, Riagh, du kannst mich nicht täuschen. Eine jede Lüge aus deinem Mund ist für mich so leicht erkennbar, als würde sie dir als funkelnder Edelstein aus der Stirn wachsen.«

»Denk, was du willst, aber das zählte als Frage!« Kurz überlegte Riagh, nach dem verhasstesten Spitznamen der Kindheit zu fragen, doch dann ereilte ein besserer Einfall sein betrunkenes Gemüt: »Mit wie vielen Frauen hast du's schon getrieben?«

Nuzar Grinsen wurde skeptisch. »Mir bleibt zwar der *Dirsha*... Sinn deiner Frage verborgen, aber natürlich antworte ich: Bisher teilte ich mit keiner Frau mein Lager.«

»Mit noch keiner einzigen? Willst du mich verarschen? Du hast mir mindestens fünf Jahre voraus!«

»Du wärst gut beraten, eine Frage zu formulieren, die zu einer befriedigenderen Antwort für dich führt.« Der Ash'Bahar lächelte fein und das Feuer färbte seinen Augen gänzlich zur Glut. »Schau, ich mache es dir vor: Bei wie vielen Männern lagst du bisher, Riagh?«

Mit einem Mal wurde Riagh kalt. »Was soll der Mist?«

»Es ist nur eine Frage, mein Freund ...«

»Ich bin nicht dein Freund.«

»... deren Antwort gerade äußerst interessant geworden ist.«

»Ich hab keine Lust mehr.« Riagh stellte seinen Krug ab und kletterte aus dem Verschlag. Regentropfen kühlten seine glühenden Wangen.

»So viele?«, fragte Nuzar spöttisch und folgte ihm.

»Halt's Maul!«

»Errötest du gerade?«

»Lass den Scheiß!« Riagh spürte wieder die Wut in den Fäusten. Der Mistkerl hatten ihn reingelegt, er hatte diese Frage von Anfang an geplant!

»Deine Regeln, Riagh. Ich erwarte nur eine ehrliche Antwort – oder hast du dafür noch nicht genug getrunken?«

Riagh schnaubte, schwieg jedoch. Der Nekromant musste in seinen Gedanken herumgewühlt haben, damals, ganz am Anfang, als er das Sameea noch nicht getragen hatte. Oder dieses Ding war auch eine Lüge.

»Es ist seltsam, Riagh. Ich hätte nicht gedacht, dass *Feigheit* eine deiner Eigenschaft sei.«

»Vielleicht zehn, vielleicht mehr, hab nicht mitgezählt«, sprach eine Stimme. Es war seine eigene. Die Armmuskeln spannten sich, aber Riagh schaffte es, seine Hände starr am Körper zu halten.

Er floh vor dem fremden Blick, drehte sich fort und kniete sich nieder, um seine Decke aus dem Rucksack zu holen.

»Jetzt bringst du mich wahrhaftig in Verlegenheit.«
Nuzar trat hörbar an ihn heran, viel zu nah. Riagh spürte
die demütigenden Blicke im Nacken.

»Ach, halt doch die Klappe.« Endlich hatte er die dumme Decke herausgewühlt, seine Finger krallten sich in die
Wolle. Die Gedanken hallten dumpf im Schädel und Übelkeit presste sich seinen Hals hinauf. »Hör zu, Nuzar...«
Eigentlich wusste er nicht, was er sagen wollte. Egal wie
viele Kämpfe vor ihnen lagen, von nun an würde er stets
nur der Mann sein, der es mit Kerlen trieb. Getrieben hatte.

»Ich höre dir zu, Riagh.« Nuzars Stimme klang weich,
freundlich, übertrieben verständnisvoll. Riagh richtete
sich auf, der Puls wummerte und seine Muskeln ver-
spannten sich. Zitternd drehte er sich um. Die Augen des
Nekromanten waren friedvoll und sein Lächeln ehrlich.
Kein Sticheln, kein Nachtreten, keine Arroganz. Nuzar
schonte ihn, denn Riagh war erbärmlich schwach.

»Ich lass mich nicht von Kerlen vögeln!«, schrie er.
»Du verstehst das nicht...«

Nuzars Augen waren geweitet, er röchelte. Riagh sah
hinab, sah seine eigene Hand am Hals des Nekromanten,
spürte plötzlich die feuchte Haut an den Fingern. Er ließ
los, ihm war schwindelig und schlecht.

»Tut mir...« Er stammelte. Seine Gedanken waren trübe, als wäre ihm weit entfernt ein zweiter Kopf gewachsen. »Die Kerle haben nichts bedeutet, kein einziger von
ihnen«, log er und hockte sich hin. Der Regen wusch den
Schweiß von seiner Haut. »Schon mal ein Feldbordell von

innen gesehen? Wenn dich die Gegner nicht umbringen, dann dein eigener Schwanz. Zwischen den Schenkeln der Huren siehst du's in allen Farben sprießen.«

Nuzar hockte sich zu ihm, suchte wieder seinen Blick, aber sprach nicht. Mit der Hand rieb er noch immer über seinen eigenen Hals.

»Wenn ich auf dem Feld verrecke, dann ist das eine Sache. Aber doch nicht im Krankenlager, weil ich unbedingt meinen Schwanz irgendwo reinstopfen musste.«

Nuzar schwieg noch immer. Warum sagte er denn nichts? Glaubte er Riagh nicht?

»Das kann ich Anryn nicht antun.« Riaghs Stimme zitterte wie seine Hände. Das Gesicht des Ash'Bahars war greifbar nahe. Die Haut würde sich warm unter seinen Fingern anfühlen; Trost spenden in einer kalten Nacht ...

»Riagh, *mirfa'h*, du musst dich nicht rechtfertigen.«

»Ich bin nicht so einer! Ich hab's nur für Anryn getan ...« Immer. Bis auf das letzte Mal ...

»Ich bin mir sicher, ihre Dankbarkeit wird unermesslich sein, da du dich allein ihres Schutzes wegen anderen Männern opfertest.«

Schnell war Riagh auf den Beinen, das Breitschwert in der Hand. Die Scheide war fort und die Klinge schwang durch die Nacht.

Nein! Das wollte er doch gar nicht ...

Kein Widerstand, kein Aufprall, kein Schrei – er hatte verfehlt. Dem Donnerfürsten sei gedankt für den Schnaps! Das Schwert glitt Riagh aus den zitternden Händen. Seine

Muskeln spannten sich an, wollten schnell nach der fallenden Waffe greifen, doch er war wieder Herr seiner Reflexe und tat nichts. Nuzar stand vier Schritte entfernt, die Arme auf die Beine gestützt, Blut tropfte aus dem rechten Nasenloch.

»Ja, ich brauche Schutz, Riagh. Aber du bist es, der von uns beiden wahrhaft Hilfe braucht!« Er wischte sich das Blut fort. »Dies bewiest du gerade selbst.«

»Unsinn, ich wollte dich verfehlen! Und wenn du noch einmal Anryn erwähnst, wird mir dein Leben egal sein.« Riagh brauchte niemanden! Nicht mehr. Nur noch Anryn zählte.

»Nein, ich war gewandt genug, deinem Schlag zu entkommen, und auch dir ist dies gewiss.« Nuzar zögerte, bevor er weitersprach. »*Yarash t'all mar'qit?* Wenn du dir nicht helfen lässt, wirst du eine Schneise aus Toten hinter dir herziehen. Du wirst jede töten, deren Worte die Erinnerung an Anryn auch nur vage streifen. Und an schlechten Tagen wirst du töten, weil dir die fremden Blicke auf dir nicht gefallen. Du webst deinen eigenen Fluch, der dich zum lebenden Mijadh verdammt.« Der Nekromant schritt auf Riagh zu, hielt die Arme vom Körper entfernt. »Du bist zermürbt, Riagh. Dein Leib ist tödlich, aber hat den Geist verloren, der ihn lenken sollte. Wut mag dich vorantreiben, doch nährt sie sich von fremdem Leben.«

»Schwachsinn! Du kennst mich nicht!«

»Dies ist leider wahr, aber ich erkenne Menschen. Das ist es, was eine Dear'waa ausmacht: die Lügen in anderen zu finden, die sie selbst zu glauben wünschen. Bleibe allein bei deiner Suche und du wirst scheitern – sei es durch deinen Tod oder weil Anryn dich dafür hassen wird, zu wem du ihretwegen wurdest.«

Riagh griff wieder nach der Decke um Nuzars Körper, zog ihn so dicht an sich heran, dass nicht einmal der Regen noch Platz zwischen ihren Gesichtern fand. »Ich werde sie retten«, flüsterte er. »Und deine Attentäter halten mich nur auf.«

»In Ordnung, Riagh.« Nuzars Atem roch nach Schnaps und Erlösung. Die Augen des Nekromanten waren ruhig, kein Flackern verriet seine Gedanken. »Ich begleite dich nach Brênningh und danach erfüllt jeder sein eigenes Schicksal. Du rettest deine Verlobte und ich all die anderen Menschen unserer Welt.«

»Was soll ich in Brênningh?« Riagh ließ los. Was auch immer das für ein Moment gewesen war, den sie eben geteilt hatten, er war verschwunden.

»Dies ist nicht dein Ziel? Als größte Stadt Carthals ist es nur wahrscheinlich, dass ländliche Flüchtlinge dort Schutz suchen.«

Natürlich! Garwad hätte den Verfluchten nie standhalten können, schließlich gab es nicht einmal eine Palisade. Anryn lebte inzwischen in Brênningh und hatte dort eine Anstellung gefunden. Vermutlich in einer Schenke, Frauen mit ihrem Mundwerk passten da rein. Oh, Riagh würde jedem Kerl die Hand brechen, der es wagte, sein Bier mit einem aufmunternden Klaps zu bestellen.

»Ich deute dein Lächeln als Zustimmung.«

»Ja, Brênningh …« Riagh hätte den Nekromanten küssen können für diesen Einfall! Seine Lippen schienen durstig, doch waren sie feucht vom Regen. Was hatte Nuzar nur mit seinen Gedanken angestellt? – Was würde er unterwegs noch tun? »Wenn ich dich andauernd beschützen muss, werde ich da nie ankommen.«

»Wie schwach erscheine ich dir?« Nuzar schubste Riagh fort, stärker als erwartet. »Ich bin ein Magier, die Welt ist meiner Gedanken Untertanin! Du bist wehrlos ohne dein Schwert, ich hingegen werde nie unbewaffnet …« Die Faust traf hart auf Nuzars Kiefer, ließ den Ash'Bahar zurücktaumeln, doch er blieb auf den Beinen.

Riagh blickte auf seine Hand. »Fühlt sich nicht wehrlos an.«

Ausgespucktes Blut landete vor Riaghs Füßen. Nuzar hielt seine linke Hand hoch, feine Flammen tanzten über die Fingerspitzen. Riagh wich zurück und wünschte sich einen Schild herbei. Doch der Ash'Bahar ballte die Hand zur Faust und das Feuer verschwand. »Es war ein Fehler, dir das Sameea zu geben. Ein kläglicher Versuch, etwas Vertrauen zu erzwingen.« Ihre Schultern streiften einander, als Nuzar dicht an ihm vorbeischritt. Ein Gefühl von Wärme flammte in Riaghs Oberarm auf, nur ein Echo der rauen Berührung. Erst am Verschlag angelangt, wandte sich der Ash'Bahar noch einmal um. »Du hast recht, Riagh, unserer Zusammenkunft fehlt der Sinn. Ich werde dich morgen verlassen und mich allein dem Fluch widmen, der meine Heimat zerstörte und nun die deine erreicht hat. Denn deinen Zweifeln zum Trotz kennt meine Macht keine Grenzen.«

»Warte.«

»*Nar*, Riagh, ich warte nicht mehr. Du wünschst dir keine Hilfe, denn du liebkost die Einsamkeit. Und ich werde dir dein Selbstmitleid nicht zerstören, denn mir kann es gleich sein, wie viele Cartharerinnen ihm zum Opfer fallen werden. Danke, dass du mein Leben rettetest und schontest – und gern geschehen, dass ich deines bewahrte. In der Morgensonne werden uns zwei Wege erstrahlen.«

»Ich bin hier, verkrieche mich nicht im Osten, während das Imperium Carthal im Stich lässt. Ich bin hier, werde Anryn retten und dein Volk und seine Diener aus meinem Land prügeln – und du nennst es Selbstmitleid!« Wieder packte Riagh den Nekromanten an der Decke, wollte Nuzar zu sich hochreißen, die eigene Stirn gegen das fremde Gesicht schlagen. Die Wärme spüren. Augenblicklich ließ er los, wich zurück. Ihm war kalt, heiß – der Boden bebte, um ihn niederzuzwingen. Er hörte sich atmen, konzentrierte sich auf die monotonen Züge. Der Ash'Bahar log, Riagh hatte sich unter Kontrolle! Hatte er doch? »Glaubst du wirklich, du kannst mich aufhalten, wenn ich … wieder…«, japste ein Schwächling, den Riagh nicht kennen wollte. Er kniete sich hin, musste schlafen. Diese Nacht musste enden, wie alles endlich enden sollte.

Doch das Rascheln ließ ihn aufhorchen, denn es war zu laut für den Wind und dann verstummte es abrupt.

Riagh sprang auf, blickte sich um. Zweige knackten nahe seiner improvisierten Falle. »Ausgerechnet jetzt ...« Er lief zu den Truhen, presste sich an ihnen vorbei, ohne sie umzuwerfen. Beinahe wäre er über sein eigenes Seil gestolpert, doch ein wahrer Cartharer war nie zu betrunken. Er lauschte, denn die Finsternis wollte nicht für seine Augen weichen. Aber da war nichts außer dem Wind, der den Regen an die Stämme peitschte.

»Ich glaube, ich hatte noch eine Frage frei«, sagte Riagh, doch wandte sich nicht um. Auch wenn seine Sinne schwiegen, dem kalten Kribbeln im Nacken konnte er stets vertrauen. »Wie schlau sind diese Verfluchten eigentlich? Können sie mir auflau...« Er sprang zur Seite; gerade noch rechtzeitig, denn skelettierte Fingerknochen schlugen dicht an ihm vorbei. Schnell griff er an sein Bein, suchte den Griff des Breitschwertes, doch seine Finger glitten nur ziellos über das feuchte Leder der Scheide. Gezogen, fallengelassen ... Riagh erinnerte sich – verdammter Ash'Bahar! Der Verfluchte holte erneut aus, fletschte die faulen Zähne – als er erstarrte.

»Ich habe ihn!«, hörte Riagh hinter sich Nuzar rufen. »Und ja, Mijadhîm können lauern, jedoch nur nachts. Ihr Verstand wächst mit der Finsternis.«

Kaum noch Fleisch klebte an dem bleichen Schädel, zwei Handbreit vor Riaghs Gesicht. Der Verfluchte musste schon lange durch Carthal wandern.

»Kannst du mit diesem Unfug aufhören? Das hier ist ein einfacher Verfluchter, da brauche ich deine Hilfe nicht.«

Riagh drehte sich um, doch sah nicht zu Nuzar. Er suchte sein Schwert.

»Dein Wunsch sei mein Begehr.«

Ein Luftzug tanzte durch Riaghs Nackenhärchen. Er wirbelte herum: Der Verfluchte lebte, schlug mit den Krallen erneut nach ihm. Riagh wich einen Schritt zurück – und stieß auf Widerstand. Etwas keilte gegen seine Wade, blockierte seinen Fuß; Riagh stolperte und fiel. Hart schlug er auf die Truhe, Schmerz brannte sich durch seine Wirbelsäule. Dennoch gönnte sich Riagh keinen Schrei, suchte schnell nach den Krallen: Sie waren noch immer über ihm. Er stieß sich mit den Schultern ab, ignorierte den Schmerz; er musste ausweichen, wieder sicheren Halt finden – nein, die Krallen waren erstarrt. Erleichtert atmete er aus, doch es war zu spät: Die Truhe gab unter Riaghs Gewicht nach, polterte zur Seite. Kurz konnte er sich halten; mit durchgedrückten Knien und verbogenem Rücken stand er da, die Arme ruderten um Balance. Dann gab sein Oberkörper der Schwerkraft nach, ganz langsam kippte Riagh um, ohne auch nur eine Möglichkeit, die Kontrolle über seinen Leib zurückzuerlangen. Er verfluchte den Schnaps und seine trägen Reflexe, prallte erneut mit dem Rücken auf eine Truhe und diesmal schrie er, denn natürlich musste es dieselbe verdammte Stelle sein.

»Du wirst das hier ...« Riagh keuchte lieber, als seinen Satz zu beenden. Die Welt stand Kopf und Nuzar lief über einen bewachsenen Himmel zu ihm herüber, streckte die Hand aus. Riagh lag über die Truhe gebogen und der

Rücken pochte bei jeder Bewegung, als er alleine aufstand. Eigentlich wollte er Nuzar packen und ihn zur Vernunft prügeln, doch als sein Arm sich anspannte, verweigerte die schmerzende Schulter den Gehorsam.

»Was sollte der Unfug?« Dann schrie er eben.

»*Ir'* ... tut mir leid ...« Nuzar lächelte, nein, grinste. Seine Lippen pressten sich zusammen, doch mit einem kehligen Raunen brach die Luft aus ihrem Gefängnis frei. Nuzar lachte. Dieser Ash'Bahar lachte ihn wirklich aus. Die Hitze kehrte in Riaghs Schädel zurück, seine Muskeln vergaßen den Schmerz. Wieder wurden die Hände zu Fäusten.

»Riagh, *ir'qish* ... aber dein Anblick wird mir unvergesslich bleiben: Du standest drei Herzschläge mit dem Rücken in der Luft, als hätte man dich zur falschen Seite abgebrochen. Und dann fielst du langsam wie eine Feder – und schwangst die Arme, als wolltest du fliegen. Du hättest dich sehen müssen!«

»Das fandest du komisch?«, brüllte Riagh. Er wollte wieder zuschlagen, sehen, wie langsam der Nekromant fallen würde – aber stattdessen lachte er. Es war ein tiefes Lachen, das den Bauch kitzelte, in der Kehle vibrierte und den Mund weit spannte. Ein befreiendes Lachen, das seine Wut fraß, den Schmerz verdrängte und nichts in diesem Moment gestattete außer dem albernen Bild in seinem Kopf und Nuzars fernem Gelächter, als wäre es ein Echo. Riagh lachte glücklich, zum ersten Mal seit Monaten.

Ein Zweig knackte hinter ihm, Riaghs Körper gehorchte wieder und drehte sich um. Der Verfluchte schlug nach ihm, doch stolperte über die Truhe.

»Nuzar!«

»*Ir'qish.*« Der verweste Leib erstarrte erneut. »Lachen ist eine wahre Herausforderung der Konzentration.«

»Das bist du auch.« Riagh grinste, die Wut kehrte nicht zurück. »Mein Schwert; es muss dahinten irgendwo liegen.« Diesmal ließ er den Verfluchten nicht aus den Augen. Eine gute Entscheidung, denn für einen kurzen Moment zuckte der bleiche Kiefer und die Zähne schabten übereinander. Doch es war das hohe Zischen hinter Riaghs Rücken, das ihn unruhig werden ließ. Als würde eine Klinge die Luft zerteilen.

»Nuzar, was machst du ...«

»Ich reiche dir deine Waffe.« Der Ash'Bahar hinter ihm hatte sich nicht bewegt und doch hielt er Riagh das Schwert hin: sein Breitschwert, das er im Lager hatte fallen lassen. Zögerlich umfasste Riagh den regenfeuchten Griff. Jetzt konnte Nuzar also auch noch Klingen herbeizaubern.

»Meine Worte warnten dich bereits, ich sei nützlich.«

Ein schneller Hieb ins Genick des Verfluchten, dann waren sie wieder allein. Und plötzlich kehrten die Gedanken zurück und flüsterten Misstrauen über nekromantische Umtriebe und ash'barische Absichten. Aber Riagh hatte keine Lust mehr darauf, er wollte nicht das Für und Wider abwägen, sich nicht mehr den Kopf über Nuzars Plan zerbrechen und was er noch alles verschwieg. Im Moment wollte Riagh dieses befreiende Gefühl in den Muskeln genießen, das sich bis zu seinem Schädel hochzog. Er war sich sicher gewesen, er hätte es gemeinsam mit Sivok verloren, aber Nuzar hatte es in ihm wiedergefunden.

Anryn wartete seit sechs Jahren auf Riaghs Rückkehr. Auf ein paar Tage kam es da nicht mehr an.

»Bis Brênningh, dann ist jeder auf sich gestellt. Abgemacht?« Riagh führte die aus falschen Gründen beendete Diskussion fort.

»Ich stimme zu.« Der Ash'Bahar lächelte. »Und drei.«

»Was?«

»Wenn du die richtige Frage stellst, dann lautet meine Antwort ›drei‹.«

»Zwei Lirum für den Kopf eines Rebellen und drei als Belohnung für den, der einen Deserteur erschlägt. Wer aber einen lebendigen Rebellen überbringt, der soll nicht nur mit fünf Lirum belohnt werden, sondern dem schenkt der Ewige in seiner Gnade auch ein Stück Land in der Provinz, die der Überbringer nennt. Denn wer die imperiale Gerechtigkeit gegen den Würgegriff von Chaos und Schreckensherrschaft verteidigt, erhält das Recht, mit seiner Familie im Herzen des Imperiums in Frieden zu leben – und darf auch gern noch am selben Tage aufbrechen.«

— Imperialer Ausrufer im Umland von Brongus

»Hört zu, wer uns einen dieser feigen Verrätern bringt, die ihre eigenen Landsleute ans Imperium ausliefern, darf dessen gesamtes Vieh behalten und das Land wird schön unter allen im Dorf aufgeteilt. Denn die Verräter haben uns als Gemeinschaft hintergangen, also werden sie uns auch gemeinsam nützen. Wenn mal ein imperialer Verwalter vorbeikommt, sagt einfach, euer Sohn hätte die letzte Tochter des Verräters geheiratet und beim ersten Kind wäre sie draufgegangen. Keine Sorge, das fällt nicht auf. Die Imperialen haben vielleicht dreiunddreißig Listen zu jedem Haus, aber für Frauen interessieren sie sich nur, wenns ums Rein- oder Rausdrücken geht. So viel zur ach so überlegenen Kultur.«

— Cartharischer Rebell im Umland von Salainn

Kapitel 5

»Wenn du alle dreiunddreißig Schritte eine Pause brauchst, kommen wir nie in Brênningh an.« Riagh lehnte sich mit der Schulter gegen einen Erlenstamm und ließ seinen Blick über das beginnende Heideland wandern. Der Boden war modrig, als spie er faules Wasser aus. Kein schöner Anblick, aber immer noch besser, als sich umzuwenden. Unter gar keinen Umständen wollte Riagh beobachten, wie Nuzar sein Innerstes Carthal opferte. Am Ende würde sich nur sein eigener Magen von der fremden Schwäche anstecken lassen, denn das deutlich hörbare Würgen reichte bereits, um Riagh ein Gefühl von aufsteigender Fäulnis zu schenken. Außerdem juckten seine Wunden seit diesem Morgen und das wandernde Pochen in der Wirbelsäule erlaubte keinen schmerzfreien Schritt, dazu brummte der Schädel im Einklang mit Nuzars viel zu lautem Gurgeln. »Herrje, warum hast du gestern überhaupt was getrunken, wenn du nichts verträgst?«

Das Würgen verstummte. Riagh sah nun doch zu Nuzar, um vom lodernden Rot seiner Augen begrüßt zu werden. Sehr langsam führte der Ash'Bahar die Feldflasche zum Mund und spülte sich den Rachen aus, ohne den zornigen Blick abzuwenden.

»Versuchst du grad, mich in Stein zu verwandeln?«
Riagh genoss die neugewonnene Vertrautheit. Sie mochte
nur eine winzige Scherbe sein, herausgebrochen, als etwas
Schweres in ihm zersplittert war – doch er wollte sie um
keinen Preis je wieder hergeben.

»Meine Gedanken ersannen eher eine Feuersäule.«

»Als ob ich in diesem Regen lange brennen würde.«

»Ein kurzes Auflodern brächte mir genug Befriedigung für den Moment.« Der Nekromant trat neben Riagh
und blickte ebenfalls in die Weite, die offen vor ihnen lag.
»Hier findet unser kurzes Versteckspiel sein Ende.«

Riagh nickte besorgt. »Fühlst du dich wieder gut?«

»Meine Wunde juckt.«

»Was juckt, das heilt«, sagte er und kratzte sich an der
Schulter, bis das Fleisch brannte. »Erlaubt uns dein Magen eine schnelle Reise?«

Nuzar schwieg, bis Riagh sich ihm zuwandte. Die braune Haut des Nekromanten wirkte fahl. »Ich weiß es nicht,
Riagh...« Es schien eine Antwort auf eine ganz eigne Frage
zu sein.

Riagh schwieg. Der Ash'Bahar hatte seine eigenen
Seelenscherben zu kehren und fremden Abfall rührte man
nicht an. Aber ihre Zeit war auch zu wertvoll, um sie zu vergeuden.

Riagh stieß sich vom Stamm ab, suchte zwei dicke
Stöcke und reichte Nuzar einen von ihnen. »Wenn wir
schon bis zum Nachmittag rasten, dann kannst du wenigstens aufhören, so wehrlos zu sein.«

»Ich bin nicht wehrlos!« Nuzars Wut kehrte zurück und verdrängte, was immer auch versucht hatte, von ihm Besitz zu ergreifen. Ein guter Anfang.

»Du kannst nicht kämpfen, aber das werde ich ändern.« Riagh umgriff seinen Stock fest mit der rechten Hand und machte sich zum Angriff bereit. »Beine auseinander, das Linke nach vorn.«

»Deine Absicht ehrt dich zwa...«

Ein schneller Schritt, Riagh schlug zu und traf Nuzars Hand, die sogleich den Stock fallen ließ. »Wirkt ziemlich wehrlos auf mich.«

Der Nekromant schüttelte die schmerzenden Finger. »In einem wahrhaftigen Kampf bin ich jederzeit in der Lage, mich mittels Magie meiner Haut zu erwehren. Und sei es, dass meine Schnelligkeit jeden Angriff in die Verdammnis des Scheiterns führt.«

»Und warum bist du dann eben nicht ausgewichen?« Nuzar wollte antworten, doch Riagh ließ ihn nicht reden. »Nein, hör mir zu. Ich weiß, du kannst zaubern und bist allein schon dadurch einfachen Kämpfern überlegen. Aber dich jagen keine einfachen Kämpfer, sondern ... Zaubersoldaten oder so etwas ähnliches. Wenn ich nicht darauf vertrauen kann, dass du zurechtkommst, wie soll ich mich dann unserem Ziel widmen?«

Es schien, als wollte Nuzar etwas erwidern, doch dann lächelte er.

»Auch wenn es unnötig ist, ich danke dir, dass du mich im Kampf unterweisen möchtest. Die kühnste Kletterin besteigt keinen Berg ohne Seil. Ich bin bereit.« Er hob seinen Stock wieder auf und ging über in einen festen Stand.

Riagh nickte und griff erneut an, doch diesmal war Nuzar gewandter. Der Nekromant wich zurück, statt zu parieren, und entschwand stets Riaghs Hieben, indem er sich aus der Reichweite brachte.

»Vielleicht fehlen dir die Reflexe, aber Überleben kannst du«, rief Riagh anerkennend, während er Nuzar mit einem weiteren Ausfall jagte.

»Als Kind träumte ich, ich wäre als Qar'thegraru geboren worden.« Der Ash'Bahar brachte zwei Erlen zwischen sich und Riagh, was ihm einen kurzen Moment Sicherheit gewährte. »In Harmonie mit meiner Klinge jeder Gefahr trotzen – mein Leben wäre die lockende Melodie der Poetinnen.«

»Krieger werden geformt, nicht geboren.« Riagh schritt langsam um die Stämme herum, die Flucht des Nekromanten zehrte ebenso an seiner Ausdauer wie der Schnaps der letzten Nacht.

»Blut ist Schicksal. Die Geburt beginnt nicht nur das Leben, sie entscheidet es.«

»Schicksal ist die Ausrede, wenn dich dein Gewissen nervt.« Riagh fixierte seine Beute durch die trügerische Sicherheit der beiden Stämme hindurch, das hitzige Kribbeln der Jagd verdrängte jeden Kopfschmerz. »Du wurdest also als Dear'waaru geboren?«

»Dear'waadîm werden nicht geboren.« Nuzar holte tief Luft, während er vorsichtige Schritte Abstand zwischen

Riagh und sich brachte. »Für manche sind sie eine Entscheidung, für die meisten eine Strafe. Ich entstamme einer alten Blutlinie der Alembhradîm. Sie sind der Geist meines Volkes, ihr Rat lenkt durch schwere Zeiten und ihre Ideen sind die Hoffnung eines besseren Lebens.«

»Und trotzdem bist du keiner von ihnen? Was hast du angestellt?«

»Vieles.« Nuzar schmunzelte. »Aber nichts davon entriss mich meiner Familie. Das Schicksal einer Alembhra ist auf Papier geschrieben und Worte sind die Klingen des Friedens. Doch wir haben Krieg. Ein Schicksal, welches mich zur stillen Nostalgie glorreicherer Tage verdammt, ist nicht das meine. Deshalb traf ich eine Wahl, über mich richtete niemand.«

Riagh runzelte die Stirn. »Gut, ich soll dich also nicht verstehen ... Aber sagtest du nicht, Dear'waadîm sind Wortsöldner?«

»Ich sagte, deiner Sprache fehle das passende Wort.« Auch der Ash'Bahar verharrte nun, ließ sogar den Ast sinken. »Alembhradîm forschen und träumen. Die Weisheit alter Tage lenkt ihr Denken und viel zu schnell verklären sie Historie zur Zukunft.« Nuzars Blick verlor sich, er sah durch Riagh hindurch in die Ferne. »Träume erschaffen eine neue Welt für dich, aber sie verändern nicht die Welt um dich herum.« Nuzars Worte überschlugen sich und der fremde Akzent kehrte zurück. »Ich wollte ergründen, verhandeln, lenken, errichten, erobern, befreien – und wenn es sein muss, an meinen Visionen scheitern. Alles, nur nicht länger warten. Ja, auch eine Dear'waa führt das Wort als Waffe, der Verstand ist ihr Schild. Aber wir ergeben uns keinem Schicksal, warten nicht auf den unaufhaltsamen Lauf aller Dinge, damit er unser Werk vollführt. Ich bin kein Chronist, Riagh, ich will unsere Zeit nicht beobachten – ich forme sie.«

Riagh versuchte, den Worten zu folgen, die viel zu schnell aus Nuzars Mund strömten, doch resignierte alsbald. »Alempradim sind also ... was?«

Sichtlich enttäuscht hob Nuzar wieder seinen Stock. »*Alembhradîm* sind Gelehrte, Riagh, Forscherinnen und Beraterinnen. Unschuldige in den Augen des Krieges.«

Auch Riagh setzte sich in Bewegung und drängte Nuzar zu Rückwärtsschritten. »Der Krieg kennt keine Unschuldigen.«

»Dieser Krieg kennt viel zu viele Unschuldige.«

Nur noch drei Schritte trennten sie. Riagh verlangsamte seinen Gang, denn Nuzar sollte nicht erkennen, wie schnell er bei ihm sein könnte. »Und zu was macht dich das jetzt?«

»Ich war noch nie unschuldig, Riagh. In diesem Krieg bin ich ein würdiger Gegner.« Der Nekromant legte den Kopf schief und grinste – und Riagh ergriff die Gelegenheit. Mit einem schnellen Sprung war er in Reichweite und schlug nach dem Ash'Bahar.

Doch Nuzar wich aus, als hätte er Riaghs Angriff vorausgeahnt. Mochte er auch kein Kämpfer sein, sein Leib gehorchte ihm. Bis er stolperte. Er musste unterschätzt haben, wie nah er der Erle hinter sich gekommen war, und fiel über ihre Wurzeln. Noch im Fall drehte er sich, aber es gelang ihm nicht mehr, sich abzufangen, und so landete er bäuchlings im feuchten Laub. Die Zeit hatte ihn besiegt. Der Angreifer hatte seine Umgebung im Blick, dem Defensiven lag sie im Rücken. Mochte das Ausweichen auch eine gute Taktik sein, es war eine schlechte Strategie.

Riagh trat an den Ash'Bahar heran und reichte ihm die Hand. Nuzar drückte sich hoch auf die Knie und streckte den Arm aus, aber dann verharrte er in seiner Position. Er war noch immer nicht bereit, sich helfen zu lassen.

»Jetzt habe ich aber langsam genug von deinem verdammten Stolz! Es ist nicht meine Schuld, dass du da am Boden kauerst, also hör gefälligst mit ...«

Der Nekromant zog seine Hand zurück, beugte sich vor und übergab sich. Riagh sprang zur Seite und lachte. »Wie kann überhaupt noch etwas in dir drin sein?«

Nuzars Magen beruhigte sich schnell. Er erhob sich aus der erbärmlichen Haltung und spülte seinen Mund erneut aus. Viel Wasser konnte nicht mehr in seiner Feldflasche sein.

»Ich spreche diesen Schwur mit großem Respekt vor unserer jungen Freundschaft: Riagh, ich werde nie wieder etwas Alkoholisches mit dir trinken.« Nuzar fand sein freundliches Lächeln wieder, was gut war. Es störte Riagh nicht mehr.

»Dann musst du mir eben von selbst all deine Geheimnisse verraten.« Obwohl Riagh sich alle Mühe gab, seiner

Stimme einen belustigten Unterton zu schenken, erstarb Nuzars Lächeln augenblicklich.

»Ich habe dir gestern zu viel verraten.«

»Wir haben beide zu viel geplaudert.« Riagh schüttelte unwirsch den Kopf. Es gab Dinge, die gehörten unausgesprochen. »Was geschehen ist, ist geschehen.« Riagh wollte sich abwenden und zur Heide schlendern, doch Nuzar hatte noch immer dieses grüblerische Gesicht, als würden ihn die Schatten seiner Gedanken jagen. »Herrje!« Riagh verschränkte die Arme vor der Brust. »Zu viel Schnaps, zu viel Geplapper ... Ist gestern auch etwas passiert, was du nicht bereust?«

Der Blick des Ash'Bahars wurde weich. »Ich hörte dich lachen.«

In den nächsten zwei Tagen regnete es auf elf verschiedene Arten. Es tröpfelte, klatschte und nieselte. Der Wolkenschleier riss auf, als solle ganz Carthal in einer einzigen Nacht ertrinken, um am nächsten Morgen wieder grauen Schlieren zu gleichen, die ihre Feuchtigkeit nur dank des Windes auf die Welt trugen. Es prasselte, perlte, peitschte und platschte. Der Herbst hatte sich eingelebt, wusch den letzten Rest des Sommers fort und mit ihm Nuzars Variation an Gesprächsthemen, die sich nicht um Kälte, Nässe und seine Unzufriedenheit im Allgemeinen drehten.

Anfänglich stimmte Riagh noch mit ein, erzählte von Lerwas Putzwasser, das sie über Carthal vergoss, und schwärmte von Sonaias Badezuber, dem sie gerade frisch entstiegen war. Und dabei entsann sich Riagh nicht einmal der Hälfte der Geschichten, die seine Großmutter stets abends vorm Feuer erzählt hatte.

Anryns und Sivoks Großmutter, um genau zu sein. Auch wenn sie dabei nie auf Genauigkeit bestanden hatte.

»Beim Nivag ist Niniras, die älteste Tochter des Sturmfürsten, einfach zu eitel, beim Zwiebelschneiden die Zunge raushängen zu lassen, deshalb platschen ihr jetzt die großen Tropfen von den Augen.« Riagh nickte Nuzar fest zu, um die selbsterdachte Mythe zu bekräftigen.

Der Ash'Bahar lächelte schief. »Dein Land kennt viele Göttinnen.«

»Wir sind ja auch ein altes Volk.« Wieder nickte Riagh und dankte dem Sturmfürsten insgeheim für seine vielen Kinder und die unzähligen Geliebten. Zumindest bewahrte ihn die schier endlose Anzahl an Göttlichen davor, auch noch eigene Götter erfinden zu müssen.

»Auf gar keinen Fall! Ich werde allein ins Dorf gehen. Dich erkennt man sofort als Ash'Bahar.«

»Wenn niemand verrät, wie solch eine Ash'Bahar aussieht, wird eine Dorfbewohnerin abseits der Grenzen auch keine erkennen. Ich bin ein Reisender mit kranken Augen. Überlege doch, wie viel schneller wir wieder auf Wanderschaft wären, wenn ich mich um Vorräte mühe, während du deine Waffe schleifen lässt.«

»Ich sage nein und das ist mein letztes Wort!«

»Als Deserteur bist auch du auffällig wie eine Schnee-flamme.«

»Bis sie der Legion Bescheid gesagt haben, sind wir längst wieder verschwunden. Außerdem werden mich Cartharer schon nicht verraten, solange ich keinen Kampf beginne.« Riagh seufzte. »Hör auf zu lachen.«

Drei Tage Regen, sieben erschlagene Verfluchte und dreiunddreißig vergebliche Versuche später, Nuzar zu erklären, weshalb ein Ash'Bahar unmöglich eine cartharische Siedlung betreten könne, fand sich Riagh am Rande eines Dorfes an der Hauptstraße wieder. Allein. Denn Nuzar suchte einen Bäcker. Riagh war sich selbst unschlüssig, wie es der Ash'Bahar geschafft hatte, ihn zu überzeugen. Vielleicht hatte er es nicht mehr ertragen können, den Nekromanten reden zu hören. Riagh sah noch einmal zum schlammigen Pfad zurück, an dem sich ihre Wege getrennt hatten. Noch ließ die aufgebrachte Meute auf sich warten.

Metall traf Metall, doch es fehlte das hohe Säuseln, wenn sich zwei Klingen banden. Der Klang war viel mehr hohl und abgestumpft, wie es eben von einem Schmiedehammer erwartet wurde. Riaghs Herz pochte trotzdem schneller, sein Körper spürte den Stahl.

Die Schmiede lag außerhalb des Dorfes nahe der Vindara, denn wie jedes Kind wusste, regnete es immer in

Carthal, außer wenn es brannte. Der Verschlag bestand nur aus zwei Steinmauern und einem hohen Dach aus Holzschindeln, die recht neu wirkten, also wohl noch nicht hoch genug vom Feuer entfernt waren. Wie üblich begann hinter der Schmiede der Verhüttungsplatz. Drei mannshohe Rennöfen standen mit ihren hellen Keramikschächten nah beieinander; ein kleiner Platz, aber dennoch recht ordentlich in Anbetracht der wenigen Langhäuser im Dorf. Der Handel musste gut laufen dieser Tage, sodass sie sich überhaupt eine Schmiede leisten konnten. Garwad hatte keine gehabt, aber es lag ja auch im Sumpfland und dorthin verlief sich niemand, der es nicht musste.

Der alte Schmied bezwang monoton das gleißende Metall, damit es sich seinem hufeisenförmigen Schicksal beugte. Erst als Riaghs Schatten auf den stämmigen Mann fiel, sah er auf.

»Was will denn einer wie du hier?« Er nahm den Schmiedehammer vom Amboss und hielt ihn als Waffe schützend vor sich.

»Kennst du dich mit Klingen aus?«

»Ich verkaufe keine Waffen!«

Riagh zog eine Augenbraue hoch und ließ seinen Blick langsam zu den Säbeln, Dolchen und Streitkolben wandern, die sich neben alltäglichen Werkzeugen in der Auslage unter dem Dach befanden. Dieses Dorf lag direkt an der Hauptstraße gen Garlitha, viele Flüchtlinge zogen in diesen Tagen hindurch und brauchten Schutz.

»Die sind nicht zum Verkauf«, erwiderte der Mann schnell Riaghs skeptischen Blick.

»Ja, ich lege meine Waffen auch immer zum Trocknen aus, sonst werden sie noch schlecht.« Riagh zwang sich zum Lächeln, als ihm der bedrohliche Unterton seiner Worte auffiel. »Hör zu, ich will keine Waffe kaufen«, sagte er schließlich und zog sein Breitschwert, um die stumpfe Klinge zu zeigen.

Im Nachhinein erwies sich dies als schlechte Idee. Die Klinge war noch nicht vollends aus der Scheide, da stürmte der Schmied bereits mit erhobenem Hammer auf Riagh zu. »Überfall! Zur Hilfe – Überfall!«, schrie er und setzte auch schon zum ersten Schlag an, dem Riagh mit einem schnellen Seitenschritt ausweichen konnte. Seine Hand krampfte sich um den Schwertgriff, die Armmuskeln zuckten, doch Riagh widerstand seinen Reflexen und somit einem Gegenangriff.

»Nein, ich …« Mehr konnte er nicht sagen, als er sich unter dem zweiten Schlag wegduckte. »Du sollst nur …« Doch der Schmied gab keine Ruhe. Der alte Mann war vielleicht kein geübter, aber zumindest ein ausdauernder Kämpfer, weshalb Riagh keine Wahl blieb. Er zog den linken Ärmel lang über die Hand und griff seine eigene Klinge wie einen Stab. Als der Hammer erneut nach ihm schwang, blockierte Riagh ihn direkt unterm Hammerkopf und nutzte den Schwung eines schnellen Vorwärtsschritts, um die verkeilte Waffe aus der Hand ihres Besitzers zu hebeln. Ein rascher Schlag mit dem Ellenbogen und der

Schmied taumelte entwaffnet zurück. Riaghs Finger brannten, als sich die stumpfe Klinge durch den Stoff presste, aber keiner ging ihm verloren.

Riagh wich ebenfalls zurück und atmete durch. Erst jetzt fielen ihm die anderen Dörfler auf, die von den Feldern herbeieilten und sich doch nicht recht trauten, in den Kampf einzugreifen. Cartharer waren eben mit Klugheit gesegnet. »Ich will, dass du mein Schwert schärfst, Schmied!« Riagh sprach laut, man sollte ihn auch in den Häusern am Dorfrand verstehen, bevor dort noch einer seinen Bogen wiederfand. »Und weil ich weiß, dass du ein sehr beschäftigter Mann bist, zahle ich dir auch einen ganzen Tægha dafür, dass du es sofort erledigst.« Als Zeichen guten Willens holte er eine Silbermünze hervor, die er sogleich mit seinem Blut beschmierte. Natürlich war ein Imperialer Lirum wertvoller, aber die Tæghamünzen ließen sich in Carthal nicht vertreiben. Sie wurden einfach nicht weniger, obwohl sie schon lange niemand mehr prägte.

Die Dörfler tuschelten, trugen Streitkolben und Säbel bei sich. Vermutlich könnten sie Riagh gemeinsam bezwingen und doch würde die Hälfte von ihnen beim Versuch fallen. »Was ist nun, haben wir einen Handel?« Riagh sah den Schmied nicht an, die Meute erschien ihm gefährlicher. Das Getuschel wurde lauter und mehr Finger zeigten auf ihn. Vielleicht waren doch nicht alle Cartharer klug genug.

»In Ordnung, Soldat.« Er hörte den Schmied aufstehen. »Gib mir dein Schwert und ich kümmere mich darum.«

Riagh lachte kurz auf, er konnte dem Schmied diesen Versuch nicht verübeln. »Lass uns doch erst einmal in deine Schmiede gehen, da zeigst du mir deinen Schleifstein.«

Der Schmied nickte den anderen zu und Riagh folgte ihm unter den Verschlag, wo er sich sogleich in die einzig sichere Ecke stellte. Es gab zu viele verirrte Pfeile dieser Tage.

»Gibst du mir jetzt dein Schwert oder sollen meine Gedanken die Klinge schärfen?«

Riagh zögerte kurz, doch reichte dem Schmied seine Waffe. Es waren nur fünf Schritte bis zur Auslage mit den Säbeln. Polternd drehte sich der Schleifstein und Funken stoben in die Welt, als sich die Schneide am Granit wetzte.

»Es geht mich zwar nichts an, aber wo will ein Kerl wie du überhaupt hin? In Garlitha ist die Armee doch auch schon, die knüpfen dich auf, kaum dass du deinen ersten Berg bestiegen hast.« Der Schmied blickte nicht auf.

»Ich weiß, da komme ich her.«

Der alte Mann lachte auf. »Dann fliehst du eindeutig in die falsche Richtung!«

»Ich weiß.« Aus Höflichkeit lachte Riagh mit ihm. »Aber wenn meine Heimat überfallen wird, sollte ich nicht an fremden Grenzen plündern.«

»Du solltest überhaupt nicht plündern!« Der Schmied seufzte. »Das verdammte Imperium hat einfach einen schlechten Einfluss auf unsere Leute. Früher, da lebten die Menschen hier einfach und zufrieden beieinander, jeder half jedem …«

»... und im Winter verhungerten dreiunddreißig Mann, weil die Nahrung knapp wurde.«

»Pff, hat man dir den Mist an der Front erzählt? Dann ist es kein Wunder, dass du da weg bist. Ja, im Winter gab es Tote, aber die Winter waren früher auch härter! Die Götter wissen eben, wie viel sie uns zumuten können, und heute sind alle durch diese imperiale Nahrungsverteilung verweichlicht. Ja, lach nur! Viel mehr könnt ihr jungen Männer heute auch nicht mehr, als über unsere Traditionen zu spotten, blind dem Imperium zu folgen oder die Straßen zu belauern, um die eigenen Leute auszunehmen.« Der Schmied blickte prüfend auf die Klinge, sie hatte während seiner Tirade zu alter Schärfe zurückgefunden.

»Zumindest drei Plünderer gibt es nun weniger auf dieser Straße. Und für einen Mann, der so wenig vom Imperium hält, nimmst du mir meine Flucht von der Front ziemlich übel.« Riagh nahm sein Breitschwert entgegen und betrachtete zufrieden, wie sich die Flammen im Stahl spiegelten.

»Nicht deine Flucht nehme ich dir übel, sondern dass du da überhaupt hingegangen bist! Wer fürs Imperium Blut vergießt, der macht auch vor seinen eigenen Leuten nicht halt. Aber du hast wirklich die Räuber erschlagen, die hier ihr Unwesen treiben?«

»Hab ich. Ihr Blut mischt sich mit dem Regen. Haben ihr Lager im Erlenwald gehabt, fünf Tage von hier.«

Das Nicken des Schmiedes schien eher sich selbst als Riagh gewidmet. »Dann behalte deine Münze, aufrechten

Cartharern schleife ich gern die Waffen. Und willkommen Zuhause, Soldat.«

Riagh griff gern nach dem ausgestreckten Arm und spürte eine vergessene Wärme in sich aufkeimen, als der Schmied ehrlich lächelte. Auch wenn die Geste nur kurz währte, Carthal fühlte sich wieder nach Heimat an.

»Ich rate dir, dich in den nächsten Tagen von der Straße fernzuhalten, denn eine Patrouille ist auf dem Weg hierher. Eigentlich jagen sie Rebellen, aber an einem Deserteur werden sie trotzdem nicht einfach vorbeilaufen.«

Riagh zog eine Augenbraue hoch. »Sehr freundlich von der Legion, dass sie sich euren Rebellen ankündigen.«

Der alte Mann zuckte mit den Schultern. »Die waren bereits hier und haben gute Männer aufgeknüpft. Einer der Soldaten war verletzt, hatte sich das Bein so schlimm gebrochen, dass ich es am liebsten abgeschlagen hätte. Aber der Kommandant bestand drauf, dass es dranbleibt. Wenn sie zurückkommen und dem Kerl ist nur ein Haar gekrümmt, dann werden sie uns alle hängen, hat er gesagt.« Der Schmied spuckte aus. »Verfluchte Imperiale, sag ich! Sollen sie doch in ihren Provinzen die Bäume mit den Kindern schmücken! Aber was soll's, der Donnerfürst meinte es gut mit uns.«

Ein kalter Schauer lief Riagh über den Rücken, trotzdem fragte er, was er schon wusste: »Was meinst du damit?«

»Na, vollständig erholt hat sich der Kerl! Du kannst von Glück reden, dass du direkt zu mir kamst und nicht zum Dorfplatz … he, wo willst du hin?«

Riagh rannte los. Die ausgedünnte Menge teilte sich rasch, um ihm nicht im Weg zu stehen. »Bäcker?«, schrie er und ein Junge zeigte ängstlich Richtung Dorfmitte. Riagh nickte und lief den schlammigen Pfad entlang. Er musste Nuzar finden, bevor es der Soldat tat.

***

Im ersten Moment war Riagh erleichtert, denn kein Menschenauflauf verriet, dass ein Ash'Bahar ins Dorf gekommen war. Dann wurde er wütend.

Die alte Frau lächelte freundlich und Nuzar reichte ihr den Korb, den er ihr anscheinend zu ihrem Langhaus getragen hatte, einer Hütte auf Pfählen mit einem Dach aus Holzschindeln, das bis zum Boden reichte. Wie catharische Häuser nun einmal gebaut wurden. Es war, als wäre Nuzar ihr Lieblingsenkel und nicht der größte Feind Carthals, der alles Lebende verdammte. Zwar waren seine nachgewachsenen Haarspitzen im Hemdkragen verborgen, aber die Augen verrieten ihn. Dennoch unterhielt sich Nuzar auch noch mit ihr und unternahm nicht den geringsten Versuch, so schnell wie möglich zu verschwinden.

Riagh lief zu ihm und packte den Nekromanten am Kragen, kaum dass die alte Frau endlich nicht mehr bei ihm stand. »Bist du völlig verrückt geworden?«

»Selbst wenn mich der Wahnsinn anheimfallen sollte, wäre er doch nur ein blasser Schatten der Manie, die dich hier so schreien lässt.«

»Du gibst mir auch jeden Grund dazu!«

»Bewahre dir die Glut des Zorns, damit sie *später* zur Flamme wächst.« Die Stimme des Ash'Bahar war zwar fest, doch traute er sich nicht, Riagh direkt anzuschauen, sondern blickte unruhig in der Gegend herum.

»Kannst du dich nicht *einmal* zurückhalten ...«

»Riagh ...«

»... nur ein verdammtes Mal tun, was man dir sagt?«

»Riagh!«

»Und hör auf, ständig zu nicken!«

Nuzar nickte nicht. Er hatte aufgehört, seinen Blick schweifen zu lassen, und deutete immer wieder mit dem Kopf auf ein Ziel hinter Riaghs Rücken. Noch in der Bewegung des Schulterblicks zog Riagh das Schwert, nur um sich augenblicklich zur Seite zu werfen.

Die Kunst, einem Pfeil auszuweichen, bestand nicht etwa darin, schneller zu sein, als das Holz flog. Man musste dem Bogen selbst entkommen. Es galt den Moment zu erkennen, in dem die Fingerspitzen die Sehne freiließen. Riagh wusste den Blick des Soldaten zu deuten und kam unversehrt am Boden an. Nuzars Schrei verriet jedoch, dass sie nicht beide Glück gehabt hatten.

Sofort drehte sich Riagh zum Nekromanten und spürte, wie ihm die Hitze ins Gesicht schlug. Hinter einer Wand aus mannhohen Flammen war Nuzar nur als kniender Schemen zu erkennen und somit erst einmal sicher. Riagh sprang wieder auf die Beine und rannte auf den Schützen zu. Er musste ihn erreichen, bevor der nächste Pfeil bereit war.

Der Mann trug ein ärmelloses Kettenhemd mit der üblichen imperialen Schulterverstärkung, die als breiter Kragen über den Nacken und bis zu den Oberarmen hinab mit der Rüstung verhakt war. Wie Riagh sie auch einst getragen hatte, bis sie ihm auf der Flucht verloren gegangen war. Und wie Riagh war auch dieser Mann nur ein einfacher Soldat, denn außer seiner Zigali-Narbe waren keine Insignien an ihm zu erkennen.

Weit kam Riagh nicht, bis der nächste Pfeil an der Sehne lag. Warum nur hatte er bei der Flucht von der Front seinen Schild zurückgelassen? Kurz zögerte Riagh, wollte sich wieder auf den Boden werfen, doch rannte stattdessen brüllend in gerader Linie auf den Gegner zu. Ausweichschritte hatten nur in weiter Entfernung ihren Nutzen, auf kurzer Distanz verschenkten sie mehr Zeit, als sie einbrachten. Zumindest die Klinge hielt Riagh aber vorm Gesicht erhoben, vielleicht würde der Soldat dann nicht auf den Kopf zielen.

Riagh sah, wie sich die Augen des Schützen verengten, er den Pfeil von der Sehne ließ – und den Bogen verriss. Ein Eimer hatte sich hinter den Füßen des Soldaten in die Luft erhoben, ihn am Arm getroffen und raste nun auf Riagh zu. Er sprang gerade noch rechtzeitig zur Seite, um nicht selbst umgerissen zu werden. Immerhin war Nuzar nicht ganz nutzlos.

Während der Schütze panisch nach einem neuen Pfeil griff, sprang Riagh über den kleinen Zaun, der das Grundstück einfriedete, und hielt dem Soldaten sein Breitschwert an die Kehle. Schnell griff der Mann zur Scheide an seinem Gürtel. Nicht schnell genug.

»Das würde ich lassen.«

»Du wirst mich ohnehin töten, Verräter.« Purer Hass starrte Riagh entgegen.

»So verlockend das auch klingt, aber ich habe nichts davon, wenn dein Trupp dieses Dorf niederbrennt. Ich werde dich jetzt entwaffnen und dann gehen. Wir werden uns nie wiedersehen. Du hast mein Wort.«

»Das Wort eines Deserteurs ist wertlos! Was für ein Feigling verrät sein Land in dieser Zeit?« Der Soldat spuckte Riagh an und traf ihn am Hals. Sofort spürte es Riagh hinter seinen Schläfen pochen, die Hitze kroch über die Wangen in seinen Kopf und das Herz hetzte ihm davon. Seine Hand zitterte, wollte von selbst die Waffe führen.

Riaghs Welt wurde dumpf und er ließ sich fallen, ergab sich ganz seinen Reflexen.

»Bitte.«

Das Flehen riss Riagh zurück in die Wirklichkeit. Die Stimme war weiblich, aber er blickte sich nicht um. Er wollte kein Gesicht sehen, das ihn anklagte, wollte nicht erinnert werden, dass er beinahe schon wieder die Kontrolle verloren hätte, wie so oft in letzter Zeit. Er sah auf seinen Arm, der im Schwung erstarrt war, gerade rechtzeitig. Noch war die Klinge nicht auf den Soldaten getroffen. Die fremden Augen waren geschlossen. Riagh atmete tief durch und ließ die Luft den Körper von innen kühlen. Ungläubig öffnete der Schütze die Lider, er hatte nicht mehr mit seinem Leben gerechnet.

Riagh grinste. »Wie schon gesagt, ich werde deinem Trupp keine Ausrede geben, wehrlose Menschen abzuschlachten.« Mit der freien Hand nahm er Schwert und Bogen an sich. »Alles gut bei dir, Nuzar?« Riagh drehte sich nicht um, sondern schritt langsam rückwärts, vorbei an einer unscheinbaren Frau, die für einen vergangenen Moment bedeutend gewesen war. Ihr Wort allein hatte ihr Dorf gerettet.

Hatte Riagh gerettet. Vor sich selbst und der Schuld, die er beinahe auf sich geladen hätte.

»Und danke für den Eimer«, rief er erneut Nuzar zu. »Auch wenn es gut wäre, wenn du beim nächsten Mal besser zielst, du hättest mich fast getroffen.«

»Das hätte ich zutiefst bedauert.« Nuzars Stimme klang angestrengt, aber freundlich. »Und nun sei so gut und tritt aus dem Weg. Leider liebt es Feuer, in direkten Bahnen zu fliegen. Und wenn ich es aus dem Boden reiße, gerät am Ende noch das ganze Haus in Brand.«

Sofort drehte sich Riagh um. Nuzars Feuerwand war nur noch Asche, doch schlangen sich Flammenzungen um seine linke Hand. Sein rechter Arm hing schlaff herunter und ein Pfeil steckte in seiner Schulter.

»Du wirst hier keine Feuerbälle werfen!«

»Natürlich nicht, dafür bräuchte ich beide Hände.«

Riagh verkniff sich eine Antwort und blieb im Weg stehen.

»Riagh, er wird uns beide verraten. Ich gebe zu, ich habe von deiner Schwäche, Feindinnen wider besseren Wissens am Leben zu lassen, stark profitiert. Aber dieser Mann wollte uns beide umbringen und er wird nicht von seinem Plan ablassen, nur weil du ihm das Leben lässt. Es gibt keinen Grund, ihn zu verschonen.« Nuzars Stimme hatte zur gewohnten Selbstsicherheit zurückgefunden, doch der Ash'Bahar schwankte und Blut tropfte ihm vom Kinn. Zum Glück würde ihm sein Zustand keine lange Diskussion erlauben.

»Hast du eben nicht zugehört? Wenn er stirbt, wird die Legion die Menschen hier töten. Ist dir sein Tod wirklich all diese Leben wert?«

»Du verdammter Verräter hast dich auch noch mit den Nekromanten verbündet? Hast du denn gar keine Ehre im Leib?«, schallte es hinter Riaghs Rücken. Der Soldat hatte zu neuem Mut gefunden.

Riagh ballte die Hände zu Fäusten, sodass der Bogen knackte. Er wollte zurückstürmen und den Kerl zumindest niederschlagen.

»Dir steht wahrhaftig der Sinn danach, jemandem das Leben zu schenken, der solcherart über dich spottet?«

»Dich bringe ich doch auch nicht um.«

Der Nekromant lächelte erschöpft und ließ die Flammen verglühen. »Dies ist deine Heimat, dein Volk und dein Feind. Wo du vergibst, werde ich kein Richter sein. Dennoch, dies musst du mir lassen: *Du* bist das Leuchtfeuer, das unsere Gegnerinnen zu uns führt.«

»Und du bist ihre Zielscheibe.« Riagh lachte und fühlte sich frei. Nicht jeder Kampf musste mit einem Tod enden. Nuzar hatte recht, es gab immer eine Wahl. »Lass uns gehen. Ich kümmere mich um den Pfeil, wenn wir etwas Abstand haben. Wenn du nicht dran rumspielst, wirst du auch nicht verbluten. Und dann kommen wir mit etwas Glück schnell genug weg, dass uns die Legion nicht mehr finden kann.« Er nahm den Bogen an sich und hob Nuzars Tasche auf. So brachte dieser Kampf zumindest noch etwas Gutes: Riagh konnte endlich wieder jagen gehen. Ihm war, als hätte er seinen letzten Bissen frischen Fleisches vor dreiunddreißig Zeitaltern gekostet.

Hinter Riaghs Rücken erklang ein Gurgeln und Röcheln. Etwas in ihm sackte zusammen, als eine naive Hoffnung in neue Ketten geschlagen wurde. Denn Riagh wusste nur zu gut, was dieses Geräusch bedeutete. Und die entsetzten Gesichter der Umstehenden gaben ihm recht.

»Wo der Regen fällt, da ist Carthal. Und wo Carthal ist, da sind wir alle Cartharerinnen und Cartharer, vereint im selben Wasser, das uns lenkt, wie wir es lenken. Denn unser Wille ist Sturm, unser Blut der Strom und wo wir tanzen, dort wird der Sturmfürst das Land ertränken.«

– Adaira die Tosende, Schlachtenmagierin von Lyoall J., zeitalter der Stürme

»Dann nennt mich eben einen abergläubischen Narren, aber seit wir cartalianische Magier in der Legion haben, gab es nicht eine Schlacht, die nicht im Regen endete – selbst wenn sie bei klarem Himmel begann.«

– Varro Numa, zentus der IV. Legion zu Brongus, 155. Jahr des Ewigen

Kapitel 6

»Ihr verdammten Mistkerle habt Machair gehängt! Er war unschuldig!« Auch wenn die Frauenstimme nun schrill klang, erkannte Riagh sie sofort. »Er war kein Rebell ...« Weitere Worte verloren sich in einem Schluchzen.

Nur langsam drehte sich Riagh um, er wollte es einfach nicht sehen. Sich einreden, er habe sich geirrt.

Der Soldat lag am Boden, Blut quoll aus seinem Hals, in dem noch immer ein Messer steckte. Eine junge Frau kniete bei ihm, ihr helles Kleid färbte sich rot. Die Frau, die Riagh mit einem einzigen Wort, einer gehauchten Bitte, aus der drohenden Übermacht der Wut errettet hatte. Doch sie hatte Riagh nicht um Beherrschung angefleht, sondern um Mut. Damit er die Gefallenen rächte – und nun hatte sie sie selbst gerächt. Die Hitze kehrte in seinen Körper zurück.

Noch immer blickten die Umstehenden fassungslos und auch Riagh wurde mit jedem Atemzug verzweifelter. Wo immer er war, starben Menschen. Entweder richtete er sie selbst oder half anderen dabei. Er hatte den Soldaten für sie entwaffnet und abgelenkt – und damit ein ganzes Dorf verdammt.

»Wird die Legion wahrhaftig jedes Leben fordern, nur weil einer der ihren starb?«, flüsterte Nuzar.

»Vielleicht verschonen sie die Kinder ...« Riagh wusste, wie gnadenlos das Imperium selbst bei kleinen Vergehen sein konnte. Zehn Peitschenhiebe für den, der nach der Schlacht seine Waffen nicht pflegte; zwanzig, wer während der Wache würfelte. Wer im Tross stahl, bekam dreißig Hiebe und fünfzig waren für einen Diebstahl unter Kameraden reserviert. Manche Männer waren schon nach dreißig mehr tot als lebendig. »Selbst wenn der Kommandant seine Drohung nicht ernst meinte, wird er nun keine Wahl haben. Das Imperium hält immer sein Wort, sonst verliert es jeden Respekt.«

Nuzar schnaubte verächtlich, nur um gleich darauf scharf einzuatmen. Er war noch immer verletzt.

»Was hast du getan, Gaira?« Der erste Mann löste sich aus der gesichtslosen Menge und schritt auf die Kniende zu.

»Du hast uns alle umgebracht!«, schrie eine Frau hysterisch und zog ihr kleines Mädchen dichter an sich heran.

»Vielleicht, wenn wir den Soldaten alles erklären ...«, sprach ein älterer Mann, der selbst auf seinen Stock gestützt stark wankte.

»... dann werden sie nur die Hälfte von uns aufhängen?«, führte eine Rothaarige mit fleckiger Schürze seinen Gedanken fort.

Immer mehr mischten sich ein, beschimpften die Mörderin oder bemitleideten ihr Schicksal. Die Stimmen brachen wie ein Gewitter über Riagh herein. Am liebsten hätte er sich auf den Boden gekauert, bis alles vorübergezogen war. Er sehnte die kühlen Tropfen herbei, die langsam seine Haut herabflossen, doch ausgerechnet jetzt schenkte der graue Himmel kein Wasser.

»Du hast die Wahl zwischen Flucht und Verteidigung.« Nuzars Hand legte sich schwer auf Riaghs Schulter, wohl auch, weil der Ash'Bahar sich stützen musste. »Aber wenn wir warten, bis die anderen ihre Furcht an dieser Frau ausgelassen haben, sind wir die nächsten. Also entscheide dich schnell.«

Während Riagh noch überlegte, trat ein kräftiger Mann vor und sprach zur Menge: »Wir liefern Gaira aus! Das wird das Imperium beschwichtigen und beweisen, dass wir nichts mit den Rebellen zu tun haben.« Die Menge stimmte lautstark zu. Es war immer so leicht, andere zu opfern. Doch nicht alle erhoben ihre Stimme, zwischen den hoffnungsvollen Gesichtern sah Riagh einige Köpfe zu Boden sinken. Sie wagten nicht, ihr Leben für ein anderes zu riskieren, aber verleugneten auch nicht die Schuld, die sie alle mit diesem Vorhaben auf sich luden. Riaghs Erscheinen hatte diesem Dorf die Unschuld geraubt.

»Riagh, das hier ist der ideale Moment ...«

»... um zu handeln.« Riagh blickte noch einmal zu Nuzar, doch der Ash'Bahar sah nicht erbost aus, sondern nickte nur angestrengt. Mit diesem Pfeil in der Schulter würden sie ohnehin nicht weit kommen.

Riagh streifte Nuzars Hand ab und bahnte sich seinen Weg durch die Menge. Ihm war, als watete er durch einen reißenden Fluss, Leiber stoben wie Wassermengen auseinander, und kaum hatte er sich einen Schritt vorwärts erkämpft, füllten sie den freien Platz in seinem Rücken wieder mit sich auf.

Gaira saß da wie eine Insel in sturmumtoster See. Noch immer kniete sie über dem Toten, war umgeben von aufbrausendem Zorn und stiller Scham, und schien dabei doch seltsam friedvoll. Noch hatte niemand gewagt, Hand an sie zu legen, und als Riagh sie endlich erreichte und sein Breitschwert zog, sah sie nur stumm zu ihm auf. Kleine Äderchen verästelten sich im Weiß dieser ruhigen, tränenfeuchten Augen, und doch hatte ihr Blick nichts Mitleidiges. Sie bettelte nicht. Sie kniete im Blut des Mörders ihres Mannes; da gab es nichts mehr, was sie verlieren konnte, und nirgendwo lockte noch ein Sieg. Und das machte sie zum einzig furchtlosen Menschen in diesem Dorf.

Sie registrierte Riaghs gezogene Waffe ohne Unruhe. Denn sie wusste, Riagh blieb keine Wahl. Wenn es nur einen Funken Hoffnung für dieses Dorf gab, dann entflammte er an ihrem Tod. So konnten sie behaupten, sie hätten den Soldaten gerächt und sich alle fürs Imperium und gegen die eine Verräterin in ihrer Mitte entschieden.

Die Menschen um sie herum waren still geworden. Denn wo Riagh zum Henker wurde, tropfte kein Blut von ihren Händen.

»Na los, worauf wartest du?« Die Worte kratzten sich aus Gairas Kehle und sie legte den Kopf in den Nacken, um Riagh ihren Hals zu offenbaren. »Lieber du als die Legion. Lieber ein Schnitt als der Strick.«

Da lag so viel Trotz in ihren Worten. Riaghs Leib zitterte, weil ihrer es ihm versagte.

Noch nie war es ihm schwergefallen, zu töten. Noch nie, bis er Nuzar getroffen hatte. Oder nun Gaira. Menschen, die in ihrem schwächsten Moment so viel Stärke in sich trugen, dass sie Riagh selbst auf ihren Knien als unüberwindbare Gegner erschienen. Menschen wie Anryn, die kämpften, wo es keine Siege zu erringen gab. Die eine Entscheidung trafen, wo ihnen jede Wahl verweigert wurde.

Mit ihren dunklen Haaren und den blauen Augen hatte Gaira nichts, was Riagh an Anryn erinnern konnte. Und doch schien ihm, sie war nun hier, kniete vor ihm und forderte ihn heraus. Riagh wusste, was die Dörfler von ihm erwarteten; weil es unvermeidbar war. Aber die Sache war auch die: Nuzar hatte recht. Es gab immer eine Wahl, wenn man nur bereit war, mit den Konsequenzen zu leben.

Gaira war es.

Aber Riagh war es nicht.

Er schob sein Breitschwert zurück in die Scheide und spürte die wiederkehrende Unruhe der Dörfler wie einen jungen Wind, der zum Sturm heranwuchs.

»Warum?« Wieder war es Gaira, die als Erste zum Mut fand und fragte, was der Rest nur zu raunen wagte.

»Ich habe genug cartharisches Blut vergossen«, sprach Riagh seine eigene Anklage aus. Er sah sich um, sah in die

Gesichter der Verzweifelten. Er rechnete mit ihrem Widerspruch, Betteleien und Zorn. Damit, dass sie den Tod der Mörderin forderten, um sich selbst zu retten. Doch sie blieben still, murmelten höchstens mit gesenktem Kopf. Sie hatten Angst, aber wagten es nicht mehr, offen ein Todesurteil auszusprechen. Ihre Gemeinschaft war nicht erschüttert genug, um nach dem ersten Schrecken zu zerbrechen.

Nur würde sich das schnell ändern, sobald die Soldaten zurückkehrten. Riagh hatte schon gesehen, wie Mütter ihre Kinder für das eigene Überleben opferten. Geriet der Tod erst in Sicht, verloren sich alle Bande. Wenn die Dörfler klug waren, flohen sie, geschlossen im Verbund. Das machte die Reise sicherer. Garlitha war schön um diese Zeit, wenn man keine Ansprüche hatte.

»Du warst einmal Soldat, also weißt du, wie man gegen Soldaten kämpft. Du musst uns helfen.« Wieder diese bedeutende Stimme, die Riagh im Moment einfach nicht mehr ertragen konnte. Hatte Gaira denn nicht schon genug angerichtet?

»Ich muss gar nichts.«

Gaira stand auf. Ihre Augen hatten die Tränen verloren. »Wenn du uns nicht hilfst, gegen die Legion zu bestehen, wirst du neues Blut vergießen: unser aller hier. Sag, wie viele cartharische Leben hast du bisher an einem Tag genommen? In Kürze wirst du diese Zahl um das Dreiunddreißigfache überbieten.«

»Nicht *ich* werde hier jemanden umbringen!«

»Aber du lässt zu, dass es andere tun!« Aus ihr sprach dieser selbstgerechte, scheinheilige Zorn, der immer mit den Schuldigen war.

»Soll ich dich töten? Ist es das, was du willst?« Riagh zog wieder sein Breitschwert und tat einen Schritt auf sie zu. Und sie wich nicht zurück. »Für jemanden, der nicht sterben will, kämpfst du gerade ziemlich lausig um dein Leben.«

»Ich habe noch lausiger um Machairs Leben gekämpft.« Endlich ein Stammeln, eine Unsicherheit, und war sie noch so klein. Endlich standen sie auf Augenhöhe. »Ich flehe hier nicht für mich, meine Rache war mir mein eigenes Leben mehr als nur wert. Aber hier geht es um all die anderen. Wir haben stumm zugesehen, wie sie die Unseren hängten, schuldig oder nicht. Jetzt sieh du nicht zu, wie sie uns hängen. Denn das ist es doch, woraus sie ihre Stärke speisen: nicht aus denen, die für sie handeln, sondern aus denen, die glauben, es gehe sie nichts an.«

Ihre Worte waren nicht gerecht. Riaghs einziges Vergehen war es, einen Ash'Bahar hergeführt zu haben, damit der Soldat den Feind erkennen konnte. Zumindest in diesem Dorf hatte Riagh keine weitere Schuld auf sich geladen. Sie war es gewesen, die alle verdammt hatte! Und doch fühlte er sich, als hätte er den Tod dieser Menschen verursacht. Vielleicht weil dies selbst ihm glaubwürdiger erschien, als dass er tatsächlich im rechten Moment die Kontrolle bewahrt hatte.

»Ich … ich werde … weiß nicht …« Riagh stotterte, hoffte darauf, dass sich die Wörter doch noch zu einem

Sinn verbanden, waren sie erst einmal in der Welt. Aber es blieben nur Wörter.

»Was Riagh sagen will, ist, dass er Ruhe benötigt.« Hinter ihm ertönte eine Stimme, von der Riagh nie gedacht hatte, dass allein ihr Klang ihm wie eine Erlösung erscheinen könnte. Die Menge teilte sich, während sich die Menschen umdrehten, und gab die Sicht auf Nuzar frei. Er wirkte noch bleicher als nach durchzechter Nacht, hielt sich nur schwerfällig auf den Beinen. Aber er stand ohne Hilfe, und seine Stimme war fest und ließ jede Bitte wie eine Forderung erscheinen. »Eine Wahl ist zu treffen, und es wird keine leichte sein. Sowohl ihr als auch wir müssen zwischen Flucht und Kampf abwägen, doch zum Glück müssen wir es dieses eine Mal nicht binnen eines Herzschlages tun. Lasst zu, dass sich Riagh mit mir über unsere Möglichkeiten berät – und das am besten an einem Ort, an dem er sich um meine Schulter kümmern kann. Denn derer Tode sind zahlreich wie die Ascheflocken an einem Wintermorgen, die angenehmer wären als Wundfieber.«

Dankbar blickte Riagh zu Nuzar, vielleicht lächelte er sogar. Zumindest spürte er, wie sich seine Mundwinkel verzogen. Auch der Nekromant lächelte und zum ersten Mal glomm das Rot seiner Augen ohne jede Aggression. Nuzars Blick brachte die Wärme eines Kaminfeuers in Riaghs schwere Gedanken.

»Er ist ein Ash'Bahar, oder?«, flüsterte Gaira Riagh zu.

»Er ist ein Freund.«

Selbst das dampfende Kräuterbad in der großen Waschschüssel konnte den Modergeruch nicht aus dem Langhaus schwemmen. Die einstigen Besitzer waren keine zwei Wochen zuvor gehängt worden, alles Verderbliche – oder Wertvolle – war schon längst fortgeschafft, und doch hatte sich der Tod ins Holz gefressen, ohne dass er hier persönlich erschienen wäre. Denn dieses Haus stand in Carthal und faulte mit dem Land.

Und schuld daran waren Männer wie Nuzar.

Der Nekromant trocknete seine glänzende Haut nahe des Feuers. Riagh saß an dem schmalen Tisch am Ende der Hütte und betrachtete, wie die letzten Tropfen von Nuzars Körper herabperlten, als wären sie der hitzige Schweiß eines schwülen Sommerabends. Manche verfingen sich im Shariem auf der Brust, andere in den Wundrändern der noch frischen Narbe der Jägerin. Aus der Schulterwunde entsprang ein hellrotes Rinnsal, doch die Quelle versiegte, kaum hatte Nuzar es fortgewischt. Die Naht war stramm und winzig, die Kräuterfrau hatte gute Arbeit geleistet. Vermutlich bliebe in ein paar Wochen gerade mal ein Kratzer übrig, den niemand ernstlich als Narbe bezeichnen würde. Für den Nekromanten musste dies eine gute Nachricht sein.

»Und, hast du deine Wahl getroffen?« Nuzar legte das Trockentuch fort, aber machte keine Anstalten, nach seinem Hemd zu greifen.

»Worüber denn?« Riagh lachte bitter auf. »Ob ich Gaira umbringen soll, um die Legion gütlich zu stimmen? Denn ich kann nur das tun – oder einfach verschwinden. Mehr bleibt nicht.«

»Dieses eine Mal suchst du nach keinem Kampf?«

»Gegen eine Übermacht? Ein imperialer Trupp auf Rebellenjagd besteht aus mindestens zwanzig ausgebildeten Soldaten. Und wir haben nur uns.«

»Und ein Dorf – gegen neunzehn.«

»Wer hier vernünftig kämpfen könnte, tut es schon längst – an irgendeiner Front. Die Werber sind sehr gründlich, vor allem seit die ersten Provinzen offen mit Rebellion gedroht haben. Wer noch hier ist, ist zu alt, zu jung – oder weiblich.« Riagh schloss die Augen und lauschte dem knisternden Feuer der Kochstelle, aber dadurch wurde die Situation nicht erträglicher. »Ob sie kämpfen oder sich einfach abschlachten lassen – das macht hier keinen Unterschied mehr.«

Das Schweigen währte eine Ewigkeit, wenn man es nach Nuzars Maßstäben bemaß. »Hast du schon einmal gesehen, wie eine Libelle im Honig versinkt?«

Riagh öffnete wieder die Augen und blickte skeptisch zum Nekromanten hinüber. Das Rot seiner Iris verengte sich bis zu einem dünnen Rinnsal, das über einen weiten Himmel floss. Was immer das nun bedeutete.

»Die Libelle weiß um das Unvermeidliche und doch strampelt sie mit ihren Flügeln, als ob nur genug Wille das Schicksal verändern könnte. Neunundneunzig Libellen ersticken im Gold, trotz aller Kraft, trotz aller Willensstärke – doch eine strampelt sich aus dem Honig heraus und schafft es, ihrem Schicksal zu entfliehen. Jede Sterbende glaubt von sich, diese eine Libelle zu sein, und das ist von Bedeutung. Denn wenn sich hundert Libellen ihrem Schicksal ergäben, bliebe keine am Leben.«

»Du willst also, dass ich diese Menschen in einen sicheren Tod führe, weil einer von ihnen vielleicht überleben könnte?«

»Nein, Riagh. Ich will, dass du für einen kurzen Moment in Betracht ziehst, etwas Besonderes zu sein.«

Riagh lachte, aber Nuzar blieb ernst, also lachte er nicht mehr, sondern wippte nur unruhig mit dem Stuhl. Anryn würde schimpfen, wäre sie hier. Sie hatte es schon als Kind gehasst, wenn er kippelte ... Er musste *sie* retten und nicht ein fremdes Dorf, das ohnehin nicht mehr zu retten war.

»Selbst wenn du recht hast: Was würde es mir bringen, als einzig Lebender aus einem Berg von neunundneunzig Toten herauszuklettern?«

»Wer klein denkt, wird klein bleiben.« Nuzar lehnte sich gegen die Tischkante. Seine Stirn lag in Falten, als er den Kopf schüttelte. »Geht es dir hier wirklich nur um dein eigenes Überleben oder begehrst du nicht vielmehr den Sieg über die Legion? Eine Rache für all jenes, was sie den Deinen angetan haben?«

»Natürlich will ich gewinnen – wenn das irgendwie möglich wäre.«

»Warum wählst du dann die Niederlage, wenn es doch der Sieg ist, nach dem du strebst?«

Mit Nuzar zu streiten war wie gegen den Sturm anzubrüllen. »Bei dir klingt das so, als müsste ich mich einfach nur für einen Sieg entscheiden und schon würde es geschehen.«

»Nichts ist hier einfach, Riagh. Ich sage nur, dass wir nicht gewinnen können, wenn du nicht gewinnen willst.« Nuzars Gesichtszüge lösten sich aus ihrer Verhärtung und wurden wieder warm und seicht wie die Sommerströme der Vindara. »Sei die eine Libelle, die so stark strampelt, dass sie ein ganzes Dorf aus einem Honigmeer fischt.«

Träge wischte sich Riagh übers Gesicht, der Kräuterdampf und Nuzars Worte stiegen ihm zu Kopf. Wann war das Leben nur so kompliziert geworden?

»Also, Riagh, was ist es, das du wahrhaftig begehrst?«

»Im Moment? Ein Honigbrot.«

Ein Herzschlag Stille, dann brach Nuzar in schallendes Gelächter aus, beugte seinen Oberkörper weit vor, während sich seine Hände zum Halt in die Tischkante krallten. Mit der rechten ließ er sofort wieder los und verzog das Gesicht vom Schmerz der Schulterwunde, aber das änderte nichts an seiner Fröhlichkeit. »Wie habe ich nur all die Zeit ohne dich reisen können?«

»Das hab ich mich auch schon gefragt.« Riagh grinste und stand auf, zog sich noch im Gehen das Kettenhemd samt Unterkleidung über den Kopf. Waschen war gut, das erkaufte ihm ein paar winzige Momente Zeit, die er keine Entscheidung fällen musste. Außerdem war es Jahre her, dass der kräftige Kräutersud in seine Haut gezogen war.

Da war es kein Wunder, dass die Wunden stets so lange juckten.

»Im Namen der Weltenglut – das ist unmöglich!«

Nuzar huschte direkt vor ihn. Augenblicklich fuhren seine warmen Finger über Riaghs Brustkorb und die Oberarme, schoben sich unter das Sameea und hinterließen wohlige Schauer auf seiner Haut. Riagh atmete tief ein, starrte auf die Hände des Nekromanten und fühlte sich wehrlos, übermannt, ausgeliefert. Angenommen …

»Warum hast du nichts gesagt …«, flüsterte Nuzar, während er mit den Fingerspitzen Riaghs angespannte Muskeln nachfuhr.

Riaghs Gedanken flirrten. Die Berührungen sprachen von Körperlichkeiten und Riaghs Unterleib erwachte aus einer viel zu lange währenden Einsamkeit. Nuzar war ein … interessanter Mann, ganz anders als die Soldaten an der Front; weniger kräftig, ohne dabei *weich* zu erscheinen. Nur *zart* …

»Du hättest auch was sagen können …«, raunte Riagh und sein Hals schien trocken wie seine Lippen. Mit dieser raschen Triebhaftigkeit hatte er nicht gerechnet, aber vielleicht brauchte er sie gerade deshalb umso mehr. Denn Sivok war schon Wochen tot, und Anryn … war Anryn.

Nuzar verharrte in seinen Bewegungen und sehr langsam blickten seine Augen von Riaghs Oberkörper auf. »*Ich* hätte mit *dir* das Geheimnis teilen sollen, dass deine Wunden schneller heilen, als ein Regentropfen in der Glut verdampft?«

»Was?« Riagh sah zu Nuzars Fingern auf seiner Haut. Auf die frischen Narbenränder, die der Nekromant anmutig entlanggefahren war – und nicht mehr. Jede Nähe war aus bloßem Pragmatismus entsprungen. »Gutes Wundfleisch ...«, stammelte Riagh, als die Hitze seines Unterleibes wie ein Feuerball in seinen Schädel prallte. Das war jetzt schon der zweite, den der Nekromant auf ihn losgelassen hatte, und wenn Riagh recht darüber nachdachte, war ihm der erste weitaus lieber gewesen. Er spielte eher mit echtem Feuer, als auch nur für einen Moment zu riskieren, sich an Nuzar selbst zu entflammen.

Dem neugierigen Blick des Nekromanten folgte ein herausforderndes Grinsen, und doch schritt er zurück und jede Berührung auf Riaghs Haut erstarb und die Wärme mit ihr. »Verzeih, ich wollte dir meine Nähe nicht aufzwingen.«

»Schon gut.« Riagh atmete durch und klang angestrengt wie nach drei Tagen Gewaltmarsch.

Ein warmes, lauerndes Lächeln. »Unsere Wunden wurden in derselben Nacht geboren. Doch wo meine noch roh glänzt, hat sich deine in deinen Leib gefügt, als wäre sie eine beständige Narbe aus jungen Jahren.«

»Du übertreibst. Bei manchen heilt es halt besser als bei anderen.« Riagh blickte an sich herab, auf die Landkarte aus alten Schlachten und neuen Herausforderungen, die seinen Körper zeichnete. »Das war an der Front nicht anders: Es gab die, die Wochen im Lazarett verschliefen, und die, die nach ein paar Tagen schon wieder in der Formation standen.« Er lachte. »Glaub mir, gute Wundheilung ist da nicht annähernd so praktisch, wie es sich anhört. Und das Jucken erspart es dir auch nicht.«

Als Riagh erneut zu Nuzar schaute, hatte sich nichts an dessen Blick gewandelt. Und doch schien er sich inzwischen uneins, ob Riaghs Augen oder sein restlicher Leib zur Beute des Nekromanten wurden. »Darf ich noch einmal über die Narben fühlen? Sonst hält mein Geist sie noch für eine Illusion.« Der Tonfall war verspielt, doch weit ab davon, kindlich zu wirken.

»Ist das ein Vorwand?«

»Ja.« Glut schwelte in Nuzars Blick.

Und Riagh entflammte. »Der ist nicht nötig.« Er schritt auf Nuzar zu und packte seine Arme, vielleicht zu grob für einen Verletzten. Nuzar keuchte, aber wehrte sich nicht, sondern senkte seine Lippen auf Riaghs Haut, küsste sich vom Brustbein hoch zum Hals. Als hätte er nicht verstanden, worum es hier ging. Er spielte mit einer Leidenschaft, die ihm nicht zustand; hinterließ wohlige Wärme, wo nur flüchtige Hitze geduldet wurde. Riagh suchte nur nach schneller, unbedeutender Erlösung – und Nuzar nach Riaghs Lippen.

Aber das hier war nicht Nuzars Spiel!

Riagh riss stärker an Nuzars Armen, drehte seinen Oberkörper, um ihn gegen den Tisch zu pressen, und griff an seinen Gürtel.

»Nicht so!«, zischte Nuzar und Widerstand erwachte in seinem Leib.

»Ich lass dich nicht zuerst«, knurrte Riagh, doch ließ los.

»Zuerst was?« Wahre Verwunderung lag in Nuzars Stimme, als er sich umdrehte und über seine Arme rieb.

Und auch in Riagh glomm nun Verunsicherung, die als schwüler Nebel die Erinnerungen an die doch so eindeutigen Worte und Gesten verschleierte. Hatte er sich so sehr irren können? In letzter Zeit hatte es einfach zu wenig geregnet. »Zuerst ... ran. Das mache ich eigentlich nicht ... einfach so.«

Das Blau in Nuzars Augen wurde weit, als etwas in seinem Blick erlosch. »Keine Sorge, Riagh. Wir müssen nicht über die Abenddämmerung streiten, wenn uns gerade erst die Morgensonne erweckte.«

»Was?«

»Wie schon unsere Poetinnen wussten: Alle Magie beginnt mit einem Kuss.«

Harsch schüttelte Riagh den Kopf. »Ich will weder zaubern noch dich küssen.«

»Dann geht unser gemeinsamer Tag schon mit den ersten Sonnenstrahlen zur Neige.« Ein enttäuschtes Lächeln, das auch vor Riagh keinen Halt machte.

Das hier war bei Weitem nicht seine erste Ablehnung, an der Front waren eindeutige Angebote meist Aufforderungen zur Prügelei gleichgekommen – die auf ihre Art auch eine gewisse Erlösung eingebracht hatten. Und dennoch fiel es Riagh zu schwer, Nuzars Zurückweisung hinzunehmen. Zumindest nicht ohne einen letzten Versuch.

»Hör zu, wir sind doch beide seit Wochen allein unterwegs.« Es war mühselig, Nuzar dabei in die Augen zu schauen, aber Riagh schaffte es. Betont ruhig lehnt er sich an die alte Kommode und sie knarzte unter seinem Gewicht. »Wenn du ehrlich bist, dann jucken deine Eier auch. Also, wir wissen doch beide, wie das geht. Wenn du den Anfang machst und dich zuerst über den Tisch … Ich mag das eigentlich nicht, aber ich verspreche dir, ich werde danach kein Feigling sein. In Ordnung?« Sein Herz pochte, als wolle es aus seiner Brust springen und sich vor Scham in einer fernen Provinz vergraben, wo es niemand mit Riagh in Verbindung brachte.

»Riagh ard Cerwed, was bist du nur für ein hoffnungsloser Romantiker.« Nuzar lachte und die roten Haarspitzen wippten im Takt. »Und doch muss ich dich enttäuschen: Unter diesen Bedingungen wird mir die hohe Kunst der cartharischen Liebe wohl auf ewig verschlossen bleiben.« Der Ash'Bahar stand mit verschränkten Armen im Raum und war zum Greifen nahe. Er würde sich warm anfühlen und vielleicht sogar nach Moos und Regen riechen. Warum musste alles mit ihm – jedes Wort aus seinem Mund – nur immer so kompliziert sein?

»Nur weil du dich verliebt hast, sollen wir uns vorher die Gesichter abschlecken?«

Das Rot in Nuzars Augen brach auf und ergoss sich über Gletschereis. »Du glaubst, ich bin verliebt? Oh Riagh, der viele Regen muss dir den Verstand aus dem Schädel gespült haben! Ich bin Nuzar desh Mihamin dev' Arvai, ich bin kein Loch, in welches du deinen Schweif so lange zwängen kannst, bis deine Gier aus allen Poren tropft.

Und erst recht bin ich auf kein Loch angewiesen, welches mir gnädig zugewandt wird wie einer Hungernden verschimmeltes Brot. Ich will schmecken, mit Fingern und Zunge ertasten. Ich will keine stumpfe Befriedigung, als Sklave meiner Triebe hinter dir herhecheln, um mich nach kurzer Hitze herumzurollen und dich still zu ertragen. Ich will dich nicht dulden, Riagh, ich will dich genießen. Verschmelzen und erleben, im Feuer vergehen und vom Schweiß getränkt im Morgengrauen erwachen – so und nicht anders. Alles andere wäre unwürdig. Und du solltest dir auch mehr wert sein!« Nuzars Unterlippe bebte, die Arme waren noch immer verschränkt, aber die Hände ballten sich zu Fäusten. In seinen Augen ergossen sich Lavaströme ins sturmumtoste Meer. Nuzars Blick versuchte sich tief in Riaghs Schädel zu bohren, aber Riagh hielt stand. Er ließ sich hier doch nicht beleidigen, egal wie hochtrabend die Worte daherkamen.

»Was willst du überhaupt von mir, Nuzar? Begleitschutz nach Brênningh kann es nicht sein, sonst wäre es dir nicht so wichtig, dass ich für dieses Dorf kämpfe.« Riagh schnaubte. »Vielleicht bist du es, der nun eine Wahl treffen sollte. Denn Liebesschwüre am Lagerfeuer wirst du von mir nicht kriegen.« Ihre Freundschaft war schon fragil genug, warum musste Nuzar diese Verbindung noch weiter herausfordern?

Nuzar schüttelte Kopf, ohne seinen Blick zu lösen. »Ich bemitleide dich, wenn du in jedem Lächeln, jedem freundlichen Wort gleich solch eine Absicht vermutest. Wie einsam muss dein Leben da doch gewesen sein ... Du versprichst ein aufregendes Spiel, der Schweiß auf deinen Muskeln duftet betörend und deine Kraft zu spüren muss wahrhaft ... Man kann sich nach dem Abenteuer sehnen, das eine Nacht mit dir verspricht, von deiner Wildheit träumen. Aber das ist keine Liebe, Riagh. Wenn du dies wahrhaftig glaubst, habe ich große Befürchtungen, was geschieht, wenn du dereinst tatsächlich deine Anryn finden solltest. Denn mir erscheint es möglich, dass ihre große Liebe zu dir nicht mehr war als ein freundliches Lächeln an einem warmen Sommerta...«

Der Knall war dumpf und zäh, nicht sonderlich laut. Riagh starrte auf die Klinge in seiner Hand und versuchte vergeblich, sich zu ersinnen, wann er sie gezogen hatte. Die Erinnerung lag hinter hitzigem Nebel verborgen. Nicht schon wieder ... Sein Oberkörper war verdreht, das Schwert deutete weit über die linke Seite hinaus. Er hatte die Waffe geschwungen – doch die Klinge war sauber. Der Dreckskerl war ihm entkommen ... vielleicht besser so. Oder auch nicht? Riagh keuchte vor Zorn und Anstrengung, er hatte doch Anryn beschützen müssen! Wenn nicht ihr Leben, dann ihre Ehre ... Wenigstens sie musste er doch retten! Ein leises Stöhnen zwang Riaghs Aufmerksamkeit von seinen düsteren Gedanken zurück in den kleinen Raum. Richtig, der Knall ... Nuzar!

Der verdammte Mistkerl lehnte an der gegenüberliegenden Holzwand aus Pfählen, der einzig geraden am Ende des Langhauses, keine fünf Schritte entfernt. Seine

Augenlider flatterten und die Knie waren gebeugt; er drohte, jeden Moment den Halt zu verlieren. Riagh ging zu ihm und schob den Nekromanten an seiner Kehle die Wand hinauf in den Stand. Nuzar röchelte, versuchte mit den Beinen zu strampeln und gegen seinen Angreifer zu treten. Er war wild wie ein Beutetier in der Falle, doch nur für einen kurzen Moment. Schnell wurde er wieder vernünftig und gebrauchte seine Füße als Stütze, um besser an Luft zu gelangen, und Riagh erlaubte es. Für einen Moment wurde es still und die Wirklichkeit verlor sich im Fieber, als Nuzar Riagh anblickte, ohne Demut, Furcht. Stolz und neugierig, wie er einst vor ihm im Dreck gekniet hatte, mit der Klinge an der Kehle. Doch dann verloren seine Pupillen ihr Ziel und fanden es auch nicht mehr wieder, als seine Augenlider erneut zu flattern begannen.

Riagh hatte den Ash'Bahar töten wollen, vorhin, eben gerade, da war er sich sicher. Der Kerl hatte wieder geredet und geredet … über Anryn, über ihre Liebe … »Anryn liebt mich«, raunte Riagh so verzweifelt schwach. Ihm war, als schaute er selbst aus weiter Ferne auf sich, als wäre dieser Moment in einem Gemälde gefangen. Als wäre nichts hiervon wirklich, als wäre dies hier nicht sein Körper. Doch dieser Moment war Wirklichkeit, ob Riagh es wollte oder nicht. Wie war es nur so weit gekommen?

Wahrscheinlich war ihm der Nekromant ausgewichen, hatte sich wieder schnell gezaubert – und dabei vergessen, wie klein die Hütte war. Er war mit dem Kopf gegen die Wand geschlagen – der Knall! – und das war zu viel für diesen schwachen Leib gewesen. »Herzlichen Glückwunsch, du hast dich selbst außer Gefecht gesetzt«, flüsterte Riagh mit siegessicherer Hilflosigkeit. Seine Hand lag noch immer um den Hals des Nekromanten, hielt ihn, ohne zu stark zuzudrücken, obwohl er es wollte. Und er wollte es nicht. Er war so wütend und doch erschien ihm diese Wut so erbärmlich. Wie konnte er Anryn retten, wenn er sich gegen Nuzar wandte? Aber irgendetwas musste Riagh doch tun ... Warum tat Nuzar denn nichts?

Der Ash'Bahar saß in der Falle und dank des Sameeas war seine Zauberei wirkungslos. Zum ersten Mal seit der fast schon schicksalhaften Nacht ihrer Begegnung war Nuzar Riagh wieder vollständig ausgeliefert. Der Nekromant umfasste Riaghs Arm mit beiden Händen, aber versuchte nicht, sich zu befreien. Er brauchte den Halt, denn die Kraft schien immer mehr aus seinem Leib zu weichen und aus seiner Nase perlten blutige Tropfen. Doch, Nuzar kämpfte – magisch gegen die drohende Ohnmacht an.

Konnte ihn seine eigene Magie töten? Nein, das wäre doch verrückt! Nuzar würde nicht um sein Bewusstsein kämpfen, wenn es seinen Tod bedeuten könnte. Außer er glaubte, Riagh brächte ihn um. Er starb lieber durch sich selbst als durch Riaghs Hand. Es gab stets eine Wahl ... und Nuzar war zu stolz, seinen Tod nicht selbst zu bestimmen.

Dabei wollte ihn Riagh doch gar nicht töten. Nicht mehr ... Warum lag dann seine Hand an der fremden Kehle?

Riagh dachte an all die Schmähungen und giftigen Worte, die Nuzar gegen ihn gerichtet hatte. An all die Angst, die unüberwindbare Furcht, die sie ihm brachten. Er dachte an Anryn, seine Anryn, den einzigen Menschen, der ihm noch geblieben war. Er hatte Sivok kampflos aufgegeben, da durfte er nicht auch noch Anryn verlieren.

Aber das tat er gerade, wenn er nicht endlich die Kontrolle über sich zurückerlangte!

Riagh ließ los – und griff sofort wieder zu, an die Schultern, denn Nuzar war zu schwach für einen stabilen Stand. Die Lider des Nekromanten schlossen und öffneten sich mit zittriger Anstrengung, mit jedem Atemzug stemmte er die Bewusstlosigkeit aus seinem Geist. Er krallte sich an der Wirklichkeit fest und mit seinem Blut floss das Leben aus ihm heraus.

»Ist in Ordnung«, flüsterte ihm Riagh zu. »Ich weiß wieder, was ich tue. Du kannst jetzt loslassen, und ich verspreche dir, du wirst aufwachen.«

Träge hob Nuzar das Kinn, blickte durch leere Augen zu Riagh auf. Das Rot hat sich beinahe gänzlich im Blau verloren. Trotzdem lächelte Nuzar, und dann sackte er in Riaghs Armen zusammen.

Sachte legte ihn Riagh auf den Boden und strich ihm durch die schwarzen Haare. Er suchte nach Blut, doch blieb zum Glück erfolglos. Nuzar hatte nicht mehr als eine Beule zu fürchten, in Anbetracht der letzten Tage war der Aufprall dennoch zu viel für seinen Körper gewesen. Riagh selbst war zu viel für ihn gewesen ...

Riagh wich vor Nuzar zurück, bis er selbst die Pfähle im Rücken spürte. Er starrte auf den bewusstlosen Leib, der beinahe zur Leiche geworden wäre. Wegen ein paar unüberlegter Worte, enttäuschtem Geplapper ... So war Riagh nicht, so wollte er nicht sein! Doch Nuzar hatte so schmerzlich recht: Seit Sivoks Tod war Riagh zermürbt, eine Gefahr für die Menschen in Carthal, wie es auch Straßenräuber und Rebellenjäger waren. Ein lebender Verfluchter ... Aber in einem hatte sich Nuzar auch geirrt: Er konnte Riagh nicht helfen. Wenn die Gedanken fieberten und für einen Moment die Zeit zerriss, war es gleich, wer bei ihm war. Nuzar hatte versucht, ein Freund zu sein, doch auch das hatte ihn nicht schützen können.

Riagh versenkte das Gesicht in seinen Armen und schluchzte. Was hielt ihn davon ab, auch bei Anryn zum Sklaven seiner Reflexe zu werden? Wenn sein Verstand keinen Ausweg mehr kannte, griff er an, ganz gleich, wer in seinem Weg stand. – Warum nur hatte er nicht angegriffen, als sie Sivok geschnappt hatten? Warum war er weitergerannt, hatte Sivok dieses dumme Versprechen gegeben? Warum verdiente er es zu leben, wenn er seinen Freund, Bruder ... Geliebten nicht hatte retten können? Es ja noch nicht einmal versucht hatte! Warum hatte er in dieser schicksalsträchtigen Nacht jede Beherrschung gewahrt, nur um sie von da an stets zu verlieren, als würde ihm sein Leben für ein paar Herzschläge fremd werden. So fremd, wie er sich selbst geworden war ...

Riagh blickte durch tränenfeuchte Augen auf. »Hilf mir«, flehte er den Bewusstlosen an und umgriff das Sameea, das vor seiner Brust baumelte. Einen Moment zögerte er, doch dann legte er es ab und in Nuzars warme Hand. Es musste enden. »Wehr dich beim nächsten Mal.« So es ein nächstes Mal überhaupt gäbe. Denn wenn Nuzar klug war, verließ er dieses Dorf, kaum dass er das Bewusstsein zurückerlangte. Wie es jeder tun sollte, der bei Verstand war.

Zitternd stand Riagh auf und schritt zur Waschschüssel. Der lauwarme Kräutersud brannte in den Augen, aber er wusch sich dennoch erbarmungslos, bis jeder Tränenbeweis vernichtet war. Dann zog er sich das Hemd über den Kopf und legte die Kettenrüstung an.

Riagh zitterte noch immer, als er aus dem Langhaus trat und ihm der Dræghad das Gesicht kühlte. Hinter ergrauten Wolken verlor sich das letzte Tageslicht. Nahe der Tür saß ein Junge auf einem Holzeimer und betrachtete Riagh aufmerksam, während er auf einer Süßwurzel kaute.

»Ruf alle zusammen.« Riagh sprach mit brüchiger Stimme. Er kannte seinen Pfad und nun war es am Dorf, eine Wahl zu treffen.

Die Schatten huschten über die Wände des zugigen Haupthauses, bäumten sich auf in voller Größe und zerrissen in hektische Zacken. In den Feuerschalen tanzten die Flammen mit den Windspitzen, die durch die Zwischenräume der massiven Pfähle ins Innere brachen und auf ihrem Weg auch vor den lauschenden Menschen keinen Halt machten. Ein kühler Hauch strich stetig über die bloße

Haut von Hälsen, Gesichtern und Händen der fast hundert versammelten Dörfler, und doch konnte sich die Kälte nicht mit Riaghs Worten messen.

»Das soll eine Hilfe sein?« Gaira starrte Riagh fassungslos an.

»Ich bin nicht der Sturmfürst, ich vollbringe keine Wunder.« Riagh blickte entschlossen zurück, um seine Unsicherheit zu verbergen.

»Aber du sagst, die Hälfte von uns wird sterben!«, mischte sich nun auch Govhan ein, der Schmied, der Riagh noch am Morgen die Klinge geschärft hatte. Wie unerwartet schnell Riagh sie doch wieder gebraucht hatte ... und noch brauchen würde.

»Nein, ich sagte, *im besten Fall* wird nur die Hälfte sterben. Wir reden hier von neunzehn erfahrenen Soldaten, gerüstet und mit Schilden versehen. Und da es Rebellenjäger sind, wissen sie, wie man gegen kleine Gruppen in beengten Umgebungen kämpft.«

»Na dann kämpfen wir doch auf den Äckern!«, rief ein Mann, der so alt war, dass es Riagh nicht wundern würde, hätte er noch die Zeiten erlebt, als die Götter über das Land wanderten.

»So erreichen sie uns nur noch schneller.« Riagh schüttelte den Kopf. Vor ihm saßen alte Männer und Frauen mit ihren Kindern auf dem Schoß. Sie verdienten genauso wenig den Tod wie Riagh das Leben. »Ich bin bereit, mit euch zu kämpfen – aber an eurer Stelle würde ich fliehen. Denn wenn ein Trupp einfach verschwindet, wird ein anderer ihn suchen. Und wenn er dann hier auf ein Dorf trifft, das vor Kurzem so viele Menschen verloren hat und in dem so viele Verwundete leben, dann werden sie sich denken können, welche Rebellen über sie hergefallen sind.«

»Wir sind keine Rebellen!«, sprach Gaira mit Bestimmtheit.

»Jetzt schon«, sagte Riagh mit der unumstößlichen Überzeugungskraft, die nur die Wahrheit in ihrer grausamsten Form hervorbringen konnte. Und mit sich brachte sie langes Schweigen, denn vielen schien erst jetzt gewahr zu werden, in welcher Lage sie sich befanden.

»Und wenn ich mich ausliefere?«, fragte Gaira so leise und doch so tapfer. »Meinst du, dann würden sie den Rest von uns in Ruhe lassen?«

»Wenn der Kommandant keinen schlechten Tag hat und dir glaubt, dass du wirklich allein gehandelt hast: ja. Wenn sie dich lebend kriegen, ist das sogar wahrscheinlicher, aber ...« Riaghs Kehle wurde trocken und er brauchte einen Moment, damit seine Stimme nicht krächzte. »Was sie dann mit dir machen – eine Auslieferung würde ich nicht einmal dem Ash'Bahar raten, der die Verfluchten durch Carthal geführt hat.«

Gaira schluckte hart und nickte. »Aber wenn es die anderen hier ret...«

»So etwas will ich nie wieder aus deinem Mund hören, junge Dame!«, rief eine alte Frau und erhob sich. Es war dieselbe, der Nuzar noch vor Stunden ihren Korb heimgetragen hatte. Mit zittrigen Beinen stützte sie sich auf der Schulter eines Mädchens ab, das wohl nicht mehr lange auf ihre Zeremonie zur Frauwerdung zu warten bräuchte. »Auch meiner Tochter haben sie das Leben genommen und zweien meiner Enkel, wenn auch an einem anderen Ort. Ihr Blut hat sich mit fremdem Regen gemischt, wer weiß, ob es je in die Heimat zurückgespült werden wird. Und als die Verfluchten kamen, haben sie nur ein paar Palisaden gebaut und uns noch mehr Söhne entrissen und in fremde Lande geschickt. Denn das Imperium soll wachsen – anstatt zu gedeihen. Es ist genug, sage ich, freiwillig kriegen sie keinen Tropfen Blut mehr aus meiner Linie.«

Die Menschen murmelten und tuschelten, ängstlich zwar, aber zustimmend. Ein Junge mit Haaren so rot wie Kupfer sprang auf und half der Frau, sich wieder zu setzen.

»Du hast es gehört, Soldat«, sprach Govhan und diesmal klang er nicht mehr zögerlich, »wir werden nicht fliehen. Also, wie kämpfen wir am besten gegen deine alten Freunde?«

Riagh starrte in die Flammen, dachte an die Kämpfe der letzten sechs Jahre, an die einfachsten, aber auch an die, die fast alle in seinem Trupp mit dem Leben bezahlt hatten. In der Gebirgslandschaft von Garlitha waren kaum offene Feldschlachten möglich gewesen, die Legion hatte sich ständig aufgeteilt, um zeitgleich gegen einzelne Dörfer zu streiten, damit keines vom anderen Hilfe erwarten konnte. Eines nach dem anderen sollten sie ein stolzer Teil des Imperiums werden. Denn Macht entschied sich durch Wachstum, nicht durch Wohlergehen. Dabei war es nicht immer so im Imperium gewesen – oder zumindest war es Riagh nicht immer so erschienen. Es hatte eine Zeit gegeben, vor den Verfluchten und den Rebellen, da hatte er mit Respekt zu den Männern aufgeblickt, die die Male im Gesicht trugen. Damals, als sie noch das Böse in der Fremde jagten, anstatt sich gegen das eigene Volk zu stellen. Oder war er als Kind nur zu naiv gewesen, es zu sehen?

»Wir haben hier richtige Waffen, das ist ein Vorteil.« Riagh sprach entschlossen, denn es war gleich, was sich wann im Imperium geändert hatte. Hier und jetzt waren die Fronten geklärt, und niemand, der kam, um ein Dorf voller Unschuldiger abzuschlachten, konnte sich zu den Guten zählen. Das Imperium selbst war zum Fremden verkommen, wie Carthal auch dem Imperium als etwas Fremdes erschien. Nichts an diesem Land glich den Kernprovinzen. Aber vielleicht war gerade dies der Weg zum Sieg ... »Für gewöhnlich werden Soldaten nicht in den Provinzen eingesetzt, aus denen sie stammen. So stehen sie loyal zum Imperium, nicht zu den Menschen um sie herum. Deshalb haben wir wahrscheinlich keine Cartharer gegen uns, was gut ist. Denn das heißt, sie kennen den Regen nicht, wie wir es tun.«

»Aber auch wir können den Regen nicht lenken«, sagte Gaira und hatte damit recht und unrecht zugleich.

»Das müssen wir auch gar nicht.« Etwas Scheues, lang Verborgenes machte sich in Riagh breit. Vielleicht Mut, vielleicht Hoffnung – vielleicht aber auch die Leere, die zurückblieb, wenn die Verzweiflung wich. Er lächelte und es schien ihm, als wäre seit dem letzten Mal ein Äon vergangen: das Zeitalter einer zerbrochenen Freundschaft. »Hier ist niemand, der nicht sein halbes Leben im Schlamm verbracht hat. Selbst die Jüngsten von uns wissen bereits, wie man über ein überflutetes Feld watet und einen festen Stand behält, wenn man das ausgebüchste Vieh gegen den Carthinn verteidigt. Und einen Dorfplatz zu überfluten, während der Herbst die Vindara anpeitscht, ist nun wirklich nicht schwer. Die Soldaten kommen mit ihren Rüstungen und Schilden – lasst sie uns in den Schlamm treiben, wo Carthal mit uns kämpft. Und so der Sturmfürst sich auch auf unsere Seite gesellt, haben wir am Ende vielleicht sogar weniger Tote zu beklagen als sie.«

Stille – und dann das erste Nicken, das zum Lauffeuer wuchs. Anfangs noch grimmig, schien es gerade bei den Jugendlichen die verhärmten Gesichtszüge zu befreien, sodass sogar manche zu lächeln begannen.

»Das klingt wirklich nach einem Plan.« Auch Gaira wirkte zum ersten Mal gelöst.

»Ich will euch nichts vormachen, es wartet viel harte Arbeit auf uns«, sagte Riagh, denn er wusste, dass er den Menschen damit noch mehr Mut schenken würde. Carthal war rau und die Menschen hier stolz darauf, nicht verweichlicht zu sein. »Wir brauchen bewegliche Barrikaden und viel, viel Wasser, in dem die Soldaten bis zur

Hüfte versinken können. Natürlich werden sie ein paar Bögen bei sich haben, aber die Schützen werden eingeschränkt sein. Dennoch sollten wir die als Erstes töten.«

»Nicht den Magier?«, fragte Gaira mit der Naivität eines Kindes.

»Sie haben einen Zauberer bei sich?« Riagh starrte sie fassungslos an. All die Hoffnung, der neugewonnene Mut – der Plan! –, waren vergebens. »Warum hast du das nicht gleich gesagt?«

»Ein Soldat mehr oder weniger, ich dachte nicht, dass das wichtig ist.«

»Wir reden hier aber nicht von einem Soldaten, sondern von einem Magier! Hat irgendwer hier schon einmal Magie im Kampf erlebt? Gesehen, wie ein Feind nach dem anderen bei klarem Himmel von einem Blitz erschlagen wird?« Riagh schüttelte den Kopf und ihre verzweifelten Blicke von sich. »Hatten wir eben noch eine Wahl, eine geringe Möglichkeit auf einen Sieg, ist nun alles vergebens. Packt zusammen, was ihr habt, und flieht nach Garlitha in die Berge. Mehr Hilfe als diesen Rat kann ich euch nicht mehr bringen.«

»So leicht gibst du auf?« Schon wieder Gaira, schon wieder dieser Trotz. Alles hier war doch ihre Schuld und dennoch sprach sie mit Riagh, als wäre er der Quell aller Probleme, wieder und wieder. In einem anderen Leben hätte sie gewiss in Anryn eine treue Freundin gefunden.

»Ich gebe nicht auf! Aber wir reden hier von einem ganzen Trupp Rebellenjäger samt Magier – jemandem, der die Wirklichkeit nach seinem Willen formt! Und ich bin ein einzelner Soldat. Welche Wunder erwartest du von mir?«

»Dass du endlich deine Zweifel bezwingst.« Es war nicht Gaira, die da sprach, aber das machte die Stimme nicht weniger unerträglich, auf ihre eigene, ganz wunderbare Weise. Riagh hätte nicht glücklicher sein können, als er zur Tür sah und Nuzar erblickte – bleich, zittrig, aber lebendig und ohne Zorn im Gesicht. Und Riagh hätte nicht weniger beschämt sein können, also sah er in die Menge anstatt zu dem Mann, der für einen kurzen Moment ein Freund gewesen war. »Du bist nicht allein, Riagh, auch wenn du dies stets vergisst.«

»Ich dachte, dein *Freund* wäre fortgezogen, um sich neue Leichen zum Kuscheln zu suchen?«, fragte Govhan, als wäre Nuzar ein entlaufener Hund, der nun heimkehrte.

Für einen Moment funkelten die Augen des Nekromanten bösartig, doch dann lächelte er. Die längst nachgewachsenen Haarspitzen zeigte er offen, ein Versteckspiel war ohnehin überflüssig geworden. »Ich sehe, ihr alle hattet bereits das Vergnügen, Riaghs Humor zu erfahren, der tiefgründig ist wie ein sandiger Teich in der Sommerglut.«

Einige, durchgehend Jüngere, lachten, auch wenn Riagh bezweifelte, dass sie Nuzar wirklich verstanden. Doch dies musste er dem Ash'Bahar zugestehen: Er konnte durchaus witzig sein, auf eine fremde, so leichtlebige Art.

»Dann war es auch ein Scherz, dass du keiner dieser Nekromanten bist, denen wir die Verfluchten verdanken?« Govhan gab keine Ruhe, unterlag nicht dem ash'bahrischen Charme.

»Die Momente mögen selten sein wie die Tage ohne Regentropfen in diesem schroffen Land, aber manchmal meint Riagh tatsächlich ein Wort, wie er es sagt.« Nuzar sah zu Riagh und auch wenn sich sein Lächeln nicht änderte, erkannte Riagh nur zu gut den sich wandelnden Blick. Mochten seine Worte auch heiter klingen, der Ash'Bahar wähnte sich nicht in Sicherheit, sondern unter Feinden. Womit er auch recht hatte.

»Trotzdem, ich traue ihm nicht«, sprach Govhan und verschränkte die Arme.

»Ein kluger, aber nicht weiser Gedanke.« Nuzar redete langsamer, um besser verstanden zu werden. »Denn ihr plant den Kampf gegen eine Gegnerin, gegen die mein Volk schon seit sechzig Jahren Krieg führt. Ich mag kein Soldat sein, aber ich weiß, wie man Soldatinnen tötet. Sag, Cartharer, bin ich damit nicht wohl einer der begehrtesten Männer in diesem Dorf?«

Zwei Frauen kicherten und Nuzars Lächeln wurde feiner, auch wenn er nicht zu ihnen blickte. Im Moment schienen für ihn nur Riagh und der Schmied zu existieren. Was ein Fehler war.

Auch Riagh bemerkte den Jungen erst, als er dicht an Nuzar trat. Ein Heranwachsender, kaum älter als vierzehn Winter. Er drückte die Spitze seines Kurzschwertes an

Nuzars Hals. »Wenn wir ihnen einen lebenden Nekromanten ausliefern, werden sie uns verschonen. Bestimmt, oder?« Der Arm des Jungen zitterte, was die Klinge zu einem nur schwer kontrollierbaren Werkzeug machte.

Nuzar schloss die Augen und seine Atmung wurde ruhig. Auch Riagh erlaubte sich nur flache Luftzüge und legte ganz langsam die Hand an den Griff seines Breitschwertes. Es galt, behutsam vorzugehen. Noch war das Leben des Jungen zu retten. »An deiner Stelle würde ich das sein lassen«, sagte Riagh so ruhig, wie es ihm möglich war.

»Hör auf Riagh, junger Cartharer. Der Mann hat nicht *nur* schlechte Ideen.« Nuzar klang beherrscht, doch in seinen Tonfall mischte sich etwas Unheilvolles.

»Nein! Warum sollen so viele von uns sterben, wenn uns der verdammte Ash'Bahar doch retten kann?«

»Weil *er* es nur kann, wenn du jetzt ein folgsamer Junge bist und deine Waffe fortträgst.« Nuzar schlug die Augen auf und drehte ganz langsam den Kopf. Die Klingenspitze malte eine feine Blutlinie seinen Hals entlang. »Du hast die Wahl, wie dies hier endet. Aber sei dir der Konsequenzen bewusst: Wer mich in meinem jetzigen Zustand zum Zaubern zwingt, auf den wartet der Tod.«

Der Junge schluckte schwer und seine Hand zitterte umso mehr.

»Er ist noch ein Kind, Nuzar!«, rief Riagh zur Rettung. Der Nekromant sollte sich auf ihn konzentrieren, mit ihm etwas Dummes tun. Er war hier schließlich derjenige, der es verdient hatte.

»Der Krieg kennt keine Unschuldigen.« Nuzar ließ seinen Angreifer nicht aus den Augen.

»Fionn, lass den Mann in Ruhe und setz dich!« Auch Gaira versuchte sich an Zusprache. Immerhin hatte sie eine gewisse Erfahrung darin, mit der eigenen Klinge das Schicksal eines ganzen Dorfes herausfordern. »Er ist auf unserer Seite ...« Leider klang sie bei diesen Worten selbst nicht sonderlich überzeugt.

»Wir werden niemals mit irgendeinem Magier auf einer Seite stehen«, sprach Fionn aus, was doch so viele hier im Grunde dachten. Was Riagh stets gedacht hatte, auch an der Front, mit den eigenen Zauberern in der Einheit, den Männern und Frauen in den teuren Stoffen, die das gute Essen bekamen und ihre eigenen Zelte und Huren. Vielleicht kämpften sie zusammen, aber es trennten sie Welten. Und dann hatte Nuzar damit begonnen, diese Welten zu verschmelzen.

»Jetzt hab ich aber genug, Fionn!« Die alte Frau war wieder aufgestanden und sogar ein paar wacklige Schritte auf den Jungen zugetreten, während sie ihre verrutschte Schürze richtete. Sie war kleiner als er, beinahe nur die Hälfte im Profil. Fionn wich ängstlich vor ihr zurück, fast hätte seine Klinge sogar den Halt an Nuzars Hals verloren. Lieber stand er wehrlos einem Ash'Bahar gegenüber als ihr.

»Naina, ich muss doch etwas tun ...«

»In der Tat: Du musst mit diesem Unfug aufhören und dich setzen. Sei froh, dass deine richtige Großmutter nicht erleben muss, was für Dummheiten du ständig treibst.«

»Aber ...«

»Kein aber! Gehorchst du nun oder muss ich dir die Flausen selbst austreiben?«

Riagh blickte ertappt zu Boden und es brauchte einen Moment, bis ihm gewahr wurde, dass diese Standpauke gar nicht ihm galt. Zu gut erinnerte er sich noch an die Naina in Garwad, die Großmutter seines Heimatdorfes. Jedes Dorf hatte diese eine Frau, die alle Kinder auf ihre Art erzog, ob sie nun von ihrem eigenen Blute stammten oder ihr nur schlammbespritzt vom letzten Regenschauer ins Haus gestolpert waren. Und immer war sie schon so alt, dass selbst der Dorfsprecher sie nur als Naina kannte und sich vor jedem Besuch bei ihr gründlich die Hände wusch, damit sie mit ihm nicht schimpfte.

Niemand widersprach einer Naina und auch Fionn wagte es nicht. Zögerlich nahm er sein Kurzschwert von Nuzars Hals und schritt zurück zu seinem Platz, wo er sich mit gesenktem Kopf setzte.

»So, Herr Magier, das wäre erledigt«, sprach Naina unbeirrt weiter und stützte sich dabei auf dem Kopf eines alten Mannes ab, der es nicht wagte, ihr den Halt zu verweigern. »Ich hab Euch gerettet und jetzt rettet mir mein Dorf.«

Nuzar verbeugte sich mit ausladender Geste. »Da musste ich so weit in dieses fremde Land reisen, um endlich auf den einen Menschen zu treffen, der Magie nicht verabscheut. Selbstverständlich helfe ich da.«

»Ich erzähl Euch mal was, Herr Magier. In der Zeit, als das Land noch jung war und die Göttlichen unter den

Sterblichen wandelten, wurden die Regentänzer auserwählt. Sie waren die Klügsten und Tapfersten aller Menschen, weshalb der Donnerfürst ihnen die Gabe schenkte,
den Regen zu lenken und jedes Wasser beugte sich ihrem
Willen, vom kleinsten Tropfen bis zum reißenden Strom.
Auch Carthal war einst ein Land voller Magie, weshalb wir
sie nicht fürchten. Nur die, die sie gegen uns verwenden.
Und das habt Ihr doch nicht vor, Herr Magier, oder?« Ihre
Worte trugen die liebevolle Strenge eines leeren Magens,
wenn man ohne Abendessen ins Bett geschickt wurde.

»Nie würde ich es wagen, eine solch weise Frau zu hintergehen.« Nuzar sprach mit lachender, freundlicher
Stimme. »Regentänzer ... das Wort gefällt mir. Mir scheint,
nicht alle Cartharerinnen neigen zu einer wortkargen
Sprache. Ash'bahrische Magie gleicht mehr einem Flamm-
mentanz; eine Macht, um die uns das Imperium seit Anbeginn der Menschheit beneidet.« Herausfordernd sah er
zu Riagh. »Du kannst Feindinnen in Carthal nicht mit cartharischen Taktiken besiegen, damit rechnen sie. Lass uns
ash'bahrisch kämpfen und wir werden sie übermannen.«

»Wir haben aber nur einen Ash'Bahar hier, da helfen
uns Kriegstaktiken für ein Heer voller Nekromanten nicht
weiter.«

»Was uns hier nicht weiterhilft, sind deine Zweifel,
Riagh. Gib mir einen Tag und ich schenke dir ein Heer.«

»Ein Heer voller Ash'Bahar?«

»Ein Heer voller Mijadhîm.«

Riagh schüttelte entsetzt den Kopf. »Du willst was?«

»Genau«, mischte sich auch Gaira wieder ein, »er will wen herholen?«

»Ihr nennt sie Verfluchte.« Nuzars harmloses Lächeln glich einer Groteske in Anbetracht der Situation. »Und ich kann sie gegen eure Gegnerinnen hetzen. Mit nur genug Schilden aus totem Fleisch wird kaum mehr jemand von euch sein Leben lassen müssen. Nur so überlebt Ash'Bahrim, seit der Fluch uns traf.«

»Du bleibst schön weg von unseren Gehängten!« Drohend hob Govhan die Faust.

»Eure Gehängten nützen mir nichts. Ich werde die Mijadhîm des Umlandes zu mir rufen; die, die ohnehin dem Tod entrissen umherwandeln. Aber ich brauche einen Ort, an dem ich sie sammeln kann, ohne dass sie mir in Ruhezeiten wieder entkommen. Denn mit einer Mijadh ist es wie mit einem jungen Gespielen: Widme ich ihm nicht all meine Aufmerksamkeit, widmet er die seine einem anderen Körper.«

»Wie wäre es mit einem Strick samt Glocke?«, fragte Riagh, als wäre diese Unterhaltung tatsächlich der große Scherz, der sie sein sollte.

»Für Mijadh oder Gespielen?« Ein so ehrliches, für diesen Moment so falsches Lachen.

Riagh ballte die Hände zu Fäusten. Diesen Plan konnte Nuzar doch unmöglich ernst meinen. Wo bliebe die Ehre, wenn sie Verfluchte gegen Menschen hetzten? – Was nützte den Menschen hier ihre Ehre, wenn das Imperium sie abschlachtete … »In Ordnung.« Riagh atmete aus, denn die Last seiner Entscheidung lag so schwer auf ihm, dass sie alle Luft aus seinem Körper presste. »Aber du hast bei diesem Plan vergessen, dass auch sie einen Magier haben. Du kannst dich kaum mit ihm messen und gleichzeitig all die Verfluchten kontrollieren.«

»Und schon wieder unterschätzt du mich, Riagh. Eure Magierinnen sind wie eine Fackel, die sich gegen den Regen stemmt.«

»Und was bist dann du?«

»Der Weltenbrand.«

Bis auf das Knistern der Feuerschalen herrschte Stille und für einen flüchtigen Moment erschien es Riagh, als wären nur er und Nuzar in diesem Raum. Nur ihr Kampf um Selbstüberschätzung und Zweifel, um Vertrauen, Freundschaft und all die so wahren, nun so belanglosen Streitigkeiten. Wenn Nuzar auch nur ein halb so mächtiger Nekromant war, wie er vorgab, weshalb hatte er dann Riaghs Hilfe gegen eine einzelne Attentäterin gebraucht? Aber war *halb so gut* nicht immer noch gut genug, um gegen einen imperialen Trupp zu bestehen?

Riagh sammelte alle Kraft in sich, die ihm noch geblieben war, und wandte sich an die Menschen, die hoffnungsvoll und zugleich ängstlich dem Disput der Fremden lauschten, die über ihrer aller Schicksal berieten. »Die Wahl, die ich selbst treffen kann, habe ich bereits getroffen: Ich helfe euch, ob bei Flucht oder Kampf, mit Verfluchten oder ohne. Aber was davon passieren wird, müsst ihr entscheiden.«

»Hat der Herr Magier recht?«, fragte Naina und so wagte kein anderer zu sprechen. »Wenn die Toten für uns kämpfen, werden wir siegreich sein, ohne allzu viele von uns der Vindara übergeben zu müssen?«

»Ja.« Dieses Eingeständnis fiel Riagh schwer, doch das nächste seltsam leicht: »Und ich vertraue Nuzar, auch wenn er ein Ash'Bahar ist.«

»Dann ist es beschlossen: Unsere Toten wachen noch ein letztes Mal über uns.« Naina nickte bekräftigend und die Menschen um sie herum widersprachen nicht. Aber manche wirkten noch immer ängstlich – kein Wunder! Riagh selbst behagte der Gedanke nicht, zwischen Verfluchten zu kämpfen. Vielleicht brauchten sie mehr Zuspruch, damit sie im Kampf nicht die Moral verließ; einen Anführer, der aus ihrer Mitte stammte.

»Solltet ihr das nicht mit eurem Dorfvorsteher entscheiden? Wo ist er überhaupt?«

»Ich glaube, er ist da ganz einer Meinung mit Naina.« Gaira verschränkte trotzig die Arme. »Aber du kannst ihn gern selbst fragen. Mein Mann hängt draußen bei den anderen *Rebellen*.«

Zurück in der Hütte entzündete Nuzar das Feuer der Kochstelle, noch ehe Riagh überhaupt nach seinem Schlageisen suchen konnte. Trotzdem tat Riagh es, durchwühlte seinen Rucksack, nahm das Eisenstück in die Hand und schaute weiter danach, als hätte er nichts gefunden. Alles nur, um

Nuzars Blick zu entkommen – oder mehr den vielen Worten, die sich der Nekromant noch nie hatte verkneifen können. Als sich Riagh sicher war, dass Nuzar ihn nicht beachtete, vermutlich selbst bereits nach seinen eigenen Sachen schaute oder sich gar die Sitzbank zum Schlafplatz gestaltete, damit Riagh den Boden wählen musste, drehte er sich um – und sah direkt in Nuzars wache Augen. Der Ash'Bahar stand noch immer nahe dem Feuer und hatte geduldig auf seine Möglichkeit gewartet, Riagh alle Vorwürfe dieser Welt zu machen. Und jedes Recht dieser Welt war auf seiner Seite.

Dennoch traf er die Wahl, dieses Recht nicht zu nutzen: »Ich will mich bei dir entschuldigen, Riagh. Ich war wütend und meine Worte überschritten feindliche Fronten. Es war nie meine Absicht, dich zu verletzen.«

»Ich bringe dich fast um und du entschuldigst dich bei mir?«

»Ich entschuldige mich stets für meine Fehler, die Anlässe sind schließlich selten genug.« Wieder dieses unerträglich arrogante Lächeln. »Aber ich übernehme nicht die Rechenschaft für deine Vergehen. In der Tat hättest du mich fast umgebracht, schon wieder. Du liebst es, deine Gewalt an mir zu entfesseln, und es sei dein Glück, dass ich mich nach weit Größerem sehne, als dich denselben Schmerz spüren zu lassen. Mein Ziel ist bedeutender als mein körperliches Wohlbefinden und du bist nur einer von sehr vielen, die in letzter Zeit Hand an mich legten und mir nach dem Leben trachteten. Doch dich unterscheidet von ihnen, dass ich dir wahrhaft glaube, dass dies – inzwischen – nicht mehr dein Wille ist. Aber, Riagh, das ändert nichts an deinen Taten. Es ist gut, dass sich unsere Wege in Brênningh trennen, denn du verlierst dich lieber in Wut als in Vernunft und wirst damit zur Gefahr für uns beide.«

Es war wahrhaft eines von Nuzars großen Talenten, Riagh sich schuldig und wütend zugleich fühlen zu lassen. »Warum bleibst du dann überhaupt? Warum hilfst du mir mit diesem Dorf? Das hier hat nicht mal was mit den Verfluchten zu tun, nichts hieran ist dein Kampf. Du könntest so viel schneller in Brênningh sein, wenn du jetzt gehst. Das sind von hier aus höchstens noch fünf Tage.« Natürlich wusste Riagh, dass er Nuzar für das folgende Gefecht brauchte, dass er um der hiesigen Menschen willen den Ash'Bahar unmöglich ziehen lassen durfte. Aber ein Teil von ihm befand, dass Nuzar frei war, zu gehen. Und es war der einzige Teil, der sich im Moment noch stark fühlen konnte.

Das Blau in Nuzars Augen war klar und funkelnd, das Rot wie ein steter Fluss in einer Welt der vertauschten Farben. »Ich gebe ungern auf.« Der Ash'Bahar lächelte, gütig und gleichsam herausfordernd. Ganz sicher war sich Riagh nicht, und doch glaubte er, dass dies es war, wie sich Ehrlichkeit in Nuzars Gesicht zeigte.

»Dann haben die Menschen hier wirklich Glück.« Riagh nickte und hoffte, dass es nun Nuzar war, der Dankbarkeit in einem fremden Gesicht zu deuten wusste.

»Ich spreche nicht über dieses Dorf.«

»Worüber dann?«

»Über dich.« Nuzar legte die Hand auf seine Brust, dort, wo sein Shariem die Mitte finden musste. »Und deshalb helfe ich dir jetzt, Riagh, auf eine Art, die dir nur schwer verständlich erscheinen dürfte: mit einem Versprechen. Erhebe noch einmal die Hand gegen mich, noch ein Faustschlag, wenn dir meine Worte wie Pfeile erscheinen, oder noch einmal deine Finger, die um meine Kehle krampfen – und ich bin fort. Mag es mitten im Kampf sein, umgeben von meinen Attentäterinnen oder den Mijadhîm, magst du verblutend am Boden liegen oder umkreist sein von der Legion, die kommt, um dich zu richten: Ich werde dich verlassen und nie zurückkehren. Das, Riagh ard Cerwed, schwöre ich dir, bei Ash'Ghiam und der ewigen Flamme, die in mir wütet. Ich gräme dir nichts, was geschah, aber werde nie vergeben, was du mir von diesem Tage an antun wirst.«

Riagh schluckte, denn sein Hals war trocken und seine Stimme sollte nicht zaghaft klingen. »Du irrst dich.«

»Ich irre mich nie.«

»Diesmal schon: Ich verstehe es. Und deshalb … danke.«

Ein Lächeln, das so warm war wie seine Augenglut. »*Qarqar'we*, Riagh – gern geschehen.«

Riagh atmete durch, so frei wie seit ihrem Trinkabend nicht mehr. Er fühlte sich, als hätte ihm ein Freund eine schwere Schuld vergeben. Denn genau dies war auch geschehen.

»Ich glaube, dies habe ich dir in unserem Kampf entrissen.« Nuzar griff unter sein Hemd, holte die Kette mit der kleinen Phiole hervor und reichte sie Riagh.

Es war vermutlich der perfekte Moment, ihre Freundschaft zu besiegeln, Nuzar zu beweisen, dass Riagh ihm vertraute. Dass er nicht länger davon ausging, ein unfreiwilliges Opfer von Nuzars Magie zu werden. Aber die Wahrheit war auch die: Er vertraute ihm nicht genug, damit ihn nicht dieses wohlige Gefühl der Sicherheit umgab, kaum dass er an das Sameea um seinen Hals dachte. Deshalb nickte Riagh dankend, als er die Kette annahm, und legte sich nahe dem Feuer schlafen. Und er schlief gut.

»Vor Jahren galt noch Carthal als Ostgrenze des Imperiums und die Legion zersplitterte sich in dreiunddreißig Trupps, die sich über das Land verteilten und Vorratslager aus Stein neben ihren Kastellen bauten. Im Herbst überwachten sie, dass genug Abgaben eingelagert wurden, und wurde das Lager nicht durch die umliegenden Dörfer voll, so kamen Güter aus fernen Provinzen und füllten den Rest auf. Im Winter dann, wenn die ersten Dörfler dem Hunger anheimfielen, wurden die Tore geöffnet und die Leidenden versorgt. Kein Dorf sollte mehr Menschen als nötig verlieren, damit im Frühling, wenn sich das Schmelzwasser der Flüsse von den Äckern zurückgezogen hatte, noch genug Arbeiter lebten und keine Felder brach lagen.

Ja, in der Tat, es hatte eine Zeit gegeben, da hatte sich das Imperium um seine Provinzen gekümmert wie ein strenger, doch gütiger Vater um seine Kinder. Doch dieser Vater hatte sich eine neue Frau genommen und scherte sich nicht länger darum, ob seine alte Familie hungerte.«

– Cartharischer Bauer, Ostgrenze nahe der Vindara, zeitaltes der Ferne

»Kaum ziehen wir unsere Truppen von den Lagern ab, plündern diese dämlichen Bauern alles bis aufs letzte Korn in einer Nacht und wundern sich, dass im Winter drauf der Bauch nicht voll wird. Selbst die Steinwände tragen sie ab – als wäre dieses Land mit seinen ganzen Gebirgen nicht ohnehin ein einziger großer Stein, den man über einen Fluss springen lässt!«

– Imperialer Offizier, Ostgrenze nahe der Vindara, 175. Jahr des Ewigen

Kapitel 7

Der Tag war noch jung, als sie das alte Getreidelager erreichten. Es lag an der Straße, nahe den Ackerflächen und somit nicht weit vom Dorf entfernt. Jedes zweite Getreidelager Carthals war verlassen worden und so hatte sich auch dieses hier über die Jahre zur Ruine gewandelt, die sich durch ihre fremdartige Bauart doch nicht recht ins Land fügen wollte. Das Gemäuer war mit Kalk verputzt, erschien blass wie Nebel und war von ersten Rissen durchzogen. Statt Holzschindeln lagen rote Ziegel auf dem Dach – und viele von ihnen auch daneben, zersplittert in scharfkantige Tonscherben. Dem kleinen Nebenhaus war es etwas besser ergangen, lag es doch im Windschatten des Lagers und hatte somit sein Dach durch die Stürme hinweg retten können.

»Wenn wir die Verfluchten ins Lager treiben und den Eingang mit ein paar Balken verbarrikadieren, sollte das ein paar Tage standhalten.« Riagh trat gegen das alte Holztor und es knarzte ihn an, ohne auseinanderzufallen. Immerhin.

Nuzar setzte sich auf einen nahen Stein und blickte auf die Überreste einer feindlichen Kultur. »Im Nebenhaus finden wir Schutz in der Nacht, während ich mich dem Schlaf ergebe. Die Mijadhîm jagen stets zum nächsten Leben;

selbst wenn sie ausbrechen, werden sie an unserer Türe kratzen, statt ins Dorf zu ziehen.«

Riagh nickte. »Die Zeit reicht dir, sie alle ins Dorf zu treiben, wenn es so weit ist?«

»Die kindlichen Späherinnen versprachen mir einen halben Tag. Das genügt.«

»Also dann, fangen wir an.« Riagh sah auffordernd zu Nuzar und dann unsicher umher. »Was genau machen wir jetzt eigentlich?«

»Ich werde mich allen Mijadhîm im Umland zu erkennen geben. Meine Lebenskraft wird ihnen wie ein Leuchtfeuer am Horizont erscheinen und sie zu uns treiben.«

»Gut«, sagte Riagh, als würde er verstehen, was das bedeutete. »Und was mache ich so lange?«

»Auf dich wartet nun eine schier unüberwindbare Aufgabe, mein Freund: Geduld.« Nuzar lächelte und schloss die Augen. Nach wenigen Atemzügen topften die ersten Blutperlen aus seiner Nase und er hatte nicht einmal den Anstand, sie fortzuwischen.

Riagh schnaubte und sah zum Himmel, dem zerknüllten Wolkengrau, das dem Sonnenprinzen jedes Licht raubte. Der Morgen hatte viel zu früh begonnen und ihn schwindelte noch immer ein wenig ob seiner Müdigkeit. Der erste Tropfen traf Riagh an der Nasenspitze, die nächsten folgten schneller als ein Atemzug. Der Nivag kam so rasch über das Land, wie er Nuzars Blutspur aus dem Gesicht wusch. Riagh grinste. Der Sturmfürst konnte sich das Geblute auch nicht länger mitansehen.

Als die erste Verfluchte auftauchte, verebbten die Regenfluten des Nivag gerade zum Dræghad, befeuchteten nur noch Haut und Haare, statt Nässe in die Kleidung zu reiben. Das Tageslicht drang durch graue Wolken, doch erlaubte keinen Ausblick auf den Sonnenstand. Riaghs Magen war sich dennoch sicher, dass die Mittagszeit bereits vergangen war. Als die Verfluchte nahe an ihm vorbeischlurfte, änderte er diese Ansicht jedoch. Ihr Fleisch war so verwest, dass ihr Gesicht wie zerschmolzen schien, und ihr Kleid war mit ihrem Körper verwachsen. Sie war klein, vielleicht ein Kind oder sehr alt. Riagh wollte nicht darüber nachdenken, also schaute er auf Nuzar und auf die Felder hinter ihm, während sie stumm ins Lager schritt.

Nuzar hingegen ließ sie nicht aus dem Blick. Seine Lippen waren zu einer dünnen Linie gepresst, aber er blutete nicht mehr. Nachdem die Verfluchte im Lager verschwunden war, schloss Riagh das Tor. Kaum hatte er es mit dem Balken blockiert, hörte er sie aus dem Inneren gurgeln und das Holz zerkratzen.

»Wie viele werden noch kommen?«

»Ich weiß es nicht.« Nuzar wischte sich die regenfeuchten Strähnen aus dem Gesicht. »Sie spüren mich, ich sie aber nicht. Ich kann nur verzaubern, was ich auch sehe.«

Riagh nickte nachdenklich. »Bisher hast du die Verfluchten nur erstarren lassen, nicht kontrolliert. Ich dachte nicht, dass du auch das kannst.«

»Du weißt sehr wenig von dem, was ich kann, Riagh. Einer Mijadh die Bewegung zu rauben, ist leicht. Ihr Leib ist tot, sie ist mehr Ding als Lebewesen, hat keinen Willen, nur Trieb. Ob ich sie nun erstarren lasse oder dein Schwert in meine Hand fliegt, das ist kein Unterschied. Aber sie zu lenken, ihr einen Gedanken zu schenken, wo sonst nur Leere herrscht, das ist ... falsch.« Nuzar schüttelte den Kopf und lachte. »Du magst es nicht glauben, aber ich bin kein Gott, Riagh.«

»Was für eine bescheidene Erkenntnis.«

»Spotte nur, Ungläubiger, und verschließe deine Augen vor dem Wunder, das ich an dieser Mijadh erbrachte.« Für einen Moment blickte Nuzar zornig, doch dann bog sich sein Mundwinkel zu einem Grinsen.

»Du hast sie ins Lager gehen lassen. Da fand ich deinen Feuerball eindrucksvoller.«

»Aber nur, weil du nicht begreifst, was ich hier tue. Feuer liegt mir im Blut, ich entzünde die Wirklichkeit an meiner inneren Flamme und gebäre sie in diese Welt. Das schaffen bereits unsere Kinder. Aber einer Mijadh einen Willen schenken – es wäre göttlich, könnte ich aus dem Nichts einen Gedanken kreieren, Existenz bringen, wo Leere vorherrscht. Ich muss diesen Gedanken aus etwas Bestehendem formen: aus mir. Jede Mijadh unter meiner Kontrolle ist *ich*, ein winziger Teil meines Selbst in diesen verfaulten Körper gezwängt. Ich teile mein Bewusstsein auf, sehe durch ihre Augen, laufe auf ihren Beinen, inhaliere ihren Hass ... Das ist nicht anstrengend, denn in mir steckt sehr viel eigener Wille. Aber dies ändert nichts daran, dass es qualvoll ist, auf eine ganz und gar schmerzfreie Weise.«

»Aber das hier war doch dein Vorschlag!«

»Wir haben Krieg, Riagh. Bei der Wahl der Waffen ist nur eines von Belang: dass sie unseren Feindinnen mehr schaden als uns selbst.«

Nuzars Miene war längst wieder ernst und auch Riagh war nicht nach Scherzen zumute. In den letzten Tagen war es ihm zu leichtgefallen, Nuzar nicht als einen feindlichen Soldaten zu betrachten. Schließlich trug der Nekromant weder Rüstung noch Schwert; nur dieses Messerchen hing an seinem Gürtel, doch er nutzte es kaum. Aber in diesem Krieg war Nuzar ebenso eine Waffe seines Volkes wie Riagh eine war – nur war Nuzar in einer Schlacht vermutlich noch ein ganzes Stück nützlicher.

»Wie gut, dass wir uns nun die Feinde teilen.« Riagh nickte, denn er meinte seine Worte ehrlich. Seltsamerweise missfiel ihm, dass Nuzar ein Stück von sich für diese Zauberei opferte. Er verstand, wenn Menschen Tod und Schmerz nicht fürchteten, aber auch Aufopferung kannte Grenzen. Nuzar jedoch nicht. Und dies war weder Zeit noch Ort, sie ihn zu lehren. »Und was machen wir jetzt?«

»Ich weiß nicht, welche Pläne du für diesen Tag schmiedetest, aber ich führe nun die Mijadhîm hinter dir ins Lager.«

»*Nicht umbringen.* Was an diesen Worten erschien dir unverständlich, Riagh?« Nuzar stemmte sich mit dem Rücken gegen das bebende Tor, während Riagh es mit dem Balken verschloss. Aus dem Inneren fauchte, gurgelte, kratzte und schabte es. Fünfzehn Verfluchte konnten einen ganz schönen Lärm machen.

»Dass du lieber gebissen werden willst, als ein Spielzeug zu verlieren.« Riagh schob mit dem Fuß den kopflosen Leichnam aus dem Weg.

»Einen Atemzug später und sie wäre erstarrt. Ich hatte sie nur einen Moment aus der Kontrolle verloren.« Unter schweren Atemzügen wischte sich Nuzar das Blut am Ärmel ab.

Riagh starrte hinauf in den düsteren Himmel. Nicht mehr lang und der Nachtgeist fräße alles Tageslicht in seiner Gier. Nicht mehr lange und die verfluchte Gier würde in ganzer Stärke in den Toten erwachen. Dann würde sich zeigen, wie robust so ein altes Holztor sein konnte.

»Wie viele kommen noch?« Je länger sie hier standen, desto unsinniger erschien Riagh der Plan.

»Ich sagte dir doch schon, dass ich nicht weiß …«

»Dann hätten uns damals also auch zehn Verfluchte finden können statt vier?«

Nuzars Kopf ruckte erstaunt in Riaghs Richtung und seine Augen wurden weit.

»Schau nicht so. Ich hatte mir von Anfang an gedacht, dass das deine Verfluchten gewesen waren, die uns vor der Attentäterin überfielen. Sie kamen einfach zu gelegen.«

Nuzar schloss die Augen und übte sich in tiefen Atemzügen. Noch immer lehnte er mit dem Rücken am Holz, als wäre er der Torwächter in das marode Reich der

Verfluchten hinter ihm. »Ich musste es damals wagen, Riagh. Selbst wenn zwanzig Mijadhîm gekommen wären … Sonst hättest du mich in dieser Nacht getötet, da du ohne einen Vertrauensbeweis nicht bereit gewesen wärst, neben mir zu schlafen.«

»Was könnte mehr Vertrauen schaffen, als ein paar Tote auf den anderen zu hetzen …«

»Stets zu versuchen, ihn umzubringen?« Nuzar entließ sich aus seiner Torwache und schritt auf Riagh zu. Das schwindende Licht machte es schwer, das Spiel seiner Augenfarben zu deuten. »Sag, Riagh, sind wir wieder dabei angelangt, uns vergangene Taten anzulasten?«

Riagh schnaubte, denn er wollte nicht streiten. Aber er wollte auch nicht, dass Nuzar sich im Recht fühlte. »Hättest du mir je die Wahrheit gesagt?«

»Weshalb hätte ich etwas so Törichtes tun sollen?« Kein scherzhafter Unterton, kein hinausgezögertes Lachen. Noch nie hatte Riagh jemanden gehört, der mit so ehrlicher Überzeugung seine Unehrlichkeit verteidigte.

»Weil …« Riagh schnappte nach Luft und Worten, ballte die Hände zu Fäusten, damit sie nicht nach dem Breitschwert griffen. »Weil man das so macht! Unter Freunden.«

Er wartete auf einen scharfzüngigen Kommentar, der seine unbeholfene Antwort ins Lächerliche zog. Aber Nuzar schwieg nachdenklich, bis er endlich mit ruhiger Stimme fragte: »Du siehst den Sinn in einer Freundschaft, die bereits in Brênningh wieder endet?«

Riagh konnte sich nicht daran erinnern, sich je so unsagbar dumm vorgekommen zu sein. In all seinem Bestreben, in Nuzar einen Freund zu sehen, hatte er nie daran gedacht, dass der Nekromant seine Einsamkeit nicht teilte. Was sie hier verband, war ein Zweckbündnis unter Feinden, ein Waffenstillstand, der bald erlosch. Nuzar hatte seine Mission von schier unfassbarer Bedeutung für alle Lebenden dieser Welt – und Riagh musste Anryn retten. Wer sie kannte, wusste, dass ihr Leben mindestens dieselbe Bedeutung in sich trug. Aber für Nuzar musste Riaghs Sinnen kleinlich erscheinen und wertlos. Riagh war nur irgendein Soldat, an den sich der große Nekromant bald nicht mehr erinnern würde; nur ein lebender Schild für ein paar Tage Wanderschaft. Weshalb sollte er da Bande knüpfen, die – vielleicht – auch nach einer Zeit des Krieges und des Fluches noch Bestand haben könnten? In ferner, ungewisser Zukunft, wenn sie beide erfolgreich gewesen waren und ein glückliches Ende gefunden hatten. Die Flucht von der Front hatte Riagh einen Freund gekostet, aber deshalb schenkte ihm das Schicksal noch lange keinen neuen Mann, an dessen Seite er sich lehnen konnte, wenn der Nachtfrost über den Boden kroch. Und den er beschützen konnte, wenn der Sturm um sie tobte.

Natürlich nicht, denn nie würde jemand Sivok ersetzen können. Er war gestorben, weil Riagh ihn hatte sterben lassen. Weil er nicht um ihn gekämpft hatte, als die Soldaten ihn ereilten, sondern geflohen war, wie sie es sich versprochen hatten. Riagh hielt Wort, weil es ihm seine verdammte Ehre befohlen hatte. Und weil sie sich geeinigt hatten, dass Anryns Leben schwerer wog als ihrer beider zusammen. Sivok war gestorben, damit Riagh Anryn retten konnte – wie könnte sie da je unbedeutend sein, wie könnte ihr Leben da weniger wiegen als das aller Lebewesen zusammen? Riagh hatte nicht das Recht, mit Nuzar gemeinsam zu ziehen, um dieses Land zu retten; um einem neuen Freund seinen Wert zu beweisen. Nicht, wenn er dafür Anryn aufgeben musste. Das musste Nuzar doch verstehen!

»Ich kann nicht mit dir kommen!«, schrie er den Nekromanten zwischen seinen Händen an, schüttelte ihn, ließ ihn los ... Er hatte nicht bemerkt, wie Nuzar überhaupt in seinen Griff gelangt war ...

»Ruhig, Riagh, alles ist gu...«

Und dann brach sich der Schmerz in Riaghs Unterarm frei.

Er schrie auf und starrte auf einen verwesenden Hinterkopf mit strohigen Haaren. Sie waren so leichtsinnig gewesen in ihrem Streit, hatten jede Aufmerksamkeit aufgegeben! Ein Loch war in den Schädel hineingebrochen und milchige Larven hatten darinnen ihr Nest gefunden. Aber das war es nicht, was Riagh zum Zittern brachte. Weshalb sein Magen krampfte, sein Puls erstarrt schien. Er sah die Hände des Verfluchten, an seiner Hüfte und seinem Oberschenkel.

Was er nicht sah, war das verfaulte Gesicht. Weil der Verfluchte in seinen Arm biss.

Riagh wusste, er sollte zum Schwert greifen und das Monstrum vernichten. Aber in seinen Gedanken herrschte nur noch der Fluch, der nun auf seinen Körper überging. Ein kurzer, so winziger Moment der Schwäche, nur für einen Herzschlag hatte er diese Welt aus seinem Blick verloren – und nun verlor sie ihn. Alles, was Riagh jetzt noch davon trennte, als verfaulendes Wesen durch Carthal zu streifen, war sein letzter Atemzug. Und seine Lunge schien so steif und zusammengepresst, dass er nicht daran zweifelte, ihn bereits hinter sich zu haben.

»Ich hab ihn, hörst du, Riagh?« Nuzars Stimme war nur ein Echo, das aus einem verwirkten Leben zu Riagh herüberschallte. »Willst du ihn töten oder soll ich ihn mit den anderen vereinen?«

Riagh versuchte zu schlucken, doch sein Mund war trocken wie der Rachen.

»Riagh?«, versuchte es Nuzar erneut. »Ist gut, alles ist in Ordnung, hörst du? Er wird nun von dir ablassen und zu den anderen schreiten, erschrecke dich nicht.«

Riagh sah, wie der Kopf von seinem Arm abließ, sich der Verfluchte zurückzog und einem braven Hund gleich zum Tor trottete, wo er wartete, dass Nuzar den Balken anhob. Kaum hielt nichts mehr die untote Meute im Zaun, da schlugen sie das Tor förmlich auf und für einen Moment schien es, als würde die gesamte faule Horde über Nuzar herfallen. Doch dann gefroren sie, jeder einzelne in seinem Trieb, und zogen sich mit Rückwärtsschritten ins Innere zurück.

Der neue Verfluchte reihte sich bei ihnen ein, und sie alle warteten geduldig, dass sich das Tor schloss. Erst dann gurgelte und ächzte es wieder und das Holz erwachte zum Leben, bebte und knarzte von Neuem. Nuzar atmete durch, stützte sich mit einer Hand am Balken ab und wischte mit dem anderen Arm das Blut fort.

All das betrachtete Riagh, ohne sich zu rühren, als wäre auch er einer der Verfluchten und durch Nuzars Willen erstarrt. Es hätte ihn nicht einmal gewundert, hätte er schon längst das Atmen aufgegeben. Sehr vorsichtig blickte Riagh an sich herab. Sein Brustkorb hob und senkte sich, aber vielleicht war das auch nur ein erlernter Reflex seines Körpers.

»Komm«, sagte Nuzar und Riaghs Beine setzen sich in Bewegung.

Sie gingen in das Nebenhaus, das von drinnen noch weit mehr einer Ruine glich als von außen. Die Innenwände bröckelten, ein großes Stück war bereits wie ein flacher Stein herausgebrochen, und statt Mobiliar fanden sich nur noch Holzreste zerschlagener Schränke und Betten. Nachdem das Imperium das Lager aufgegeben hatte, waren die Plünderer gekommen und was zu groß gewesen war, um es mit sich zu schleppen, war nach kleinen Verstecken durchsucht worden. Riagh bezweifelte, dass hier je irgendwer einen Schatz gefunden hatte, denn weshalb sollte ein Verwalter oder Soldat auch ein Kleinod zurücklassen? Aber Vernunft hatte Hoffnung noch nie von Dummheiten abgehalten.

»Hilf mir«, sagte Nuzar und Riagh half, die Tür zu verbarrikadieren und auch das restliche Holz zu sammeln, damit der Nekromant die Feuerstelle entzünden konnte.

»Setz dich und nimm einen Schluck.« Nuzar reichte ihm die Feldflasche.

Riagh setzte sich und nahm einen Schluck, dann wartete er, betrachtete sich von außen, als hätte er wieder die Kontrolle verloren. Doch keine Hitze übermannte ihn, es war die Kälte, die ihn dieses Mal von seinem Leib entzweite.

Wieder atmete Nuzar schwer, lehnte sich gegen eine nahe Wand und betrachtete Riagh lange. Die Zeit war zäh und kannte nur das Knistern der Flammen und das Knarzen des Lagertors. Riaghs Armwunde begann zu jucken, aber er war sich nicht sicher, ob das jetzt noch wichtig war.

Nuzar schwieg noch immer, er konnte sehr lange schweigen. Überlegte er gerade, wie er Riagh begreiflich machen könnte, dass er nun auf eine ganz andere Weise bei der Verteidigung des Dorfes helfen würde? Auf eine tote …

»Riagh?« Endlich erhob der Ash'Bahar das Wort. Womöglich eine neue Weisung für diesen willenlosen Körper? »Dir ist doch bewusst, dass du nur verletzt bist – und nicht aus diesem Leben gerissen?«

Skeptisch sah Riagh zum Nekromanten und dann zu seinem blutenden Arm. Das rohe Fleisch brannte scharf, als er über die Wundränder kratzte, ganz ohne Befehl.

»Im Namen der Weltenglut, Riagh! Es scheint mir ein wahres Wunder deiner Göttinnen zu sein, dass du noch keinen deiner Atemzüge vergaßt! Du trägst mein Sameea, selbst als Mijadh hätte ich keine Kontrolle über dich.«

Riagh griff an seine Rüstung und fühlte, wie sich die warme Phiole darunter im Takt seines Brustkorbes hob und senkte. Für einen winzigen Moment war er erleichtert, doch dann spürte er wieder den Schmerz im Arm und wusste zu gut, was das bedeutete.

»Ich bin verflucht«, krächzte er die Wahrheit durch seine trockne Kehle in die Welt.

»Ja«, sagte Nuzar erbarmungslos ehrlich.

Riagh starrte wieder auf seine Wunde. »Und jetzt?«

»Du wirst dich deines Hemdes entledigen, das Blut fortwaschen und auf dies Holzstück beißen. Denn ich muss dein Fleisch mit Feuer reinigen. In den nächsten Tagen wird dein Leib schwach werden und die Lebensflüsse unter deiner Haut färben sich dunkel und faulig. Dieser Zeit kann dir jedes Husten, jede noch so unscheinbare Entzündung den Tod bringen – und dann, Riagh, bist du wahrhaftig verflucht.«

Riagh nickte. Er fühlte sich noch immer, als würde er von weiter Ferne auf diesen Raum blicken, sich dabei zusehen, wie er langsam das Kettenhemd über den Kopf hob. Als er auch an sein Filzhemd griff, verkrampften seine Finger und verweigerten ihm jeden Dienst. »Du kannst das nicht heilen, oder?«, flüsterte er, damit ihn die Wirklichkeit nicht hörte. Damit sie sich verschwören konnten gegen alles, was geschehen war und zur unabänderlichen Wahrheit wurde.

»Nein, Riagh.« Nuzar kam zu ihm, hockte sich nieder und umgriff die steifen Finger mit seinen warmen Händen. »Es tut mir aufrichtig leid.«

Vielleicht hatte der Fluch ihn mürbe gemacht, die Willensstärke wie seine Lebenskraft hinfortgerissen, aber Riagh glaubte Nuzar sein Bedauern. Er glaubte diesen Fingern, dass sie sich aus ehrlichem Mitleid um seine Haut legten, glaubte diesen dünnen Lippen, dass sie sich aus Aufrichtigkeit gegen das sonst so beiläufige Lächeln entschieden – und nicht, weil Nuzar Riaghs Schicksal nicht kümmerte. Das Blau der so nahen Augen war weit, doch trübe wie ein Fluss im Sturm, und das Rot hatte jedes Glimmen verloren. Riagh verlor sich zu lange in diesem Anblick, um noch von Trost zu sprechen. Und Nuzar wusste das auch. Sein Gesicht kam langsam, doch unaufhaltsam näher, und für einen Moment war Riagh wahrhaft versucht, alles in ihm aus Furcht Erstarrte durch diese fremde, ihm doch immer vertrautere Wärme zu schmelzen. Aber er drehte seinen Kopf fort. Denn das war nicht richtig. Und erst recht nicht gerecht.

»Nicht«, raunte Riagh, als wäre er schwach und wehrlos, und sein gesamtes Wohlergehen läge allein in Nuzars Händen.

»Verzeih.« Nuzar ließ los und erhob sich, um ziellos im Raum umherzuwandern. »Ich wollte dein Schicksal nicht zu meinen Gunsten missbrauchen.«

»Das ist es nicht. Nicht nur ... Ich will den Fluch nicht an dich weitergeben.«

»Diese Sorge muss dich nicht plagen.«

»Warum?« Riagh spielte am Saum seines Hemdes, um Nuzar nicht anblicken zu müssen. »Ich wurde verflucht, weil ich gebissen wurde. Wenn ich dich also …«

»*Beiße?*« Nuzars amüsierter Unterton zwang Riagh aufzuschauen, und das unverschämte Grinsen ließ auch ihn kurz auflachen. Auch ganz ohne Magie und Körperlichkeiten brachte der Nekromant etwas Furchtsames in Riagh zum Schmelzen. Nuzar mochte in der Tat kein Gott sein, aber manchmal, in sehr seltenen Momenten, umgab ihn durchaus ein Hauch des Göttlichen.

»Du weißt, was ich meine!«, blaffte Riagh und Nuzar nickte mit einem Lächeln auf den Lippen. Selten hatte so wenig Groll zwischen ihnen geherrscht. Riagh musste wahrhaft im Sterben liegen. »Jedenfalls ist es das nicht wert, dass wir danach beide verflucht sind.«

»Darüber musst du dich nicht grämen. Zum einen, weil nur totes Fleisch verfluchen kann. Solange also noch Luft in deinen Leib strömt, sind deine Küsse für niemanden eine Gefahr. Und sofern du die nächsten Tage überstehst, wird dein Leib zwar kränkelnder als zuvor sein, aber einem langen Leben steht dennoch nichts im Wege. Es sollte nur besser nicht in der Nähe anderer Menschen sein Ende finden.«

Erleichtert atmete Riagh durch und fühlte sich doch zeitgleich seltsam verschämt. »Und zum anderen?«

»Zum anderen bin ich bereits verflucht. Wie jede Ash'Bahar.«

»Du bist was?« Erschrocken wich Riagh zurück, robbte sitzend vom Feuer und dem Nekromanten fort.

»Als der Fluch uns dereinst traf, traf er nicht unsere Toten oder ein paar Soldatinnen. Sie verfluchten die ewige Flamme, aus der jede einzelne von uns ihre Kraft speist. Seit diesem Tage wird nicht ein Kind in Ash'Bahrim geboren, das nicht dem Tode näher steht als dem Leben. Wenn uns denn noch Kinder geboren werden ... Der Fluch schwächt die Lebenskraft, von Mutter und Spross. Und wenn ein verfluchtes Kind im Mutterleib stirbt, so reißt es als Mijadh die Frau mit in den Tod. So viele ash'bahrische Frauen starben in den vergangenen Jahrzehnten, weil sie ein Kind verloren oder geschwächt gebaren. So viele Anführerinnen sind umgekommen, noch bevor sie uns mit ihrem Rat lenken konnten ... Wo du heute vier ash'bahrische Männer siehst, siehst du nur eine Frau – und viele von ihnen entscheiden sich, niemals zu gebären, aus Furcht, jung und sinnlos dahinzuscheiden. Selbst wenn es mir gelingt, den Fluch zu brechen: Mein Volk stirbt. Nie wieder wird Ash'Bahrim zu dem Land werden, das die Poetinnen ob seiner Schönheit und seiner Fruchtbarkeit besangen. Deshalb streben viele von uns nicht länger danach, Ash'Bahrim vom Fluch zu erlösen, und deshalb jagt mich Haythem – unser General – samt seinem Gefolge, seit er von meinem Ansinnen erfuhr.« Nuzar hockte sich nieder, stützte die Stirn auf die Faust, verbarg seine Augen vor Riagh. »Verstehst du, was sie uns angetan haben? Weshalb uns der Hass so sehr durchtränkt, dass wir bereit sind, uns selbst zu vernichten, solange wir sie nur mit uns ins Verderben reißen?«

»Wer sind ›sie‹? Wer hat den Fluch über euch gebracht?«

»Das Imperium.« Schweigen. Lachen; bitter und erschöpft. »Lebend konnten sie uns nicht bezwingen, also brachten sie den faulenden Tod über uns. Sie dachten, so wären wir nur ein Ärgernis, und wähnten die Zeit als Verbündete, die uns in ihrem Namen zu bezwingen vermochte. Doch sie vergaßen, dass Zeit Verzweiflung gebiert, und so lernten wir, die Mijadhîm zu beherrschen, und lehrten das Imperium, was wahrhafte Vergeltung bedeutet.«

»Und Carthal?«

»Lag auf dem Weg.« Nuzar blickte auf und sah Riagh durch tränenschwere Augen an. »Es tut mir so unsagbar leid, und ich verstehe, wenn du mir nicht vergeben kannst.«

Alle so mühevoll angesammelte Kraft entschwand. Riaghs Gedanken zerplatzten und sein Puls glich einem dumpfen Klopfen, zeugte von einem Überleben ohne Sinn. All das Leid, die Verderbnis, der Tod – ein Zufall. Carthal starb, weil ein Fremder einen Strich auf einer Landkarte gezeichnet hatte, einen Tintenpfad durch ein Land, das ihm unbedeutend und farblos erschienen war wie das Pergament selbst, auf das er malte.

Wut glomm auf und legte ihren hitzigen Schleier über Riaghs Geist. Er spürte Zorn auf die Verfluchten, deren Schicksal er nun teilte. Auf die Ash'Bahar, die dieses Schicksal über ganz Carthal gebracht hatten. Auf Nuzar, diesem Nekromanten, der ihm all diese perfiden Schachzüge in einem alten Krieg offenbart hatte, dem sich selbst die Toten nicht entziehen konnten. Riagh starrte in die fremden Augen, in denen Tränen wie Regenwolken Abendrot und Himmelsblau verschleierten. Nichts Rachsüchtiges lag darinnen. Keine Überheblichkeit. Nur ehrliches, wahrhaftiges Bedauern. Die Entschuldigung eines einzelnen Mannes, eines Unschuldigen der alten Kriegswirren, der doch jede Verantwortung auf sich lud, für Entscheidungen, die vor langer Zeit von Fremden getroffen wurden. Seine Worte mochten bedeutungslos sein im Angesicht all des Leids, das sein Volk über Riaghs Heimat gebracht hatte. Aber für Riagh waren sie das nicht. Für das Imperium mochten die Ash'Bahar ein Feind sein und für die Ash'Bahar Carthal nur gegnerisches Gebiet – für Riagh war Nuzar ein Freund, gleich was in Brênningh geschehen würde. Und dies nicht, weil sie einander nützlich waren. Ihr bisheriges Leben hatte sie zu Feinden erklärt, doch nun, da auch sie eine Wahl hatten, gaben sie sich Halt in einer windschiefen Hütte, die einst der wahre Widersacher errichtet hatte.

Zum zweiten Mal in dieser Nacht fühlte sich Riagh tot und nur als Fremder in diese starre Hülle gezwängt, die einmal sein Leib gewesen war. Und zum zweiten Mal schüttelte er die Starre ab.

»Du irrst dich, schon wieder. Langsam wird das zur Gewohnheit, fürchte ich.« Riagh nahm all die Kraft zusammen, die er tief in seinem Inneren zusammenkratzen konnte. »Es gibt nichts, was ich dir zu vergeben habe. Denn du hast dir nicht ausgesucht, als Ash'Bahar geboren zu sein, und du kannst nichts dafür, dass deine Leute die Verfluchten durch mein Land getrieben haben. Wir sind beide ein Opfer des Imperiums – und dieses Imperium wird fallen. Ob durch euch oder die Rebellen, ob morgen oder in einem Jahr – das ist mir egal. Allein diese Gewissheit reicht mir schon, um jeden Tag zu grinsen, an dem ich einen imperialen Soldaten umbringe. Und ab jetzt werde ich sehr viele von ihnen töten.«

Nichts in Nuzars Blick zeugte von der Erleichterung, die ihn nun anheimfallen sollte. »Du glaubst mir also?«

»Hast du denn einen Grund zum Lügen?« Riagh gab Nuzar Zeit für eine Antwort, doch sie blieb ungenutzt, also sprach er weiter: »Das ist wohl der Vorteil an uns Deserteuren: Wir haben es nicht so mit Loyalität.«

»Du hast eine sichere Front gegen ein Leben auf der Flucht getauscht, um in ein Land zurückzukehren, das von einer Schar Gegnerinnen überrannt ist, die sich selbst gegen den Tod aufbäumen. Und dies alles nur für den Keim der Hoffnung, du könntest die Frau erretten, die du liebst. Riagh, bei all meinen Reisen kann ich mich nicht entsinnen, dass ich je einen Menschen traf, dessen Loyalität auch nur mit dem gleichen Maß gewogen werden könnte wie die deine. Mag sein, dass bei einer so kurzen Reise kein Sinn in einer Freundschaft liegt, aber ich könnte mir keine größere Ehre erträumen, als die, dein Freund zu sein.« Nuzars Tränen waren versiegt und die Melodie seiner Stimme war sanft und stetig wie der Flussstrom eines frühen Herbstes.

Nie hatten sie sich so nahe gestanden wie als Verfluchte. Über manche Abgründe führten die seltsamsten Brücken.

Riagh zog sein Hemd über den Kopf. »Brennen wir die Wunde aus.«

Riagh rieb sich über die frische Wunde. Die Fleischwulst brannte unter seinen Berührungen, als würde Nuzar noch immer mit glühenden Fingerspitzen darüber streichen. Sein Arm pochte und juckte, gab einfach keine Ruhe. Wie auch Nuzar keine Ruhe gab, sondern mit seinem ungleichmäßigen Schnarchen jeden Frieden raubte.

Als ob diese Nacht Riagh Frieden schenken könnte!

Er stand auf, streunte im Raum umher und setzte sich wieder, betrachtete den Arm aufs Neue. Erste dunkle Striemen führten vom roten Wundfleisch fort, verästelten sich irgendwo unter seiner Haut. Der Arm schien ihm schwächer als sonst, kränklich. Es hatte begonnen, und nichts auf dieser Welt gab Riagh die Kraft, es aufzuhalten. Ein winziger Atemzug Unachtsamkeit …

Krallen schabten über die Holzwand. Draußen gurgelte und krächzte es, und dann wieder ein Schaben, ungestüm und gierig. Ein neuer Verfluchter hatte sie gefunden und versuchte, sich durchs Holz ins Innere zu kratzen. Nuzar hatte gewarnt, dass diese Nacht noch manche Überraschung bergen konnte. Kurz schaute Riagh zum schlafenden Nekromanten, dann zog er sein Breitschwert aus der Scheide. Sein Arm mochte kranken, aber noch konnte er eine Waffe halten, also konnte Riagh kämpfen. Und wenn er jetzt etwas so dringend wie nie zuvor brauchte, dann war es ein Tod.

Vorsichtig schob er die zerschlagenen Schrankreste fort, um Nuzar nicht zu wecken. Er entzündete ein Holzscheit und trat hinaus in die Nacht, um sofort wieder ins Haus zu springen. Gleich zwei verfluchte Fratzen zeichneten sich gegen die Dunkelheit ab; groß, stämmig – ebenfalls Deserteure mit weniger Glück? Sie gäben gute Kämpfer für das Dorf ab – aber Riagh war nicht auf der Suche nach Verbündeten. Seine Verzweiflung war gierig und er war bereit, diesen Hunger zu stillen.

Er trat den ersten Verfluchten aus der Tür hinaus ins Freie und folgte augenblicklich mit dem Schwert voran. Noch bevor die Nachtluft ihn erreichte, schwang seine Klinge im weiten Bogen, zerschnitt altes Fleisch und er roch die Fäulnis modriger Leiber. Aber Riagh gönnte sich keine Ruhe, schwenkte seine improvisierte Fackel, um alle Verfluchten im Blick zu haben. Die Flammen leckten kurz über seine eigenen Finger, doch er behielt das Holz in der Hand.

Es waren tatsächlich nur zwei, mit kurz geschorenen Haaren, wie man sie in den Kernprovinzen trug. Da machte es auch nichts, dass Riagh auf ihren alten Rüstungen keine Abzeichen mehr erkennen konnte. Er hatte imperiale Verfluchte vor sich, einen Feind im Feinde, das genügte für einen befriedigenden Kampf.

Sie stürzten sich gemeinsam auf Riagh und gerieten sich dabei selbst in den Weg, was er zu nutzen wusste. Dem

Ersten spaltete er den Schädel, während er dem Zweiten die Fackel entgegenrammte. Der Gestank verkohlter Haare brachte ihn zum Würgen. Aber er beherrschte sich, riss die Klinge aus Fleisch und Knochen, und zertrennte den ledrigen Hals, noch bevor die Krallenhände ihn erreichen konnten. Nur noch einer. Viel zu wenige für Riaghs Wut.

Der Verfluchte stürzte sich mit einem Krächzen auf Riagh, Krallen voran und Maul geöffnet, als würde er ihn fressen wollen. Als gäbe es noch einen Grund, den Fluch zu fürchten. Riagh wich nicht aus – wozu die vergebliche Mühe? –, sondern ging mit Klinge voran in den Angriff und spießte den toten Körper auf. Der Verfluchte rannte die Waffe bis zum Heft hinauf; bis zu Riaghs Leib ... und er war willkommen! Riagh ließ das brennende Holz fallen und griff nach dem verfaulten Schädel, der vergeblich versuchte, nach seinem Arm zu schnappen. Krallen verfingen sich im Kettengeflecht seiner Rüstung und schabten nach Fleisch. Riagh lachte – und zeigte diesem Monstrum, wie man sich in fremdes Fleisch grub.

Er ließ sein Schwert los und packte auch mit der anderen Hand an den Schädel, stieß mit den Fingern durch die Augenhöhlen ins viel zu weiche Gewebe. Etwas Glitschiges strich über seine Haut; das einzig Lebendige in diesem faulenden Körper. Noch immer versuchte der Verfluchte, nach Riagh zu schnappen, ein Unheil über ihn zu bringen, das er doch längst in sich trug. »Du bist zu spät, Soldat ...«, raunte Riagh seinem Gegner zu, grinste, als er allen Zorn in sich sammelte, und dann riss er mit wütender Stärke. Riagh schrie, als er Knochen splittern hörte; schrie, als der Schädel wie morsches Holz brach; schrie, als er mit dem Verfluchten zu Boden stürzte, die Hände zu Fäusten ballte und wieder und wieder auf den leblosen Körper einschlug, dass nichts mehr von ihm bliebe als rottende Schlacke in einem faulenden Land.

Und Riagh schrie auch noch, als sich das Wimmern in seine Laute mischte, erst als entferntes Windgeflüster, dann als zu naher Klang, der seinen Lippen entkroch. Er schrie und heulte und jammerte und schluchzte, prügelte auf Matsch und Fleisch, wo es keinen Unterschied mehr gab. Wo es bald auch in ihm keinen Unterschied mehr geben würde, wo er bald als fauliger Leib einem verzweifelten Soldaten zum Prügeln dienen sollte. Sein rechter Arm brannte auf und wurde matt, der Fluch eroberte vollends die Kontrolle über Riaghs Körper, nutzte jede seiner Schwächen zum feigen Angriff.

Riagh riss an seinem Ärmel, zerrte Stoff vom rechten Arm, presste die linke Hand auf die frische Brandwunde. Er fühlte den Schmerz, als wäre er lebendig, als wäre nicht ein Teil seines Körpers in dieser Nacht gestorben. Als wäre alles in ihm noch gesund und rein. Seine Nägel bohrten sich in das Wundfleisch und er schrie erneut, vor Schmerz und Leben; dem Leben, das er halten wollte, also riss er an der Wunde, als könne er alles Faule aus sich hinauszerren. Denn so sollte es sein: »Ich will das nicht, hörst du!«, schrie er den Nachtgeist an und weckte den Sturmfürsten. Die ersten Regentropfen benetzten sein Gesicht und spülten die Tränen fort, damit er seine Ehre wahren konnte. »Nimm den Fluch fort, ich verlange es!«, befahl er der Welt und den Göttern und den Verfluchten und Nuzar und wer immer ihn auch hören mochte! Er riss noch stärker an seinem Fleisch, tauschte Vernunft gegen Schmerz, brüllte, sammelte Wut und Kraft, und riss erneut. »Ich. Will. Das. Nicht!« Er schrie, bis er heiser war und der Donner seine Stimme verschluckte. Bis die Welt sich verschleierte und ihm schummrig wurde, er auch auf Knien das Gleichgewicht verlor, als wäre der Boden zur Sturmflut gewachsen. »Ich will das nicht ...«, wisperte er und schmeckte Blut, das seine kalten Lippen benetzte. Und endlich erbarmte sich die Finsternis und holte ihn heim.

»Fürchtet nicht die von ihnen, die den Feuerregen in der Schlacht beschwören, denn ihre Magie ist zwar mächtig, doch so wissen wir wenigstens, dass wir von Feinden umzingelt sind. Gefährlich sind die von ihnen, die in den Schatten lauern. Sie zählen unsere Worte statt unsere Toten und am Ende wenden sie unsere Pläne gegen uns, sodass wir verlieren, noch bevor die Schlacht überhaupt begonnen hat.«

– Nael Adair, Magier und Trophäe des Ewigen,
Auszug aus einem Schreiben an den Goldenen Rat,
112. Jahr des Ewigen

»Oh weiser Tigum, schenke meinem Geist die Stärke, zwischen Wirklichkeit und Nachtgeistern zu unterscheiden. Denn heute ist die fünfte Nacht in Folge, in der ich im Geheimen Archiv erst Blättern, manchmal gar Flüstern höre und folge ich dem, zähle ich drei Schatten, obwohl ich dort doch alleine bin.« «

– Licus Sullca, Nachtwächter der Verborgenen
Bibliothek in Axarat, im Stoßgebot,
194. Jahr des Ewigen

Kapitel 8

Wie ein gewaltiger Hund leckte der Morgen über Riaghs Gesicht und es stank auch nach nassem Köter. Riagh prustete, schlug hustend um sich, und die glitschige Zunge verschwand. Nur zögerlich wagte er, die Augen aufzuschlagen, und erblickte Nuzar in güldener Aureole, die langsam im Tageslicht entschwand.

»Was ist passiert?«, krächzte Riagh durch seine raue Kehle. Er setzte sich auf und bereute es sogleich, da Nuzar und alle Farben um ihn herum für einen Moment ins Wanken gerieten. Zwar fand die Welt recht schnell wieder in ihre angedachte Form zurück, doch mit der klaren Sicht kehrte auch ein Schmerz in Riaghs Schädel ein, als versuchten seine Knochen von innen zu zerbersten. Die ersten Erinnerungsfetzen klärten sich. Er war es gewesen, der einen fremden Schädel zerdrückt hatte. Und zu seinem Erstaunen war es dabei nicht um Nuzar gegangen.

»Du schenktest mir die wunderbare Gelegenheit, mich für unseren allerersten Morgen zu bedanken, den ich im Traumschlaf verbrachte, während du meine Wunden wuschst.«

»Aha«, murrte Riagh und schüttelte sich, wodurch nichts besser, sein Kopfschmerz aber schlimmer wurde.

»Ich bin von deinem Schrei aufgewacht und fand dich bewusstlos im Regen vor, also zog ich dich in die Hütte. Und glaube mir, mein Freund, du bist weitaus schwerer, als du wirken magst.«

Riagh verbarg sein Gesicht hinter seinen Händen, blinzelte, doch nichts wollte helfen. Er fühlte sich nicht besser, nur kälter. Vorsichtig wagte er wieder erste Blicke, von seinen Armen seinen Leib hinab. Er war nackt, nur seine Wolldecke lag um seine Lenden. Skeptisch sah er zu Nuzar.

»Deine Kleidung liegt am Feuer, ich habe sie bereits getrocknet. Nur so leicht sich eine Schlafende auch entkleiden lässt, so unlängst schwerer findet sie zurück in ihre Stoffe.«

»Danke ...«, murmelte Riagh benommen.

»Da ist noch etwas.« Nuzars Augen verbargen sich hinter dunklen Haarsträhnen und wirkten fern und winzig. »Der Fluch ...«

»Ich weiß. Ich wurde verflucht, und dieser Schwindel, die Kopfschmerzen, das ist der Anfang.«

»Nein, Riagh. Das *wäre* der Anfang.« Ein schwerer Atemzug. Nuzar presste seine Lippen zu einer dünnen Linie, bis er endlich die richtigen Worte gefunden hatte. »... hättest du dich nicht so unerbittlich aus dem Honig gestrampelt.« Der Nekromant hatte ein wahres Gespür dafür, in den unpassendsten Situationen sprachliche Wandgemälde zu malen.

»Was?«

»Der Biss birgt die Antwort.«

Für einen Herzschlag schaffte es Nuzar, Riaghs Verwirrung nur noch zu verstärken. Doch dann verstand Riagh und starrte auf die Wunde der letzten Nacht. Die Haut war glatt und haarlos, etwas bleicher als ihre Umgebung. Seinen Arm zierte eine gewöhnliche Narbe, die so unscheinbar war wie all die anderen auf seinem Leib. So alt und verheilt, als wäre sie ein Unfall vor vielen Jahren gewesen – und noch nicht einmal ein sonderlich tragischer. Und keine dunkle Verästelung umrahmte sie.

»Wie ist das möglich?« Riagh blickte zu Nuzar. »Was hast du gemacht?«

»Diese Fragen bergen zwei äußerst spannende Antworten, die ich von *dir* zu hören erwarte.« Der Nekromant lächelte nicht. Die Lage musste ziemlich ernst sein.

Riagh sah wieder zu seinem Arm, fuhr die noch erkennbaren Wundränder mit den Fingerspitzen ab. Ein feines Kribbeln, ein heilendes Jucken unter der Haut, mehr zeugte nicht davon, wie frisch und bedeutend diese Wunde gestern noch gewesen war.

»Der Sturmfürst hat mich erhört ...«, flüsterte Riagh ehrerbietig. »Oder Thigara oder Niniras oder was weiß ich, welcher Gott gestern Nacht zufällig vor diese Hütte gestolpert ist.« Riaghs Stimme wurde immer lauter und vermischte sich mit seinem Lachen. »Die Götter haben mich erhört! Sie sind immer noch da!« Er schwang sich vom Sitzen auf die Knie, packte Nuzar an den Schultern, um ihn glücklich zu schütteln. »Sie wandeln unter uns und schenkten mir ihre Kraft!«

Kurz zuckte Nuzar unter Riaghs Griff zusammen, doch schnell lösten sich seine Gesichtszüge aus ihrer Härte und ein Lächeln umspielte seine Lippen, als sein Blick ganz langsam Riaghs Körper hinabwanderte.

Und Riaghs Blick folgte ihm, bis ganz hinunter zur Wolldecke, auf der er nun kniete und die nichts mehr von ihm verbarg.

»Ich gebe zu«, sagte Nuzar mit feiner Stimme, »diesen Morgen offenbart dein Leib in der Tat seine ganz eigene göttliche Stärke.«

Riagh grinste. Jetzt konnten sie beide sicher sein, dass alles an Riagh mehr als nur am Leben war. Gelobt sei der Sturmfürst, was für ein grandioser Beginn eines Tages! »Und du hast gesagt, der Fluch wäre nicht heilbar … Rechthaben ist wirklich nicht deins.« Lachend ließ sich Riagh zurückfallen und genoss jeden Atemzug. Jetzt, da seine Kopfschmerzen keine Boten drohenden Unheils mehr waren, wurden sie unbedeutend und er achtete nicht länger auf sie.

»Ich habe mich nicht geirrt, Riagh. Nie zuvor habe ich auch nur von einem Menschen gehört, der seiner drohenden Verfluchung entkam. Entweder bist du der Auserwählte deiner Göttinnen …«

»Oder?«, fragte Riagh und klang dabei unabsichtlich bedrohlich.

Nuzar stand auf und brachte Platz zwischen sie. »Wann immer es mir gelingt, meine Magie in dieser Welt zu wirken, danke ich Ash'Ghiam für ihre Gnade. Sie war es, die meine innere Flamme entzündete und mir diese Macht verlieh.«

»Und was hat das jetzt mit dem Fluch zu tun?«

»Ich bezweifle keinen Herzschlag lang, dass der Sturmfürst dir deine Macht verlieh. Aber genutzt hast *du* sie.«

Riagh schüttelte den Kopf. »Ich bin kein Magier. Die imperialen Zaubersucher kamen jedes Jahr in Garwad vorbei und zweimal holten sie mich auch selbst zur Prüfung: nichts. Weder schwebte der blöde Würfel, noch ging die Kerze an, nur weil ich es wollte.«

»War es denn wahrhaftig dies, was du wolltest?« Wieder umgab Nuzar diese Ernsthaftigkeit, die nicht so recht zu ihm passen wollte. Sie lag als Fremdkörper auf seinem ansonsten so oft lächelnden Gesicht. Riagh konnte sich nicht einmal mehr entsinnen, weshalb ihn dieses Lächeln je gestört hatte.

»Glaub schon.« Er zuckte mit den Schultern. »Sie haben gesagt, ich soll es versuchen, also habe ich es versucht. Aber es hat nicht geklappt, also durfte ich zu Hause bleiben.«

»Es war also nicht dein Wunsch, mit ihnen zu gehen?«

»Ich war ein Kind, dazu noch eine Waise. Wen hat schon interessiert, was ich wollte?«

»Dich. Meine Magie folgt meinem Willen; wo er fehlt – wem soll sie sich fügen?«

Riagh stöhnte auf und fuhr angestrengt mit der Hand durch sein Gesicht, als müsse er seine Haut zurechtschieben. Nuzar schaffte es doch tatsächlich, dass seine Kopfschmerzen wieder bedeutend und äußerst präsent wurden – und sich sein Unterleib das mit der Lebenskraft noch einmal überlegte.

Als Riagh wieder aufblickte, reichte ihm der Nekromant bereits seine Kleidung. Riagh wusste nicht genau weshalb, aber diese freundschaftliche Geste trug etwas Deprimierendes in sich. Dennoch griff er nach dem Bündel, denn zumindest sein Körper war inzwischen wieder bereit, eine Hose zu tragen.

Nuzar drehte sich nicht um oder sah zumindest fort, als Riagh sich anzog. An sich wäre dies auch albern gewesen, in Anbetracht dessen, wie oft sie nun schon beide nackt voreinander gestanden hatten. Dennoch erschien ihm Nuzars Blick unangemessen.

»Hast du eine Antwort gefunden?«, fragte Nuzar, als sich Riagh das Kettenhemd über den Kopf zog.

»Schon längst: Ich bin kein Magier.« Riagh sah zu Nuzar und dann zur Tür. Er hörte Schritte, also griff er zum Breitschwert. Es lag wieder in der Scheide und stank nicht einmal nach Fäulnis.

»Sie sind da!«, schrie ein Junge, noch bevor er die Tür aufriss. »Ich meine, sie kommen!«

»Welche Richtung?«

»Osten.«

»Perfekt, das gibt uns mehr Zeit.« Riagh nickte dem Jungen zu, während sich Nuzar sofort daran machte, seine Sachen zu packen.

»Sag ihnen, sie sollen die Falle fertigmachen und alle Fenster schließen. Wer nicht mitkämpft, soll raus, in den

Wäldern Schutz suchen. Und nun lauf, wir machen uns auch auf den Weg.«

Der Junge holte noch einmal tief Luft, bevor er entschlossen nickte und zu rennen begann.

»Gleich siehst du, was aus den Kindern wird, die die Zaubersucher mitnehmen.«

»Lächerliche Funkensprüherinnen.« Nuzar reichte Riagh Umhang und Rucksack. Selbst die Wolldecke hatte der Nekromant ordentlich zusammengerollt festgeschnallt.

»Riagh, es ist nur …«

»Du kannst nun einmal nicht an göttliche Wunder glauben?«

»Ich glaube, wir alle, jedes Lebewesen dieser Welt, sind ein göttliches Wunder.« Ein ehrliches, so trauriges Lächeln. »Aber es gab Momente, da schien in deinen Augen etwas zu glitzern, wie ein Sonnenstrahl hinter blaugrauen Regenwolken. Wie eine Quelle, die sich durch den Fels bricht. So göttlich wie das Glimmen in ash'bahrischen Augen.«

Riagh schluckte. »Anryn sagte mal, mein Blick hat sich den Morgentau gefangen.«

»Sie scheint eine wahrhaft außergewöhnliche Frau zu sein.« Nuzars Mimik warf ihre Schwere ab. »Ich hoffe, ich werde dereinst eine Möglichkeit erhalten, sie selbst kennenzulernen.«

Dereinst, wenn sich Riagh nicht länger von so vielen unbedeutenden Fragen ablenken ließ. »Ja, das hoffe ich auch.«

Als die Imperialen auf den matschigen Dorfplatz marschierten, stand Riagh im Schatten der größten Hütte und zählte die Helme. Neunzehn, wie er erwartet hatte; und dazu die rote Kappe mit den silbernen Verzierungen, die der Magier trug. Jeder einzelne von ihnen trug die Brandmale der Zigali-Flamme im Gesicht. Zwanzig von ihnen gegen vierzig Cartharer, dazu ein Ash'Bahar mit fünfzehn Verfluchten. Zumindest langweilig sollte der Kampf nicht werden.

Wie erwartet stand der gesamte Trupp schnell knöcheltief im Matsch, an den tiefsten Stellen versanken sie sogar bis fast zu den Knien, und niemanden wunderte es. Das hier war Carthal und die Vindara war nah – wenn es erst regnete, wusste man nie, nach wie vielen Krügen sich der Sturmfürst zufriedengab. Auch wenn er im Moment das Schlaflager vorzuziehen schien und der Sonnenprinz nach der Mittagsrast über einen beinahe klaren Himmel tollte.

Mit verkniffenem Gesicht winkte der Magier den Offizier zu sich, als gäbe er hier die Befehle. Der Zauberwirker war noch recht jung, wohl kaum älter als Riagh selbst und damit vermutlich erst frisch seiner Ausbildung entwachsen. Mit seinen feinen Gesichtszügen und den dunklen Augen stammte er eindeutig aus den Kernprovinzen, wenn nicht gar aus Axarat selbst, der Wiege des Imperiums, von wo aus der Ewige Imperator in seinem goldenen Palast über sein Reich wachte. Es hieß, dort lehrten sie selbst die Bettler Arroganz. Die einstmals rote Wollrobe war ausgeblichen und Schlammkleckse hatten sich so tief ins

Gewebe gesogen, dass sie sich wohl nie wieder ganz auswaschen lassen würden. Carthal war eben nicht für Imperiale geschaffen.

Der Kommandant mit dem roten Bürstenhelm nickte eifrig, als nähme er die Befehle des Untergebenen dankbar an, und wandte sich sogleich an seine Männer. »Durchsucht die Hütten. Irgendwo werden wir schon einen Hinweis finden, wo sich diese Rebellen verstecken.«

Die Soldaten schwärmten aus, verließen ihre Formation und steckten sogar ihre Schilde zurück in die Tragegurte, um beide Hände freizuhaben. Sie rechneten mit keinem Angriff, sondern mit Landflucht.

Riagh hielt die Luft an. Nur noch einen Herzschlag mehr Geduld ...

»So wie das hier stinkt, ist das ganze Haupthaus voller Leichen!«, rief ein Mann mit galithischem Akzent und rüttelte an einer der Türen. »Vielleicht hat hier schon vor uns jemand aufgeräumt. Ist noch ein Trupp in der Gegend?«

»Nur wenn jemand seine Marschbefehle nicht richtig lesen konnte.« Der Offizier schickte sich nun auch an, zur Haupthalle zu gehen, damit sie gemeinsam die schweren Türen öffnen konnte.

Riagh grinste aus dem Schatten heraus. Besser konnte es nicht laufen!

»Hier versteckt sich einer! Ein Deserteur!«

Nun ja, fast.

»Jetzt!«, brüllte Riagh und lief mit gezogener Klinge auf den überraschten Soldaten zu.

Der Mann zog sein Schwert, für den Schild blieb zu wenig Zeit. Er trug ein ärmelloses Kettenhemd, wie Riagh es tat; wie es bei den normalen Truppen üblich war. Deshalb wusste Riagh, wie er nun zu kämpfen hatte. Wie erwartet parierte der Soldat den ersten Schwertschlag und ließ sich zurückfallen, um in seiner Formation zu voller Kampfstärke zu finden. Aber das ließ Riagh nicht zu, täuschte einen weiteren schwachen Hieb an und zog die Klinge im rechten Moment nach unten, durchtrennte knapp über dem Knie Lederhose und Fleisch. Der Soldat kippte nach vorn und fiel noch im Schrei auf Riaghs Schwertspitze, die seinen Hals durchstieß und ein gnädiges Ende brachte. Noch achtzehn.

»Schnappt ihn lebend!«, brüllte der Kommandant in Riaghs Richtung und der Magier begann mit seinem arkanen Gemurmel. Die ersten Soldaten hatten ihre Schilde bereit – und dann endlich war Riagh nicht mehr allein.

Die Heuwagen polterten, als sie zwischen die Hütten geschoben wurden, um die Fluchtwege zu blockieren. Angespitzte Holzspieße waren auf ihnen befestigt, damit niemand so schnell zu den Schützen mit den einfachen Jagdbögen kletterte, die auf den Karren hockten.

Die Soldaten wurden unruhig, doch waren zu diszipliniert, um wahllos loszustürmen. »Zurück! Formation!«, rief der Kommandant und seine Männer folgten. Selbst der Magier unterbrach das Gemurmel und rannte nah an seinen Trupp heran. Im Matsch nahmen sie Formation an, die hinteren Reihen hoben die Schilde zum Dach; weit schneller, als dass auch nur der erste Schütze auf den rumpelnden Karren zum Schuss kam. Hinter ihren Schilden boten die Soldaten kaum eine Angriffsfläche, schützten so auch Befehlshaber und Magier. Riagh dankte Thigara insgeheim dafür, dass sie auch die Dörfler mit ihrer Weisheit gesegnet hatte und sie besonnen genug waren, um keine Pfeile zu vergeuden. Sie warteten auf ihren Anführer; und es war eine seltsame Erkenntnis, dass sie damit Riagh meinten.

Drei Soldaten stemmten ihre Schilde in den Boden und begannen, im Schutz ihrer Kameraden die Bögen zu spannen. Sie wussten, dass sie hinter ihrem Schildwall und mit magischer Unterstützung trotz Unterzahl überlegen waren. Unruhig knetete Riagh den Griff seines Schwertes, suchte den Blickkontakt mit dem Kommandanten und er starrte zurück; ruhig, selbstsicher. Er stand in einer im Nahkampf kaum einnehmbaren Festung aus Leibern, und sobald seine Schützen bereit waren, war es sein Magier auch – und das Blutbad konnte beginnen.

»Nuzar!«, schrie Riagh ungeduldig. Der Nekromant ließ ein klein wenig Disziplin missen. Eine Schlacht war der denkbar schlechteste Zeitpunkt für einen melodramatischen Auftritt.

»Auf meinen Befehl! Ziehen und Annocken!« Die Bogenschützen legten die Pfeile an, der Magier murmelte wieder. Die Soldaten blickten konzentriert, warteten auf den Befehl, den Schildwall fallenzulassen und schnell wieder aufzubauen. Riagh knirschte mit den Zähnen. Am liebsten hätte er die Dörfler in Deckung befohlen, aber dann verpassten sie den perfekten Moment für die eigenen Schützen. Den Moment, der ihnen die ersten Toten brächte.

Sie hatten es so gewollt. Und er ebenso.

»Ich bringe Nuzar um«, knurrte Riagh und presste den Schwertgriff in seine Hand. »Ganz langsam und qualvoll...« Er könnte so leicht im Hausschatten Deckung suchen, aber mit ihm flöhe die Moral.

Der Kommandant hielt noch immer den Blickkontakt, vom sicheren Gewinner zum aufmüpfigen Verlierer.

»Schuss!«

Und dann knarzten die Türen der Haupthalle.

Sofort wandte der Kommandant den Blick und auch der Magier ließ sich ablenken. Die Soldaten waren disziplinierter und zwei Pfeile stiegen in die Luft, während ein dritter in die Rückseite eines imperialen Schildes krachte. Ein Soldat hatte vergessen, seinen schützenden Schild zu senken, um den Pfeilen eine freie Flugbahn zu gewähren, denn er fand wohl das Haupthaus weitaus interessanter als den Rest der Schlacht. Mit dieser Einschätzung behielt er sogar recht, auch wenn es ihm persönlich nicht viel nützte.

Als die zwei Pfeile auf die Dörfler niedergingen, waren die Cartharer nicht die einzigen, die schrien. Aus der Haupthalle schoss eine Feuersbrunst auf die Soldaten zu, gewaltiger als der Flammenball, der einst Riagh getroffen hatte. Das Feuer versengte Schilde und Menschen, trieb eine Schneise in die nach verkohltem Fleisch stinkenden Leiber. Schreie gellten durch das Dorf; Gnadenrufe und Götternamen, durch die Panik zu einzelnen Silben verzerrt. Und dann stürzten die Verfluchten ins Freie; eine faulende Horde, die nur Gier und Vernichtung kannte. Nuzar blieb als dunkler Schemen im Schatten der Halle zurück, die Flammen spiegelten sich als blutrünstiger Schimmer in seinem Schweiß.

Und zum ersten Mal seit langer Zeit fragte sich Riagh wieder, ob er wahrhaftig auf der richtigen Seite stand.

Ein Blitz schoss auf das Haupthaus nieder, mit einem Krachen geriet das Holzdach in Brand. Der Magier war wieder bei Verstand – und er hatte sofort begriffen, wer sein wahrer Gegner war. Dachte er zumindest. Aber Riagh würde diesen arroganten Kerl schon eines Besseren belehren. Mit Gebrüll rannte er auf die Soldaten zu, denn er war nicht feige; er war kein Ash'Bahar. Er würde sich nicht zurücklehnen und aus sicherer Entfernung betrachten, wie Verfluchte seine Gegner zerfleischten, als seien sie nur Randfiguren in einem mittelmäßigen Gauklerstück. Er hatte diese Schlacht gewählt, also würde er auch in ihr kämpfen.

Der Matsch bremste Riaghs Lauf. Er schlitterte, verlor beinahe das Gleichgewicht, wie es auch die ersten Soldaten taten und die Verfluchten zwischen ihnen. Wo ein faulender Körper fiel und wie eine sumpfige Insel aus dem Schlammmeer ragte, da kletterte ein anderer darüber und stürzte sich aus erhöhter Position auf sein Opfer.

Als Erstes starben die Verbrannten. Wer nicht vom Feuer direkt in den Tod gerissen worden war, wurde bei lebendigem Leibe zerfleischt. Riagh stach durch den eingefallenen Schädel einer Verfluchten in ihr imperiales Opfer, um mit einem Gnadenstoß gleich zwei Wesen Frieden zu schenken. Doch die Verfluchte schob ihren Kopf auf der Klinge nur höher, um nach Riaghs Hand zu schnappen – und kaum hatte er sein Schwert aus ihr gerissen, um sie mit weitem Schlag zu enthaupten, sprang der eben noch Erlöste auf.

Wer durch die Verfluchten fiel, erwachte selbst zu verfluchtem Leben. Daran hatte Riagh nicht gedacht ... nicht denken wollen. Er wich vor dem Verfluchten und seiner eigenen Skrupellosigkeit zurück. Er hatte diese Menschen in ihr Verderben geführt!

Sein Fuß schlug gegen etwas Hartes, er verlor den Halt und rutschte aus. Der Schlamm spritzte in sein Gesicht, Riagh sank bis zu den Schultern tief, grub mit den Händen und Armen nach Halt; fand ihn, verlor ihn, rutschte weiter, stemmte sich wieder auf. Seine Hand krampfte sich um den Schwertgriff, wenn er jetzt die Klinge verlor, fand er sie nie wieder. Gurgeln und Kreischen über ihm. Riagh riss die Waffe hoch und tauchte auch schon mit dem Kopf in den Schlamm, als der Verfluchte sich auf ihn stürzte, ihn mit seinem Gewicht hinabdrückte. Nur das Schwert lag zwischen ihnen. Blind griff Riagh mit der freien Hand zum zappelnden Körper, presste die Lippen fest aufeinander, um keinen Schlamm zu schlucken. Sein

Herz schlug so panisch, wie seine Lungen nach Luft japsten. Er hielt das zappelnde Wesen im Griff und schlug mit der Schneide darauf ein, riss und zerrte um sein Leben. Die Atemlosigkeit brannte vom Brustkorb die Kehle hinauf. Er brauchte Luft und biss auf seine Lippen, um nicht im Matsch nach Atem zu ringen. Zappelte der Verfluchte noch? Es war gleich, ob Riagh nun gebissen wurde oder nicht – er erstickte hier! Er zog die Knie an, um den Körper von sich zu stemmen; ließ die Klinge fallen und zerrte noch einmal mit letzter Kraft an dem Leib auf sich. Und endlich, endlich rührte sich das Gewicht auf seiner Brust.

Mit einem Ruck wurde Riagh in die Freiheit gerissen, schnappte nach Luft, bis seine Lunge zu bersten schien, so prall brannte sie in der Brust. »Schnell!«, rief ihm Gaira zu und riss noch einmal an seiner Schulter, doch konnte ihm nicht auf die Beine helfen, also blieb er keuchend sitzen und sammelte neue Kräfte.

Riagh nickte, um ihr zu danken; damit sie losließ, in eine Sicherheit floh, die es hier ja doch nicht gab. Ein Soldat schlitterte durch den Schlamm zu ihnen, Gaira hob den Streitkolben, als könne sie ihn führen – und Riagh suchte sein Schwert. Er fand es, als Gaira auf den Schild einschlug, im schweren Takt, als versuchte sie, Holz zu hacken. Der Kämpfer ignorierte sie, hob die Klinge wie zu einem Gnadenstoß in Riagh Genick, und Riagh riss die seine hoch. Gerade noch rechtzeitig! Stahl wetzte über Stahl, die Klingen schleiften übereinander, bis sie sich in ihrem Ziel versenkten: das fremde Schwert nahe Riaghs Beinen im Matsch, die eigene Waffe in der Schulter des Soldaten. Riagh hatte die Schwertspitze unter die eingehakte Schulterverstärkung gleiten lassen, die wie ein breiter Kragen um den Nacken lag. Schreiend stützte sich der Soldat auf seine Klinge, rutschte halb auf Riaghs Körper, bis es klatschte und Riagh Blut schmeckte.

Noch ein Klatschen und wieder eines. Das Gesicht des Soldaten verzerrte sich zu einer Fratze, seine Gesichtszüge zuckten sinnentleert, als Gaira wieder und wieder mit dem Streitkolben auf seinen Hinterkopf schlug. Vielleicht schluchzte sie, genau konnte Riagh dies nicht deuten, denn um ihn herum schrien und jaulten so viele. Er stieß den Toten von sich und er kippte zur Seite, seine Hand war noch immer um die Waffe verkrampft. Und auch Gaira hielt sich noch immer an ihrem Streitkolben fest, ließ ihn in monotoner Bewegung zucken, als wäre die Luft vor ihr zu einem gewaltigen Gegner gewachsen.

Riagh richtete sich auf, griff um Gaira, um ihr Schutz zu bieten, um ihren Armen zu gestatten, weich zu werden und so ängstlich, wie sie war.

»Danke«, raunte er und zischte gleich danach, als beruhigte er ein Kind. »Jetzt geh, raus mit dir aus dem Schlamm. Den Rest schaffe ich allein.«

Sie nickte mit offenem Mund und starrweiten Augen, Blut und Schlamm klebten an ihrem Gesicht. Riagh drehte sich um, ließ sie und ihre Schrecken hinter sich und wandte sich seinen eigenen zu.

Der Schlammplatz war zu einem Schlachtfeld zwischen Lebenden und Toten gewachsen. Und die Toten gewannen die Oberhand. Zwischen Leichenbergen kämpften nur noch wenige Soldaten um ihr Überleben und versuchten, dem Untergrund zu entfliehen, der sie langsam machte und schwerfällig. Denn wo sich vier Verfluchte gegen einen Lebenden wandten, wurde der Boden selbst zum Feind. Sie stürzten, früher oder später stürzten sie alle, und wer am Boden lag, der starb und wechselte die Seiten. Pfeile fielen wahllos vom Himmel, trafen mehr Matsch als Fleisch. Einige Dörfler standen am Rande des Schlammmeeres und schlugen alles nieder, was dem Schlick zu entkommen drohte, egal ob tot oder lebendig. So errichteten sie ihren eigenen Schutzwall aus Leibern und kämpften, als wäre dies nicht ihre erste Schlacht. Mut wurde eben aus Verzweiflung geboren. Genauso wie Unerbittlichkeit.

Wieder schluckte Riagh hart und schmeckte Blut, vermutlich nicht sein eigenes. So einen Kampf hatte er nicht gewollt. Aber er hatte ihn nun einmal begonnen und nun würde er ihn auch beenden.

Er suchte den Kommandanten und fand ihn beim Magier. Im ersten Moment schien es, als würden beide schweben, doch dann erkannte Riagh die Zauberei: Wo der Magier einen Fuß auf den Schlamm setzte, gefror der Boden und bot sicheren Halt. Wollte sich Nuzar nicht um ihn kümmern? Das Haupthaus brannte lichterloh, der Nekromant hatte seine eigenen Probleme und Riagh ein Ziel.

Mit dem Breitschwert in der Hand schritt er vorbei an den Verfluchten und den noch lebenden Soldaten, köpfte die Toten, wo sie in seine Reichweite gerieten. Mochte er auch manches Mal gegen sie straucheln, es war Tag und er auf ihren Anblick vorbereitet.

Der Zauberer indes erschuf seinen Pfad aus Eis und der Befehlshaber folgte. Und Riagh ebenso. Kaum dass er endlich den Frost erreicht hatte, ließ er sich mit der Klinge voran auf der glatten Oberfläche gleiten und zielte auf den perfekten Schlag in den Rücken. Doch im rechten Moment drehte sich der Kommandant und Riagh prallte gegen seinen Schild, sodass die Wucht sie beide umriss. Rasch sprang Riagh wieder auf die Beine, hob die Klinge zum finalen Schlag – und schrie. Die Welt wurde grell, die Augen heiß, als kochten sie in ihren Höhlen. Verdammte Magie! Dennoch verlor Riagh nicht die Konzentration, holte zum Schlag aus, wo er den Kommandanten liegen glaubte – und spürte seine Klinge vibrieren, als sie aufs Holz des Schildes prallte. Verteidigung war leicht, war der Gegner blind.

Riagh sprang zurück, damit ihn niemand von den Füßen fegte, und lauschte, wartete. Die Blindheit konnte nicht ewig andauern. Riagh blendete das Geschrei, Gegurgel und Schmatzen hinter sich aus, achtete nur auf die Worte des Magiers in der eigenen Zaubersprache und das Knatschen und Rascheln vor sich. Der nächste Zauber war bereit und der Kommandant aufgestanden. Riagh gab ein einfaches Ziel ab, also dachte er daran, mit welchem Schlag er selbst dies beenden würde – und machte sich bereit für die nötige Parade dagegen. Bei der Qar'thegra hatte es doch auch funktioniert.

Der Magier zischte seine letzten Silben, eine Klinge zerschnitt die Luft. Riagh hob das Schwert – und nichts klirrte. Sein Glück war verbraucht. Seine Waffe polterte gegen das Holz des Schildes, er spürte die Wundglut an der Seite – und hinter ihm schrien Menschen. Zum kohligen Geruch des brennenden Hauses mischte sich der ganz eigene, scharfe Gestank, wenn ein Blitz in die Welt schlug. Selbst ein Magier hielt ihn geblendet für keine Gefahr.

Wenn Riagh es jetzt nicht zu Ende brachte, starb er. Aber wie sollte er blind kämpfen? Er war schutzlos, nicht mehr als eine Strohpuppe, in die man wieder und wieder seine Klinge stach. Selbst eine Flucht brächte ihm nur einen sicheren Schlag in den Rücken. Riagh war sehenden Auges ins Honigglas gesprungen, hatte diesen Kampf gewählt und verloren – außer, wenn Nuzar recht hatte. Vielleicht waren Riaghs Wunden unbedeutend?

Riagh hob das Breitschwert mit beiden Händen, schützte mit der Klinge seinen Hals. Er musste sein Wundfleisch ja nicht zu sehr herausfordern. Er erwartete einen wuchtigen Durchstoß im Unterleib und spannte die Bauchmuskeln an. Sogleich folgte der Schmerz und kam doch überraschend.

Der Schnitt im Oberschenkel war unerwartet. Der Kommandant vertraute Riaghs Kettenhemd mehr, als dass er es selbst tat. Hatte es doch schon genug klingenbreite

Risse und er nicht die Geschicklichkeit, es zu flicken. Noch mit der Waffe im Bein taumelte Riagh vor. Sofort rauschte der Puls in den Ohren und der Boden erschien ihm weicher als zuvor. Der Schnitt war zu tief, er spürte den Puls im Oberschenkel gegen das Metall pumpen. Riagh blieben nur Herzschläge bis zum Verbluten, also nutzte er sie. Er drückte die Beine zusammen, hielt den Stahl mit seinem Fleisch gefangen und verschaffte sich zusätzliche Lebenszeit, während er die eigene Waffe fallen ließ und hinabgriff, wo er die fremde Klinge vermutete – und den Schwertarm. Er packte an Stoff, der sogleich zu zappeln begann. Riagh riss den Kommandanten zu sich, spürte den Schlag, als der Schild an seinen Schädel krachte, doch ließ sich nicht ablenken. Das war nur Schmerz und der war stets vergänglich. Der Tod war es nie. Riagh hakte den Ellenbogen unter den Schildrand und brachte das Holz aus dem Weg – und somit auch die zweite Hand des Kommandanten aus seiner Kontrolle. Sie standen so dicht beieinander, dass weder Klingen noch Schilde wieder zwischen sie geraten könnten.

»Vibus!«, schrie der zappelnde Mann, vielleicht meinte er den Magier. Aber es war schon zu spät.

An der Bürste zerrte ihm Riagh den Helm vom Kopf, spürte beim ersten Ruck den Lederriemen reißen, und schlug wie von Sinnen mit dem Metall gegen den Schädel. Erst klopfte es, dann klatschte es nur noch. Riagh wusste nicht, wo der fremde Schrei verstummte und der eigene begann. Aber als sich die Sicht klärte, Finsternis zu grellem

Licht wurde, schlug er blutiges Metall gegen menschlichen Matsch. Er ließ den Helm fallen, keuchte, griff zwischen die Beine zum Schwert und wagte es doch nicht, die Klinge aus sich zu reißen. Ihn schwindelte, aber vielleicht war es auch nur das Schlachtenfieber.

Wieder die Silben von der Seite, diese alten, sinnlosen Wörter. Riagh drehte sich schwerfällig, sah in das halbverbrannte Gesicht des Magiers, der zitternd seine Hand hob, mit den Fingern auf Riagh deutete – und hinter einer plötzlichen Feuerwand verschwand. Nur kurz leckten die Flammen auf und erloschen sogleich wieder. Zurück blieb eine wimmernde Gestalt, die sich einen verkohlten Arm hielt.

Doch damit war das Schauspiel noch nicht beendet. Wieder schossen die Flammen herauf, setzten das Bein des Magiers in Brand, der hastig zurückwich, nur um in einen neuen Erdenbrand zu geraten. Sein Umhang entflammte, seine Haut verkohlte. Es stank so widerwärtig, dass Riagh würgen musste. Doch der Zauberer winselte noch, noch immer war Leben in diesem gequälten Leib.

»Du wolltest mich verbrennen? Mich, einen Feuerweber? Einen Ash'Bahar?« Nuzars zornige Stimme grollte hinter Riaghs Rücken. »Oh, du dummer, dummer Blendwerker, ich zeige dir, was es heißt, als Fackel auf dieser Welt zu wandeln!« Wieder zischte eine Flamme unter dem Magier auf und er jaulte mit brüchiger Stimme, krabbelte über den Boden, bis ein weiteres Feuer auch die andere Hälfte seines Gesichtes versengte. Er blieb liegen, doch röchelte und zuckte vor Schmerz.

Nuzar trat neben Riagh. Haut und Kleidung waren ruß-verschmiert und der Ash'Bahar hustete, bevor er wieder ansetzte: »Du dachtest wirklich, *du* könntest eine Flamme im Feuer ersticken? Brenne, du einfältiger Imperialer, bren...«

Riagh griff an Nuzars Bein und zog an der Hose. Und tatsächlich, noch mitten im Wort sah der Nekromant zu ihm herab. »Nicht«, keuchte Riagh mehr, als dass er sprach. »Er hat genug. Du hast gewonnen. Beende es.«

»Weißt du, was er getan hat?«, zischte Nuzar. Das Rot blitzte und funkelte, als bestünden seine Augen aus glühenden Kohlen.

»Seine Feinde bekämpft und verloren. Wir haben Krieg, das hier ist nichts Persönliches.«

»Du weißt, welche Schuld das Imperium auf sich geladen...«

»Er ist aber nicht das Imperium. Er ist ein junger Bursche, noch jünger als ich, der auf der falschen Seite in dieser Schlacht stand und dafür sterben wird. Er hat nichts getan, wofür er es verdient, an seinen Qualen zugrunde zu gehen.« Riagh schnaufte, holte tief Luft, um bei Besinnung zu bleiben. »Heb dir deine Rache für die richtigen Feinde auf, anstelle einfache Soldaten zu foltern. Denn unter anderen Bedingungen läge ich jetzt an seiner Stelle und bettelte um Erlösung.«

»*Du* würdest nie betteln.« Nuzar schloss die Augen und schüttelte den Kopf.

Riagh schwante Böses, er war bereit für einen weiteren Gnadenschrei des Zauberers, ein weiteres Winseln. Doch als Nuzar die Augen öffnete, erlosch das Rot im weiten Himmelblau und er hob die Hand zu einer letzten Flamme, breit genug, damit der Körper schwarz wurde, winzig, und dann in Asche zerstob.

»Danke«, murmelte Riagh und Nuzar nickte.

»Ich hoffe, er war deine Gnade wert.«

»Das ist jeder, immer. Es ist nur so leicht, das zu vergessen. Sei es nun bei einem Magier in der Schlacht – oder einem Ash'Bahar, den sich ein paar Fischer geschnappt haben.«

Nuzars Augen weiteten sich, erschrocken blickte er auf Riagh herab. Es war ein seltener Anblick, wie der Nekromant um Worte rang, und wäre Riagh nicht dem Tode nahe gewesen, er hätte den Moment ausgekostet. Doch so winkte er ab, erlöste Nuzar aus seiner Verlegenheit, weil Riagh Antworten brauchte: »Wie zaubert man?«

»Eine Antwort wiegt tausend Worte schwer. Kann die theoretische Abhandlung warten, bis wir die noch wandelnden Mijadhîm vernichtet haben? Ich würde nun gern wieder ihnen meine Aufmerksamkeit schenken, bevor sie sich noch an den Falschen laben.«

»Wenn ich diese Klinge aus meinem Bein ziehe, verblute ich. Das wäre also ein guter Zeitpunkt, sehr schnell zu heilen.«

»Riagh ard Cerwed, du glaubst mir also, dass dich eine ganz eigene Magie durchströmt?«

»Im Moment bin ich bereit, den größten Unsinn zu glauben. Und wenn du dich irrst, bin ich tot.«

Nuzar zögerte für einen Moment, rang um Worte, wo er doch sonst nie verlegen darum war. Riagh fürchtete schon, der Ash'Bahar gäbe ihn auf. Doch dann hockte sich Nuzar Riagh gegenüber, strich über die mit Blut und Schlamm verkrusteten Beine. »Ich bin bereit, diese Verantwortung zu tragen.« Er schloss die Augen und atmete tief ein, als wäre es sein Leben, das da langsam aus ihm hinaussickerte. »Das wird jetzt nicht einfach, Riagh. Ich muss dir begreiflich machen, was wir über Jahre unsere Kinder lehren.«

»Fang mit dem Wichtigsten an.«

»Du musst es wollen«, sprach Nuzar, als wäre damit alles gesagt.

»Das ist leicht: Ich *will* mich gesund zaubern – oh, glaub mir, im Moment will ich nichts sehnlicher als das! Was kommt als nächstes?«

»So einfach ist dies nicht …«

»… und ich hab keine Zeit für etwas Komplizierteres!« Die Sicht wurde greller, die Welt drohte verloren zu gehen, also schlug sich Riagh selbst ins Gesicht, um bei Bewusstsein zu bleiben.

»Gut, hör mir zu.« Auf den Knien rutschte Nuzar näher, bis er über Riaghs Beinen hockte und sein Gesicht in beide Hände nahm. »Nicht das Zaubern musst du wollen, sondern die Veränderung. Ganz tief in dir, wo deine … In mir wütet die ewige Flamme, aber ich glaube kaum, dass sie auch in dir lodert. Vielleicht wird es ein Fluss sein, ein reißender Strom wie die Vindara, die tief in dir entspringt und durch deine Adern flutet. Oder es ist der Regen, der in dir stürmt … wie in einer Regentänzerin.«

»Das sind Kindermärchen …«, murrte Riagh.

»Das waren die Mijadhîm einst ebenfalls.« Ein tapferes Lächeln, wie man es nur einem Sterbenden schenkte. »Behalte im Sinn, was dein Wille ist, und dann lange tief in dich, greife nach dem, was dich dort speist – und reiße es hervor. Treibe es in diese Welt, auf dass es sein Wunder vollbringt. Und hadere nicht, zögere keinen Moment vor der Qual, die es dir bringt. Denn wo du dich dem Zweifel ergibst, wird nichts geschehen. Magie ist Schmerz, Riagh. Die Welt formt sich nicht nach deinem Wunsch, sondern nach deinem Willen. Nur wer bereit ist, etwas zu opfern, kann etwas verändern.«

»Die imperialen Magier schaffen das auch ganz ohne Nasenbluten.«

»Nach all dem, was du gesehen hast, willst du wahrhaftig meine Macht mit diesen Stümperinnen gleichsetzen? Diesen Funkensprüherinnen, Blendwerkerinnen! Diesen Furchtsamen, die sich mit Spielereien vergnügen, statt ihr wahres Potenzial zu entfesseln … Wenn sie es doch nur wagen würden!«

»Du sagst also, jeder Zauberer kann so mächtig werden wie du?«

»Vielleicht nicht genau so wie ich.« Ein falsches – und in diesem Moment doch so richtiges Auflachen. »Aber du musst auch nicht so mächtig werden wie ich, du musst nur ein wenig heilen.«

»*Nur ein wenig heilen ...*« Jetzt lachte auch Riagh und die Wunde in der Seite strafte ihn dafür. »Warum tust du es dann nicht, wenn es doch nicht so schwer ist?«

»Magie wirkt nie gegen ihre Natur. Und Feuer heilt nicht, es vernichtet.«

»Und beherrscht?«

»Manche Zauberei ist vielleicht auch mehr *meiner* Natur geschuldet. Und jetzt, Riagh, schließe deine Augen und heile.« Aus Nuzars Mund klangen diese Worte so lapidar, als spräche er über das Fällen eines Baumes oder das Entzünden des Lagerfeuers. Nun, zumindest Feuer war auch etwas so Gewöhnliches in den Augen des Ash'Bahars.

Riagh griff an die Klinge und seine Hände zitterten. Zog er den Stahl aus seinem Fleisch, blieben ihm ohne den Druck auf die Wunde nur wenige Herzschläge. Nuzar hockte sich neben ihn und stützte seine Schulter; alles so übertrieben freundschaftlich, denn auch er wusste um den nahen Tod.

»Falls das mit der Magie nicht klappt, kannst du dann Anryn für mich retten?« Riagh sah nicht zum Nekromanten. Es galt, die ewige Existenz auf der Donnerspitze zu verhindern, nichts in diesem Leben zurückzulassen, das ihn an diese Welt band. Wenn falsche Versprechungen gesprochen wurden, wollte er nicht nach Lüge oder Wahrheit in dem ash'bahrischen Gesicht suchen.

»Gewiss tue ich dies, sorge dich nicht. Ich suche sie in Brênningh und danach in Garwad.« Ohne Zögern sagte Nuzar die richtigen Worte, das genügte. »Und falls nicht heute Abend, dann trinke ich mit dir vor der letzten Schlacht.«

Riagh lächelte. Es genügte nicht nur, es war gut.

Er schloss die Augen und horchte in sich hinein. Wenn er ehrlich war, wusste er nicht, auf was er achten sollte, welche Gedanken die richtigen waren und ob er überhaupt Gedanken haben sollte, wenn er *in sich hineinlangte* ... Also dachte er an das, was falsch war an diesem Moment und an die Veränderung: Er dachte an seine Wunde und sein Blut. Und so isoliert von all den Reizen um ihn herum, stellte er erstaunt fest, wie weh sie eigentlich tat. An den Rändern ziepte sie nur und wo das harte Leder der zerschnittenen Hose sie berührte, da glühte es. Doch dies war nichts im Vergleich zur Klinge im Fleisch. Der Stahl schien im Takt seines Herzschlages zu pulsieren, brannte an der Haut und fräste sich in den Muskel. Der gesamte Oberschenkel schien erlahmt, durchzogen vom Schmerz dieser einen Wunde, als wäre sie eine Flamme und würfe ihre Hitze über den restlichen Leib. Und das war gut, denn Feuer ließ sich löschen.

Wieder dachte Riagh an Blut, wie es durch seine Adern strömte, als wäre sein Körper Carthal und er von Flüssen durchzogen, die sich aus dem Regen speisten und Leben in das Land brachten. Er spürte, wie die Herbststürme seinen Beinstrom fluteten, wie der Stahl einem Damm gleich Wasser im Zaume hielt, damit der Brand dahinter nicht versiegte. Das Blut in ihm wallte und wogte, vom Regen angetrieben brandete es an der Klinge, wo doch nichts das Recht hatte, es zu bändigen. Riagh spürte den Sturm in sich wachsen, sein Mund lief voll mit Speichel und er schmeckte Blut, als würde es aus jeder Pore seiner Haut brechen. Und tief in ihm erblühte der Schmerz, als wäre er Stunden gerannt und seine Lunge schroff und überreizt. Als wäre sein Herz nach zu vielen Schlägen der Brust entsprungen und er hätte Tonscherben verschluckt, die seinen Magen aufrissen. Und all dieser Schmerz zog seinen Körper hinab und brandete gemeinsam mit den Blutwellen an die Stahlklippen.

Riagh zog am Griff, riss das Schwert aus sich heraus, denn er war bereit.

Der Staudamm brach. Das Blut flutete hinaus, riss Leben, Gedanken, Verstand mit sich. Selbst der Schmerz wurde dünn und flüchtig, brachte eine so falsche Erlösung. Frieden. Riagh verlor den Halt und sackte zusammen. Sein Körper wurde zur Hülle, als herrschte Dürre in einem unfruchtbaren Land. Endlich, endlich war alles vorbei ... Nein! Dieser Leib war Carthal und in ihm herrschte der Regen! Wieder beschwor Riagh den Sturm in sich, größer als zuvor. Er schenkte ihm alles, ließ jeden Schmerz aufreißen, solange nur die Flut sein Bein durchströmte und das Fleisch nährte wie ein Fluss den Boden um sich herum. Sein Bein sollte heilen, die Muskeln sich fügen, das Blut wieder der starke Strom werden, der in seiner anbestimmten Bahn durch Riaghs Körper floss. Kräftig. Lebendig.

Selbst hinter geschlossen Lidern wurde die Sicht grell und es rauschte in den Ohren. Riagh wusste nicht, ob sein

Bewusstsein durch Blutverlust oder Schmerz zerfaserte. Und dann juckte die Wunde.

Riagh knurrte, schwerfällig griff er zum Bein und kratzte über rohes Fleisch. Die Haut brannte, war klebrig und verschmiert. Und geschlossen. Kein Spalt mehr, aus dem das Leben aus ihm herausquoll. Riagh riss die Augen auf, schrak hoch und fühlte sich fiebrig, doch zitterte vor Kälte. Aber das war unwichtig, denn wo ein tiefer Schnitt in seinem Oberschenkel sein sollte, war nur ein lästiger Kratzer geblieben.

»Ich wusste es ...«, raunte Nuzar neben ihm.

»Ich weiß es jetzt auch.« Riagh ließ sich auf den Rücken fallen. Dicke Regentropfen wuschen sein Gesicht. Wo der Himmel eben noch klar gewesen war, zog ein Schauer übers Land: Nechtair, der Regen, der so plötzlich aufkam, dass er selbst aufrechte Cartharer hinterrücks überfiel. Er war ein solch seltener Besucher, viele hielten ihn nur für ein von Fremdländern ersponnenes Ammenmärchen. Riagh lachte. Auch der Sturmfürst war mit ihm gewesen.

Ein Mädchen trat in Riaghs Sichtfeld, vielleicht acht Winter alt. Während er so dalag im Schlamm, wirkte ihr Gesichtchen über ihm wie auf den Kopf gestellt. Der Regen klebte ihre braunen Haare an die Stirn, die Wangen waren rot vor Kälte. Mit ihren grauen Augen blickte sie neugierig auf Riagh herab.

»Warum bist du nicht bei den anderen im Wald?«, fragte er und spuckte gleich darauf aus. Noch immer schmeckte sein Speichel blutig.

»Weil ich aufpassen soll. Tut das weh?«

»Ich bin Cartharer, also nicht besonders. Auf was passt du auf?«

»Na, auf das Dorf. Ich bin auch Cartharerin, und als ich mir das Knie aufgeschlagen habe, hat das wehgetan, sogar richtig doll.«

»Das ändert sich, wenn du groß bist. Gibt es etwas zum Dorf zu berichten?«

»Mein Bruder ist fast eine ganze Hand größer als ich und der hat geheult, nur weil er einen Splitter hatte.« Sie kicherte, als stände sie hier nicht umgeben von Leichen in verschiedenen Stadien zwischen frisch und verwest. Sie war eben wahrhaftig ein cartharisches Mädchen. »Und ja.«

»Was ja?«

»Ja, da gibt es etwas zu berichten.« Sie blickte ernst auf Riagh hinab und sagte nichts mehr.

Nun war es Nuzar, der kicherte, als säße ein zweites Kind bei Riagh. »Du musst verstehen, mein cartharisches Gänseblümchen, es überfordert Riagh zuweilen, die richtigen Fragen zu stellen.«

Riagh atmete tief durch, ignorierte den Nekromanten und seine Gehässigkeit, und gab sich alle Mühe, nicht allzu harsch zu klingen. »Nun, was willst du mir sagen?«

»Da läuft einer zum Wald.«

Augenblicklich richtete sich Riagh auf. »Wer? Wo?«

»Ein Soldat. Da.« Sie zeigte an Riagh vorbei und aus dem Dorf hinaus, wo die abgeernteten Äcker an die Wälder grenzten.

Hastig stand Riagh auf, reichte auch Nuzar die Hand zur Hilfe. Die ersten Schritte tat er misstrauisch, aber nichts an seinem Bein erinnerte noch an die tödliche Wunde, nur das aufgerissene Leder schabte über rohes Fleisch. Er humpelte nicht einmal, fühlte sich nur etwas schwach und sehr, sehr durstig. Selbst die Wunde an der Seite war verheilt; seine Magie schien nicht recht zu wissen, wie man sich auf ein Ziel konzentrierte – und er wollte ganz gewiss nicht darüber klagen.

Gemeinsam mit Nuzar rannte er aus dem Dorf hinaus. Der Soldat war nicht schwer zu finden, lief er doch als kleine Figur mit rotem Wappenrock querfeldein zu den Wäldern, wo es leichter war, Verfolger abzuschütteln – oder er auf die Kinder und Alten stoßen könnte, die sich vor diesem Kampf versteckt hatten. Sie gäben nützliche Geiseln und ängstliche Helfer ab. Seine Waffe hatte er vermutlich noch bei sich, seinen Schild zurückgelassen. Auch Riagh war damals ohne Schild geflohen; das waren sie beide, um schneller zu sein. Sivok hatte es nicht geholfen.

Riagh rannte, solange es ihm seine Lungen erlaubten, doch kam kaum näher. Für jeden seiner Schritte tat der Soldat einen eigenen und erreichte die ersten Bäume. »Verdammt, wenn er entkommt, ist das Dorf verloren! Dann werden sie nicht nur zwanzig als Vergeltung schicken.« Er keuchte auf die Knie gestützt, und Nuzar blieb neben ihm stehen.

»Sei unbesorgt, er wird durch meine Hand fallen.«

»Du kannst doch nicht den Wald anzünden!«

»Ich sprach von meiner Hand, nicht meiner Flamme. Ich hole ihn ein.«

»Wie, ohne Pferd?«

»Wo die Schatten vielfältig sind, sind es auch die Dear'waadîm.« Ein gequältes, so tapferes Lächeln, dann rannte Nuzar, als ob er tatsächlich eine Chance hätte, den Fliehenden einzuholen. Der Soldat war schon fast im Wald verschwunden, dort, wo die Stämme immer näher aneinanderrückten und kaum noch Sicht auf das Land hinter sich freigaben, da erreichte der Nekromant gerade erst den lichten Waldrand. Und er sprang.

Riagh blieb mit offenem Mund zurück.

Wo Nuzar eben noch Mensch gewesen war, zerfiel er zur finsteren Kontur, tauchte als Schatten im Schatten ein und verschmolz mit dem Untergrund, um als flacher Schemen zum nächsten Baumschatten zu hetzen. Riagh schüttelte sich, versuchte, das hektische Hirngespinst aus seiner Sicht zu bannen, das von Sprung zu Sprung mehr Dunkelheit in sich sog – und immer näher an den Fliehenden herankam. Der Soldat war schon fast aus Riaghs Sicht entschwunden, da löste sich plötzlich ein Mensch aus dem Boden heraus, ein Sonnenstrahl ließ ein blankes Messer aufblitzen, und mit einem Schrei sank der Soldat gurgelnd zu Boden und Nuzar mit ihm. Und beide blieben liegen.

Riagh wartete, wollte keinen Augenblick verpassen, an dem einer der beiden wieder aufstand, aber nichts geschah und so eilte er los durch den Wald. Fast wäre er an den Körpern vorbeigeprescht, nur ein schwerfälliges Keuchen ließ ihn anhalten, sich umschauen, die Leiche finden – und Nuzar. Das Gesicht des Ash'Bahars war blutverschmiert, selbst das Weiß seiner Augen verästelt und verfärbt. Er keuchte und hustete rosigen Speichel, der an seinen Lippen verkrustete.

Riagh hockte sich neben ihn, wartete und wusste nicht, worauf. Nuzar hob seine Hand und ließ sie kraftlos wieder fallen, und wieder und wieder, bis Riagh nach ihr griff. Die feingliedrigen Finger umfassten seine, waren kühl und feucht wie Äste im Regen. Unsicher drückte Riagh sie, nur sachte, um nichts zu zerbrechen, und Nuzar erwiderte den Druck und schloss die Augen. So horchte Riagh auf das Plätschern in den Baumkronen, den wenigen, die noch Blätter trugen, und es verging viel Zeit, bis Nuzar erneut seine Hand drückte und sie dann fortnahm, um sich mühselig auf die Ellenbogen zu stützen.

»So wie dich das ausgelaugt hat, gehören Schatten wohl weniger zur Natur des Feuers, was?«, sagte Riagh, damit die Stille endlich schwand.

»Zeig mir die Flamme, die keine Schatten malt.« Nuzar lächelte verschwörerisch mit diesem Funkeln in den Augen, wo sich die Vulkanglut ins Meer ergoss.

Und auch Riagh lachte und atmete befreit auf. Es war geschafft.

»Nachdem der Sturmfürst Wasser von Land getrennt und allen Boden mit dreiunddreißig Schritten ausgemessen hatte, da war er stolz auf sein Werk und nannte es Carthal. Und weil der Stolz eines Mannes nur gedeihen kann, wenn er bestaunt wird, lud der Sturmfürst zum Fest und jeder Gott und jede Göttin war eingeladen. Doch als die verbleibenden Tage wenig und die Arbeit viel wurde, fiel dem Sturmfürsten ein, dass er gar nicht wusste, wie man ein Fest ausrichtete, also fragte er Lerwa, seine gütige Mutter, und sie holte dreiunddreißig Kessel und machte dreiunddreißig Feuer und es wurde Sommer in der Welt. Doch selbst Lerwa konnte nicht genug kochen, damit alle Gäste satt wurden, also half der Sturmfürsten seiner Mutter, weil er ein guter Sohn war. Doch er wusste nicht, wie man kochte, also kochten die Kessel zu lange, und was einst Farbe gehabt hatte, verwusch in Braun und es wurde Herbst.

Die Gäste aßen und feierten, tanzten und lachten über das missratene Essen, und es war eine misslungene und dadurch so fröhliche Feier. Als alle betrunken waren, legten sie sich schlafen, wo sie auf den Boden fielen und die Feuer erloschen zum Winter.

Der Sturmfürst aber konnte nicht schlafen, denn Lerwa bat ihn um Hilfe, alle dreiunddreißig Kessel zu waschen, also tat er es. Doch als ihm schon beim ersten der Schweiß von der Stirn tropfte, da wusste er, dass Arbeit nicht sein Schicksal war. So wischte er die Tropfen von sich, ließ sie niederrieseln und plätschern, klatschen und perlen, und wo ein Tropfen auftraf, da wurde er zum Menschen und die Menschen zogen aus und wuschen alle Kessel, wie es ihr Schicksal war. Damit der Sturmfürst nie wieder einen Schweißtropfen vergießen und seine Mutter dennoch nie wieder allein die Welt nähren muss.«

– *Cartharischer Mythos über den Beginn des zeitalters der Götter*

»Am Anfang war das Wasser und das Wasser verschluckte alles, Boden und Himmel, Wärme und Kälte, und mischte es, damit alles immer Wasser bleibe. Da erwachte Lerwa und wusch die Nacht zum Tag. Und als es hell war, da rüttelte sie an der Schulter ihres Sohnes und als er nicht erwachte, da rief sie mit dem Zorn einer Mutter: ›Aus dem Bett mit dir und räum endlich die Welt auf!‹«

– *Cartharischer Mythos über das zeitalter des Chaos*

Kapitel 9

»Na los, du musst tanzen!«, lallte Gaira und zerrte an Riagh, kaum dass er endlich zum Sitzen kam. »Ta-a-anzen!«

»Ich hab schon mit dir getanzt, eben gerade!«

»Ni-chit genug.« Mit einem Ruck riss sie an Riaghs Ärmel. Er rührte sich keinen Fingerbreit – sie dafür gleich um eine ganze Armeslänge, stolperte ob des unerwarteten Widerstandes und fiel dabei so *ungeschickt*, dass sie sich keinen Herzschlag später in seinen Armen wiederfand. »Hallo du.« Sie grinste und kicherte, als wäre sie mindestens fünfzehn Winter jünger.

»Ja, ich grüße dich auch.«

Riagh atmete tief durch und stand mit ihr in seinen Armen auf. Sie schmiegte sich an seine Brust, spielte wie eine junge Katze mit der Schnürung seines Hemdes und begann zu guter Letzt sogar, an seinem Brusthaar zu zupfen.

»Ich ma-ag dich.« Gaira grinste wieder und Riagh fluchte, dass er nicht betrunken genug und somit viel zu ehrenhaft war, um sie fallenzulassen. Aber wo der Rest in Ruhe auf den Sieg hatte trinken können, war eine Frau nach der anderen angetreten, um ihn zum Tanzen zu zwingen; ein Spießrutenlauf aus wehenden Kleidern. Riagh hasste

Tänze, fühlte sich dabei wie ein Rekrut, der in seinem ersten Kampf den Bestientöter mimte: ungelenk, lächerlich und todgeweiht. Aber zu einer cartharischen Frau sagte man nicht Nein, das hatte ihn Anryn mehr als deutlich gelehrt.

»Oh, ich gla-aube, mein Kleid ist kapu-utt ...« Gaira riss am intakten Leinenstoff ihres Kragens herum.

»Wie gut, dass wir hier einen Schneider haben«, sagte Riagh und drückte sie dem erstbesten Halbstarken in die Arme, der kräftig genug schien, sie tragen zu können.

»Dich mag ich auch«, gluckste Gaira und schmiegte sich enger an den jungen Kerl, der erst verdutzt zu Riagh und dann zu ihr schaute. Ganz sicher war dieser Mann kein Schneider – vermutlich gab es keinen im gesamten Dorf –, aber noch war ihr Kleid ja auch heil – und alles Weitere war nun eine Sache zwischen den beiden, von der Riagh nur erfahren wollte, sollte es der Kerl wagen, sich Gaira ungewollt zu nähern. Deshalb floh Riagh, zurück zu seinem Platz an dem Tisch, auf dem die Schalen mit den Kugeln aus in Kräuter-Gersten-Paste gebackenen Flussfischen standen, und neben ihnen die in Honig kandierten Apfelstücke. Doch vor allem stand dort Nuzar, der ihm auch sogleich einen Krug Met reichte. Für sich selbst hatte der Ash'Bahar eine stark verdünnte Variante gewählt. Ihre Nacht im Wald hatte wahrhaft ihren Eindruck hinterlassen.

»Du bist begehrt.«

»Sie ist betrunken.«

»Ich rede nicht von Gaira.« Ein feines Lächeln umspielte Nuzars Lippen und hinter den schwarzen Haarsträhnen glänzten seine Augen dunkel und verlockend, als würde der Nachthimmel brennen.

Riagh verschluckte sich an seinem Met. »Das kannst du doch nicht hier sagen, wo uns alle hören!« Er hustete und keuchte, der verschluckte Trunk brannte sich die Kehle hinab.

»Und doch ist dies die Wahrheit. Vermutlich bleiben dir kaum zwei Schlucke, da wird dich die nächste Cartharerin zum Tanze auffordern.«

»Ach so, du meinst ...« Erleichtert lachte Riagh auf. »Ich dachte schon ...«

»Aber Riagh, was hast du nur für Gedanken, hier, wo uns doch jede hören kann.« Wieder dieses verschlagene Lächeln und dazu dieser Blick, wie aus Ketten geschmiedet. Hätte Riagh es nicht besser gewusst, er hätte meinen können, Nuzar versuchte gerade, ihn zu verführen.

Ein kräftiger Schluck, ohne die Sicht zu wenden; ohne vor Nuzar und seinen hintergründigen Motiven zu fliehen.

Bei der Sintflut von Navgharen, was versuchte Nuzar denn sonst! Mit diesem Blick lud man ganz sicher niemanden zum gemeinsamen Apfelpflücken ein – außer die Bäume standen in einem fernen und sehr verborgenen Hain, der sich nahe einer Höhle mit warmer Quelle befand. Riagh nahm noch einen Schluck und spürte nicht nur den Met in sich Funken schlagen. Was hatte er denn zu verlieren, wenn er dem Ash'Bahar auch in diesen Belangen ein klein wenig entgegenkam? Er hatte diese endlosen Spiele von Begehren und Verweigerung ohnehin nie recht verstanden.

»Willst du ... einen Spaziergang?« Schnell nahm er einen weiteren Schluck, vielleicht hielte Nuzar die Frage dadurch für das durstige Nuscheln eines Betrunkenen.

»Ich soll dir im Halbmond und beim Sternenschein auf die rauen Äcker Carthals folgen?«

»Du musst dir keine Sorgen um die Verfluchten machen, falls es das ist, was du tust. Ich meine, wie wahrscheinlich ist es denn, dass jetzt einer da ist, wo du doch alle zu dir hergezaubert hast. Und Räuber greifen doch auch nicht nachts an, aber ich hab ja mein Schwert dabei, und so betrunken bin ich nicht ... Also natürlich bin ich betrunken, deshalb weiß ich auch gar nicht, was ich gerade sage oder machen will, und bestimmt weiß ich morgen erst recht nicht, was passiert ist, wenn etwas passiert, wovon ich besser später nichts mehr wissen sollte – aber ich bin doch nicht so betrunken, dass ich nicht mit einem Schwert umgehen könnte. Ich konnte schließlich schon als Kind damit umgehen, auch wenn Anryn da beim Sonaiasfest allen etwas anderes erzählt hat, nur weil sie zum falschen Zeitpunkt reingeplatzt ist, als ich mit meinem Schwert geübt hab ...« Ein sehr tiefer Schluck. »Ein Schwert. Nicht *mein Schwert.*«

Nuzar hielt dem Blick stand, mit fester, versteinerter Miene. Ganze vier Herzschläge lang. Dann brach er in schallendes Gelächter aus, sodass Riagh schnell noch den ganzen Krug leerte und sich panisch umblickte, wo er neuen Met herbekam. Denn er würde sehr viel davon brauchen, um diesen Abend für immer zu vergessen.

Eine Hand legte sich um seine, nahm den leeren Krug aus seinem Griff und stellte ihn auf den Tisch. Nuzar war aufgestanden und zog auch Riagh in den Stand. Das Gesicht des Ash'Bahars lag verborgen im Reigen aus Feuerglanz und Schattenspiel. »Heute Nacht folge ich dir überallhin, Riagh ard Cerwed, und sei es an das Ende der Welt. Dir und jedem Schwert, das du dort für mich bereithältst.«

Riagh blickte hinauf in einen klaren Sternenhimmel, so finster und strahlend zugleich, wie es cartharische Nächte nur selten waren. Und in der Mitte, als wäre er aus Kalkstein geschlagen und auf ein dunkles Tuch gelegt, prangte ein Halbmond mit schimmernder Aureole, die alle Sterne um ihn herum fraß. Das fahle Licht färbte auch Nuzar bleich und unwirklich. Der Nekromant schien aus einem Nebeltraum geschaffen; ätherisch, als wäre wahrhaftig ein Gott zurückgekehrt. Zumindest das Selbstbewusstsein eines Gottes besaß er auch.

Schnell ließ Riagh seinen Blick von Nuzars verführerischem Gesicht fort über das abgeerntete Feld schweifen und fühlte sich erwählt und beschämt zugleich. Er wusste, wie man mit Männern schlief – und natürlich mit Frauen. Nun ja, zumindest mit Anryn. Er wusste, wie man das

Richtige sagte, damit es schnell ging, damit der andere keine falschen Vorstellungen darüber bekam, was geschehen würde – und was nicht. Und er hatte gewusst, wann es besser gewesen war, zu schweigen, weil ihnen nur diese eine Nacht vergönnt war. Weil Worte flüchtig waren, wo sich Gesten in die Haut brannten.

Aber was Riagh ganz sicher nicht wusste, war, worüber man sprach, wenn man in einer romantischen Nacht siegestrunken und metbrauscht abseits des Freudentrubels mit einem Mann durch die Einsamkeit spazierte. Wenn man so viel mehr wollte, und dennoch hoffte, dass nicht zu viel geschah. Etwas Wahres. Etwas Falsches. Etwas, das Anryn gehörte. Das Sivok hätte gehören sollen...

Was waren die richtigen Worte, wenn die richtigen Worte zu etwas *zu* Richtigem führten?

»Deine schweigsamen Momente sind ein seltenes Gut, Riagh. Meistens bringen sie mir eine flüchtige Ruhe und sind nach harten Tagen ein willkommenes, wenn auch wohl proportioniertes Geschenk. Jetzt aber laden sie Zweifel in meine Gedanken; und ich bin ein Mensch, der sich ungern Zweifeln ergibt.«

Riagh blieb stehen und blickte mutig, als träte ein unbezwingbarer Gegner in seinen Weg. »Was macht man, wenn man... hier angekommen ist?«

»Ich nehme an, hier sät man Getreide.«

»Du weißt, was ich meine!«

»Aber Riagh, wie soll ich etwas wissen, das du selbst nicht begreifst?«

Riagh schnaubte. Diskussionen mit Nuzar waren ein Kampf gegen den eigenen Schatten: Jeder Attacke wich er aus und setzte zur selben Zeit eine eigene nach, die traf und doch unwirklich blieb; als wären sie Duellanten in zwei verschiedenen Welten.

»Hör mir zu.« Nuzar griff nach seinen Händen; Finger so warm, als würde seine Haut brennen. »Ich begehre dich.« Der Ash'Bahar lächelte und sagte nichts mehr, obwohl doch so viel zu sagen blieb.

Riagh schluckte. »Und jetzt?«

»Jetzt habe ich dir jeden Zweifel über meine Absichten genommen. Du musst dich nicht grämen, dir keine Träume erschaffen und sie zur Illusion verdammen, kaum dass ein kleines Stück der Wirklichkeit nicht zu ihnen passen mag. Du kennst die Wahrheit und es liegt an dir, wie du sie zu nutzen vermagst. Aber wie du dich auch entscheidest, du wirst es mir sagen müssen, Riagh, mit deinen eigenen Worten. Denn ich werde nicht deine Gedanken lesen.«

»Kannst du auch gar nicht, ich trag das Sameea«, murmelte Riagh, weil ihm doch sonst nichts zu sagen blieb. Er wünschte, er könnte einfach nach Nuzars Kopf greifen und ihn zu sich ziehen, mit einem Kuss einen Pfad beschreiten, dessen Ende in den Nebeln verborgen lag. Aber zu was würde dies Riagh machen?

Zu was verkam dann Sivoks letzter Kuss?

»Jetzt – hier! – erinnerst du dich daran!« Nuzar lachte auf eine ganz und gar tragische Weise. »Als wäre es von Bedeutung, als würde ich auf einen schwachen Moment lauern, um dich mit meiner Zauberei einzuhüllen. Als dürftest du nie aus dem Sinn verlieren, dass du Schutz vor mir brauchst; es sei denn, es bietet sich eine Möglichkeit, mir das Schlimmste zu unterstellen. Ich begreife dich nicht, Riagh. Mir war, wir wären so weit über dieses Misstrauen hinaus. Also sag: Fürchtest du Magie oder fürchtest du mich?«

»Unsinn!« Riagh ließ die fremden Hände los. »Ich habe mein Schwert, ich brauche keine Angst vor dir zu haben. Denn ich habe jeden Kampf gegen dich gewonnen.« Er schnaubte, murrte, drehte sich wütend um und fluchte – über sich selbst.

»Verzeih, Riagh, aber von welchen Kämpfen sprichst du? Von unserem ersten Treffen, als ich gefesselt und mehr tot als lebendig vor dir kniete? Als ich überwältigt vor Anstrengung nach dem Tod der Qar'thegra am Boden lag? Als deine Hände um meine Kehle griffen, während ich gegen das Delirium focht? Oder meinst du all die Momente, in denen ich deinen Griffen oder Schlägen nur um Haaresbreite entkam, während du dich ganz und gar deinem Wahn und Selbstmitleid ergabst? Sag mir, Riagh, was davon waren die Kämpfe, die ich gegen dich verlor?« Der Klang in Nuzars Stimme kam einem Lodern gleich und der fremdartige Akzent brach sich in harten Silben frei wie ein wilder Strom, der einen Staudamm bezwang.

»Ich habe nie auch nur einen Zauber auf dich gewirkt, nie einmal meine Hand oder Klinge gegen dich erhoben. Worte und Geduld waren mir seit jeher Waffe und Schild, aber du bist der erste Kämpfer, der dies auch auf solche Art zu deuten weiß.«

»Wir gehen.« Riagh knurrte mehr, als dass er sprach. Eigentlich konnte er froh sein, Nuzars lockender Nähe entkommen zu sein. Er konnte den nächsten Tag ohne Reue beginnen, hatte weder Anryn noch Sivok noch sich selbst betrogen. Aber nichts davon wollte sich nach einem Sieg anfühlen. Schon wieder war er der Deserteur in einem Krieg, den er einfach nicht begriff.

»Nein, das tun wir nicht.« Nuzars Stimme glich einem Donnergrollen. »Auf uns wartet keine Schlacht im nahenden Augenblick und auch keine Mijadh droht, uns zu jagen. Der Morgen ist fern wie Frost und Regen und der Mond schenkt uns klare Sicht weit übers Land. Niemand lauert auf uns. Solch eine Nacht ist nicht nur selten, sie ist wahrhaftig einzigartig unter allen, denen wir schon trotzten, und wird wohl nie wiederkehren. Also werden wir ihr all die Worte opfern, die wir über die vielen Tage ungesagt mit uns trugen.«

»Warum? Wir trennen uns ohnehin, sobald wir Brênningh in Kürze erreicht haben.«

»Noch ist Brênningh ein ferner Ort. Doch diese Nacht gehört uns und alledem, was uns naheliegt. Gleich ob es uns trennt oder zusammenführt, es wird sich hier entscheiden. Du führtest mich her – ohne einen Kampf lässt du mich nicht auf diesem Feld zurück.«

Wie konnte es Nuzar wagen! Wie konnte er verlangen, dass Riagh um ihn kämpfte, wo er doch Sivok zurückgelassen hatte! Sivok war ein Bruder gewesen, ein Kampfgefährte, Kindheitsfreund und ... Oh, bei Maghai, Göttin von Liebe, Treue und all den schönen Dingen des Lebens – wäre Sivok kein Mann gewesen, wäre Anryn nie in diese Welt geboren worden, Riagh hätte um seine Hand angehalten! Aber so war es nun einmal nicht gekommen, so wie nichts zwischen ihnen so gewesen war, wie es hätte sein sollen. Sivok starb nach nur einer einzigen Nacht nach so vielen Jahren der Träumereien, weil Riagh ein Feigling gewesen war. Wie konnte Nuzar da glauben, er hätte einen Anspruch auf seinen Mut?

Riagh wollte nicht in Nuzars Gesicht schauen, nicht spüren, was diese Blicke in ihm entfachten. Wieder stieg die Wut in ihm auf und er ballte die Hände zu Fäusten. Ganz sicher würde er sich jetzt nicht umdrehen, denn dieses Mal würde er seinen Zorn nicht an Nuzar auslassen. Er hielt seine Versprechen, so falsch sie auch sein mochten.

Außerdem irrte sich der Ash'Bahar: Sie hatten schon Kämpfe miteinander gefochten, all die aufgezählten Momente und so viele mehr. Und alle, jeden einzelnen, hatte Riagh verloren, war diesen Blicken erlegen und hatte sich von den Worten treiben lassen. Vielleicht log Nuzar nicht, vielleicht hatte er wahrhaftig nicht einmal seine Magie auf Riagh gewirkt. Aber dies war unbedeutend, denn der Ash'Bahar hatte Riagh vom ersten Moment an beherrscht und es hatte nie auch nur eine Möglichkeit zur Flucht gegeben. Wie es sie auch jetzt nicht gab, wenn Riagh sie sich nicht selbst schuf.

Vorsichtig legte Riagh seine Hand auf den Schwertknauf, seine Finger zitterten, als sie ums Leder griffen. Es musste endlich enden. So vieles war zwischen ihnen gesät und nun waren sie hier, um zu ernten.

»Willst du denn einen Kampf?«

»Mit dir? Riagh, ich bin kein Qar'thegraru, mit der Klinge in der Hand bin ich dir hoffnungslos unterlegen. So ein Kampf wäre ungerecht.«

»*Wenn jeder mit seinen natürlichen Mitteln kämpft, worin liegt da die Ungerechtigkeit?*« Riagh schluckte schwer, als er Nuzars vergangene Worte zitierte.

»Wie du schon sagtest: Du trägst das Sameea, ich kann dich nicht bezaubern.«

»Ich kann es dir geben. In Brênningh wirst du es ohnehin zurückhaben wollen.«

Nuzar schnaufte, schwieg lange. »Ich will dich nicht töten«, sagte er schließlich und es klang nach einem Kompromiss, den er mit sich selbst geschlossen hatte.

»Darum geht es nicht. Und außerdem schaffst du das ohnehin nicht.« Endlich drehte sich Riagh um, griff gehetzt nach dem Sameea und reichte es Nuzar, ohne ihn anzublicken. »Sagen wir, ohne Waffen, ohne Feuerbälle. Nur Fäuste gegen ... was du dann auch immer machen kannst. Mich bezaubern, beherrschen, womit du eben so gerne drohst. Wer stärker ist. Wir entscheiden endlich heute Nacht.« Wie gebannt blickte Riagh auf die Phiole in seiner Hand. Seine Finger zitterten, als wöge das Kleinod das ganze Imperium schwer.

»Warum?« Nuzar griff nicht danach und seine abwesenden Finger hinterließen eine beißende Kälte auf Riaghs Haut. »Was soll solch ein Kampf bringen – den ich im Übrigen für mich entscheiden würde? Aber ich beginne keine Schlachten, deren Nutzen ich nicht erkennen kann. Also sage mir: Die Ausflucht aus welchem Ereignis wird dir eine Niederlage gegen mich gewähren?«

Riaghs Hand bebte, drohte unter der Bürde zerquetscht zu werden. »Nimm die verdammte Kette!«, brüllte er mit starrem Blick weit vom Nekromanten fort.

»Nein! Ich will keine Macht über dich, keine Zwänge, ich bin dieser Spiele so überdrüssig. Ich will nicht deine Furcht, deine Scham oder Abscheu – ich will in deine Augen sehen und mich selbst darin finden. Ich will dich nicht beherrschen, ich will, dass du zu mir kommst. Du sollst mich wollen, Riagh. Weder wirst du dich mir unterwerfen, noch werde ich mich dir beugen. Also behalte mein Sameea – nicht zu deinem Schutz, sondern zu meinem. Damit du mir, gleich was zwischen uns geschieht, nie vorwerfen kannst, ich hätte meinen Bann über dich gewoben.«

»Aber das hast du doch schon längst ...« Riaghs Stimme zitterte wie die Lippen, die sie entließen. Wie die Finger um die Phiole, wie die Beine auf dem Grund. In all seiner Verzweiflung sah er auf und erkannte, wie auch etwas in Nuzar zerbrach. Das fahle Mondlicht zeichnete seine dunklen Gesichtszüge silbern und rein, frostig und starr. Jedes Feuer war in den trüben Augen erloschen, als der Ash'Bahar auf Riagh zukam, seine Hände um Riaghs Hand legte und mit seinen warmen Fingern Riaghs Finger um die Phiole schloss, als verberge er einen Schatz vor der Welt.

Riaghs Augen wurden kalt, als der Wind die ersten Tränen forttrug. Nuzar kam noch näher, schmiegte seine Stirn gegen Riaghs, dass sie sich gegenseitig mit ihrem Atem streichelten.

»Erzähl mir davon …«, flüsterte Nuzar. Vielleicht war es aber auch nur der Wind, der sich durch die nahen Wälder brach; so zerbrechlich erklang diese Stimme.

Und Riagh erzählte von Sivok. Von dem Leben, das sie in Garwad hatten und den Kämpfen an der Front. Von den Blicken, die sie sich zugeworfen hatten, ohne sie deuten zu können, und den vielen Nächten mit den fremden Männern, in denen Riagh einfach nicht gefunden hatte, was er suchte. Weil er nur Sivok gewollt hatte, immer nur ihn. Weil er ihn … Das Wort kam nicht über seine Lippen, denn es würde Anryn verraten. Die Frau, die er heiraten würde, weil es das Richtige war. Weil sie ihn gewählt hatte und weil er ihre Unschuld gestohlen hatte in einer Nacht, an die er sich selbst kaum erinnern konnte. Aber vor allem, weil sein Ziehvater es so wollte, denn nur Riagh konnte Anryn beschützen, vor all den Gefahren, in die sie sich so gern brachte – und dies, ohne dass er von ihr verlangte, eine andere zu werden; eine Frau wie all die anderen. Denn auch wenn sie ihm den Verstand raubte, er liebte sie genauso wild, wie sie war. Und sie war es wert, gerettet zu werden – wert, für sie zu sterben. Sivoks Leben wert …

Riaghs Liebe zu Anryn war aufrichtig und wahrhaftig –

und doch nie genug gewesen. Riagh liebte Anryn, wie man seine kleine Schwester nur lieben konnte, aber Sivok war ein ganzes Leben lang mehr als nur ein Bruder gewesen. Und es war das erste Mal, dass ihm die rechten Worte einfielen, dies auch auszusprechen.

All das und noch so viel mehr erzählte er Nuzar, und er weinte dabei und schluchzte, schmeckte seinen salzigen Rotz und wie seine Wangen glühten. Und hätte ihn Nuzar nicht an sich gehalten, die gesamte Zeit seine Stirn mit der eigenen gestützt, Riagh wäre zerbrochen und der Wind hätte die einzelnen Teile über die Lande zerstreut, dass er nie wieder ganz werden könnte.

»Oh Riagh, für einen Mann mit deinen Fähigkeiten muss es wahrhaft die größte Ungerechtigkeit dieser Welt sein, wenn eine Wunde einfach nicht zu heilen vermag.« Und dann zog Nuzar Riagh ganz in seine Arme, hielt ihn, bis die Nacht alt und der Morgen jung wurde, bis Riagh weder Tränen noch Rotz im Leib hatte. Erst dann gingen sie zurück in ihre Hütte, wärmten ihre kalten Glieder an der Flamme.

Als Nuzars warme Hände seine Haut berührten, fröstelte Riagh für einen Moment. Aber er ließ sich ausziehen, ließ den Ash'Bahar langsam jeden Stoff von seinem Leib streifen, bis sie beide nackt waren und sich aneinander wärmten.

Nichts geschah, als sie sich gemeinsam auf die Bank legten, sich unter den Decken und ihren Leibern begruben, und sich der Müdigkeit ergaben. Und doch war Riagh, als würde im Zwielicht zwischen Traum und Wirklichkeit etwas in ihm jucken; wie eine Wunde, wenn sie heilte.

***

Als Riagh aufwachte, lag er allein auf der Bank wie grauenhaft üblich. Er tastete nach Nuzar und fand keinen Leib, also wühlte er sich aus den Decken heraus, um den Ash'Bahar im Langhaus zu suchen. Die Feuerstelle war frisch, sodass Riagh auch nackt nicht fror. Und dennoch zitterte er.

Nur hastig wusch er sich, zwängte sich in die Filzkleidung, die hart und kratzig war vom getrockneten Blut. Falls Nuzar allein nach Brênningh aufgebrochen war – Riaghs Schwäche ihn vertrieben hatte –, konnte das noch nicht lange her sein. Riagh sollte ihn leicht einholen können, denn die größte Herausforderung wäre Nuzars mangelnder Orientierungssinn, der ihn auf unvorhergesehene Pfade zu locken vermochte, und Riagh war nicht unbegabt im Fährtenlesen. In Rüstung und mit gepacktem Rucksack stürmte er hinaus, für Proviant war der Bäcker zuständig und essen konnte er auch in Bewegung.

Die Luft war kühl und roch nach altem Fleisch. Wenigstens die Leichname waren fort, in die Wälder gebracht, wo sie zu einem Teil Carthals wurden. In der Vindara wären sie zu leicht anderen Truppen aufgefallen. Das Blut war tief in den Kampfplatz gesickert und nährte nun das Land. Es würden Jahre vergehen, bis das Dorf wieder reingewaschen wäre von der Schlacht. Vielleicht würde es das nie ...

Mit dem ersten Schritt hinaus stolperte Riagh, rutschte, aber hielt sich auf den Beinen. Er sah hinab auf den kopflosen Körper eines Soldaten, der neben der Tür lehnte, als hielte er ein Nickerchen. »Ihr habt einen vergessen ...«, rief Riagh, als würde jemand zuhören.

Und tatsächlich geschah dies auch. »Nein, ich hab ihn gerettet.« Nuzars Stimme war weich und sein Lächeln warm. Der Ash'Bahar trug neue Kleidung und hielt auch einen weiteren Stapel in den Händen.

»Ich will deine Fähigkeiten ja nicht schlechtreden, aber gerettete Menschen haben für gewöhnlich noch ihren Kopf.«

»Er ist nicht zum Denken hier.«

»Atmen würde ihm wohl ausreichen.«

Nuzar lachte mit geschlossenen Augen. »Ich werde dich wahrhaft vermissen, Riagh ard Cerwed. Auf meiner beschwerlichsten Reise brachtest du mir nicht nur die größten Gefahren, sondern eine so helle, wahrhaftige Freude, die ich vor langer Zeit verglommen dachte. Du ahnst gar nicht, wie dankbar ich dir bin.«

Riagh nickte ernst. »Gern geschehen.« Der Herbstwind war dieses Jahr besonders kalt und kroch wie Frost über den Nacken.

Noch immer lächelte Nuzar, aber sein Lächeln war fahl geworden und alt. »Bevor du gehst ... Diesen Soldaten habe ich für dich vom Leichenkarren geholt, denn seine Rüstung ist unbeschädigt und sollte dir passen.«

»Nicht nötig. So schlimm sind die Risse zwischen Kettengliedern nicht, das kriege ich wieder hin.«

»Und was sagst du, wenn du das Stadttor von Brênningh durchschreitest und die dortigen Wachen deine Narbe erblicken? Hier, in einem rebellischen Dorf in der Schlachtendämmerung, mag es unbedeutend sein, ob du ein Deserteur bist. Denn du bist unter deinesgleichen und sie sind nicht wählerisch bei ihren Heldinnen. Aber in der größten Stadt dieses Landes, beschützt von der imperialen Legion, werden sie dich hängen, kaum dass sie dich erkennen. Und dies wäre ein zu großer Verlust für mehr Menschen, als du begreifen möchtest. Also bitte ich dich, dir noch ein letztes Mal von mir helfen zu lassen.«

Riagh blickte zum kopflosen Leichnam. Nuzar hatte recht, die Rüstung könnte in der Tat passen und sie war beinahe unbeschädigt, nur schlammig und am Kragen vollgesogen mit Blut. Nichts, was ungewöhnlich wäre für einen Soldaten in Carthal. Und dennoch schüttelte Riagh den Kopf, als er wieder zum Nekromanten sah. »Das wird nicht klappen. Auch wenn ich in Rüstung mit Wappen komme, werden sie mich für einen Deserteur halten. Schließlich komme ich ohne eine Einheit und kann keinen Namen nennen, der in einem Soldatenregister steht. ›Riagh ard Cerwed‹ hat man ganz sicher schon als Deserteur gemeldet.«

»Er hieß Trebius Darvicus und stammte aus Irvicterem.«

»Das hat er dir verraten?« Entsetzt starrte Riagh auf den Toten.

»Natürlich hat er dies – während ich mit seinem Schädel in den Händen nackt unter der Morgensonne tanzte, damit die Geister dieses Landes uns beide beseelen mögen.«

»Klingt nicht so unglaubwürdig, wie du denkst.«

»Dass ich mit einem Schädel in den Händen spreche?«

»Dass du nackt in der Morgensonne tanzt.«

»Wir waren alle einmal jung, Riagh.« Ein befreites, so wunderbares Lachen. »Ich rede nicht von dem Toten dort, sondern von dem Mann, dem Gaira das Leben stahl. Es ist seine Geschichte, die du zu deiner machen kannst. Du wärst der Soldat, der zur Heilung zurückblieb, doch nun bist du genesen und dein Trupp schon Wochen zu spät. All die nahen Dörfer, die du nach deinen Kameraden befragtest, hatten sie schon lange nicht mehr gesehen, und auch zufällige Reisende wussten keine Kunde. Also bist du ein braver Soldat und kehrst zur größten Garnison zurück, die dir in den Sinn kam: Brênningh.«

»Aber ich bin Cartharer und das ist ein imperialer Name ...«

»Irvicterem ist eine Nachbarprovinz und Trebius' Akzent war schwach, wie es auch der deine ist. Bemühe dich, nicht zu cartharisch zu sprechen, schneid dir die Haare, und für den Rest nutzt du die Ausflucht einer zu langen Dienstzeit in diesem rauen Land.«

Grüblerisch sah Riagh wieder zu dem Toten. »Du meinst, das könnte wirklich funktionieren?«

»Ja, Riagh, das wird es. Ich bin ein Dear'waaru; wenn du mir bei etwas vertrauen kannst, dann bei Trug und Schein.« Ein spitzbübisches Funkeln schlich sich in Nuzars Augen.

Aber Riagh lächelte nicht, nickte nur mit ernster Miene. Denn sie verhandelten hier über ein zu nahes *Danach* und alle Gedanken daran waren grausam schwer. »Trebius Darvicus also. Dann werde ich mich mal umziehen.«

Sie blickten sich schweigend an, lang genug, damit es unbehaglich wurde. In der Ferne hörte Riagh Menschen reden, ein Wagen knarzte, ein Fensterladen quietschte. Der Wind wog die Äste naher Obstbäume, sodass sie raschelten und übereinander kratzten. Und würde er noch genauer lauschen, vermutlich könnte Riagh sogar den Sonnenprinzen hören, wie er über die Wolkendecke hüpfte. Wen er nicht hörte, war Nuzar. Riagh war, als ob der Ash'Bahar etwas sagen wollte; dass Riagh etwas sagen sollte. Aber nichts davon geschah, also packte er den Leichnam am Fuß und schleifte ihn in die Hütte. Zumindest war der Mann schon lang genug tot, damit nichts mehr aus dem offenen Hals heraussickerte. Er würde die fremde Hütte ungern mit menschlicher Schmiere am Lehmboden verlassen.

Gerade als Riagh die Tür hinter sich schließen wollte, drückte ihn Nuzar tiefer in den Raum und schlug sie mit ausladender Geste zu. Die Kleidung in seinen Armen warf er achtlos auf den Boden und sie starrten sich wieder an, Blick an Blick verfangen wie in dieser ersten Nacht unter dem Galgenbaum, und sie schwiegen wieder, bis die Stille unerträglich in den Ohren rauschte.

»Ich kann nicht …«, raunte Riagh, denn er verstand, was Nuzar ihm nicht sagte.

»Ich weiß.« Nuzar lachte bitter. »Dies ist es ja, Riagh: Ich verstehe dich zu gut. Du gabst einem Sterbenden ein

Versprechen und ich weiß, was es bedeutet, jemanden so sehr zu lieben, dass du bereit bist, dich dafür zu zerstören.«

»Ich habe nie gesagt, dass ich ihn ...« Riagh atmete durch. Ihm war schwindelig, noch mehr als letzte Nacht. »Wenn du das alles weißt, was willst du mir noch sagen?«

»Dass ich recht habe, Riagh. Meine Mission ist von solch gewaltiger Bedeutung für alle Lande, und auch, wenn ich die Zeit schon benennen kann, in der wir es bereuen werden: Ich will dich dabei an meiner Seite. Aber du würdest mir nie folgen, solange du Anryn nicht sicher weißt – deshalb werde ich dir helfen, sie zu finden. Und ich kann dir helfen, zu heilen und zu lernen, welche Macht in dir verborgen liegt.« Selten hatte Nuzar so verzweifelt geschaut, so wenig Stolz, so wenig Überlegenheit ausgestrahlt. Er flehte beinahe und wirkte so eigenartig menschlich. Nuzar bat um Hilfe, bot Hilfe an, ohne dass sich auch nur der leise Hauch von Gehässigkeit in seine Stimme geschlichen hätte. Als hätte sich wahrhaftig nichts an seiner Sicht auf Riagh geändert, obwohl er nun wusste, wie schwach Riagh war.

Und auch Riagh hatte sich nicht geändert – und nicht zum ersten Mal fühlte es sich falsch an, er selbst zu sein. »Du wirst keinen Magier aus mir machen«, sagte er und wusste doch, dass dies nicht der wahre Grund war, jedes Angebot abzulehnen. Aber er wollte mit Nuzar nicht über Anryn reden, nicht mehr. Die letzte Nacht hatte ihren Namen zu einer Last zwischen ihnen verkommen lassen, ihm eine Schwere aufgebürdet, deren Grund für Riagh nicht greifbar war. Er liebte Anryn. Und dann gab es da Nuzar. Da war nichts, das diese Menschen in seinem Leben verband – und doch fühlte es sich an, als würde er sie beide betrügen.

»Auch ich kann keine Wunder wirken, Riagh. Deine Magie ist schon zu verkümmert, die Eigenarten der verschiedenen Effekte zu komplex, um sie nach vergeudeten Jahren noch zu verinnerlichen. Denn wahre Zauberei hat nichts mit dem Rezitieren einer Formel gemein.«

»Die imperialen Magier kommen damit aber ganz schön weit.«

»Deine Magierinnen mögen ihren Ursprung vergessen haben, mögen ihre Kraft so kleinteilig geordnet und mit ihren Formeln versehen haben, damit alles, was sie tun, so kontrollierbar, gewöhnlich ... menschlich ist – aber wir sind Elementgeborene. Jeder Funke an Macht in uns, der uns erlaubt, diese Welt zu formen, wurde ihr einst entrissen, als sie uns unter Schmerzen als ein Teil ihrer selbst gebar. Und so sind wir es nun, die unter Schmerzen diese Macht gebären müssen, wollen wir sie für uns nutzen.«

»Du bist also kein Mensch, willst du mir das sagen?« Riagh lachte.

Nuzar nicht. »Ich bin genauso viel Mensch, wie ich es nicht bin. Denn mögen die Elemente vor Generationen über Generationen, Äonen über Äonen noch rein gewesen sein und von Menschen getrennt, haben wir uns über all die Zeit so oft gemischt, dass zwischen uns kein Unterschied mehr herrscht.« Er sah hinab, formte stumm mit den Lippen Worte und schritt dann auf Riagh zu, um seine Hände zu greifen. Wie es sich gestern so richtig angefühlt hatte. Wie es heute so fremd war. »Wenn ich von der ewigen Flamme in mir spreche, rede ich nicht in Bildern, und dies hast auch du gespürt. In mir lodert ein Feuer, aus dem sich meine Macht speist; das mein Shariem zum Glühen bringt, in meinen Augen glimmt und in meinen Haarspitzen schwelt. Jeder Zauber entspringt aus dieser Flamme – so wie sie sich bei jedem Zauber aus meiner Lebenskraft nährt. Würde ich ihr diese Nahrung verweigern, dann würde sie Tag um Tag an meinem Starrsinn ersticken, mein Augenrot würde verblassen, die Haarspitzen vertrocknen und das Shariem auf meiner Brust dünn werden und unscheinbar. Alles, was bliebe, wäre ein feines Glimmen, tief verborgen in meiner Seelenkraft, und von meiner Macht blieben nichts als ein paar Funken übrig, die ich in die Welt versprühte.«

Riagh blickte auf die Hände, die noch immer seine hielten, warm und weich und so vertraut, dass er sie am liebsten losließe. Doch er wagte es nicht; wie er es nicht wagte, sie zu drücken. »Wenn die imperialen Magier sich nicht zurückhalten, bekommen sie rote Augen?«, fragte Riagh, ohne aufzublicken. Er ahnte eine Antwort, die er nicht hören wollte. Aber dieses Gespräch durfte nicht enden, denn am Ende musste er eine Wahl treffen. Und er wusste, er würde sich falsch entscheiden.

»Wenn sie aus Ash'Ghiam geboren wurden, ja. Aber die Legenden besagen, als die ersten Menschen das Land besiedelten, sandte jedes Element seine Kinder zu ihnen. Sie sollten sie lehren und mit ihnen wachsen, damit sie gemeinsam friedvoll auf dieser Welt wandelten, und die Menschen waren dankbar und nahmen die Elementgeborenen als ihre Göttinnen bei sich auf. Und so verstrichen die Äonen, bis sie nichts mehr voneinander unterschied. Wir stammen also nicht alle aus den Flammen, Asha ist nicht unser aller Mutter, und deshalb gehe ich davon aus, dass uns auch nicht allen die Glut aus den Augen spricht. Doch ich habe noch nie eine andere Elementgeborene getroffen, um dies genau zu wissen. Nun ja, noch nie bis jetzt.«

Riagh sagte nichts. Auch nicht, als Nuzar Riaghs Hände losließ, seine warmen Finger um Riaghs Wangen legte und ihn auf so unsagbar erdrückend sanfte Weise zwang, ihn wieder anzusehen.

»Anryn hat erkannt, was so viele in dir nicht sehen wollten: In deinen Augen glänzt der Morgentau, auch noch heute, einen Tag nachdem deine Macht erwachte. Aber die Wolken sind bereits aufgezogen und schon bald wird dieser blaue Tropfen gänzlich ergrauen, wenn du ihn nicht nährst.« Mit dem Daumen strich Nuzar Riaghs Schläfen nach und Riagh erschauderte – ob Nuzars Worten, sagte er sich, obwohl er es doch so viel besser wusste.

Für einen Moment war da wieder diese ohrenbetäubende Stille, die Riagh alle Gedanken raubte; die so gnädig war, ihm die Bedeutung von Nuzars Worten zu entreißen, ihm nicht erlaubte, zu ergründen, warum er sich so leicht in diesem Spiel aus Himmel und Blut der ash'bahrischen

Augen verlor. Doch dieser Moment währte nur kurz und die Gedanken kehrten zurück und nichts daran war gut.

Riagh hatte nie etwas Besonderes sein wollen, das Schicksal hatte ihm Pläne aufgezwungen, die nie für ihn bestimmt zu sein schienen. Der Tod seiner Eltern, Anryns Liebe, Sivoks Begehren, die Siege an der Front, die unmöglichen Wunden, die alle heilten. Die Flucht, nur diese eine Nacht mit Sivok, nur dieser eine kurze Moment Glück, bevor Sivoks Tod jede Hoffnung und Lebensfreude so bitter mit sich riss, und dann – Nuzar. Der Weltenbrand in Riaghs so tristem, verdorrtem Leben, das statt eines Sinns nur ein Ziel kannte. Es war ausgerechnet ein Ash'Bahar, der Riagh zeigte, dass er kein Mann war wie all die anderen. Weil er ein Regentänzer war, als wäre er einer Legende entsprungen. Weil er einen Mann ...

Riaghs Herz hastete, und er wünschte, er könne mit ihm fliehen. Doch stattdessen war er es nun, der mit seinen Händen das Gesicht des Ash'Bahars umfasste. Er hatte einfach zu lange versucht, sich selbst zu entkommen. War zu lange an seiner Flucht gescheitert. Für einen ewigen Moment waren ihre Blicke verkettet. Nuzar öffnete seine Lippen; eine Einladung, ohne zu hetzen. Und dann traf Riagh eine Wahl – und vielleicht endlich die richtige.

Nuzars Lippen waren warm und weich wie seine Finger, liebkosten ohne Zwang und Wucht. Es war ein scheuer, beinahe unschuldiger Kuss, wie ihn sonst nur Heranwachsende tauschten, schüchtern und sorgfältig zugleich. Und doch überwältigte Riagh jede Berührung, die sie teilten,

314

jeder Atemzug, der über seine Haut floh. Als Nuzars Zunge sachte über seine Lippen leckte, so sanft um Einlass bat, ließ er es geschehen und die Zärtlichkeit brachte ihn beinahe um den Verstand. Sivoks Küsse waren so verzweifelt und hungrig gewesen, damals hatte er Riagh mit seiner Leidenschaft schier verschlugen, erdrückt – und leer und ausgelaugt in dieser Welt zurückgelassen. Nuzar hingegen ... war Nuzar. Er küsste, wie er lächelte; mit seiner ganzen Tragik und Arroganz, seinem Stolz und dieser Überheblichkeit – doch vor allem mit seiner Stärke, nichts davon zu gebrauchen, um Riagh zu bedrängen. Denn es bedurfte doch nur dieser feinen Berührung, Riagh ganz und gar in seinen Bann zu ziehen.

Als sich ihre Lippen wieder trennten, lächelte Riagh. Nicht weil er wusste, was als Nächstes geschehen würde, oder weil er gar ahnen könnte, was es war, das da zwischen ihnen lag. Sondern weil er zum ersten Mal eine Wahl nicht bereute und Nuzar auch nach diesem Kuss mit reinem Gewissen in die Augen blickte.

Und auch Nuzar lächelte und all die wunderbaren Grübchen lagen um seine Lippen. Doch dann wurden sie starr und Nuzars Mund gerade und ernst. Das Blau seiner Augen wirkte tief und unergründlich wie der Ozean, so sonderbar schwer in diesem leichten Moment. »Ich kann nicht ...« Nun war es Nuzar, der diese Worte flüsterte, und Riagh spürte, welche Wucht in ihrem Klang verborgen lag.

Dreiunddreißig Herzschläge Glück. Mehr hatte das Schicksal Riagh nicht zugestanden.

Er ging einen Schritt zurück, um Nuzar nicht zu bedrängen. Um sich selbst gewahr zu werden, was gerade zwischen ihnen geschehen war. Und was nicht. »Tut mir leid. Ich wollte nicht …« Riagh stotterte. »Ich dachte nur, du wolltest auch …«

»Oh Riagh, du kannst nicht einmal erahnen, wie sehr ich will!« Tragik lag in Nuzars Stimme. »Aber nicht so. Nicht mit diesen Lügen zwischen uns.«

»Welche Lügen?«

Nuzar schloss die Augen, atmete schwer. Seine Lippen zitterten, als er wieder zu sprechen begann. »Hilf mir, den Fluch zu brechen, und es wird dein Tod sein.«

»Mit deinen Gegnern werde ich schon fertig.«

»Ich weiß, Riagh, nie könnte ich mich sicherer fühlen als mit dir an meiner Seite.« Ein feines, so schwermütiges Lächeln. »Der Fluch kam in die Welt, als ein Regentänzer eine Feuerweberin opferte. Um ihn zu brechen, müssen die Rollen in diesem Weltenstück tauschen. Folge mir, und nicht meine Gegnerinnen werden dein Leben beenden. Ich selbst werde es tun, um Ash'Bahrim zu retten.«

Riagh lachte, auch wenn nichts an Nuzars Worten komisch war. Aber das hätten sie sein sollen, ein schlechter Scherz zu einem unpassenden Zeitpunkt. Eine ash'bahrische Geschmacksverirrung statt bitterer Ernst.

Nuzar blieb ruhig, wartete, bis auch Riagh wieder ruhig wurde. »Es tut mir aus tiefster Seelenglut heraus leid.« Er flüsterte nicht mehr, zitterte nicht bei seinen Worten. Der Nekromant hatte zum alten Stolz zurückgefunden.

»Es tut dir leid, dass du die ganze Zeit über geplant hast, wie du mich umbringen kannst?«, brüllte Riagh.

»Nicht all unsere Zeit über, Riagh. Erst seit ich weiß, was du wirklich bist.« Kein Lächeln mehr, nicht einmal ein Zucken dieser sonst so frechen Mundwinkel.

»Das ist ...« Riagh fehlten alle Worte. Er ballte die Hände zu Fäusten und schrie. Keuchte. Schrie noch mehr. Er wollte auf Nuzar einschlagen – die Wirklichkeit blinzelte bereits –, also drehte er sich um und schlug auf den Tisch, bis die Fingerknöchel wund wurden. »Ich glaube dir nicht!«, zischte er, als ihm die Wut wieder das Sprechen erlaubte.

»Wie gewaltig ist doch auch mein Wunsch, es wäre anders! Es gäbe eine andere Art, den Fluch zu brechen ...« Endlich verlor Nuzars Stimme ihre Ruhe, doch dies war nun unbedeutend.

Noch immer im Zorn drehte sich Riagh zurück zum Nekromanten. »Ich glaube dir nicht, dass es dir leidtut!« Er schnaubte.

Nuzar schluckte. Und antwortete nicht.

»Eben gerade noch, vor nicht einmal dreiunddreißig Herzschlägen, hast du mich überredet, mit dir zu kommen! Du wolltest mich lehren, hast du gesagt – Lügen! Und das hier soll jetzt die Wahrheit sein? Was hättest du gemacht, wäre ich kein Regentänzer?«

»Ich hätte eine cartharische Magierin entführt und geopfert. Und hätte dies den Fluch nicht gebrochen, hätte ich eine weitere entführt und noch eine, bis ich verstanden hätte, weshalb mein Plan scheitert, oder daran verzweifelt wäre.«

Riagh schnaubte verächtlich.

»Wir haben doch erst vor wenigen Tagen erfahren, dass es überhaupt so etwas wie Regentänzer gibt ... Woher weißt du, dass du nicht irgendeinen Magier brauchst? Oder rätst du nur?«

»Wer damals bereits lebte, kündet vom Regen, der vor einem halben Jahrhundert mit dem Fluch übers Land kam – so mächtig und kalt, rau und fremd, als würde Ash'Bahrim ein letztes Mal um seine Kinder weinen, bevor es sich zum Sterben niederlegt. Ja, ich kannte nicht die Legenden der Regentänzerinnen, aber ich wusste, ich muss nach dem Wasser suchen, das eine Magierin nährt, wie mich das Feuer speist. Also suchte ich im Land des Regens. Es ist wohl unser Schicks...«

»Wage es nicht, dieses Wort auszusprechen!« Riagh schritt auf den Nekromanten zu, packte ihn am Hemd – und ließ augenblicklich los. Atmete. »Wie ich sagte, es ist nur eine Ausrede.« Er drehte sich um und ging zu Nuzars Sachen, packte die wenige Habe ein, die noch nicht in die Tasche der verbrannten Qar'thegra gezwängt war, und warf sie Nuzar vor die Füße, schob mit dem Stiefel die Kleidung dazu, die der Nekromant selbst auf den Boden geworfen hatte. »Nach Brênningh sind es fünf Tage am Flussufer entlang. Versuch die Straße zu meiden, dann solltest du es schaffen.«

Zögerlich blickte Nuzar zu seinen Sachen, öffnete die Lippen und schloss sie wieder.

»Ich glaube, der Bäcker wird dir auch dann Proviant geben, wenn ich nicht neben dir stehe. Und jetzt geh.«

»Du lässt mich gehen – mit dem Wissen, dass ich nach einer Regentänzerin suchen werde, die an deiner Stelle sterben wird?«

»Glaubst du wirklich, du findest so schnell weitere?«

»Ich habe mein Leben lang Zeit für eine solche Suche. Wie viel Zeit bleibt Carthal?«

»Du sollst verschwinden!«, zischte Riagh, als der Zorn zurückkehrte; und mit ihm die Scham. Und wenn Nuzar nicht log? Wenn Riaghs Leben Carthal rettete, war es das dann nicht wert?

Doch wer rettete Anryn, wenn er in einem fremden Land starb?

»Du hast nicht einmal zu deinem Schwert gegriffen.« Es klang wie ein Vorwurf, eine so bittere Enttäuschung.

Riagh sah zu dem Schwertgriff, der aus seiner Gürtelscheide ragte. Die Finger kribbelten nicht einmal, kein noch so wütender Reflex hatte auch nur den Versuch unternommen, diese Trennung *endgültig* zu machen. »Soll ich es nachholen?«, knurrte er in all seiner zornigen Enttäuschung.

Ein schmales, sehnsüchtiges Lächeln, mehr Antwort schenkte ihm Nuzar nicht, bevor er zu seinen Sachen griff, auch die Kleidung aufhob und sie auf den Tisch legte. »Dein Hemd ist verkrustet und deine Hose gerissen. Ich nutzte den Morgen, um etwas Neues für dich zu finden, es sollte passen.« Wieder wartete er, wirkte, als wäre noch etwas ungesagt, als müsse er sich entscheiden, welches aus dieser Menge an Wörtern in seinem Kopf das Richtige war.

Doch er fand es nicht.

»Lebewohl, Riagh ard Cerwed.« Dann schritt Nuzar aus der Hütte und machte diese Trennung wahrhaftig endgültig.

Wut focht in Riagh mit diesem so altbewährten Gefühl, die falsche Wahl getroffen zu haben. All diese feinen Charakterzüge, die Riagh die letzten Tage Freude bereitet hatten, aus einer so gewaltigen Schwere erretteten, waren nur Scharade gewesen. Er hatte alles, was er je für Sivok empfunden hatte, für einen Mann verraten, für den er nur ein Mittel zum Zweck gewesen war.

Zu einem bedeutenden, so richtigen Zweck, der größer war, als es Riagh je sein könnte.

Riagh sah Nuzar noch lange nach, starrte auf die offene Tür und ergab sich den so falschen Geräuschen von Leben, die respektlos in die Hütte drangen. Vier Dörflern musste er sagen, dass alles in Ordnung sei, sie sich nicht um ihn sorgen bräuchten, doch die Türe offenbleiben sollte. Dann erbarmte sich endlich der Sturmfürst, brachte einen Gewittersturm über das Land und schlug die Holztür so gewaltig zu, dass es Riagh nicht gewundert hätte, wäre sie aus den Angeln gesprungen. Einen kurzen Moment wartete er dennoch, aber kein Nuzar kam hereingestürmt und nörgelte über das Wetter. Oder verlangte doch zumindest das Sameea zurück, das Atemzug um Atemzug schwerer an Riaghs Nacken zog. Kaum zu glauben, aber er war den Nekromanten tatsächlich losgeworden. Diesen Mann, der zu stolz war, seinen größten Schatz von Riagh zurückzufordern.

So nickte Riagh schließlich und wandte sich dem kopflosen Soldaten zu. Mit ganzer Konzentration entledigte er
ihn der Rüstung und Kleidung. »Keine Sorge«, flüsterte
Riagh zum Toten, »der Ash'Bahar ist fort, wir sind hier
allein. Wieder ganz allein ...«

»Unsere Soldaten stammen aus allen Provinzen an den Rändern der Welt und leider sprechen sie auch so. Nur wenn wir ihr Genuschel wieder zurück zur reinen Sprache führen, die uns die Götter schenkten, werden sie auch eines Tages das ganze Imperium als ihre Heimat betrachten – und nicht nur das Stück Boden, auf dem sie geboren wurden. Außerdem weiß doch kein Mensch, wie man diese ganzen Zungenverrenkungen schreiben soll.«

– Imperialer Schreiber in der Garnison auf Brongellus

»Cartalia ... Alles benennen die Imperialen neu, als wäre der Rest der Welt nur ein putziges Haustier.«

– Cartharische Rebellin in einer Schenke nahe Salainn

Kapitel 10

Die Hauptstraße nach Brênningh war belebt und einsam. Die meisten Reisenden grüßten Riagh furchtsam, in Tavernen machte man ihm Platz und servierte ein gutes Essen, ohne einen Preis zu nennen. Viele schienen gar erstaunt, dass er überhaupt zahlte. Aber niemand sprach mit ihm mehr als nötig; er war ein Soldat auf Reisen, der verborgene Feind im eigenen Land. Nicht einmal ein lapidares »Wohin des Weges?« bekam er zu hören, selbst für Höflichkeitsfloskeln war er den Cartharern zu *imperial*. Und eigentlich war dieses Schweigen auch ein Vorteil, bot sich ihm doch so weniger Möglichkeit, sich selbst zu verraten. Wenn Riagh ehrlich war, mochte er es sogar, von Fremden in Frieden gelassen zu werden, denn es war nicht belanglose Konversation, die er suchte. Er wollte nicht irgendwem dabei zuhören, wie er über das Wetter plauderte. Er wollte aus Nuzars Mund hören, wie schrecklich der Regen dieses Landes war. Aus dem Munde desjenigen, der dieses Land verflucht hatte – und es nun vielleicht retten konnte. Wenn er Riagh diesmal nicht angelogen hatte.

Nuzar war ein Dear'waaru und nun wusste Riagh auch, was das bedeutete. Noch nie zuvor war eine Erkenntnis so bitter gewesen.

Lustlos befragte Riagh hier und da Reisende und Bewohner der auf dem Weg liegenden Dörfern, ob sie seinen Trupp gesehen hätten. Natürlich hatten sie das nicht und natürlich gaben sie nur knappe Antworten, vergeudeten keine Freundlichkeit an Imperiale. Denn sie waren ängstlich, jedes Wort könnte ihr Leben kosten oder das Leben von Menschen, die sie kannten. Vor allem aber war keiner von ihnen Nuzar, der aus einem Wortmeer mit großer Kelle schöpfte, wo andere nur ihre Lippen befeuchteten.

»Weißt du«, erzählte Riagh während seiner Mittagsrast dem streunenden Hund, der sich ein Stückchen Hartwurst erbettelt hatte, »wenn ich davon absehe, dass er vermutlich schon eine ganze Menge Cartharer getötet hat, ihre Leichen auferstehen ließ, sie in sein Heer befahl und dort zwang, gegen ihre eigenen Brüder zu kämpfen, ist er gar kein so schlechter Kerl. Nun gut, er hat mich hereingelegt und will mich umbringen … aber er sagt, er macht das für die gute Sache. Nur sagt er eben so verdammt viel, und alles davon klingt aufrichtig, egal, ob es auch ehrlich ist.«

In gebührendem Abstand leckte sich der Hund genüsslich über die Schnauze und sah Riagh von unten herauf mit großen Augen an, bis er ihm auch noch ein Stück Käse zuwarf.

»Ich habe ihn sogar ›Freund‹ genannt, und für einen kurzen Moment war er … Auch wenn du mich jetzt für verrückt hältst: Ich bereue unseren Kuss nicht. Nur, ihn bei unserem ersten Treffen nicht getötet zu haben.« Riagh schloss die Augen und rieb sich den Regen aus dem Gesicht.

Das Seltsame war doch dies: Er hatte nie Schwierigkeiten damit gehabt, wütend zu werden. Es zu übertreiben. Und er hatte jeden Grund dazu, nun zornig zu sein, Nuzar zu verfluchen, auf Sträucher, Bäume, Menschen einzuschlagen, bis seine Hände wund und die Gedanken müde wurden. Aber wann immer er an Nuzar dachte, war da kein Fieber mehr, nichts tobte in ihm. Wo Riagh in sich sonst Wut spürte, bei ihrem letzten Treffen gespürt hatte, war Leere. Und diese Leere brannte stärker als eine eiternde Wunde, die mit Schlamm ausgewaschen wurde.

»Es ist nicht, dass ich ihm seine Lügen nicht vergeben könnte.« Riagh blickte noch wehleidiger zum Hund, als er zurück zu ihm starrte. »Ich glaube, ich habe ihm bereits vergeben. Hörst du, Nuzar desh Miav der Var... wie auch immer du genau heißt, ich vergebe dir!« Verzweifelt verbarg Riagh das Gesicht in den Händen. »Ich kann es nur mir nicht vergeben, dass ich dir so leicht verzeihen kann ...«

Und genau deshalb war es gut, dass Nuzar fort war. Wäre er dageblieben, hätte er Riagh nur immer und immer wieder darin bestärkt, warum es gut und gerecht war, alles für Carthal und Ash'Bahrim und die gesamte verdammte Welt zu opfern. Wie er stets alles für Sivok geopfert hatte – oder für Anryn. Oder seinen Ziehvater, ganz Garwad ... Wenn Riagh ehrlich zu sich war, dann war er sein Leben lang nie nachtragend gewesen. Wie denn auch, wenn er doch bei so vielen in der Schuld stand? Seine Eltern waren so früh gestorben, er konnte sich nicht einmal an ihre Gesichter erinnern. Kein Blut verband Riagh mit seinem

Ziehvater und dennoch hatte dieser ihn aufgezogen wie einen Sohn, hatten ihn seine Kinder angenommen wie einen Bruder, hatte Garwad ihn behandelt, als wären seine Eltern noch immer am Leben und täten ihren Dienst für die Gemeinschaft, damit auch Riagh Teil des Dorfes sein durfte. Mochte Riagh auch frei geboren sein, noch bevor er seinen ersten Winter vollendet hatte, hatte er so viele Schulden bei anderen Menschen angehäuft, es würde ein Leben dauern, sie abzuzahlen. Er würde sein Leben geben, wenn es ihm damit doch nur gelänge – hatte er zumindest bisher stets gedacht.

Es war leicht, bereitwillig sein Leben als Opfer darzubieten, wenn niemand dieses Opfer verlangte. So schwer, an solchen Gedanken festzuhalten, wenn sie zur Wirklichkeit wurden.

Nuzar war der erste Mensch, vor dem Riagh wahrhaftig frei gewesen war, an den ihn nichts gebunden hatte als die eigene Wahl. Eine Wahl, die Nuzar ihm selbst dann ließ, wenn es um das Schicksal aller Lande ging … Das war einfach nicht gerecht! Riagh senkte den Kopf noch mehr zu Boden, das Sameea zog schicksalsschwer an seinem Nacken. Er hätte die Kette ablegen, im Dorf zurücklassen sollen, wo Nuzar sie als Erstes suchen würde, überwand er nur endlich seinen Stolz und gestand ein, etwas so Kostbares vergessen zu haben. Aber Riagh hatte es einfach nicht gekonnt und so war er nun auch noch zum Dieb geworden.

Er legte sie ab und wickelte die Kette über die noch immer warme Phiole mit Nuzars Blut. Mit Nuzars Stärke …

Dann packte er sie rasch in den Rucksack, schob sie ganz nach unten, damit sie ihm beim versehentlichen Suchen nicht wieder in die Hände glitt. Damit er vergessen könnte, was er doch nie mehr vergessen würde: Nuzar.

Etwas Warmes glitt über seine Finger. Der Hund leckte über seine Hand, bis Riagh ihm das feuchte Fell kraulte.

»Weißt du, mit Sivok bin ich aufgewachsen. Als Kind hab ich ihn ständig gewinnen lassen, denn er war ja fast ein Jahr älter und auch so hatte er es mehr verdient als ich. Und ich war deshalb nicht wütend, denn ich hab es gemocht, zu sehen, wie er sich gefreut hat. Und als wir älter wurden, war er der erste Junge, den ich mir ... *wirklich* angesehen habe. Trotzdem hab ich ihn nicht auf unserem letzten Sommerfest in Garwad geküsst, obwohl er es probiert hatte. Doch er hatte sich betrunken, da wäre es nicht gerecht gewesen, auch seinem Vater gegenüber. Ich meine, er hat mich aufgezogen und dann tue ich *sowas* seinem Sohn an ... Doch ich *habe* es seinem Sohn angetan, Jahre später...«

Der Hund bellte, denn Riaghs Hand war beim Streicheln träge geworden wie seine Worte. Schnell besann er sich wieder seiner Pflicht und kraulte dem Tier über den Hals, bis sein Gesprächspartner glücklich grunzte und mit dem Schwanz wedelte.

»Was ich dir sagen will: Ich hab mit Sivok ein Leben geteilt, mit Nuzar nur ein paar Tage, die nichts als eine Lüge waren. Es ist nicht gerecht, dass es *unser* Kuss ist, den ich nicht aus meinen Gedanken verdrängen kann. Er hat es nicht verdient, dass ich ihm noch vertraue, auf sein bloßes

Wort hin sterbe, wo ich doch Sivok sterben ließ. Denn er hat nichts getan, außer mich anzulügen, zu hintergehen!« Nichts, außer Riagh stets jede Wahl zu lassen. Und stets traf Riagh die falsche.

Nicht jeder Mensch war für die Freiheit geschaffen, daran war nichts verwerflich. Aber hatte es unbedingt ein Ash'Bahar sein müssen, der Riagh bewies, wie lausig er dabei war, für sich selbst zu entscheiden? Der Sturmfürst war auch schon einmal gnädiger gewesen.

Der Hund bellte erneut und deutete mit der Schnauze auf Riaghs Brotbeutel. »Na wenigstens weiß einer von uns, was er will.« Riagh schnitt noch ein Stück Hartwurst ab und warf es seinem treuen Zuhörer hin, dann packte er alles zusammen und machte sich auf den Weg nach Brênningh. Carthal konnte warten, er musste Anryn retten.

Denn sie wusste stets, was zu tun war.

Brênningh nahm seine Anfänge, lange bevor Riagh die Stadtmauer erreichte.

Wie kleine Dörfer waren verstreute Hütten vor dem steinernen Ring gebaut, sogar windschiefe Holzbrücken aus Stämmen und Seilen hatten die Menschen errichtet. Denn die Steinbrücken lagen innerhalb der Stadt mit ihren vielen Inseln und wer sie überqueren wollte, hatte am Tor den Zoll zu zahlen. Das machte die Stadt nicht nur reich an Silber, sondern auch an Menschen, denn in Brênningh, so wusste jedes Kind, hatte das cartharische Leben einst seinen Ursprung genommen. Und nirgendwo sonst als hier konnte es so reichhaltig gedeihen.

Dort, wo Vindara und Nathaira in den Gwelach mündeten, gebar Lerwa einst den Sturmfürsten. Wo der Blitz in den Strom einschlug, hatten sich Fluss, Gewitter und Boden zu einem Kind verbunden, das ganz und gar aus Carthal geschaffen war und das das Land formte und beherrschte, lange bevor der erste Mensch es betrat.

Als die Imperialen nach schwerem Krieg schließlich Brênningh eingenommen hatten, waren sie erstaunt gewesen, keinen einzigen Tempel in dieser heiligen Stadt vorzufinden. Denn sie waren zu blind gewesen, um zu erkennen, dass Brênningh selbst ein Tempel war; der einzige in ganz Carthal. Der einzige, den Carthal je gebraucht hatte. Denn nichts könnte heiliger sein als der Ort selbst, an dem drei Flüsse zu einem wurden. Und niemand könnte gläubiger sein als die Menschen, die das Land rund um diesen Ort bestellten.

Cartharer brauchten keine Zeremonien und Gebetsstunden, keine Männer in bunten Gewändern, die ihnen das Göttliche erklärten. Denn wer in Carthal geboren wurde, bis zu den Knien im Schlamm aufwuchs und den Kopf stets in den Regen hielt, der wusste auch ohne große Worte, dass er erschaffen war, um dem Sturmfürsten zu dienen. Vorsichtshalber hatten die Imperialen dennoch einen Tempel gebaut, in dem ein Mann im bunten Gewand im Namen irgendeines imperialen Gottes versuchte, die Cartharer über den Regen zu belehren.

Riagh betrachtete die Prozession der Männer in Blau, die Richtung Stadttor zogen. Einer der Priester schüttelte eine silberne Rassel, aus der winzige Tropfen auf die Umstehenden spritzten. Ein anderer rief zu der Menge, sie seien nun alle vom heiligen Regen des Artiras benetzt. Riagh wischte die Nässe des Dræghad aus dem Gesicht, der aus dem Himmelsgrau tröpfelte. Auch das mit dem Benetzen bekam der Sturmfürst eindeutig besser hin.

So wie die Menge für die Priester Platz machte, so schloss sie sich sogleich wieder zu einem ruhenden Meer aus Leibern. Die Schlange vor dem Stadttor war gewaltig, viele Menschen trugen Kiepen auf dem Rücken oder schoben Handkarren mit Hausrat vor sich her. Mütter hielten schreiende Kinder an den Händen, während Armeewerber die wenigen kräftigen Männer umschwärmten, als wäre die letzte Prinzessin Carthals heimgekehrt. Über allen Lauten, allem Wehklagen, Gezische und Gerede, lag ein feines, doch unüberhörbares Gewimmer, wie ein Echo aus dem Nebel.

Auch vor sechs Jahren war Brênningh eine zu gut besuchte Stadt gewesen, damals, als sich Riaghs Einheit vor den Mauern gesammelt hatte, um als VII. Legion nach Garlitha in den Krieg zu ziehen. Aber damals waren es Händler gewesen, die mit ihren Karren Zugangswege verstopft hatten. Nun war kaum einer von denen zu sehen. Die Verzweiflung war den Menschen ins Gesicht geschrieben; Landflüchtige, die zum einzigen Bollwerk strömten, das ihnen Schutz vor den Verfluchten versprach.

330

Ahnten sie denn nicht, dass sie in die falsche Richtung flohen?

Aus der Ferne wirkten die wuchtigen Mauern Brênninghs schwarzbefleckt, als schimmelte das Gemäuer. Es
war ganz anders, als Riagh die Stadt in Erinnerung hatte.
Sie wirkte furchtsam und furchteinflößend zugleich –
und wie das Land fiel auch sie der Fäulnis anheim.

Die ersten Schritte durch die Menge waren mühselig,
Riagh fand kein rechtes Durchkommen zwischen den
Menschen und wagte es dennoch nicht, seine Stimme zu
erheben, die Verzweifelten durch seine falsche Autorität
auf ihren Platz zu verweisen. Denn er war einer von ihnen
und eine Lüge trug kein Recht, ihn über seinesgleichen zu
erheben. Doch dann erkannte einer der Werber seine Rüstung, schrie die Menschen an, dem Soldaten Platz zu machen, der für ihre Leben focht, während sie sich hier nur
feige verkrochen. Jemand zerrte eine Frau aus seinem
Weg, dass sie stürzte und der Junge mit ihr, den sie so verzweifelt an seinem Arm hielt, damit er ihr kurz vor ihrem
Ziel nicht verloren ginge. Riagh wollte ihr aufhelfen und
widerstand doch. Sechs Jahre lang hatte er solch eine Rüstung getragen und es war für ihn ohne Bedeutung gewesen, wie auch sein Filzhemd keine Bedeutung für ihn trug.
Doch die Verfluchten hatten alles geändert und so bahnte
er sich erbarmungslos seinen Weg Richtung Tor, denn
diese Rüstung machte ihn zum Feind.

Es war einfach gewesen, ein Soldat zu sein, als die
Fronten noch fern lagen und nicht wie Narbengewebe
über das Landesinnere wucherten. Aber die Ash'Bahar

hatten den Krieg zu den Menschen getragen und die Menschen hatten begriffen, dass es unerheblich war, ob sie nur *einen* Krieg führten oder hunderte, sie starben ohnehin. Riagh rammte Schultern und Arme und wagte dennoch nicht, auch nur einem der Wartenden ins Gesicht zu blicken. Er konnte den Hass in ihren Augen nicht ertragen.

Er könnte sie retten, jeden einzelnen. Er musste nur Nuzar vertrauen. Und sterben.

Am Tor angekommen wurde das Gewimmer unerträglich laut und der faulende Gestank war stickiger als ein frisches Schlachtfeld in der Sommerhitze. Langsam blickte Riagh auf und erkannte, zu welchem Ungetüm Brênningh verkommen war.

Das Gemäuer verweste tatsächlich nicht, kein Schimmel fraß sich durch das Gestein. Doch wo einstmals ein Galgen vor den Toren gereicht hatte, das Gesindel zu schrecken und die Stadt *rein* zu halten, so war die Mauer nun bedeckt von Schlingen und in jeder hing ein faulender Leib; so dicht bei dicht, Riagh wusste nicht, wo das eine Fleisch endete und das andere begann. Sie alle waren übersät von schwarzen Fliegen, ihr Summen war das Wimmern der cartharischen Seele über dieses Gräuel, und die Krähen waren fett und taten sich gütlich an ihrem reichhaltigen Mahl. Hunderte von Landflüchtigen strömten in ihrer Verzweiflung zur heiligen Stadt, der Wiege des cartharischen Lebens, und sie alle fanden den Tod in der Gnadenlosigkeit der imperialen Gesetze.

»Wo gehörst du hin, Soldat?«, fragte der Torwächter.

»Zu ihnen«, murmelte Riagh aus seinem Albtraum heraus.

»Zu wem?«

Schnell fing sich Riagh wieder, würgte Abscheu und Übelkeit hinunter und deutete durch das Tor in die Stadt. »Na, ihnen dort. Ich bin hier, um Meldung zu machen und bereit für einen neuen Einsatz.«

»So, so, bist du das?« Der Wächter sprach mit tiefem cartharischen Akzent. Keine Brandnarbe zierte seine Wangen. Über seinem Kettenhemd trug er einen grauen Wappenrock, schon etwas zerschlissen und ohne Emblem, denn die Siedlungen in Carthal schmückten sich nicht mit Symbolen. Vor Riagh stand kein imperialer Soldat, sondern ein Landsmann, der seine heimische Stadt beschützte – gegen die eigenen Leute. Kein Wunder, dass dieses Land zugrunde ging, denn hier lebten nur noch Wehrlose und Verräter.

»Wir können uns eben nicht alle hinter dicken Mauern verkriechen, *Cartharer*.« Riagh zischte das letzte Wort, um seine Unsicherheit zu überspielen.

Und es gelang.

Die Augen des Torwächters verengten sich, seine Lippen wurden bleich und dünn. »Willkommen in Brênningh, *Soldat*.« Sein hasserfüllter Blick verriet, wie sehr er Riagh diese Maskerade glaubte. Und doch lag da eine gewissen Unsicherheit in seinem Blick. Hatte Riagh etwas Falsches gesagt?

Nur langsam schritt der Wachmann zur Seite, schaffte eine Lücke zwischen sich und dem anderen Wächter, die zu eng für eine einladende Geste war.

Riagh schritt hindurch, ohne sich schmal zu machen, rammte mit den Schultern beide Männer ohne Vorsicht oder Entschuldigung. Hier war er Besatzer unter Überläufern, Feind unter Feinden. Brênningh war eine imperiale Feste in cartharischem Gewand, wie Riagh ein Cartharer im imperialen Überwurf war. Diese Stadt war zwar nicht der Ort, an dem er sein wollte, aber der, den er verdiente.

Dabei war es noch so viel schlimmer, als Riagh Brênningh in Erinnerung hatte.

Kaum durchs Tor gelangt, zerbarst das Surren der Fliegen zum Flüstern und Kreischen, Säuseln und Klagen der viel zu vielen Menschen, die sich zäh wie der Schlamm zu ihren Füßen durch die engen Gassen quetschten. Dabei stolperten sie über die Leiber der Bettler, die an den Holzpfählen der schmalen Häuser lehnten und auf den Tod warteten. Nichts war mehr von Brênninghs einstigem Stolz geblieben, die Furcht vor den Verfluchten hatte der Stadt auch noch ihre letzte Kraft geraubt.

Noch vor sechs Jahren waren die Menschen ausgelassen gewesen und furchtlos, vielleicht ein wenig zu arrogant. Händler hatten Karren voller Waren aus allen Provinzen durch die Straßen geschoben und waren mit prallen Münzbeuteln wieder heimgekehrt. Zwar hatte es hier schon damals Soldaten gegeben, denn das Kastell war untrennbar mit der Stadt verwachsen. Aber die Imperialen waren etwas Fremdes gewesen, um das man sich nicht scherte; dem man zwar gehorchte, aber sich nicht beugte.

Nun lehnte sich niemand mehr gegen den imperialen Einfluss auf, stattdessen waren die Menschen dankbar für jeden Brotrest, den ihnen ein Soldat abschätzig zuwarf. Sie stritten mit den ausgemergelten Hunden um die toten Krähen und Ratten. Hunger und Armut waren zu den neuen Herren der Stadt aufgestiegen.

Nuzar hatte mit seinen Verfluchten nicht einmal drei Jahre gebraucht, um Brênningh zu brechen.

Ob er wohl das Tor beobachtete, auf Riagh wartete?

Mit schnellem Schritt wandte sich Riagh der Hauptstraße zu, floh ohne ein Ziel nur tiefer in das Elend hinein. Das Wehklagen der Flüchtlinge zehrte an ihm, stärker als es eine faulende Wunde je tun könnte. Diese Schlacht um die cartharische Seele war verloren.

Aber Anryn war es noch nicht.

Riagh sog den Gestank von Unrat und zu viel säuerlichem Menschenschweiß auf, selbst der Regen konnte die Luft nicht reinigen. Brênningh faulte noch schneller, als es der cartharische Boden tat. Er musste Anryn finden. Und sie vor ihrer eigenen Heimat retten.

Und danach ganz Carthal?

»Hier geht's lang, Soldat!« Die tiefe Stimme grollte durch den Lärm, wusste, wie man sich Gehör verschaffte, selbst wenn zu viele Menschen auf zu engem Raum kauerten.

Riagh blieb abrupt stehen, blickte erschrocken zu einem viel zu großen Mann in imperialer Rüstung auf. Bei dieser Statur musste er garlithische Wurzeln haben, auch wenn er mit den geschorenen Haaren und ganz bartlos nichts

Barbarisches an sich hatte. Die Kettenrüstung glänzte frisch poliert. Nur die schlammigen Beinkleider und der dreckige Saum des roten Umhangs zeugten davon, dass der Soldat auf einer cartharischen Straße stand.

»Da drüben geht's zur Garnison. An deiner Stelle würde ich weniger träumen und mich schnellstens beim Zentus melden, bevor man dich noch für einen Deserteur hält.«

»Woher weißt du …«, stammelte Riagh. Sein erster Satz in Brênningh und schon hätte er sich beinahe verraten. Dieser Ort, diese Menschen … Es war einfach zu viel für einen klaren Gedanken.

»Du bist schlecht rasiert, dein Umhang fehlt und deine Rüstung sieht aus, als wärst du drei Wochen durch die Wildnis gestapft. Ganz eindeutig bist du frisch angekommen – denn der Zentus ließe dich eher vierteilen, als dich so auf die Straße zu lassen.« Der Mann lachte, ein wenig zu freundlich für einen Feind. »Komm, ich führ dich hin. Wir sind gerade ohnehin nur auf der Suche nach einer guten Taverne, da ist ein neuer Soldat wichtiger. Hier sind wir schon längst nicht mehr auf Sollstärke, da will ich nicht riskieren, dass wir noch einen verlieren, bloß weil er sich verlaufen hat. Die Menschen hier lauern nur darauf, wann sie uns endlich alle abstechen können.« Er lachte erneut und nickte drei anderen Soldaten zu, die sich nun ohne ihn auf den Weg machten. Sie schubsten Umstehende aus ihrem Weg und blickten auch so grimmig, wie es sich für Besatzer gehörte. »Ich bin Fabius Predrag.« Zumindest ein Teil des Namens war garlithisch.

Fabius schritt so zügig voran, dass es Riagh schwer hatte, ihm zu folgen. Zu sicher verstand es der Hüne, durch die Menschenmassen und Schlammberge zu waten. Sie zwängten sich vorbei an eng gebauten Häusern, die an Holzinseln in einem Sumpf erinnerten. Riagh konnte nicht sagen, wo das eine Haus endete und das andere begann. *Waren es schon vor sechs Jahren so viele gewesen?*

Zu überrumpelt fühlte er sich, um noch Herr seiner Lage zu bleiben. Er wusste, es war eine schlechte Idee, sich zum Dienst zu melden. Er war nicht Nuzar, könnte dem Zentus nichts vorlügen, das auch noch nach drei Herzschlägen Bestand hatte. Wenn er am Abend noch am Leben wäre, dann nur, weil die Mauer keinen Platz mehr böte, um einen Deserteur zu hängen.

Aber andererseits: Welche Wahl hatte er denn? Fortrennen? Welcher dieser viel zu vielen Menschen würde schon für einen Imperialen weichen, ihm gar helfen, sich zu verbergen und damit das eigene Leben riskieren? Und selbst wenn ihm eine unüberlegte Flucht gelänge: Wie sollte er sich mit der Legionsnarbe auf der Wange verstecken?

Wie verbarg Nuzar seine Augen vor all diesen Menschen?

»Da wären wir.« Fabius blieb vor einer steinernen Brücke stehen.

Imperiale Banner mit der goldenen Hydra auf rotem Grund hingen vollgesogen und wenig prachtvoll am Geländer herab. Riagh erinnerte sich. Sie führte zur kleinen Insel, die ganz vom Kastell samt Garnison eingenommen wurde. *Brengellus* nannten die Imperialen das Eiland, benannten es nach der Stadt, der sie ihren cartharischen Namen raubten: Brengus. Die Cartharer hingegen hatten ihren eigenen Namen für die Insel gefunden: Fonighe – *die Versunkene*. Denn seit das Imperium sie bewohnte, war sie verloren.

»Danke. Ich bin Ri...« Riagh rang panisch nach Luft, presste alles in die zu enge Lunge, damit ja kein weiterer, verräterischer Laut aus seiner Kehle kroch. »Trebius ...«, hustete er schließlich in die Welt, »Trebius Darvicus.«

»An den Gestank gewöhnst du dich.« Fabius lachte schon wieder. Freundlich, doch unpassend. »So riecht Brengus nun einmal.«

»Nein«, murmelte Riagh und schritt mit pochendem Herzen zur Brücke. »So riecht Angst.«

»Trebius Darvicus. Da bist du dir sicher?« Mit strengem Blick sah Zentus Cato Ligarius zu Riagh. Sein Gesicht schien aus demselben zerfurchten Sandstein wie die Garnison geschaffen und das Mal der Zigali-Flamme fügte sich einer Gravur gleich in die sonnengegerbte Haut ein.

»Wenn mich mein Vater nicht angelogen hat: ja.« Riagh grinste über die Nervosität hinweg. Sein Mund war so trocken, wie es wohl nichts in Carthal bisher gewesen war. Hatte er durch die Aufregung um Nuzars Geständnis vielleicht den falschen Namen in Erinnerung behalten? Mit einem Mal fühlte sich der Klang von *Trebicus Darvius* seltsam vertraut an...

»Natürlich. Wer vergisst schon seinen eigenen Namen?«
Der Zentus lachte und nichts daran wirkte beruhigend. Er
sah wieder hinab zum Schreiber, der sorgsam mit dem Zeigefinger über beschriebenes Papier strich. Von oben nach
unten, Seite um Seite. Und weder er noch Cato schienen
zufrieden mit dem zu sein, was sie dort lasen.

»Die Legionsliste kennt dich nicht. Heimatprovinz?«
Cato hätte die Frage mit gezogenem Schwert knurren können, sie hätte nicht bedrohlicher klingen können.

Die Garnison bot zweitausend Soldaten stehendem
Heer Platz und bescherte noch einmal genauso vielen Unterkunft, die auf neue Marschbefehle warteten. Selbst
wenn Fabius recht behielt und die Imperialen maßlos unterbesetzt waren, gäbe es hier noch immer einige hundert
Männer in Riaghs Weg, drehte er sich nun um und stürmte
hinaus. Immer noch weniger riskant als die Maskerade um
Trebius oder Trebicus – oder wie immer er auch geheißen
hatte! – aufrechtzuerhalten…

»Deine Heimatprovinz, Soldat! Noch bist du nicht in Arlikkas Gärten und jagst Dryaden mit Bäckchen so stramm
wie frische Äpfel, also hör auf, dich dahinzuträumen!«

»Irvicterem!«, nannte Riagh die erstbeste Kernprovinz,
die ihm in den Sinn kam. Gewiss deshalb, weil es die war,
die auch Nuzar ihm genannt hatte – oder hatte der Ash'Bahar von Mirvica gesprochen? Riaghs rechte Handfläche
kribbelte wieder. Vielleicht könnte er es schaffen, den Zentus zu töten, noch bevor dieser seine Waffe zöge. Der
Schreiber wäre dann ein leichtes Ziel, solange er nur vor

Angst erstarren würde, anstatt seine Furcht über ganz Fonighe hinwegzuschreien.

Cato sah Riagh mit stechendem Blick an. Das Grübchen über der Nase wuchs zur tiefen Furche, die sich über die gesamte Breite seiner Stirn zog. Riagh war, als versank er in ihr, löste sich auf in seiner Furcht und verschwand im Nichts. Zumindest wünschte er sich das.

Warum nur hatte er Nuzar vertraut – einem Nekromanten, der Meer und Gebirge getrotzt hatte, um Riagh zu töten?

Weil Riagh leben musste, um zur rechten Zeit zu sterben. Und genau deshalb hätte Nuzar ihn nicht mit einem schlechten Plan nach Brênningh geschickt. Doch ein Plan allein gewann keinen Kampf, wenn Riagh schon beim ersten Schlag die Waffen senkte.

»Genauer: das östliche Irvicterem.« Riagh sprach knapp, wie man es von einem Soldaten erwartete. »Ich stamme aus dem Dorf Galvarus, nahe des Flacta-Flusses.«

Zumindest der Flacta floss wirklich durch Irvicterem und den Namen Galvarus hatte Riagh im Heerlager aufgeschnappt. Wenn er doch nur noch wüsste, ob es tatsächlich ein Ort oder nicht eher der Name eines anderen Soldaten gewesen war …

»Ich hab noch nie von diesem Ort gehört.« Die Miene des Zentus blieb unverändert.

»Das hat keiner, der da nicht geboren ist. Außer dem Hof meiner Familie gibt es nur noch zwei weitere Häuser.« Riagh formte jedes Wort behutsam mit Lippen und Zunge, um keinen falschen Laut von sich zu geben. Nichts an seinen Wörtern sollte cartharisch klingen. Sein Herzschlag schien ihn dennoch beinahe zu erschlagen und er hoffte, dass er in der Herbstkälte nicht allzu sehr schwitzte.

Cato Ligarius hob eine Augenbraue und für einen Moment vergaß Riagh das Atmen. Herzschlag auf Herzschlag zwang sich Riagh, die Ruhe zu wahren.

»Na ja, zumindest waren es nur zwei, als ich zur Legion stieß.« Riagh versuchte, die Gedanken des Zentus in seinen Gesichtszügen abzulesen. Er schaffte es nicht. »Vor vier Jahren. War ein schöner Sommer gewesen, die Äpfel waren früh reif, da konnte ich ordentlich welche mitnehmen.«

Oder sammelten sie die neuen Soldaten in den Kernprovinzen nicht schon im Frühjahr? – Und gab es in Irvicterem überhaupt Äpfel?

Cato starrte Riagh direkt in die Augen und Riagh starrte zurück. Ihr Blicke verketteten sich wie in dieser ersten Nacht mit Nuzar im Regen. Damals, als Riagh umgeben von Leichen jeden Kampf verloren hatte ...

Diesmal verlor er nicht.

»Ich hab ihn!« Der Schreiber klang, als hätte er einen Goldschatz ausgegraben. »Darvicus aus Irvicterem, Soldat der IV. Legion in Cartalia, eingeteilt zur Rebellenjagd.«

»Was für ein *Glück*«, sagte Cato mit einem feinen Lächeln. Und Riagh verstand die Drohung. »Nicht eine Spur blieb von deinem Trupp übrig, sagtest du? Nirgends?«

»Wo immer die Rebellen meine Einheit aufgerieben haben, sie haben es gründlich gemacht. Kein Dorf wusste

Bescheid. Wen ich auch fragte, man hatte entweder noch nie von ihnen gehört oder schon seit sehr langer Zeit nichts mehr. Und nirgends fehlte eine verdächtig große Anzahl an Männern, die einen Kampf verraten hätte.«

»Notier das.« Cato blickte zum Schreiber und zurück zu Riagh. »Deine Einheit wird nicht vergessen werden, aber die Nachforschungen müssen warten. Du wirst in Brengus bleiben und einer hiesigen Einheit zugeteilt. Die Cartalier schaffen es nicht, in ihrer Stadt für Ordnung zu sorgen, deshalb übernehmen wir das. Du wirst noch heute Nacht anfangen.« Cato war kaum größer als Riagh und schaffte es dennoch in seiner Prunkrüstung mit der imperialen Hydra als Schulterzierde hünenhaft auf Riagh hinabzublicken.

»Wir wären dann so weit fertig, Soldat.« Catos Mundwinkel zuckte kurz. »Du kannst dich nun ausziehen.«

Der Zentus hatte keine Frage gestellt und dennoch nickte Riagh knapp. Und erstarrte in der Bewegung. »Was?«

»Ich brauche noch den Beweis von dir, dass du außerhalb der Stadt nicht verflucht wurdest.«

Erleichtert atmete Riagh aus und schluckte sogleich hart. Die Nacht im alten Lager ... Er *wurde* verflucht. Und jetzt war er es nicht mehr. Doch sah man es der Narbe an, dass ihm gelungen war etwas zu heilen, das niemand heilen konnte?

Was taten die Imperialen eigentlich mit Verfluchten in ihren Reihen?

»Langsam verliere ich die Geduld mit dir, Darvicus.«

Zögerlich wickelte Riagh das Filztuch vom Hals und hakte die Verstärkung los, die Kette auf Kette als breiter

Kragen auf seinen Schultern lag. Seine Finger zitterten. Vielleicht hatte er Glück und Cato verwechselte seine Furcht mit Prüderie. Auf jeden Fall verschaffte sich Riagh Zeit, um ... Er wusste es nicht. All die Pläne, alleine das Kastell von Fonighe zu bezwingen, waren aus Verzweiflung geborene Illusionen; der Versuch, sich einzureden, dass er nicht wirklich so leichtsinnig gewesen war, wie ein Lamm zum Schlachter zu tapern. Er hätte bei Nuzar bleiben sollen. Dann wäre er wenigstens für Carthal statt an Dummheit gestorben.

Riagh zog sich die Rüstung über den Kopf und legte auch die Filzkleidung und das Leinenhemd darunter ab. Imperiale trugen immer Leinen unter dem Filz, die Wolle kratzte ihnen zu sehr auf der Haut. Zum Glück befand sich das Sameea im Rucksack und nicht um Riaghs Hals, ein ash'bahrisches Artefakt in seinem Besitz hätte er unmöglich erklären können. Als er den Gürtelhaken öffnete, zitterten seine Finger erneut. Imperiale nutzten Gürtelschnallen, keine Haken. Aber ihm war die breite Soldatenschnalle einfach zu unbequem am Bauch gewesen. Er blickte auf, sah in Cato steinernes Gesicht. Keine Regung verriet, ob der Zentus noch immer auf Riaghs nackten Leib wartete oder bereits in Gedanken mit sich selbst aushandelte, auf welche Art Riagh hingerichtet werden sollte. Riagh zählte drei Herzschläge, in denen nichts geschah. In denen er selbst nicht wusste, auf was er wartete; welche Rettung er überhaupt erwarten konnte. Also setzte er seinen Untergang fort und zog auch die

Wollhose aus, die er gegen seine kaputte Fellhose getauscht hatte, und erneut hielt er die Luft an. Natürlich trug er keinen dieser imperialen Schurze, dessen Schnürungen stets so kratzten. Denn er stammte nicht aus dem Imperium, zumindest nicht aus dem Kernland. Und dies musste der Zentus nun auch begriffen haben.

Riagh sah wieder auf in ein starres Gesicht. Cato Ligarius kratzte sich am Kinn, seine Blicke schienen mühevoll über Riaghs Leib zu schaben, doch die Augen des Zentus waren hellwach.

Es herrschte eine sehr lange, sehr schwere Zeit Stille. Die Ruhe vor dem Sturm, die letzten Atemzüge vor dem Ertrinken. Riagh war selbst überrascht, wie gefügig er doch auf sein Ende wartete.

»Von welchem Biest stammt diese Narbe?«, fragte Cato schließlich und seine Worte machten die Situation nicht minder quälend. Denn er deutete auf Riaghs Arm, auf den Biss des Verfluchten. Die Wunde wirkte mittlerweile alt, die Ränder waren ausgeblichen. Nichts verriet, welche Offenbarung sie Riagh gebracht hatte. Wie groß der Preis gewesen war …

»Von meiner Schwester.« Riagh sprach mit fester Stimme, als wäre er selbst von seiner Antwort überzeugt.

»Ich kann kaum glauben, dass eine Frau solcherart zubeißen kann.«

»Das liegt daran, dass Ihr meine Schwester nicht kennt.«

Cato rieb sich wieder über das Kinn, legte den Kopf schief, trat näher. Nah genug, um es zu Ende zu bringen. Es kostete Riagh alle Mühe, weiterzuatmen, als gäbe es noch tausende über tausende Atemzüge in seinem Leben.

Der Zentus griff nach Riaghs Arm, kratzte mit schwieligen Fingern über die Narbe. »Wie lange ist das her?«, fragte er, ohne den Blick vom Wundfleisch zu wenden.

»Über zehn Jahre«, log Riagh, auch wenn er wusste, dass es nichts mehr nutzte. Er war schon viel zu tief im Honigglas versunken. Weshalb strampelte er dann noch?

»Hm.« Wieder strich Cato die Narbe entlang. »Mhm.«

So gern Riagh diese Laute auch gedeutet hätte, er konnte es nicht. Der Zentus schien ein steinernes Mahnmal der Neutralität.

»Zehn Jahre, sagst du?« Endlich ließ Cato den Arm los. »Ja, das kann sein. Die Narbe scheint älter als die Verfluchten in diesem Land, nur darum geht es. Und ich wünschte, wir könnten auch deiner Schwester ein Schwert in die Hand drücken. Bei dieser Kraft im Kiefer, wie stark ist da erst ihr Arm?« Jetzt lächelte Cato sogar und es wirkte seltsam natürlich.

Riagh hingegen konnte das Lächeln nicht einmal gespielt erwidern. »Kann ich mich wieder anziehen?«, fragte er und erwartete noch immer weitere Soldaten, die in den Raum stürmten, um ihn zum Galgen zu schleifen.

»Natürlich. Deine übrigen Narben sind unverdächtig.« Der Zentus wandte sich an den Schreiber. »Notiere, dass Darvicus unversehrt zur Legion zurückgekehrt ist, und markiere seine restliche Einheit als verschollen. So viele desertieren nicht auf einmal. Dann kannst du gehen.«

Während Riagh die Rüstung wieder anlegte, verschwand der Schreiber auch tatsächlich und beinahe geräuschlos. Langsam legte sich Riagh die Schulterverstärkung um den Nacken und schob das mit Leder unterfütterte Kettengeflecht zurecht, bis es gleichmäßig und bequem auf beiden Schultern lag. Als er die Halterungen mit seinem Kettenhemd verhakte, konnte er beobachten, wie das Zittern aus seinen Fingern wich. War es möglich, dass er es tatsächlich geschafft hatte? Hatte er den Zentus wahrhaftig von seiner imperialen Abstammung überzeugt? Nun könnte er sich frei in Brênningh bewegen, Anryn finden und mit ihr von hier verschwinden – wohin auch immer. Vielleicht zurück zum Dorf, wo Nuzar ohnehin nach seinem Sameea suchen würde ... Wo er auf Riagh warten könnte, um ihm zum Wohle aller den Tod zu bringen.

Besser, er starb für Carthal als fürs Imperium.

Besser durch Nuzar als durch Cato Ligarius ...

Der letzte Haken verband sich mit dem Kettenhemd und Riagh atmete erleichtert auf. Er lebte, würde auch morgen noch leben und den Tag darauf. Lang genug, um aus einem verwirkten Leben etwas Bedeutendes zu machen, nur das zählte im Moment.

Riagh sah zu Cato auf und augenblicklich stürmte jede verlorengeglaubte Furcht in seinen Leib zurück, kroch ihm unter die Haut und legte seine Lunge Ketten. Ihm war, er würde an seinen eigenen Atemzügen ersticken. Catos Blick war tödlich wie der frühe Frost, erneut hatte sein Leib jede Regung verloren und er musterte Riagh so eindringlich, als könne er durch seinen Schädel hindurch auf seine Gedanken blicken und die Lügen dahinter erkennen.

»Also, warum bist du zurückgekehrt, Cartalier?«

»Eine Trophäe ist heilig; das höchste Gut eines Herrschers und der höchste Wert, den ein Menschenleben erwerben kann, wenn es außerhalb der ausgewählten Provinzen geboren wird. Denn nichts könnte ehrvoller sein, als sein Können und Denken, ja jeden Atemzug und Wimpernschlag in den Dienst eines würdigen Herren zu stellen. Trophäen werden nicht leichtfertig auserwählt – leichtfertig wäre es nur, eine solche Ehre auszuschlagen. Denn die Unterwerfung wählt die Gnade und der Trotz den Tod.«

– Jontas Vaquius, Hohepriester des Artiras, Predigt im Ersten Tempel in Axarat, 25. Jahr des Ewigen

»Drei Dörfer haben uns die Azbarianer gestohlen – Männer, Frauen und sogar Kinder versklavt! Kann es eine größere Schande auf dieser Welt geben, als sich fremden Eroberern unterwerfen zu müssen? Wer uns unsere Freiheit stiehlt, für den ist noch der Tod zu gnädig!«

– Moda'qa Jaricus, zentus der V. Legion zu Callanga, Auszug aus dem jährlichen Lagebericht, 25. Jahr des Ewigen

Kapitel u

Der Moment währte nur kurz. Doch für einen Atemzug oder vielleicht auch zwei war sich Riagh nicht sicher, noch Teil dieser Welt zu sein. Sein Körper schien fremd und unwirklich, als wäre er aus Sand errichtet und könnte vom Wind fortgetragen werden. Es gab nur den steten Regen, der gegen die Fensterläden klatschte. Er war ganz ohne Gedanken, ganz ohne ein *Sein* – dann riss ihn die Furcht so hart in diesen kleinen Raum auf Fonighe zurück, dass Riagh keuchte und nach Luft rang, statt Zentus Cato Ligarius zu antworten.

Er war durchschaut.

Er war tot.

Bedeutungslos tot. Nuzar hätte seinem Ende zumindest noch einen Sinn geschenkt …

»Ich hab dir eine einfache Frage gestellt, Cartalier.«

»Woher …«

»Du bist klug genug, um dir das denken zu können.« Cato verschränkte die Arme vor der Brust.

Natürlich konnte Riagh das, denn es waren zu viele kleine Fehler auf einmal gewesen. Verdammter Nuzar! Riagh hätte nicht auf ihn hören sollen, hätte nicht diese lächerliche Verkleidung anlegen, diesen dummen imperialen

Akzent nachahmen, sondern … mit einer tiefgezogenen Gugel zum Stadttor marschieren sollen, wo man ihn doch sofort durchschaut und direkt an der Mauer gehängt hätte? Riagh atmete durch. Das hier war nicht Nuzars Schuld, sein Plan hatte ihn wenigstens in die Stadt gebracht. Hätte sich Riagh nicht überrumpeln und nach Fonighe führen lassen, wäre gerannt und mit den Menschenmassen verschmolzen – es hätte klappen können. Nuzar hatte Riagh eine Wahl verschafft; der Ash'Bahar trug keine Schuld daran, dass Riagh die falsche getroffen hatte.

»Gut, wenn du nicht reden willst, dann lasse ich dich eben hinrichten.«

»Es war ein Fehler, zu desertieren, deshalb bin ich zurückgekommen.« Riagh sprach mit der Stimme eines toten Mannes, der das Leben nicht mehr zu fürchten brauchte.

Vielleicht hatte er resigniert.

Vielleicht hatte er endlich angefangen, zu strampeln …

»Ich glaube dir nicht.« Keine Regung in Catos Gesicht, wie üblich. »Sag mir die Wahrheit und vielleicht kann ich dir einen Handel vorschlagen.«

»Ihr wollt mir etwas anbieten?« Riagh versuchte nicht einmal, seine Verwunderung zu verbergen.

»Aber natürlich, Cartalier: Ich biete dir *dein Leben* an.« Das Gesicht des Zentus blieb starr. Kein Grinsen oder spöttisches Auflachen, kein Zeichen, dass ein menschliches Wesen mit Riagh sprach. Das war auch nicht nötig: Es war Riagh, der hier um sein Leben streiten musste.

»Ich suche meine Schwester in dieser Stadt.« Erst als er ausgesprochen hatte, fiel Riagh auf, dass aus einer Verlobten eine Schwester geworden war. Aber das war weder Ort noch Zeit, einer beiläufigen Bezeichnung *irgendeine* Bedeutung zu geben.

»Ihr Name?«

»Warum?«

»Du bist nicht in der Position für solche Fragen.«

»Doch, genau in dieser Position bin ich: Ich kann wählen, ob ich nur mein oder auch ihr Leben in Eure Hände lege. Und ich wähle meines allein.« Jetzt war es an Riagh, seinen Gesprächspartner anzustarren, als hätte man jede Emotion aus seinem Körper gesogen. Denn nun ging es um Anryn, da wurde es leicht, tapfer zu bleiben.

Cato wartete ab. Sein Blick war regungslos und bösartig. Es war eindeutig, dass er Riaghs Entschlossenheit testete, versuchte, seine Furcht hervorzulocken – es war noch eindeutiger, dass Riagh diese Prüfung bestand. Denn weder rührte er sich, noch verdrängte er die Stille mit nervöser Plapperei, bis Cato endlich wieder sprach: »Weißt du, es gibt etwas sehr Entscheidendes, das wir von den Azbarianern lernen können: Sklaverei.«

Natürlich konnte das Imperium nicht einmal den Ash'Bahar – seinen Erzfeinden! – ihren Namen lassen. Doch trotz dieser lächerlichen Eigenheit wurde Riagh mulmig zumute. *Aufgrund von Catos Andeutung*, beruhigte er sich. *Weil Nuzar bisher nie Sklaven erwähnt hat,* schlich sich eine verräterische Stimme in seine Gedanken.

Catos rechter Mundwinkel zuckte kurz. Auch er hatte Riaghs Unruhe bemerkt. »Was ich damit sagen will: Du gehörst jetzt mir, Cartalier. Du wirst tun, was ich dir sage, oder ich lasse dich als Deserteur hinrichten.«

»Als Trophäe?«, fragte Riagh trocken. »Was Sklaverei ist, müsst ihr Imperialen schließlich nicht erst lernen.«

»Trophäen sind keine Sklaven, sondern ein äußerst wertvolles Gut. Ihren Wert wird jemand wie du nie erreichen.«

Riagh schnaubte und war dennoch erleichtert. Trophäen waren entweder besiegte Herrscher – oder sehr junge Frauen. Und auch wenn er keines von beidem war, war er zumindest jung – und er wollte die Gedanken nicht weiterspinnen, was dies bedeutet hätte. »Gut«, sagte Riagh und meinte es auch so. »Wen soll ich für Euch töten?« Er war selbst überrascht, wie skrupellos er klang.

Auch Cato konnte sein Erstaunen nicht verbergen. »Wie kommst du darauf?«

»Ihr seid der Zentus der IV. Legion, damit habt Ihr in dieser Stadt beinahe uneingeschränkte Macht. Was sonst könntet Ihr von jemandem wie mir wollen, als einen der wenigen Menschen zu beseitigen, die Euch noch gefährlich werden könnten? Denn für alles andere müsstet Ihr nicht das Risiko eingehen, dass man Euch eines Tages Verrat vorwirft, weil Ihr wider besseres Wissen einen Deserteur am Leben ließet.«

»Ich wusste, du bist klüger, als es im ersten Moment scheinen mag.« Die schmalen Lippen bogen sich zu einem feinen Lächeln. »Im Gegensatz zu dir stamme ich wirklich aus Irvicterem, deshalb weiß ich, dass der Flacta nicht im Osten fließt. Du hast das natürlich nicht gewusst, sehr wohl aber, wann es notwendig war, eine Geschichte zu präzisieren, damit man sie mit der Wahrheit verwechselt. Meine Abstammung war dein Pech, so etwas kann man nicht einplanen. Deine Ruhe hingegen, dass du selbst bei völliger Unwissenheit um keine Antwort verlegen bist, das zeigt, dass du es schaffen könntest, nah genug an sie heranzukommen.«

»An wen?«

»Maritia Adair, die Guvara dieser Stadt. Sie ist äußerst neugierig, was das Umland betrifft. Sie wird dich sicher ausfragen wollen.«

Die Guvara, natürlich! Niemand konnte dem Anführer einer Legion gefährlich werden – außer der Regent des Gebiets, in der diese Legion stationiert war. Der Zentus konnte zwar seinen Männern befehlen, was sie zu tun hatten, doch die Guvara bestimmte, wo sie es taten – und wo *nicht*. Und dies auch noch als Frau, was mehr als ungewöhnlich war. Schließlich waren imperiale Frauen schüchtern und still – hieß es zumindest. Außer wenigen Magierinnen hatte Riagh noch keine von ihnen gesehen, denn Krieg war Männersache.

Kein Wunder, dass Cato die Guvara loswerden wollte: Welcher Mann ließ schon gern eine Frau über sich bestimmen? Doch ihr Geschlecht war nicht das einzig Ungewöhnliche.

»Adair, das klingt so …«

»Cartalisch. Aber auch ein imperialer Name und eine reichstreue Magierschule schafften es nicht, einem Weib euren zänkischen Geist auszutreiben.«

»Magierschule?«

»Du hast doch keine Angst vor ein wenig Zauberei?«

Inzwischen wirklich nicht mehr ... Riagh atmete durch. Die Guvara war eine cartharische Magierin – vielleicht sogar eine Regentänzerin, ohne es zu wissen? Wollte Nuzar deshalb nach Brênningh? Hatte er es gewusst und forderte nun ihr Leben für den Fluch, um Riaghs zu bewahren? Aber warum sollte er so etwas tun?

Warum wohl ...

Riagh schüttelte sich. Er wollte nicht an diesen Kuss denken, hier ging es nicht um Nuzar. Es ging um Carthal, denn eine cartharische Guvara war das Beste, das Brênningh passieren konnte. Und es ging um Anryn. Wenn Riagh nun starb, wer rettete sie dann?

»Ich habe eine Bedingung.« Riagh sprach langsam und mit fester Stimme.

Cato hob eine Augenbraue. »Ach? Hast du das?« Er machte eine ungeduldige Handbewegung. »Nun?«

Gut. Er war verhandlungsbereit.

»Ich habe am Stadttor gesehen, dass die Namen der Neuankömmlinge notiert werden, denn ihr Imperialen liebt Listen. Also will ich, dass Ihr meine Schwester für mich auf diesen Listen sucht. Sie heißt Anryn fen Peredûr und stammt aus Garwad. Steht sie nicht drauf – gut. Steht sie drauf – sehr gut. Dann will ich wissen, wo sie ist.

Kommt Ihr hingegen auf die Idee, ihr etwas anzutun, um mich zu *motivieren*, werde ich der Guvara von Euren Plänen berichten.«

»Du verstehst wohl nicht ganz, in welcher Lage du dich befindest: Auch Maritia würde einen Deserteur augenblicklich hinrichten lassen.« Er nannte die Guvara nicht bei ihrem Familiennamen, weil die Imperialen dies nie bei Frauen taten. Ein Mann sprach für seine Familie, eine Frau nur für sich selbst.

Das falsche Lächeln fiel Riagh seltsam leicht. Vielleicht hatte er mehr von Nuzar gelernt, als gut für ihn war. »Nein, Ihr versteht nicht ganz, Zentus: Stirbt Anryn, habe ich – im Gegensatz zu Euch – wahrhaftig nichts mehr zu verlieren.«

War es Riagh eben noch leichtgefallen, in Catos Nähe die Ruhe zu bewahren, fiel nun jede falsche Starre von ihm ab. Selbst allein in seinem neuen Quartier glichen seine Atemzüge mehr einem Säuseln im Gebälk und die Ketten um seine Lunge schienen fester als je zuvor. Sein gesamter Leib zitterte, als wäre er stundenlang nur gerannt.

Mit verkrampften Fingern band er seinen Rucksack auf und holte die Schnapsflasche hervor. Der Kehlenbrand brachte kaum Erleichterung, aber er schadete auch nicht.

Cato hatte ihn zwar nicht zu einer Trophäe, aber wahrhaftig zu seinem Sklaven gemacht. Vielleicht nicht nach dem Gesetz, aber sie beide wussten, dass er Riagh jeder

Wahl beraubt hatte. Nun *gehörte* Riagh ihm. Er, ein Cartharer. Als hätte es nie das Zeitalter des Blutes gegeben, als sich alle Sklaven des Landes zu einem Heer geeint hatten, lange noch, bevor König Lyeoll die Stämme Carthals vereinte. Und als die Sklaven genug Blut unter ihren alten Herren vergossen hatten, da ließen sie sich nieder, gründeten Salainn und ein neues Zeitalter begann. Seitdem wagte es kein Cartharer mehr, einen anderen Menschen zu besitzen – aus Furcht, das Zeitalter des Blutes könne sich wiederholen. Loyalität wurde zum Geschenk oder zumindest zur Entscheidung, nie zum Zwang. Denn wenn dereinst ein Zeitalter begann, das schon einmal auf dieser Welt geherrscht hatte, so begann die letzte Schlacht.

Noch einen Schluck auf den Schrecken. Zumindest war Cato kein Cartharer, in den Zeitaltern gab es keinen Platz für seine Taten. Und wenigstens hatte Riagh sich teuer verkauft …

War das auch Nuzars Plan gewesen? Riagh nach Ash'Bahrim zu führen und dort in die Sklaverei zu zwingen, um ihn bedenkenlos opfern zu können? Dies war doch die Aufgabe eines Sklaven: ertragen, was ein Mensch bei Verstand nie ertragen würde. Warum hatte Nuzar dann nicht seine verdammte Klappe halten können? Dann wären sie nun gemeinsam in Brênningh …

Nein, bei all dem Hass, aller Wut und jeder Furcht, dies konnte er Nuzar nicht vorwerfen. Der Ash'Bahar hatte nie versucht, ihn mit Zwang zu einem Ziel zu treiben. Nuzar hatte ihm stets die Wahl gelassen, so grausam sie auch immer gewesen war. Und so lieblich während der wenigen, kostbaren Augenblicke.

Riagh leckte sich über die Unterlippe, als würde er keinen Tropfen Schnaps vergeuden wollen. Sagte er sich. So war es einfacher zu ertragen.

Schon bald füllte sich das Quartier, die Besitzer der sieben anderen Betten kehrten heim und nannten Riagh sieben Namen: imperiale, trahebische, k'bawische. Keinen davon wollte er sich merken. Das würde es einfacher machen, müsste er doch mit der Waffe in der Hand von hier fliehen.

Zwei der Männer besaßen sogar Körper, die Riagh durchaus zu gefallen wussten: schmale, gerade Taillen, helle Augen, dazu dunkle Bartstoppeln und bleiche Unterarme, auf denen die Adern kräftig wie cartharische Flüsse hervortraten. Umso dringlicher war es, dass Riagh ihre Namen vergaß, kaum dass sie sie ausgesprochen hatten.

Für Anryn.

Für Sivok.

Für Nuzar...

Riagh machte sich viel zu früh auf zum Sammelpunkt für die Nachtwache, um den anderen und vor allem sich selbst mehr Ruhe zu gönnen. Doch leider war er mit diesem Gedanken nicht allein. Fabius Predrag, der Garlither, der kein Garlither sein wollte, schien bereits auf ihn zu warten, und lächelte dabei so aufrichtig fröhlich, als böte dieser Tag doch tatsächlich einen Grund dazu.

»Trebius, nicht wahr? Ich dachte mir gleich, dass wir uns bei der Nachtwache wiedersehen. Wir sind hier einfach zu wenige und Neulinge kriegen immer die unbeliebten Dienste.«

»Ich bin kein Neuling. Und du siehst mir auch nicht wie einer aus.« Riagh sprach bewusst abweisend. Mit dem Kopf in der Schlinge und dem Messer hinterm Rücken konnte er sich keine neuen Freundschaften erlauben.

»Du bist neu in Brengus, also musst du dir einen Platz in der Tagesschicht erst noch verdienen. Und ich habe den falschen Vater für eine gute Laufbahn in der Legion, also darf ich die Sonne nur sehen, wenn ich meine hart verdienten Münzen ausgeben will.« Fabius sprach ganz ohne Zynismus oder Bitterkeit, als würde es ihm tatsächlich nichts ausmachen, dass Kernprovinzler stets den Vorrang hatten.

So wie es Riagh nie etwas ausgemacht hatte …

»Und wie verdient man sich seinen Platz in der Tagesschicht?« Auch wenn Riagh nicht nach Reden zumute war, brauchte er eine Ablenkung von seinen Gedanken.

»Das passiert von selbst: Es müssen nur genug über dir sterben.« Fabius lächelte, als wüsste er mit seinem Gesicht sonst nichts anzufangen. Diese Eigenschaft teilte er mit Nuzar – nur dass er dabei ehrlich wirkte. »Aber freu dich nicht zu früh: In der Nachtschicht sterben mehr. Die Verfluchten sind einfach schneller und man übersieht sie leichter.«

»In der Stadt gibt es Verfluchte?«

»Na, was glaubst du denn, weshalb wir patrouillieren?« Fabius lachte über einen Scherz, der nicht existierte. »Sollen sich die Cartalier doch gegenseitig umbringen, was geht das die Legion an? Ganz im Gegenteil: Je weniger es von ihnen gibt, desto größer ist die Chance, dass die Vorräte im Winter für uns alle reichen werden. Aber die Verfluchten sind für jeden eine Gefahr, deshalb können wir sie nicht der Stadtwache allein überlassen. Die sind zu feige für einen echten Kampf.«

Riagh machte den Mund auf, wollte protestieren. Ein wahrer Cartharer war niemals feige! Niemals außer ... jetzt. Er nickte stumm und rettete sein Leben für eine weitere Nacht.

Sie patrouillierten zu viert durch die matschigen Straßen des nächtlichen Brênningh. Eigentlich sollte kein Trupp kleiner als sechs Mann sein. *Wo sich tausend Männer versammeln, da wird aus Soldaten eine Legion*, hatte es damals beim Einzug geheißen. Und erst bei fünftausend zerteilen sie sich wieder. Fabius schätzte, dass sich in dieser Legion im Moment nicht mehr als sechshundert befanden und die Cartharer waren ihnen um das Fünffache überlegen. Und dennoch zu schwach, um sich zu wehren ...

Wo Riagh hinblickte, sah er ausgemergelte Körper, die zitternd im Schlamm lagen und sich an die Wände aus Holzpfählen pressten, um zumindest noch etwas Wärme von drinnen zu spüren. Die Hütten waren längst überfüllt und die öffentlichen Rationen stark beschränkt. Nur so konnte Brênningh den nahenden Winter überstehen. Täglich eine Handvoll Getreide für jeden, hatte Fabius erzählt, dazu etwas Obst oder Gemüse jeden zweiten Tag, zweimal die Woche Käse oder Eier, einmal die Woche Fisch. Rotes Fleisch nur für die, die es sich leisten konnten. Oder nicht nachfragten, welches Tier dort über dem Feuer briet. Die Menschen in Brênningh verhungerten nicht. Aber für so manchen wäre es vielleicht das gnädigere Ende gewesen.

Der nächtliche Regen peitschte Riagh durchs Gesicht. Die Kälte kroch unter die Haut und zog tief in die Knochen ein. Und dabei war noch immer Herbst. Riagh sah stumm zu Boden, beobachtete seine Stiefel, wie sie im Matsch versanken und eine Spur aus ovalen Kuhlen hinterließen, die der Schauer sogleich zu kleinen Seen auffüllte. Er wollte nicht sehen, wie viele Menschen kein Dach über dem Kopf hatten. Nicht daran denken, wie jeder einzelne von ihnen im Winter erfror.

»Warum lassen wir mehr herein, als wir Platz haben?«, fragte Riagh Fabius in einem ruhigen Moment. Die beiden anderen inspizierten eine Hütte, ob nicht doch noch etwas Platz für ein oder zwei Menschen darinnen war. Sie diskutierten so enthusiastisch und laut, als ob dies tatsächlich einen Unterschied machen würde.

»Was sollen wir denn tun? Sie den Verfluchten überlassen? Weißt du, wie groß die untote Armee gewesen ist, die uns letzten Winter angegriffen hat? Jetzt schwemmt das Wasser sie nur einzeln in die Stadt, aber wenn die Flüsse gefroren sind, gibt es kein Halten mehr. Hätte letzten Winter auch nur ein Nekromant die Verfluchten gelenkt, die uns angegriffen haben – Brengus wäre gefallen. Und dieses Jahr sind wir nur noch halb so viele Soldaten.«

Riagh schluckte und hoffte insgeheim, dass Nuzar sie gerade nicht belauschte. An der garlithischen Front waren die Verfluchten nur ein Gerücht gewesen, ein ferner Krieg. Nie hätte Riagh gedacht, wie nah ihm die Ferne einmal sein könnte. »Warum bauen wir dann nicht mehr Hütten? Im Winter werden sich die Leichen doch zu Bergen häufen, vor allem wenn die Flüsse zufrieren und niemanden mehr herausschwemmen können.«

»Was glaubst du denn, warum es hier so eng ist?« Zum ersten Mal wurde Fabius laut, eine wütende Bitterkeit lag in seiner Stimme. »Jeden Fleck, den wir bebauen können, ohne dass die nächste Flut gleich alles wieder mit sich reißt, haben wir schon mit Hütten übersät. Und in die Höhe können wir nicht, nicht ohne Steine. Aber davon haben diese Cartalier kaum eine Ahnung, selbst die Straßen sind nur Matsch ... rückständige Barbaren. Vielleicht sollten wir sie in ihrem Elend ersaufen lassen, aber du weißt ja, wie das ist: Wir sind das Imperium, wir können nicht dabei zusehen, wie die Welt um uns herum zugrunde geht.« Der Dræghad steigerte sich zum Nivag und Fabius zog den roten Filzschal über Mund und Nase, wie es auch Cartharer stets taten.

Riagh ballte die Hände zu Fäusten, atmete tief gegen den schneidenden Wind und die Nachtkälte an. Sie waren keine Barbaren! Nicht rückständig, nur weil sie ihre Häuser aus Holz statt Steinen bauten. Nur was für die Ewigkeit geschaffen wurde – oder zu nah am offenen Feuer stand –, hatte Steine verdient. Weshalb so viel Zeit für eine einfache Hütte vergeuden, wenn man doch ohnehin nicht wusste, ob die Flüsse im nächsten Frühjahr nicht neue Wege einschlugen? Aber davon verstanden Imperiale nichts, kannten nur ihre Listen und Pläne. Wo sie einen Tintenstrich auf einer Karte zogen, dort hatte ein Fluss zu bleiben, bis er versiegte. Sie taten so, als könnten sie die ganze Welt verwalten – aber Carthal beugte sich niemandem! Zumindest das Land blieb noch ungezähmt ...

»Das Imperium hat ...« Weiter kam Riagh nicht. Einer der Soldaten zog eine wimmernde Frau aus einem der größeren Langhäuser. Sie heulte, anstatt sich zu wehren.

»Sie ist verflucht!«, schrie der Soldat die Frau an und zwang sie auf die Knie in den Schlamm.

»Ein Hund, es war nur ein Hund ...«, flehte sie, japste, jammerte. Sie riss die Hände hoch, um ihren Kopf zu schützen, obwohl doch niemand auf sie einschlug.

»Hier!« Der Soldat packte ihren linken Arm, riss am Ärmel ihres Hemdes. Fabius leuchtete ihnen mit seiner Laterne und so sah es Riagh auch: rotes Fleisch, verschorfter Eiter. Tiefe Zahnabdrücke. Die Bisswunde war frisch, keine zwei Wochen alt. Doch welches Tier ... oder welcher Mensch dies hinterlassen hatte, wie konnte man das wissen?

»Mama?« Zwei Jungen standen in der offenen Tür, in die drei Hufeisen schief ins Holz genagelt waren; eine Markierung, um den Häusern in den imperialen Listen einen Namen geben zu können. Ein Mann – zu alt für die Legion – hielt die Jungen an den Händen und damit gleichzeitig zurück, damit sie ihre Mutter nicht schützten. Damit wenigstens sie vor dem Imperium geschützt waren.

»Für mich sieht das schon nach einem Hundebiss aus.«
Endlich erwachte Riagh aus seiner Lethargie, bot der Frau
den Schutz, den ihre Söhne ihr nicht schenken konnten.

»Ich weiß nicht, für einen Hund ist mir das zu breit.« Fabius stand nicht an seiner Seite, aber warum sollte er auch?

»Es gibt große Hunde.« Riagh gab nicht auf.

»Ist doch egal. Biss ist Biss, und das heißt, sie stirbt.«
Der Soldat, der noch immer ihren Arm festhielt, zog mit
der freien Hand das Schwert.

Die Kinder kreischten. Die Frau heulte. Der Regen
ergoss sich über Brênningh, als wollte er das ganze Elend
dieser Stadt ersäufen.

Riagh blickte wieder zu den Jungen. Sie zitterten. Oder
war er es selbst, der zitterte? Seine rechte Hand lag auf
dem Schwertgriff. Er konnte sich nicht daran erinnern,
sie dorthin gelegt zu haben. Der jüngere der beiden sah
von seiner Mutter zu Riagh. Er hatte graue Augen. Ängstliche, vom vielen Heulen schon rot geäderte Augen. Trotzdem war sein Gesicht ganz blass bis auf die geröteten
Wangen. Feuchte klebte ihm die blonden Strähnen an die
Stirn. Fieberte er oder hatte er eben noch im Regen gestanden? Langsam zog der Junge den Ärmel tiefer über
die freie Hand und verrenkte seinen Arm, so weit er nur
konnte, um ihn hinter seinem Rücken zu verstecken.

Riagh starrte ihn an. Dann schrie die Frau, packte den
Soldaten, der sie festhielt und versuchte ihn zu sich hinabzureißen. Zum ersten Mal versuchte sie sich wahrhaftig
zu wehren, vergeblich. Ihr fehlte die Kraft, um gegen den

Soldaten zu bestehen. Also resignierte sie und ergab sich ihrem Schicksal; kaum dass Riagh von ihrem Sohn zu ihr blickte. Da verstand er. Und er akzeptierte ihr Opfer.

Fabius zog sein Schwert und köpfte sie in einer fließenden Bewegung. Riagh wollte wegschauen, aber er war es ihr schuldig, es nicht zu tun. Hier starb eine Cartharerin, die selbst noch auf Knien für das Leben ihrer Kinder kämpfte. Sie hatte es verdient, dass er ihr im Tode diese Lüge ließ; dass sie glaubte, sie hätte verhindern können, dass er die Wahrheit über ihren Sohn erkannte.

»Wir müssen alle untersuchen, die in der Hütte wohnen«, sagte einer der Soldaten, da war der kopflose Körper noch nicht in den Schlamm gesunken. »Verfluchte beißen selten nur einen.«

Riagh riss sich los vom Anblick des Leichnams, dieses leblosen Haufens aus Fleisch und Filz. »Ich helfe dir.« Er wartete keine Antwort ab, sondern marschierte direkt zum Eingang und packte die beiden Jungen grob am Arm, riss sie erbarmungslos mit sich und in die tiefste Ecke dieses engen Raumes, der zu vielen Menschen einen Schlafplatz bot. Es stank so scharf nach Schweiß und Fäkalien, wie es Riagh selbst im Viehstall noch nie erlebt hatte. Aber das war jetzt unwichtig. Eine Cartharerin war gestorben, jetzt war es an Riagh, ihre Kinder zu schützen.

Die Jungen heulten auch noch, als Riagh sie wieder anzog, und auch, als er und die anderen das Haus wieder verließen. Riagh sagte sich, das war ein gutes Zeichen. Das hieß, sie waren trotz Fieber kräftig, dass ihnen so viel

Luft in den Lungen blieb, da konnten sie auch ohne Mutter den Winter überstehen. Verflucht oder nicht.

Er wollte es so gern glauben.

Riagh half Fabius den Leichnam zur Nathaira zu bringen, die ein wenig weiter südlich in den Gwelach mündete. Eigentlich vergruben die Imperialen ihre Toten und dennoch ließen sie es geschehen, dass cartharische Körper den Wassern übergeben wurden. Als ob das etwas ändern würde.

»Ich trink mit dir vor der letzten Schlacht«, murmelte Riagh und sah zu, wie der finstere Strom den Körper verschluckte. Sie war bereitwillig für ihre Kinder gestorben. Aus dem Moment heraus, ohne die Möglichkeit, ihr Opfer zu hinterfragen. War er bereit für Carthal zu sterben? In einem fernen Land, viele Nächte entfernt, in denen er diese Entscheidung wieder und wieder überdenken würde. War er bereit, jeden Morgen, bis zum Rest seines Lebens, stets aufs Neue den Tod zu wählen?

Was verlangte Nuzar da von ihm ...

»Warum hast du ihr eigentlich nicht mit dem Schwert durchs Herz gestochen?«, fragte Riagh nach einer Weile, ohne zu Fabius zu blicken. »Dann hätten wir gewusst, ob sie gelogen hat.«

»Vertrau auf meinen Rat, Trebius: Wenn du einmal an meiner Stelle bist – du wirst es auch nicht wissen wollen.«

Sie schauten gemeinsam aufs Wasser und lauschten den Regentropfen, die sich in die Fluten stürzten. Fabius murmelte still vor sich hin. Betete er zu den imperialen oder garlithischen Göttern, damit sie sich einer cartharischen Frau gnädig zeigten? Als nach einiger Zeit ein Murren nahe des Flussbetts erklang und gleich darauf ein Schlurfen folgte, zog Riagh sein Schwert. Es war so viel einfacher, den Fluch mit Stahl statt Blut zu bekämpfen.

Es war so viel sinnloser.

Bis in den späten Nachmittag hinein stand es Riagh frei, in seinem Quartier auszuschlafen und neue Kraft für die nächste Nachtwache zu schöpfen.

Er tat es nicht.

Zwar überwältigte ihn der Schlaf irgendwann in den späten Morgenstunden, doch als Riagh wieder erwachte, ausgezehrt und mit dreiunddreißig falschen Fragen im Kopf, hatte der Sonnenprinz noch nicht einmal zur Mittagsstunde gerufen. Riagh stand dennoch auf, war einer der ersten, der seine Portion Gerstenbrot mit einer Soße aus Speck, Lauch und Erbsen abholte und sofort mit verdünntem Wein hinunterschlang. Das Essen schmeckte nach altem Fisch und Salz, wie beinahe alle imperialen Speisen nur nach altem Fisch und Salz schmeckten. Ihre Köche schworen auf einen kräftigen Sud zur Würzung, den nur diejenigen als Genuss bezeichnen konnten, die von Kindesbeinen an nichts anderes genießen durften.

Nach der Mahlzeit verließ Riagh Fonighe so schnell er konnte, bevor noch einer der anderen Soldaten auf die Idee kam, ihn in ein Gespräch zu verwickeln. Er wollte hier niemanden kennenlernen, keine Freundschaften schließen. Er wollte Anryn noch vor Cato finden und fortlaufen. Wohin auch immer. Und dann Nuzar suchen, um … zu sterben?

Riagh wischte sich den Regen durchs Gesicht, dankte dem Sturmfürsten für die Abkühlung seiner schwelenden Gedanken. Erst Anryn, dann Nuzar. Für einen Plan für ein Danach bliebe *danach* immer noch Zeit.

Anfangs befragte Riagh jeden Cartharer, den er zu Gesicht bekam: kriegsversehrte Männer, übermüdete Frauen, erblindete Greise, ja sogar im Schlamm spielende Kinder. Er bekam kaum Antworten, zumindest keine nützlichen. Die Blicke der Befragten wechselten zwischen Furcht und Hass. Weshalb sollten sie auch mit einem Imperialen über Carthal sprechen? Am Ende verrieten sie sich dabei nur selbst als Landflüchtige, denn es brauchte eine imperiale Erlaubnis, um das eigene Dorf zu verlassen und in der Stadt Schutz zu suchen. Und diese war entweder berechtigt – oder teuer. Das Imperium fürchtete, die Nahrungsversorgung würde zusammenbrechen, flöhen zu viele Menschen vor dem schleichenden Verfall. Also musste jeder in seinem Heimatdorf bleiben, dem ein augenblicklicher Tod nicht gewiss war. Wer ohne Erlaubnis floh, wurde gehängt. Die Mauern von Brênningh kündeten davon, wie groß die Bedrohung war, dass so viele dennoch lieber den Tod am Strang als im eigenen Haus wählten.

Trotzdem erstickte Brênningh an Menschenleibern. Carthals Ende stand näher, als Riagh hatte wahrhaben wollen.

Es war schon Nachmittag und der Sonnenprinz wurde langsam müde, als Riagh die selbst für diese Verhältnisse ungewöhnlich überfüllte Schenke fand. Jeder, der seine Rüstung erblickte, machte ihm Platz. Dennoch brauchte es eine Weile, bis er sich hineindrängen konnte.

Drinnen fand eine Versteigerung statt: das rare Fleisch des Tages, gebraten und mit dunkler Soße serviert. Aus was die Soße bestand, fragte niemand. Das meiste Fleisch gehörte Ratten oder kleinen Fischen, auch zwei magere Tauben fanden hungrige Bieter. Nichts ging für weniger als fünfzehn Kupfermünzen weg, vor dem Fluch war das der Wert eines ganzen Sackes Nassgerste gewesen. Für das beste Stück zahlte ein Mann in schmutzigem, jedoch blau gefärbtem Mantel sogar ganze acht Tægha: ein besonders fetter Rabe am Spieß. Es waren gute Zeiten für Aaskrähen.

Riagh wartete, bis die Versteigerung vorüber war und die leer ausgegangene Meute die Schenke wieder verlassen hatte. Aber auch dann blieb es eng, denn auch wer sich kein Fleisch leisten konnte, musste essen, und eine dünne Gerstensuppe aus ausgekochten Knochen gab es immerhin schon für vier Kupferstücke. Immer noch sättigender als die Armenspeisung der Imperialen.

Geduldig nippte Riagh an seinem schalen Bier, bis der Wirt, ein hagerer Kerl mit rotem Bart und grauem Haar, allen Gewinnern ihr Mahl serviert hatte und dank einem prallen Münzbeutel ein sehr glücklicher Mann war. Ein Glück, das er auch dem imperialen Schutz verdankte.

»Gute Ausbeute gehabt, was?«, sagte Riagh, als der Wirt der jungen Frau neben ihm eine Schüssel Suppe reichte.

Sofort verharrte der Mann in seiner Bewegung. »Ich habe nichts Verbotenes verkauft. Ratten, Tauben, Mäuse und Raben darf man jagen, und zum Angeln hab ich die Erlaubnis. War teuer genug ...«

»Ich hab nicht gesagt, dass du hier was Verbotenes gemacht hast.«

»Warum sprecht Ihr dann?« Der Wirt schluckte ertappt, noch bevor Riagh überhaupt auf seine zu dreisten Worte reagieren konnte. »Ihr dürft natürlich sprechen, wann immer Ihr wollt. Aber warum sprecht Ihr *mich* an, wenn Ihr nicht ein paar Taler zusätzlich aus mir herausquetschen wollt?«

Die ersten Gäste um Riagh herum verstummten, sahen ausdruckslos auf ihre Teller und Schüsseln oder blickten suchend nach einem anderen Platz in der überfüllten Stube. Es sollte Riagh inzwischen egal sein.

War es nicht.

»Ich will nicht deine Taler, sondern dein Wissen. Ich suche eine Frau aus einem Dorf namens *Garwad*.« Riagh versuchte den Namen falsch zu betonen, als versuche sich ein Imperialer am Cartharischen. Denn er wusste nicht, mit welchem Wort das Imperium seine Heimat neu benannt hatte – oder ob ihnen das Dorf überhaupt wichtig genug für einen eigenen Namen erschien. »Sie ist in meinem Alter, unstetes Blond, die Augen braun; tut nie das, was man ihr sagt. Ihr Name ist Anryn. Fällt dir jemand ein?«

Der Wirt schüttelte augenblicklich den Kopf; viel zu schnell für einen Gedanken.

»Ich will ihr nichts tun«, sagte Riagh rasch. Es klang wie eine Entschuldigung und irgendwie war es das auch.

»Was wollt Ihr dann von ihr?«

»Das geht ...« Riagh atmete durch, kratzte mit den Nägeln über das Holz des Kruges. Er wollte doch bloß eine Antwort! Aber hierbei war es wie schon mit Nuzar: Ohne Vertrauen klappte es nicht. Mit der Wahrheit jedoch ebenso wenig ... »Bevor ich hierher versetzt wurde, war ich an der Front im Osten. Zu meinem Trupp gehörten zwei Brüder aus Garwad, Sivok und Riagh. Sie haben sich die ganze Zeit Sorgen um ihre Schwester Anryn gemacht, und da ich ihnen noch was schulde, wollte ich mich nun darum kümmern, dass es Anryn gutgeht, wenn sie denn hier ist.« Riagh sprach ruhig, mit jeder Lüge wurde er darin besser. Nuzar wäre stolz auf ihn, hätte er dies hören können.

Der Wirt sah Riagh tief in die Augen; ein verhärteter Blick, der langsam schwer wurde, bis der Mann den Kopf senkte. »Garwad, sagt Ihr ...«, murmelte er. »Das Garwad im Sumpfland der Fünf Regen?«

Die *Fünf Regen* waren eigentlich fünf kleine Flüsse, in die sich der Awgath auffächerte, und die die Region um Garwad so wunderbar fruchtbar machten. Bei starken Regenfällen weichten sie den Boden dermaßen auf, dass Mensch und Tier darin versanken. Doch diese tückischen Stellen waren wohlbekannt, sodass das Land der Fünf Regen nur für Zugereiste gefährlich blieb. Denn wer nicht lernte, sich dem Zusammenspiel aus Flussverläufen, Regen und Erde zu unterwerfen, überlebte seine Kindheit nicht.

»Eigentlich ist es nur im Frühling und Herbst sumpfig. Im Sommer blühen die Feuchtwiesen auf«, antwortete Riagh und biss sich augenblicklich auf die Zunge. »Das haben zumindest die Brüder immer gesagt«, schob er schnell hinterher.

»Verstehe.« Der Wirt hielt den Blick noch immer gesenkt. Wie zur Ausrede begann er, mit einem alten Lappen über die Tischplatte zu wischen.

Riagh wurde nervös. Dennoch wartete er, bis der Wirt von selbst sprach. Die Stille währte dreiunddreißig grauenhaft lange Herzschläge. Dreiunddreißig Herzschläge Hoffnung, in denen er sich einreden konnte, der Wirt wagte nur deshalb kein Wort, weil er Anryn kannte und sie schützte.

Als der Wirt seine Worte endlich wiederfand, knüllte er den Lappen zusammen und warf ihn vor sich auf den Tisch. »Es tut mir leid für Euch und vor allem für die Brüder. Garwad ist vor über drei Jahren gefallen.«

»Was? Wie …?«, stammelte Riagh. »Aber die Ash'Bahar sind doch am Gwelach entlang, hieß es immer. Das ist ein ganzes Stück nördlich von Garwad! Wie kann es da einfach gefallen sein?« Er stotterte, schrie, krächzte die letzten Wörter hinaus. Was scherte es ihn noch, ob er nun wie ein Cartharer klang, Garwad war gefallen! Sein Vater, die schöne Glynis, der Sivok so lange hinterhergerannt war, die Naina … Anryn. Nein, das durfte nicht sein! Anryn konnte nicht sterben, das … das war einfach nicht möglich!

»Es waren nicht die Verfluchten. Als die herkamen, gab es Garwad schon nicht mehr.«

Riagh starrte den Wirt mit offenem Mund an. »Wer ...?«

»Na, ihr!« Jetzt schrie auch der Wirt, doch fing er sich schnell wieder. »Oder zumindest waren es die Imperialen. Keine Ahnung, wie sehr *Ihr* zu ihnen gehört.«

Riagh ignorierte, dass er vermutlich gerade enttarnt wurde, und stellte die einzige Frage von Belang: »Warum?«

»Was ich gehört habe, wollten sie fliehen. Nicht nur die Menschen aus Garwad, alle aus dem Sumpfland. Niemand wusste schließlich, wie nah die Verfluchten kommen würden. Das Imperium fand es nicht so toll, auf die üppige Ernte zu verzichten. Also haben sie einen Trupp Soldaten dahin geschickt, um ein Exempel zu statuieren. Haben ein Dorf ausgelöscht, damit der Rest bleibt. Aber die haben sich gewehrt, ganz schön lange, und dann kamen auch noch die Ash'Bahar ... Die zogen zwar nicht direkt durch den Sumpf – waren ein bisschen klüger als das Imperium, was das angeht , aber was interessiert sich so ein Verfluchter schon für Marschrouten ...« Der Wirt holte einmal tief Luft und sah Riagh in die Augen, blickte tapfer und zermürbt zugleich. »Um es kurz zu machen: Niemand weiß, wie das Gemetzel genau verlief, aber am Ende gab es nur einen Gewinner: den Fluch. Denn der hat sich unsere Dörfer *und* die imperialen Soldaten dort geholt.«

Riagh öffnete Mund, kratzte Worte heraus, die einfach nicht in diese Welt entlassen werden wollten. Also stürzte er stattdessen den Rest Bier hinunter, ohne etwas davon zu schmecken. Denn nichts schmeckte mehr oder roch oder strahlte. Die Sicht wurde trüb, die Geräusche dumpf. Die Welt verlor jeden Wert, denn Garwad war zerstört.

»Ich weiß, das ist jetzt alles viel auf einmal, aber es hat auch etwas Gutes gehabt: Seit diesem Massaker erlaubt es das Imperium zumindest, dass man flieht, wenn es zu viele Verfluchte in der Gegend werden. Wir müssen dem Feind ja nicht mehr Soldaten als nötig schenken.«

Dem Feind ... Waren das wirklich noch die Ash'Bahar?

»Das Imperium soll verrecken!«, schrie Riagh, der imperiale Soldat mit der imperialen Rüstung in dieser imperial besetzten Stadt. Sollten sie ihn doch hängen! Er stand auf und schubste jeden zur Seite, der zwischen ihm und der Tür stand. Seine rechte Hand kribbelte. Er musste dringend jemanden verletzen, etwas töten, einen Krieg beginnen ... irgendetwas Hassenswertes begehen. Denn Reue war so viel einfacher zu ertragen als eine Welt ohne Anryn. Und vielleicht war ihm der Sturmfürst gnädig und er starb beim Versuch.

Die letzten Schritte zum Ausgang waren einfach, die Menschen wichen aus seinem Weg, weil sie gelernt hatten, zu überleben. Riagh legte die Hand ans Holz, doch hielt inne, anstatt die Tür aufzudrücken.

Hatte er gerade aus dem Augenwinkel rote Haarspitzen gesehen?

Er wandte hektisch den Kopf, blickte von links nach rechts, ohne die Menschen um ihn herum in Gänze wahrzunehmen. Er suchte nur nach Männern von schmaler

Statur, nach zu dunkler Haut für diese Stadt und nach schwarzen Haaren. Er suchte nach Nuzar, doch er fand ihn nicht. Nicht einmal jemanden, der ihm ähnlich sah.

Kurz schloss Riagh die Augen, sammelte Kraft und die letzten Scherben seines Verstandes ein. Nuzar war nicht hier, war es nie gewesen. Er beobachtete Riagh nicht von Weitem, verfolgte ihn nicht, hörte nicht all seine Gespräche aus den Schatten mit. Diese Gedanken waren nur Wunschträume, denn für Nuzar hatte Riagh nur diesen einen Zweck gehabt: für ein Ende des Fluchs zu sterben. Trotzdem wollte er den Nekromanten bei sich haben, ihm alle Lügen, all seine Geheimnisse verzeihen. Im Moment wünschte er sich nichts sehnlicher als einen Freund, dem er von all den Menschen aus Garwad erzählen konnte. Von all den Toten ... Aber auch dieser Freund war nur ein Wunschtraum gewesen.

Riagh drückte gegen die Tür und sogleich wurde sie schwungvoll vor ihm aufgerissen. Sechs cartharische Gardisten starrten ihn so erstaunt an, wie er zurückstierte.

»Verzeiht ...«, murmelte der Vordere, doch machte keine Anstalten, aus dem Weg zu gehen.

Es wäre an Riagh, ebenfalls zu verharren und auf die imperiale Autorität zu pochen. Aber es war ihm alles gleich geworden: das Imperium, seine Rolle – ja für einen Moment sogar der Fluch. Er wollte nur raus hier, so schnell wie möglich zurück in sein Quartier, zum Schnaps und einem Bett. Also wich er zur Seite, denn Sturheit ebnete nur wenige Wege. Selten war er sich uncartharischer vorgekommen.

Die Wachen ignorierten ihn, wie er ihre verächtlichen Blicke ignorierte. Sie zwängten sich in den Schankraum und machten sich dabei solcherart breit, dass er sich mühsam an ihnen vorbei zur noch immer offenen Tür drücken musste, obwohl sie doch direkt neben ihm war.

Endlich am Ziel, blieb er einen Moment im Rahmen stehen, nahm einen tiefen Zug vom Odem des Sturmfürsten, als würde dies seine Lungen oder doch zumindest seine Nase reinigen können. Draußen hatte es wieder zu regnen begonnen. Die gewaschene Luft strömte auf Riagh ein und führte ihm bitterlich vor, wie sehr es drinnen nach Mensch stank.

Gerade als er den ersten Schritt in den Schlamm wagte, begann einer der Wächter hinter seinem Rücken zu den anwesenden Gästen zu sprechen: »Niemand verlässt diese Taverne! Wir haben einen Ash'Bahar in der Stadt und er wurde gesehen, wie er vom Haus der Guvara hier hineingeflohen ist!«

Wieder hielt Riagh inne, seufzte und drehte um. Er würde diese verdammte Schenke wohl niemals verlassen können. »Was hast du nur vor, Nuzar?«, flüsterte er. Und lächelte.

»Als Tiziana sah, wie einsam die Menschen waren, ging sie in ihren Garten und pflückte die schönsten aller Blumen und pflanzte sie jedem Menschen an seine Seite. Und wo sie aufblühten, wurden sie zur Frau, die ihnen ein Leben lang Zierde war und Freude schenkte.«

– Foldo Lacatam, Hohepriester der Tiziana, Axarat,
199. Jahr des Ewigen

»Ihr müsst Euren Schülerinnen eintrichtern, ihren Eltern nur von Zaubern zur Heilung und der Ernte zu berichten. Welchen Nutzen sie für den Krieg haben, muss niemand erfahren. Denn welcher Vater lässt schon seine Tochter zu Euch, wenn er fürchten muss, sie am Ende nie verheiraten zu können – weil kein Mann eine Frau wählt, die weiß, wie sie sich seiner wieder entledigen kann.«

– Nael Adair, Magier und Trophäe des Ewigen,
Auszug aus einem Schreiben an die Arkane Insel
in Lalrat, 155. Jahr des Ewigen

Kapitel 12

Zurück im Quartier streifte sich Riagh das Kettenhemd ab und ließ sich auf seinen Schlafplatz fallen. Das Holz knarzte, aber keiner der drei Schlafenden rührte sich. Nur der vierte, der auf seinem Bett saß und sein Schwert polierte, blickte kurz auf, doch verschonte Riagh glücklicherweise mit Konversation.

Er schloss die Augen und tat so, als würde auch er rasch einschlafen, die wenigen Stunden nutzen, die ihm bis zur Nachtwache blieben. Doch er gab sich nicht einmal der Illusion hin, tatsächlich Schlaf finden zu können. Nicht jetzt.

Natürlich hatte die Durchsuchung der Schenke nichts ergeben, Nuzar handelte schließlich nicht unüberlegt. Dennoch war Riagh geblieben, bis die Gardisten wieder abgezogen waren, hatte alle Schatten gezählt, wieder und wieder, ob nicht einer von ihnen zu viel war. Doch wenn der Nekromant wirklich da gewesen war, hatte er sich nicht finden lassen wollen. Vermutlich war das auch gut so, wozu brauchte Riagh schon Nuzar, wenn er doch gerade erfahren hatte, dass Anryn tot war? Dass sie alle tot waren. Was konnte der Ash'Bahar da schon tun?

Da sein.

Das war es, was Riagh am meisten am Sterben fürchtete: nicht die Schmerzen oder die Kälte, es war die Stille. Wenn die ganze Welt, ja sogar das Rauschen des Pulses verstummte, dann blieb nur die Einsamkeit, gleich wie viele Menschen bei einem waren oder wie viele auf der Feier vor der letzten Schlacht auf ihn warteten. Jeder starb für sich allein.

Nur eines war schlimmer: für sich allein zu leben.

Riagh stieß scharf die Luft aus. War das also der Moment, an dem er sich tatsächlich entschied, zu sterben? Unwiderruflich. Für Carthal. Für Anryn. Für Sivok … In der Nacht vor der letzten Schlacht würden sie sich wiedersehen. Und wenn Sivok bereit war, ihm zu verzeihen … Es würde eine lange Nacht werden.

Ohne Nuzar.

Riagh ballte die Hände zu Fäusten und schlug so hart auf das Bett, dass der Soldat ihm gegenüber wie aus einem Traum gerissen hochschreckte.

»Ungeziefer«, murmelte Riagh entschuldigend und fluchte innerlich. Der Nekromant hatte sich von Schatten zu Schatten in einen Traum geschlichen, der nicht für ihn bestimmt war. Er hatte Riagh umschmeichelt, bezirzt und belogen, damit er in seinen eignen Tod einwilligte. Sivok war ihm ein Leben lang mehr als nur ein Bruder gewesen, alle Gedanken des Unaussprechlichen, das in unbeobachteten Momenten so wunderbar körperlich wurde, hatten ihm zu gehören.

Doch sie gehörten Nuzar. Zumindest ein Teil von ihnen.

Der Nekromant musste Riagh verhext haben, sodass er diese fremdartigen Augen einfach nicht aus dem Sinn bekam; wo Blau mit Rot, Stolz mit Neugierde kämpfte … Dass er noch immer wusste, wie diese weichen Lippen schmeckten. Und dass sich jede Nacht kalt und einsam anfühlte seit dieser einen, in der sie nackt, Haut an Haut unter Decken und Fellen gelegen hatten. Nachdem Riagh zum ersten Mal all die Wahrheiten über Sivok und ihn mit einem anderen Menschen geteilt, und wo sich all diese Gefühle zum einzigen Mal nicht falsch angefühlt hatten.

Riagh presste die Nägel hart ins Fleisch, biss sich auf die Unterlippe, bis er Blut schmeckte. Er wollte etwas schlagen, brüllen, heulen. Jeder, der es verdiente, dass er ihn liebte, war tot. Und ausgerechnet der Mann, dem dies am wenigsten auf dieser Welt zustand, lebte – und war dazu bestimmt, Riagh den Tod zu bringen. Nie zuvor war ihm das Leben ungerechter erschienen.

Riagh sprang auf, gab jeden Versuch und jede Täuschung auf möglichen Schlaf auf. Seine Gedanken waren zu aufgehetzt, um sich auf Müdigkeit zu konzentrieren.

Das Bett, auf dem vorhin noch ein Soldat seine Waffen gepflegt hatte, war nun leer, ohne dass Riagh ihn hatte fortgehen hören. War er vielleicht doch eingeschlafen? War alles nur ein schlechter Traum gewesen?

Er griff zu seinem Rucksack und holte das Sameea hervor. Zumindest Nuzar und seine Magie waren nach wie vor bittere Wirklichkeit. Einen Moment zögerte er, streichelte mit dem Daumen über die Phiole. Das Glas war wärmer, als es sein sollte. Als wäre das Blut darinnen frisch von der Ader getropft. Und auch in Riagh breitete sich eine unerwünschte Wärme aus.

Was würde wohl geschehen, zertrümmerte er das Glas an der Wand? Bräche dann der Bann, den Nuzar über ihn gewoben hatte? Der Gedanke war so verführerisch, dass er an Riaghs Fingern zupfte. Mit einem tiefen Atemzug legte Riagh die Kette um seinen Hals. Wo sie hingehörte. Wo sie ihn beim nächsten Zusammentreffen vor weitaus schlimmeren Zaubern schützen würde. Und dieses Wiedersehen würde geschehen, daran hatte nie ein wahrhaftiger Zweifel bestanden. Denn Nuzar brauchte Riagh, weil Ash'Bahrim Riaghs Tod noch viel dringender brauchte als Carthal.

Die Tür öffnete sich und Riagh verbarg die Phiole hastig unter seinem Hemd. Wenn sie ihn mit einem ash'bahrischen Artefakt erwischten, erwartete ihn vermutlich noch weitaus Schlimmeres als ein Ende an der Stadtmauer.

Fabius lächelte so ungezwungen ehrlich, als er den Raum betrat, dass Riagh ihn sogleich zu hassen begann.

»Wunderbar, du bist wach!« Er klang wahrhaftig erfreut.

»Keine Sorge, ich komm schon nicht zu spät zur Wache«, murrte Riagh. In Garlitha hatte es fünf Peitschenhiebe gegeben, wenn der Wachantritt verpasst wurde. Spätestens beim zweiten Verstoß hatte ausnahmslos jeder die Wichtigkeit von Pünktlichkeit begriffen gehabt.

»Deshalb bin ich ja hier: Der Zentus schickt mich, deine Wache fällt heute aus. Stattdessen darfst du zur Guvara und mit ihr über die Rebellen im Umland reden. Ich glaube, da würde ich ein paar Verfluchte aus den Flüssen vorziehen.« Fabius grinste.

Riagh nicht. Stattdessen wurde ihm kalt, als hätte sich der Himmel in einem gewaltigen Schauer über ihm erbrochen. Schon heute Nacht war es also so weit: Er würde Guvara Maritia Adair töten, damit ihn der Zentus nicht statt ihrer töten ließ. Und damit Cato in den Registrierungslisten nach einer Frau suchte, die doch schon vor Jahren vom Imperium ermordet worden war.

»Ob Verfluchte oder die Guvara, ist mir alles gleich. Ich tue nur meinen Dienst.« Riagh streifte sich das Kettenhemd über und Fabius half ihm sogleich ungefragt beim Einhaken des Schulterschutzes.

»Das tun wir hier alle.« Er zwinkerte. »Aber manchen von uns hilft es, nicht alles zu hassen, was wir machen.«

»Ich hasse nicht alles«, sagte Riagh und zog das rote Filztuch zurecht, sodass es den Hals schützte und jedes Anzeichen der Kette verbarg. *Nur euch, und was ihr aus Carthal gemacht habt.* »Ich bin fertig. Wo liegt das Haus der Guvara?«

»Wir haben noch genug Zeit, dass ich dich hinbringen kann.« Wieder diese Freundlichkeit, die einfach nicht zu einem Imperialen passen wollte. Zum Glück war dieses Versteckspiel bald vorbei, denn ohne Anryn hielt Riagh nichts mehr in Brênningh. Und Nuzar, da war er sich sicher, würde ihn schon von selbst finden. Überall.

»Dann los.« Fabius lächelte aufmunternd. »Und oh, ich soll dir noch etwas vom Zentus ausrichten. Er hat zwar nicht gesagt, wen er damit meint, aber er hat *sie* gefunden.«

Es war eine Lüge.

Im Geiste wiederholte Riagh die Worte immer und immer wieder.

Nur eine verdammte Lüge.

Die Szenerie wechselte von drinnen zu draußen, von windstill zu luftig, von trocken zu cartharischer Nachtluft. Fabius plapperte, was Menschen nun einmal plapperten, wenn sie freundlich wirken wollten. Riagh scherte es nicht, er hörte nur seinen Dämonen zu.

Anryn war tot. Tot. Tot!

Cato war nur ein verdammter Lügner, der seinen neuen Sklaven gefügig halten wollte. Jedes Wort war nur eine gewaltige Täuschung.

Und wenn nicht?

»Hier sind wir auch schon.«

»Wo?« Riagh blickte hoch, spürte den Regen auf der Haut und sah in Fabius' nasses Gesicht, das im Feuerschein glänzte. Ganz langsam wandte er den Blick zur Lichtquelle. Zwei Fackeln qualmten in einer Außenhalterung gegen das cartharische Wetter an, links und rechts einer zweiflügligen Tür. Einer sehr schmalen zweiflügligen Tür. Im Grunde hätte eine gewöhnliche Tür vollkommen ausgereicht, aber die Imperialen beschenkten jedes steinerne Wohnhaus mit diesen verzierten Flügeln, ob es nun Platz dafür gab oder nicht.

»Na, das Haus der Guvara. Hast du mir überhaupt zugehört, Trebius?«

»Nein.« Sehr langsam kehrten Riaghs Gedanken ins Diesseits zurück und er folgte ihnen nur schwerfällig. »Tut mir leid. Aber heute war einfach ... nach gestern ... einfach kein guter Tag.«

»Es gibt keine guten Tage in Brengus. Du wirst dich daran gewöhnen.« Fabius legte die Hand auf Riaghs Schulter, drückte sie sanft, als würde er ihn trösten.

Als wären sie Freunde. Ein wunderschöner Schimmer lag auf seinen grünbraunen Augen.

»Warum tust du das?« Riagh streifte die fremde Hand wie Schmutz von sich und wich einen Schritt zurück.

Fabius seufzte, schien nur enttäuscht statt gekränkt. »Weil du wie ich bist. Zumindest ein kleines Stück.«

»Ich bin nicht wie du!« Riagh schrie, wie er es immer tat, wenn Männer dies zu ihm sagten. Damit sie es schon beim ersten Mal verstanden. Damit auch er es glauben konnte ...

»Ein wenig schon.« Wieder ein Seufzen, wieder ein unpassendes Lächeln. »Ich weiß, du willst es verbergen, und weil sie hier jeden brauchen, nimmt das auch jeder hin. Aber diesen Teil von sich kann man nicht verstecken, glaub mir, ich habe es lange genug versucht.«

Frost wuchs über Riaghs Haut. Wie hatte er sich nur verraten? Bis eben hatte er diesen Mann doch noch nicht einmal angesehen! Zumindest nicht auf *diese* Art ... Hatte Nuzar das getan? Hatte Nuzar ihm mit seinem Kuss etwas aufgezwungen, das ihn wie eine imperiale Brandnarbe zeichnete?

Etwas, das nicht einmal Sivok gelungen war?

»Ich. Bin. Nicht. Wie. Du.« Riagh packte Fabius an der Schulter. Um nicht nach seinem Schwert zu greifen. Die Finger kribbelten bereits. Hatte er gerade einen Schritt vorgetan? Er musste es getan haben, aber er erinnerte sich nicht. Die Wut peitschte als reißender Strom durch seinen Leib und riss die Kontrolle mit sich. Riaghs Verstand strauchelte, er brauchte … atmen. Atmen und Nuzar. Auch wenn es schmerzte, er musste um Beherrschung kämpfen. Er hatte es doch versprochen.

Eine warme Hand legte sich um seine, Finger flochten sich um Finger. »Schh, ich weiß doch. Es ist nie leicht.« Zum ersten Mal konnte Riagh die Wärme dieses Lächelns spüren.

Er hob die Hand, strich mit den Fingerkuppen die feuchten Linien der Brandnarbe entlang bis zu den vollen Lippen. Es schien wie aus einem alten Leben, dass er den Körper eines anderen Soldaten entdeckte. Seine Hand verharrte in ihrer Erkundung und Riagh blickte erschrocken auf in die noch immer gütigen, wenn auch etwas fragenden Augen. Im ersten Moment schien nichts verändert, die Berührung eines anderen Mannes fühlte sich falsch an, brachte dieselben verschämten Gedanken, wie sie es stets getan hatte. Und doch war nun alles anders.

»Ich kann nicht …«, flüsterte Riagh in den Regen. »Ich gehöre einem anderen.« Etwas in ihm erstarrte. Und etwas Schweres war endlich frei.

»Das … freut mich für dich.« Behutsam nahm Fabius Riaghs Hände von sich. »Ganz besonders, weil ich auch jemandem gehöre: der schönsten Frau von ganz Toramo.

Sobald ich meine Jahre in der Legion fertig habe, heiraten wir. Das war die Bedingung ihres Vaters, denn ein Fremdländer kriegt ohne die Zeichen im Gesicht kaum eine anständige Arbeit in den Kernprovinzen, aber das weißt du ja.«

»Was?« Die verschämten Gedanken kehrten zurück, schlimmer als zuvor.

»Das war, was ich gemeint hatte, Trebius: Du bist ein Fremdländer wie ich, ein Halbblut. Deine Mutter ist Cartaliarin, nicht wahr? Wenn du schnell sprichst, hört man es an deinen Worten. Und man merkt es daran, wie du die Menschen hier ansiehst: als wärst du einer von ihnen.«

»Ich bin einer von ihnen …« Riagh hörte sich selbst flüstern, ganz leise, als hätte der Dræghad junges Holz benetzt. Zu laut für seine scheuen Gedanken. Der Herzschlag überschlug sich fast aus Furcht. Hatte Fabius ihn auch schreien hören?

»Du hast das Glück, dich hinter dem imperialen Namen deines Vaters verstecken zu können. Aber sie merken es, früher oder später merken sie immer, dass wir zu einem Teil nicht zu ihnen gehören. Und dieser Teil wird übermächtig, wenn sie keine anderen Feinde finden können.« Er seufzte. »So findet man in der Legion nur selten Freunde. Aber *wir* sind uns ähnlich.«

»Ich suche keine Freunde.«

»Mag sein. Aber du siehst so aus, als könntest du dringend welche gebrauchen. Und jetzt sollte ich gehen, denn sonst komme ich noch zu spät zu meiner Wache.« Fabius nickte und drehte sich um.

Hastig griff Riagh nach seinem Arm. »Was ich da gesagt habe, über … Wirst du …?«

»Trebius, du kennst dich nicht gut mit Freundschaften aus, oder?« Er lachte laut, während er sich aus Riaghs Griff löste, und ging in den Nachtregen.

Riagh blickte Fabius noch eine Weile nach, hoffte, dass sich diese Schwere in ihm wieder befreien würde. Das tat sie nicht, schien ganz im Gegenteil eisern um sein Herz geschmiedet. Es hüpfte und polterte in der Brust, rang nach Freiheit und verkam dabei doch nur zu einem schmerzhaften Stechen. Nun gab es schon zwei imperiale Männer, die zu viel von der Wahrheit wussten. Eine der vielen Wahrheiten, die Riagh über sich verbarg – und keine davon besonders gut, wie es aussah.

Für einen Moment überlegte er, Fabius zu vertrauen, vielleicht tatsächlich eine brüchige Freundschaft zu wagen. Aber wofür dieser Aufwand?

Riagh atmete tief durch und klopfte an die wenig imposante Flügeltür. Maritia töten. Die Wahrheit über Anryn herausfinden. Diese verdammte Stadt verlassen. Nuzar wiedertreffen. Sterben. Das waren klare, einfache Ziele. Es gab einen Anfang und das Ende. – Beim Dünnschiss des Sturmfürsten, warum überlegte er dann gerade, wie er sein kurzes Leben noch komplizierter gestalten konnte?

Guvara Maritia Adair lebte zwar in keinem Palast, dennoch hätte wohl halb Garwad allein im Empfangsraum

Platz gefunden. Bei dieser Größe musste das Haus einst einer bedeutenden Familie Brênninghs gehört haben. Wer sonst konnte es sich leisten, sein Heim aus Steinen statt Holzpfählen zu bauen?

Das Innere glich einem Bildnis über den Zusammenwuchs von Imperium und Carthal. Mochte das Fundament auch cartharisch sein – die Räume erstickten fast an imperialem Mobiliar. Es war kaum möglich, zwei Schritte in eine Richtung zu gehen, ohne gegen gepolsterte Liegen, zu breite Rundstühle mit bunten Stoffbezügen, hüfthohe Vasen aus Bronze und Keramik oder bunt bemalte Truhen aus Holz und Schiefer zu stoßen. Auch kleine Statuen imperialer Göttinnen fanden sich, aber Riagh konnte sie nicht zuordnen. In der Legion hatten die Soldaten stets zum stierköpfigen Valesto gebetet, der in seinen vier Händen Bogen, Schwert, Blitz und Schild hielt. Wie er damit auch immer kämpfen konnte.

Der junge – cartharische – Wächter führte Riagh vorbei an groben Steinwänden, die mit kunstvollen Tüchern behangen waren. Alle zeigten imperiale Szenerien: Gewundener Zierrat umgab leicht bekleidete Menschen, die tanzten, musizierten und auch sonst keine Arbeit in ihrem Leben zu kennen schienen. So musste es auf den Straßen von Axarat aussehen. Die Imperialen schmückten ihre Häuser und selbst die Offizierszelte mit bemalten oder bestickten Tüchern, damit sie ihre leichte Lebensweise auch dann nicht vergaßen, wenn das Land um sie herum gnadenlos wurde.

In die Windlöcher der Außenwände war farbiges Glas gelassen. An den eisernen Fackelhalterungen baumelten Aufhängungen für Keramik- und Rohglaslaternen, deren Flammen sich aus Öl speisten. Die Böden bestanden aus bunten Steinen, die sich zu kunstvollen Mosaiken verbanden. Zur Raummitte änderten sie Farbe und Anordnung, und bei einem flüchtigen Blick schien es, jemand habe einen Teppich von der Wand gerissen und achtlos auf den Grund geworfen, wo er ja doch nur schmutzig werden würde. Es war brachial und dekadent zugleich.

Aber nicht alles war durch imperiale Spielereien ersetzbar. Riagh spürte die Wärme der cartharischen Feuerschalen, noch bevor er durch die Tür trat. Selbst die schönste Öllampe bliebe machtlos, wenn Offalagg der Wintergrimme durch Carthal streifte.

Der lange Raum war unerwartet schmal. Zwei Wächter warteten mit ausdruckslosen Gesichtern nahe der Tür, zwei Dienerinnen standen neben der Sitzbank, die durch allerhand Decken und Kissen zu einer Liege wurde – einer Liege in Gebrauch. Die Guvara war älter, als Riagh erwartet hatte, aber dies mochte auch daran liegen, dass nur junge Magierinnen an die unbeliebten Fronten gesandt wurden. Noch nie hatte er eine so prachtvoll geschmückte Frau gesehen, die sich dem Ende ihres gebärenden Alters zuneigte. Vom hellen Stoff ihres Kleides bis hin zum schweren Goldschmuck mit den violetten Steinen und den rot bemalten Lippen wirkte sie ganz und gar imperial, selbst die blonden, mit grauen Strähnen durchwobenen

Haare waren aufwendig geflochten und hochgesteckt. Ein goldenes Band hielt sie zusammen, verziert mit herbstroten Blättern, die wie eine große Blüte arrangiert waren. Einer Tiara gleich züngelte das kupferne Muster der Zigali-Flamme die Breite ihrer Stirn entlang, schob sich links und rechts perfekt unter zwei geflochtene Haarsträhnen, als wäre das Zeichen ihrer Magie auch nur ein weiteres Schmuckstück.

Nur eine ihrer vielen Ketten zerstörte das Bild der alternden Eleganz: Die Glieder waren grob, wirkten plump und das Metall schimmerte schwarz, als wäre es mit Ruß bedeckt. Doch es hinterließ keine dunklen Spuren auf der Haut. Die Kette war schwer und lang, verschwand hinter dem Saum des Kleides und behielt so das Geheimnis eines Anhängers für sich.

Natürlich blieb Maritia liegen, als Riagh den Raum betrat, denn imperiale Würdenträger rührten sich nicht für Untergebene. Dennoch wirkte es befremdlich, dass es eine Frau war, die dort herrschaftlich vor ihm lag. Aber auch das Mädchen neben ihr blieb in ihrem zu großen Stuhl sitzen. Sie war noch keine zwölf Winter alt. Scheu blickte sie zu Riagh auf, schien kurz wieder den Blick senken zu wollen, doch hielt ihm dann stand. Sie fürchtete Riagh, doch mehr fürchtete sie die Guvara. Erste feine Kupferlinien waren auf ihre Stirn gebrannt. Eine Zauberschülerin.

Insgesamt acht Menschen waren sie nun hier drinnen und ließen den Raum so winzig erscheinen, dass Riagh glaubte, den Atem aller anderen auf der Haut zu spüren. Er fühlte die Hitze der Feuerschale im Rücken. Dank all dieser Menschenleiber wäre sie nicht nötig gewesen.

»Du darfst dich setzen, Trebius Darvicus.« Maritia wies mit ausladender Geste auf den einzig freien Stuhl ihr gegenüber und doch in sicherem Abstand. Es klang nicht nach einem Angebot.

Riagh setzte sich und starrte auf das Tischchen zwischen ihnen. Auf einem Messingtablett lagen hart gekochte Eier in Hälften. Das Gelbe war zu einer cremigen Füllung aufgeschlagen und mit Gewürzen bestreut. Getrocknete Beeren auf herbstroten Blättern waren zwischen ihnen drapiert. Die Eierhälften waren zum Greifen nahe. Riagh nahm trotzdem keine.

Er sah zur Guvara auf und fühlte sieben Blicke auf sich kleben. Das hier war also der große Haken an Catos Befehl: Eher stieg der Donnerfürst hinab, um nach einem dieser Eier zu grapschen, als dass Riagh auch nur die Möglichkeit bekäme, unbeobachtet in Maritias Nähe zu gelangen. Die Guvara zu töten hieße, selbst zu sterben. Sinnlos.

Außer Cato hatte tatsächlich Anryn gefunden...

»Also Soldat, dass Salina wieder an die Rebellen gefallen ist, habe ich bereits gehört. Aber wie ist die Lage außerhalb der Städte in Cartalia?«

»Beschissen.«

Augenblicklich gefror der Ausdruck auf den Gesichtern aller Anwesenden. In der Stille war nicht einmal fremdes Atmen zu hören. Und dann lachte Maritia, laut und derb. Cartharisch.

»Ich habe ganz vergessen, wie erfrischend offen die Männer der Legion doch sind.« Ein freundliches Lächeln auf grellen Lippen. Auch das Mädchen wagte ein Kichern. »Vielleicht ein wenig *zu* offen für meine Hafre.« Maritia warf dem Mädchen einen tadelnden Blick zu und sofort erstarb ihr Kichern. Zufrieden nickte Maritia. »Nun, dann will ich etwas präziser fragen, Trebius – oh, dich stört es doch nicht, wenn ich dich bei deinem Rufnamen nenne? Du musst wissen, wir Cartalier haben es nicht so mit Familiennamen wie ihr.«

»Aber Ihr habt doch einen Familiennamen, Guvara.«

»Ich stamme ja auch aus keiner gewöhnlichen Familie.« Ihr Tonfall wurde spitz, doch schnell unterbrach sie sich und sprach nach einem festen Atemzug mit tieferer Stimme weiter. »Weißt du, wem dieses Haus hier vor mir gehörte?«

»Dem vorherigen Guvarus?«

»Nein, meinem Vater. Und davor seinem Vater und davor seinem und dann wieder seinem und so weiter bis zu meiner Urururururgroßmutter Adaira, *der* Magierin, die König Lyeoll beistand, Cartalia zu einen. Meine Familie hat sich ihren Namen verdient, weil sie von Anbeginn dieses Reiches mit ihm verwoben war. Wir haben dieses Land nicht nur bestellt – wir haben es geformt.«

»Verzeiht, ich wollte Euch nicht beleidigen.« Riagh senkte den Blick aus ehrlicher Wertschätzung. Maritias

Blut war cartharischer, als seines es je sein konnte – und doch wirkte sie so imperial, dass es kaum zu ertragen war. Er sah zu dem Tischchen mit dem Bronzetablett, suchte im feurigen Schimmer des Metalls eine Antwort: Tat er hier das Richtige?

»Du hast mich nicht beleidigt. Wie solltest du auch, du weißt nicht, wie wir leben, nur wie man uns tötet.«

Erschrocken sah Riagh auf. »Ich ...«

»Das sollte kein Vorwurf sein, Trebius. Ganz im Gegenteil, das ist der Grund, weshalb du hier bist. Ich weiß, was die Flüchtlinge über das Überleben außerhalb der Stadtmauern berichten. Aber das ist nur ihre ängstliche, von Trauer und Schmerz gefärbte Sicht. Was ist die Sicht ihres Feindes?«

»Ich bin nicht ...« Riagh schluckte. Doch, das war er. Hier war er ein Rebellenjäger und damit ein Feind Carthals. Viel erschreckender war jedoch die Selbstverständlichkeit, mit der Maritia, die vom Imperium ernannte Guvara Brênninghs, dies aussprach. War das der wahre Grund, weshalb sie sterben sollte? Weil sie das Imperium nicht fürchtete?

»Ach Trebius, geben wir uns doch beide keiner Illusion hin: Du tötest Menschen, die sich dagegen wehren, dass das Imperium sie zwingt, ihre Felder zu bestellen, die von Verfluchten überrannt sind. Das macht dich aus cartalianischer Sicht zum Feind. Denn du lässt den Menschen nur die Wahl, ob sie durch dich oder die Verfluchten sterben.«

»Und was bin ich dann in Euren Augen?«

»Ein Soldat, der seine Pflicht erfüllt. So wie ich viele Jahre eine Soldatin war.« Ein schmales Lächeln. »Deine Pflicht ist gerecht, Trebius, denn sie rettet Cartalia. Würde jeder fliehen, dieses Land würde verhungern. Und sie alle flöhen hierher, zur einzigen Stadt mit Steinmauern. Dabei ächzen wir schon jetzt unter der Last der Leiber in den Straßen und ich weiß nicht, wie wir all diese Mäuler füttern sollen. Die Götter meinten es nicht gut mit uns, denn es ist eine grausame Zeit, in die wir geboren wurden.«

Wieder sah Riagh auf das Tablett mit den gefüllten Eiern. Das cremige Eigelb glänzte vom Fett, mit dem es vermengt war, und die kleinen Punkte in verschiedenen Braun- und Grüntönen ließen nur erahnen, wie viele verschiedene Kräuter und Gewürze beigemischt wurden. Riaghs Magen rumorte, die letzte Mahlzeit lag zu lange zurück. Dennoch griff er nicht zu, zu einladend stand das Tablett vor ihm. So richtete man Fallen her.

Es würde aber auch niemand sonst zugreifen. Maritia hatte es nicht nötig, in der Gegenwart eines untergebenen Gastes eine Schwäche wie Appetit einzugestehen, das Mädchen war zu schüchtern für eine Tat, die Dienerschaft zu furchtsam, die Wächter zu diszipliniert. Die Eier würden das ganze Gespräch über unberührt bleiben, bis sie trocken wurden und somit unzumutbar für die gehobene Herrschaft. Eine Dienerin würde sie später forträumen, als wären sie Abfall. Vielleicht würden sie dann als Mahl für die Dienerschaft enden, was eine gute Verwendung wäre. Oder sie endeten als Viehfutter.

Doch gleich, was letztlich mit den Eiern geschah, es änderte nichts am Moment: Brênningh hungerte – und Riagh sah mit leerem Magen dabei zu, wie gutes Essen unberührt blieb. Aus Furcht, er würde jemanden verärgern. Und aus Scham. Als wäre Hunger ein Makel.

War dieser Glaube die wahre Falle?

»In Zeiten der Hungersnot könnt Ihr Euch erlauben, Nahrung hübsch herzurichten und wie eine Vase auf ein Tischchen zu stellen, damit sie Euer Zimmer schmückt. Verzeiht, Guvara, aber *mit Euch* meinten es die Götter verdammt gut.«

Wieder gefroren die Mienen aller Anwesenden und diesmal brachte sie kein Lachen zum Schmelzen. Dennoch war Riaghs Herzschlag ruhig. Vielleicht weil er endlich wieder ganz er selbst sein konnte.

Vielleicht weil er in dieser Nacht ohnehin sterben würde.

Entweder beim Versuch, die Guvara zu töten, oder er entschloss sich dagegen und der Zentus richtete ihn hin. Tot war er in beiden Fällen, da konnte er seine letzten Stunden wenigstens aufrecht erleben.

Die Guvara folgte seinem Beispiel und setzte sich auf. Die Sitzbank war höher als Riaghs Stuhl und so blickte Maritia auf ihn herab. »Wer bist du, dass du so mit mir sprichst?« Sie redete langsam, als wöge sie jedes Wort in Gedanken ab.

»Nur ein Soldat, der seine Pflicht erfüllt. Und viel zu oft erfüllt hat, als dass er noch an Gerechtigkeit glauben könnte.«

»Und was wäre Gerechtigkeit in deinen Augen?«

»Wenn ich die Verfluchten jagen würde – und nicht die Menschen, die vor ihnen fliehen.«

»Dafür gibt es zu viele Verfluchte.«

»Sind Euch zu viele Flüchtende wirklich lieber?«

Noch immer war es so still im Raum, dass Riagh das Feuer hinter sich knistern hören konnte. Er war sich nicht einmal sicher, ob die anderen Anwesenden sich überhaupt einen Atemzug erlaubten.

»Von diesen Eiern wird vielleicht ein Mensch satt. Glaubst du, dies ändert irgendetwas?«

»Für diesen Menschen ändert es alles für einen Tag.« Riagh holte tief Luft. Schwere Worte wurden so leicht, sprach man sie als Toter aus. »Ihr braucht mich nicht, um zu erfahren, wie das Leben außerhalb der Stadtmauern ist, denn das wisst Ihr schon. Ihr wisst, was die Menschen hier darüber erzählen. Schaut Euch einmal in Eurer Stadt um: Glaubt Ihr wirklich, wer lieber langsam im kalten Schlamm dieser Straßen verhungert, anstelle auf seinem eigenen Stück Land zu leben, belügt Euch über den Zustand der Welt?«

Maritia starrte ihn an. Erst dachte Riagh, die Wut in ihrem Blick zu sehen, doch die verhärteten Falten wurden weich, Zorn zerfloss in Neugierde und … Lächelte die Guvara etwa?

»Du bist ein Cartharer«, sagte Maritia ganz und gar cartharisch.

Dieser dumme Akzent! Riagh seufzte. »Meine Mutter war Cartharerin …«

»Nein, das ist es nicht. Blut schenkt uns das Leben, aber es sagt uns nicht, wer wir sind. Ein Imperialer blickt ehrerbietig auf und abschätzig nach unten. Sie verneigen sich vor ihren Göttern, um sie zu beschwichtigen – wo wir unsere verfluchen. Was wollen sie denn schon tun, uns bestrafen? Mit was, das wir aufgrund ihrer Launen nicht ohnehin schon durchlebt haben? Wir wurden erschaffen, um ihnen zu dienen – unsere Existenz ist bereits die größte Strafe, die in ihrer Macht liegt.« Ihr Lächeln wuchs zum spöttischen Grinsen. »Du bist unzufrieden, Trebius, also suchst du Streit. Und weil du ein Cartharer bist, suchst du nach Gegnern statt nach Opfern. Weil du lieber selbst ums Überleben kämpfst, anstatt anderen dabei zuzusehen.«

Riagh öffnete den Mund, aber er wusste nicht mehr, was er sagen wollte. Sie hatte dem Stolz seiner cartharischen Seele geschmeichelt und trotzdem fühlte er sich unsagbar dumm. Was hatte sie gerade mit ihm getan? War das Magie? Wollte Cato sie darum tot sehen?

Sollte sie nicht gerade deshalb am Leben bleiben?

»Ich danke dir für deine Offenheit, Trebius, aber es ist schon spät und ich bin müde. Vielleicht können wir unser anregendes Gespräch an einem anderen Tag fortsetzen? Und dabei kannst du mir endlich auch etwas mehr über die Lage außerhalb der Stadtmauern erzählen.«

»Ja, natürlich.« Verwirrt stand Riagh auf und wandte sich direkt zur Tür. Er brauchte jetzt Regen, um seinen Verstand durchzuspülen.

»Warte.« Maritia streckte das Bein leicht vor, tastete mit dem Fuß in der Luft und sofort kniete sich eine Dienerin herab und schob einen schieferfarbenen Schemel vor die Sitzbank, damit die Guvara mühelos hinabsteigen konnte. »Ich danke dir.« Sie lächelte ihre Dienerin gütig an, doch zupfte dabei an ihrem Halstuch. Augenblicklich nahm es die junge Frau ab und Maritia legte es wie eine Schale auf ihre vorgestreckten Arme. »*Lecate!*«, befahl sie mit einem Fingerzeig dem Tablett und gehorsam stieg es auf, ließ sich von ihr dirigieren, auf dass es alle Eierhälften in das Tuch schüttete. Niemand verzog auch nur die Miene aufgrund ihrer Zauberei, also tat Riagh es auch nicht. Zufrieden legte Maritia die Enden ineinander und ging die wenigen Schritte auf Riagh zu, um ihm das Bündel zu reichen.

»Hier. Vielleicht solltest besser du über diese Eier entscheiden. Ich habe genug Zierrat im Haus.«

Sie war nah. Nah genug. Schwert ziehen, zustechen – Riagh wäre zu schnell, als dass irgendein Wächter ihr Leben schützen könnte.

Zu langsam, um seines zu schützen.

Riaghs Finger kribbelten bis in die Kuppen. War es den Versuch wert?

Wenn sie beide starben, wen opferte dann Nuzar für den Fluch?

Maritia lächelte mildtätig.

»Danke«, murmelte Riagh, nahm das Bündel entgegen und wusste, er war ihr in die Falle gegangen.

Der junge Wächter begleitete Riagh auch auf dem Weg hinaus. Aber das war gleich. Riagh sah nur auf das Bündel in seinen Händen und wusste doch nicht, was er tun sollte.

Sofort aus der Stadt fliehen oder Maritia töten?

Die Eier dem ersten Menschen auf dem Rückweg in die Hand drücken oder selbst essen? Hunger hatte Riagh ja ...

»Ich könnte das ja nicht«, sagte der Wächter neben ihm auf dem Weg zum Empfangsraum.

»Ich weiß ja, andere haben sie nötiger als ich.«

Irritiert blieb der Wächter stehen. »Ich meinte, dem Imperium zu dienen. Ja, wir brauchen sie – aber verdammt, du bist hier in Carthal. Du solltest auf unserer Seite sein.«

Riagh nickte, auch wenn er sich im Moment nicht einmal sicher war, zwischen welchen Seiten die Front verlief.

Um ihn herum woben zu viele Menschen zu viele Pläne. Er mochte klare Ziele, eindeutige Gegner. Er hatte doch immer gewusst, auf welche Seite der Front er gehörte.

Und dann kam der Fluch ...

»Glaubst du, die Guvara ist gut für Carthal?«

Der Wächter lachte. »Ich glaube, dass jeder andere auf diesem Posten schlecht für Carthal wäre.«

Riagh nickte wieder und lachte auch, aus Höflichkeit. Mochte sein, dass er diese Antwort schon gewusst hatte, deshalb hatte er sie noch lange nicht hören müssen.

Als ehemalige Soldatenmagierin konnte sich Maritia viel mehr erlauben, als es für einen Guvarus üblich war. Allein, dass sie als Frau vom Imperium ein Amt zugewiesen bekommen hatte, sagte bereits, wie groß ihr Einfluss war. Sehr wahrscheinlich wäre ihr Nachfolger ein Speichellecker, der für ein bisschen Macht und Wohlstand vorm Imperium buckelte. Der nur dem Blut nach, aber nicht in der Seele Cartharer war.

Aber Riagh konnte auch nicht fliehen. Nicht schon wieder. Niemand hatte so viel Glück und desertierte zweimal lebend, nicht in diesen Zeiten. An den Toren überwachten sie nicht nur wer rein, sondern auch wer rauskam. Er konnte Cato nicht entkommen ... nicht, bevor er nicht noch einmal mit ihm gesprochen hatte. Hatte der Zentus tatsächlich Anryn gefunden?

Der Wächter öffnete die Tür zum Empfangsraum und blieb doch stehen. »Hast du das gehört?«

Riagh lauschte, wie der Wind durchs Gebälk pfiff und wie entfernte Stimmen plauderten. Hier und da knarzte das Holz – in einem Haus aus Stein? Nur die Türen waren hölzern, und die Schränke. »Ratten? Ich glaub, die Geräusche kommen aus diesem Raum. Sind da die Vorräte?« Riagh wies links von sich auf eine nahe Tür.

Langsam schüttelte der Wächter den Kopf. »Das ist ihr Schlafzimmer. Warte hier.« Dann zog er sein Schwert und schlich sich zum Raum.

Riagh wartete. Auf dem kleinen Tischchen vor ihm stand die Schieferfigur einer imperialen Göttin mit Storchenkopf. In den Händen hielt sie Apfel und Hirtenstab. Der Wächter öffnete leise die Tür und lugte in die Dunkelheit. Nur zwei Schritte von Riagh entfernt.

Warum sollte Maritia Wächter mit in ihr Schlafzimmer nehmen? Sie wäre dort ganz allein, auch diese Nacht …

Riagh nahm das Tuch am Knoten in den Mund, um es mit den Zähnen zu halten, griff sich die Göttin und schlug den Wächter nieder – nur mit dem Sockel, schließlich sollte er bloß bewusstlos werden, nicht tot. Kaum sackte der Körper zu Boden, stellte er die Göttin zurück, schleifte den Wächter ins Schlafzimmer, schloss die Tür – und fluchte. Er hätte an eine Lichtquelle denken sollen.

Ein Flämmchen glühte auf.

Riagh ließ sofort das Eierbündel fallen, griff zu seinem Schwert, aber zog es nicht aus der Scheide. Die Flamme tanzte über keiner Kerze und auch in keiner Laterne. Sie entsprang einer Fingerspitze.

»Hallo, Nuzar.« Riaghs Herz polterte so laut in seiner Brust, als wolle es gleich hinausbrechen und Nuzar in die Arme springen. Und so selbstgefällig, wie der Ash'Bahar grinste, konnte er es auch hören.

Ansonsten wirkte er seltsam unauffällig: Die Kleidung war cartharisch schlicht und abgenutzt; Leder und Filz bildeten eine eher widerwillige Zusammenkunft. Sein Haar war kürzer als noch die Tage zuvor, reichte ihm nur noch bis zu den Schultern, doch dafür war es vollkommen schwarz, keine roten Spitzen verrieten die Herkunft. Nur seine Augen waren unbändig, blitzten im Flammenschein blutrot und gefährlich. Hinterhältig.

»Wie hast du's geschafft, deine Augen zu verstecken?«, fragte Riagh wie beiläufig und hob das Bündel mit den

Eiern auf, um es auf ein Tischchen neben eine Vase zu legen; um sich nicht anmerken zu lassen, wie sehr er sich freute.

»Ich bin ein Dear'waaru. Ich habe Talente.«

»Ich bin Riagh. Ich habe keine Geduld.«

Ein wildes Lachen, vielleicht schon zu laut für ein Versteck im dunklen Zimmer. Nuzar grinste noch immer, als er eine Kerze entzündete und auch, als er den Kopf schüttelte oder vielleicht auch nur wiegte. Zu seicht für ein Nein, zu sachte für einen verlorenen Gedanken.

»Also gut, Riagh, als Wertschätzung deiner Ungeduld teile ich mein Geheimnis mit dir, damit es nun und an all den zukünftigen Orten, die wir womöglich einst gemeinsam aufsuchen werden, nie mehr einer Frage bedürfe.« Nuzar schloss die Augen, atmete tief ein. Die Flamme auf seiner Fingerspitze erlosch. Als er die Augen wieder öffnete, waren sie blau, blauer als ein Sommermorgen, wenn das Himmelsfeld für den Sonnenprinzen weit und klar war. Schöne tieffarbene Augen.

Aber unvollständig.

»Verstehe«, sagte Riagh rasch und zwang sich, Nuzar nicht anzublicken. Es war besser so.

»Nein, Riagh, das tust du nicht.« Die Stimme des Nekromanten klang gezwungen. Konzentriert. »Es hat einen Preis, die Flamme in mir zu verbergen.«

»Und welchen?«

»Dunkelheit.«

Erst jetzt fiel Riagh auf, wie unstet Nuzars Augen geworden waren. Seine Pupillen huschten umher, als wüssten sie nicht recht, wo es etwas zu schauen gab. Als wären sie in der Finsternis verloren ...

»Ich verstehe«, sagte er erneut, langsamer, und diesmal war es keine Lüge.

Nuzar lächelte und blinzelte. Und der Himmel in seinen Augen riss auf und die Striemen glommen in sattem Rot. Jetzt war der Nekromant wider vollständig. Und wahrhaft wunderschön.

»Außerdem kann ich keine Magie wirken, so lange ich sie verberge. Aber dies ist weniger bedeutend: Weshalb sollte ich Zauberei in diese Welt entlassen, wenn ich sie doch zu verstecken suche?« Nuzar klang fast schon ein wenig schüchtern. »Ich wusste, wir werden uns wiedersehen, Riagh. Diese Stadt ist zu eng und unsere Ziele zu nah beieinander, um stets nur umeinander herumzuschleichen. Und doch überrascht es mich, dass es in diesem Haus, diesem privaten Raum ist.«

»Weil wir hier eigentlich beide nichts zu suchen haben?«

»Du kannst nur über deine eigenen Motive urteilen.« Nuzars Lippen zogen sich zu diesem altbekannten Lächeln, das seinen Platz zwischen Spott, Selbstsicherheit und aufrichtiger Freundlichkeit noch nicht gefunden hatte.

Wie hatte Riagh das vermisst! Doch schnell besann er sich zurück in den Moment, bevor er noch rührselig wurde. Hier ging es nicht um seine Gefühle, sondern um Nuzar.

Als ob er dies je wieder trennen könnte ...

»Was machst du hier?«, fragte er den Nekromanten, so nüchtern er es eben zustande brachte.

»Im Moment rede ich mit dir, Riagh.«

Nicht schon wieder! Eine Nicht-Antwort, nur Plänkelei. Nuzar konnte niemals ehrlich sein. »Bitte, keine Spiele mehr ...«, flehte Riagh müde. So viel in ihm wollte Nuzar vertrauen. So viel ihn töten. So viel mehr ihn ... Riagh atmete tief durch. Er konnte einfach nicht mehr, war zu zermürbt für Spitzwindigkeiten. »Du willst Maritia entführen, stimmt's?«

»Tatsächlich nein.« Nuzar zog eine Augenbraue hoch. »Ich suche etwas, das ich ... *wir*, die Ash'Bahar, in der Tat vor sehr langer Zeit verloren haben.«

Erleichtert atmete Riagh aus – weshalb eigentlich? Wenn Nuzar Maritia nicht opfern wollte, dann ... »Ich bin noch nicht bereit, mit dir zu gehen.«

»Doch diese gemeinsame Zeit wird kommen?« Erstaunen beherrschte Nuzars Stimme und da war noch etwas, fein und unterdrückt. Angst?

»Ich weiß es nicht.« Riagh setzte sich niedergeschlagen aufs Bett und versank sofort darinnen. Auf so etwas Weichem hatte er noch nie zuvor gesessen. Die Matratze schien mit Federn gefüllt, ein Lammfell lag als Laken darüber und die Decke war aus mehreren Lagen Wolle genäht. Erschrocken kämpfte er sich hoch und brachte einen Schritt zwischen sich und dieses gefräßige Möbelstück.

Nuzar indes wartete geduldig, bis Riagh sich wieder gefangen hatte. »Mir scheint, als wäre die Entführung eher dein Ziel für die heutige Nacht.« Er deutete auf den bewusstlosen Wächter.

»Was? Nein!« Entsetzt schüttelte Riagh den Kopf. »Ich entführe doch niemanden! Ich bin hier, um die Guvara zu töten.«

»Verzeih, wie konnte ich dir eine solch ehrlose Tat wie eine Entführung nur zutrauen! Gewiss würdest du höchstens einen Mord begehen.«

Riagh hätte erbost sein sollen, aber stattdessen lächelte er. Nuzar war immer noch derselbe. Derselbe, der ihn all die Zeit über angelogen hatte. »Dich stört also nicht, dass ich sie töten will?«, fragte er, damit seine Gedanken wieder ihm selbst oder doch zumindest nicht mehr Nuzar gehörten.

»Sie dient dem Imperium mit derselben Freude, die mir ihr Tod bescheren würde.«

»Du hattest also niemals vor, sie für den Fluch zu opfern?«

»Selbstverständlich war dies mein Anliegen, als du mich fortschicktest. Aber ich gab mich auch keinen Illusionen hin: Sie ist eine erfahrene Magierin, kampferprobt. Ich glaube nicht, dass es mir gelänge, sie lebend gegen ihren Willen nach Ash'Bahrim zu bringen. Denn auch ich muss gelegentlich schlafen und neige dabei zur Unachtsamkeit. Sei also unbesorgt, wenn es mein Schicksal sei, hier jemanden zu entführen und in den Tod zu senden, dann nehme ich ihre Tochter.«

»Du lässt das Mädchen in Ruhe!« Riagh packte Nuzar am Kragen. Wann war er auf ihn zugegangen? Er ließ den Nekromanten wieder los und wandte sich ab. »Ich meine, sie hat dir nichts getan.«

»Das haben die wenigsten Menschen, die an diesem Fluch zugrunde gehen.« Kein Wort, kein Tonfall wertete Riaghs kurzen Kontrollverlust. »Und all die Kinder, denen er noch im Mutterleib die Kraft zum Leben stiehlt, erhalten nicht einmal die Wahl, je jemandem etwas zu tun. Der Tod dieses Mädchens mag dir ungerecht erscheinen, aber die wahre Ungerechtigkeit ist der Fluch selbst. Du bist ein gefürchteter Kämpfer, Riagh, dich kann ich nicht lebend nach Ash'Bahrim zwingen, sie schon.«

»Du verdammter …!« Riagh schluckte hart. Er durfte nicht schreien, am Ende hörten sie ihn auf den Fluren. Und es war ja nicht so, als ob ihn Nuzars Worte tatsächlich erstaunten – oder als ob er sich nicht schon längst entschieden hätte. »Ich mach's ja«, flüsterte er so lapidar, als sprächen sie über einen Apfeldiebstahl auf fremdem Hof. Das machte es einfacher. »Nur vorher muss ich Anryn finden.«

»Anryn ist nicht hier.«

Erstaunt drehte sich Riagh um und starrte Nuzar an. »Woher weißt du das?«

»Gleich in meiner ersten Nacht in dieser faulenden Stadt brach ich ein, um die Listen einzusehen, in die sie an den Toren die Namen der Neuankömmlinge eintragen. Keine Anryn aus Garwad findet sich dort.«

»Warum?« Riagh war ehrlich entsetzt. »Warum hast du nach ihr gesucht? Um mich zu erpressen? Damit du drohen kannst, sie zu töten, wenn ich nicht mit dir komme?«

Nuzar schüttelte den Kopf. Enttäuschung stand in seinem Gesicht. »Nun, zum einen bewiest du eben eindrucksvoll, dass es vollkommen unerheblich wäre, mit welcher Frau ich dich erpresse: Du stürbest für jede.«

»Fast jede«, knurrte Riagh.

»Verzeih: fast jede.« Ein *zu* gnädiges Lächeln. »Doch zum anderen, zum Eigentlichen: Weil ich es dir versprach. Erinnerst du dich? Ich helfe dir, sie zu finden, solange du nur an meiner Seite bist.«

»Aber ich bin nicht an deiner Seite.«

»Noch nicht.« Eine Schwere mischte sich in Nuzars Mimik, doch ihr gelang es nicht, das Lächeln zu verdrängen. Weil beides zu diesem Mann gehörte, Tragik und Süffisanz. Das machte ihn so fremd; so lohnenswert, ihn zu ergründen. »Ich bin eben ein hoffnungsloser Romantiker.«

»Der durch Erpressung um meine Gunst kämpft, um mich in den Tod zu führen?«

»Alle bedeutenden Werke enden tragisch.« Nuzar atmete erschöpft ein. Brênningh sog auch ihm das Leben aus. »Dies eint uns Menschen: Das Glück, das uns verwehrt bleibt, erscheint uns so viel gewaltiger als das Glück in unseren Händen. Das Mögliche wird so schnell alltäglich und somit bedeutungslos.«

Riagh lehnte sich gegen die Wand und widersprach nicht. Wenn er ehrlich war, verstand er Nuzars Worte auch nicht recht. Aber er spürte ihre Bedeutung, eine triste Wahrheit, die nur schwer erträglich war.

»Ich wünschte, ich hätte dich in Friedenszeiten kennengelernt«, sprach Riagh die triste Wahrheit aus.

Nuzar überlegte ungewöhnlich lange und lächelte dann.

»Ich nicht. Hättest du eine Wahl gehabt, du hättest mich nicht lang genug an deiner Seite geduldet, um mich kennenzulernen.«

Riagh lachte. Das taten sie beide. Und für einen Moment war das Leben so leicht, als würde es nie enden. Wie es das so gern in Nuzars Nähe tat. Als läge das Glück in ihren Händen und sie müssten es nur noch festhalten ... Aber sie waren beide Einbrecher im Schlafzimmer der Guvara Brênninghs, kurz bevor ein Mord geschah, nichts an ihrer beider Leben war leicht.

Nuzar atmete durch. »Verzeih, Riagh, ich wollte dich nicht erpressen. Aber du fragtest mich nach meinen Plänen und ich wollte auch nicht länger lügen.«

»Gut, keine Lügen mehr. Warum bist du hier?«, wiederholte Riagh noch einmal die Frage, die er bereits gestellt hatte.

Wieder ließ sich Nuzar Zeit mit seiner Antwort, doch er antwortete tatsächlich ohne Ausflüchte: »Als das Imperium vor fünfzig Jahren drohte, in unserem Krieg zu unterliegen, wurde uns ein bedeutendes Relikt gestohlen, um so den Fluch in die Welt zu bringen. Ich brauche es, um ihn wieder einzufangen.«

»Was für ein Relikt?«

»Das Erste Sameea, gefertigt von der ersten Feuergeborenen, die Ash'Ghiam uns sandte. Asha war rein, mehr Flamme als Fleisch, und so rein waren auch ihr Blut und die Macht, die sie uns vererbte.« Seine Unterlippe zitterte, als er kurz innehielt. »Hast du dich nicht gefragt, wie man ein ganzes Volk verfluchen kann und doch nie die Falschen trifft? Sie brauchten nur einen Tropfen von Ashas Blut zu vergiften – gestohlen aus ihrem Sameea, vergossen an der *Wiege*, dem Vulkan, aus dem sie einst in diese Welt entstieg –, und sie vergifteten uns alle … Sie haben uns alles gestohlen, Riagh, unser heiligstes Relikt, den ältesten Tempel, die Wiege unseres Volkes … Sie schändeten die Ash'Tira, die dort diente, verhexten ihren geschundenen Körper, während er sich zwischen Leben und Tod wähnte, und dann opferten sie sie und ihr Blut verfluchte Ashas und damit unser aller. Und was einst ein brodelnder Vulkan war, füllte sich mit Regen und wurde zum orangefarbenen See. Ist es da so unverständlich, dass ich mich stets nach Rache sehne?« Die letzte Frage verkam zu einem heiseren Flüstern.

Riagh schluckte, war für einen kurzen Moment in Nuzars Worten gefangen. Für diese Wut, mit der er stetig lebte, war Nuzar verdammt kontrolliert in dieser zum Teil doch imperialen Stadt. Stammte Riagh aus seinem Volk, die Toten würden sich türmen. – Sofern Nuzar nicht log, denn er war ein Dear'waaru. »Woher weißt du das alles? Ich glaube kaum, dass sie damals Zeugen am Leben gelassen haben.«

»Natürlich überlebte keine Ash'Bahar, um zu berichten.« Nuzar grinste und all seine Gestik und Mimik schien wie von einem anderen Mann, der dennoch genauso Nuzar war. »Aber so verlässlich wie der Drang der Sonne, jeden Morgen aufs Neue dem Tag das Licht zu bringen, ist der Drang des Imperiums zur Schreiberei. Alles findet Einzug in ihre Chroniken: die Geburten sämtlicher Kinder, mögen ihre Mütter noch so unbedeutend sein, die Zahl der Sonnentage eines jeden Jahres, wie viele Gespielinnen in einer Nacht der Imperator auf sein Zimmer lädt – und wie der Fluch gewoben wurde, der zur Geißel der Menschheit heranwuchs. Natürlich war jede einzelne Helferin mit Namen notiert und zu jedem dieser Namen fand sich leicht ein Stammbaum. Der Name von Bedeutung sei hier Nael Adair, denn er war es, der die Ash'Tira opferte. Und er war es auch, dem der Ewige Imperator das Erste Sameea als Trophäe zugestand.«

»Nael Adair ... Maritias ...?«

»Großvater. Sie ist die Tochter seines zweiten Sohnes und Erben.«

»Und all das hast du in dieser kurzen Zeit in Brênningh gelesen?«

»Natürlich nicht.« Nuzars Lächeln wurde spöttisch. »Im Erlenwald hat dich deine – manchmal selbst von mir – unterschätzte Auffassungsgabe nicht getäuscht: Ich bin aus Lalrat, aus der Hauptstadt Axarat selbst nach Carthal geflohen.«

»Um Maritia zu suchen.«

»Und ihr Erbstück.«

Riagh setzte sich auf eine nahe Truhe. Diesem Bett würde er nie wieder zu nahe kommen. »Von Ash'Bahrim nach Lalrat, von dort hierher ... Und auch schon vorher ... Du musst schließlich gewusst haben, bevor du herkommst, wo du suchen musst ...« Riagh stammelte. Beruhigte sich. Schluckte. »Wie lange?« Er blickte zu Nuzar auf. »Wie lange planst du schon, den Fluch zu brechen?«

»Mein ganzes Leben lang.« Auch Nuzar schluckte schwer. »Aber erst vor drei Jahren fand ich ... einen Grund, um diesem Plan auch zu folgen.«

Nuzar folgte keiner bloßen Idee, keiner vagen Hoffnung. Es war gründliche Planung, die ihn nach Carthal getrieben hatte. Ein Plan, der so viele Kleinigkeiten bedachte, so lange gehegt worden war – und fast an einem Baum sein Ende gefunden hätte, weil Nuzar sein Schnarchen *nicht* miteingeplant hatte. Ein Zufall hätte fast alles zunichtegemacht – und ein noch größerer Zufall hatte alles noch schneller vorangetrieben: Riagh, der Regentänzer, dessen Tod den Fluch brechen konnte. Ihn hatte Nuzar unmöglich einplanen können. Er starb, weil er im falschen Baum geschlafen hatte.

»Du hast vorher keinen Grund gehabt, den Fluch zu brechen?« Ungläubig schüttelte Riagh den Kopf.

»Ich hatte einen größeren Grund, es nicht zu tun.«

»Und welcher war das?«

»Rache.«

»Und welchen Grund hast du jetzt?«

»Rache.« Nuzar schloss kurz die Augen und schenkte Riagh ein so schweres Lächeln. »Ich habe seit jeher ein kompliziertes Leben mit komplizierten Männern geteilt; zu kompliziert, um es an diesem Ort vor dir auszubreiten. Also lass uns auf Maritia warten. Ich entlocke ihr das

Versteck des Ersten Sameeas, du tötest sie und dann fliehen wir aus dieser Stadt zu besseren Orten, um Vergangenes und Zukünftiges miteinander zu teilen.« Nuzars Gesicht lag in Schatten, doch seine Augen glommen verführerisch und auch seine Lippen bogen sich einladend.

Für einen Moment lächelte Riagh, und dann nicht mehr. »Ich kann Brênningh noch nicht verlassen. Cato hat gesagt, er hätte Anryn gefunden.«

»Der Zentus?«

Riagh nickte. »Um mehr zu erfahren, muss ich Maritia töten und zu ihm zurückkehren.«

»Er belügt dich. Anryn ist nicht hier.«

»Und wenn du dich irrst?«

»Du wirst von Hoffnung getrieben, Riagh, deshalb willst du ihm glauben und mir misstrauen. Dabei ist er es, der dich in den Tod führt.«

»Streng genommen tut ihr beide das.« Riagh legte nicht einmal eine bittere Schärfe in seine Stimme und dennoch sah Nuzar kurz zu Boden.

»Wie willst du sie töten, ohne dass ihre Wächterinnen dir danach das Leben nehmen?«

»Indem ich es auf den Einbrecher schiebe, der den Wächter niedergeschlagen hat und dann entkommen ist. Ich hab ja versucht, ihn aufzuhalten ... Ich hoffe, du hast die Truhen hier ordentlich durchwühlt, dann glaubt man mir eher.«

Nuzar legte die Stirn in Falten. »Ich werde Zeit brauchen, sie zu befragen. Zu viel Zeit, als dass man dir deine

Lügen glauben könnte. Denn du hättest dieses Haus schon längst verlassen sollen.«

»Dann musst du dich beeilen!« Riagh schnaubte. So gern er noch heute mit Nuzar fliehen würde, er konnte Anryn nicht opfern. Selbst, wenn es nur eine vage Hoffnung war.

»Ich wünschte, dies wäre mir so mühelos möglich, wie du die Worte gesprochen hast. Aber ihr Wille wird stark sein und ich …« Er schüttelte den Kopf.

»Ich dachte, im Vergleich zu den imperialen Zauberern bist du so unglaublich mächtig!«

»Demütige mich nicht mit Zweifeln! Ich bin das wohl mächtigste Wesen, dem du je gegenüberstandest!« Seine Augen flammten auf, glühten wie Rubine in der Finsternis. Doch schnell erloschen sie wieder in der Flut. »Zumindest wäre ich dies, wäre ich vollständig. Du besitzt mein Sameea und raubst mir damit einen Teil meiner Stärke. Aber meine *Schwäche* ist hier eine andere: Ich bin noch nie gegen den Willen einer anderen durch ihren Geist gewandert und dies ist auch nicht mein Begehr. Selbst bei der Qar'thegra ließ ich nur ihren Leib erstarren, anstelle mich durch ihre Gedanken zu wühlen. Also werde ich hier Worte nutzen, und Worte brauchen Zeit, um ihren Zauber zu entfalten.«

»Diese Zeit haben wir aber nicht!« Riagh stand auf. Jede Niedergeschlagenheit war gewichen. »Wenn du doch magisch in ihren Kopf kannst, warum das nicht nutzen?«

»Riagh, schau, so eine Verbindung ist … intim. Sie erlaubt uns, einen Menschen wahrhaftig zu erkennen. Nie sollte sie aufgezwungen werden.«

»Also waren alle Drohungen, meine Gedanken zu les...«

»*Ir'qish.*« Ein verschämtes Lächeln. »Es war jedes einzelne Mal so entzückend, wie zornig du nur bei der Erwähnung wurdest.«

Bisher hatte es Riagh nur einmal erlebt, dass Nuzar in seine Muttersprache verfiel, wenn er doch gleichzeitig auch ein imperiales Wort nutzen konnte. Und da war er betrunken gewesen. Riagh atmete tief ein. Es musste ernst sein, wenn Nuzar die Kontrolle verlor.

Natürlich war es das. Es ging um Anryn.

»Tut mir leid. Du wirst dein Relikt ohne Maritias Hilfe finden müssen.« Riagh griff an sein Filztuch und zog die Kette mit der Phiole hervor, um sie Nuzar zu reichen. »Hier, nimm. Vielleicht hilft es dir ja bei der Suche, wenn du wieder *vollständig* bist.« Die Hand, die die Kettenglieder hielt, zitterte leicht. Es behagte Riagh noch immer nicht, den Schutz vor Nuzars Magie abzulegen.

Oder wollte er nicht das Pfand verlieren, das Nuzar an ihn band?

Nuzar blickte ehrfürchtig auf die Phiole, die wie ein Pendel hin und her schwang. Er wirkte ... ängstlich?

»Nimm schon. Du hattest vergessen, die Kette mitzunehmen, also hab ich das für dich gemacht.«

»Eher vergäße die Sonne den Tag als ich mein Sameea.« Noch immer griff er nicht danach.

»Aber du *hast* es nicht mitgenommen.«

»Ja.« Keine großen Reden, keine einlullenden Wortbilder. War Nuzar je so ehrlich gewesen?

Riaghs Magen wurde schwer.

»Das heißt, du wolltest ...« Weiter kam Riagh nicht. Die Schritte beschlagener Sohlen erklangen auf dem Steinboden im Flur. Nur ein einzelnes Paar: Maritia ging zu Bett.

»Ich will, dass du eine Wahl triffst, Riagh.« Nuzar löschte die Kerze und verschwamm mit den Schatten.

Riagh ging rückwärts, stolperte fast über den bewusstlosen Wächter. Er stützte sich auf der Truhe ab und ließ das Sameea dort liegen. Was immer geschah: Er brauchte beide Hände.

Was sollte schon geschehen? Maritia starb für Anryn, alles andere war bedeutungslos. Nuzar war klug, ihm würde schon ein anderer Weg einfallen, sein Artefakt zu finden. Vermutlich hatte er einfach nur nicht gründlich genug gesucht.

Und wenn Maritia es verkauft hatte, um sich all diese Fenster aus buntem Rohglas zu leisten? Wenn außer ihr niemand den Käufer kannte?

Die Tür ging auf. Riagh zog sein Schwert. Maritia trat ein. Im Schimmer der kleinen Laterne schien ihre Haut so viel älter, trocken und rissig wie zu harsch gegerbtes Leder, und statt einer Perücke fiel graues Haar offen über die Schultern. Kein Schmuck lag mehr um ihren Hals und das ungegürtete Wollkleid stahl ihrer Kontur jede Weiblichkeit. Die Guvara von Brênningh, die Frau, die selbst ein Zentus fürchtete, war ... gewöhnlich. Nur eine Cartharerin.

Und damit im Angesicht des Imperiums etwas ganz und gar Besonderes.

Maritia erkannte Riagh sofort, hob die Hand zum Zauber. Die erste Silbe einer Formel kam über ihre Lippen.

Nuzar ließ ihm eine Wahl. Selbst jetzt, als er keine hatte.

Für Cato war er ein Sklave.

Riagh schlug zu.

Die Vibration drang vom Handgelenk über den Arm bis zur Schulter, als die Klinge auf die Steinwand traf. Maritia verschluckte sich fast an der zweiten Silbe, als sie merkte, dass er verfehlt hatte. Und als sie erkannte, dass er doch getroffen hatte, folgte auf die dritte Silbe ein Schweigen.

Die Klinge war dort, wo sie hingehörte: Sie trennte Maritia von Nuzar. Der Ash'Bahar konnte sie nicht schnappen, sie mit dem Dolch an der Kehle zur Geisel zwingen. Und sie konnte ihn nicht greifen und an der Flucht hindern. Riagh hatte sich entschieden: Heute Nacht starb niemand. Und niemand zwang ihn durch eine lange Befragung zur übereilten Flucht aus der Stadt. Cato würde das nicht gefallen. Aber Riagh würde schon ein Weg einfallen, den Zentus zu beruhigen.

Maritia fand ihre Stimme zurück: »Azbarianer!« Sie schrie den imperialen Namen ihres Feindes, denn mochte sie auch eine cartharische Frau sein: Sie war eine imperiale Soldatin.

Riagh verlor keine Zeit, schlug erneut mit der Klinge zu. Er verfehlte Nuzar absichtlich, auch wenn es nicht nötig gewesen wäre. Der Ash'Bahar wurde schnell, glich wieder Farbschemen, als er sich magisch zur anderen Seite des Raumes rettete. Zwei Vasen gingen dabei zu Bruch, aber zumindest bremste er diesmal rechtzeitig ab und sein Schädel blieb ganz. Hinter sich hörte Riagh eine Zauberformel und Nuzar erstarrte. Entsetzt sah er Riagh an. Ein blutiges Rinnsal floss aus seiner Nase und tropfte in großen Perlen von seiner Unterlippe herab, fiel auf sein Filzhemd und die Hose, mischte sich mit dem Blut an den Felsstacheln, die aus dem Boden ragten. Nuzars Bein war aufgespießt, wurde an gleich mehreren Stellen durch Fleisch und Knochen an Ort und Stelle gehalten. Der Nekromant war gefesselt, durch Schmerz und Stein gleichermaßen. Maritia war wahrhaftig eine Soldatin: Sie spielte nicht. Und Nuzar war ihr in die Falle getappt.

Das waren sie beide.

Riagh hob wieder seine Klinge. Manchmal waren die ersten Pläne die besten. Er drehte sich zu Maritia um. Und Nuzar lachte.

»Wie amüsant. Die Funkensprüherin beherrscht ein paar Kunststückchen.« Nuzars Stimme erklang hinter Riaghs Rücken überheblich wie an seinen schlimmsten Tagen. Doch da war noch etwas, ein schriller Unterton. Wie eine Warnung. Eine Warnung vor was?

Maritia blickte zornig zu Riagh, keine Furcht in den Augen. Sie schien nicht zu begreifen, dass die erhobene Klinge ihr galt. Ihr Wesen war so hochmütig, wie Nuzars Worte klangen. »Worauf wartest du? Töte ihn.«

»Ja, Sklave, willenloser Mijadh, komm her. Sei brav, folge dem Wunsch deiner Herrin und schlag zu.« Nuzar zischelte beinahe, lieblich und vergiftet zugleich.

Riagh zögerte. War dies ein Zeichen, die Guvara nicht zu töten? Dieses Schauspiel trotz der Verletzung fortzuführen?

War Nuzar wirklich so verrückt?

Riagh drehte sich wieder um und schritt zum Ash'Bahar. Er brauchte keine Antwort, die er ohnehin schon kannte.

»Pass auf, dass du nicht daneben schlägst.« Nuzar grinste. Doch sein Blick war ernst wie noch nie, kettete Riaghs Blick an sich und führte ihn wie an einer Leine ganz langsam hinab zu den Steinnadeln. »*Ir'qish ...*«, flüsterte Nuzar, und noch bevor Riagh verstand, wofür er sich nun entschuldigte, gebar das Rot in den fremden Augen neue Glut und es wurde heiß. Entsetzlich heiß.

Direkt unter Riaghs Füßen gebar der Boden mannshohe Flammen. Panisch sprang Riagh zur Seite, noch immer die Klinge erhoben. Nuzar lachte – machte auf sich aufmerksam? Riagh schlug zu, zertrümmerte die Felsnadeln in einem schwungvollen Bogen und fluchte dabei, als habe er aufgrund der Panik tatsächlich verfehlt. Erst dann wagte er den Blick an sich hinab: Er stand nicht in Flammen, war nur schwarz vor Ruß.

Hinter Riaghs Rücken zischte es. Maritia! Riagh drehte sich um und konnte gerade noch sehen, wie die Feuerwand vor der Guvara verdampfte. Es war, als wäre die Zimmerdecke zur Wolke geworden und ein dichter Vorhang aus hartem Regen schützte sie einem Schild gleich.

»Er entkommt!«, fuhr sie Riagh an – und tatsächlich, Nuzar war fort!

Hastig blickte sich Riagh im Raum um, zählte die Schatten, alle drei, und sagte nichts. Auch nicht, als der dritte Schatten durch die offene Tür aus dem Raum entschwand.

»Ich hab ihn verloren«, sagte Riagh, so demütig er nur konnte.

Die Guvara schnaubte und trat hinaus, rief die Wachen zu sich. Riagh nahm sein Bündel mit den Eiern und folgte ihr. Bevor er ging, sah er noch ein letztes Mal zur Truhe. Das Sameea war fort.

»Wer in zwei Welten lebt, lebt in keiner.«

– Imperiales Sprichwort

»Wer viele Wurzeln hat, ist ein Baum. Wer nur eine hat,
ist Gemüse.«

– Cartharisches Sprichwort

Kapitel 13

»Wir stehen mitten in einer Stadt voller Barbaren und du schaffst es dennoch, der dümmste von ihnen zu sein!« Cato schrie, fast schon cartharisch feucht. Speichelfäden zogen sich wie Geifer zwischen seinen Zähnen. »Warum hast du den Azbarianer nicht einfach machen lassen?«

»Weil er mich zuerst angriff.« Riagh nuschelte wie ein Soldat, der tatsächlich einen Fehler begangen hatte. Und vielleicht hatte er das auch, vielleicht hätte er doch Nuzar helfen sollen und dann fliehen.

Und Anryn zurücklassen?

»Dann hättest du dich tot stellen, es wie ein Mann ertragen sollen!«

»Ich war eine lebende Fackel.«

Cato schnaubte. »Ich habe gesehen, wie die Azbarianer Menschen zu lebenden Fackeln machen, zu hunderten habe ich das. Glaub mir, Darvicus, mit dir hat er nur gespielt, sonst wärst du nur noch ein Klumpen gebratenes Fleisch.«

Riagh schluckte, erinnerte sich zurück an den imperialen Magier, den Nuzar in seinem Zorn nicht hatte sterben lassen wollen. Der Zentus hatte recht: Nuzar hatte nur Funken gesprüht, um sich unentdeckt in Schatten zu hüllen.

»Vielleicht wollte er mich auch nur ablenken, aber ich habe es missverstanden und ihn verjagt …« Riagh sprach leise, reuig. Das war der beste Weg, Cato gütlich zu stimmen.

»Wenn du ihn wenigstens getötet hättest … Und warum hast du *sie* nicht getötet und es danach auf ihn geschoben?«

»Sie hat so schnell die Wachen gerufen, da blieb keine Zeit.« Riagh blickte demütig auf. »Beim nächsten Mal werde ich nicht versagen.«

»Das wirst du ganz sicher nicht.« Das bösartige Grinsen kehrte auf Catos Gesicht zurück. »Ich werde dich morgen zur Guvara schicken, du sollst in ihrem Haus nach Hinweisen zum Azbarianer suchen. Und wenn du es wieder verlässt und sie atmet noch, dann sterbt ihr beide: du und deine Schwester.«

»Was?« Riagh stotterte. Diesmal war es nicht gespielt. »Ihr habt Anryn tatsächlich gefunden? Wo ist sie?«

»Hat dich meine Nachricht nicht erreicht? Sie stand tatsächlich auf einer der Listen, lebt jetzt hier in einer der Hütten. Ein Soldat passt auf, dass ihr nichts passiert – oder dass du auf keine dummen Gedanken kommst.«

»Werde ich nicht. Wo finde ich sie?«

»Nicht so schnell.« Cato zischte die Silben wie eine Warnung vor dem Blitz auf offenem Feld. »Erst tötest du Maritia, dann kannst du zu ihr. Du bist schon einmal vor deiner Pflicht geflohen, Deserteur. *Ich* lasse dich nicht so leicht entkommen.«

»Das würde ich doch ohnehin nicht schaffen, nicht aus dieser Stadt, in der alle Tore bewacht werden. Ich will sie doch nur sehen!« Riagh flehte, und es war ihm gleich, was Cato von ihm hielt.

»Du siehst sie, wenn die Guvara tot ist, und das ist mein letztes Wort.« Die Zornesfalte kehrte wie eine Schlange auf Catos Stirn zurück.

Riagh atmete durch. Seine rechte Hand kribbelte, wollte das Schwert ziehen, Cato in seinem eigenen Blut ertränken und dann … und dann was? Wie sollte er Anryn finden, wenn der Zentus tot war?

Wenn er sie denn gefunden hatte. War Nuzar tatsächlich so fahrlässig, hatte die Liste übersehen, die Cato so schnell in die Hände gefallen war? Nuzar – der Mann, der in Axarat uralte Berichte studiert hatte, um das Geheimnis des Fluchs zu ergründen. Hatte er tatsächlich bei seiner Suche nach Anryn zu früh aufgegeben?

Nein, er hatte Riagh angelogen, schon wieder.

Oder log Cato?

»Bitte, bevor ich gehe, erlaubt mir noch eine Frage. Ich muss einfach wissen, ob sie es wirklich ist.« Riagh sprach vorsichtig, unterwürfig; wie es Imperiale von ihren Untergebenen gewohnt waren. Denn es ging hier um etwas so viel Gewaltigeres als Riaghs Stolz: Es ging um Anryn. Und um Nuzar.

Ganz langsam nickte Cato, seine Miene blieb gnadenlos.

»Wie sah Anryn aus?« Eine einfache Frage für jeden, der sie nur kurz erblickt hatte.

»Wie eine Cartharerin.« Cato schien mehr zu drohen, statt zu antworten.

Riagh blieb beherrscht, sah sogar kurz zu Boden, wie man es von einem guten Diener erwarten würde. Denn verlor er die Ruhe, verlor er Anryn. »War sie jünger als ich und kleiner? Etwa ... so?« Er blickte wieder auf und hob die flache Hand bis zur Wange.

Cato starrte auf die Hand, seine Stirn lag in Falten. Riagh schluckte. Der Zentus witterte die Falle, in die ihn Riagh führen wollte. Riagh war eben kein Dear'waaru, das war Nuzars Spiel. Aber zumindest hatte Riagh die Regeln gelernt.

Sehr langsam nickte Cato. Vielleicht weil ihn Riaghs Unterwürfigkeit in Sicherheit wog, sehr wahrscheinlicher, weil auch er die Regeln kannte und wusste, dass er seine Macht über Riagh verlöre, entzog er sich diesem Spiel.

»Blondes Haar und Sommersprossen?« Vorsichtig wagte sich Riagh näher an sein Opfer heran.

»Ja.« Catos Antwort war tonlos. »Noch etwas?«

»Nur noch eine Frage, bitte.« Riagh versuchte sich an einem scheuen, so falschen Lächeln. »Waren ihre Augen bl...« Er schluckte hart. »Ich meine, waren sie braun?«

Cato überlegte lange, zu lange. Riaghs Herz schien längst seiner Brust entrannt und er war ein Narr, ihm nicht gefolgt zu sein. Hatte Riagh wahrhaftig gedacht, er könne einen Mann wie Cato Ligarius in die Falle treiben? Nuzars Größenwahn musste ansteckend sein.

»Nein«, sprach der Zentus bedächtig, um dann energischer fortzufahren. »Ihre Augen zeigten ein fahles Blau. Ich sagte doch, sie sah aus wie eine Cartharerin. Und mehr kann ich dir nicht erzählen, ich habe nicht mit ihr gesprochen. Also raus hier.«

»Danke.« Riagh lächelte. »Ich stehe tief in Eurer Schuld für Eure Mühen.« Dann schritt er hinaus, am Zentus vorbei und zum Hof der Garnison. Der Herbstregen streichelte über seine Haut und ließ das Lächeln gefrieren. Denn jetzt wusste er alles, was er wissen musste.

Er hatte Cato besiegt. Und dabei jede Hoffnung verloren.

Braun. Anryns Augen waren braun gewesen, dunkel wie feuchter Lehm. Wie Sivoks Augen. So ungewöhnlich in Carthal …

Schon wieder hatte Riagh die falsche Wahl getroffen.

Die nächtliche Patrouille war eine schlechte Ablenkung. Die anderen Soldaten, die Menschen – ob verflucht oder lebendig –, ja ganz Brênningh war Riagh gleich. Es interessierte ihn nicht, wer um ihn herum im Schlamm litt, er wollte nicht mehr sehen, welches Elend hier herrschte, konnte die aufgequollenen Gesichter der Verfluchten nicht mehr ertragen, die die Nathaira anspülte. Einmal wurde Riagh beinahe gebissen, Fabius erschlug den einst kräftigen Mann – vielleicht ein Soldat? – mit rettendem Hieb, bevor er seine Zähne in Riaghs Wade senkte. Doch keine Angst flutete ihn, nicht einmal um den Fluch scherte er sich noch.

Nur noch eines zählte: Er musste so schnell wie möglich Nuzar finden und dann raus aus dieser Stadt!

Hier gab es nichts mehr für ihn. Vor allem nicht Anryn.

»Danke«, murmelte Riagh in Fabius' Richtung und wischte seine Klinge am noch feuchten Hemd des frisch Erschlagenen ab.

»Was ist los mit dir, Trebius?« Es war ungewöhnlich, Fabius' Stimme so laut und streng neben sich zu hören. Bis eben schien dieser Mann nur aus einem einzigen Lächeln zur falschen Zeit zu bestehen.

»Alles in Ordnung«, sagte Riagh und atmete durch. »Ich glaube, ich werde krank«, schob er schnell hinterher, um dieses unsägliche Gespräch zu ersticken, bevor es noch zur Diskussion wuchs.

Zu spät.

»Das glaube ich dir nicht.« Unwirsch schüttelte Fabius den Kopf. »Ist es wegen gestern? Weil ich nicht *so ein Freund* für dich sein will?«

»Was für ein Fr… Nein, keine Sorge, du kannst Freundschaften jedweder Art mit wem immer du willst schließen, es macht mir nichts aus.«

»Wenn dir das so wichtig ist, kann ich dir gern verraten, wo du *solche Freunde* findest – egal ob nun auf Brengellus oder in Brengus.«

»Glaub mir, *solche Freunde* finde ich schon ganz von alleine!« Schließlich diente Riagh nun schon fast sechs Jahre in der Legion und hatte bereits im ersten Jahr begriffen, wie er andere erkannte und sich zu erkennen gab. »Es liegt nicht an dir«, sagte Riagh schließlich versöhnlicher. »Mir geht nur dieser Azbarianer nicht aus dem

Kopf. Als er zauberte, da war … nichts. Keine Geste, keine Formel, es war so natürlich, als würde er atmen. Das ist beängstigend.« Riagh log nicht einmal, als er die Wahrheit verbarg. Er hatte eine ganze Menge von Nuzar gelernt.

»Ja, das ist es.« Endlich kehrte das sorglose Lächeln auf Fabius' Gesicht zurück. »Deshalb ist dieser Krieg doch so gerecht: Stell dir vor, niemand würde es wagen, den Azbarianern entgegenzutreten. Mit dieser Macht könnten sie die ganze Welt bezwingen und versklaven. Wir sind die letzten Streiter der menschlichen Freiheit. Wir dürfen nicht verlieren.«

Weltherrschaft … Der Gedanke gefiel Riagh nicht und doch konnte er ihn nicht von sich weisen: Nuzar war entschlossen und übermütig genug, sich gottgleich über alle Menschen zu erheben. Aber würde er dies auch tun? Würden das die Ash'Bahar?

Wer hatte den Krieg eigentlich begonnen?

»Schnell, sie sind im Kern!«

Riagh schrak auf, brauchte einen Moment, um den Schreihals zu finden. Ein cartharischer Wächter deutete vage in Richtung einiger Hütten und brüllte die Soldaten erneut an: »Verfluchte, zu viele! Wir schaffen es nicht!«

»Wo?«

»Das große Langhaus mit den drei Hufeisen an der Tür. Nahe den Webern. Das Holz ist zu feucht zum Anzünden.«

»Warum anzün…« Riagh sprach die Frage nicht aus, denn er kannte die Antwort: Um die Verfluchten zu verbrennen, bevor sie durch die ganze Stadt marodierten.

Weil drinnen doch ohnehin niemand mehr lebte. Stattdessen stellte er die viel wichtigere Frage: »Wie kommt ein Verfluchter in eine Hütte?«

»Indem wir zu Lebzeiten zu gnädig waren ...«, murrte Fabius, lief voran und Riagh folgte ihm, obwohl er doch wusste, wohin sie rannten.

Drei Hufeisen, nahe der Weber; zwei fiebernde Jungen, ein Biss ... *Sonaia, erbarme deinen Vater* ...

Der Sturmfürst erbarmte sich nicht. Im Zorn trieb er den Regen über Brênningh, ließ ihn gegen Häuserpfähle klatschen, als müsse er sie löschen. Es herrschte Tarhain, die Himmelsflut auf festem Grund, nach der niemand mehr zwischen Land und Wasser zu trennen vermochte. Immer wieder rutschte Riagh auf dem Schlamm. Es half auch nichts, dass Brênningh zum Teil auf steinernem Grund errichtet worden war, die Flüsse trugen immer neuen Boden in die Stadt. Riagh versank mit den Stiefeln bis zum Schaft oder darüber hinaus. Es war, als watete er barfuß durch den kalten Matsch. Doch er kam voran, wo Fabius und die anderen Soldaten versagten. Sie waren keine Cartharer, sie wussten nicht, wie man gegen den Zorn der Götter focht. Und diese Verfluchten waren nicht ihre Schuld. Sie waren Riaghs Versagen.

Er sah die Verfluchten, noch bevor er das Langhaus erreichte. Sie trugen die Rüstungen der cartharischen Wache. Den ersten köpfte er noch im Lauf. Erst die nächsten drei hielten ihn auf, für eine Weile. Sie stanken nicht. Im grellen Blitzlicht erschienen ihre Gesichter lebendig und frisch, von Blut und Schlamm benetzt. Nur einem war die Nase abgebissen; keine tödliche Wunde. In anderen Zeiten. Sie mussten im Kampf gefallen und im Schlamm ertrunken sein, während die Verfluchten auf ihre Körper gepresst nach ungeschütztem Fleisch gesucht hatten, waren erstickt und durch den Fluch neu belebt. Sie sahen aus wie die Menschen, die sie vor dreiunddreißig Herzschlägen noch gewesen waren. Nichts an ihnen war widerlich. Riagh kämpfte gegen ihre Klauen und die Schwere im eigenen Magen. Ihre Menschlichkeit war zu grauenhaft zu ertragen.

Sie waren schnell, aber unkoordiniert und vorhersehbar. Die Rüstungen ließen unnütze Treffer abprallen, also versuchte es Riagh gar nicht erst. Er kämpfte sich auf einen halb versunkenen Karren, köpfte den Ersten aus überlegener Position, den Zweiten im Sprung. Er landete tief im Matsch, die Kälte kroch unters Kettenhemd und sog sich in den Filz, hielt Riagh tief in sich gefangen. Der letzte Verfluchte stürzte sich auf ihn herab, zielte mit Mund und Händen auf die Kehle, wie sie es immer taten. So tödlich. So erwartbar. Riagh hatte die Klinge schon in Position, drehte sie nur dies kleine Stück und hielt sie mit beiden Händen, um dem Aufprall zu widerstehen. Er widerstand. Der Verfluchte spießte sich selbst auf, vom Rachen bis in den Torso. Riagh spaltete den halben Leib, als er seine Klinge aus ihm zog. Er kämpfte sich aus dem Schlamm frei und lief weiter, zu den drei Hufeisen und den Schreien. Auch wenn es längst zu spät war.

Zwei weitere Wächter in seinem Weg, noch drehten sie ihm die Rücken zu, waren selbst im Kampf. Riagh hob die Klinge und senkte sie wieder. Die Wächter hielten selbst Waffen in den Händen, waren tatsächlich noch lebendig und doch kaum unterscheidbar von den Toten.

»Hilfe kommt!«, rief er ihnen zu, um ihnen Hoffnung zu schenken, und eilte auch schon an ihnen vorbei. Er musste ins Langhaus. Er musste sehen, wie viel Blut er diese Stadt gekostet hatte.

Der Weg vorm Langhaus war frei. An den Wänden und Türen der zu dicht gebauten Hütten kratzten Verfluchte mit ihren Nägeln übers Holz, während die Lebenden drinnen ängstlich bangten. Riagh schritt zur Tat und erlöste sie. Drei Greise, ein kräftiger Mann mit nur einem Arm, zwei junge Frauen. Keine Wächter, keine Soldaten. Niemand, der diesen Kampf bewusst gewählt hatte. Riagh tötete sie alle zum zweiten Mal. Ihm war so kalt, er konnte nicht einmal mehr den Regen auf dem Gesicht spüren.

Als er den festgestampften Lehm des Langhauses betrat, zitterten seine Beine und die Knie schienen so weich, dass er fast stürzte. Die Kochstelle hatte tatsächlich noch ihr Feuer nicht verloren und das warme Licht ließ das frische Blut gülden schimmern. Es klebte an den Betten und auf dem Tisch, war in die Wandpfähle und den Lehm gesogen. Dazwischen lagen herausgebissenen Fleischfetzen wie Spielzeuge im Raum verteilt. Es stank noch immer nach Viehstall, nach Urin und trocknendem Blut, doch vor allem nach zu vielen Menschen, auch wenn nur noch drei im Raum waren. Zwei Verfluchte schabten über die schweren Türen des Schrankes. Aus ihren Fingerkuppen ragten blutige Knochenspitzen, die sie tief ins Holz trieben, um sich daran hochzuziehen. Doch ihre Finger konnten ihr Gewicht nicht halten, also plumpsten sie zu Boden und begannen von Neuem. Das eine war eine Frau, sie hatte das gebärfähige Alter schon hinter sich gelassen und ihre Haare waren grau und blutverklebt wie das Wollkleid, das sie trug. Und der andere Verfluchte war der Junge mit den grauen Augen. Riaghs Gnadenakt. Riaghs Fehler.

»Hilfe …«, jammerte der dritte Mensch im Raum. Hoch oben auf dem Schrank kauerte ein weiterer Junge; die gleichen grauen Augen – der Bruder. Er hatte es unmöglich alleine hinauf geschafft. Jemand, der gewusst hatte, dass er selbst nicht mehr fliehen konnte, musste ihn gerettet haben. Und nun war es an Riagh, dieses Opfer zu ehren.

Die alte Frau zu töten war leicht. Auch wenn sich beide Verfluchte sogleich auf ihn stürzten, sobald er den Raum betrat, zielte er bewusst nur auf ihren Hals und brachte ihr ein rasches Ende. Denn er hatte schon so viele wie sie getötet, aber noch nie ein Kind. Nicht einmal in Garlitha, als sie Dörfer so plötzlich angriffen, dass sie in den Hütten noch Frauen fanden, die ihre Säuglinge stillten. Er hatte sie immer fliehen lassen, denn es hatte genug andere Gegner gegeben, die einen würdigen Kampf versprachen.

Doch dieser Kampf war nicht ehrenvoll, und er hatte bereits vor zwei Tagen begonnen. Riagh blickte hinab in diese grauen Augen. Der Mund des Jungen war rot verschmiert, als hätte er zu viele Erdbeeren genascht. Er versuchte nach Riagh zu schnappen, mit den Fingerstümpfen nach ihm zu kratzen, doch Riagh hielt ihn am Haarschopf auf Abstand.

Es war so leicht. Denn er war noch ein Kind.

»Myrddin …«, flüsterte der Junge vom Schrank hinab und weinte, denn er verstand, was nun geschehen würde.

»Vergib mir, Myrddin«, flüsterte auch Riagh, denn auch er verstand, was unausweichlich war. Auch wenn er es einfach nicht verstehen wollte. Trotzdem hob er sein Schwert zum Schlag. Es schien aus Granit geschmiedet, so schwer war die Klinge. So leicht glitt sie durch Haut und Knochen.

Riagh suchte nach den rechten Worten, die er dem Leichnam zum Abschied schenken konnte, aber er kannte sie nicht. Wenn es sie denn überhaupt gab. Myrddin war noch zu jung gewesen, um in der letzten Schlacht zu kämpfen, also schwieg Riagh.

Stattdessen legte er den Kopf des Jungen behutsam auf die kleine Brust, hob den Bruder vom Schrank und trug den Leichnam hinaus. Der Tarhain hatte geendet und ein junger Wind mischte sich zum Schluchzen aus den Häusern. Ansonsten herrschte Stille. Selbst der Sturmfürst kannte keine Worte mehr.

Riaghs Wache endete noch vor dem ersten Hahnenschrei und dennoch blieb er, bis der Sonnenprinz erwachte und darüber hinaus. Als hätte er in seinem Bett Ruhe finden können, ganz allein, nur seinen Gedanken ausgeliefert! Er half mit, die Leichname auf die Karren zu hieven, damit sie zu den Flüssen gefahren wurden, doch begleitete sie nicht auf ihrem Weg. Die Cartharer hätten nicht in Ruhe trauern können, wenn ein Imperialer wie ein Spion ihren letzten Worten lauschte.

Stattdessen wusch sich Riagh an einem Regenfass oberflächlich das Blut aus Gesicht und Bart und fischte mit tauben Fingern die gröbsten Fleischstücke aus dem Kettengeflecht. Denn Maritia würde ihn vielleicht verdreckt ins Haus lassen, aber ihm so ganz gewiss nicht zuhören. Dabei musste sie es! Denn er musste sie vor Cato warnen.

So seltsam ihm diese Worte auch klangen: Das Imperium war hier nicht der Feind. Und deshalb musste Maritia leben, weil nur sie auch begriffen hatte, was Riagh nun begriff.

Riagh starrte in die schwache Spiegelung seines Gesichts im Regenwasser und erblickte einen fremden Mann in einer fremden Welt. Einst, in der Zeit vor der Narbe, vor der Legion, da war Garwad seine Heimat gewesen, das Sumpfland der Fünf Regen bedeutete das Ende des Horizonts und Carthal die ganze Welt. Und er hatte sehr lange daran festgehalten, selbst weit über die cartharischen Grenzen hinaus. Nie hatte es etwas Größeres als Carthal geben können, außerhalb lag bloß die Fremde. Garlitha, Ash'Bahrim, das ganze Imperium – was scherte es Riagh? Er war Cartharer, er kannte nur Carthal und wollte nichts anderes kennen.

Doch der Fluch hatte alles geändert, denn er unterschied nicht zwischen den Völkern. Wie ein Tuch hatte er sich um die gesamte Welt gelegt und drohte alles Leben unter sich zu ersticken. Und was taten sie, die vielen Völker? Sie kämpften – gegeneinander; wetzten die Schwerter und schürten das Feuer. Spannen Intrigen, wo sich Klinge und Flamme nicht zeigen durften. Immer darauf bedacht, den Feind in einander zu entdecken, und doch verdammt, dabei blind zu bleiben.

Denn die Wahrheit wollten sie nicht sehen. Wo es einst eine Welt voller Feinde gegeben hatte, gab es jetzt nur noch einen: den Fluch.

Eine Welt, die nur bestehen konnte, wenn man Kinder vorsorglich abschlachtete, damit sie sich nicht beim ersten Fieber in Bestien verwandelten, hatte es nicht verdient, dass man um sie kämpfte. Doch nichts anderes bedeutete es, ein Soldat in diesem Krieg mit seinen dreiunddreißig Fronten zu sein. Ob als Teil des Imperiums oder unabhängig, der Fluch holte jeden ein, gleich, wer sich nun Herrscher nannte – gleich, wie ewig diese Herrschaft auch genannt wurde. In diesem Krieg gab es nur eine Front von Bedeutung, und Riagh würde nicht mehr lebend von ihr zurückkehren. Doch er opferte sich nicht für Carthal, erst recht nicht für Ash'Bahrim, sondern für alle, auch für die Imperialen und die Garlither und all die anderen Völker. Doch vor allem für Myrddin. Denn es durfte nie wieder ein Fehler sein, ein Kind zu verschonen. Riagh war so müde … und jetzt war es genug.

Er schöpfte mit beiden Händen vom Wasser und zerstörte sein Spiegelbild. Die Kälte wusch ihm die Furcht aus dem Gesicht. Nun war er bereit, Maritia entgegenzutreten, sich ihr zu offenbaren; auf ihre Vernunft zu vertrauen. Denn wo Cato Carthal und das Imperium an verschiedenen Fronten wähnte, vereinte Maritia die Völker und kämpfte geschlossen gegen Elend und Fluch. Und für den eigenen Wohlstand ... Wenn es ums Überleben ging, durfte man eben nicht wählerisch bei seinen Verbündeten sein.

Und dann konnte Riagh endlich aus Brênningh fliehen, zurück zu dem Dorf, das ihn und Nuzar vereint und getrennt hatte. Zurück zum einzigen Ort in Carthal, an dem sie beide sicher waren. Riagh wusste nicht, ob auch Nuzar diesen Gedanken teilen würde, aber er hoffte es. Denn dann konnten sie dort gemeinsam ihre letzte Reise fortführen, die sie beide für sich gewählt hatten.

Riagh hatte kaum die ersten Schritte Richtung Maritias Haus getan, da entdeckte ihn schon die morgendliche Patrouille. Einer der Soldaten war einem Gespräch zugetan, das er Riagh auch sogleich aufdrängte. Haare und Augen waren dunkel wie Kastanien, wie es üblich bei Imperialen war und auch sein Akzent war nichts Besonderes.

»Es heißt, es soll dreiunddreißig Tote geben«, sagte er anstelle einer Begrüßung.

Riagh nickte. In der Tat waren es zu viele gewesen, dass er sie auf einen Blick zählen konnte.

»Ich hoffe, sie lernen daraus, dass es ihr eigener Schaden ist, die Gebissenen zu verstecken.«

Wieder nickte Riagh, denn er hatte gelernt.

»Wobei sie beim Kerker meinten, das war alles nur eine Ablenkung. Hast du was gesehen? Wurden die Verfluchten gelenkt?«

Jetzt nickte Riagh nicht mehr. »Was meinst du?«

»Na, ob du vielleicht einen zweiten Azbarianer gesehen hast? Vielleicht haben sie zusammengearbeitet. Irgendwie kann ich nicht glauben, dass sich tatsächlich ein Einzelner nach Brengus schleicht. Ihm muss doch klar gewesen sein, dass wir ihn schnell finden werden.«

»Finden?« Die Kälte kehrte zurück und mit ihr die Schwere im Magen. Riagh war, als müsse er sich übergeben, aber er war zu steif, um sich zu rühren. »Wir haben einen Azbarianer gefangen? Wann? Wo?«

»Na, gestern Nacht! Als die Verfluchten tobten, wollte er bei der Guvara einbrechen. Schon wieder. Ich sag doch, das passt zu gut zusammen. Hat vier von unseren umgebracht, als sie ihn geschnappt haben, und wäre nicht Artiras auf unserer Seite gewesen, er hätte vermutlich die ganze Stadt in Brand gesteckt.«

»Wo ... wo ist er?« Riagh stammelte nur noch.

»Im Kerker, also in unserem auf Brengellus natürlich. Den Cartalianern kann man selbst dann nicht trauen, wenn es um Azbarianer geht. Mach dir nichts draus, wenn du nichts gesehen hast. Die kriegen dort schon aus ihm heraus, ob er hier Freunde ha...«

Riagh merkte erst, dass er rannte, als die Stimme des Soldaten nur noch als Echo in seinem Rücken verklang.

Die Lunge brannte in seiner Brust und er wusste nicht, ob von Hitze oder Kälte. Es war ohnehin unerheblich, denn er würde nicht langsamer werden, bevor er nicht vorm Kerker stand.

Er musste Nuzar retten.

»Ich muss …« Riagh schnappte nach Luft. »Der Azbarianer. Da muss ich hin.«

»Sagt wer?« Der Soldat war jünger als Riagh, dunkelblondes Haar, graue Augen, ausbleichende Sommersprossen: eindeutig cartharisch. Die Wundränder seines Brandzeichens glühten noch immer rötlich. Er war frisch beigetreten und genoss es sogleich, seine neugewonnene Macht auszuleben.

»Zentus Ligarius. Ich untersuche für ihn die Einbrüche bei der Guvara.«

»Davon weiß ich nichts.«

»Reicht ja auch, wenn *ich* es weiß.« Riagh zischte die letzten Worte, autoritär und wütend. Er hoffte, dadurch weniger verzweifelt zu klingen.

»Wenn du dich um die Guvara kümmern sollst, warum warst du dann nicht bei denen, die ihn gefangen haben?«

Riagh streckte den Rücken durch, um größer zu wirken. »Weil ich bei denen war, die durch das *Ablenkungsmanöver* abgelenkt wurden.«

»Ich wusste doch, dass es zwei waren! Da kann er noch so arrogant daherreden, dass er ganz allein ausreicht, um die gesamte Stadt in ein Leuchtfeuer zu verwandeln!« Der Soldat gluckste fröhlich. »Ich bin mir sicher, die haben auch schon aus ihm herausgequetscht, wo der andere ist. Oder sollte ich besser sagen: *herausgebrannt*?« Er grinste schief und Riagh wurde schlecht.

»Du hast ihn reden hören?«

»Gehört? Ich hab mitgeholfen, ihn festzuketten!« Der Soldat hob stolz das Kinn. »Ich sag dir, wir haben den azbarischsten Azbarianer gefangen, den man sich vorstellen kann: rote Augen, schwarze Haare, tiefdunkle Haut. Und auf der Brust, da hat er sowas ... Azbarisches.«

»Shariem.«

»Was?«

»Sie nennen es Shariem und angeblich ist es der Sitz ihrer Magie. Ich sag doch, der Zentus schickt mich, weil ich mich mit ihnen auskenne. Und jetzt lass mich rein oder ich sorge dafür, dass du beim nächsten Mal die Tür zum Hurenhaus bewachst, während der Rest von uns drin ist. Ganz tief *drin*.« Riagh zwang sich zum Grinsen, auch wenn er glaubte, bereits vom Geschmack seines eigenen Speichels würgen zu müssen. Er fror und fühlte doch, wie sein Schweiß in Strömen den Rücken hinabfloss.

Sie folterten Nuzar. Riagh würde jeden einzelnen von ihnen töten.

Zögerlich trat der Soldat zur Seite. »Tut mir leid, dich aufgehalten zu haben. Seit bekannt ist, dass er hier ist, will jeder rein und ihn sich ansehen – oder am besten gleich bei der Befragung mithelfen.«

Riagh blickte abschätzig auf den Soldaten herab. »Wenn ich hier fertig bin, ist nichts mehr übrig, was befragt werden kann.« Mit zittrigen Fingern öffnete er die Tür und trat in den Kerker.

Er musste Nuzar retten.

Und sich danach überlegen, wie sie hier auch wieder lebend herauskamen.

Der Kerker auf Fonighe war nur ein Steingebäude unter vielen auf der Insel und doch mit keinem anderen vergleichbar. Die Wände im Inneren waren feucht, als hätte das Dach tausend Löcher. Es stank nach Kot, Urin, Schweiß, Blut, verbrannten Haaren und verschimmeltem Leder, nach zu viel Mensch und zu wenig Würde. Niemand blieb hier für lange Zeit gefangen. Wer von der Legion festgesetzt wurde, war Rebell, Spion oder Deserteur, und sein Leben kannte nur noch Folter und Hinrichtung. Soldaten, die Verfehlungen begingen, erwartete keine Zelle, sondern die Peitsche. Man wollte sie nicht auch noch belohnen, indem sie ein paar Tage Ruhe bekamen. Als ob auch nur ein Mensch im Kerker Ruhe fand! Hier seufzte jemand, von dort erklang ein Wimmern. Riagh hörte ein geflüstertes Gebet und ein fernes Schluchzen. Und Schreie, so schrill, als würde jemandem lebendig die Haut abgezogen.

Nicht jemandem: Nuzar.

Riagh eilte in den langen Flur, vorbei an den vielen Zellen links und rechts, ohne einen Blick zu riskieren. Wozu auch? Nuzar würde die Folterbank nicht lebend verlassen und Riagh wollte nicht das Elend der anderen sehen, die er doch nicht retten konnte. Nicht, wenn es bedeutete, Nuzar noch länger leiden zu lassen.

»Wo willst du hin?« Der Soldat schob sich so schnell in Riaghs Weg, er hätte ihn fast umgerannt. Ein großer Kerl, braune Haut und schieferfarbene Haare. Seine Augen hingegen waren ganz hell, fast wie Honig. Gewiss stammte er aus T'chbqa oder einer der anderen Südprovinzen. Aus einer zerstörten Heimat. Denn dort hatten die Ash'Bahar ihren Feldzug begonnen.

»Der Zentus schickt mich. Ich muss zum Azbarianer.«

»Interessant. Denn der Zentus hat mich geschickt, damit kein weiterer zum Azbarianer durchkommt.«

Wieder ein Schrei, erst gellend, dann wimmernd. Heiserer als zuvor. Nuzars Kräfte schwanden.

»Kein weiterer nach mir.«

»Das glaube ich nicht.« Sein Akzent war nur schwach ausgeprägt. Er war kein Neuling in der Legion. »Geh zurück zu deiner Wache, wir brauchen dich hier nicht.«

Noch ein Schrei, ein weiteres Aufheulen mit brüchiger Stimme. Nuzar brauchte ihn. »Du wirst mich da jetzt durchlassen, sonst wird dir das noch sehr leidtun.«

»Verschwinde und geh die Neulinge rumschubsen. Denen kannst du mit diesem Blick vielleicht noch Angst machen.« Der Soldat verschränkte die Arme.

Ein plötzliches Kreischen, fast schon ein Quieken, und dann langes Schweigen. Eine viel zu lange Stille.

Riagh blickte auf das Schwert des Soldaten, das sicher in der Scheide steckte. Noch immer Stille. Nuzar starb.

Ein gerader Schnitt durch die Kehle. In einer fließenden Bewegung trat Riagh zur Seite, wich dem spritzenden Blut und auch dem kippenden Körper aus. Wann hatte er sein Schwert gezogen? Schneller, als der andere zu seinem hatte greifen können ... Unwichtig. Sein Körper gehorchte ihm, noch bevor er den Befehl erdacht hatte, nur das war hier von Bedeutung. Für einen Moment überlegte Riagh, den Leichnam in eine Zelle zu schleifen, aber was sollte das bringen? Von nun an gab es kein Zurück mehr.

»Ich wusste, ihr lasst mich hier nicht sterben!« Ein Kerl mit blutverkrustetem Gesicht lugte durch das kleine Fenster der rechten Zellentür. Mehrere Zähne fehlten und die Nase war gebrochen. Vermutlich ein cartharischer Rebell.

Auf wen auch immer der Gefangene wartete, Riagh war es nicht. Dennoch nahm er den Holzriegel aus der Halterung und öffnete die Tür. »Viel Glück!« Diesen Wunsch meinte Riagh ehrlich, denn es war kaum anzunehmen, dass es der Gefangene schaffen würde, Fonighe lebendig zu verlassen. Aber vielleicht ließ er noch einige andere frei und sorgte so für genügend Ablenkung. Riagh wartete nicht ab, was der Mann mit seiner neugewonnenen Freiheit anfing. Er stieg über den toten Körper, um Nuzars Glück nicht mehr länger herauszufordern. Sein Schwert behielt er in der Hand, was eine kluge Entscheidung war.

Die wenigen Soldaten hier rechneten nicht mit einem Angreifer aus dem Inneren, zumindest mit keinem bewaffneten. Wer nach dem Rechten schauen wollte, tat dies allein und jeder Einzelne war von Riaghs Anblick überrascht und starb einen unerwarteten Tod.

Es waren fünf. Fünf Tode lang Stille, denn Nuzar schwieg.

Irgendwann rannte Riagh nur noch. Hinter sich hörte er Schreie und Kampfeslärm, fliehende Rebellen waren auf Verteidiger gestoßen. Riagh wusste, er sollte mit ihnen kämpfen; doch dies war nicht der Kampf, den er sich gewählt hatte. Seiner begann, als er endlich die Folterkammer erreichte. Und sich übergab.

Es stank nach verschmorter Haut und verbrannten Haaren. Ein Körper war an einen aufrechten Tisch gekettet. Ein Tuch hing über seinem Torso, hatte sich mit Blut und Fett vollgesogen und verhüllte das Grauen kaum. Die Spuren der Folter zogen sich wie ausgetrocknete Flussbetten über die rot geröstete Haut der Arme und Beine. Der Kopf fehlte, aber nur auf den ersten Blick. Aus einem Eimer ragte ein strohiges Büschel schwarzer Haare.

Nuzar war tot. Endgültig. Niemand konnte den Fluch mehr brechen. Sie alle waren verloren und wussten es noch nicht einmal.

»Er ist einfach von selbst in Flammen aufgegangen und dann natürlich sofort wieder verflucht zurückgekommen! Ich wusste gar nicht, dass die das ... Was willst du mit dem Schwert?«

Riagh stach auf den Soldaten ein, noch bevor er sich vollends umgedreht hatte; nicht, weil er die Kontrolle über seine Hände verlor: Riagh wollte ihn vernichten. Rache für Nuzar! Für sie alle …

Das Kettenhemd schützte den Torso des Soldaten, also gingen die ersten Schnitte in die Beine, dann die Arme. Es dauerte, bis sich Riagh seiner erbarmte, die Schreie endlich nicht mehr ertragen konnte und die Klinge durch die Wange tief in den Rachen trieb. Keine Stille kehrte ein, denn auch der Flur war voller Schreie und Schluchzen, Wimmern und Klagen, und die Geräusche kamen näher. Aber was machte das schon …

Riagh setzte sich vor den Tisch, zog den Eimer zu sich und strich über die struppigen Haare. Erst jetzt fiel ihm auf, dass er es war, der wimmerte und schluchzte. Nur die Schreie waren fremd und doch bald bei ihm. Nicht mehr lang und er war nicht mehr einsam, nie wieder.

Seine Eltern, Sivok, Anryn … Sie alle warteten in der Nacht vor der letzten Schlacht und hatten schon einen Becher für ihn gefüllt. Selbst Nuzar war dort, überall, wo die Feuer durch die Dunkelheit leiteten. Riagh lächelte. Ja, das wäre schön.

Riagh wusste, er hatte versagt, aber er konnte loslassen. Er würde nicht auf der Donnerspitze enden und neidisch Blitze auf die Lebenden werfen.

Als der Widerhall der Stiefelschritte nah war, stand Riagh auf und nahm das Schwert ein letztes Mal in die Hand. Er würde es ihnen schwer machen, ihn zu besiegen.

Er würde es ihnen leicht machen, ihn zu töten, statt nur gefangen zu nehmen.

Riagh stellte sich links neben den Leichnam am Tisch. Seite an Seite mit Nuzar, ein letzter Kampf. Auf ein baldiges Wiedersehen!

»Warum?«, fragte der erste Soldat, der in den Raum trat. Er war klug genug, genügend Abstand zu Riagh zu halten, bis auch seine Freunde eingetroffen waren. Auch ohne Schilde bildeten sie eine Verteidigungslinie, wie es die Legion lehrte. Vier zu eins in diesem kleinen Raum – unmöglich, lebend auszubrechen.

»Für ihn.« Riagh zog das Tuch von Nuzars geschundenem Körper. Sie sollten sehen, was sie ihm angetan hatten. Es war richtig gewesen, alles zu riskieren, um Nuzar zu retten. Das war es auch jetzt noch, wo alles verloren war. Er hatte ihn gerächt und nun war er bereit, zu sterben.

Lächelnd blickte Riagh zu dem einzigen Freund der letzten Wochen. Das Schwert glitt aus seinen starren Fingern. Es herrschte Stille, als die Soldaten ihn überwältigten, es war still, als sie ihn auf den Boden pressten und auf ihn einschlugen, damit er endlich das Bewusstsein verlor. Natürlich wusste Riagh, dass sie eigentlich brüllten und schrien, aber er hörte sie nicht. Er sah sie nicht einmal mehr, sie waren nur Schemen, die sich vor sein Sichtfeld schoben, das starr auf den geschunden Brustkorb des Toten gerichtet war; dort wo das Aderngebilde aufgeplatzt war wie zu prall gestopfte Würste.

Das war nicht Nuzars Shariem.

»Ob ihr noch einmal ›Aber wir haben bisher jeden Feind besiegt!‹ ruft oder dreimal im Kreis furzt, es ändert nichts daran, dass ihr keine einfachen Menschen gegen euch auf dem Schlachtfeld habt, sondern halbe Götter, Tausende von ihnen – und wir haben nur einen. Selbst ihre Frauen können Himmel und Boden jedes Feuer entreißen und Legionen gehen auf ihren Blick hin in Flammen auf! Ihr habt einen Krieg begonnen, den ihr nicht gewinnen könnt, nicht mit menschlichen Mitteln. Doch zum Glück gibt es in der Verbotenen Bibliothek Schriftstücke so alt, als wären sie im Zeitalter der Götter geschrieben worden – und so mächtig…«

– Nael Adair, Magier und Trophäe des Ewigen,
Auszug aus einem Schreiben an den Goldenen Rat,
143. Jahr des Ewigen

»Und als den Azbarianern die Lebenden ausgingen, um für ihre Dekadenz zu schuften, da zwangen sie auch noch die Toten in ihren Dienst, denn nichts war ihnen je heilig und kein Leben außer dem ihren würde je für sie kostbar sein.«

– Imperialer Ausrufer in Lalrat,
143. Jahr des Ewigen

Kapitel 19

Riagh wunderte sich nicht, als er in einer Zelle aufwachte, und protestierte auch nicht. Zwar war er mit den Händen an die Wand gekettet, doch war die Kette lang genug, um zu liegen, also gab es keinen Grund zur Beschwerde. Sie fürchteten ihn, doch bestraften ihn nicht übermäßig, obwohl er sechs von ihnen umgebracht hatte. Das war ein guter Anfang.

Selbst als sie ihn zur Befragung abführten, blieb allzu starke Grausamkeit aus, was Riaghs Befrager ein wenig enttäuschte. Aber Riagh redete, bevor auch nur ein Werkzeug vorgeführt wurde, erzählte unaufgeregt und gerade deshalb so überzeugend, wer er war und weshalb er mit einem Ash'Bahar zusammengearbeitet hatte. Sie glaubten ihm die Wahrheit nicht, aber das war auch nicht entscheidend. Denn sie zweifelten nicht, dass er an seine Erzählung glaubte, ein jämmerliches Opfer der ash'bahrischen Gedankenmagie war, und dies ersparte ihm die Folter.

Und sie glaubten seine einzige Lüge: dass Nuzar der tote Ash'Bahar war. Denn dies war das einzige, was Riagh noch tun konnte, um dem Nekromanten zu helfen, diesen Fluch aus der Welt zu reißen. Riagh war ersetzbar, Nuzar nicht. Auch wenn Riagh nicht gefiel, welche Regentänzerin nun an seiner Stelle geopfert würde. Hafre war so jung, viel zu jung, um für die Schuld anderer zu büßen. Für Riaghs Schuld, denn er hatte versagt, sie zu schützen.

Nur wer war der tote Ash'Bahar gewesen? Ein schon lange ansässiger Spion, der ihnen zufällig in die Fänge geriet, weil Nuzar zu viel Aufsehen erregte? Oder einer der Attentäter, die ihn jagten? In der Taverne hatte der Wirt von einem besonders fetten Raben als Beute gesprochen. War ihm eine Blutkrähe in die Falle gegangen? Schnell gab Riagh auf, sich solche Fragen zu stellen. Der Mann war tot und hatte seine Geheimnisse mit sich genommen.

Auch wenn ihn niemand folterte, einigen Schlägen und Tritten konnte Riagh dennoch nicht entkommen. Natürlich nicht, denn er hatte sechs von ihnen getötet. Sie brachen ihm die Hand und waren erstaunt, wie gut er seine Finger am nächsten Tag schon wieder rühren konnte. Es überraschte ihn selbst, wie selbstverständlich ihn der Regen in sich heilte, ohne dass er ihn bewusst herbeirief. Sie verschwendeten kein Essen an einen Todgeweihten und brachten ihm auch kein Wasser, aber das Fenster war nah genug und niemand musste in Carthal verdursten.

Nur die Nächte waren unerträglich kalt, denn er trug nur ein klammes Wollhemd und niemand gab ihm eine Decke. An Schlaf war in dieser Kälte nicht zu denken, er zitterte sich in den Morgen und war froh, wenn ihn die Erschöpfung für einige rare Momente überwältigte. Gewiss lauerte Thovarg bereits, um ihn mit seinen krankheitsbringenden Klingen zu malträtieren, kaum dass er

Schwäche zeigte. Tatsächlich dachte Riagh sogar, ihn nachts in den Schatten zu sehen, in der dunklen Ecke der Zelle, die er nicht erreichen konnte. Doch es wäre vergebene Mühe, das musste auch der dümmste Gott einsehen. Riagh starb ohnehin in wenigen Tagen, krank oder gesund. Sie würden ihn den Verfluchten zum Fraß vorwerfen, das hatten sie ihm direkt nach der Befragung mitgeteilt. Denn wenn er mit ihren Heeren Freundschaft schließen wolle, müsse er sie ja nicht fürchten.

Riagh fürchtete den Tag seiner Hinrichtung tatsächlich nicht. Vielleicht weil ihm Schmerzen keine Angst mehr bereiteten; sollten sie ihm doch jeden Fetzen Fleisch von den Knochen reißen, was machte das schon, wenn er kurz darauf ohnehin tot war? Auch wenn es ihm nicht behagte, danach als einer der ihren aufzuerstehen ...

Aber der eigentliche Grund für seine Ruhe war so ein törichter, naiver. Es war derselbe Grund, weshalb er die Waffe gesenkt hatte, zugelassen hatte, dass sie ihn lebendig fingen, obwohl er doch wusste, dass er so nur das Unvermeidliche eine qualvolle Weile hinauszögerte. Aber da konnte Riagh sich noch so sehr einen Narren schelten: Er hatte Hoffnung. Denn Nuzar lebte.

Natürlich würde Nuzar ihn nicht retten kommen. Es war so viel einfacher, den ganzen Trubel um die Hinrichtung zu nutzen, um Hafre zu entführen. Sie war nur ein junges Mädchen mit vielleicht einem oder zwei Wächtern an ihrer Seite, Riagh bewachte eine Legion. Gleich, was da zwischen ihnen erste Funken geschlagen hatte, niemals wäre Nuzar so leichtsinnig, diesen Kampf zu wagen. Denn er hatte schon zu vieles auf sich genommen, um den Fluch zu brechen; ein Kuss war zu wenig, um deshalb die Zukunft aller Lebenden zu riskieren.

Nuzar wusste, welche Wahl er hatte und er würde die richtige treffen. Wie Riagh stets die falsche getroffen hatte.

Er hätte Nuzar in dieser Hütte zuhören sollen, anstatt ihn fortzuschicken. Vielleicht hätte er dann schon früher erkannt, welches Opfer Nuzar gebracht hatte, indem er Riagh die Wahrheit offenbarte, obwohl die Lüge doch einen so viel schnelleren Erfolg versprach. Doch der Zorn hatte Riagh eingeflüstert, dass diese Worte Verrat waren, und die Vernunft hatte zu leise von dem Vertrauen gekündet, das in ihnen lag. Wären sie gemeinsam nach Brênningh gekommen, vielleicht wären sie auch gemeinsam wieder hinausgelangt. Lebendig. Und die letzten Nächte in Riaghs Leben wären warm von der Hitze ihrer Haut gewesen.

Schwere Schritte auf dem Gang. Riagh wusste, dass sie ihn holen kamen, noch bevor sich die Tür schwungvoll öffnete. Es war also so weit.

Er war bereit. Und allein.

»Heute wird der Käfig nur für dich gefüllt.« Die Stimme war so unerwartet wie die Gestalt, die in seine Zelle trat. Maritia rümpfte die Nase und warf ihm einen verächtlichen Blick zu, bevor sie zur Ecke außerhalb seiner Reichweite schritt. Sie verachtete und fürchtete ihn zugleich. Riagh lächelte, denn das gefiel ihm.

»Wie viele werden es sein?«

»Vierzehn, mehr haben wir in diesen Tagen nicht lebendig fangen können.«

»Bekomme ich eine Waffe?«

»Natürlich nicht.«

»Ihr glaubt also, ich könnte gewinnen.« Nun grinste Riagh. Die sechs Soldaten, die vielen Verfluchten in der Nacht zuvor – er hatte wahrlich Eindruck hinterlassen.

Seltsamerweise grinste sie auch; ein flüchtiger Moment Ehrlichkeit hinter der so kostbar errichteten Fassade. »Lasst uns allein«, befahl sie den Soldaten, die mit gezogener Waffe in der offenen Tür standen.

»Verzeiht, Guvara, aber der Zentus hat ges...«

»Ich sagte, ihr sollt verschwinden!« Maritia riss die linke Hand hoch und zischte einen fremden Laut. Die Soldaten konnten der Tür gerade noch ausweichen, als sie krachend zufiel. »Jeden, der lauscht, lasse ich vom Sturmfürsten persönlich mit einem Blitz erschlagen!«, rief sie hinterher.

Wieder Schritte auf Stein, erst zögerlich und laut, dann schneller und immer leiser. Die Soldaten gehorchten.

Riagh blickte tief in die blauen Augen der wohl mächtigsten Frau Carthals. Allein ihre Existenz war ein Angriff auf die imperiale Ordnung und Maritia wusste das. Denn mit Naivität hätte sie diese Position nie erklommen. Sie erwiderte Riaghs Blick und so starrten sie sich gegenseitig an, bis es ganz still um sie herum geworden war.

»Der Ash'Bahar hat dich nicht verzaubert.« Es war keine Frage. Maritia kannte die Wahrheit, obwohl sie nicht einmal dabei gewesen war, als Riagh sie ausgesprochen hatte. »Als sein Sklave hätte er dir nicht so viel erzählen müssen. Du hättest nur noch existiert, um zu dienen – doch hier bist du und immer noch bei Verstand.«

»Was ist deine Frage?« Riagh wurde ungeduldig und es gab keinen Grund mehr für unterwürfige Höflichkeit.

»Wie hat er es geschafft, dass ein Cartharer aus freien Stücken diese Monstren wählt?« So verächtlich ihre Worte auch waren, so neugierig klang ihre Stimme. Eine so bekannte, so lieb gewonnene Neugierde...

»Er hat dies nicht geschafft, keinen Moment lang. Das Imperium war es. Sie brachten den Fluch über uns und damit einen Feind, so viel gewaltiger, als es die Ash'Bahar je sein könnten. Ohne den Fluch wäre ich noch immer ein loyaler Soldat der Legion und würde darum kämpfen, den Garlithern Stück für Stück ihr Land zu entreißen – für das größere Wohl, das sie noch nicht zu erkennen bereit sind. So aber kämpfe ich wie jeder von uns ums Überleben.«

»Deshalb bist du also übergelaufen? Aus Rache?«

»Nein«, sagte Riagh und war selbst über seine Antwort erstaunt. »Das Gegenteil: aus Vernunft. Denn Nuzar war der Erste, den ich traf, der bereit war, gegen den Fluch zu kämpfen, statt sich ihm ohnmächtig zu ergeben.«

»Ein Kampf gegen den Fluch ist wie ein Kampf gegen den Regen. Er ist eine Naturgewalt, die unser Land überschwemmt und wir können nur hoffen, nicht zu ertrinken.«

»Oder wir hören auf, darüber zu streiten, wer den Sturmfürsten zornig gemacht hat und geben ihm endlich, was er fordert. Denn streiten können wir immer noch genug, wenn es da wieder ein Land gibt, um das sich das Streiten auch lohnt.«

Maritia schloss die Augen und es war schwer zu erraten, an was sie dachte. Hatten Riaghs Worte sie berührt oder nur noch mehr erzürnt? Sie war eine zu geübte Politikerin, um auch nur einen ihrer Gedanken preiszugeben. Als sie ihre Augen wieder öffnete, flüsterte sie: »Um den Fluch zu brechen, muss mit allem gebrochen werden, was ihn in diese Welt brachte.« Behutsam zupfte sie an der Kette mit den rußgeschwärzten Gliedern, die doch so gar nicht zu ihrem üppigen Goldschmuck passte. »Das hat mein Großvater gesagt, bevor er starb. Als Erinnerung. Als Vermächtnis. Eine unüberwindbare Aufgabe für eine andere Generation.« Mit spitzen Fingern griff sie in den Ausschnitt ihres Kleides und Riagh konnte kaum glauben, was sie zwischen ihren Brüsten hervorzog.

An der Kette hing eine Phiole, schwarz wie der Rest des Schmuckstücks. Doch auf ihr glühte ein filigranes Muster, in sich verschlungen und rot wie ein Brandeisen vor der Tat. Ein Sameea. Nein, nicht irgendeines: das Erste Sameea, erschaffen von Asha selbst. Der Schlüssel, um den Fluch zu brechen. Deshalb hatte Nuzar es nicht finden können.

»Du kennst die Wahrheit!« Riagh war fassungslos. »Und trotzdem tust du nichts, um den Fluch zu brechen?«

»Ich tue mein ganzes Leben lang nichts anderes!« Zorn glomm in ihrer Stimme, und da war noch etwas: eine feine, brüchige Linie in ihren Augen, wie ein Kratzer; grau wie die

Regenfäden im Tarhain und beinahe verborgen im Blau ihrer Iris. »Verstehst du es denn immer noch nicht? Du wurdest belogen, Riagh! Mein Großvater mag den Fluch gewoben haben, aber was ihn in die Welt brachte, waren die Ash'Bahar. Sie und ihre Gier nach immer neuen Menschen, die als Sklaven für sie schuften sollten. Aufgrund ihrer Magie fühlten sie sich überlegen, als Götter unter den Menschen, nur ein vereintes Imperium konnte ihnen noch Einhalt gebieten – und selbst das misslang. Der Fluch war ein letztes Aufbäumen, damit wir, die sie als minderwertig erachten, in Freiheit leben können, und er wird bleiben, solange sie existieren. Dafür hat mein Großvater gesorgt. Er hätte nicht einmal zu träumen gewagt, dass sich einer von uns auf ihre Seite stellen könnte.«

»Ich stehe nicht auf ihrer Seite!« Nun schrie auch Riagh, zerbrach die Ruhe und Kontrolle der letzten Tage. Zu ungeheuerlich war, was sie behauptete. »Und wir sind nicht frei, niemand von uns, keine Provinz. Das Imperium sagt immer, es will uns vereinen, ein Menschenreich erschaffen statt Tausend kleiner Stämme. Aber eigentlich will es nur, dass wir alle werden wie sie. Die Imperialen wissen nicht einmal, was Freiheit bedeutet.«

Aber wusste es Nuzar? Oder hatte Nuzar ihn doch nur angelogen und benutzt? Und nun, da er ein leichteres Opfer gefunden hatte, ließ er ihn zum Sterben zurück ... Riagh schnappte nach Luft. Nein, auf diese Gedanken würde er sich nicht einlassen. Jede Wahl, die er gegen Nuzar getroffen hatte, war eine falsche gewesen. Und dennoch hatte Nuzar ihm stets jede Freiheit gelassen, selbst zu wählen. Riagh kannte die Ash'Bahar nicht, nur die Legenden und Schmähungen, die über sie erzählt wurden. Aber er kannte Nuzar. Wenigstens im Tod wollte Riagh *seinem* Nekromanten vertrauen. »Ich wähle keine Seite mehr, kämpfe nicht mehr für irgendwelche Reiche. Ich kämpfe für Menschen und deshalb will ich einfach nur den Fluch brechen.«

»Es gibt nur einen Weg, diesen Fluch zu brechen: Wir müssen den Krieg gewinnen. Nur wenn wir sie so vernichtend schlagen, dass sie sich nie wieder erheben können, ist mit allem gebrochen, weshalb der Fluch in diese Welt kam. Der Ewige Imperator hatte schon früh erkannt, dass es keine Freiheit mit ihnen geben kann, deshalb sandte er meinen Großvater, seine wertvollste Trophäe, und er machte die Ash'Bahar zu den lebenden Toten, zu diesen willenlosen Hüllen, zu denen sie ansonsten ihre Sklaven verdammten.«

»Das ist eine Lüge!« Riagh fröstelte und es war nicht die Kälte des cartharischen Spätherbstes, die durch seine Gedärme kroch.

»*Du* wurdest belogen. Dieser Mann, der vorgab dein Freund zu sein, hat nur nach einem Werkzeug gesucht. Du weißt, was das ist?« Sie nahm die Kette über der Phiole mit zwei Fingern und schwenkte sie wie ein Pendel vor der Brust. »Ich sehe in deinem Blick, dass du es weißt. Ash'Bahar schließen häufig einen Teil ihrer Macht darin ein und verschenken die Kette zur Hochzeit als Zeichen der Verbundenheit und des Vertrauens.«

Riagh runzelte die Stirn. Nuzar hatte nie eine Hochzeit erwähnt. Für wen hatte er das Sameea einst gefertigt? Noch eine Frage, auf die Riagh nie mehr eine Antwort erhalten würde.

»Und dies hier ist das Erste Sameea, der Ursprung all ihrer Macht. Du hast gestanden, dass du es für deinen Freund stehlen wolltest, er würde es brauchen, um den Fluch zu brechen. Aber er hat gelogen. Er braucht es, um wieder mächtig zu werden, um alle Ash'Bahar mächtig zu machen. Solange es nicht in ihrem Tempel liegt, ist es, als hätten wir jedem einzelnen von ihnen das Sameea genommen. Du kamst zu mir, um Ash'Bahrim mit einem Diebstahl zur alten Stärke zu verhelfen. Und du sagst, du hast keine Seite gewählt?«

Riagh starrte auf die schwarze Phiole, als wäre sie ein Pendel des Schicksals. Beim Einbruch hatte er Maritia leben lassen, weil Nuzar noch eine Antwort von ihr brauchte. Um den Fluch zu brechen, hatte Riagh gedacht. Damit Nuzar in einer Welt nach dem Fluch – nach Riaghs Tod – die Macht besaß, diesen alten Krieg zu gewinnen, war die bittere Wahrheit.

Wer einem Dear'waaru vertraut, ist erst verzweifelt und dann verloren... In all seinen Lügen und Täuschungen war Nuzar so schmerzhaft ehrlich geblieben.

Nein, Maritia war es, die log, sie musste es sein. Und selbst wenn nicht, ihre *Wahrheit* forderte Tausende Leben, um diesen Fluch zu brechen – das durfte einfach nicht die Antwort sein! Maritia durfte nicht recht behalten, nicht alle Ash'Bahar den Preis eines Krieges bezahlen lassen, den sie nicht begonnen hatten. Den Preis *ihres* Hasses ... Und selbst wenn die Ash'Bahar den Krieg verschuldet hätten, das wäre dennoch kein gerechter Grund, sie alle zu ermorden.

Aber dies wäre ein sehr guter Grund, weshalb Nuzar log. Er musste sein Volk schützen, vor einem Gerücht, das ihrer aller Leben forderte.

Oder vor der Wahrheit?

Nuzars Wahrheit forderte nur ein Leben und eine Kette als Preis. Selbst wenn sie nur eine Lüge sein sollte, sie war es so viel mehr wert, es wenigstens zu versuchen.

Nur warum hatte Nuzar das nicht sagen können? Hatte er wirklich geglaubt, Riagh würde das Leben aller Ash'Bahar fordern, damit sein eigenes verschont bleiben könnte?

All die Zeit hatte Riagh gedacht, Nuzar wäre es, der sich als vertrauenswürdig beweisen müsse. Dabei war es Riagh selbst, der um Nuzars Vertrauen hatte kämpfen müssen, anstatt es als selbstverständlich hinzunehmen.

Maritia öffnete die Tür, ohne eine Antwort abzuwarten. Aber selbst wenn sie geblieben wäre, hätte Riagh nichts zu ihr gesagt. Es gab nichts zu sagen. Sie war gekommen, damit er nicht in Frieden sterben konnte, damit er nach seinem Tod nicht vor der letzten Schlacht feierte, sondern auf alle Zeit auf der Donnerspitze festgekettet blieb. Gramvoll. Gebrochen. Einsam.

Sie war eine Cartharerin, deshalb wusste sie, wie sie einen Cartharer zerstören konnte.

Als die Soldaten Riagh nur wenig später aus seiner Zelle holten, wehrte er sich nicht. Er ließ sich ungerührt losketten und hielt auch still, als sie seine Hände vor der Brust mit einem Strick zusammenbanden. Ziellos starrte er an ihnen vorbei in die Leere, denn die Gesichter seiner Henker waren unbedeutend.

Erst dem Himmel schenkte er einen Blick und fand den Sonnenprinzen, wie er schüchtern hinter einigen Wolkenbergen hervorlugte. Ein zarter Wind streichelte Riaghs Haut wie der Atem eines Geliebten, der ihm in dunkelster Stunde so nahe war, als lehnten sie Stirn an Stirn, und Dræghad legte sich weich wie Flaum auf Riaghs Wangen. Wenigstens regnete es – ein guter Tag zum Sterben. Carthal hatte ihn noch nie verraten.

Der kleine Trupp setzte sich in Bewegung zum letzten Marsch. Zwei Soldaten vor Riagh, zwei hinter ihm, dazu links und rechts je ein Imperialer. Sechs für einen Gefesselten ohne Rüstung und Waffe, der als ash'bahrischer Spion ganz gewiss keine Hilfe von den Bewohnern Brênninghs erwarten durfte. Zu einer anderen Zeit wäre ihre Furcht schmeichelhaft gewesen.

»Du warst also von Anfang an nur ein Spion?«, zischte eine bekannte Stimme. Links von Riagh, im Gleichschritt. Warum musste ausgerechnet *er* einer der Soldaten sein?

Riagh senkte den Blick. Er wollte Fabius nicht anschauen. »Sieht so aus.«

»Warum?«

»Haben es dir die anderen nicht gesagt?«

»Sie haben mir nur deine Lügen erzählt.«

»Wenn du glaubst, ich hätte die anderen beim Verhör angelogen – warum glaubst du dann, ich würde dir jetzt die Wahrheit erzählen?«

»Du glaubst tatsächlich an das, was dir der Azbarianer erzählt hat?«

Nicht mehr… Nur machte dies die Geschichten des Imperiums nicht glaubhafter. Riagh holte tief Luft. Am liebsten wäre er stehen geblieben, aber das hätte seine Eskorte nicht zugelassen und der Matsch erlaubte ohnehin keine allzu hastigen Änderungen beim Schritt. »Ich glaube fest daran, dass der Fluch unser gemeinsames Problem ist. Wir haben ihn gemeinsam in diese Welt geholt und er wird nicht weggehen, nur weil ein Reich das andere besiegt. Er ist hier der Feind, und wenn wir erst den Kampf suchen, nachdem wir uns gegenseitig zerfleischt haben, wird er uns alle vernichten. Das müsstest du doch am besten begreifen.«

Fabius schnaubte. »Und warum müsste ich das?«

»Weil dir dein Vater bestimmt erzählt hat, wie *wir* Garlitia erschaffen haben.« Riagh rechnete mit einem sofortigen Widerspruch, doch Fabius sagte nichts, also sprach Riagh weiter, denn das machte den Weg leichter und rückte das Ende ein klein bisschen weiter in die Ferne. »Bevor sich das Imperium entschlossen hatte, Garlitia ins Reich zu holen, gab es nur die vielen Bergstämme, die miteinander wetteiferten, wer von ihnen der verhassteste war. Und dann kamen wir – und die Garlitier zeigten, dass sie

klüger sind, als sie aussehen, denn sie legten alle Streitigkeiten nieder und vereinten sich gegen den größten Feind.
Einzeln hätten wir die Stämme nach und nach unterwor-
fen und vermutlich keine drei Jahre für die gesamte Provinz gebraucht. Aber das vereinte Garlitia hält nun schon
stand seit – wie alt bist du?« Riagh sah zu Fabius und der
Soldat erschrak vor seinem Blick.

»Mein Vater wurde noch vor dem Krieg von seinem
Stamm verstoßen und das Imperium nahm ihn im Aus-
tausch für sein Wissen auf.«

»Du bist also der Sohn eines Verräters.« Für einen winzigen Moment hielt Riagh inne, denn er wollte Fabius die
Möglichkeit lassen, aus Wut sein Schwert zu ziehen und es
zu beenden. Ein schneller Tod durch die Klinge war allemal besser, als von den Verfluchten zerfleischt zu werden.

Aber Fabius ließ die Möglichkeit verstreichen und lächelte nur wieder auf diese unerträglich besonnene Weise.
»Heimat ist nicht der Ort, den du lieben musst, sondern
den du lieben willst.«

Wir haben stets eine Wahl ... Fabius hätte sich gut mit Nuzar verstanden, hätten sie nicht beide entschieden, Feinde
zu sein. So wie Riagh entschieden hatte, keinen von beiden mehr als Feind zu sehen.

Er senkte wieder den Blick. Riagh liebte Carthal, so
sehr, er wäre bereit gewesen, dafür zu sterben. Wie konnte
er es da Nuzar verdenken, dass er alles tat, um Ash'Bahrim
zu retten – auch weit über den Fluch hinaus. Denn für Nuzar gab es auch ein Leben nach dem Fluch, seine Geschichte

endete nicht, wenn der größte Feind bezwungen war. Es änderten sich nur seine Gegner. Vielleicht hätte Riagh auch für eine Zeit danach geplant, hätte es sie je für ihn gegeben. Eine Zeit an Nuzars Seite, in der sie die Nächte nicht mehr fürchten mussten ... Er hätte gern die Wahl gehabt.

Riagh stieß gegen den Soldaten vor sich. Er hatte nicht bemerkt, dass dieser stehen geblieben war wie auch seine anderen Begleiter. Denn vor ihnen lag die Brücke nach Margadh, der Insel des Marktes. Und des Todes. Wer nicht schon vor den Toren Brênninghs starb, der fand hier sein Ende. Für gewöhnlich übergab man die Verurteilten mit in Eisen geschlagenen Gliedern den Fluten des Gwelach, doch die Imperialen hatten die *Gerechtigkeit* in den Tod gebracht. Jeder starb auf die Art, auf die er Unrecht in die Welt getragen hatte. Früher schützte der Tod die Lebenden vor weiteren Untaten, nun bestrafte er die Verurteilten.

Ein Priester Iurtarons kam ihnen auf der hohen Brücke entgegen. Seine dunkle Robe war schlammbespritzt, doch ansonsten edel: Das Schwarz war kräftig gefärbt, das Leinen dick und ohne sichtbare Naht. Er hatte nichts von den Feldpriestern, die der Legion folgten, um zu urteilen und zu bestatten. Dies war es, was Iurtaron den Sterblichen brachte: Gerechtigkeit und Tod. Denn nichts war gerechter als die Gewissheit, dass jeder Mensch eines Tages starb, nur der Imperator lebte ewig. Das machte die sterblichen Diener Iurtarons zu Richtern und Henkern zugleich.

»Wen bringt ihr zu mir, Lebende?«, sprach der Priester mit tiefer Stimme die rituellen Worte.

Der Soldat, in den Riagh eben noch gerannt war, antwortete: »Einen Sterbenden.«

»Wer hat über sein Schicksal entschieden?«

»Er selbst.«

»Wie hat er über sein Schicksal entschieden?«

»Er verbündete sich mit unserem Feind, um uns zu verraten, und brachte sechs guten Männern den Tod. Seine Taten waren ungerecht und so ist es auch sein Leben. Deshalb übergeben wir ihn Euch, damit Ihr ausgleicht, was nicht auszugleichen ist. Damit Ihr rächt, was niemand rächen darf. Damit gesühnt wird, wo ein Leben keine Sühne kennt.«

Der Priester nickte und wandte sich an Riagh: »Nimmst du die Reise an, die vor dir liegt?«

Kurz überlegte Riagh, zu verneinen. Doch das Urteil war bereits über ihn gesprochen, so ging es hier nicht mehr um sein Leben, sondern nur noch um seine Ehre. »Ja, ich trete sie in meinen eigenen Stiefeln an.«

»So sei es. Komm zu mir, Sterbender. Wenn dein Leben der Welt keine Gerechtigkeit bringt, bringt sie ihr dein Tod.«

Der Priester streckte die Hand aus, mehr als Geste denn als echtes Angebot. Denn die Soldaten vor Riagh wichen nicht, stattdessen setzte sich seine Eskorte erneut in Bewegung und blieb so dicht an Riaghs Seite, dass er nicht einmal in die Nähe des Priesters kam. Gefesselt hätte er die Hand ohnehin nicht ergreifen können.

Der Weg über die steinerne Brücke war kurz und steil. Wie alle imperialen Brücken glich auch diese einem Bogen und erinnerte damit an einen Hügel, den es zu besteigen galt. Ungewöhnlich wenig Schlamm klebte am Boden, jemand hatte ihn für Riaghs letzte Schritte gesäubert. Gewiss keine Cartharer, denn weshalb sollte man dem Regen seine Arbeit stehlen?

Riagh hatte die Brücke noch nicht verlassen, da hörte er sie bereits rufen und schimpfen. »*Verräter!*« war das freundlichste ihrer Worte und sie riefen nicht nur in imperialer Sprache, sondern auch auf Cartharisch: *Laglach* – Dürrebringer. Natürlich taten sie das, denn insgeheim hatten sie schon längst begriffen: Der Fluch war ein mächtigerer Feind, als das Imperium je sein könnte. Und wenn Riagh ein Verbündeter der Fluchbringer war, dann war es gleich, bei welchem Regen er geboren wurde, er war auch ihr Feind. Also beschimpften sie ihn und warfen mit Matsch, denn Matsch war das einzige, was Carthal im Überfluss kannte. Alles andere war zu wertvoll, um es an einen Laglach zu vergeuden.

Auch wenn ihn die Soldaten von den meisten Anfeindungen abschirmten, kam Riagh der Weg unermesslich lang vor. Vielleicht lag dies daran, dass sie nur langsam durch die Menge vorankamen. Doch viel mehr schien es Riagh, seine Schritte wären so zäh wie die Gedanken. Denn hinterhältig schlich sich eine Gewissheit in seinen Verstand und machte die Muskeln steif, wie es sonst nur winterlicher Morgenluft gelang: Riagh starb. Nicht irgendwann – gleich, in wenigen Atemzügen, und es würde schmerzhaft sein. Qualvoll. Das hier war das Ende, und er war allein.

Als die Soldaten vor ihm links und rechts zur Seite schritten, um ihm in ihrer Mitte Platz zu machen, da schritt er zuerst instinktiv mit dem Linken mit und stieß gegen Fabius, der sich nicht bewegte. Erst da merkte Riagh, dass sie am Ziel waren. Dass er am Ziel war – und gleichzeitig an seinem Ende.

Sie hatten ihm tatsächlich einen Käfig gebaut. Die Pfähle reichten fast anderthalb Menschen hoch und umschlossen ein perfektes Viereck, denn das Imperium mochte gleichmäßige Formen.

Zwischen den Pfählen war nur wenig Platz gelassen, doch er reichte den Verfluchten. Sie pressten ihre aufgedunsenen Arme dazwischen hervor, versuchten nach den Lebenden zu greifen, mit den abgenagten Fingerknochen als Krallen die Haut von ihrem Fleisch zu reißen. Sie gierten nach dem Leben, das ihnen gestohlen wurde. Und nun sollten sie Riaghs stehlen.

Ein Podest war über dem Käfig als halbes Dach errichtet, schmale Holzstufen führten hinauf. Dort oben standen sie, die beiden Todfeinde, die in all ihrem Hass aufeinander diese Stadt am Leben hielten: Guvara Maritia Adair und Zentus Cato Ligarius. Carthal und das Imperium Seite an Seite vereint, um über einen gemeinsamen Feind zu richten. Doch im Gegensatz zu den Menschen, die Riagh beschimpften, erkannten sie sich ob eines gemeinsamen Gegners noch lange nicht als Verbündete. Dafür standen sie zu steif da, zu bedacht, ja nicht zu nah am anderen zu sein – oder am Abgrund. Sie trauten sich gegenseitig zu, einfach nicht zu widerstehen, die größte Gefahr so schnell, so beiläufig beseitigen zu können.

Der Priester stieg die Stufen hoch, doch auch er hielt Abstand zu den beiden und zum Abgrund. Er war ein kluger Mann, denn er wusste, dass man sich nicht dazwischendrängte, wenn zwei Raubtiere kämpften.

Der Zentus trat vor und erhob die Stimme: »Riagh ard Cerwed, du hast vor Iurtaron gestanden, dich mit den Azbarianern verbündet zu haben, und hast in ihrem Auftrag sechs loyale Soldaten des Imperiums ermordet, die doch eigentlich deine Brüder sein sollten. Du wolltest dem Fluch dienen, nun soll er über dich kommen.«

Die Menge tobte. Aufgestachelt von dem Urteil kreischten sie, zeterten und schimpften so laut, man konnte meinen, der Sturmfürst sandte ein neues Gewitter durch die Stadt.

Catos Worte ließen das Urteil wahr werden, wie auch Riaghs Angst Wirklichkeit wurde. Sein Herz pochte schmerzhaft gegen den Rippenbogen. Riagh spürte sich zittern und er war sich sicher, er dachte dreiunddreißig Gedanken zur selben Zeit, doch er konnte nicht einen von ihnen benennen. Zu flüchtig waren sie, zu grauenhaft, zu furchtsam. In nur wenigen Atemzügen starb er. Sein Körper begriff es endlich und lehnte sich dagegen auf.

»Gehst du von selbst oder müssen wir dich mit den Klingen im Rücken die Treppe hochtreiben?« Fabius' Stimme war sanfter als seine Worte. Sie klang ... freundschaftlich; eine Geste, die nicht nötig gewesen wäre. In Zeiten, die nur neue Feinde kannten, war diese Freundlichkeit ein fremdes, so rares Gut.

Riagh straffte die Schultern. »Danke.« Dann ging er seinen letzten Weg allein und doch ein klein weniger einsam. Dennoch wirkten seine Schritte staksig, als er die knarzenden und schwankenden Stufen erklomm. Seine Füße waren eben klüger als sein Verstand, doch auch sie konnten das Unvermeidbare nicht aufhalten.

Oben angekommen wurde Riagh schwindelig. Er blickte auf die Menge von Menschen, auf ein Meer von Lebenden, die ihn genauso liebend gern zerfleischen würden wie die Toten. Weil sie nicht wussten, was er wusste, und selbst dann würden sie es nicht glauben. Das war also sein Ende, sein Schicksal: hingerichtet zu werden, weil er vor Wochen nicht hatte zulassen können, dass ein anderer hingerichtet wurde. Mit Nuzar hatte alles angefangen und ohne Nuzar würde es enden. Hätte er doch nur … Nein. Er hatte das Richtige getan. Zumindest damals. Gleich welche Gedankenspiele durch Riaghs Geist tobten: In keinem von ihnen sah er tatenlos zu, wie ein Mann zu Tode gefoltert wurde.

Riagh fühlte sich im Recht und zitterte dennoch, denn hier oben hatte er wahrhaft jede Hoffnung verloren. Zumindest für sich selbst. Unten in der Menge, in der vordersten Reihe, stand Hafre zwischen den Soldaten. Sie trug die gleiche aufwendige Perücke wie ihre Mutter, eine getürmte Frisur, die von einem Perlenband in Form gehalten wurde. Es sollte sie älter machen, doch für Riagh war sie noch immer mehr Kind als Frau – ein Kind, das bald an seiner Stelle starb. Damit, auch wenn er keine Hoffnung mehr hatte, es Hoffnung für Carthal gab; und für das Imperium und Ash'Bahrim, für Garlitha, K'bawa, Reijök und für die ganze Welt.

Eine schwere Hand legte sich auf seine Schulter, drückte fester zu, als sie müsste. Cato grub seine Krallen in Riaghs Fleisch und schob ihn nah an den Abgrund. Die ersten Verfluchten im Käfig spürten das baldige Opfer und blickten auf, hoben ihre aufgedunsenen Arme und lechzten nach Riaghs sterbendem Leib. Die Gesichter der meisten von ihnen hatten kaum noch Kontur. Sie waren aus den Flüssen gefischt worden, womöglich die Beute der letzten Tage. Ob Fabius auch einen von ihnen gefangen hatte, damit er Riagh nun zerriss?

»Letzte Worte?« Catos Stimme schallte über den Platz, er sah Riagh nicht einmal an, obwohl er zu ihm sprach. Denn hier ging es um die imperiale Ordnung, um Iurtarons Gerechtigkeit, um Rache ... Es ging um Riaghs Leid, sichtbar für alle Augen und hörbar für alle Ohren.

Riagh blickte zu Hafre hinab. Sie hätte die lebende Hoffnung Carthals sein können, als Tochter aus altem Blut, als Mittlerin von Freund und Feind zugleich. Als Kind zwischen den Welten, denn ihre Wurzeln waren zahlreich und ragten in viele Böden. Und sie war auch noch immer die Hoffnung Carthals. Als Tote. »Es tut mir leid«, flüsterte Riagh zu ihr hinab, auch wenn sie ihn nicht hören konnte, »ich hab es versucht. Ich wäre bereit gewesen.« Dann traf er die letzte Wahl, die ihm noch geblieben war.

Riagh sprang, noch bevor Cato ihn stoßen konnte. Dies war seine Hinrichtung, ein letztes Mal ging es nur um seinen Willen.

Riagh ging durch die Wucht in die Knie, doch landete auf seinen Füßen. Der Untergrund war weich, mehr Schlamm als Boden, Riaghs Beine schmerzten nicht einmal. Aber es nützte ihm nichts, denn die Verfluchten waren über ihm, bevor er überhaupt an ein Aufstehen denken konnte. Zum ersten Mal seit Langem nahm er wieder ihren Gestank wahr, hörte ihre Zähne und Knochen aufeinander mahlen, spürte den Geifer auf sich tropfen. Oder war es der Regen, nahmen ihn die Götter ein letztes Mal als ihr Kind auf? Riagh riss die Hände hoch, als könne er sich schützen. Ein Reflex, sein letzter. Er hörte die Menge wie ein fernes Gewitter, seine Lebenskraft rauschte als Puls in den Ohren. Sein Herzschlag raste davon, als die Furcht ihn übermannte. Er spürte ihre Knochen und Zähne an seinen Händen, an seinem Nacken, an jeder Stelle Haut, die er nicht vor ihnen verbergen konnte. Sie waren kalt, schneidend wie der Nivag im Herbst, und ebenso brachial. Riagh war reiner Frost, bis zum bitteren Ende. Kein klarer Gedanke war mehr in seinem Verstand, bis auf einen: Sivok.

Nuzar.

Ein Kuss, zart wie Dræghad.

Der einzige. Der letzte.

Es ging schnell. Und dann war Stille.

Riagh wartete vier, vielleicht fünf rasselnde Herzschläge, da konnte er seinen Atem nicht mehr zurückhalten.

Seine Lunge gehorchte ihm noch. Er lebte. Zaghaft senkte er die gefesselten Hände, blickte auf zu den aufgedunsenen Gesichtern. Die Haut war fahl, ließ weder Alter noch Geschlecht erahnen. Sie drängten sich um ihn, die Münder standen offen, manche hatten die Hände bereits an ihm, ihre Fingerknochen kratzten sich in sein Fleisch. Doch sie alle waren erstarrt. Erstarrt, als ob...

Außerhalb seines engen Käfigs aus faulenden Leibern kreischte die Menge; nicht aus Hass – aus Furcht. Und in den süßlichen Gestank der Fäulnis mischte sich eine neue, scharfe Note: Rauch. Etwas brannte; kein Fleisch, keine Haare: Holz.

Riagh hatte dreiunddreißig Fragen gleichzeitig, doch dies war nicht die Zeit für Antworten. Er stand langsam auf, zerschnitt den Strick an den Zähnen, die ihm ein Verfluchter mit seinem weit geöffneten Maul einladend hinhielt. Vorsichtig zwängte er sich zwischen seinen Gitterstäben aus fauligem Fleisch ins Freie – oder zumindest in den weit größeren Käfig aus Holzpfählen, in dem er doch eigentlich den Tod hätte finden sollen. Aber Riagh lebte und er hatte wieder Hoffnung, denn er war nicht allein.

Nuzar war bei ihm. Und hatte sich wirklich – wirklich! – Zeit gelassen.

Riagh hatte sich noch nicht ganz freigekämpft, da sah er schon, woher der Rauch rührte. Zwei Feuerwände erschufen einen Korridor aus Qualm, der in einer geraden Strecke von der Brücke bis zu den Holzpfählen führte. Nicht nur die Imperialen mochten klare Formen.

»Tötet ihn!«, hörte Riagh Cato brüllen.

Er rannte zu den Pfählen, presste sich nah an das Holz, wenige Handbreit vom Feuer entfernt. Er suchte Schutz im Rauch, legte den Arm vor den Mund, um nicht zu husten. Die Soldaten sollten ihn nicht auf Anhieb entdecken, wenn sie in seinen Käfig stürmten. Vielleicht schaffte er es dann, einen von ihnen zu überwältigen, um ihm das Schwert zu stehlen.

Riagh wartete. Niemand stürmte zu ihm.

Cato hatte nicht ihn gemeint.

Riagh fluchte, und damit war er nicht allein. Menschen schrien durcheinander, Befehle verhallten unbefolgt. »Da ist er!«, rief einer, »Er ist weg!«, gleich darauf ein anderer. Riagh riss sich den Ärmel seines Hemdes ab und band ihn sich um Mund und Nase. Er musste hier raus. Nicht lange und sie würden begreifen, weshalb Nuzar gekommen war.

Die Pfähle neben ihm brannten lichterloh und er trat gegen das Holz, um endlich in Freiheit zu gelangen. Die Verfluchten rührten sich noch immer nicht, also war Nuzar nah, denn er musste sie sehen, um sie zu beherrschen.

Endlich zerbarst das Holz, zerbröckelte beinahe unter Riaghs Stiefeln und wurde zu Asche und Qualm. Die Hose lag heiß um die Waden, doch sie war feucht vom Regen und fing kein Feuer. Im Korridor zwischen den Flammenwänden sah Riagh nichts als dicke Rauchschwaden, nicht einmal Schemen waren zu entdecken. Wenn Nuzar dort wartete, dann war er eins mit den Flammen, unsichtbar für Riagh und die Soldaten – und vor allem für ihre Bögen. Selbst durch den Ärmelstoff hindurch kroch der Qualm in die Nase. Riagh wollte nicht in den Glutofen hineinlaufen, den ihm Nuzar als Weg bereitet hatte. Aber wann hatte sich der Nekromant schon je um Riaghs Willen geschert? Außer all die vielen Male, als Nuzar Riagh ohne Grund eine Wahl gelassen hatte ...

Riagh nahm Anlauf – und der Schmerz schoss ihm durch die Beine. Er schaute hinab. Wie einst bei Nuzar hatte sich eine Felsnadel aus dem Schlamm durch sein Fleisch gebohrt und hielt ihn an Ort und Stelle gefangen.

»Du bleibst bei mir!«

Riagh blickte auf und sah, wie Maritia vom Podest zu ihm herabschwebte, als würde sie vom Wind getragen. In den Händen hielt sie ein Soldatenschwert, und es schien nicht, als hielte sie es zum ersten Mal.

»Ich hatte Ligarius gewarnt, dich ohne eine *Befragung* davonkommen zu lassen.« Sie richtete die Klinge auf Riaghs Kehle, blieb aber in gebührendem Abstand stehen, damit er nicht nach dem Stoff ihres Kleides greifen konnte. »Es war zu leicht, du hast zu schnell so viel verraten. Da war es nur offensichtlich, dass du Geheimnisse hinter Ehrlichkeit versteckst.« Sie drückte die Klinge in Riaghs Haut, schnitt eine feine Wunde hinein und zeigte, wie leicht sie ihm das Leben nehmen konnte. Zeigte es Riagh – und dem, den sie in seiner Nähe vermutete. Denn sie war eine Magierin und dies hieß, dass sie wusste, wozu Zauberei imstande war – und wozu nicht. »Eines deiner kleinen

Geheimnisse greift uns gerade an – doch welches hütest du, das Ligarius so unbedingt mit dir sterben lassen wollte? Das dir niemand bei einer Folter entreißen durfte?«

Riagh schluckte, hustete Rauch aus vor Erstaunen. Die Welt um sie herum brannte, doch Maritia suchte nur nach einem Vorteil für ihre Fehde. Sollte sie ihn doch haben. Riagh war es leid, ein Teil ihres Spiels zu sein. »Der Zentus wusste vom ersten Tag an, dass ich ein Deserteur bin – und er hat mich zu dir geschickt, um dich zu töten.«

»Interessant. Und warum hast du seinen Plan nicht ausgeführt?«

»Das weißt du doch.« Noch einmal atmete Riagh tief ein, um mit lauter Stimme sprechen zu können: »Du solltest uns verraten, wo das Erste Sameea versteckt ist – weil wir nicht ahnen konnten, dass du es die ganze Zeit um den Hals trägst.«

Ihre Gesichtszüge verhärteten sich augenblicklich. Sie durchschaute den Plan. »Komm heraus oder er stirbt!«, rief sie in den Rauch.

Jetzt war es an Riagh zu lächeln. Denn nun stand ihr Leben zwischen Nuzar und dem, was er am meisten begehrte: dem Ersten Sameea. Nuzar hatte nicht Brênningh angezündet, um unverrichteter Dinge zu verschwinden.

Maritia war in der Tat eine kampferprobte Magierin, denn sie hieb mit dem Schwert hinter sich, noch bevor Riagh das Gurgeln aus dem Rauch vernehmen konnte. Die Verfluchten waren erwacht – und er war unbewaffnet mit einer Felsnadel am Boden verwachsen. Und ohne Waffe an der Kehle. Riagh blickte auf die Steinspitze, die aus seinem Oberschenkel ragte; seitlich, sehr wahrscheinlich außerhalb der Hauptschlagader. Sonst wäre sein Bein jetzt bereits taub. Nur die Furcht vor dem Schmerz hielt ihn noch an Ort und Stelle gefangen…

Riagh biss die Zähne zusammen und hob sein Bein. Jede Berührung des Wundkanals brannte wie Gluteisen auf Fleisch, doch er kam frei, aber leider nicht lautlos. Eine Sturmböe schickte ihn in den Schlamm und gleich darauf kanalisierte Maritia um sich einen Schild aus reinem Wasser. Als wäre sie die Erwählte des Sturmfürsten, schoss Regen wie in einer verkehrten Welt vom Boden hinauf, um sich über ihrem Kopf zu neuer Stärke zu vereinen. Der Druck zwang jeden Verfluchten in die Knie, der die Barriere durchschritt, sodass sie ihn mühelos köpfen konnte. Bis Nuzar endlich auftauchte.

Er stieg hinter ihr aus dem Schatten und packte sie an der Schulter, um ihr seine ash'bahrische Klinge an die Kehle zu setzen. Sein Gesicht glänzte blutverschmiert im Flammenschein. An einer Kette um seinen Hals lag sein Sameea und das Blut in der Phiole glühte, als wäre Lava im Glas gefangen. Er flüsterte ihr noch etwas zu, dann zog er mit der Schneide über ihren Hals. Und sah zu, wie der rostige Stahl an ihrer Haut zerbröckelte, während sie lachte, sich umdrehte und es nun selbst war, die Nuzar an der Schulter packte und ihm die Schwertspitze an den Bauch presste. Sie drückte ihre Lippen nah an das Ohr des Nekromanten, flüsterte letzte Worte und sah doch triumphierend zu Riagh. Er schrie. Und er schrie noch immer, als sie erstarrt auf die Knie sank und zur Seite glitt. Ein dünnes Rinnsal Blut floss von ihren Lippen. Ein roter Strom quoll aus ihrem Hals, den ein Pfeil durchschlagen hatte. Der Schaft ragte aus dem Schlamm neben ihr, die Spitze war bereits versunken.

Riagh verbrauchte wertvolle Atemzüge, um seinen Blick von der toten Magierin loszureißen; von der Frau, die so unbezwingbar wie Brênninghs Mauern gewirkt hatte. Letztendlich hatte das Imperium beide besiegt. Er sah zu den Rauchschwaden, die sich allmählich lichteten, und auf dem Marktplatz stand Cato mit einem Soldatenbogen in den Händen und zog mit einem neuen Pfeil zwischen den Fingern die Sehne zurück. Die Welt um ihn herum brannte, doch statt des Pyromanen hatte er die einzige Frau getötet, die nicht vor ihm das Haupt senken wollte; weil er selbst in den Flammen nur seine eigene Fehde lodern sah. Und nun mussten die Zeugen sterben, also zielte er auf Riagh – und verschwand hinter der Feuerwand, die direkt vor seinen Füßen hochschoss.

Nuzar keuchte und schwankte, seine Haut war schmutzig wie der alte Wollmantel, den er trug. Dennoch formte sich auf seinem erschöpften Gesicht ein Lächeln. »Ich weiß ja, ihr Cartharerinnen begehrt den Schlamm, aber könntest du deine Begierde in friedlichere Zeiten verbannen und endlich aufstehen und mit mir fliehen?«

Riagh lachte und erhob sich. Sein rechter Oberschenkel schmerzte, aber das war kein Hindernis. »Du hast dir Zeit gelassen.«

»Und du konntest gar nicht schnell genug nach dem Tod suchen.«

»Ich konnte ja schlecht ahnen, dass du mich retten kommst. Bei unserem letzten Treffen hast du mich in Brand gesteckt.«

»Nein, ich habe den Boden *unter dir* angezündet. Hätte ich dich entflammt, wärst du nur noch Asche im cartharischen Wind.«

Nuzar lächelte auf seine überlegene, so stolze Art. Und kurz, einen Wimpernschlag lang, breitete sich ein warmes Gefühl in Riaghs Brustkorb aus, als kehrte er heim.

Hinter den Flammen hörten sie Rufe, also beschwor Nuzar noch weitere Wände herbei, schützte sie beide mit einem Halbkreis aus Feuer und schien dabei doch selbst auszubrennen. Seine Wangenknochen standen sichtbar hervor, die Augen lagen tief in den Höhlen und Blut hatte sich um sie wie Tränen gesammelt.

»Hältst du durch?«

Nuzar fuhr sich mit rußiger Hand durchs Gesicht und drückte die andere auf die Wunde am Bauch. »Nimm ihr das Sameea ab und dann komm.« Ohne Antwort humpelte er los. Sein Bein schien noch immer nicht recht verheilt und belastete ihn schwerer als Riagh der frische Stich.

Riagh nahm Maritias totem Körper Sameea und Klinge ab. Es war schade um sein garlithisches Breitschwert, denn die Imperialen liebten die kurzen Klingen, sie waren nützlicher mit Schild in der Hand. Aber dies war leider nicht die Zeit, wählerisch bei seinen Waffen zu sein.

»Ich trink mit dir vor der letzten Schlacht. Wenn du das denn willst«, flüsterte er ihr zu, erhob sich und blickte in Nuzars Richtung. »Warte.«

Nuzar blieb stehen, doch drehte sich nicht um. »Worauf denn noch?«, fragte er mit brüchiger Stimme.

»Ich muss den Zentus töten. Ohne Maritia gehört Brênningh ihm allein. Kaum ein Cartharer wird den Winter überleben, wenn sich ihm niemand entgegenstellt. Er sieht in uns nur … Sklaven. Wie auch ihr das tut.«

»Ich weiß nicht, wie viel Zeit ich dir geben kann.« Endlich wandte sich Nuzar um. »Wie viel Kraft mir noch bleibt.« Er ignorierte Riaghs schwachen Vorwurf; vielleicht aus Vernunft, denn dies war nicht die Zeit für Streit.

»Ich schaffe das allein. Sei du nur …« Riagh zögerte. »Bleib verdammt nochmal am Leben, hörst du? Wir haben da ein Ziel zusammen, wir haben … uns.«

Nuzar nickte schwach. Die Flammen spiegelten sich in seinen Augen und brachten sie zum Glühen. »Gib mir das Erste Sameea.« Seine Worte klangen bedeutungsschwer.

Und das waren sie auch. Riagh war durch Hafre ersetzbar. Mit dem Ersten Sameea brauchte Nuzar ihn nicht mehr – um den Fluch zu brechen oder mit alter Stärke die ganze Welt zu unterwerfen? Riagh reichte Nuzar das Sameea. Ohne Vertrauen ging es nun einmal nicht.

Nuzar lächelte, denn er verstand. Oder war endlich am Ziel … Hastig nahm er seine eigene Kette vom Hals und warf sie Riagh zu, legte sich Ashas Sameea um und es glühte augenblicklich auf.

»Ich sperre mich in einen Käfig aus Flammen und halte das Feuer für dich am Lodern, so lange ich kann. Wenn es erlischt, bist du allein auf dieser Welt.«

»Weil du dann geflohen bist?«

»Vergeude deine Zeit nicht mit Fragen, deren Antworten du schon kennst.« Mit diesen Worten schloss Nuzar den Kreis und setzte sich in die Mitte. Er wartete, damit Riagh seine Fehde beenden konnte, während doch die ganze Welt um sie herum brannte.

Riagh legte das Sameea um seinen Hals; dort, wo es hingehörte. Selbst durch das Wollhemd hindurch spürte er noch die Wärme der Phiole, auch wenn das Blut darinnen nicht mehr glomm. Er trug keine Rüstung und keinen Schild, wusste nicht, wie viele Soldaten hinter Nuzars Feuer lauerten; wusste nur, was er zu tun hatte. Catos Tod war der einzige Dienst, den er Brênningh noch erweisen konnte. Mit dem Schwert in der Hand schritt Riagh durch das Feuer und die Flammen schienen für ihn nicht mehr als ein Streich der Wirklichkeit.

Die Soldaten hingegen waren echt. Vier erkundeten den Feuerring in gebührendem Abstand. Keiner rechnete mit Riagh. Er riss den ersten zu sich in die Flammen und nutzte die Verwirrung der Schreie, um den zweiten mit einem graden Schnitt durch die Kehle niederzustrecken. Mit der Waffe voran stürmte er auf den dritten, trieb ihn zurück, damit er gegen den ersten stolperte, der sich gerade aus den Flammen rettete. Mit zwei schnellen Stichen in Beine und Hals sandte er sie beide zu ihren Göttern.

Was für eine Vergeudung von Leben. Sie würden fehlen, gefroren erst die Flüsse. Doch mit Cato als Zentus war niemand diesen Winter sicher.

Riagh vernahm den Luftzug im Nacken, da hatte sich sein Körper schon halb gedreht, hatten seine Reflexe die Klinge bereits zum Schutz hochgerissen und die Parade gelang. Doch der vierte Soldat verstand sich auf energische Schläge, die Riagh zu Rückwärtsschritten zwangen. Es war nur eine Frage der Zeit, bis er den Halt verlor ... oder in die Verstärkung getrieben wurde. Wenn er schon unterlag, dann im Angriff!

Statt zurückzuweichen, gab Riagh jede Deckung auf. Mit Schwung ging er in die Knie, rutschte mit der Klinge voran durch den Matsch auf seinen Gegner zu – und hatte Glück. Der Soldat war noch jung und sollte nicht alt werden, denn Riagh überrumpelte ihn durch Untertänigkeit und brachte ihn blutig zu Fall. Ein Pfeil zischte über seinen Kopf hinweg. Cato hielt immer noch seinen Bogen in den Händen; auch er hatte nicht damit gerechnet, dass Cartharer wortwörtlich dazu bereit waren, im Schlamm zu kriechen. Die meisten Soldaten mussten noch mit Nuzars Feuern und dem Rauch kämpfen, denn neben dem Zentus stand nur ein weiterer Mann: Fabius. Hinter ihm duckte sich Hafre, als wäre ihr Beschützer ein alter Baum.

»Ich will nicht dich!«, rief Riagh dem Soldaten zu, der einst sein Freund hatte sein wollen, und stand auf. Es gab keinen Grund zur Eile, er konnte Cato unmöglich vor seinem nächsten Pfeilschuss erreichen.

»Sie kriegst du auch nicht.« Fabius hob Klinge und Schild.

»Sie ist eine cartharische Waise, hat wie so viele in diesem Land die Mutter an die Legion verloren. Ich bin nicht derjenige, den sie fürchten muss.«

Auch wenn Riagh zu Fabius sprach, behielt er den Zentus im Blick, während er auf die drei zuschritt. Er wusste, er konnte keinem Pfeil ausweichen. Aber vielleicht konnte er mit der Klinge zumindest Hals und Herz schützen, wenn es darauf ankam.

Und das kam es. Er sah den Entschluss in Catos Augen, noch bevor er die Hand erreicht hatte. Riagh verdeckte mit Griff und der rechten Faust das Herz, hielt die Klinge schräg über der Kehle und den linken Arm vorm Gesicht. Er schrie auf, als der Pfeil das Fleisch zwischen Elle und Speiche durchschlug und sich im Knochen verhakte, und doch war er erleichtert: Nicht einmal die Spitze erreichte sein Auge. Sofort rannte Riagh los, er durfte Cato keinen weiteren Schuss gönnen.

Aber der Zentus dachte gar nicht mehr ans Schießen, warf den Bogen achtlos fort und griff stattdessen neben sich – nach Hafre. Er hielt ihr sein Schwert an die Kehle und Riagh blieb augenblicklich stehen, während sein Herzschlag noch immer zum Angriff stürmte.

»Hierher!«, brüllte Cato mit dem Mädchen in den Armen. »Der Kerl ist bei mir! Und du, Cartalianer, lässt schön die Waffe fallen. Oder ich werde meine benutzen.«

Riagh sah zu Hafre, in diese hellen, ängstlichen Augen. Ihre Lippen zitterten, doch sie sagte kein Wort. Hatte er sie je sprechen hören? Maritia hatte unmöglich diesen Einfluss erlangen können, hätte sie sich bereits bei Hafres Geburt von der Legion zurückgezogen. Statt einer catharischen Mutter musste das Mädchen eine imperiale Amme gehabt haben. Passierte das mit Cartharerinnen, wenn man sie von Imperialen erziehen ließ? Sie wurden stumm, waren wie die bunten Vasen in den Häusern: hübsch, zerbrechlich und nutzlos.

»Tut mir leid«, flüsterte Riagh ihr zu.

Ihr Blick weitete sich.

»Nein, so meine ich das ni...« Riagh verstummte. Zwei neue Soldaten kamen angerannt, gleich würde Cato sie zu ihm schicken. Gleich musste er seine Wahl treffen. Hafre oder sein Leben?

Wenn er nun starb, folgte ihr Tod nur wenig später, um sie alle vom Fluch zu erlösen. Hatte das Mädchen Riaghs Worte doch richtig gedeutet und nur er war es, der sich seine längst getroffene Wahl nicht eingestehen konnte?

Die Soldaten kamen näher. Fabius war einer von ihnen. Cato brüllte erneut: »Lass das Schwert fallen oder Hafre wird ihre Mutter sehr schnell wiedersehen!«

Riagh blickte in diese unendlich traurigen Augen. Ihre Lippen zitterten nicht mehr. Sie war bereit, wie er es war. Ihre dünnen Finger strichen über Catos Handrücken und legten sich über seinen Griff an der Waffe, als wolle sie es selbst sein, die die Klinge gegen sich führe. Wenigstens frei im Tod. Eine brave imperiale Frau. Ihre Abschiedsworte kamen so dünn aus ihrem Mund, Riagh konnte sie nicht verstehen. Er schaute von ihr fort zu den Soldaten; er wollte es nicht sehen, stattdessen losstürmen, sobald sie leblos war. Vielleicht konnte er sich so eines Tages überzeugen, dass es nicht seine Schuld gewesen war. Dass er keine Wahl gehabt hatte.

Lüge.

Ein Schrei.

Riagh blickte wie die Soldaten zu Cato, der seine linke Hand auf einen blutigen Armstumpf presste. Zu seinen Füßen lag eine Hand aus Eis in dreiunddreißig Splittern und die Waffe neben ihr.

Hafre sah ebenso erschrocken auf ihr Werk wie der Rest, verbarg mit ihren Fingern den offenen Mund, wie es für ein imperiales Mädchen anständig war. Und doch hatte die Cartharerin in ihr um ihr Leben gekämpft und gewonnen.

»Hexe!« Der erste Soldat erwachte aus seiner Starre und fand ein weit gefährlicheres Ziel, als Riagh es war. Der zweite folgte ihm augenblicklich, lief mit der Klinge in der Hand auf das Mädchen zu, das nur leise stammelte. Eine Wasserfontäne schoss vor ihr aus dem Boden und versiegte sogleich. Riagh hoffte wirklich, sie würde schnell lernen, und rannte den Soldaten hinterher. Für einen Moment dachte er, Fabius würde sich in seinen Weg stellen, doch der garlithische Soldat trat sogar noch einen Schritt zurück und machte Riagh Platz – um ihm in den Rücken zu fallen? Sollte er doch, solange Riagh nur vorher Hafre schützen konnte.

Dennoch war er zu langsam. Der erste Soldat erreichte das Mädchen und schlug nach ihr, kein rettendes Wasser stieg aus dem Boden. Sondern Feuer. Wie im Dorf schoss eine Flammensäule auf und die Schmerzensschreie des Soldaten gellten über den verrauchten Marktplatz.

Nuzar. So viel zu seinen Worten …

So viel zu seinen Taten!

Kurz drehte sich Riagh um. Der Nekromant stützte sich mühsam auf ein Schwert; Beutegut eines gefallenen Soldaten. Er lächelte schwach. Das Sameea um seinen Hals glühte. Und erneut schrie ein Soldat auf und der Gestank verbrannten Fleisches schnitt Riagh in die Nase.

Als Riagh wieder zurück zu Hafre blickte, war ihr nur noch Cato als Feind geblieben – und sie war klug genug, Abstand zu ihm zu halten. Denn der Zentus hatte sich von seinem Schrecken erholt und griff nun mit der Linken nach seinem Schwert. Aus seinem Stumpf plätscherte das Blut, sehr bald schon bliebe in seinem Körper kein Leben mehr. Das wusste er, wie es Riagh wusste. Cato besaß nur noch seine Rache. Und er nutzte sie.

Wieder war es Hafre, auf die er sich stürzte. Doch er brauchte zwei Schritte und das rettete ihr Leben. Denn auch Riagh brauchte nur noch zwei Schritte, schlug mit der Klinge, als auch Cato zuschlug. Es klirrte, als Stahl auf Stahl traf; zwei Klingen kreuzten sich vor Hafres zierlichem Brustkorb. Für einen Moment schienen sie wie festgeschmolzen, doch dann nutzte Riagh die Kraft und Schnelligkeit der richtigen Hand und Catos Ende kam rasch wie ein Atemzug.

»Ein Sklave, der sich seinen Herren selbst wählt, ist nicht frei, nur dumm ...«, keuchte der Zentus, Anführer über die IV. Legion, und starb durch die Klinge eines Deserteurs in seinem Hals.

Das Mädchen japste nach Leben, als Cato seines verlor.

Für einen Moment stand Riagh einfach nur da, wartete auf den Triumph, auf das überbordende Gefühl der Erleichterung.

Doch nichts geschah, nur sein Arm wurde schwer durch das Menschenleben, das an seiner Waffe zog. Er zerrte das Metall aus dem Fleisch und wischte das Blut an seinem Hemd ab. Feine Regentropfen benetzten seine Wangen, der Sturmfürst hatte sich wieder zu ihnen gesellt.

»Danke.« Eine feine, so kindliche Stimme.

Riagh lächelte. Was nun auch immer aus dieser führerlosen Stadt wurde, dieses eine Leben hatte er gerettet. Hoffte er zumindest. Er drehte sich um, suchte nach Fabius und fand ihn, wo er ihn zuletzt aus dem Blick verloren hatte. Der Soldat hielt noch immer die Klinge in der Hand, sein Leib zitterte leicht, als er wie erstarrt dastand und ängstlich zu Riagh schaute.

»Nuzar, lass ihn frei.«

»Er war nie gefangen, nur äußerst klug«, erklang es seitlich von Riagh mit angestrengter Stimme.

Riagh stutzte, und dann verstand er. »Fabius, senk die Waffe, dann wirst du auch nicht in Flammen aufgehen, wenn du dich rührst. Du hast mein Wort. Und mach lieber schnell, bevor uns die anderen finden.« Es war weniger das Vertrauen in Nuzar, das Riagh dazu brachte, sein Wort zu geben, sondern vielmehr der Umstand, dass der Nekromant viel zu elend für unnötige Zauber wirkte.

Fabius schien sich dessen nicht so sicher. Seine Nasenflügel flatterten vom raschen Atem, als er seinem Körper endlich Bewegung erlaubte und das Schwert senkte. Für einen Moment schloss er die Augen. Als er sie wieder öffnete, schien er ungläubig, dass er noch lebte.

So sehr Riagh seine Verwirrung auch verstehen konnte, die Feuer um sie herum erloschen und der Rauch zog ins Land. Ihnen blieb keine Zeit mehr. Er packte Fabius an der Schulter und zog ihn zu Hafre. »Bring sie in Sicherheit. Sag, der Zentus und die Guvara haben sich gegenseitig umgebracht, anstatt sich gegen ihre Feinde zu verbünden.«

»Aber du hast ...«

»Und keiner außer uns kann dies bezeugen. Bis zum Winter wird das Imperium niemanden schicken, entweder überlebt ihr allein oder gar nicht. Unser gemeinsamer Feind ist so gewaltig, das musst du doch auch einsehen. Sag den anderen, was Cato und Maritia zugrunde richtete und vielleicht, wenn Brênningh das nächste Mal brennt, schafft ihr es, die Feuer zu löschen, statt neue zu entzünden.«

Nur zögerlich nickte Fabius, sah zu Hafre und dann wieder zurück zu Riagh. »Ich habe dir nicht vergeben. Wenn ich dich das nächste Mal sehe ...«

»... ja, ja, dann bringst du mich um, ich weiß. Keine Sorge, wir werden uns nicht mehr wiedersehen. Leb wohl.« Riagh wartete keine weitere Antwort ab und ging.

Als er zum Nekromanten zurückkehrte, spürte er noch immer die Wunde am Oberschenkel, doch der Schmerz war alt geworden. »Ich dachte, wenn du die Flammen nicht mehr nähren kannst, lässt du mich allein.«

»Hier bin ich, Riagh, habe kaum noch Kraft und Blut im Leib und ließ eine Insel für dich brennen. Und wenn es sein muss, wird es Feuer vom Himmel regnen, um diese ganze Stadt unter ihrer Asche zu begraben – wenn es nur hilft, dass du am Leben bleibst. Und da zweifelst du noch immer an deinem Wert für mich, meine Libelle im Honigglas? Wenn du je auf dieser Welt allein sein solltest, dann nur aus einem Grund: Ich wurde wieder zu der Asche, aus der mich Ash'Ghiam einst formte.«

Riagh schluckte hart. Er war seiner Hinrichtung nur um Haaresbreite entkommen, hatte ungerüstet seinen Feinden getrotzt. Und doch waren es Nuzars Worte, die ihn nun in die Knie zwangen. Noch nie hatte Riagh einem Menschen so viel bedeutet, er, der Waisenjunge, der den meisten vor allem Last und selten Freude war. Nicht einmal Anryn noch Sivok hatten ihn je so angesehen, wie es Nuzar nun tat. Was machte es da, dass sich Riaghs Wert erst durch seinen Tod bemaß?

Selten hatte sich Riagh so sehr gewünscht, mit Nuzar allein zu sein. Irgendwo verborgen, wo sie den Unterschied zwischen Nächten und Tagen vergaßen. Wo sie etwas beenden konnten, was vor langer Zeit begonnen hatte.

Doch sie waren in Brênningh und die Welt um sie herum brannte nicht mehr. Und genau das war ihr Problem.

»Ich sehe sie!« Der Soldat brüllte über den Marktplatz, auf dem der Rauch schwand wie Nebel am Morgen. Der Soldat war nicht allein.

Neue Flammen, neuer Rauch; neues Blut, das Nuzars faltige Haut herabtropfte. Er schien Jahrzehnte gealtert, wirkte ausgedorrt, als hätte sein Körper alles Wasser verloren. Als Riagh ihn stützte, sackte er in seinen Armen zusammen und war leicht wie ein Kind. Kurz rutschte seine Hand von der Bauchwunde und das Blut plätscherte hervor. Schnell presste Nuzar wieder seine Finger darauf und sie beide taten, als hätten sie nichts gesehen, was jetzt nicht sein durfte. So wie Riaghs Schmerz nicht sein durfte, und er sich selbst überzeugte, dass weder seine Wunden noch sein Hunger ein Teil seines Leibes waren. Nicht jetzt, nicht, wenn sie am Leben bleiben wollten. Nuzars Füße rührten sich kaum noch, also schulterte Riagh den Mann, der ihm zum Feind geboren wurde, und floh mit ihm durch eine feindliche Stadt, die doch seine Heimat sein sollte.

Sie hetzten über eine nahe Brücke und dann am Ufer entlang. Der Dræghad wurde zum Nivag, ein grauer Regenschleier legte sich über Brênningh und trübte die Sicht, wie es vorher der Rauch getan hatte. Für ihre Flucht hatte sich Ash'Ghiam mit dem Sturmfürsten verbündet; wenigstens die Götter waren noch auf ihrer Seite. Und die Göttinnen.

Riagh rannte mit Nuzar auf seinen Schultern, ließ ihn hinab, wenn doch ein Soldat sie fand, und trug ihn danach weiter. Erst durch den Matsch des breiten Uferweges, dann durch den Schlamm der schmalen Gassen zwischen den

Langhäusern. Die Cartharer wichen ihnen aus, denn so sehr sie die Ash'Bahar auch hassten, so sehr liebten sie das Leben. Nuzar blieb die ganze Zeit über bei Bewusstsein und ließ sich doch ohne falschen Stolz tragen. Er jammerte nicht, klagte nicht, verfluchte weder Nässe noch Kälte. Riagh bezweifelte schon, ob er wahrhaftig den Nekromanten mit sich schleppte oder doch nur eine Illusion. Als der Ash'Bahar dann endlich mit matter Stimme sprach, hätte Riagh ihn fast überhört; ihm war, als hätte nur der Wind geflüstert.

»Wohin fliehen wir?«

Riagh blieb stehen, lehnte Nuzar gegen eine Hütte, um ihn anzublicken. Um sich ein klein wenig Zeit für eine Antwort zu erkaufen, die er einfach nicht kannte.

»Raus.«

»Und wie entkommen wir dieser Stadt? Nicht dass ich klagen will, doch mir scheint, du irrst durch ein Labyrinth aus Holz und Schlamm, bis du jede einzelne Soldatin erschlagen hast. Und ich irre auf deinen Schultern mit dir.«

Riagh atmete tief ein und schluckte Regenwasser. Die Tropfen zerbarsten auf den Holzschindeln, trommelten wie marschierende Stiefelsohlen. In der Ferne hörte er Rufe. Vielleicht waren sie auch nah, der Nivag stahl nicht nur Sicht, sondern auch Gehör. Es war in der Tat ein verlockender Gedanke, jeden imperialen Soldaten zu erschlagen. Doch derer gab es Hunderte, und jeder, den Riagh auf der Flucht tötete, fehlte im Winter, wenn die Verfluchten über die zugefrorenen Flüsse kamen.

Riagh sah auf, suchte nach einem Ausweg. Wohin er blickte, gab es nur Brênningh: nichts als Hütten mit Pfählen als Wänden, nichts als Matsch und grauen Regen, und über allem ragte die mächtige Mauer am Horizont empor. Nuzar hatte den hölzernen Käfig entzünden können, doch der steinerne brannte nicht.

»Ich hätte mit dir gehen sollen, am Morgen nach unserer Schlacht oder doch zumindest nach unserem Wiedersehen. Ich hätte dir vertrauen sollen ... Hätte ich mehr nachgedacht, hättest du mich nicht retten müssen. Und jetzt sterben wir beide ...« Riagh sprach nicht weiter, verlor sich in Nuzars trüben Augen. Das Blau war fahl geworden und hatte jede Glut verloren. Es schien schon ein kleines Wunder zu sein, dass der Nekromant dennoch die Kraft für ein Lächeln fand. Es war bitter wie der Moment.

»Wenn wir es genau betrachten, ist dies nicht einmal eine Rettung. Ich führe dich nur von einer Hinrichtung zur anderen.« So schwere Worte mit so leichter Zunge. Nuzar hatte vielleicht seine Kraft, aber nicht sein Wesen verloren.

»Ja. Es wäre einfacher gewesen, Hafre zu entführen. Warum also der Aufwand, um mich zu retten? Ich sterbe so oder so.«

»Weil es auch unerheblich gewesen wäre, was sie mit einem Ash'Bahar machten, bevor sie ihn am größten Baum am Fluss aufhängten. Am Ende wäre er ohnehin tot, nicht? Wozu ihn dann retten?« Ein warmes Lächeln auf blassen Lippen. »Jede Wahl hat ihren Preis, und mancher ist ein Leben hoch. Oder Hunderte.«

Da lag etwas Neues in diesen fremden Augen, etwas Seltenes funkelte dort wie ein Rubin im Schlamm des Flussbetts: Dankbarkeit.

»Schwelge nicht in vergangenen Taten, sondern träume mit mir, Riagh. Wenn wir die Mauern dieser Stadt überwinden könnten, wohin würdest du ziehen?«

»Garwad. Ich muss es sehen, nur noch dieses eine letzte Mal. Ich muss wissen, wo sich ihr Blut mit dem Regen mischte, wo es endete ...« Riagh sah hinab, damit seine Augen nicht noch mehr Regen fingen, der seine Wangen hinabperlte. »Und außerdem ist es ein guter Ort zum Überwintern. Auch wenn das Dorf verlassen ist, ich kenne das Land. Ich habe dort sechzehn Winter überlebt, ich überlebe auch diesen. Und wenn die Häfen im Frühling auftauen, können wir nach Ash'Bahrim. Salainn wäre mein nächstes Ziel auf der Suche nach einem Schiff, die Stadt rebelliert ständig gegen ihre Besetzer. Selbst wenn sie gerade nicht frei sein sollte, gilt dort Verrat zumindest nicht als Bürgerpflicht.«

Eine Hand strich über Riaghs Wange, kalte Finger glitten über die Haut hinab zum Bart. Sie schoben sich ganz sachte unter sein Kinn und führten seinen Blick wieder hinauf; ohne Zwang, denn bei Nuzar blieb ihm stets die Wahl.

»Welcher Horizont führt nach Garwad?«

Riagh deutete gen Nordwesten, ohne die Bedeutung zu begreifen.

Nuzar nickte. »Von dort strömt der Gwelach an der Mauer entlang in die Stadt, nicht wahr? Wenn wir ihn überwinden, fliehen wir in deine Heimat. Sag, gelänge es dir dort, dich vor unseren Häscherinnen zu verbergen?«

»Wir können nicht über den Gwelach entkommen. Selbst in einem leisen Sommer wäre ich mir nicht sicher, ob ich gegen die Strömung anschwimmen könnte – und wir haben einen stürmischen Herbst. So erschöpft, wie du aussiehst, wirst du in wenigen Herzschlägen ertrinken.«

»Mir fehlen die Worte für die Freude, die mir das Wissen beschert, dass du dich solcherart um mein Leben sorgst. Doch dies ist nicht die Zeit für solche Sorgen, nur für Antworten: Wirst du hinter den Mauern und mit dem Gwelach im Rücken sicher sein?«

»Ja.« Selten war Riagh eine so einfache Antwort so schwergefallen.

Wieder nickte Nuzar, sein Lächeln war ungetrübt. »Dann führe mich zum Fluss und ich führe dich aus diesem Labyrinth.«

Der kurze Weg zum Fluss war lang, denn die Soldaten fanden sie, wieder und wieder. Riagh pirschte mit Nuzar zwischen den Häusern hindurch, vermied die breiten Wege und stapfte durch den Schlamm. Es brachte nichts, zumindest keine Leben. Sechs weitere Soldaten starben, und dazu ein Verfluchter, der zur *falschen* Zeit in Brênningh angespült wurde.

Obwohl Nuzar vor Erschöpfung kaum noch gehen konnte, kämpfte Riagh zu keinem Zeitpunkt allein. Mochte

Nuzars Körper auch verdorren, seine innere Flamme loderte ungezügelt wie je.

Als sie endlich die Stelle erreichten, an der die massiven Mauern in den Gwelach ragten, lehnte sich Riagh neben Nuzar gegen das Gemäuer und atmete schweigend in tiefen Zügen. Noch immer trug Riagh keine Rüstung, doch dafür nun zu viele Wunden. Keine tödlich für sich allein, aber in der Summe regnete das Blut aus seinem Körper und er fand weder Zeit noch Ruhe, die Magie in sich zu wecken. Sie waren nicht nur am vorläufigen Ziel ihrer Reise angekommen, sondern auch am Ende aller Kräfte.

»Hier sind wir. Und jetzt ist es vorbei. Ich sagte doch, wir können unmöglich gegen den Gwelach anschwimmen.« Riagh blickte sich um, während er sprach, spähte nach neuen Soldaten. Als gäbe es noch ein Entkommen.

»Wir werden nicht schwimmen. Denn lieber verglühe ich, als zu erlöschen.«

»Was meinst du damit?«

Nach all den Toden, die Riagh fast gestorben wäre, und all den Toten, deren Blut an ihren gemeinsamen Händen klebte, war es ausgerechnet die Ruhe in Nuzars Stimme, die die Panik auf Riagh einströmen ließ wie den Gwelach in diese alte Stadt.

»Bleib aufmerksam, Riagh, denn du musst meinen Worten jetzt nicht nur lauschen, sie müssen sich in dein Gedächtnis brennen, auf dass du sie in deinem kurzen Leben nie wieder vergessen mögest.« Nuzar griff in Riaghs Haare, zog Riaghs Kopf nah ans eigene Gesicht. Zwischen ihnen waren nur noch der Regen und die Kälte, die ihr Atem auf der feuchten Haut des anderen beschwor. In Nuzars Blick lag all die Zärtlichkeit dieser einen Nacht auf den fernen Äckern. Und all die Verzweiflung. »Du musst nach Maana gelangen, den größten Hafen Ash'Bahrims. Kein ash'bahrisches Schiff treibt es nach Carthal, also vertraue dich den Seevölkern an, sie kennen den Weg und sind uns stets willkommen. In Maana frage nach Kevah, einem Dear'waaru, wie ich es bin. Der mir einst so ähnlich war ... Er war einmal ein Freund und vielleicht will er dies wieder sein. Erzähle ihm von mir, erzähle ihm von deiner Mission. Du bist der Regentänzer, nach dem ich suchte ... Du wirst es beenden, mit dir wird es beginnen.«

»Was beginnt mit mir?«

»Alles ... Eine neue Welt ohne den Fluch.«

Einen Herzschlag lang war Riagh still, denn ihm fehlten die Worte. Dann kehrten sie alle auf einmal zurück. »Nein. Ich meine ... nein! Wir reisen gemeinsam nach Maana – also warum erzählst du mir dies alles?«

Nuzars Lächeln erschien milde. Wo war der Stolz, die Überheblichkeit? All das Feuer seines ungezügelten Geistes? »Damit es nicht umsonst war, nicht schon wieder. Es kann doch nicht mein Schicksal sein, stets die falsche Wahl zu treffen ...« Nuzars Fingerspitzen fuhren Riaghs Schläfe entlang, verloren sich auf dem Pfad des Narbengewebes der Zigali-Flamme. Riagh glaubte, die Hitze der alten Zeit zu spüren. »Ich habe gewusst, dass es so enden wird, wenn ich dich wähle. Auch wenn ich es nicht wahrhaben wollte, mir große Pläne machte, wie wir unerkannt durch die Tore der Stadt entkommen. Träumerei, so ein wunderbares Talent von mir. Du bist stärker als die kleine Regentänzerin, Riagh, du kannst es auch allein nach Maana schaffen, und Kevah weiß, wie der Fluch zu brechen ist, du musst ihm nur noch das Erste Sameea bringen. Vielleicht wirst du ihn ein wenig überzeugen müssen, aber deine Sturheit bezwingt hundert Feindinnen und er ist doch nur ein einzelner Mann.« Die Finger an Riaghs Schläfe schienen zu glühen, der Atem des Nekromanten brachte die Schwüle träger Sommer an Riaghs Haut. Es war, als stünde Riagh zu nah am Feuer, doch er wagte nicht, auch nur einen Schritt zu weichen. Als bliebe nur noch Asche, wenn er auch nur einen Moment blinzelte.

»Nuzar? Was hast du vor?«

Das Rot in Nuzars Augen wuchs zum reißenden Lavastrom und verschluckte alles Blaue. »Brennen. Und die Stadt brennt mit mir.«

Die Luft um Nuzar wurde stickig und schwül. Regentropfen zischten, als sie auf seine Haut trafen. Erschrocken wich Riagh zurück. Nuzars Augen glommen wie das Sameea um seinen Hals. Wie das Blut, das in großen Tropfen aus Nase und Ohren perlte. Selbst die eigenen Säfte kochten und hüllten den Ash'Bahar in roten Dunst. Als wäre die Innere Flamme des Nekromanten tatsächlich erwacht und züngelte durch seinen Leib in diese Welt.

»Nuzar ...« Riagh stammelte. Schluckte die schwüle Luft und schmeckte Blut. »Nuzar!«

Dann wurde der Ash'Bahar reines Feuer. Es gab nur noch Flammen, mauerhoch und grell. Und in der Mitte: eine Gestalt aus Glut. Mehr war von Nuzar nicht geblieben. Aber mehr schien auch nicht nötig, denn die Gestalt rührte sich. In langsamen Bewegungen fasste sie an die Mauer und wo sie den Fels berührte, schmolzen die Steine wie Schnee im Frühjahr und flossen als glühende Schlacke in den Gwelach.

Wo das Imperium einst drei Legionen gebraucht hatte, um die Mauern Brênninghs zu überwinden, genügte ein Ash'Bahar. In all seinem Hochmut hatte Nuzar nie gelogen: Er war der Weltenbrand.

Und auch Maritia war in ihrer Grausamkeit ehrlich geblieben: Das Erste Sameea schenkte keine Erlösung vom Fluch, es schenkte Macht.

Es stank bestialisch, nach verkohlten Knochen und verbranntem Lehm. Nach altem Eisen, saurem Essig – und immer wieder nach Fäulnis. Riagh hustete, als sich der Gestank in Nase und Kehle schnitt. Als würde er Metallsplitter schlucken. Die Augen tränten und er konnte die Luft nicht mehr bei sich halten. Er röchelte und würgte, stützte sich mit den Händen auf die Knie und spie Galle. Mehr konnte er nicht aus seinem Magen pressen, auch wenn er es doch bitterlich versuchte.

Um ihn herum schrien die Menschen, lauter noch, als der Regen zischte. Und es zischelte ganz fürchterlich, denn der Sturmfürst konnte diesen Frevel in seiner heiligen Stadt nicht ertragen. Er sandte Tarhain, um jedes

Feuer zu ersticken. Als Riagh endlich wieder aufschaute, lag um ihn Wasserdampf wie Nebel. Er war in Schwüle gefangen, der Sturm tobte unter einem basaltfarbenen Himmel und der Welt fehlte das Licht. Ihm fehlte das Licht. Denn Nuzars Flamme war erloschen.

Riagh eilte die wenigen Schritte voran, wo er die Geburt von etwas Übermächtigem hatte mitansehen dürfen. Etwas Göttlichem ... Und tatsächlich, dort, nah der geschmolzenen Mauer, lag etwas, ein dürres Wesen. Es wirkte wie verstreute Asche, feucht vom Regen. Und neben der Gestalt zeigte sich die wahre Macht, die hier gewütet hatte: Das Gemäuer war nicht nur zerflossen, es hatte sich ganz in den Gwelach ergossen, um dort als schrohe Brücke über den reißenden Strom zu führen. Ein brüchiger Weg in die Freiheit – oder doch zumindest ein Entkommen vor einer wütenden Legion. Zerbrechlich wie der Körper, der dort im Schlamm lag ... Nicht mehr lange, und der Gwelach würde den schmächtigen Pfad an sich reißen, denn Carthal duldete keinen Sieg des Feuers über den Regen. Aber nichts in Riagh schien mehr zu stürmen, wenn keine Flamme in Nuzar loderte.

Er kniete sich in den Schlamm, strich mit zittrigen Fingern über den verkohlten Leib – und wischte durch feuchte Asche, die als zähe Schlacke an seiner Haut kleben blieb. Er wischte stärker und zum Vorschein kam Nuzar; zumindest sein Körper. Die dunkle Haut war ganz faltig, die Haare nur Stroh. Seine Augen waren geschlossen, der Brustkorb starr. Kein Blut schien mehr in ihm zu sein, er war wahrhaftig verdorrt, vertrocknet vom eignen Feuer. Nur das Erste Sameea auf seiner Brust glühte matt, wie die Phiole um Riaghs Hals schwach pulsierte. Doch auch diese Macht verlosch an der Welt.

»Nein …« Wieder stammelte Riagh, und wieder brachte es nichts. »Nein, so war das nicht … Warum? Warum hast du das allein entschieden? Du hattest kein Recht zu dieser Wahl!« Er wischte noch mehr Asche fort, fuhr mit beiden Händen über dies trockene Gesicht. Ihm war, als würde die Haut unter seinen Fingern zerreißen, so dünn war sie. Um ihn tobte der Tarhain und dämpfte die Rufe der Menschen, die wie er Zeugen eines Wunders waren. Nicht mehr lange, und die Soldaten würden zum Loch in der Mauer rennen. Nicht mehr lange, und der Gwelach zerstörte den Weg hinaus; die Brücke, für die Nuzar …

Riagh schluchzte, stärker noch, als der Regen ihm die Würde bewahren konnte. Was kümmerte ihn jetzt noch Stolz, wenn sie alle – jeder, den er liebte – einfach so starben? Was brachte es, diese eine Libelle zu sein, wenn dafür neunundneunzig bessere im Honig ertranken? Konnte es einen grausameren Fluch geben als ewiges Überleben?

Fluch … Es waren schon dreiunddreißig Herzschläge vergangen und doch war Nuzar noch nicht als Verfluchter auferstanden, um seine Feinde zu zerfleischen.

Riagh starrte auf sein Sameea. Das pochte gegen den Regen an, immer langsamer, immer ausgelaugter … und hielt Nuzars Innere Flamme am Leben? Aber wenn er innerlich noch glühte, was fehlte ihm dann?

Die Haut so faltig und trocken – Nuzar verdurstete im Land des Wassers.

Riagh schob die Lippen des Nekromanten auseinander, damit er den Regen trank, doch er schluckte nicht einmal, als sein Mund zur Pfütze wuchs. Es war zu spät, Nuzar würde eher ertrinken, als dass er nach neuem Leben rang.

»Nein, nein, nein!« Riagh schrie, beschimpfte das Schicksal und fluchte zum Donnerfürsten. »Du verdammter Flüssigfurzer, es ist genug! Hörst du? Ich spiele nicht mehr mit! Ich lass mich von dir doch nicht nach jedem Kampf zusammenflicken, damit du allen anderen das Leben klaust!« Riagh stand auf und drohte mit der Faust gen finsterem Himmel. »Das hier ist dein Land, das zur stinkenden Schlacke verkommt. Das hier sind deine Leute, die nach dem Tod als hungrige Irre auf Menschenjagd gehen. Und das hier ist der Mann, der all das beenden kann – und du lässt ihn verdursten? Hast du heute Morgen Brackwasser gesoffen?« Der Tarhain um Riagh wuchs zur Sturmfront, für die selbst Carthal keinen Namen kannte. Der Regen tobte, wie Riaghs Herz wummerte und sein Zorn war finster wie der Himmel selbst. Riagh griff zum Schwert, hieb einen tiefen Schnitt von der Handinnenfläche bis zum Gelenk und es regnete Blut. »Du glaubst wirklich, ich nehme es noch länger hin, dass du *das hier* heilst? Ich soll dir für die Gnade danken, die du meinem Körper zuteilwerden lässt? Wenn du nicht mehr kannst, als ein paar lächerliche Wunden zu flicken, was bist du dann für ein lächerlicher Gott?«

Riagh stolperte, als der Blitz zu nah bei ihm einschlug, und fiel zurück in den Schlamm, aus dem der Sturmfürst einst die Welt aufgetrennt hatte, damit er und die Menschen einen Platz hatten. Menschen wie Riagh – aber nicht wie Nuzar. Er war dem Feuer entstiegen, weshalb sollte der ewige Regen sich dann seiner erbarmen? Riagh kroch zurück zu seinem Gefährten und betrachtete das Sameea auf seiner Brust, wie es langsam erlosch. Zu spät, zu schwach … Er strich zärtlich noch ein letztes Mal über das zerschundene Gesicht und hinterließ blutige Schlieren, die sich in den Falten als dreiunddreißig kleine Seen sammelten. »Leb … bitte«, flüsterte er mit dünner Stimme. Ihm war, als würde auch sein Leben aus ihm fließen und er schmeckte sein eigenes Blut auf der Zunge. Der Sturm rauschte wie die Welt um ihn herum, ihn schwindelte und kurz war da nur noch der eigene Regen, der tief in ihm verborgen tröpfelte. Nach all dem Schreien und Zetern, all dem Betteln und Winseln war es nur noch das feine Nieseln des Dræghad, das seine so verdorrt wirkende Seele benetzte, damit sie nicht auch noch austrocknete. Denn mehr war Riagh nicht geblieben; all die Fluten, die er früher in sich tosend vorgefunden hatte, schienen wie fortgespült und hatten ihn als altes Flussbett zurückgelassen. Als wäre er innerlich verblutet, als wäre er … leer?

Er blinzelte. Die Welt hatte noch immer nicht zum festen Stand zurückgefunden und wankte um ihn herum. Er war auf Nuzar zusammengesackt, und dort lagen sie, glichen Leichnam auf Leichnam, während Brênningh zur

Ruhe fand. Wie lange war er bewusstlos gewesen? Riagh sah erschrocken auf: Es konnten nur Augenblicke vergangen sein, denn noch war der steinerne Pfad über den Gwelach erhalten. Doch die ersten Stücke waren herausgebrochen und hinterließen klaffende Löcher auf dem einzigen Weg in die Freiheit.

»Es tut mir leid, ich ... ich habe es wirklich versucht. Ich ... ich wünschte ... ich könnte ... Uns bleibt die letzte Nacht vor der Schlacht.« Riagh schluchzte.

Nuzar schnarchte verständnisvoll, tief und kehlig.

Erschrocken wich Riagh zurück und stürzte sich gleich darauf auf den trägen Leib, strich die strähnigen Haare aus dem dunklen Gesicht und betrachtete die glatte Haut. Was auch immer geschehen war: Nuzar lebte! Riagh rüttelte am Nekromanten, doch nur sein Schnarchen wurde lauter. Er schob das Hemd hoch und fand Maritias Wunde versiegt vor. Nur eine alte Narbe auf junger Haut ... Nuzar war am Leben und bewusstlos: Das war jenseits von gut, aber er nahm, was er vom Sturmfürsten kriegen konnte.

Riagh sprang auf die Füße, stolperte und fiel zurück in den Matsch. Für einen Moment schienen seine Beine jede Kraft verloren. Riagh wischte sich durchs Gesicht und seine Hand glänzte blutig rot, als wäre ihm das Leben nur so aus dem Leib geronnen. *Aus seinem hinaus und in Nuzars hinein ...* Auch wenn Riagh sich nicht erinnern konnte, sie bewusst getroffen zu haben: Es war die richtige Wahl gewesen.

Diesmal vorsichtiger stemmte er sich in den Stand, schwankte noch – doch der Schmerz war gewichen. Auch die eigenen Wunden hatte sein innerer Regen fortgewaschen wie alten Schlamm. Riagh hievte sich Nuzar über die Schulter und hörte beim ersten Schritt auf die zu dünn wirkende Brücke bereits die Soldaten hinter sich brüllen. Der Tarhain war wieder zum Nivag geworden und hatte damit jedwede Unsichtbarkeit zunichtegemacht.

Der erstarrte Stein knackte unter Riaghs Füßen. Es waren nur vierzig, vielleicht fünfzig Schritte, die ihn vom sicheren Ufer jenseits der Mauern trennten, doch er durfte nicht rennen. Der Stein war glatt, der Gwelach wild und Riagh schwindelte noch immer ein wenig. Rutschte er aus, ertranken sie beide – und Nuzar hatte ganz sicher nichts auf der Donnerspitze verloren.

Riagh setzte einen Fuß vor den anderen, prüfte erst mit halbem Gewicht seinen Pfad, als würde er durch den Sumpf waten. Mit Nuzar über der linken Schulter und dem Schwert in der rechten Hand wankte er von Schritt zu Schritt und pfiff dabei das Lied von Etainn, der Morgenroten, die nachts im Dunkeln zwischen zwei Sternen verborgen als Amme über den Sonnenprinzen wachte und ihn am Tagbeginn allein auf den Himmel entließ. Denn auch wenn sie ihn dort nicht schützen konnte, nur ein freies Kind wurde auch stark. Freiheit war selten eine leichte Wahl, aber immer die richtige.

Die Soldaten erreichten die zerbrechliche Brücke, als Riagh schon die halbe Strecke geschafft hatte. Nur kurz blickte er zu ihnen und dann wieder auf seinen Weg. Sie riefen ihm hinterher, aber waren nicht leichtsinnig genug, um ihm zu folgen. Noch nicht. Er pfiff lauter, damit er nur sein Lied und den Regen hörte, wie er Wasser auf Wasser in den Gwelach trommelte. Tropfen auf Tropfen, Schritt auf Schritt. Es gab nichts mehr als diesen Pfad und das Ufer. Die Luft sirrte und Riagh erstarrte, wankte, und erstarrte erneut. Er behielt die Balance, während der Pfeil im Fluss ertrank.

Doch dann knackte der Boden. Riagh wollte noch rennen, aber der Grund löste sich unter ihm auf. Die Lunge hetzte nach Atem, die Füße rutschten und er sprang, wohin auch immer; nicht weit, mit solcher Last auf seinen Schultern.

Es wurde nass und dann sehr kalt, dunkel und wieder hell. Riagh öffnete die Augen, der Fluss riss an allen Gliedern und doch hielt etwas Riagh an Ort und Stelle. Das bewachsene Ufer war nah. Nah genug. Nuzar war dicht an seinen Körper gepresst, Riagh hatte im Fall seinen linken Arm um ihn geschlungen und nun wollte er sich im Strom nicht aus der Umarmung lösen. Es kostete viel Kraft, Nuzar von sich fort durch das Schilf aufs Gras zu drücken. Der rechte Arm gehorchte Riagh nicht, aber er hatte keine Zeit, sich darum zu kümmern. Erst als Nuzar sicher am Ufer lag, griff auch Riagh ins Gras und zog sich aus den Fluten. Stück für Stück, seine Armmuskeln brannten, als er sich immer nur zwei Handbreit weiter vorankämpfte, während er gleich wieder eine Handbreit zurückgedrängt wurde. Aber er kämpfte, und er kam voran. Als er endlich dem Fluss entkommen war, wälzte er sich auf den Rücken.

Die Lunge schien zu klein für so viel Luft. Da erst sah er, was ihn im Gwelach gehalten hatte: Nicht die ganze Brücke war zerbrochen, ein Stück ragte noch immer über den Fluss, schien fest mit dem Ufer verwachsen. Ein scharfkantiges Stück, Riagh blickte zu seiner rechten Schulter und in die klaffende Wunde, die fingertief in sein Fleisch ragte. Der Arm hing schlaff herab, als wäre er nasser Stoff.

Er würde so unmöglich die erste Nacht überleben. Sie überlebten beide nicht, ohne Ausrüstung allein in den Fünf Regen. Aber sie starben erst recht, wenn sie nicht flohen.

Riagh wuchtete seinen mürben Körper in den Stand, schulterte erneut den Nekromanten und lief ins Land, bevor die Soldaten auf dem langen Umweg über die Brücken bei ihnen ankamen. Er glaubte, keinen Schritt mehr gehen zu können, so müde, verwundet, ausgelaugt, durchfroren war er, aber er ging, setzte einen Fuß vor den anderen, und allmählich wurde er sogar schneller und erreichte schließlich den nahen Wald.

Und Schritt für Schritt strampelte die Libelle im Honig.

»Doch als der Sturmfürst Aue vom Sumpfland trennen sollte, da verlor er die Geduld und stampfte auf. Und da er bereits dreiunddreißig Krüge getrunken hatte, achtete er nicht auf den Boden unter seinen Stiefeln und zerquetschte den Awgath, der sich sogleich in voller Breite auffächerte und fünf Kinder gebar. Als Wiedergutmachung schenkte der Sturmfürst jedem dieser Kinder einen eigenen Regen, der ihn tränkte, und gemeinsam tränkten sie die Spur, die der Sturmfürst in Carthal hinterlassen hatte.«

– Cartharischer Mythos über das zeitalter des Chaos

»Ich habe mit jeder Art von Regen gerechnet, als ich herkam: dem dicken, dem feinen, dem nassen, dem trockenen, plötzlichen und kurzen. Aber niemand hat mir gesagt, dass es hier auch von unten regnet!«

– Tajus Nimargos, Kommandant in der IV. Legion, stationiert in den Avgat-Auen, 109. Jahr des Ewigen

Kapitel 15

Riagh stolperte über eine Wurzel, vielleicht rutschte er auch auf feuchten Blättern aus oder trat in ein erstes Sumpfloch. Im Grunde war es gleich, weshalb er fiel, wichtig war nur, dass er lag und nicht mehr aufstand. Er war gerannt und gerannt, hatte abwechselnd alle Muskeln schmerzen gefühlt und dann gar nichts mehr, und nun hatte sein Körper eben entschieden, dass es genug war, und irgendwie war ihm das auch recht.

Er wälzte Nuzar von sich, drehte sich selbst auf den Rücken, atmete und blickte in die Baumkronen, die nur noch vereinzelt rot und gelb getupft waren. Es reichte nicht zum Blätterdach als Regenschutz, also war Riaghs Gesicht nach nur kurzer Zeit feucht von den großen Tropfen und damit genauso nass wie der Rest von ihm.

Atmen. Denken. Überleben.

Erst die schlechten Nachrichten: Sie waren beide durchnässt in kalter Herbstluft und hatten sich somit Thovarg als dritten Gefährten eingeladen. Sie hatten keine Ausrüstung außer den Kleidern am Leib, also auch keine Nahrung oder etwas, um für Nahrung zu sorgen, und außerdem keine Waffen. Das war aber nicht bedeutend, denn Riagh konnte seinen rechten Arm ohnehin nicht heben und war sogar ein wenig erstaunt, dass er trotz der gewaltigen Wunde noch immer nicht verblutet war. Hinter ihnen suchten sie die imperialen Soldaten, vor ihnen lauerten die Verfluchten. Ihnen blieb also nur die Wahl, ob sie nun verhungern oder erfrieren wollten, lieber vom Fieber dahingerafft wurden oder doch einen Tod durch Stahl oder Biss bevorzugten.

Aber es gab auch etwas Gutes an ihrer Situation – und das war so unbegreiflich außergewöhnlich, dass es Riagh als wahres Wunderwerk der Götter erschien: Sie waren am Leben. Beide.

Er blickte zur Seite, hob schwerfällig die linke Hand und legte sie auf Nuzars Brustkorb. Das Herz des Nekromanten pochte; sachte, doch regelmäßig. Riagh lächelte. Er hatte es tatsächlich geschafft, denselben Fehler kein zweites Mal zu begehen. Wo Sivok gestorben war, lebte Nuzar.

Riagh öffnete den Mund und ließ sich von Carthal tränken, während er dem Wind lauschte. Vielleicht schlief er auch eine Weile, denn er konnte sich nicht erinnern, wie viel Zeit vergangen war, als es im Geäst knackte. Und wieder und wieder. Etwas rannte auf sie zu. Schnell richtete sich Riagh auf und schrie aus Leibeskräften. Sein Körper war reiner Schmerz, die kalten Glieder wollten sich kaum rühren. Er schien ganz zu Eis gefroren und drohte bei jeder Bewegung zu zerbrechen.

Als er endlich auf die steifen Beine kam, war die Verfluchte nur noch wenige Schritte entfernt. Ein schmutziger und aufgedunsener Leib verriet einen Tod im Sumpf, ohne jedoch ein Alter preiszugeben. Riagh wich zurück und dann doch direkt auf sie zu; wenn er floh, holte sie sich Nuzar. Also kämpfte er, waffenlos, einarmig. Er schlug nach ihr, zerriss die spröde Haut und wusste doch auch nicht, was er sich erhofft hatte. Er würde sie nicht mit nur einer Hand köpfen können, um was kämpfte er also?

»Nuzar!«, rief Riagh, doch es verkam zu einem Schmerzensschrei. Vielleicht waren es ihre Krallen in seinem Arm, vielleicht allein schon der Versuch, ihr auszuweichen. Denn auch wenn Riaghs Reflexe ihre Pflicht erfüllten, sein Körper verweigerte sich, ungelenk und qualvoll.

»Nuzar!«, schrie er ein zweites Mal, als er sie von sich stieß und dabei selbst den Halt verlor. Er taumelte in einer taumelnden Welt, denn er hatte nicht nur seine Kraft, sondern auch viel zu viel Blut verloren und nun half ihm auch das Kampfesfieber nicht mehr, all dies zu vergessen.

»Nuzar ...«, wisperte er und wusste doch, dass es nichts nützte. Wenn der Gwelach den Ash'Bahar nicht erwecken konnte, was sollte da erst Riaghs Stimme erreichen? Er stützte sich mit der linken Hand am Boden ab, fasste mit Schwung an einen nahen Baum, um sich am Stamm hochzuziehen, doch da war es schon zu spät: Die Verfluchte hatte ihre wehrlose Beute erkannt und stürzte sich auf ihr Opfer.

Riagh trat nach ihr, und dann wieder, bis auch seine Beine zitterten und ihren Dienst versagten. Sie griff nach seinem Stiefel, kratzte am Leder seiner Hose nach Fleisch und er konnte nichts tun, als es mitanzusehen und sich im eigenen Schmerz zu verlieren. Er warf mit Schlamm, Zweigen, Laub und was immer er auch zu greifen bekam, aber er traf nicht einmal. Als ihre Krallen endlich auf seine Haut trafen, glich es fast einer Erlösung. Mit dem Blutschwall aus seiner Wade zog der Weltennebel vor Riaghs Augen auf und alles wurde schrecklich hell und dann unendlich finster und still.

Die Dunkelheit rauschte davon und zerfiel zu Knistern und Plätschern. Zu Feuer und Regen. Es war die letzte Nacht vor der Schlacht.

Riagh wollte sich erheben, aber schon sein Arm schmerzte, als er nur sachte die Hand rührte, also besann er sich aufs Öffnen der Augenlider. Das orangefarbene Licht war verschwommen, doch der Nebel klärte sich, je häufiger Riagh blinzelte. Es gab Wände, lehmig und rundlich, und tiefe Schatten waren auf ihnen gemalt. Im Gegensatz zum tänzelnden Lichtkegel rührten sie sich nicht. Riagh wollte nach seinen Kameraden rufen, doch nur unartikuliertes Gurgeln drang aus seiner Kehle; als wäre sein Hals mit getrocknetem Schleim verkrustet.

»Hier.« Eine Stimme. Hinter ihm? Riagh wollte den Kopf drehen, doch der Schmerz schoss augenblicklich in die Wirbelsäule, also übte er sich in Geduld.

Es lohnte sich, denn in sein Blickfeld trat Nuzar.

Die braune Haut schimmerte warm im Feuerschein, die Haare lagen in kräftigen Strähnen um sein Gesicht und verbargen es damit zugleich. So geheimnisvoll sein Gefährte hier auch wirken mochte, seine Anwesenheit und der schmerzende Leib entzauberten diesen Ort: Riagh war nicht tot und ganz bestimmt nicht im Heerlager des Sturmfürsten. Er krächzte erneut, hatte so viele Fragen, doch keine Stimme mehr.

Behutsam legte Nuzar seine Hand unter Riaghs Hinterkopf, um ihn auf seine Schenkel zu betten. Dann führte er eine Lederflasche an die trockenen Lippen, doch ohne Riagh dabei anzublicken.

Woher hatte er die Flasche?

Riagh trank und schmeckte Dünnbier; zu fad für einen Rausch, aber besser als abgestandenes Wasser. War dem Sturmfürsten das Bierfass aufgebrochen und nun regnete der Göttertrunk aufs Land? Riagh schluckte langsam, befeuchtete Zunge, Gaumen und Rachen und bemerkte erst jetzt, wie durstig er gewesen war. Und hungrig.

»Wie lange?«, war die erste Frage, die er schließlich verständlich aus seiner Kehle pressen konnte.

»Den Rest des Tages und fast die ganze Nacht. Der Himmel färbt sich bereits blau, nicht mehr lange, und er entflammt.« Nuzar sprach ruhig, klang ganz und gar anders. Riagh begriff nur nicht recht, was sich geändert hatte. Doch noch immer sah ihn der Ash'Bahar nicht an.

»Wo?«

»Ich habe diese kleine Höhle im Wald gefunden. Gewiss, sie ist nicht geräumig, doch es wunderte mich, wenn dies nach deiner Zeit in der Zelle noch Bedeutung hätte.«

Riagh schloss die Augen, sammelte Kraft. Nuzar gäbe ihm keine Antworten, lag er wie ein Kranker auf seinem Schoß. »Hoch«, sagte er schließlich mit fester Stimme und erwartete die Qual.

Sie kam auch, aber nur für einen Moment. Nachdem der erste Schmerz überwunden war, blieb nur ein dumpfes Pochen in den Muskeln übrig. Sie litten, aber sie ertrugen es cartharisch, das war hinnehmbar. Selbst der rechte Arm schmerzte, die Finger kribbelten. Riagh versuchte eine Faust und seine Hand gehorchte. Unter dem Hemd konnte er die Wunde in der Schulter ertasten; die Wundränder glühten, doch der Schnitt schien nicht mehr annähernd so tief zu sein. Früher hätte er sein gutes Wundfleisch gelobt, doch Riagh kannte nun die Wahrheit: Der Regen in ihm hielt sein Blut am Fließen und es nährte sein Fleisch.

Und noch etwas konnte Riagh ertasten: Etwas Kaltes, Feuchtes schien ganz sachte in die Haut seines Brustkorbes eingelassen und pulsierte in Windungen um sich selbst. Als würde etwas in ihm plätschern.

Erschrocken zog Riagh die Hand zurück und richtete sich auf, wollte sich schon das Hemd vom Kopf reißen, da erblickte er Nuzar in Gänze – und schnell schaute Riagh auch an sich herab. Sie trugen beide die falsche Kleidung: das Filzhemd eines Soldaten, darunter eine Schicht aus Leinenstoff, damit das grobe Gewebe die Haut nicht zerkratzte.

»Woher ...« Mehr brauchte Riagh nicht zu sagen, da sah er es schon; erkannte, weshalb ihn Nuzar nicht anblickte.

Am Eingang ihrer kleinen Höhle knieten zwei nackte Soldaten, ihre Leiber waren mit Bisswunden übersät und sie starrten in die Leere. Neben ihnen hockten noch zwei weitere, diesmal in Rüstung. Allesamt Verfluchte.

»Ich schmiedete uns Waffen«, sagte Nuzar und endlich sah Riagh, was ihm fehlte: Er sprach ohne Lächeln.

»Woher kommen sie?«

»Aus Brênningh, woher sonst? Sie jagten uns nach, da habe ich sie gejagt. Als wir endlich aufeinandertrafen, hatte ich bereits fünf Mijadhîm gesammelt und lenkte sie, damit sie einen nach dem anderen holten. Meine Mijadhîm überstanden es nicht, aber die Imperialen starben ebenfalls, und nun hast du warme Kleidung, Schwert, Schild, Kettenhemd und … in meiner Güte nenne ich es einmal Wasser, was sie da in ihren Flaschen bei sich trugen. Ich fühle mich nicht danach, über ihren mangelnden Geschmack zu urteilen, sondern bin im Moment stattdessen zufrieden, dass ich es schaffte, eine ihrer Fackeln vorm Verlöschen zu retten, damit wir Feuer haben.«

»Mit dir haben wir immer Feuer.«

»Bis ich erlosch.«

Riagh verstand nicht, sah rätselnd zu Nuzar. Der Nekromant drehte den Kopf nur einen kurzen Moment und die Maske aus Schatten wich von seinem Gesicht, das wieder glatt und jung und so lebendig war. Alles an ihm hatte an Kraft gewonnen, nur eines war verblichen: Kein Rot zog sich durch seine Augen, stattdessen lag ein gischtgrauer Strom in stetem Blau.

Draußen knurrten die Verfluchten, und verstummten sogleich durch Nuzars Blick.

»Du bist anders.«

»Nicht anders: leer.« Nuzar seufzte. »Ich dachte, ich brenne aus, ebne dir den Weg und vereine mich mit Ash'Ghiam. Doch sie hat mich verstoßen, nichts lodert mehr in mir, alles ist kalt und … nass. Wenn ich in mir nach dem Feuer greife, um es zur Magie in diese Welt zu reißen, dann finde ich dort nur …«

»Regen.« Riagh atmete tief durch. »Es tut mir leid, ich wollte dich retten, nicht dich … *löschen.*«

»*Du* warst das?« Zorn färbte Nuzars Miene finster.

»Du lagst im Sterben, hätte ich nicht …«

»Ich wäre lieber tot als *das hier*!« Nuzar sprang auf, fiel sogleich wieder zurück und rieb sich über den Hinterkopf. Ihre Höhle war zu klein für einen aufrechten Stand.

Riagh schluckte, fühlte eine ganz andere Art von Schmerz als noch kurz zuvor, und diese Qual legte sich nicht nach ihrem ersten Aufflammen. »Ich konnte es einfach nicht ertragen, dich sterben zu lassen …« Er flüsterte und sah hinab ins qualmende Feuer. Das Holz war zu feucht, aber was machte das schon?

Ihr Schweigen dauerte lange und war sehr einsam. Zum Feuerschein mischte sich das matte Licht des Morgens.

»Hast du eigentlich geschlafen?«, fragte Riagh schließlich zögerlich, als er bemerkte, wie sich Nuzars Kopf immer häufiger senkte und wieder ruckartig hochgerissen wurde.

»Wenn ich schlafe, greifen sie an. Und sie trugen nur genug Stricke für einen Menschen bei sich.«

»Warum nur für einen von uns?«

»Weil sie klug sind.« Mehr sagte Nuzar nicht, aber Riagh verstand dennoch.

Er ging zu den sitzenden Verfluchten und zog auch langsam die anderen beiden aus. Nuzar beobachtete ihn, ohne Fragen zu stellen. Die Hemden und Hosen ließen sich gut knoten und so fesselte Riagh die Verfluchten erst aneinander und deutete dann hinaus. Sie standen auf, ohne dass Nuzar selbst antwortete, und trotteten zum nächsten Baum, wo sie folgsam auf ihre Fesselung warteten. Riagh verschnürte sie, dass sie sich kaum noch rühren konnten, was er sogleich selbst testen konnte. Denn kaum war er zwei Schritte von ihnen gewichen, erwachten sie, fletschten die Zähne und konnten ihn doch nicht erreichen.

Als Riagh zurück zur Höhle kam, schlief Nuzar bereits zusammengerollt dicht am Feuer. Riagh fand sein altes Hemd neben ihm, es war bereits von den nahen Flammen getrocknet. Darauf lag ein kleines Stück Hartwurst, von dem bereits abgebissen wurde. Nuzar musste es bei den Soldaten gefunden und einen Teil für Riagh aufgespart haben.

Er aß das Stück mit einem Bissen und ignorierte seinen Magen, der nach wesentlich mehr verlangte. Stattdessen bereitete er sein altes Hemd wie eine dünne Decke über Nuzar aus. Riagh hatte ihm sein Feuer gestohlen, da konnte er ihm wenigstens etwas Wärme schenken.

Den Morgen über kamen vier neue Verfluchte an ihre kleine Erdhöhle, aber Riagh hatte wieder ein Schwert und somit gab es in den kurzen Kämpfen nichts zu fürchten. Denn die Verfluchten kamen allein, jeder für sich, langsam im Morgenlicht; erst eine Rotte gab ihnen Stärke.

Zum Schwert hatte er auch wieder eine Rüstung und einen Schild, und auch das Sameea lag noch immer vertraut um seinen Hals. Nuzars Sameea ... War es das denn noch, wenn sich seine Kraft solcherart gewandelt hatte?

Bereits beim zweiten Verfluchten, einem rundlichen Mann, der mit seinem Haarkranz aus jungen Maden an einen imperialen Verwalter erinnerte, gab es Riagh auf, zurück in ihr Versteck zu krabbeln. Vorsichtig schob er die Schichten aus Kettengeflecht und Stoffgewebe hoch, um seinen Brustkorb im Morgenlicht zu betrachten. Und tatsächlich, unter dem hellen Brusthaar wand sich ein verschlungenes Zeichen durch seine Haut. Es war noch ganz zart, schien mehr ein Schatten als Gewebe zu sein, und hatte nichts von der Festigkeit von Nuzars Shariem. Oder der Wärme, denn Riaghs Zeichen war feucht und kühl. Schnell zog Riagh Rüstung und Hemden wieder hinab. Was immer gerade mit ihm geschah, dies war nicht die Zeit, sich darum zu sorgen.

Stattdessen machte sich Riagh lieber nützlich und suchte Nahrung. Er nahm auch einen der Bögen mit, die die Soldaten bei sich getragen hatten, doch er brachte ihm kein Glück. Riagh traf keinen der wenigen Nager, bei Vögeln versuchte er es gar nicht erst und Rotwild konnte er nicht einmal entdecken, schließlich wagte er es nicht, sich mehr als fünfzehn Schritte von der Höhle zu entfernen. Nuzar war schutzlos und Riagh hatte nun wirklich schon genug angestellt.

Ihm blieb nichts als die Nahrungssuche, und da alle Büsche ihre Früchte bereits verloren hatten, gab es nur die Sträucher selbst. Zumindest konnte er Brombeerblätter finden, die waren nicht ganz so scheußlich wie der Rest. Riagh riss ein Blatt entlang der dornigen Naht entzwei, ignorierte das flaumige Gefühl der Unterseite und kaute kräftig, bis sich der Geschmack von bitter zu säuerlich wandelte und sein Mund ganz trocken war. Doch es brachte nichts, zu trinken, solange er noch Blätter vor sich hatte, und so schaffte er es, noch vier weitere zu verspeisen, bis er aufgab und seine Feldflasche mit wenigen Schlucken leerte. Als er das letzte Mal Brombeerblätter gekaut hatte, war er noch ein Kind gewesen, und sie hatten bis heute nichts an Geschmack dazugelernt. Dennoch pflückte er den Busch leer, denn bis nach Garwad waren es noch einige Tage, in denen ihre Mägen nicht wählerisch sein durften.

Als Nuzar erwachte, war zwar seine Müdigkeit, aber nicht sein Zorn verflogen. Es war eine kalte, ganz neue Art von Wut: Nuzar schwieg – oder sprach vielmehr nur das Nötigste. Er behinderte ihre Reise zu keinem Teil, doch tat auch nichts, um sie angenehmer zu machen. Weder scherzte noch lachte er. Es war, als wäre er selbst einer der Verfluchten geworden, die als ihre Wächter mit ihnen marschierten. Nuzar war an Riagh zerbrochen und auf einmal fühlte sich auch für Riagh der stete Regen eisig an.

Da sie auch bis zum Abend kein Jagdglück hatten, blieben ihnen nur Brombeerblätter und Nuzar kaute sie ohne Widerworte oder allzu großes Verlangen nach Wasser. Als würde ihm die Menge noch immer reichen, die Riagh mit neuem Leben in ihn geschwemmt hatte.

Mit jedem Schritt kamen sie den Fünf Regen näher, also wurde das Wetter feuchter. Dicke Tropfen schmatzten auf den Boden, der an manchen Stellen einem bewaldeten See gewichen war. Riagh erkundete wortlos einen sicheren Pfad und Nuzar folgte ebenso wortlos seiner Spur. Bei aller Wut teilten sie noch immer ihr Ziel.

Es wurde ein trister Abend und eine blutige Nachtwache, aber da nur verfluchtes Blut floss, scherte sich Riagh nicht darum. Er konnte sich nicht einmal mehr an die Verfluchten erinnern, denen er ein Ende bereitete. Ihm war es gleich geworden, ob er Männer oder Frauen, Junge oder Alte vor sich hatte: Sie waren nur blutrünstige Schemen in der Dunkelheit.

Diesmal hatten sie kein Feuer und zumindest kümmerte es Nuzar nicht, dass Riagh nah an ihn heranrückte, sei es nun bei der Wache oder im Schlaf. Und genau dies machte die Nacht zu einer der grässlichsten in Riaghs Leben: Er war Nuzar gleichgültig geworden.

Der neue Morgen brachte noch immer kein Jagdglück, aber der Wald wurde lichter und die ersten Birken kamen in Sicht. Riagh kratzte die raue Außenschicht ab, hackte ein großes Stück der inneren Rinde heraus und zerteilte es in mundgerechte Stücke. Das Holz kaute sich zäh und schmeckte anfangs mit bitterer Schärfe, doch schnell löste sich die Birkensüße im Mund und mit ihr kamen die Kindheitserinnerungen.

»Hier«, Riagh reichte Nuzar ein Stück, »nur kauen, nicht schlucken. Hilft gegen den Hunger und schmeckt ein wenig wie Waldhonig.«

Skeptisch betrachtete Nuzar das Stück Holz, doch er schien hungrig genug für Experimente. Eine Weile kaute er mit angewidertem Gesicht, bis sich seine Miene entspannte. »Nein, Riagh. Es schmeckt nach Carthal.« Und dann lächelte er, seit vielen Tagen zum ersten Mal und sein Lächeln war herb und lieblich zugleich wie Birkenrinde.

Im Laufe des Tages kam ihnen die erste Rotte entgegen: zehn Verfluchte, die gemeinsam jagten, als folgten sie einem unsichtbaren Anführer. Schnell wurde Nuzar zu ihrem sichtbaren Kommandanten, doch sie wussten beide, dass diese Gefolgschaft mit dem Abend enden würde: Es gab nicht genug Fesseln. Und so wie Nuzar blutete auch nicht genug Kraft in seinem Leib.

»Als du mich vor den Fischerinnen errettetest, da schliefst du in einem Baum. Nächtigen wir beide in einem, bleiben uns die Waffen.« Nuzar sprach beiläufig bei der Wanderschaft. Seit ihrer Flucht nannte er die Verfluchten nur noch *Waffen*, denn ihm war mit dem Feuer tatsächlich ein Stück Seele verloren gegangen.

Bei jedem Verfluchten, den Nuzar unter seine Kontrolle zwang, schien er schwächer, mehr Schemen als Mensch zu werden. Und doch verbot er Riagh, auch nur einen einzigen von ihnen zu köpfen. Riagh wusste, was dies bedeutete, er kannte die Waffensammler zu gut von der Front: Diese Männer, denen nur die Größe und Anzahl ihrer Klingen von Bedeutung war, nicht deren Nutzen. Oder die Erkenntnis, dass sie trotz der Vielzahl ihrer Schwerter dennoch nur zwei Arme besaßen. Sie bewaffneten sich mit dreiunddreißig Klingen, als könnten sie so verbergen, wie schwach sie sich insgeheim fühlte. Denn der Tod war ihnen erschienen, und einmal erblickt, wich er nie wieder aus dem Bewusstsein.

So war es Sivok ergangen, und so erging es Nuzar.

Und noch immer hatte Riagh nicht gelernt, wie er jemandem beistand, der nicht nach Beistand fragte. Also antwortete er nur dem Gesagten, damit sie beide länger so tun konnten, als gäbe es nichts Ungesagtes zwischen ihnen.

»Wenn wir es denn schaffen, einen geeigneten Baum zu finden ... Die Äste müssen dicht genug sein, damit wir im Schlaf nicht aus der Krone fallen. Und glaub mir, eine Nacht auf dem Boden ist wesentlich bequemer.«

»Und gefährlicher. Fühlst du dich imstande, einen solch geeigneten Baum zu finden?«

»Ich kann es versuchen.«

Nuzar nickte nicht einmal, so selbstverständlich war ihm Riagh an seiner Seite geworden. Also drohte wieder Schweigen, doch diesmal wagte Riagh den Kampf mit den Worten, auch wenn er Nuzar dabei stets unterlag.

»Warum kannst du noch immer zaubern und die Verfluchten beherrschen, obwohl in dir nichts brennt?«

»Ich bin ein Ash'Bahar – keine Flamme. Ich kann das Feuer nicht mehr lenken und auch keinen Geist mehr ausbrennen, aber wo kein Geist ist, kann ich mich immer noch einnisten.« Nuzar zögerte, bevor er weitersprach. »Es erscheint mir nun sogar einfacher als zuvor. Denn ich muss mich nicht mehr gegen ihren Hass wehren, ich teile ihn. Wie sie will ich Vergeltung an allen, die mir das Leben raubten, das ich liebte. Will die Hitze ihres Fleisches spüren und in mir aufsaugen, auf dass sie mich neu entzünde oder doch zumindest niemand anderen nährt. Du flutetest mich mit deinem Regen, sie entzünden in mir ihre Gier nach Rache – und es wird von Tag zu Tag schwerer, nicht einfach nachzugeben und diese Urgewalten in meiner Seele streiten zu lassen, um zu schauen, wer am Ende als Siegerin über meinen Geist herrscht.«

Riagh schluckte, griff unwillkürlich an seine Brust. Das Sameea verbarg sich sicher unter dem Kettenhemd, lag noch immer warm an seiner Haut.

Nuzar bemerkte die Geste des Misstrauens. »Lass deine Furcht verglühen«, sagte er nun mit ruhiger, so trauriger Stimme, »ich habe nicht vor, dich zu töten. Nicht hier. Dann wäre unser beider Opfer vergeudet.«

Zum Abend hin war Niniras endlich gnädig: Die älteste Tochter des Sturmfürsten lenkte Riaghs Pfeil in einen Hasen und ihm gelang sogar das Feuer bei sanftem Niesel. Nachdem das Fleisch verspeist war, nagten sie die fettige Rinde vom Stock, so hungrig waren sie gewesen und so befriedigend war der Fleischgeschmack im Mund. Im Flackern der Flammen schien es Riagh, als würde Nuzar zufrieden lächeln.

Auch eine Silberweide konnte Riagh finden und ihre ausladenden Äste boten genug Platz für zwei Männer. Erst kletterte er hinauf und dann wieder hinunter, um Nuzar zu helfen. Denn der Nekromant entspann zwar den Plan, aber besaß nicht die nötigen Fähigkeiten für die Tat. Doch am Ende kletterte er mit Riagh als Stufenleiter und begleitet mit allerlei guten Ratschlägen zum ersten Mal in seinem Leben auf einen Baum. Und so wortkarg, wie er in den Ästen wurde, war sich Riagh sicher, er bereute diese Erfahrung noch im selben Moment.

Riagh erwachte noch vor dem Morgengrauen. Nuzar schrie, die Verfluchten gurgelten und fauchten. Schnelles Blinzeln gegen die Schlafesunschärfe der Augen und ein rascher Blick hinab. Nuzar war von der Weide gefallen, hatte keine Kontrolle mehr über seine *Waffen*. Riagh rutschte mehr, als dass er kletterte, zog das Schwert noch auf dem Stamm und köpfte den ersten Verfluchten noch in den Ästen, den zweiten beim Sprung hinab, die dritte auf dem Weg zu Nuzar. Endlich wurden auch einige der Verfluchten auf Riagh aufmerksam, wandten sich mit ihrer nächtlichen Schnelligkeit ihm zu und erschwerten den Weg zum Nekromanten. Ihre Zähne brachen am Kettenhemd, das machte es Riagh leicht, rücksichtslos zu kämpfen.

Es starben sieben oder acht, bis sie endlich erstarrten. Riagh atmete auf: Nuzar lebte, auch wenn er ihn hinter den vielen Leibern nicht sehen konnte. Doch er hörte ihn, mehr als deutlich.

Es fiel schwer, das Stöhnen und Keuchen in der nächtlichen Stille zu ertragen. Aber Nuzar bat um keine Hilfe, also bot Riagh keine an. Nach einer Weile schob eine blutige Hand die bewegungslosen Leiber beiseite und Nuzar kam zum Vorschein, verletzt und in zerrissener Kleidung. Er humpelte an Riagh vorbei zum Baumstamm, um sich zu stützen. Die ersten Haarspitzen hatten sich gräulich gefärbt und wirkten dabei so ausgemergelt und blutleer wie Nuzar selbst. Es vergingen dreiunddreißig Atemzüge, bis er die Kraft zum Sprechen fand.

»Auch wenn es mir nicht viel Willen abverlangt ... Würdest du die Mijadhîm dennoch aus ihrem unwürdigen Dasein erlösen? Ich fange uns morgen neue, nur ... Riagh, ich kann ihre Anwesenheit im Moment nicht ertragen. Es widert mich an, ein Teil von ihnen zu sein, wie sie sich am letzten Rest meiner Erinnerung ans Feuer laben, während der Regen mir die Kälte auf die Haut reibt. Ich verliere alles Eigene an sie und ich … Ich weiß, ich habe diesen Pfad gewählt, bin von selbst in dieses nasse Land gekommen, habe selbst entschieden dir den Weg aus dem steinernen Käfig deiner Stadt zu ebnen, habe …«

»Schhh …« Riagh schritt zu Nuzar, legte sachte seine Hände über die des Ash'Bahars. »Es ist in Ordnung«, flüsterte er. »Wenn du sie nicht ertragen kannst, dann brauchen wir sie auch nicht.«

»Aber wenn die Soldatinnen …«

»Dann werden wir sie bezwingen, gemeinsam. Ob mit Feuer oder … was uns dann auch immer einfällt.«

Riagh wartete, bis Nuzar nickte, erst dann löste er sich von ihm und tötete die Verfluchten um sie herum. Er machte schnell, denn das Köpfen war zu einer beiläufigen Pflicht verkommen, die ihn von dem ablenkte, was er wirklich wollte.

Als der Himmel zum Morgen graute, standen sie wieder beisammen; in einem Feld aus faulenden Köpfen und verwesenden Körpern vor dem knorrigen Stamm einer Silberweide, die alt genug war, sodass sie sich an eine Zeit erinnern konnte, in der ein Ash'Bahar und ein Cartharer keine Feinde gewesen waren.

Riagh griff erneut nach Nuzars Händen, strich vorsichtig über die Arme und betrachtete die Wunden, die hinter den gerissenen Ärmeln hervorlugten.

»Du wurdest gebissen!«

»Vefluchter als verflucht kann ich wohl kaum werden«, sagte Nuzar weich – und da war es wieder, dieses wunderschöne, so stolze und gleichzeitig verschlagene Lächeln, von dem Riagh befürchtet hatte, es auf ewig zerstört zu haben. Denn auch wenn er Nuzar ein neues Leben geschenkt hatte, so war er es doch gewesen, weshalb der Ash'Bahar sein erstes verlor.

»*Irkisch*«, flüsterte Riagh ängstlich und dankbar zugleich.

»Was?«

»Ich weiß nicht, ob ich es richtig ausgesprochen habe... Jedenfalls, ich wollte sagen, dass es mir leidtut, und zwar alles. Dass ich dein Feuer löschte und dass du dich für mich opfern musstest. Dass ich überhaupt gefangen wurde, weil ich dir nicht glauben konnte – in Maritias Haus und im Dorf. Nichts davon wäre passiert, wenn ich dir vertraut hätte, als du einmal grundlos ehrlich warst.«

Nuzar legte seine zitternden Finger an Riaghs Wangen. »Das Wort kam falsch aus deinem Mund. Und so unbegreiflich makellos.«

Riagh lächelte erleichtert, und doch konnte er nicht aufhören zu reden. Zu lange hatte er geschwiegen. »Du bist nicht der, der diesen Fluch gewoben hat, nicht der, der mit einer verfluchten Armee durch dieses Land marschierte oder der, der bestimmt hat, dass ein Regentänzer sterben muss, damit dies ein Ende hat. In diesen grausamen Zeiten, die nichts als Feinde erschaffen, bist du der, der mir eine Wahl lässt, ob ich dieser Regentänzer bin. Und auch wenn ich weiß, dass du nicht vollends ehrlich zu mir bist, du warst immer loyal – und mehr kann ich auch vom besten Freund nicht verlangen.«

Für einen Moment wurde Nuzars Mimik ganz ernst und nachdenklich, doch dann bogen sich wieder Mundwinkel und Grübchen. »Ich bin also nur ein Freund?«

»Nichts an dir könnte je ›nur‹ sein.« Riagh blickte in diese tiefen Augen, in denen ein grauer Schimmer wie Gischtkronen auf blauem Meer lag. Es war anders – auf eine andere Art wunderschön.

Behutsam näherte er sich mit seinem Kopf Nuzars, bis sich ihre kalten Unterlippen sachte streiften. Sie warteten einen Moment, ohne selbst zu wissen worauf, doch dann war es so weit und alles an diesem Ort, der Zeit und ihrem Kuss war falsch und unbegreiflich makellos.

Bis die Welt mit ihrem Fäulnisgestank in Riaghs Bewusstsein zurückkehrte.

Er konnte sich gerade noch rechtzeitig von Nuzar lösen, um auch schon sein Schwert zu ziehen und den Kampf gegen die Rotte zu wagen. Nuzar schien neue Kraft geschöpft, denn kaum hatte Riagh die erste Verfluchte besiegt, hielt der Rest still und wartete brav auf sein Ende.

»Es sind noch zwei, vielleicht drei Tage nach Garwad«, sagte Riagh, nachdem der Letzte gefallen war.

»Was werden wir dort vorfinden?«

»Wenn es die Götter gut mit uns meinen: Ein Dorf voller Menschen, die sich noch an mich erinnern und uns durch den Winter helfen. Wenn sich die Welt gegen uns verschworen hat: verkohlte Ruinen. Aber ich weiß, wo es von dort zum nächsten Dorf geht, und von dort zum nächsten. Das Land der Fünf Regen reicht weit, und sumpfiger Boden macht es Fremden schwer, Ortskundigen nachzujagen. Das Imperium kann unmöglich jeden einzelnen Cartharer hier ausgerottet haben.«

Nuzar schloss die Augen, sog mit grimmiger Miene tief Luft ein. Als er Riagh anblickte, war sein Gesicht fröhlich. »Dann lass uns keine Zeit vergeuden, damit aus zweien keine drei Tage werden.«

Auch Riaghs Stimmung hellte sich auf, etwas in ihm wurde ... ungeduldig. »Gut. Aber zieh vorher diesen Fetzen aus und lass mich nach deinen Wunden schauen.«

»Sei dir gewiss, Riagh, darauf bestehe ich sogar.«

Der Tag verging rasch, denn Riagh verbrachte ihn nach langer Zeit nicht mehr einsam. Nuzar scherzte wieder wie früher und sammelte keine unzähligen *Waffen* mehr um sich herum, als zöge er allein in den Krieg. Kurz versuchte er sogar, den Regen in sich zu greifen und in dieser Welt zu beschwören, doch kaum plätscherte das erste Bächlein aus dem Schlamm, sank Nuzar zitternd in sich zusammen und wurde erst ruhig, als Riagh seine Arme um ihn legte und ihn wärmte. Nuzars Flamme mochte erloschen sein, doch in wessen Geist das Feuer loderte, der konnte nie eins mit dem Regen werden.

Niniras hingegen blieb ihnen hold und mit Fleisch im Magen wagte sich Nuzar sogar erneut auf einen Baum zur Nachtruhe und schaffte es bis zum Morgen, nicht wieder hinabzufallen.

Der nächsten Morgen begann mit einem fröhlichen Nuzar und weniger freudigen Brombeerblättern, aber die Süße der Birkenrinde und Nuzars Kuss, als er beim Hinabklettern vom Baumstamm in Riaghs Arme rutschte, vertrieben jeden Gram; und so blieb es auch während des Rests ihrer Reise.

Der Wald wurde lichter, das Land sumpfiger und die Nächte kälter. Nur die Tage blieben gewohnt nass, denn der Sturmfürst meinte es gut mit ihnen und schickte so ziemlich jede Art von Regen, die Riagh zu benennen wusste. Und er benannte sie alle und Nuzar lauschte gebannt, ohne zu spotten. Dies hätte Riagh eigentlich eine Warnung sein sollen. Doch vor ihnen lag ein langer Winter, voller Frost und wenig Feuer, aber mit so viel Wärme, wie Nuzars Arme nur spenden konnten. Dies hoffte Riagh zumindest und lächelte, denn als Todgeweihter hatte er endlich wieder zu hoffen gelernt.

»Greife tief in deine Seele und reiße an dem, was sie nährt. Ist es Furcht, so lehre die Welt das Fürchten; ist es Zorn, so zürne ihr! Ist es aber Freude, so teile sie mit allem was lebt, damit sie von den Flüssen getrieben und von Regen ins Land getragen wird, wo sie wieder zum Teil von dir wird. Denn das Land ist deine Macht, wie deine Macht das Land ist; und wie du kennt es Freude, Furcht und Zorn.«

– Adaira die Tosende, Schlachtenmagierin von Lyeoll I., im Gespräch mit ihren Schülerinnen und Schülern, Zeitalter der Stürme

»Wenn sie vom Wasser träumen, dann zwingt sie zum Feuer. Wenn sie die Flammen lieben, dann zwingt sie zum Frost. Lasst sie dieselben Zauber sprechen, wenn sie glücklich sind und wenn sie toben. Und wenn es ihnen misslingt, dann zwingt und zwingt sie erneut, bis sie es sind, die ihre Magie bezwingen. Entweder sie oder ihr Geist: Eines muss brechen, damit das andere zu voller Größe wachsen kann. Denn Feuer kann erlöschen, Wasser vertrocknen und Frost schmelzen – aber wahre Macht vergeht nie.«

– Auszug aus den Lehranweisungen der Arkanen Insel in Lalrat, 192. Jahr des Ewigen

Kapitel 16

Der Himmel war trübe und die Wolken zwängten sich zusammen wie alte Lappen, um das letzte bisschen Schmutzwasser auszuwringen. Die kühlen Regentropfen zerflossen auf Riaghs Gesicht, pochten dumpf auf seine Haut. Der Schlamm lag schwer auf seinen Stiefeln und die Luft stank nach Mist und verschimmeltem Heu. Riagh lächelte. Endlich zu Hause.

Garwad schien unberührt vom Krieg, der in Carthal tobte. Nicht eine Scheune war zur Ruine niedergebrannt, stattdessen war eine Palisade aus angespitzten Pfählen ums Dorf gezogen. Es gab zwei offene Eingänge und kein Tor, um sie zu schließen. Zwei kleine Gräben führten als Halbkreise an der Palisade entlang und der Regen hatte sie zu Wasserlöchern gefüllt. Im Inneren standen die Häuser intakt im Ring wie am letzten Tag, als Riagh mit Sivok nach Brênningh zur Legion gezogen war. Es war wie immer – und doch war Garwad tot. Denn kein Haus war bewohnt und der Schlamm trug keine Stiefelspuren. Nach sechs Jahren war Riagh endlich nach Hause zurückgekehrt, und er war allein.

Fast.

Nuzars kühle Hand legte sich auf Riaghs Schulter. »Welches dieser Häuser war einst deines?«

»Keins.« Ein schwaches Lächeln. »Aber in diesem dort bin ich aufgewachsen.« Mit Sivok und Anryn. Wie Geschwister ... wie so viel mehr.

Gemeinsam sahen sie zu einem der kleineren Häuser, das sich dennoch kaum von den anderen unterschied. Die Wände aus Pfählen lugten nur an den Enden unter dem Dach aus Holzschindeln hervor, das bis zum Boden ragte. Und es war unversehrt. Garwad konnte noch kein Jahr verlassen sein, denn es hatten noch nie alle Schindeln den Winter überstanden.

»Nichts läge mir ferner, als an der Naht alter Wunden zu reißen, die noch immer nicht heilten. Doch eines Tages, wenn du dich voller Stärke fühlst, wäre ich stolz, führtest du mich durch dein einstiges Heim und offenbartest mir einen Teil deiner Kindheit.«

Riagh sah zu den anderen Häusern. Er wusste noch, wer in ihnen gelebt hatte – und deshalb hatte er kein Recht, sie nun an sich zu reißen.

»Ich habe nie woanders gewohnt, warum jetzt etwas daran ändern?« Er schritt zum Haus seiner Kindheit und kehrte endlich heim.

Alles war noch, wie Riagh es zurückgelassen hatte. Und alles war anders. Denn kein Möbelstück fehlte und doch war nichts geblieben, um hier zu wohnen.

Die Betten im Wohnbereich waren unberührt, standen noch immer als Sitzbänke an der rechten Wand und sogar altes Stroh lag noch auf ihnen. Doch es fehlten die Felle und Decken, ohne die es schwer wurde, einem Holzbrett etwas Bequemlichkeit abzuringen. Selbst Anryns Bett hatte noch die Kerbe, die sie in Wut hineingetreten hatte, weil sie Hausarbeit verrichten sollte, anstelle mit den Jungen den Kampf zu proben.

Der Feuerstelle in der Wohnmitte fehlte das Holz, den Truhen an der linken Seite der Inhalt. Dem Tisch am Kopf des Hauses waren zwar die Stühle geblieben, doch es fand sich noch nicht einmal ein kaputter Löffel zwischen den leeren Fässern. Wenigstens schienen diese unversehrt, weshalb sich Riagh sogleich eines schnappte und hinausbrachte, um den Regen zu fangen und ihnen Trinkwasser zu gewähren.

Danach ging Riagh von Haus zu Haus, durchsuchte alle Räume und fand eine von Motten zerfressene Wolldecke, eine Holzschüssel, aus der ein Stück herausgebrochen war, einen zerbeulten Kupferkessel, einen kaputten Stuhl als Feuerholz und eine Rattenfamilie für Fleisch.

Nuzar sah ihm schweigend dabei zu, folgte ihm stets, ohne selbst etwas anzufassen. Erst als sie wieder im Haus waren, brach er endlich das Schweigen. »Schenke mir Ehrlichkeit, Riagh: Findet sich hier genug, um gemeinsam einen Winter zu überleben?«

»Das kommt darauf an«, sagte Riagh nachdenklich. »Bestehst du auf tägliches Essen?«

Jede Mimik in Nuzars Gesicht erstarb und ein feines Zittern beherrschte seine Unterlippe für ganze fünf Herzschläge. Dann konnte Riagh sein Lachen nicht mehr zurückhalten.

»Du hast in den letzten Wochen dutzende Male eine Klinge an der Kehle gehabt, aber es ist ausgerechnet ein knurrender Magen, der dir die Angst in den Körper treibt! Du bist wirklich der verwöhnteste Kerl, den ich je kennengelernt habe – und ich kannte imperiale Offiziere, die Soldaten auf ihre Latrinen geschickt haben, damit das Holz nicht so kalt ist, wenn sie scheißen müssen.«

»Die Kälte dieser Lande ist auch wahrhaft eine Qual!«

Auch Nuzar stimmte in das Lachen ein und überbrückte den Abstand zwischen ihnen, um Riagh sanft und ungezwungen inmitten seines Elternhauses zu küssen. Selbst in seinen wildesten Jugendträumen hatte Riagh nie gewagt, einen Moment herbeizusehnen, in dem ein Kuss eines Mannes an diesem Ort etwas Wundervolles sein könnte.

Als sich ihre Lippen wieder trennten, lächelte Nuzar noch immer, denn es war nichts Falsches geschehen. »Es wäre uns beiden ein großes Glück, wenn du in einem dieser Häuser auch noch ein Rasiermesser fändest.« Er strich mit der Nasenspitze durch Riaghs Bart, doch löste sich dann aus der Umarmung.

Nun fuhr sich Riagh selbst durch die krausen Barthaare. »Mich stört es nicht.«

»Es sind auch nicht deine Augen, die dich betrachten.«

Riagh lachte. »Das sagt der Richtige! Du könntest auch mal wieder eine Rasur vertragen!«

Augenblicklich erstarb jede Freude in Nuzar und Riagh hätte sich am liebsten selbst geohrfeigt. Der Ash'Bahar hatte nie ein Rasiermesser gebraucht, die lästige Pflicht stets den Flammen seiner Handfläche übertragen. Flammen, die Riagh ihm geraubt hatte.

»Es tut mir leid«, raunte Riagh.

»Ich weiß, und deshalb kann ich dir vergeben. Aber nicht heute Nacht.«

Nuzar hauchte einen Kuss auf Riaghs Stirn und setzte sich auf eine der Bänke, die ihnen auch als Bett dienen würden. Allein. Er betrachtete seine Handfläche, als könne er allein durch seine Gedanken sein Feuer neu entfachen. Wie er es doch auch immer gekonnt hatte. Seine Haarsträhnen lagen wie Weidenzweige vor seinem Gesicht und die Spitzen waren zu einem bläulichen Grau verblasst. Es war ein anderer Nuzar, mit dem Riagh heimgekehrt war, nicht der Mann vom Beginn ihrer Reise. Nicht der Magier, für den die ganze Welt ein Scherz zu sein schien und der alles um sich herum in einem Funkenregen erleuchtete, sodass es in seiner Nähe nichts Profanes, sondern stets nur das Außergewöhnliche gab.

Der Nuzar, der Riagh nicht einen Moment Ruhe gewähren konnte, war fort, und nie hätte Riagh gedacht, dass er gerade dies an ihm vermissen könnte.

Die nächsten Tage verbrachte Riagh damit, ihr Quartier winterfest zu machen. Er sammelte Feuerholz, stellte Fallen auf und suchte auf den brachen Äckern nach Nahrung. Niemand hatte im Frühling das Land bestellt, aber zum Glück war Carthal noch nicht vollends verfault und es fanden sich einige essbare Wurzeln, die auch ohne menschliches Zutun gewachsen waren.

Nuzar war keine große Hilfe, aber das machte nichts. Es war nicht sein Land, er wusste nicht, wie man hier überlebte – und wenn Riagh ehrlich war, wollte er auch gar nicht, dass Nuzar Garwad verließ. Zwar zog sich der Regen allmählich zurück und mit dem Winter gefror das Sumpfland, aber wer den Boden nicht kannte, auf den lauerte der Tod. Die Fünf Regen waren kein Land für Fremde – was ein Vorteil war, wurde man vom Imperium gejagt.

Zumindest half Nuzar aber bei den Verfluchten, die einzeln oder in Rotten ins Dorf fanden. Er lenkte sie wieder hinaus, wo Riagh sie köpfen konnte, damit keine Körper neben ihrer Wohnstätte verwesten und Aasfresser anlockten. Erst eskortierten sie die Verfluchten bis zum nächsten Sumpfloch, damit sich das Fleisch mit dem Wasser vereinte, doch sie kamen zu vielzählig und Riagh wurde es leid, immer und immer wieder die Arbeit zu unterbrechen. Also begnügten sie sich damit, sie hinter der Palisade zu schlachten, wo ihre Körper Land und Regen gehörten.

Riagh wusste nicht, was Nuzar machte, während er außerhalb des Dorfes für ihr Überleben arbeitete, und er fragte ihn auch nicht. Aber wann immer er zurückkehrte, saß Nuzar nur da, starrte manchmal seine Hände an, hielt in anderen Momenten bei geradem Sitz die Augen geschlossen und schien gleichzeitig zu schlafen und dann auch wieder nicht. Es war, als kämpfte Nuzar damit, am Leben zu sein.

Deshalb erzählte Riagh auch nichts von dem Shariem, das ihm aus seiner Haut gewachsen war, sondern beobachtete es nur Tag um Tag – und Tag um Tag schien es schwächer zu werden. Als zöge es sich in seine Brust zurück und irgendwann, da war es wieder fort. Und ein sehr großer Teil von Riagh war glücklich darüber. Nur ein kleiner trauerte, als hätte er etwas Kostbares verloren, doch er konnte es noch nicht einmal benennen.

Als Riagh eines Tages wieder gen Abend zurück in ihre Hütte kehrte, saß Nuzar mit feuchten Händen auf seiner Bank, während das Erste Sameea neben ihm lag. Seit ihrer Flucht aus Brênningh hatte er es nicht abgelegt.

»Ich habe den Regen in mir gegriffen.« Nuzar sah nicht von seinen Händen auf.

»Das ist gut!«, sagte Riagh übertrieben fröhlich, denn er musste Nuzars fehlende Freude ausgleichen.

»Es ist kalt.« Nuzar wischte die Hände an seinem Hemd trocken und blickte endlich zu Riagh auf. »Darinnen zeigt sich doch die wahre Grausamkeit des Schicksals: Du wirst bald sterben – und doch bin ich es, der den Lebensmut verlor.« Ein dünnes Lächeln. »Zumindest eine Last sei nun nicht mehr die meine: Ich werde nicht dein Henker sein, Riagh. Alles, was mir bleibt, ist dich zum Galgen zu führen.«

»Die ganze Vorfreude umsonst.« Wieder mühte sich Riagh zu einem Lachen und setzte sich auf die Truhe gegenüber Nuzars Bett. Es fühlte sich falsch an, nicht auf Augenhöhe zu sein. »Also wird es dieser Kevah machen, von dem du in Brênningh erzählt hast?«

Nuzar nickte träge. »Dies ist zumindest meine Hoffnung. Wir trennten uns im Streit, aber er ist mit Vernunft gesegnet. Sobald ihn die Erkenntnis ereilt, dass es tatsächlich möglich ist, den Fluch zu brechen – ich bin mir gewiss, er wird uns helfen.«

»Und mit ›uns helfen‹ meinst du, er wird mich töten.« Riagh atmete tief durch, erwartete Beschwichtigungen von Nuzar, die nicht erfolgten. »Nun ja, wenigstens bist du jetzt ehrlich.«

»Ich bin nicht ehrlich, Riagh!« In Nuzar flammte unerwarteter Zorn auf. »Vermutlich werde ich dies niemals sein. Es sei lediglich mein Begehr, keine neuen Lügen zu spinnen.«

Riagh runzelte die Stirn. »Wenn du nie ganz ehrlich zu mir sein wirst, warum hast du mir dann die Wahrheit über mein Opfer für den Fluch gesagt? Warum mich nicht dir folgen lassen und mich am Ende hinterrücks erdolchen?«

»Du bist ein viel zu guter Kämpfer, als dass ich mir dies zutrauen würde.« Nuzar lachte trocken, doch er lachte allein, also verstummte er schnell wieder. »Es ist mir zuwider, dass dein letzter Gedanke in dieser Welt sei, dass ich dich verriet. Dies hast du einfach nicht verdient. Ich war als dein Henker bestimmt, Riagh, nicht als dein Schlächter. Und ich ... Dieser Kuss damals, dieser erste, war zu bedeutend für noch mehr Lügen. Du hattest zumindest eine Wahl verdient.« Er lächelte und darin lag etwas unendlich Trauriges. Etwas Verborgenes. Denn er war Nuzar, selbst seine Wahrheit kannte mehr Fallstricke als Worte. Und er nutzte *sehr* viele Worte.

»Was ist es, das du mir gleichzeitig sagst und nicht sagst?« Riagh machte eine kurze Pause, doch Nuzar nutzte sie nicht, also sprach er weiter. »Geht es um das Erste Sameea? Keine Sorge, Maritia hat mir bereits erzählt, dass du es nicht brauchst, um den Fluch zu beenden, sondern damit ihr stark genug seid, um das Imperium zu besiegen. Und deine … *lebendige Flamme* hat wohl bewiesen, welche Macht dir dieses Artefakt verleiht. Aber weißt du was? Das ist jetzt nicht mehr wichtig. Oder dass ihr Sklaven haltet wie das Imperium Trophäen – oder nicht wie Trophäen, was weiß ich denn schon Sklaverei? Bevor wir uns wegen der Lebenden bekriegen, müssen wir die Toten bezwingen. Wichtig ist jetzt nur, dass wir den Fluch brechen werden … und was wir mit der Zeit bis dahin machen.« Riagh wollte nach Nuzar fassen, ihn an sich ziehen, doch blieb sitzen.

»Dies ist richtig, und das ist es nicht. Denn weder Maritia noch ich haben gelogen: Das Erste Sameea bricht den Fluch – und es gibt uns eine Macht, als wären wir wieder mit unserem göttlichen Selbst im Reinen.«

»Also stimmt es nicht? Dass mit allem gebrochen werden muss, was den Fluch in diese Welt brachte?«

»Doch, Riagh, genau so muss es geschehen. Kehren wir das Ritual um, durch das der Fluch geboren wurde, negiert er sich selbst und wird nichtig.« Nuzar schloss die Augen und als er sie öffnete, hatten sich die Gischtkronen in seiner Iris beinah vollständig im Meer aufgelöst. »Ich bin ein Dear'waaru, Riagh, und deshalb weiß ich nur zu gut: Die Wahrheit ist der Ehrlichkeit Sklavin, niemals Herrscherin. Ich kann dir die Wahrheit sagen und dennoch nicht ehrlich sein.«

»Bist du das denn gerade, unehrlich?«

Nuzars Blick glitt an Riagh vorbei durch den Raum, ohne festes Ziel, ohne Antwort.

»Was, Nuzar, was versuchst du mir gerade zu sagen, ohne darüber zu reden? Ich bin kein Ash'Bahar, ich verstehe die Andeutungen nicht, hinter denen du dich versteckst!«

»Rette dich, Riagh! Lass uns jemand anderes finden und auf der Suche gemeinsam glücklich werden! Doch wenn du das nicht kannst, dann gib wenigstens auf, was noch nur zwischen uns glimmt. Denn selbst, wenn ich mir kein Leben ohne dich erträumen könnte, würde ich nicht von meinen Zielen weichen. In meinen Armen wartet keine Rettung vor deinem Schicksal, nur ein tragisches Ende für uns beide. Ist es wahrhaftig dies, was du herbeisehnst?« Seine Augen wurden glasig.

»Ja. Nun, nicht das mit dem Ende, aber ja, ich will ...« Riagh stockte. Wie sagte man dies, wenn es um einen Mann ging? Er stand auf, setzte sich neben Nuzar und küsste ihn. »Ich will das hier mit dir, denn das hat nichts damit zu tun, wie es in Ash'Bahrim für mich enden wird. Und ich sollte jetzt wütend sein, wie du überhaupt glauben kannst, ich würde dich nur küssen, um mich zu retten! Würde ich ein Leben lang Zeit haben, mich mit dir zu streiten, wäre ich das auch! Aber ich sterbe bald, da spare ich mir meine Wut lieber für die letzte Schlacht auf.« Riagh strich sanft über Nuzars Wange. »Du hast diesen Fluch weder in die Welt gebracht, noch ihn nach Carthal getragen. Während alle anderen deines Volkes überlegt haben, wie sie aus den Verfluchten eine Waffe machen können, hast du geplant, sie zu erlösen. Du bist der Mann, dem ich bereitwillig nach Ash'Bahrim folge, um ein Grauen zu beenden – und zufällig auch der, in dessen Armen ich einschlafen will. Ich will nicht bei dir sein, um dich von deinen Plänen abzubringen, sondern weil ich bei dir sein *will*. Und wenn du dabei unbedingt an ein Schicksal denken musst, dann an dieses: So kann dir der Mann in deinen Armen wenigstens noch nützlich sein.«

Augenblicklich zog Nuzar seinen Kopf zurück. »Ich will nicht, dass du einen Nutzen für mich hast, Riagh! Nicht in diesen Belangen ... Denn ich weiß, wie es sich anfühlt, wenn dieser Nutzen droht, verloren zu gehen. Wie schlaflos die Nächte werden, in denen man sich plagt, um einen Sinn zu finden, damit nicht endet, was doch schon längst am Verlöschen ist. Damit er nicht geht ...«

»Er?«

Nuzar seufzte bitter.

Das war es also, was Nuzar plagte, was Riagh aus ihm herauskratzen sollte, weil er es ohne Hilfe nicht aussprechen konnte.

»Haythem.« Nuzar flüsterte diesen Namen. »Zu oft streifte er in letzter Zeit durch meine Gedanken.«

»Euer General?« Weshalb sollte Nuzar in solchen Momenten an diesen Mann denk... oh. »Warte, er ist einer von den dreien, oder?«

Nuzar zog die Augenbrauen hoch. »Welche drei?«

»Die drei Männer, die du betrunken erwähnt hast. Deine einzigen drei.«

Ein fröhliches Lachen, das in Tragik erstarb. »Haythem ist nicht *einer* von ihnen: Er war der wichtigste. Der einzige, der wahrhaftig zählte.«

Riagh atmete tief durch. »Dann ist der Mann, der dir Attentäter nachschickt – der Mann, der die Verfluchten nach Carthal geführt hat! –, dein ...« Riagh rang nach dem rechten Wort. Gab es das überhaupt, wenn es um zwei Männer ging?

»... mein Geliebter gewesen, ja. Über viele Jahre, und die meisten davon waren lieblich wie junger Wein. Doch nun ist er vergoren.« Nuzar schloss die Augen und atmete tief ein. Jetzt schien er es zu sein, der nach den rechten Worten rang. Und natürlich fand er sie. »So sind wir Ash'Bahar nun einmal, Riagh. Unsere Flamme nährt unsere Leidenschaft, gleich ob wir hassen oder lieben. Und wenn sich Liebe und Hass verbinden, dann ...«

»Der Weltenbrand?«

»Ja. Denn wir vergeben nie.« Nuzars Unterlippe zitterte wie seine Finger. Es schien, sie wollten nach etwas fassen, doch taten es nicht. »Ich habe ihm alles von mir gegeben, um ein unverzichtbarer Teil seines Lebens zu werden. Aber ich wurde nur selbstverständlich.« Endlich griff er nach Riaghs Hand, strich mit seinen Fingerkuppen zärtlich die raue Haut entlang. »Wir haben in Ash'Bahrim ein Sprichwort: ›*Aus falschem Holz brennt nie die rechte Flamme.*‹ Ich habe schmerzhaft erfahren müssen, wie viel Weisheit darinnen liegt. Doch Fehler sind egoistisch: Sie schulen den Geist, damit sie einzigartig bleiben. Wenn wir eine gemeinsame Reise beginnen, dann aus den rechten Gründen. Wo immer sie uns auch hinführt.«

»Nun, ich glaube, das Ziel ist ziemlich eindeutig: nach Ash'Bahrim, zu meinem Tod. Um den Fluch zu brechen. Ich bin bereit.«

»Aber bist du auch bereit, mir zu vertrauen, selbst wenn ich dir keine Ehrlichkeit schenken kann?«

»Warum kannst du das nicht? Ich meine, du scheinst ehrlich sein zu wollen, sonst würdest du jetzt nicht so viel drum herumreden.«

Nuzar wirkte ertappt. »Ich bin schon so lange ein Dear'waaru, Riagh. Ich weiß nicht einmal mehr, wie sich Wahrheit anfühlt. Ehrlicher werde ich nie zu dir sein können.«

Riagh seufzte. Nuzar verheimlichte ihm etwas, das würde selbst der Donnerfürst merken, nachdem er wieder besoffen gegen einen Berg gerannt war und ein neues Tal geschaffen hatte. Und vermutlich hatte Nuzar einen sehr guten Grund für sein Schweigen: Was immer er Riagh nicht erzählte, würde ihn wirklich wütend machen. Aber wäre es auch unverzeihlich? Vermutlich war genau dies das Vertrauen, das sich Nuzar so sehnlichst von ihm wünschte: Dass Riagh bei all den Lügen dennoch den Glauben bewahrte; dass Nuzar nicht ehrlich sein musste, um bis zum Schluss an seiner Seite zu kämpfen. Dass er loyal war, bis in den Tod. Und vielleicht würde Riagh es so schaffen, dass Nuzar auch ihm eines Tages vertraute und ehrlich war.

»Wird es einmal eine Zeit geben, in der ich behaupten kann, dich wirklich zu kennen?«

»Nicht in diesem Leben, Riagh. Zumindest nicht in deinem.«

Nach dem Abendessen aus einem Wurzelbrei mit Wildkräutern verriegelte Riagh wie üblich die Tür und zog noch eine Truhe davor, damit sie des Nachts vor den Verfluchten sicher waren. Dann hockte er sich zur Feuerstelle und schenkte ihr genug Holz für die Nacht. Der Rauch stieg auf zum Windloch im Dach und von dort zum bewölkten Himmel. Riagh sah ihm eine Weile nach, wie sich Dunkles in Dunkelheit verlor, und schaute dann zu Nuzar. Der Ash'Bahar saß auf der Holzbank, die bald zum Bett würde, die alte Wolldecke lag um seine Beine. Es war Anryns Bett, das er als seines gefunden hatte, ohne es zu suchen, und Riagh hatte ihn nicht von dort vertrieben. Denn da war diese vage Gewissheit, sie würde es dulden; würde Riagh glücklich wissen wollen, wo sie nun selbst nicht mehr glücklich an seiner Seite sein konnte.

»Wer treibt sich durch deine Gedanken?«, fragte Nuzar mit geschlossenen Augen.

»Anryn ... Ich wünschte, du hättest sie kennenlernen können.«

»So gewaltig ist die Gewissheit, wir hätten uns in Freundschaft gefunden?«

»Ihr hättet euch gehasst und gegenseitig in den Wahnsinn getrieben – und ihr hättet es beide verdient gehabt!«

Nuzar öffnete die Augen und lachte laut und fröhlich wie schon seit Wochen nicht mehr. Und als sein Lachen endete, war da nichts Tragisches, nichts tiefgründig Trauriges, sondern ein warmes Lächeln. »Komm«, sagte er sanft und doch mit so viel Wucht, es raubte Riagh den Atem. Denn er wusste, was geschehen würde, würde er Nuzars Worten folgen, sich zu ihm auf Anryns Bett setzen, diesem unbekannten Ort im Herzen der Heimat.

Es war stets Anryn gewesen, die zu Riaghs Bett gekommen war; anfangs, wenn sie allein im Haus waren, nach der Verlobung mit der Duldung der Eltern. Nie hatte sie ihn auf ihr Bett eingeladen. Als hätte sie gefürchtet, er würde ihr nicht folgen.

Nuzar sah noch immer zu Riagh. Nichts Drängendes lag in seinem Blick. Er wartete, dass Riagh eine Wahl traf, ohne sie ihm abzunehmen.

Riagh stand auf und seine Beine schienen ihm zittrig wie sein Herzschlag. Denn er hatte sich entschieden.

Er setzte sich zu Nuzar und griff nach den schmalen Händen des Nekromanten, strich über die kühle Haut und spürte die eigene Furcht wachsen. »Ich dachte, Ash'Bahar vergeben nie ...«, flüsterte er.

»Weil uns nie jemand um Vergebung bat. Bisher.« Nuzars Blick war weich wie der Dræghad im Sommer.

Weich wie die Lippen, die über Riaghs strichen; wie der Kuss, den sie teilten und zerteilten, bis er winzig klein wie Regentropfen war, die jede Stelle bloßer Haut benetzten. Weich wie Nuzars Hände, seine Finger – weich wie all diese Berührungen auf Riaghs Muskeln und Narben, das Kraulen durch sein Brusthaar und den Pfad hinab zu seinem Glied, wo nichts Weiches je existiert zu haben schien.

Alles an Nuzar war weich und warm und so anders als die Soldaten, die sich Riagh an der Front genommen hatte; weicher als Sivok, der zarte Geist, der sich in einen Soldatenkörper verirrt hatte. Nichts an Nuzar glich den Männern in Riaghs Träumen und Fantasien, und doch schien es Riagh in dieser Nacht, in diesem Bett, diesem Moment, als wäre Nuzar alles, was er je gebraucht hatte, um glücklich – um vollkommen zu sein.

Riagh berührte Nuzar, wo er nie dachte, einen Mann berühren zu wollen, kostete, wie er nie dachte, einen Mann kosten zu wollen. Er ließ sich von Nuzars Hitze durchdringen, von seinen Stößen entflammen, bis sie beide in Brand gerieten und doch sogleich der Regen in ihnen ihren Rausch löschte. Ihre Tropfen mischten sich auf Riaghs Oberschenkel, als Nuzar auf Riaghs Brustkorb zur Ruhe kam, klebten an seiner Haut und es war warm und kühl zugleich wie Sommer in Carthal. Wie Winter in Ash'Bahrim.

Wie Abendnebel kroch der Schlaf über Riaghs Gemüt und er gab nach und döste. Als er wieder erwachte, lag ihr alter Schweiß kühl wie Morgentau auf seiner Haut, doch das Feuer war noch immer stark und der Himmel über dem Windloch dunkel, also konnte nicht allzu viel Zeit vergangen sein. Nuzar lag auf ihm, schien sich kaum gerührt zu haben, doch war wach. Seine Fingerspitzen zogen fahrige Linien durch Riaghs Brusthaar, umkreisten das Sameea, ohne es zu berühren. Sie malten ein Muster, das längst nicht mehr auf Riaghs Haut sichtbar war, und das Nuzar dennoch gesehen haben musste. Damals, in der Höhle, als er ihn neu eingekleidet hatte. Als nicht die rechte Zeit gewesen war, über Sorgen zu sprechen, und nun waren sie vergangen wie Asche im Wind. Was blieb, war das Sameea, die einzige Magie, die sich bedeutend anfühlte, ruhte sie auf Riaghs Brust. Die Phiole war warm, wie es einst Nuzars Haut gewesen war. Und es erschien Riagh jetzt mehr denn je als Wunder in Zeiten ferner Götter, dass Nuzar dennoch in seinen Armen lag, anstelle sich in wilden Rachegelüsten zu verlieren, aufgrund dessen, was ihm geraubt wurde.

»Verzauber mich«, raunte Riagh.

Erschrocken sah Nuzar auf, schien noch erstaunter als Riagh selbst, dass er diese Worte tatsächlich gesprochen hatte. Aber es musste geschehen. Zumindest musste *etwas* geschehen.

»Es ist doch so«, fuhr Riagh fort, »du weißt nicht, ob das hier noch *dein* Sameea ist, ob das Erste Sameea noch einen Einfluss auf dich hat – ob die Flamme noch ein Teil von dir ist. Und der beste Beweis ist dein Sameea selbst: Ob es mich vor dir schützt oder nicht, es wäre eine Antwort.«

»Dies sei nicht mein Begehr, denn du fürchtest meine Magie.«

»Aber ich fürchte nicht dich.«

Nuzar öffnete seine dunklen Lippen und schloss sie wieder. Blinzelte. Die Gischt in seinen Augen schäumte auf und versank in den Fluten. »Es liegt nicht mehr in meiner Macht, eine kleine Flamme zu beschwören, die mit einem harmlosen Funken deine Haut versengt.« Nuzar stotterte leicht, sprach mit ash'bahrischem Akzent, wie er es sonst nur tat, wenn er die Beherrschung verlor. »Noch will sich kein Wasserstrahl meinem Willen fügen, der kräftig genug wäre, dir zu schaden. Ich ... Riagh ...« Nuzar seufzte. »Die einzige Macht, die mir dieser regennasse Geist im Moment gewährt, ist die eines Dear'waarus: Ich kann in deine Gedanken dringen und dies bedeutet, dass du nichts, woran du dich auch nur vage zu erinnern glaubst, vor mir verbergen könntest.«

Riagh holte tief Luft. »Dann mach.« Wenn es eine Nacht gab, in der er bereit war, Nuzar alles von sich zu offenbaren, dann war es die hiesige, in diesem Moment.

Er strich dem Ash'Bahar eine widerspenstige Strähne aus dem Gesicht, die vor sein linkes Auge gefallen war, und führte Nuzars Lippen zu einem sachten Kuss zu sich. »Ich vertraue dir«, flüsterte Riagh und lächelte. »Und außerdem bin nicht ich der mit den vielen Geheimnissen.«

Nuzar schloss die Augen und rollte sich von Riagh herab auf den Rücken, verbarg sein Gesicht mit den Händen.

Riagh hatte seine Worte nicht als Vorwurf gemeint, aber sie beide wussten, dass sie es dennoch waren, und Riagh konnte Nuzar nicht die Last des schlechten Gewissens abnehmen. Nun, vielleicht könnte er es, aber er *wollte* nicht, denn diese Wahl hatte Nuzar selbst getroffen und jeder von ihnen trug die Verantwortung der eigenen Taten.

Nuzars Brustkorb bebte und sein Shariem funkelte eisern auf dunkler Haut, wo es doch glühen sollte. Würde sich dereinst ein solches Zeichen auch aus Riaghs eigener Brust stemmen? Riagh strich die verhärteten Adern entlang und sie waren kühl wie Flusswasser. So ganz anders als das warme Sameea um Riaghs Hals.

»Dein Blut scheint immer noch zu kochen. Wenn mein Wasser aus dir doch nur abregnen könnte ...«

Nuzars Körper wurde starr. Ganz langsam nahm er die Hände vom Gesicht. »Was sagtest du da?«

»Nichts.« Riagh strich Nuzars Hals entlang. »Nur ein alberner Gedanke, damit es nicht so still ist, während du nachdenkst, wie du mir jetzt schon wieder etwas sagen kannst, ohne darüber zu reden.«

Nuzar setzte sich auf. Seine schmale Gestalt warf einen gewaltigen Schatten an die Holzwände. Er starrte auf seine Hände wie all die Tage zuvor. Doch da war keine Trauer in seinem Blick, keine Resignation oder Leere, sondern etwas vor langer Zeit Verlorenes: Kampfesmut.

Nuzars Gesicht verzog sich in dreiunddreißig tiefe Falten und seine Hände begannen zu zittern. Und zu plätschern.

Riagh sprang nackt aus dem Bett, über dem sich bald ein wahrer Regenschauer ergoss und Nuzar war ernst und stumm wie die Wolken über Carthal.

»Was tust du?«, fragte Riagh und bekam natürlich keine Antwort.

Erste Blutperlen mischten sich zum Wasser aus Nuzars Händen, tropften von der Nase zur Unterlippe herab. Naher Donner und pfeifender Wind kündeten vom Sturmfürsten, der nun auch neugierig zum Ash'Bahar blickte. Der Nekromant schonte sich nicht, schien gar nur noch mehr und mehr Regen aus sich herauszutreiben, blutete bald aus Augen und Ohren und schenkte sich keine Gnade. Als wolle er alles Wasser aus sich heraustreiben ... Was bei Offalaggs Frosteiern hatte Riagh getan?!

»Verdammt, du bringst dich noch um!«, schrie Riagh Nuzar an. »Das ist es doch nicht wert ...« Die letzten Worte waren ein Flehen, das der Donner mit sich riss, als wären sie nie gesprochen worden.

Und doch wirkten sie, denn Nuzar hörte endlich auf, mehr Quelle als Mensch zu sein. Mit rot geränderten Augen blickte er Riagh an, seine Haut war spröde wie Leder und Blut krustete schwarz an seinem Gesicht. »Es ist noch so viel mehr wert«, raunte er und seine sonst so hellen Zähne waren blutig rot. »Sameea ...« Mehr sagte er nicht, schien nicht mehr sagen zu können. Nuzar streckte den Arm zu Riagh und verlor bereits im Sitzen das

Gleichgewicht, so wenig Kraft hatte er sich gelassen. In Brênningh hatte es nur wenig schlechter um ihn gestanden und wieder pulsierte das Sameea an Riaghs Brust. Pochte mit Riaghs Herzschlag – mit Nuzars Shariem? War es wirklich so einfach, war dies Blut in der Phiole mehr als ein Stück in Lebenskraft gezwungene Magie?

Es war ein Funke.

Schnell nahm Riagh die Kette ab, kniete sich auf die patschnasse Bank und legte das Sameea in Nuzars Hand, drückte seine Finger darüber.

»Brenne«, flüstere er in Nuzars Ohr. »Nur brenn dabei bitte nicht die Hütte ab – oder das Dorf. Ich mag mein Dorf.«

Das Häufchen Mensch bebte und zitterte. Ein Prusten und dann ein Lachen, heiser und hustend. Wie mit neuer Stärke erfüllt, erhob sich der ledrige Körper und Nuzar grinste. »Riagh ard Cerwed, du bist wie der Sturm, der den Brand löscht und doch die Glut entfacht.« Letzte Tropfen plätscherten aus seinen Fingern auf die Phiole, er flüsterte ash'bahrische Worte und das rote Siegel in Form des Shariems wurde zu Nebel. Im selben Moment presste Nuzar die Hand zur Faust, schlug noch mit der anderen darauf und das Glas splitterte.

Riagh floh erneut vom Bett. Blut, es war überall. Tropfte über Nuzars Finger und den Unterarm entlang, quoll neben den Glassplittern hervor, die in Nuzars Fleisch steckten, perlte wieder aus Nase und Augen.

Riagh schluckte, schüttelte den Kopf. »Das muss wohl so«, flüsterte er sich selbst und auch ein wenig der

Feuerstelle zu, weil ihm doch sonst gerade niemand zuhörte. »Er weiß schon, was er tut, ganz sicher. Schlimmstenfalls bringt er nur sich selbst um. Zum zweiten Mal.«

»Womit du mir gewiss noch immer dreiunddreißig Male voraushast.« Nuzar keuchte schwer, sein nackter Körper war feucht von eigenem Regen, Blut und Schweiß und glänzte wie aus Bronze gegossen im Flammenschein.

»Hat es ... geklappt?« Nur vorsichtig wagte sich Riagh wieder an den Nekromanten heran.

»Heiß ...«, flüsterte Nuzar und starrte erneut auf seine nun zerschnittene Hand. Unter all dem Blut lag ein feines Schimmern. Wie ein dünner Lavastrom zog es sich den Arm entlang zum Körper. Zum Shariem?

Nuzar blickte auf und Riagh erschrak. Seine Augen waren rot, als lägen glühende Kohlen in den Höhlen. »Ich brenne.« Nuzar grinste. Und dann brach er zusammen.

Nuzar schlief den Rest der Nacht und auch der Tag brachte ihm sein Bewusstsein nicht wieder. Riagh wartete an seiner Seite, schürte das Feuer, erzählte dem Tisch ihre gemeinsame Geschichte und dann auch der Truhe, falls sie ihnen nicht zugehört hatte. Noch immer waren die Augen zu erkennen, die er ihr als Kind eingeritzt hatte, damit sie aufmerksamer wirkte, während sie seinen Ausführungen lauschte. Damals, als sie hier noch alle friedlich beisammen gewohnt hatten, seine Zieheltern, Sivok, Anryn und ganz Garwad. Vor Zeitaltern, in einem anderen Leben, so schien es ihm. Schnell entschuldigte er sich bei der Truhe, dass nun Nuzar und nicht Anryn an seiner Seite war, denn sie hatte vermutlich anderes von ihm erwartet. Dann zog er sich wieder zurück, verschämt und still. Denn er hatte Anryn nicht retten können und ein winzig kleiner Teil in ihm fand, dass dies gut war. Er hätte ihr nie untreu sein können, nicht im Geiste; eine lebende Anryn ließe keinen Platz für Nuzar an Riaghs Seite. Und doch, wenn er nur gierig sein dürfte, dann hätte er beide Menschen in seinem Leben gewollt. Vielleicht hätte es Anryn verstanden, Nuzar genauso gemocht, wie er es tat ...

Und nun bliebe ihm keiner von ihnen?

Erst als der Hunger quälender als das Schweigen wurde, wagte sich Riagh hinaus, köpfte vier Verfluchte, suchte notdürftig ein paar Wurzeln zusammen, die hoffentlich auch essbar waren, und brachte auf dem Rückweg drei weiteren untoten Leibern das endgültige Ende. Er zog die Leichen zu den anderen vor die Palisade und erzählte auch dem verrottenden Fleisch von Nuzar und den schweren Gedanken, die Riagh mit sich trug, während der Regen Carthal ertränkte, als hätte ein Verdurstender nach Wasser gefleht.

Erst als die Nässe ihren Weg durch Kette, Leder, Filz und Wolle fand und Riagh zitterte, als schliefe das Land schon im tiefsten Winter, wagte er sich wieder hinein und ihm brach augenblicklich der Schweiß aus. Es war so heiß, Riagh mochte glauben, seine Haut war aus Eis geschaffen und schmolz in den Flammen. Nuzars Flammen. Er tänzelte von einem Bein auf das andere in der Mitte der Hütte, nackt bis auf das Erste Sameea um den Hals, während die Feuerzungen der Kochstelle mannshoch bis zum Windloch leckten. »Ich brenne!«, schrie Nuzar und kicherte dabei.

»Und mit dir gleich das ganze Haus.«

»Danach das Dorf und dann die Welt.« Er lachte manisch. »Nuzar desh Mihamin dev' Arvai, ich bin die Geißel der Hundert Länder, die das Leben in Glut erstickt und mit Asche löscht!«

»Und ich bin den Göttern so verdammt dankbar, dass du noch lebst.« Riagh konnte nicht mehr an sich halten, ließ Schild und Wurzelbeutel fallen und rannte zu Nuzar, presste die bloße Haut des Nekromanten an sich und die Glut fand ihren Weg durch Kette, Filz und Leinen und entzündete auch Riaghs Geist. Sie lachten gemeinsam, küssten sich, als wären sie vor Jahren verloren gegangene Liebhaber. Es roch nach verkohltem Holz und frischer Nachtluft; wie sich Riagh den Duft Ash'Bahrims vorstellte, den Geruch einer neugewonnenen Heimat. Denn was ein Teil Nuzars war, bestimmte Riagh zu einem Teil seiner selbst. Sie sollten untrennbar sein, zumindest für das kurze Leben, das ihnen noch bliebe.

Doch dann löste sich Nuzar und seine Hitze ging mit ihm. »Du trägst nun kein Sameea mehr, welches dich vor meiner Magie schützt.«

»Ich brauche keinen Schutz vor dir.«

»Hm … Worte, von denen wir beide nie gedacht hätten, dass du sie dereinst aus freiem Willen sprechen könntest.«

Ein ehrliches, so wunderbares Lächeln. »So freudig mich dein Vertrauen auch stimmt, ich bin derjenige, der dich vor meiner Magie sicher wissen will – aus ganz und gar eigennützigen Motiven: Wenn ich die Welt in Brand stecke, sollst nicht du verbrennen.«

Riagh strich mit den Fingerspitzen das Shariem nach, das rötlich auf Nuzars Brustkorb pochte. Es glomm, wie es richtig war, und feine Schweißperlen sammelten sich in den Biegungen, als ständen sie gemeinsam im Regen. »Dann mach mir ein neues Sameea.« Riagh zog Nuzar in seine Arme zu einem weiteren Kuss. »Wir haben einen ganzen Winter Zeit.«

»Aber hier ist nicht das, was ich für ein Sameea benötige.« Wieder löste sich Nuzar, wieder auf so freundliche, grausame Weise. »Doch es gibt einen anderen Weg, aber er beginnt mit einem Versprechen.« Nuzar nahm das Erste Sameea ab und reichte es Riagh. »Wenn ich es wünsche, wirst du es mir geben, gleich wie sehr du mich hasst, selbst wenn du wieder den Feind in mir siehst und deine Brust nur noch den Schmerz kennt. Ich möchte dein Wort, dass mein Wort allein genügt, und das Erste Sameea kehrt zu mir zurück.«

»Wieso sollte ich dich je wieder hassen?«

»Ich werde dich töten, Riagh, und es wird der Tag kommen, da wird die Wahrheit keine Prophezeiung einer fernen Zukunft sein, sondern nahende Gewissheit. Und am Ende sind wir doch alle nur Menschen: Auch wenn uns jeder Sinn gestohlen wurde, wir streiten um jeden Atemzug, denn selbst wenn wir unsere eigene Existenz verdammen, nichts ist uns so kostbar wie unser Leben.«

Riagh nickte. »Also gut, selbst dann werde ich dir das Sameea zurückgeben, versprochen. Ich schwöre es bei …«

»Nicht schwören. Ich vertraue deinem Wort auch ohne Pfand. So tat ich es stets und so will ich es bis zum tragischen Ende beibehalten.« Nuzar küsste sanft Riaghs Lippen und legte das Sameea um seinen Hals.

Die rußige Kette war schwerer, die Phiole wuchtiger, das dunkle Glas wärmer, als es Nuzars Artefakt gewesen war. »Das fühlt sich nicht wie deines an, wird es dann überhaupt funktionieren?«

Empört schnappte Nuzar nach Luft, doch so sehr Riagh auch nachdachte, er wusste zwar, *dass* er gerade etwas Falsches gesagt hatte, aber nicht *was*.

»Du trägst das älteste Stück ash'bahrischer Geschichte am Leib, die Schwere der Äonen zieht an deinem Nacken und die Macht Tausender vereint sich vor deiner Brust – und du spottest?«

»Nein …« Riagh zog das Wort unsicher in die Länge.

Nuzar seufzte. »In dieser Phiole ist nicht nur das Blut der ersten Feuergeborenen, es ist unsere gesamte Blutlinie, die sich darinnen sammelt. Das Erste Sameea schützt dich nicht nur vor mir, sondern vor jeder Ash'Bahar. Du wirst nie wieder etwas so Kostbares besitzen, also behandele es mit Respekt.«

Riagh nickte und legte wie im Reflex eine Hand vor die Phiole, um sie zu schützen, vor was auch immer. »Deshalb hast du also in Brênningh nicht auf Maritia gezaubert, sondern sie direkt angegriffen – obwohl du so am Ende warst, dass dich ein Kind mit einem Brotmesser erledigt hätte?«

Erbostes Schnauben. »Ich hatte nur die Wahl zwischen Angriff und Rückzug, zwischen deinem Leben und Tod. Also wagte ich es, im Vertrauen, es nicht zu bereuen. Und bisher tat ich dies auch nicht, obwohl es sich ein Glimmen lang als Herausforderung dargestellt hatte.« Ein feines Lächeln. »*Du* hattest dich als Herausforderung dargestellt.«

Riagh grinste – und stockte. »Moment, dein Vertrauen in mich reicht nicht aus, um zu glauben, dass ich dich nicht irgendwann wieder angreifen werde – aber du vertraust mir genug, um dich darauf zu verlassen, dass ich mich an mein Wort halte, selbst wenn es um mein Überleben geht?«

»Mit Verlaub, Riagh, doch du kämpfst nicht, als wäre dein Überleben von hohem Wert für dich.«

»Du auch nicht.«

Nuzar lachte laut und Riagh stimmte mit ein. Es war befreiend wie das erste Lachen, das sie geteilt hatten, damals, in der Nacht der Ehrlichkeiten, in der sich ein winziger – und ziemlich betrunkener – Teil von Riagh stumm gewünscht hatte, der vierte Mann in Nuzars Leben zu sein. Der Preis dafür war hoch und das Ende ihrer gemeinsamen Zeit würde tragisch, doch nach all der Tragik der letzten Jahre wollte Riagh bei erfüllten Wünschen ganz gewiss nicht wählerisch sein, also küsste er Nuzar und all die schweren Gedanken gerieten in Brand und zogen durchs Windloch zum Himmel, wo sie als Regenwolken Carthal tränkten.

Es vergingen viele Morgen und sie alle waren erfüllt von Lachen und Wärme, auch weil Nuzar die Flammen beherrschte, sodass es nur wenige Atemzüge brauchte, bis aus nachtkalter Glut die sommerliche Hitze eines zu starken Hüttenfeuers wurde. Und dies ohne Brennholz – also konnte sich Riagh viel Zeit in vertrauten Armen lassen, bis er sich mühsam erhob und seiner Routine aus Nahrungssuche, Holz hacken und Verfluchte schlachten nachging – zumindest Letzteres mit Nuzars Unterstützung. Doch gleich, ob er allein war oder nicht, er war nicht einen Moment einsam; und zum ersten Mal in seinem Leben wusste er, wie sich dies anfühlte.

So vergingen dreiunddreißig Morgen. Und dann kam dieser eine.

Er begann mit Kälte und dem scharfen Geruch von Rauch, der Riagh weckte. Er schlug die Augen auf und war allein auf dem schmalen Bett, hatte nur die dünne Wolldecke über sich und spähte in den lichtlosen Raum, denn das Feuer war bis auf die Glut hinab verloschen.

»Nuzar?«

»Sie kommen.«

Der Nekromant war nur als Schatten in grauer Umgebung nahe der Tür zu erkennen und flüsterte ohne Schalk, Freude oder Übermut.

»Die Imperialen?«

Keine Antwort und somit Antwort genug. Die Brênninpher Legion hatte sie also doch gefunden.

Riagh erhob sich, zog sich so rasch und leise an, wie es ihm nur möglich war, während er auch schon weiteres Flüstern hörte. Nicht aus der Hütte, sondern von draußen, von fremden Stimmen. Es war nicht laut genug für klare Worte, aber zur Warnung genügte das Flüstern allemal. Und zur Zählung.

»Klingt nach wenigen, vermutlich Späher.« Riagh schlich an Nuzars Seite, hielt Schwert und Schild bereits in den Händen. »Also kämpfen wir.«

Nuzar nickte nachdenklich, da hörten sie schon das Schmatzen schneller Schritte im Schlamm. Die Späher griffen an.

Dachten sie.

Wer sich mit dem zweiten Schlag begnügte, konnte nie den ersten Sieg erringen.

Riagh hörte das Schaben von Leder auf Holz, wie behandschuhte Finger vorsichtig die Tür öffneten. Also trat er sie auf, spürte, wie die Wucht mit dem Holz auch einen Körper aus dem Weg schleuderte, und stürmte mit dem Schild voran hinaus. Links und rechts um ihn herum schossen Flammenwände aus dem Boden. Denn er kämpfte nicht allein, nie wieder. An seiner Seite war Nuzar und sie tobten wie Weltenbrand und Sintflut über ihre Feinde hinweg.

Feinde wie der Junge mit dem zu großen Schwert in Riaghs Weg. Er war gewiss noch keine dreizehn Sommer alt, reichte Riagh nicht einmal zur Schulter. Seine Augen waren starrweit aufgerissen, der Waffenarm zitterte wie seine Unterlippe. Wie Riaghs Beine. Er rannte nicht mehr, glaubte er. Hoffte er. Sein eigenes Schwert war hoch zum Schlag erhoben, der Schwung groß wie die Furcht. Gehorchte ihm sein Körper noch – oder erst, wenn alles geschehen und nichts mehr zu ändern war?

»Riagh?«

Eine laute, so helle Stimme. Sie brachte ihm die Beherrschung zurück, die ihm so leicht verloren ging, wenn Herz, Atem und Verstand um die Wette hetzten. Wie es schon immer gewesen war.

Lange, bevor Nuzar diese Gabe erlernt hatte.

Riagh keuchte, starrte zum Jungen, um den Blick nicht wenden zu müssen.

Es ging nicht. Er hatte wahrhaftig alle Kontrolle an seine Reflexe verloren und ihm blieb nichts anderes übrig, als sich umzuschauen und die Frau zu erblicken, die ihn gerufen hatte.

Ihr Kettenhemd war verschlissen und viel zu weit für die schmalen Schultern, der Speer kampfbereit in beiden Händen.

Das Haar hell und unstet wie Gerstenfelder im Wind, die Augen dunkel wie die Früchte der Kastanie, der stolzesten Kriegerin aller Bäume.

Anryn.

Ende Teil 1

Glossar

Geografisches

Ash'Bahrim: Heimat der Ash'Bahar; imperialer Name: *Azbaria*

Awgath: cartharischer Fluss; imperialer Name: *Avgat*

Axarat: Hauptstadt des Imperiums; liegt in der Kernprovinz *Lalrat*

Brênningh: Hauptstadt Carthals; imperialer Name: *Brengus*

Carthal: Untertan des Imperiums; Hauptstadt: *Brênningh*; imperialer Name: *Cartalia*

Garlitha: östliches Nachbarreich Carthals, das sich im Krieg mit dem Imperium befindet; imperialer Name: *Garlitia*

Gwelach: cartharischer Fluss, der durch *Brênningh* fließt; imperialer Name: *Gelac*

Flacta: imperialer Fluss, der durch *Irvicterem* fließt

Irvicterem: Kernprovinz des Imperiums

Nathaira: cartharischer Fluss, der durch *Brênningh* fließt; imperialer Name: *Nataria*

Salainn: cartharische Hafenstadt; imperialer Name: *Salina*

Vindara: cartharischer Fluss, der durch *Brênningh* fließt

Göttliches

Artiras: höchster imperialer Gott

Ash'Ghiam: Göttin der Ash'Bahar

Etainn: cartharische Göttin; Amme des Sonnenprinzen

Iurtaron: imperialer Gott der Gerechtigkeit und des Todes

Lerwa: cartharische Göttin; Mutter des Sturmfürsten

Maghai: cartharische Göttin der Liebe, Schönheit und Treue

Niniras: cartharische Göttin der Jagd, des Herbstes und des Todes; älteste Tochter des Sturmfürsten

Offalagg: cartharischer Gott des Winters; Beiname: *der Wintergrimme*

Sonaia: cartharische Göttin des Frühlings und der Geburt; jüngste Tochter des Sturmfürsten

Sonnenprinz: cartharischer Gott des Sommers; jüngster Sohn des Sturmfürsten

Thigara: cartharische Göttin der Weisheit und Besonnenheit; Frau des Sturmfürsten

Thovarg: cartharischer Gott der Krankheiten und der Zwietracht; Sohn des Sturmfürsten

Tigum: imperialer Gott der Klugheit und des Wissens

Tiziana: imperiale Göttin der Fruchtbarkeit und Ernte

Valesto: imperialer Gott des Krieges

Restliches

Alembhra: ash'bahrische Kaste der Gelehrten

Ash'Tira: ash'bahrische Kaste der Priesterinnen und Seelenkundigen

Cærhed: cartharisches Jenseits; die letzte Nacht vor der ewigen Schlacht, endloses Fest ohne Grenzen

Dear'waa: ash'bahrische Kaste der Spioninnen, Diebinnen und Diplomatinnen

Dræghad: cartharisch: Nieselregen

Guvarus: imperialer Verwalter einer Provinz

Lirum: imperiale Silbermünze

Mijadh: ash'bahrisch: die Verfluchte

Nechtair: cartharisch: Regenschauer, der ohne Vorwarnung beginnt

Nivag: cartharisch: Platzregen

Qar'thegra: ash'bahrische Kaste der Kämpferinnen

Sameea: ash'bahrische rituelle Kette, die die Trägerin vor der Magie der Erstellerin schützt

Shariem: magisches Aderngebilde auf der Brust

Tægha: cartharische Silbermünze

Tarhain: cartharisch: der Platzregen aller Platzregen

Zentus: oberster Kommandant einer imperialen Legion

Zigali: magisches imperiales Feuer, das bronzefarbenes Narbengewebe hinterlässt

Über die Autorin

Annette Juretzki wurde 1984 in Polen geboren, ist in Niedersachsen aufgewachsen und nach einem ausgiebigen Schwenker Richtung Bremen letztlich in Osnabrück gelandet. Auf dieser Reise lernte sie nicht nur erfolgreich Lesen und Schreiben, sondern baute auch eine leidenschaftliche Hassliebe zu ihrem Computer auf und fand durchs Pen&Paper-Rollenspiel den Mann fürs Leben, der so hartgesotten ist, dass er tatsächlich jede ihrer Geschichten liest. Außerdem studierte sie Religionswissenschaften, denn so ein Diplom kann man immer mal gebrauchen.

2017 erschien mit dem Science-Fiction-Roman *Sternenbrand 1: Blind* ihr Debüt im Traumtänzer-Verlag, einer Space Opera um queere Aliens, uralte Geheimnisse und PewPew.